Kevin Baker

Dreamland

ROM

Aus dem Amerikanischen
von Ingrid Krane-Müschen

Knaur

Die amerikanische Originalausgabe erschien unter dem Titel
Dreamland
bei HarperCollins Publishers, Inc., New York

Besuchen Sie uns im Internet:
www.droemer-weltbild.de

Vollständige Taschenbuchausgabe 2001
Droemersche Verlagsanstalt Th. Knaur Nachf., München

Umschlaggestaltung: ZERO Werbeagentur, München
Umschlagabbildung: William Henry Jackson
Umbruch: Ventura Publisher im Verlag
Druck und Bindung: Clausen & Bosse, Leck
Printed in Germany
ISBN 3-426-62055-3

2 4 5 3 1

In Liebe für Ellen –
und die übrigen fabrente Mejdlech

Dramatis Personae

Esther »Esse« Abramowitz – Näherin in einer Textilfabrik an der Lower East Side von New York City
Moshe und Sarah Abramowitz – ihre Eltern, ein Rabbi und seine Frau
Lazar Abramowitz, alias Gyp the Blood – ein Gangster
Josef Kolyika, alias Kid Twist – ebenfalls ein Gangster, Gyps Rivale
Sadie Mendelssohn – Gyps Hure
Clara Lemlich – Näherin und Gewerkschaftsaktivistin
Patrick Mahoney jr., alias Trick der Zwerg – Artist
Die verrückte Carlotta – seine Gefährtin, Königin von Liliputa
Mr. Charles Murphy – »Oberhäuptling« von Tammany Hall
Big Tim »Dry Dollar« Sullivan – Unternehmer, Politiker und zweiter Mann in der Tammany-Hierarchie
George B. McClellan, auch genannt Little Little Napoleon – New Yorks Bürgermeister von Tammanys Gnaden
Paddy Sullivan
Flat-Nose Dinny Sullivan
Florrie Sullivan
Little Tim Sullivan
Christy Sullivan
Larry Mulligan
Photo Dave Altman
Sasparilla Reilly
} Big Tim Sullivans »Wise Ones«
Lieutenant Charles Becker – Kommandeur einer der aktivsten Sondereinheiten der New Yorker Polizei

Herman »Beansy« Rosenthal – redseliger Spieler
Frances Perkins – Sozialarbeiterin
Mary Dreier – eine Dame der Gesellschaft
Matthew Brinckerhoff – Genie und Architekt
Elijah Poole – Elektrizitäts-Zauberer
Thomas Alva Edison – Erfinder
Samuel Bernstein – Geschäftsführer einer Textilfabrik
Wenke – Subunternehmer in der Textilindustrie
Arnold Rothstein – aufsteigender Sportler und Gangster
Monk Eastman – Anführer der Eastman-Gang
Paul Kelly – Anführer der Hauptrivalen der Eastmans: der Five Pointers
Dago Frank
Louie the Lump
Whitey Lewis
} Mitglieder von Gyp the Bloods »Lenox Avenue Gang«
Spanish Louie – Gangster
Der Grabber – Gangster

Erstes Buch

New York ist die Stadt der Strohfeuer.

– Big Tim Sullivan –

1

Trick der Zwerg

Ich weiß eine Geschichte.

»Ich weiß eine Geschichte«, sagte Trick der Zwerg, und die anderen rückten ein wenig näher: Nanook der Eskimo und Ota Benga der Pygmäe und Yolanda, die Wilde Königin der Amazonen.

»Was für eine Geschichte?«

Yolandas Augen quollen misstrauisch hervor, und Trick musste wieder daran denken, dass man sie allein schon als Attraktion anpreisen könnte: eine winzige Frau mit ledriger Haut und einem verrückten Federkopfschmuck, Betelsaft tröpfelte ihr zwischen Zahnstümpfen hindurch aus dem Mund – eine Mulattin aus Caracas oder eine Neger-Seminolen-Frau aus den tiefsten Okeefenokee-Sümpfen, mindestens.

»Was für eine Geschichte?«

Er wischte sich die Reste der Schminke von Hals und Ohren und sah nach Westen, den Pier entlang auf den verfallenen Park, ehe er antwortete. *Alles dahin, selbst der glitzernde, von Adlern bekränzte weiße Turm, dessen Leuchtkegel zwanzig Meilen aufs Meer hinausstrahlte. Dahin, alles dahin.*

Es war Abend, und die Lichter entlang der Surf Avenue flammten nach und nach auf – Millionen von Glühbirnen spannen ein weiches gelbes Geflecht über den Strand und die Parks. Die Nachtschwärmer stellten sich ein, strömten in Scharen aus den Zügen der New York & Sea Beach Line. Der Widerschein ihrer

weißen Hosen und Kleider, Jacken und Röcke und Strohhüte wurde von den glühenden Lichtern schnell verschluckt.
Die Stadt des Feuers erwachte zum Leben.
Er konnte den dumpfen Furz einer Tuba hören – die deutsche Blaskapelle oben in Feltmans Biergarten spielte sich warm. Hinter dem Garten stand die Ziz-Achterbahn, ihre Gondeln sausten wellenförmig zwischen den Baumkronen einher mit diesem eigentümlichen Geräusch, das der Bahn ihren Namen gegeben hatte. Dahinter die hohen Glaswände von Steeplechase Park, mit seinem allgegenwärtigen Narrengesicht und dem endlosen Slogan: STEEPLECHASE – FUNNY PLACE – STEEPLECHASE – FUNNY PLACE. Und dahinter dann das Meer, wo ein einzelner, tief liegender Frachter Kurs auf Seagate nahm, als ziehe er der einbrechenden Nacht davon.
Er konnte sogar noch weiter sehen. Er konnte in die Vergangenheit blicken, als Piet Cronjes kleine Burenhütte hier gestanden hatte oder die Rough-Riders-Achterbahn, bevor irgendein Dummkopf einen der Wagen aus der Kurve hatte fliegen lassen, zwanzig Meter weit durch die Luft über der Surf Avenue. Eine ganze Stadt hatte hier gestanden, jenseits des verfallenen Piers …

Meet me tonight in Dreamland
Under the silvery moon …

Bald, so wusste er, würde die Dunkelheit die sanften gelben Lichter schärfer schleifen. Hart und klar würden sie dann, glitzernde kleine Feuerperlen, die mit ihrer Helligkeit alles andere auslöschten.
Keiner von ihnen hier auf dem Pier würde das sehen, weder Yolanda noch Ota Benga noch Nanook der Eskimo. Sie alle waren dann längst bei der Arbeit in ihren Verkaufsständen und Vorstellungen. Sie würden die Lichter nicht wieder sehen, bis sie sich am frühen Morgen auf den Heimweg machten, wenn all diese ungezählten Glühlampen kurz vor ihrem Verlöschen im

Schein der aufgehenden Sonne über dem Meer schon zu einem falschen, rosigen Schimmer verblassten.

Triff mich heut' Nacht in Dreamland
Unter dem Silbermond
Triff mich heut' Nacht in Dreamland
Dort wo die Liebe wohnt
Komm, lass das Licht deiner Liebe
erhell'n deine Augen so klar
Komm mit nach Dreamland
Träum Träume in Dreamland
Denn Träume werden dort wahr.

Sie verbrachten ihre Pause gern hier draußen auf dem verfallenen Pier, die Zeit zwischen dem Ansturm der Tagesbesucher und den Nachtshows. Sie hockten auf den verrotteten Holzpfählen, an denen einst hundert Ausflugsboote pro Tag festgemacht hatten, und sie rauchten und aßen, spuckten aus und rauchten wieder und erzählten ihre Geschichten: Ota Benga, spindeldürr und bucklig, war keineswegs ein Pygmäe, sondern ein tuberkulöser Klavierspieler aus Kansas City, der seinen exotischen Künstlernamen von einer einstigen Schaubudensensation aus längst vergangenen Tagen übernommen hatte …
In dieser Stadt wurde alles weitervererbt, selbst die Namen der Missgeburten und der Gangster.
… Nanook der Hüne, Nanook der Unbezähmbare, schlitzäugiger Held des Nordens, war in Wirklichkeit eine Frau von irgendeinem ausgerotteten Stamm der Prärieindianer. Sie hatte sich hier verdingt, nachdem ihr alter Herr sie hatte zwingen wollen, im *Tin-Elephant-Hotel* drüben am Brighton Beach für ihn anzuschaffen.
Und dann Yolanda. Die riesigen Froschaugen starrten immer noch zu ihm auf, eine Hakennase wie der Schnabel eines Raubvogels, Haut von der Farbe und Beschaffenheit eines viel benutzten Sattels.

»Es ist eine Liebesgeschichte«, sagte Trick zu ihr. »Eine Geschichte von Liebe und Eifersucht und Verrat. Die Geschichte eines jungen Mannes, der jungen Frau, die ihn liebte, und eines schrecklichen Schurken. Eine Geschichte von Tod und Zerstörung und Feuer. Es ist eine Geschichte über Diebe und Halsabschneider und die Vision eines Mannes, über die Bürde des armen Mannes und die Herablassung des Reichen. Es ist die Geschichte von Kid Twist, dem Gangster, und Gyp the Blood, der ein Killer war, und Big Tim, dem Politiker, und dem armen Beansy Rosenthal, der das Maul nicht halten konnte. Die Geschichte von Sadie, der Hure, und der tapferen Esther und der verrückten Carlotta und dem letzten Sommer, als sie alle hier in dem großen Park zusammenkamen. Es ist die Geschichte von den großen Seelenklempnern aus Wien, von der Raserei der Tiere und von den Wundern der Moderne. Die Geschichte von einer großen und einer kleinen Stadt und einem Land der Träume. Und vor allem ist es eine Geschichte über Feuer.«

»Ah«, sagte Yolanda zufrieden, lehnte sich zurück und zündete ihre Pfeife an. »Ah. Das Übliche.«

2

Trick der Zwerg

So tötet man einen Elefanten.

Zuerst versuchten sie es mit Karotten. Eimerweise Karotten. Ein Büschel Karotten nach dem anderen, jedes mit genug Strychnin darin, um einen Menschen zu töten, aber es sollte nur dazu dienen, dass sie stillhielt.

Sie fraß sie. Dutzendweise schaufelte sie die Karotten in ihr spitzes Maul, und nach einer Stunde stand sie immer noch, sah so gefährlich und wütend aus wie eh und je, und die große Schar der Zuschauer wurde unruhig.

Als Nächstes schickten sie die Dompteure – den einarmigen Captain Jack und Herman Weedom und sogar Mademoiselle Aurora, damit sie ihr mit den Händen über die gewaltigen, rauen Schultern strichen und ihr in die riesigen Ohren flüsterten. Aber sie stampfte nur mit den Füßen und wedelte mit dem Rüssel um ihre Köpfe, bis sie kehrtmachten und in Deckung rannten. Danach versuchten sie es mit der Polizei. In ihren neuen blauen Röcken marschierten die Polizisten herein, schwangen ihre Schlagstöcke und schlangen die Ketten um die Elefantenbeine, als legten sie einem Taschendieb Handschellen an. Sie warf sie um wie Kegel, schleuderte sie durch die Arena wie Schaukämpfer im Vaudeville-Theater.

Schließlich kommandierten sie die Pygmäen hinein. Sie dachten sich, verdammt, selbst wenn sie nicht in derselben Gewichtsklasse waren, zumindest sollten sie sich auf dieses Spiel verste-

hen. Niemand wusste genau, ob sie je zuvor einen Elefanten zu sehen bekommen hatten, aber sie waren unerschrockene Krieger: Sie rannten um sie herum, brüllten und gestikulierten und schrien in ihrer seltsamen Heidensprache, bis sie so abgelenkt war, dass die Wärter sich anschleichen und eine Kette um eines der mächtigen Beine knoten konnten.
Sie riss die Kette durch wie einen Bindfaden, aber schon hatten sie eine zweite angelegt. Dann noch eine und noch eine, bis die dicken, schwarzen Eisenringe jedes ihrer Beine fesselten. Eine weitere Kette band den tödlichen Rüssel, sogar den Schwanz, bis sie so vollkommen unbeweglich war wie ihr blechernes Abbild, das Hotel unten am Strand. Sie durchnässten sie mit Feuerwehrschläuchen, dann wickelten sie die Kabel um ihren Leib – glatte, schwarze Gummileitungen, aus deren Enden glänzende Kupferdrähte ragten wie Aale aus einem Sack.
Und dann traten sie zurück, um sich die Vorstellung anzusehen.

Sie muss gewusst haben, was kommen würde: Die Zuschauermassen wurden plötzlich still und reglos in gespannter Erwartung, die Arbeiter wichen zurück, schnell und geschmeidig wie Katzen. Auch wenn sie es später bestritten, behaupteten, sie sei schließlich nur ein dämliches Vieh gewesen und habe keine Ahnung gehabt, was mit ihr geschah – wir konnten es an ihrem Blick erkennen, in diesen großen Augen, die kein einziges Mal blinzelten, die gelb waren von Hass und Galle. Sie wusste es die ganze Zeit. Sie wusste es und starrte hasserfüllt zu mir herüber, während die Männer an den Filmkameras zu kurbeln begannen, und der Zauberer hob die Hand, und ich tänzelte hinaus vor das Publikum.

3

Trick der Zwerg

Nennt mich einen Träumer.

Ich saß an diesem Abend im *Grand Duke's Theatre* und trank. Das war so eine Gewohnheit von mir, eine Möglichkeit, mich selbst zurückzulassen. Wann immer ich feststellte, dass ich unfähig war zu leben, ohne Bier vermischt mit Chloralhydrat oder Whiskey durch einen Gummischlauch zu trinken, wann immer mich die unerträgliche Sehnsucht nach Nutten überkam, nach Zinkern und tanzenden Transvestiten, nach schwarz gebranntem Fusel und schäbigen Kaschemmen wie dem *Hell Hole* und dem *Cripple's Home,* dem *Inferno,* dem *Flea Bag* und dem *Dump,* dann fand ich den Weg hinauf in die wässrige Welt der Bowery. Das war mein Ersatz für ein Rasiermesser, für den Strick. Alle Menschen zieht es dann und wann in den Abgrund, genau wie mich, auch wenn sie es nicht wahrhaben wollen.

An diesem Abend suchte ich nach einer der Bars, in denen die Straßenjungen sich trafen. Die waren in der Stadt leicht zu finden. Es gab wenigstens eine auf der Worth Street, eine auf der Mulberry, eine weitere auf der Mott. Ich wusste das aus den Phasen, wenn dieser Drang zu stark und zu häufig über mich gekommen war, so dass ich die Bar öfter einmal wechseln musste, damit mir keiner auf die Schliche kam. Ich hatte gesehen, was mit anderen von meiner Sorte passiert war, die versucht hatten, sich einzuschleichen. Sie waren nicht besonders tolerant, diese rauen Jungs, trotz all ihres eigenen Elends und Jammers. Ich hatte sie Typen wie mich ausziehen und verprügeln sehen. Sie wurden geteert, manchmal sogar verstümmelt, und dann auf die Straße gejagt und in ihrer ganzen Schande zur Schau gestellt, während die Straßenjungen johlend um sie herumtanzten. Manchmal hatte ich auch mitgemacht, war um die weinenden Opfer herumgesprungen. Ihr könnt euch vielleicht vorstellen, was mich das gekostet hat, aber ich versichere euch, es war unumgänglich, wenn ich ein Junge bleiben wollte.

Außerdem hatte ich kein Mitleid mit ihnen. Sie wollten ja entdeckt werden. Irgendein verborgenes Schamgefühl, ein masochistischer Wunsch, wie die deutschen Seelenklempner gesagt hätten, ließ ihr Inneres aufschreien: *Ich bin ein Mann in diesem Körper!*

Es war schließlich einfach genug, *nicht* erwischt zu werden. Es erforderte nichts weiter als eine gründliche Rasur und dann ein bisschen Ruß, um die Falten in einem gealterten Gesicht zu vertuschen. Weite Leinenhosen, mit einem Gürtel hoch über der Taille gerafft. Eine viel zu große Jacke, um die zu kurz geratenen Arme und Beine zu kaschieren, eine große Kappe auf den überdimensionierten Kopf und – *voilà!* – ein ganz gewöhnlicher Junge. Ein Zeitungsjunge, ein Streichholzverkäufer. Ein Schornsteinfeger vielleicht, mit ungewaschenem Gesicht. Ich brauchte mir nur einen Mopp aus dem Hausmeisterschrank zu schnappen oder einen Stapel alter *Daily Mirrors*, und schon war ich genau wie der Rest von ihnen: ein scheinbarer Unschuldsengel in einer Stadt der Monsterkinder.

Ihr glaubt, ich bin zu bedauern. Aber ich frage euch: Welcher normale Mann hatte je eine solche Gelegenheit wie ich? Mit ein bisschen Verkleidung konnte ich nicht nur meinen missgestalteten Körper verbergen, sondern ich konnte wieder jung sein. Und was ist wohl das größere Gebrechen, Zwergwuchs oder Alter?

Es gab vielerlei Orte in der Stadt, wo ein Junge hingehen konnte, um etwas zu trinken, eine Frau zu kaufen oder sich den Schädel einschlagen zu lassen. Meine Lieblingsbar war das *Grand Duke's Theatre,* das von den Baxter Street Dudes betrieben wurde, einer Bande von Dieben und Halsabschneidern und K.o.-Tropfen-Virtuosen im Alter zwischen fünf und vierzehn Jahren.

In dieser Stadt, wo man auf minimalistische Bars spezialisiert war, waren die der Jungen die nacktesten von allen: Eine Planke über ein paar aufgestapelten Kisten diente als Bar, ein paar weitere Kisten als Mobiliar, der Boden war in der Regel aus festgestampfter Erde. Schwarz gebrannter Whiskey wurde in alten Konservendosen ausgeschenkt. Aber das *Grand Duke's* – was für ein typischer, sehnsuchtsvoller Kindername! – war mehr als das.

Die Dudes hatten sich ein richtiges Theater gebaut, zusammengezimmert aus Material, das sie auf der Straße gefunden oder geklaut hatten. Ein halbes Dutzend Petroleumlampen am vorderen Bühnenrand diente als Rampenlicht, ein paar Reihen einfacher Holzbänke als Parkett, und auf beiden Seiten des Zuschauerraums gab es sogar zwei schäbige rote Samtsofas, etwas erhöht auf Holzgerüsten: Logen, die für die Anführer der Dudes und ihre Damen reserviert waren.

Ein Platz im Parkett kostete zehn Cent, für einen Nickel bekam man einen Stehplatz auf der Galerie, einem hohen, wackeligen Stapel aus Holzkisten am hinteren Ende. Das *Grand Duke's* hatte sein eigenes Ensemble: Die Jungen stellten die Schauspieler und Stückeschreiber, Bühnenarbeiter und Bühnenbildner und die übereifrigen Regisseure. Ich bin sicher, sie hätten auch ihren eigenen, aufgeblasenen, gottverdammten Nachwuchskritiker gehabt – nur hätten sie dem sofort die Kehle durchgeschnitten.

Sie spielten das übliche Standardprogramm: die blutrünstigsten Szenen aus *Lear, Macbeth* oder *Richard III.*, freie Adaptationen der schrecklichsten Morde und Sexualverbrechen der letzten Wochen, Lieder oder Sketche, die sie in den Varietés der Erwachsenen aufgeschnappt hatten, und all das wurde mit größerer Hingabe und Begeisterung gespielt und aufgenommen als alles, was in den regulären Theatern auf der 14. Straße oder am Times Square geboten wurde.

Ihr Lieblingsstück war *Die Immigrantenfalle* oder *Paddy in der Patsche* – der alte Hut vom armen Neuling in der Fremde. Die Nationalität wechselte, aber die Geschichte blieb immer die Gleiche. Unser Held mochte ein Paddy oder ein Italiener, Jude oder Deutscher sein, jedenfalls immer ein Greenie, der gerade vom Schiff kommt, in eine Bar geht und glaubt, hier sei er unter Freunden.

Doch stattdessen machen sie ihn betrunken und setzen ihn unter Drogen und tun sich zusammen, um ihn zu berauben und umzubringen. Alle sind an dem Komplott beteiligt: die Huren, der Barkeeper, die Stammgäste und der Cop, der auf seinem Streifengang vorbeikommt, und sie alle treiben die derbsten Späße mit dem Publikum. Die kleinen Jungs um mich herum zappeln und kichern, gebannt klammern sie sich an ihre wankenden Holzkisten, gelbe, schwindsüchtige Gesichter, die gespannt zur Bühne blicken.

Die Schandtat ist beinah vollbracht, der Paddy oder Jude oder Deutsche liegt mit dem Gesicht auf der Bar. Eine gefälschte Versicherungspolice, aufgesetzt vom Barkeeper, unterschrieben von einer Hure, bezeugt von einem Polizisten. Alles, was zu tun bleibt, ist, dem armen Trottel noch eine Dosis Chloralhydrat zu verpassen und dann ab mit ihm durch die Falltür, eine Rutsche hinunter, gleich in den Fluss …

Das war immer das Stichwort für Mose, den Bowery Boy. Niemand wusste genau, woher er kam. Er war so alt wie die Bowery selbst, ein Dauerbrenner auf ihrer Bühne und immer, unverkennbar, *einer von ihnen*: der größte Junge, den sie finden konnten, der ihre Kleidung trug, ihre Sprache sprach, ungehobelt, riesenhaft und allmächtig, der alle Lügen und Heuchelei entlarvte.

Von der Seite sprang er auf die Bühne, stürmte in diese Todesfalle von einer Bar und prügelte drauflos, zertrümmerte die

chintzbezogenen Requisiten, die Tische und Stühle und die Bar und schlug den Barkeeper, die Taschendiebe und den falschen Cop nieder. Er drosch alles kurz und klein, bis das ganze Publikum, all diese Bengel, die träumten und wünschten und sich sehnten, der Bowery Boy zu sein, außer Rand und Band gerieten und schrien und jubelten. Und mit ihrem Gebrüll weckten sie den betrunkenen Immigranten – *retteten* ihn, so wie sie es sich im tiefsten Innern ihrer mörderischen Straßenjungenherzen immer gewünscht hatten, errettet zu werden, und nie errettet worden waren, nie errettet werden würden.
Ich weiß es. So manchen Abend habe ich dort auf meinem wackeligen Kistenstapel gestanden, mich an den Sitz vor mir geklammert und mit ihnen gejubelt, und das lag nicht nur am billigen Whiskey oder der Notwendigkeit, nicht aufzufallen.

An diesem Abend gab es allerdings ein etwas anderes Unterhaltungsprogramm. Unten im Keller hatten die Jungen einen Rattenring eröffnet. Früher konnte man an jeder Straßenecke in der Bowery eine Rattenhetze sehen, aber das war, bevor die Gutewichte von der Regierung wieder eine von ihren Reformen vom Stapel ließen und die *Gesellschaft zur Bekämpfung von Grausamkeiten gegen Tiere und Kinder* die Rattenkämpfe aus der Stadt verbannte.
Natürlich gab es nach wie vor Grausamkeit gegen Kinder – das war schließlich ein lukratives Geschäft –, aber der Quälerei von Ratten hatten sie tatsächlich Einhalt geboten. Oder genauer gesagt, sie hatten sie in den Untergrund verdrängt, denn kein Laster verschwindet jemals wirklich aus dieser Stadt. Die Dudes hatten ein paar alte Männer ausfindig gemacht, die immer noch Foxterrier dressierten, und Ratten waren niemals schwer zu kriegen.
Es war ein blutiger Zeitvertreib. Was kann man schließlich erwarten, wenn man Hunde und Ratten und Männer in einem dämmrigen Keller zusammenpfercht? Ich spielte übrigens nicht. Ich verlor nichts, riskierte nichts. Es reichte schon, es ein-

fach nur zu sehen, Schulter an Schenkel in einer Runde von Männern zu stehen und sie ihren Whiskey trinken zu sehen, den Rauch ihrer Zigarren mit ihnen einzuatmen.
Ich konnte mich ganz unauffällig unter ihnen bewegen. Ein Tritt hier, ein Knuff da – sie bemerkten mich kaum. Niemand nahm Notiz vom Bürgermeister von Liliputa mitten unter ihnen. Nur die Jungen sahen mich, weil wir auf gleicher Höhe waren. Aber sie schienen zu spüren, dass ich anders war, und machten einen weiten Bogen um mich. So gut meine Verkleidung auch sein mochte, ich bewegte mich anders als ein Junge, war stiller als ein Junge, existierte irgendwo in dem schmalen Raum zwischen ihrer Wahrnehmung von Groß und Klein.

Es gab nur eine Ausnahme. Kein Spatz konnte vom Dach fallen, ohne dass *er* erwog, welchen Vorteil er daraus ziehen könnte. Er hatte einen tödlichen Blick, mit eiskalter Berechnung taxierte er uns alle. Ein geborener Menschenführer, mit all den Schrecken, die diese Gabe in sich birgt.
Ich spürte seinen Blick auf mir, ehe ich ihn sah, und ich fürchtete mich. Ich hätte auf der Stelle gehen, um mein Leben rennen sollen, aber ich war zu selbstsicher in meiner Rolle: der König, der sich inkognito unters Volk gemischt hat. *Mir* konnte nichts geschehen. Ich war ja nur ein Beobachter.

4

Kid Twist

Es begann alles mit diesem Abend im Rattenkeller, als er Gyp the Blood mit einer Schaufel auf den Kopf schlug. Nicht dass er es vorsätzlich getan hatte, tatsächlich kam er nie so recht dahinter, wie es überhaupt passiert war. Gyp hatte seinen alten Trick von der Eastman-Gang vorgeführt: Für einen Wetteinsatz von zwei Dollar brach er Männer übers Knie, zur Belustigung der anwesenden Idioten und Einfaltspinsel. Einen Kaufhausangestellten, den die Abenteuerlust in die Bowery verschlagen hatte, hatte er sich schon vorgenommen, hatte ihm das Kreuz an drei Stellen gebrochen, so dass er auf dem fest gestampften Lehmboden des Kellers herumzappelte wie ein Fisch am Haken. Dann streckte er die Hand nach dem Zeitungsjungen aus, und das Nächste, woran Kid sich erinnerte, war, wie er die Schaufel niedersausen ließ – peng! –, mitten auf den Scheitel von Gyps großem, hübschem Kopf. Und er hatte sofort gewusst, dass ihn das teuer, wirklich teuer zu stehen kommen würde.

Der Junge steht wie angewurzelt, wie das Kaninchen vor der Schlange, die Augen aufgerissen, groß wie Monde. Riesige, flinke Hände schnellen vor, packen ihn im Nacken, ziehen ihn auf Gyps Schoß. Die anderen Angestellten und Spieler krakeelen und wedeln mit ihren Geldscheinen. Und Kid greift nach der Kohlenschaufel, ehe er auch nur einen klaren Gedanken fassen kann …

Natürlich war nur Spanish Louie daran schuld, dass Kid überhaupt dort war. Er hatte keine besonderen Pläne für diesen Abend gehabt, außer vielleicht ins *New Brighton* zu gehen und ein paar Schwachköpfe auszunehmen. Oder drüben in Chinatown bei *Mock Duck* vorbeizugehen, auf einen kleinen Ausflug ins *Hopland* mit all den Schlitzaugen. Ganz sicher hatte er jedenfalls nicht die Absicht gehabt, einem Kerl wie Gyp the Blood mit einer Kohlenschaufel eins überzubraten, und ganz bestimmt nicht für eine halbe Portion von einem Zeitungsjungen, der sich dann auch noch als irgendein verrückter kleiner Zirkuszwerg auf Sauftour entpuppte.

Aber dann war Louie aufgekreuzt, ausstaffiert mit seinen goldbesetzten Reithosen und gekreuzten Patronengurten und dem riesigen, schwarzen Sombrero mit Goldlitze, der den Mädchen die Sinne raubte. Und er hatte eine Todesangst, weil der Grabber hinter ihm her war, um die Gewinne des angeblichen Wohltätigkeitsballs zu kassieren, den die beiden organisiert hatten.

»Du musst mir helfen, Kid«, sagte er. »Er glaubt, ich hab ihn übers Ohr gehauen. Du musst das für mich regeln.«

Kid hatte keine Sekunde gezweifelt, dass Spanish Louie seinen Partner tatsächlich aufs Kreuz gelegt hatte. Louie war genau die Sorte *Nar*, sich mit dem Grabber anzulegen. Louie behauptete gern, er sei so etwas wie ein Apache oder irgendein gefallener spanischer Edelmann, der unten in Mexiko zwölf Männer getötet habe, oder war's in Texas, aber offen gestanden, Kid konnte das nicht so recht glauben.

»Du weißt doch genau, gegen den Grabber ist kein Kraut gewachsen«, hatte Kid abgewehrt. Aber dann hatte Louie ihm erzählt, der Grabber ginge heute Abend zur Rattenhetze im *Grand Duke's,* und es war lange her, dass er zuletzt eine richtig gute Rattenhetze gesehen hatte, nicht mehr, seit sie Kit Burns endgültig den Laden dichtgemacht hatten.

»Na schön, geh'n wir«, hatte er entschieden, und erst da war Spanish Louie mit einer weiteren, entscheidenden Neuigkeit herausgerückt. Das war typisch Louie.

»Du weißt natürlich, dass Gyp da sein wird ...«

Das hatte er natürlich *nicht* gewusst. Das änderte die Dinge grundlegend, vor allem jetzt, wo diese Geschichte mit Beansy Rosenthal ungelöst zwischen ihnen stand. Sicher, irgendwas war immer ungelöst, so war das eben in diesem Geschäft. Und auch unter normalen Umständen musste man sich hüten, Gyp the Blood zu nahe zu kommen, vor allem in einem Kellerloch, wo Blut floss, um Geld gespielt wurde und das Licht eher schummrig war.

Aber diese Sache mit Beansy war ein heißes Eisen: Ein großmäuliger Spieler, der dem Bezirksstaatsanwalt die Ohren über irgendeinen Polizei-Captain voll jammerte, weil der ihm seinen Laden am Times Square auseinander genommen hatte. Auf den ersten Blick schien alles koscher. Gyp wollte, dass Kid ihm half, Beansy wegzupusten, und die Sache war oben in der Stadt mit Big Tim abgeklärt, sogar mit Mr. Murphy selbst, aber trotzdem wollte sie Kid nicht so richtig gefallen. Das war schließlich eine Polizeiangelegenheit, und er sah nicht ein, was er damit zu schaffen haben sollte. Noch weniger gefiel ihm die Tatsache, dass Gyp seine Finger mit im Spiel hatte, und er wurde einfach das Gefühl nicht los, dass er in eine Falle gelockt werden sollte.

Er hatte Gyp hingehalten, aber Gyp the Blood war kein Mann, der das lange mit sich machen ließ, und folglich verspürte Kid derzeit überhaupt kein Bedürfnis, ihm zu begegnen. Aber jetzt hatte er Louie einmal gesagt, er werde hingehen, und das Letzte, was er wollte, war, dass das Gerücht aufkam, Kid Twist fürchte sich vor Gyp the Blood. Selbst wenn er in Wahrheit eine Todesangst vor ihm hatte.

»Geh'n wir«, sagte er zu Spanish Louie. »Er kann schließlich auch nicht schlimmer sein als der Grabber.«

Eine kleine, gekrümmte Schlange von Männern stand draußen auf der Straße. Sie sahen sich argwöhnisch um. Vor ihnen ragte eine windschiefe, fünfstöckige Mietskaserne auf, das letzte Gebäude, das in diesem Block noch stand, wie ein einzelner Zahn in einem alten Maul. Ein lang gezogener, reißender Laut erklang im Innern, dann schwang die Tür auf. Dahinter lag nichts als Dunkelheit. Im Gänsemarsch stiegen sie die Treppe zum Keller hinunter, Stadtstreicher und Gangster, Kaufleute und Familienväter und ein paar Trunkenbolde, die mal so richtig auf den Putz hauen wollten.

Der Rattenring war von einer einzelnen, funzeligen Glühbirne erhellt, die über der Mitte im Luftzug schaukelte. Der Ring selbst war ein Oval mit Lehmboden und Holzwänden von etwa eineinhalb Metern Höhe. An beiden Enden befand sich ein Fallschott, und um den Ring war eine wackelige Tribüne gebaut.

»Das sind die besten Kämpfe überhaupt«, sagte der Angestellte vor ihnen aufgeregt, und seine säuerliche Whiskeyfahne schlug Kid entgegen. »Der einzige Sport, bei dem man beruhigt wetten kann, denn da dran kann keiner was drehen.«

Derlei dummes Gerede war eine Beleidigung für Kids Ohren, aber er verzichtete darauf, den Mann aufzuklären. Es gab immer einen Weg, es existierte einfach kein Spiel auf der Welt, das man nicht irgendwie manipulieren konnte. Man konnte den Hunden beispielsweise irgendein Schlafpulver unterjubeln. Man konnte ihnen Senfkörner unter die Krallen stecken, damit die Pfoten sich entzündeten, oder ihr Futter versalzen, oder noch besser, man vergiftete die Ratten, so dass sie anfangs umso leichter zu töten waren, aber langsam, fast unmerklich ließ der Kampfgeist des Hundes nach, während er mehr und mehr Gift in sich aufnahm. Es gab immer einen Weg.

»Wie viele? Wie viele sind es? Wie sind die Regeln hier?«, fragte ein nervöser, kleiner Mann, sprang zwischen den anderen auf und ab, zupfte an ihren Mänteln. Alle drängten sich um den Ring, stießen in der Dunkelheit zusammen, geradezu schwindelig von der gespannten Erwartung, die Männer immer dann empfinden, wenn sie sich zu etwas versammeln, von dem sie wissen, dass es nicht recht ist. Kid hatte diese besondere Art von Erwartung schon oft gesehen, in einem Bordell, bei einem Lynchmob – sie war immer gleich.

»Wenn Mary wüsste, wo wir uns rumtreiben …«

»Wie viele? Wie viele?«
»Ich hole mir einen Whiskey!«
»Der ist hier vergiftet.«
»Wenn sie nur wüsste …«
Kid spürte eine seltsame Unruhe, nahm etwas wahr, das nichts mit dem schwachen Verwesungsgeruch der toten Ratten und Hunde zu tun hatte, die hier unter dem Kellerboden verscharrt wurden. Irgendetwas außer der Dunkelheit in diesem Keller, die so undurchdringlich war, dass man die Hand vor Augen kaum sehen konnte.
Ein Junge kletterte in den Ring, einer der Baxter Street Dudes in einem irgendwo aufgestöberten, verschlissenen roten Jackett, wie Reiter es zur Jagd trugen, und sagte den ersten Hund an. Kid hob den Kopf – und da stand er, starrte ihn über den Ring hinweg unverwandt an, das intelligente Gesicht mit dem raubgierigen Ausdruck gerade erkennbar im körnigen gelben Licht: Gyp the Blood.
In diesem Halbdunkel hätte man ihn für Kids Doppelgänger halten können. Das gleiche weiße, gestärkte Hemd mit Kragen, rot karierte Weste unter dem Jackett, goldene Hufeisennadel im Revers. Eine Melone, so tief ins Gesicht gezogen, dass man seine Augen kaum sehen konnte. Kid nickte und tippte an die Krempe seines Huts, und nach einem langen Moment antwortete Gyp mit einem fast nicht wahrnehmbaren Nicken.
»Der erste Wettkampf«, brüllte der Ringmeister in seinem geborgten Jagdjackett. »Shadrach, von Harry Weisberg aus Greenpoint.«
»Wetten! Wetten! Ihre Einsätze!«
Die Buchmacher gingen durch die Reihen, Männer in langen Gehröcken, wie sie Bestattungsunternehmer trugen, und kritzelten mit Bleistiften in ihre schwarzen Notizbücher. Die Wetten wurden darauf abgeschlossen, wie lange der Hund brauchte, um eine Zenturie zu töten – einhundert fiepende, panische Ratten. Kid setzte erst einmal nur einen Fünfer. Er wettete nicht gerne auf Kämpfe, die er nicht selbst manipuliert hatte, und au-

ßerdem wollte er zuerst einen Blick auf den Hund werfen, ehe er richtiges Geld setzte.
Eins der kleinen Fallschotts am entlegenen Ende des Rings öffnete sich, und ein Foxterrier stolzierte heraus, weiß und rostfarben gefleckt, mit einer gezackten Narbe quer über der Nase. Er schien gut in Form zu sein.
»Eine Hündin!«, krähte einer der Zuschauer hinter ihm. »Seht doch, wie sie tänzelt! Oh, das ist ein Killer!«
»Wie viele?«
Am anderen Ende des Ovals öffnete einer der Jungen das kleinere Tor, und die Ratten kamen heraus. Sie waren kaum mehr als Schatten im diffusen Licht, ihre Augen schimmerten rötlich, als sie sich im Ring verteilten. Eine von ihnen rannte in ihrer Angst geradewegs auf den Terrier zu und war sein Bein schon zur Hälfte hochgeklettert, als sie ihren Fehler erkannte. Der Hund schnappte sie mit seinen scharfen Zähnen, schüttelte sie einmal kurz, um ihr Genick zu brechen, und schleuderte den leblosen Körper beiseite.
»Dreißig! Dreißig Minuten!«
»Fünfundzwanzig!«
Der Terrier ließ sich Zeit, wartete, dass die Ratten sich näher wagten, so dass er sie mit einem Biss erledigen konnte. Sie ließen immer zehn auf einmal heraus, alle paar Minuten, und der Hund tötete sie alle mit dem gleichen knappen, professionellen Schütteln – *wie eine Katze*, dachte Kid verwundert – oder er riss ihnen die Kehle auf, biss ihnen die Köpfe ab, was gerade am schnellsten ging. Er war perfekt abgerichtet.
»Wie viele? Wie viele?«
Der Hund legte eine Pause ein, als er sah, dass alle Ratten um ihn herum tot waren, und leckte sich zufrieden einmal kurz die Pfote. Die nächsten zehn Ratten kamen heraus, schnell und lautlos wie eine Nebelbank, und das Gemetzel begann von neuem.
»Das sind fünfzehn! Nein … neunzehn!«
Die Ratten torkelten an der Außenwand entlang, versuchten an ihr hochzuklettern. Manchen gelang es irgendwie, sich bis zur

eineinhalb Meter hohen Kante hinaufzuhangeln – nur um von den johlenden, brüllenden Zuschauern wieder in den Ring geworfen zu werden.

»Das sind dreißig! Mindestens dreißig!«

Kid konnte sehen, dass der Hund langsam müde wurde, sein stetiges Tempo aber beibehielt wie ein echter Profi. Es war jetzt schwieriger zu manövrieren, der Boden wurde glitschig von Rattenblut und Rattenteilen, die grauen Kreaturen versuchten, sich nagend einen Tunnel unter die Kadaver ihrer Artgenossen zu graben, um den erbarmungslosen Fängen zu entkommen.

»Säubert den Ring! Säubert den Ring! Das ist nicht fair!«, rief derselbe betrunkene Angestellte, der Kid versichert hatte, man könne den Kampf nicht manipulieren. Er klang so untröstlich, als habe er seine Liebste verloren. Sein Freund nahm den Ruf auf.

»Säubert den Ring!«

»Das Risiko gehört zum Spiel«, brüllten diejenigen zurück, die auf eine längere Kampfdauer gewettet hatten.

Es war so oder so gleich, denn Shadrach, die Hündin, lief nochmals zur Höchstform auf. Sie erkannte die lebenden Ratten am Zucken ihrer langen, schuppigen Schwänze, zerrte sie zurück und machte ihnen den Garaus. Kid setzte noch ein paar Fünfer auf lange und kurze Zeiten, um sein Risiko zu begrenzen, versuchte dann, den Kampf einzuschätzen und die goldene Mitte zu treffen.

Er warf einen kurzen Blick zu Gyp the Blood hinüber, der keine weiteren Wetten mehr platzierte und stattdessen unverwandt in den Ring hinabstarrte, ein gieriges Leuchten in den schwarzen Augen. Kid hatte ein ganz mieses Gefühl.

»Wie viele?«

Das Rattentor öffnete sich wieder, und noch einmal zehn Tiere ergossen sich in den Ring. Als sie all ihre toten Artgenossen sahen, stürzten sie sich in Panik und schierer Verzweiflung auf den Hund.

Das war der Moment, da eine Rattenhetze wirklich interessant

wurde. Sie rannten geradewegs auf den Terrier zu, fielen über Beine, Gesicht und Hals her. Es gelang ihm, die ersten beiden mit den Pfoten beiseite zu fegen, aber eine der Ratten durchbrach seine Verteidigung und verbiss sich in sein Vorderbein, nahe der Schulter. Dann noch eine und noch eine, bis sie von seinem Maul und Hals und den Beinen herabhingen, festgeklammert mit ihren furchtbaren, kleinen Zähnen.
Der Hund gab ein leises, klägliches Jaulen von sich. Ein paar seiner Angreifer konnte er abschütteln, und gezackte, blutende Wunden wurden in seinem Fell sichtbar. Die Ratten rollten sich auf die Füße und sprangen ihn sogleich wieder an, klammerten sich mit all ihrer Kraft an ihm fest.
Der kleine Junge, der hinter der hohen Wand des Rings verborgen war, öffnete das Schott und ließ die nächsten zehn herein. Sie waren größer als ihre Vorgänger, die Körper schwarz und schmierig, schmaler und länger. Kid erkannte, was hier gespielt wurde. Er winkte einem der Buchmacher, um seinen Einsatz mit einer Gegenwette abzusichern.
»Schluss! Keine Wetten mehr!«, erklärte der Mann und klappte entschieden sein schwarzes Büchlein zu. Aber Kids unbewegter Blick überzeugte ihn, doch herüberzukommen und seine Wette anzunehmen. Kid sah kurz zu Gyp, der immer noch unverwandt in den Ring hinabstarrte. Die Gesichter der Jungen um ihn herum leuchteten vor Aufregung.
»Ich will alles abschmeißen«, sagte Kid.
Und tatsächlich wurde der Terrier zusehends schwächer. Er hatte Blut verloren. Die großen, unerschrockenen neuen Ratten gingen ihm geradewegs an die Kehle. Der stolze kleine Hund wehrte sich tapfer, fegte sie beiseite, biss einer die Schnauze ab, und die Ratte taumelte mit einem furchtbaren, gequälten Schrei zurück. Aber der Hund blutete immer heftiger, und immer mehr Ratten fielen ihn an. Eine sprang in sein geöffnetes Maul und rammte sich in seine Kehle, so dass er sich nicht länger mit den Zähnen zur Wehr setzen konnte. Seine Hinterbeine knickten weg, während die Vorderpfoten noch wild nach den Angrei-

fern schlugen, dann fiel er auf die Seite, immer noch kämpfend, und die schlüpfrigen schwarzen Ratten kletterten übereinander in ihrem Eifer, ihn zu zerfleischen.
»Aufhören! Das reicht, sie hat genug!«
Weisberg sprang über die Wand, um seinen Hund zu retten, und trampelte wütend auf den Ratten herum. Als er in den Ring trat, waren die Ratten noch so im Kampfrausch, dass einige ihn ansprangen und sich in seine Ärmel und Hosenbeine verbissen. Weisberg fegte sie weg, ohne sie eines Blickes zu würdigen, zermalmte ihre Köpfe unter seinem Absatz. Er hatte nur Augen für seinen Hund, der zitternd am Boden lag, Brust und Hals blutüberströmt. Behutsam nahm er den kleinen Kopf in die Hände, wickelte den Hund in seinen Mantel und trug ihn aus dem Ring.
»Mein armes Mädchen«, murmelte er liebevoll, und die wachen kleinen Augen sahen immer noch ergeben zu ihm auf. »Mein armes Mädchen, was haben sie nur mit dir gemacht?«
»Hier wird nicht das Handtuch geworfen!«, rief einer der Jungen in Gyps Gefolge, enttäuscht, dass er kein Finale zu sehen bekommen sollte, ganz gleich, was für eines.
»Wasserratten! Wasserratten!«, riefen der Angestellte und seine Freunde und wandten sich zu den Buchmachern um.
»Schiebung! Schiebung!«
Ein paar der Baxter Street Dudes waren eilig in den Ring gestiegen und scheuchten die Ratten zurück in ihre Käfige. Gyp und sein Anhang saßen immer noch auf der kleinen Tribüne, und ihre Mienen zeigten größte Zufriedenheit. Die Buchmacher drückten sich Schutz suchend in ihrer Nähe herum.
Die verdrossenen Zuschauer zogen an die provisorische Bar im hinteren Teil des Kellerraums – Planken, die auf Mülltonnen ruhten –, während die älteren Jungen immer noch versuchten, die Ratten zusammenzutreiben. Jaulend umklammerten sie ihre blutenden Finger und schlitterten im Ring umher. Die kleineren Jungen schenkten den Whiskey aus und kassierten. Haarfransen hingen ihnen in die Augen, und sie mussten auf Kisten steigen, um über die Bar langen zu können.

Ein paar Nutten schlängelten sich durch die Menge und versuchten, die strahlenden Gewinner ausfindig zu machen. Die meisten waren kaum älter als die Baxter Street Dudes selber, bemerkte Kid, trugen ihre papierdünnen Kleider hochgeschlossen, um ihre tuberkulöse Brust und die dürren Hälse zu verbergen. Sie fanden die viel versprechendsten Kandidaten mühelos und legten die Arme um sie, so unbefangen, wie ein anderes Mädchen ihres Alters auf den Schoß ihres Vaters kletterte.

Kid hätte nichts dagegen gehabt zu verschwinden. Er hatte ungefähr plus minus null abgeschlossen, vielleicht sogar ein paar Dollar gewonnen, und er verspürte nicht das geringste Bedürfnis, mit Gyp the Blood zu reden. Spanish Louie wollte auch gehen. Der Grabber war doch nicht aufgekreuzt, und es waren keine Mädchen hier, die er mit seinem gezwirbelten Schnurrbart und den mexikanischen Revolvern mit den ziselierten Perlmuttgriffen hätte beeindrucken können.

Das einzige Problem bestand darin, an Gyp vorbeizukommen, der sich an der Bar postiert hatte. Kid hatte eine Kanone in jeder Jackentasche, eine gute Klinge in der Uhrentasche seiner Weste, ein Rasiermesser im Schuh und, wenn das alles nichts half, einen kleinen, flexiblen Schlagstock in der Hosentasche, aber er gab trotzdem nicht viel auf seine Chancen. Gyp hatte seine Jungs bei sich, Lefty Louie und Dago Frank und Whitey Lewis, und Kid hatte nur Spanish Louie, der einen brauchbaren Killer abgegeben hätte, wenn das hier eine Vorstellung in einem dieser Nickelodeon-Filmtheater gewesen wäre.

Doch es bestand keine Hoffnung auf einen unbemerkten Abgang. Der Strom von Prostituierten, jungen Gangstern und Gästen trieb sie unaufhaltsam Richtung Bar, und als sie dort ankamen, hielt Gyp bereits Hof wie der König von Siam. Er saß in einem ausladenden Rattansessel, den die findigen Baxter Street Dudes irgendwie organisiert hatten, und pellte ein paar Scheine von dem dicken Bündel, das er gewonnen hatte. Er gab sie Dago Frank für den Jungen hinter der Bar.

»Diese Runde geht auf mich«, rief er, und die Meute um ihn herum jubelte und johlte und drängte näher.
»Hallo, Kid«, sagte er, als sie Auge in Auge standen. Whitey Lewis und Lefty lehnten sich begierig über die Schultern ihres Bosses und lächelten boshaft wie Wachhunde an einer langen Leine, und derweil nahm Kid aus dem Augenwinkel wahr, wie Spanish Louie versuchte, sich hinter seinem Rücken zu verstecken. Alles andere als beruhigend.
»Hey, Lazar«, sagte er, führte den richtigen Namen ins Feld, um Gyp aus dem Konzept zu bringen. Aber Gyps Augen blickten ihn weiter unverwandt an, bis auf den Moment, da sie zu einem Zeitungsjungen und ein paar Angestellten hinüberglitten, die seiner rechten Schulter immer näher kamen, und zu einem Jungen, der eine Schaufel voll toter Ratten zum Mülleimer hinübertrug. Gyp entging nie etwas, wusste Kid, und er war verdammt schnell.
»Du hattest hier heut' Abend wohl die Fäden in der Hand ...«
»Hast du noch mal über die Sache nachgedacht, wie ich gesagt hab?«, fiel Gyp ihm ins Wort. Er reinigte sich die Fingernägel mit einem Stilett, das so scharf war wie Glas und so mühelos zu verbergen wie ein Zahnstocher. Die Zeitungen behaupteten, Gyp lese in seiner Freizeit philosophische Bücher und seine Lieblingsautoren seien Voltaire und Darwin und Huxley und Herbert Spencer, aber Kid konnte sich irgendwie nicht so recht vorstellen, dass Philosophie das Hauptinteresse dieses Mannes war.
»Halt dich da raus, Gyp, das ist Sache der Cops. Sollen sie sich selbst darum kümmern, wir haben's doch nicht nötig, deren Drecksarbeit zu machen.«
»Gyp? Du bist Gyp the Blood?« Es war der betrunkene Angestellte, den er draußen vor dem *Grand Duke's* so dummes Zeug hatte reden hören.
»Stimmt«, sagte Gyp, ohne Kid aus dem eisigen, abschätzenden Blick zu entlassen.
»Ist es wahr, was man sich erzählt? Dass du einem Mann auf dei-

nem Knie das Kreuz brichst, wenn dir jemand eine Wette anbietet?«
»Soll ich's dir beweisen?«
Als Gyp das sagte, begann Kid zurückzuweichen und steckte die Rechte so verstohlen wie möglich in die Jackentasche. Er sah, dass Lefty Louie und Whitey Lewis ebenfalls in ihre Taschen griffen, aber Gyp rührte sich nicht.
»O ja!«, rief der Angestellte begierig. »Ich würd's mich was kosten lassen, das zu sehen!«
Gyps entsetzliche Augen ruhten weiterhin auf Kid.
»Es wird passieren«, sagte er. »Die Frage ist, ob du dabei bist oder nicht.«
»Also? Ist es nun wahr?«, wollte der Angestellte wissen.
Gyp sah den Mann zum ersten Mal an, während Kid weiter zurückwich. Er bewegte sich im Halbkreis auf Gyps rechte Seite.
»Du willst es also wissen? Dann musst du spielen.«
»Wie meinst du das?«, fragte der Angestellte, mit einem Mal ein bisschen unsicher.
»Zwei Dollar. Du musst setzen.«
»Einverstanden. Sicher.« Der Angestellte lachte nervös, dachte wohl, er werde auf den Arm genommen, und er zog zwei Silberdollars aus seiner Westentasche und ließ sie in Gyps Schoß fallen.
»Ich bin dabei. Und wer soll es sein?«
Ohne ein weiteres Wort packte Gyp den Angestellten am Schlips, zog ihn mit einem Ruck nach unten und rammte ihm das Knie ins Gesicht. Dem Mann knickten die Beine weg, und Gyp warf ihn sich über den Schoß, mit dem Gesicht nach oben, und hielt ihn an Hals und Knien umklammert.
»Also schön, du willst es sehen?«
Auf einmal war es vollkommen still. Alle drängten heran, um zuzusehen, der Zeitungsjunge, die Nutten, die Baxter Street Dudes. Nur Kid rührte sich noch, bewegte sich weiterhin im Halbkreis, bis er genau hinter Gyps rechter Schulter stand. Er stellte fest, dass Whitey Lewis und Dago Frank ihn nicht mehr

beachteten, sondern wie gebannt auf den Angestellten hinabstarrten. Der Junge, der die toten Ratten fortgeschafft hatte, stand neben Kid, die Schaufel an seiner Seite.

»Zwei Dollar.«

Die Augen des Angestellten waren rund und verschleiert, er war zu entsetzt, um zu betteln, würgte kleine gelbe Bröckchen hervor, die ihm über Mund und Gesicht rannen. Er war ein schmächtiger Mann, stellte Kid fest, wirkte erbärmlich klein und hilflos auf Gyps Knien in seinem zerknitterten Anzug. Seine abgewetzte Melone kullerte über den Boden.

Gyp sah in die Runde. Dann hob er den Mann ohne weitere Vorwarnung hoch, ließ ihn wieder herunterkrachen und hob gleichzeitig seine Knie.

»Eins, zwei, drei!«

Rechts, links und wieder rechts, dreimal ertönte ein vernehmliches Krachen, lauter als Pistolenschüsse hallte es durch den Raum. Der Angestellte kreischte wie eine Frau, und Gyp steckte seine Münzen ein.

»Zwei Dollar.«

Er warf den Mann zu Boden, gleich neben seinen Hut, wo er zuckend liegen blieb, kaum noch am Leben, Arme und Beine gelähmt, unfähig, auch nur zu schreien oder irgendetwas zu tun außer kurze, schreckliche, keuchende Laute von sich zu geben.

»Sonst noch wer?«

Ein leises, beeindrucktes Gemurmel erhob sich unter den Zuschauern, und dann redeten alle auf einmal. Männer drängten nach vorn, wedelten mit ihrem Geld und ignorierten den Angestellten, der sich nach wie vor im Dreck wand. Gyps Wachhunde klopften ihnen ermutigend die Schultern, sie hatten Kid vollkommen vergessen.

»Wer ist der Nächste?«, rief Gyp, und die Menge wogte näher.

»Mach's noch mal! Mach's noch mal!«

»Diesmal will ich's auch sehen!«

»Wer soll's denn sein?«

Sie erstarrten, als Gyp seinen eisigen Blick auf sie alle richtete, warteten, dass er seine Wahl traf. Dann streckte er seine großen Hände aus und griff nach dem Zeitungsjungen, ehe irgendwer ihn hindern konnte, ehe der Zeitungsjunge selbst auch nur wusste, wie ihm geschah.

Das war der Moment, da Kid die Schaufel des Ratteneinsammlers in der Hand spürte. Der Junge hatte nicht gemerkt, dass sie ihm stibitzt worden war, die Ereignisse bannten seine ganze Aufmerksamkeit. Gyp the Blood balancierte den Zeitungsjungen auf seinen Knien, maß Gewicht und Größe, eine Hand strich versonnen über den Hals.

»Das hier wird ein Schnellschuss«, sagte er grinsend, und sein Publikum lachte anerkennend.

Er wandte sich wieder seinem Opfer zu und machte Anstalten, dem Jungen mit einem Ruck seines Knies das Kreuz zu brechen, und Kid hob die Schaufel über seinen Kopf und ließ sie mit aller Kraft, die er aufbieten konnte, auf den Scheitel in Gyps üppigem, rabenschwarzem Schopf niedersausen. Er wusste nicht, warum er es tat, sollte niemals herausfinden, warum, aber es war geschehen, und was geschehen war, ließ sich nicht ungeschehen machen, schon gar nicht, wenn es sich um Gyp the Bloods blutenden Schädel handelte. Das Nächste, was er wahrnahm, war, dass all die Penner und die Baxter Street Dudes und die Angestellten durcheinander brüllten, und die Nutten kreischten, und alle bewegten sich Richtung Treppe.

Kid stieß zwei der Mädchen beiseite und sprang auf die unterste Stufe. Ein feiner Pinkel im Zylinder tauchte plötzlich vor ihm auf und kam die Treppe herunter. Sein Mund stand weit offen, die Hände waren noch mit den Knöpfen seiner Hose beschäftigt. Er kam von Gott weiß woher, um hier noch ein bisschen mehr Spaß zu kriegen. Kid trat ihm in die Eier und schleuderte ihn beiseite, rannte zur Tür, und Spanish Louie und der Zeitungsjunge wichen nicht von seiner Seite. Zwei der Baxter Street Dudes versuchten, ihn oben am Treppenabsatz aufzuhalten, und die Zeit war zu knapp, um auch nur eine seiner Waffen zu ziehen, also drückte er dem einen die flache Hand gegen die

Nase, bis sie fast an die hintere Schädelwand stieß, fegte den anderen mit einer Ohrfeige beiseite, und dann waren sie frei, oben im Erdgeschoss und raus durch die Tür.
Hinter sich hörte er neue Schreie, als Gyps Jungs anfingen, wild rumzuballern, um sich einen Weg durch die Menge zu bahnen. Aber er sah nicht zurück, sah nicht zurück, bis sie zur Tür raus und die ganze Baxter Street entlanggerannt waren und den ganzen Weg bis zur Bowery. Ein paar wilde Schüsse aus viel zu großer Entfernung prallten hinter ihnen von den Laternenmasten ab, prasselten wie Hagel auf einem Blechdach, ein paar ferne Flüche und Schreie hallten durch die finsteren Straßen hinter ihnen, und dann waren sie wieder in der Zivilisation (wenn man die Bowery denn so nennen wollte). Blieb nur noch die Frage, was um Himmels willen er jetzt tun sollte, nachdem er den gefährlichsten Irren von ganz New York so tödlich beleidigt hatte. Wenigstens war der Zeitungsjunge mit ihm entkommen. Wenigstens war der Junge in Sicherheit. Kid beugte sich zu dem Kind mit den großen, staunenden Augen und der riesigen, tief ins Gesicht gezogenen Kappe hinab und legte ihm eine Hand auf die Schulter.
»Alles in Ordnung, Junge. Jetzt bist du in Sicherheit.«
Der kleine Zeitungsverkäufer erwiderte seinen Blick, und die ersten blauschwarzen Bartstoppeln zeigten sich auf den rußbeschmierten Wangen.
»Wen nennst du hier Junge?«, fragte er, mit einer Stimme, rau wie Sandpapier.

5

Trick der Zwerg

Ich versteckte sie draußen in Coney, im Arsch des *Tin Elephant.* Louie, der wie ein Flamencotänzer verkleidet war, hielt einen Hansom an, und ich ließ den Kutscher Richtung Brooklyn fahren. Er sah uns von seinem Bock herab scharf an, eine große, geisterhafte Gestalt in der Dunkelheit unter der Hochbahn der Bowery, und tippte dann respektvoll mit der Peitsche an seinen Hut.

Es bestand kein Zweifel, dass er uns verpfeifen würde, sobald er zurückkam. In Brooklyn Heights stiegen wir aus – die Mundwinkel des Fahrers verzogen sich enttäuscht nach unten, obwohl wir ihm ein anständiges Trinkgeld gaben. Dann gingen wir ein paar Blocks zu Fuß, an McCooeys prachtvollem, überflüssigem Rathaus vorbei, bogen ab auf die Joralemon und eilten dann durch gepflegte, braun gepflasterte Straßen, die so still dalagen wie ein Dorf auf dem Land.

Irgendwo hinter uns hörten wir den gedämpften Hufschlag der Mietkutsche. Der Fahrer versuchte uns zu folgen, suchte nach uns. Wir tauchten in eine schmale Gasse ein, nahmen dann einen zweiten Hansom in entgegengesetzter Richtung, am Prospect Park und den Parade Grounds vorbei. Dann liefen wir wieder, einen neuen Boulevard hinunter, den man nach Coney benannt hatte, obwohl die Insel ungefähr so weit entfernt zu sein schien wie Sumatra.

In dieser Gegend gab es absolut gar nichts. Sie hatten die irischen Slums und die afrikanischen Dörfer abgerissen, die ständig aus dem Flachland hervorsprossen wie Maipilze nach dem Regen. Jetzt gab es hier nichts als leere, schuttübersäte Grundstücke, die zukünftigen Blocks schon in säuberliche Quadrate unterteilt. Ordentliche kleine Schilder verkündeten die prätentiösen englischen Namen der künftigen Stadtteile: Kensington und Borough Park, Bensonhurst und Gravesend, und immer weiter liefen wir durch dieses zukunftsträchtige Ödland, bis wir schließlich nach Coney Island kamen.

Ich brachte sie gleich zum alten *Tin Elephant.* Ich hätte sie auch in meiner Stadt unterbringen können – ich besaß schließlich einen Palast! –, aber da wären sie aufgefallen wie, na ja, wie zwei Monolithen in der Prärie.

Glücklicherweise gab es selbst auf Coney Island keinen Mangel an verschwiegenen Örtlichkeiten, wo man sich in vollkommener Abgeschiedenheit und Anonymität erhängen konnte. Um diese Zeit war es ein leichtes, ein Zimmer im Arsch des Elefanten zu bekommen. Es war beinah schon Tagesanbruch, als wir ankamen, und die letzten Freier für diese Nacht stolperten gerade heraus, die Hüte tief ins Gesicht gezogen. Sie rochen nach Würstchen und Gin und Bettschweiß.

Die Huren waren noch auf und wuschen sich in ihren Zimmern. Wir hörten sie rufen, als wir die Wendeltreppe hinaufstiegen, sie unterhielten sich von Zimmer zu Zimmer, hübsche, helle Stimmen, die zwitscherten wie Singvögel, glücklich, dass sie die Nacht hinter sich gebracht hatten. Doch es war auch zu dieser Stunde, dass sie sich das Leben nahmen, wenn alle Verheißung des frühen Abends, des hell erleuchteten Salons und der Klaviermusik und des Geruchs vom ersten frisch gezapften Bier sich wieder nur in Gestalt eines grunzenden, schwitzenden, zweihundertfünfzig Pfund schweren Scheuerbürstenvertreters erfüllt hatte. Eine der Singvogelstimmen blieb plötzlich aus, und dann fanden sie sie in ihrem Zimmer, erhängt mit ihrem eigenen Kimonogürtel oder mit einer Überdosis Opium vergiftet.

Ich brachte meine neuen Freunde zu dem Zimmer ganz am Ende des Flurs, wo ich gewohnt hatte, bevor ich Matty Brinckerhoff überredet hatte, für mich und die meinen Liliputa zu erbauen. Irgendein wahnsinniger Vorgänger von Brinckerhoff hatte das Hotel vor dreißig Jahren entworfen, als solche Sachen der letzte Schrei gewesen waren: ein Gebäude in Gestalt eines Elefanten, komplett mit Stoßzähnen und Rüssel, eine Aussichtsplattform oben auf dem indischen Sattel, Läden und Spielautomaten und ganze Showbühnen und Tanzlokale in seine gewaltigen Beine gezwängt. Nachts leuchteten seine gelben Augen auf den Boardwalk und das Meer hinaus, eine ungezähmte Bestie, die versteckt zwischen den respektableren Hotels lauerte.
Über die Jahre war der *Tin Elephant* langsam aber sicher heruntergekommen, wie alles andere auf Coney Island. Ein Wunder, übertroffen von neuen Wundern. Die Zimmer füllten sich mit Huren und anderem menschlichen Treibgut. Das Zimmerchen, das ich bewohnt hatte, enthielt nichts als ein Bett, eine Waschschüssel, einen Tisch und einen Stuhl, die ich selber abgesägt hatte – der Geschäftsführung war es gleich, was man mit dem Mobiliar anstellte, solange man wöchentlich seine Miete zahlte –, und die schwarze Seemannskiste, die ich dreißig Jahre lang als Attraktion bei internationalen Spektakeln und anderen Entwürdigungen mitgeschleppt hatte.
Es war zu laut, um nachts wirklich zu schlafen, mit den Nutten und ihren Freiern. Unter dem Blechdach wurde es brüllend heiß, wenn die Sonne schien, und bei Regen hörte es sich an wie der Hammer auf dem Amboss. Glücklicherweise hatte ich Arbeit: Ich war Anheizer für eine der kleinen Nebenshows im Luna Park.
»Trefft den Nigger! Trefft den Nigger in die Visage! Drei Bälle für den Preis von fünfen! Drei Würfe und ein großer Preis, wenn ihr den Nigger in die Visage trefft!«
Luke, der arme, schwachsinnige Schwarze, den sie zu dem Zweck engagiert hatten, steckte den Kopf durch ein großes,

nicht besonders kunstvolles Bild von einem gelben Mond und schenkte der Menge ein breites zahnloses Grinsen. Es war ein Furcht einflößender Anblick: Sein Preisboxerschädel mit all den seltsamen Schwellungen und Geschwüren an den seltsamsten Stellen war knorrig wie ein alter Apfelbaum. Seien wir mal ehrlich, für einen solchen Job braucht man einen, der mehr als nur ein bisschen weggetreten ist.

Es war keine schwere Arbeit, nicht für mich jedenfalls. Ich brauchte nicht viel zu tun, und wie schnell und mit welcher Wucht die Baseballs flogen! Es waren echte, massive Baseballs, genauso hart wie die, die Christy Mathewson oben im Polo Grounds warf. Und die Leute waren so scharf darauf, einen Treffer zu landen, dass sie ständig ihre Preise vergaßen, und ungefähr einmal pro Stunde musste ich den alten Luke hinter die Bude führen und abwaschen, damit die ganze Sache nicht zu blutig für einen Familienausflug wurde. Also, sagen wir einfach, es war nicht gerade eine besonders erbauliche Tätigkeit.

Aber es gab schlimmere Jobs auf Coney Island, ob ihr's glaubt oder nicht. Jedenfalls für mich schlimmere Jobs. Drüben im Steeplechase Park gab es noch einen von meiner Sorte, und zwar dort, wo die zahlenden Kunden von ihren mechanischen Pferden stiegen. Eine grinsende, dämonische Karikatur von einem Zwerg in einem Harlekinkostüm mit Hut und weißer Schminke.

Ich hatte ihn einmal beobachtet. Mit einem elektrischen Viehtreiberstock jagte er die rotgesichtigen Angestellten, die Tagelöhner und Fabrikarbeiterinnen über die Lüftungsschächte, so dass die Röcke der Frauen sich bauschten und ihnen um die Ohren flatterten – und das alles zur Belustigung der anderen zahlenden Kunden, die oben auf den Rängen der Laughing Gallery saßen. Was für Lachsalven er ihnen entlockte! Die Männer vollführten wahre Luftsprünge, die Hände auf den Hintern gepresst wie die Keystone Kops in Mack Sennetts Slapstick-Filmen, die Frauen rannten und kreischten vor Furcht und hielten die Hände vor ihr Geschlecht.

Er tanzte und hüpfte und verfolgte sie über die ganze Bühne, grinste anzüglich und zwinkerte zur Galerie hinauf, wo sie saßen und sich vor Lachen bogen – die Zimmermädchen und Kohlenschlepper, die Straßenbahnschaffner und Kellnerinnen und die kleinen, korrupten Stadtpolitiker, die sich alle noch ihr eigenes, brennendes Hinterteil rieben.

Hin und wieder versuchte einer der großen Leute, ihn zu schnappen, aber der kleine Teufel war zu schnell. Er huschte um ihn herum, vor und zurück zwischen den Beinen seines Verfolgers hindurch, und drosch auf dessen Genitalien ein, bis er schreiend um Gnade bettelte.

Während ich zusah, versuchte ein unschuldiges junges Mädchen an ihm vorbeizukommen. Sie wirkte, als habe sie das Gefummel während des Ritts schon genug verunsichert; dicke, fettige Fingerabdrücke waren auf der Brust ihrer weißen Hemdbluse zu sehen. Die Menge kreischte, als er auf sie losging, der übergroße Clownshut schwankte grotesk auf seinem Kopf hin und her. Er trieb sie zurück, voller Angst bedeckte sie ihre Brust mit den Armen, und die übrigen Reiter hasteten vorbei, einfach nur froh, dass sie unbemerkt blieben. Als sie nach draußen kamen, atmeten sie erleichtert auf und nahmen ihre Plätze in der grölenden Menge auf der Laughing Gallery ein.

Ich konnte nicht länger hinschauen. Das war meine größte Angst, bevor Liliputa gebaut wurde, dass ich irgendwann gezwungen sein könnte, eine solche Arbeit anzunehmen. Es ist eine merkwürdige Sache mit der Verderbtheit: Immer wenn man meint, man sei ganz unten angekommen, findet sich irgendwo doch noch ein tieferer Punkt, wohin man abrutschen kann.

Die Nächte vertrieb ich mir mit meinen Streifzügen durch die Bowery. Und dort sah ich sie zum ersten Mal, bei einem früheren, etwas erfolgreicheren Besuch im *Grand Duke's Theatre*. Die Liebe meines Lebens. Meine Königin, Herrscherin über Liliputa. Die verrückte Carlotta.

Ich lehnte an der Bar, als er sie hereinbrachte, nippte an einem Whiskey, veredelt mit heißem Rum, Kampfer und Benzol und einer Prise Kokain und Sägemehl. So einen Drink bekam man längst nicht überall in der Stadt. Oder vielleicht doch …
Marconi, Meister der unsichtbaren Luftwellen nannte er sich, nach diesem berühmten Italiener. Er trug den dazugehörigen gewachsten Schnurrbart, pomadisierte Haare, sogar ein Cape. Er hatte sie sich unter den Arm geklemmt wie einen Vertreterkoffer. Dann setzte er sie auf die Bar. Sie sah aus wie eine richtige Puppe – sie war nicht mal einen Meter groß –, und er stellte sie mit seiner dröhnenden Vollidiotenstimme den Stammgästen des *Grand Duke's* vor:
»Ladys und Gentlemen! *Darf* ich Ihnen eine *Kost*probe des *heu*tigen *Un*terhaltungsprogramms geben: Die *un*glaubliche mechanische *Thumbelina!*«
Sie saß vollkommen reglos zwischen den Gläsern und Pfützen aus verschärftem Bier, in ihrer zerrissenen schwarzen Spitzenstola, und für einen Augenblick dachte ich, vielleicht sei sie wirklich eine Puppe. Ich hatte noch nie ein Exemplar unserer Art gesehen, das so perfekt war. Ihr Haar war in Puppenlöckchen aufgesteckt, rote Puppenkringel auf ihre Wangen gemalt, was aber ihrer makellosen Porzellanhaut keinen Abbruch tat. Ihre wundervollen glasblauen Augen blickten starr ins Leere. Es war alles da, in exquisiter Miniatur: Glieder, Kopf und Brust – ein perfekter kleiner Frauenkörper.
Ich war verliebt.
»Dies ist das neueste Ergebnis mechanischer Kunstfertigkeit, und ich, der große Marconi, habe ihr Leben eingehaucht durch die Kräfte aus dem unsichtbaren Reich der Luft!«
Er hob dramatisch die Arme wie ein billiger Schmierenkomödiant – genau die Sorte Geste, wie die jugendlichen Gangster sie liebten –, und sie bewegte sich. Erst drehte sich ihr Kopf, hochmütig, langsam. Ein paar Zentimeter von einer Seite zur anderen, wie ein Puppenkopf sich bewegen würde. Es schien ewig zu dauern, und bis sie uns schließlich ihr perfektes Porzel-

lanprofil zuwandte, hatte sie uns vollkommen in ihren Bann geschlagen.
»Ein Wunder!«
»Er ist ein neuer Edison!«
Doch sie war noch nicht fertig. Langsam, langsam, mit unglaublichen, abgehackten Puppenbewegungen, hob sie den rechten Arm, die winzigen, perfekten Finger steif ausgestreckt. Sie begannen, sich auf und ab zu bewegen, auf und ab in einer stetigen Schneidebewegung, die für meinen Geschmack so aussah, als wolle sie dem Wunsch Ausdruck verleihen, uns allen die Köpfe abzuschlagen.
»Seht doch! Ein Segen!«
»Sie segnet uns! Das bringt Glück, das bringt Glück!«
»Das reicht fürs Erste! Vorstellung in einer Stunde!«, rief der Marconi-Abklatsch, hob sie von der Bar und steckte sie wieder unter sein Cape, ihre Glieder immer noch in perfekter, steifer Puppenmanier abgespreizt.
»Betrüger! Sklaventreiber! Er ist ebenso wenig Marconi wie Makkaroni!«, rief ich mit Falsettstimme von der Bar. Ich wurde beiseite gestoßen, abgedrängt von den echten Jungen, die sich um die Bühne drängten und begierig ihre Rückkehr erwarteten.
»Könnte sie echt sein?«
»Was sie wohl sonst noch kann? Alles?«
Da musste ich bleiben und zuschauen. Ich weiß nicht, ob es am Whiskey lag – oder am Sägemehl –, aber ich wusste, ich musste bleiben und sie retten. Es war meine Bestimmung.

Als die Vorstellung näher rückte, war das *Grand Duke's* zum Bersten voll; die Nachricht hatte sich rasend schnell verbreitet, wie üblich. Die Jungen konnten ihre Ungeduld während des Vorprogramms kaum bezähmen, nicht einmal, als ihr geliebter Bowery Boy auftrat. Noch ehe der das Bühnenmobiliar zertrümmert hatte, riefen sie nach ihr:
»Thum-be-li-na! Thum-be-li-na!«
»Lasst uns die Puppe sehen! Lasst uns die Puppe sehen!«

Als Nächstes trat ein Barbershop-Quartett auf, Jungen, die sich als Huren verkleidet hatten. Normalerweise war einer solchen Nummer im *Grand Duke's* der Erfolg immer sicher, vor allem, wenn der Bariton sang. Aber heute Abend hatte das Publikum kein Interesse daran.

»Lasst uns die wunderschöne Puppe sehen!«

Faules Obst und Eier begannen zu fliegen, etwas, was ich nie zuvor mit eigenen Augen in einem Theater erlebt hatte. Gott allein mochte wissen, woher sie das Zeug hatten – vermutlich war es ihr Abendessen. Der Vorhang fiel vor das Barbershop-Quartett, was eine neue Welle von Gejohle, Pfiffen und Flüchen auslöste, dann öffnete er sich wieder und enthüllte Marconi, der die »Puppe« auf dem Arm trug, perfekt ausbalanciert und geradezu unheimlich reglos. Die Jungen gerieten außer Rand und Band.

»Gentlemen, Gentlemen!«, rief er – offenbar war ihm endlich aufgegangen, dass keine Ladys im Saal waren, es sei denn, man wollte die Water-Street-Huren so nennen, die sich in den Ecken herumdrückten und präpubertären Zeitungsjungen für den Preis eines gesamten Tageslohns einen bliesen.

»Willkommen zum größten Wunder unserer Zeit! Die phan*tas*tische, mechanische *Thumbelina!* Sie kann jede Handlung ausführen – absolut jede – wie eine normale, menschliche Frau!«

Die Reaktion der Jungen war vorherzusehen gewesen:

»Ausziehen! Aus-zie-hen!«

»Sie soll ihren Rock hochheben und uns ihre Möse zeigen!«, rief einer, und die anderen applaudierten und lachten zustimmend. Marconi sah sie unbeirrt an und hob die Hand zu einer großen, vorwurfsvollen Geste.

»Höre ich auch einen *anständigen* Vorschlag?«

Es gab einen neuerlichen Tumult, und die Idee, sie auszuziehen und zu sehen, was sie so zu bieten hatte, fand immer noch eine große Anhängerschaft. Aber dann verschaffte eine unschuldigere Stimme sich Gehör über das Getöse.

»Sie soll umhergehen!«

»Was?«

Das Publikum schien anfangs enttäuscht, erwärmte sich dann aber offenbar für die Schlichtheit dieser Aufgabe.
»Ja! Wenn sie nicht nur eine Aufziehpuppe ist, dann wollen wir sie gehen sehen!«
Marconi nickte feierlich, mit dem ihm eigenen Schaubuden-Pathos, so als sammle er die Kräfte ganz tief in seinem Innern.
»Einverstanden. Seht her! Die *un*glaubliche mechanische Thumbelina – geht!«
Er stellte sie behutsam auf den Boden, und selbst das machte sie perfekt. Sie war eine erstaunliche Schauspielerin, sie glitt von seinem Arm, wie eine Puppe es getan hätte: den Kopf gesenkt, die Glieder unbeweglich. Dann knickten ihre Knie ein, und alle, einschließlich meiner Person, bückten sich spontan, als wollten sie sie vor dem Sturz bewahren.
Marconi streckte den Arm aus, ehe sie fiel – und plötzlich, ohne ihn auch nur zu sehen, stand sie wieder, als sei eine äußere Kraft in ihre Beine geflossen. Mit weit geöffneten Augen stand sie da, aber sie rührte sich nicht, schien nicht einmal zu atmen.
Er hob seinen linken Arm – und langsam, unerträglich langsam hob sich ihr linkes Bein. Er warf den rechten Arm in die Luft – und ebenso unerträglich langsam streckte sie ihr rechtes Bein vor und vollendete einen kleinen Schritt.
»Geh!«, donnerte er. Und sie ging. Steifbeinig wie eine Gans, aber dennoch auf eigentümliche Weise elegant; ein unirdisches, mechanisches Schlafwandeln.
Sie bewegte sich weiter auf ihren kleinen Beinen, kam geradewegs auf uns zu, die Augen starr auf einen Punkt über unseren Köpfen gerichtet, als wollte sie immer weitergehen und am Ende von der Bühne purzeln. Sie erreichte den Rand, ein Fuß schwebte schon über dem Abgrund …
»Kehr um!«
Augenblicklich vollführte sie eine perfekte mechanische Ballettdrehung und begann, zu ihrem Meister zurückzumarschieren. Marconi dirigierte sie mit dämlichen pantomimischen Gesten, die aussahen, als ziehe er ein Boot an Land. »Halt!«, befahl er,

hob die Hand wie ein Verkehrspolizist, und sie verharrte mitten im Schritt, das linke Bein noch angehoben, aber vollkommen reglos.
Das Publikum tobte. In ihren Herzen müssen sie inzwischen gewusst haben, dass sie keine Puppe war – diese zynischen, mit allen Wassern gewaschenen Straßenkinder –, aber sie jubelten trotzdem.
»Jetzt tanze!«
Sie vollführte eine zweite perfekte Ballettdrehung, so dass sie wieder zum Publikum gewandt dastand, setzte den angehobenen linken Fuß auf den Boden und machte einen ungelenken Knicks. Schließlich begann sie, die Arme zu bewegen, wieder sehr mechanisch, streckte sie in die Höhe wie eine Marionette. Dann veränderte sie sich, schnell und nahtlos, direkt vor unseren Augen. Die Arme hoben sich über ihren Kopf, die Füße bewegten sich schneller. Sie wirbelte umher, beugte den Oberkörper und vollführte graziöse Pirouetten wie eine Tänzerin des russischen Balletts. Ihre Arme wiegten sich wie Weiden, ihre Locken flogen, doch ihr Gesicht blieb unbewegt und ausdruckslos. Sie tanzte jetzt irgendetwas aus einem Epos, diese winzige, makellose Frau: eine trojanische Prinzessin oder eine gefangene hebräische Jungfrau.
Sie wartete, bis ein verblüfftes Schweigen sich ausgebreitet hatte – bis wir alle es glaubten –, und dann wurde sie langsamer. Oder genauer gesagt, ihre Mechanik lief ab, wieder genau wie bei einer Puppe. Langsam, langsam verringerte sich ihre Beweglichkeit, verkleinerten sich die Gesten, bis sie schließlich jeden Antrieb verloren zu haben schien. Ihr Kopf fiel auf die Brust, die Arme baumelten herab, und dann fiel sie auf die Knie – ein authentisches, hölzernes Klappern ertönte, als sie auf der Bühne aufschlug.
Einen Augenblick herrschte noch atemlose Stille, dann begannen die Gäste im *Grand Duke's Theatre* zu toben. Sie stürmten die Bühne, und der Große Marconi musste seine ganze Geistesgegenwart und Geschicklichkeit aufbieten, damit das Geheim-

nis seiner Puppe nicht gelüftet wurde. Er versteckte sie wieder unter seinem Cape und wehrte die Jungen mit dem freien Arm ab.
»Die nächste Vorstellung beginnt in einer Stunde!«, rief er über das Gebrüll hinweg, warf sie in die kleine Kammer, die als Garderobe diente, und stellte sich vor die Tür, um Wache zu halten. »Bitte! Es braucht Zeit, die Magno-Elektrowellen wieder aufzubauen!«
Sie trampelten und pfiffen und brüllten weiterhin nach ihr. Die Inspizienten gaben das Zeichen für den Beginn der nächsten Vorführung. Auszüge aus *Richard III.*: Clarence, der in seinem Fass ersäuft, Hastings, dessen Kopf Richard beim Essen präsentiert wird, die Ermordung der Prinzen im Tower – die besten Szenen eben. Sie wollten nichts hören und sehen, riefen weiterhin nach Thumbelina und bewarfen die bedauernswerten Schauspieler mit Gemüse.
Marconi wachte eine Zeit lang vor ihrer Tür, aber ich wusste, er würde nicht ewig dort bleiben. Sein Säuferblick war mir schon vorher aufgefallen, voller Gier glitt er von Glas zu Glas. Ich war sicher, irgendwann würde sein Durst zu übermächtig, und wartete in aller Ruhe ab, bis er ein Vorhängeschloss an der Tür befestigte und mit einem Schlüssel absperrte, der irgendwo tief unter seinem geheimnisvollen Cape verschwand. Dann ging er davon, um sich der New Yorker Jugend an der Bar anzuschließen.
Es gab auf der ganzen Welt kein Schloss, das ich nicht knacken konnte – eine der fragwürdigen, aber nützlichen Künste, die man zwangsläufig erlernt, wenn man ein Leben lang im Showbusiness arbeitet. Dieses hier öffnete ich innerhalb weniger Sekunden mit einer Haarnadel. Die Tür schwang auf, und da war sie – schön und menschlich und nicht länger leblos. Sie richtete sich die Haare vor dem Spiegel einer windschiefen Frisierkommode, die ein paar der Baxter Street Dudes am helllichten Tage von einem Möbelkarren gestohlen hatten, der den Broadway hinabrollte.
Sie sah mich nicht an, als ich eintrat, und dafür war ich dankbar.

Sie wandte sich überhaupt nicht um, bis sie feststellte, dass ich das Licht hinter ihr nicht aussperrte und folglich nicht der große Mensch in ihrem Leben sein konnte. Als sie sich endlich umdrehte, tat sie es langsam, erhaben – zweifellos in der Annahme, ich sei ein Junge.

»Es kostet fünf Dollar«, sagte sie, hochmütig wie eine Königin.

»Mein Gott, dazu zwingt er dich auch?«

Sie hörte meine unverstellte Stimme, aber sie fuhr lediglich fort, ihre Locken zu richten, betrachtete sich im Spiegel und antwortete mit der unverhohlenen Überheblichkeit eines Monarchen *in extremis* – Charles I., der ein frisches Hemd verlangt, Louis XVI., der die Kokarde der Revolution in die Hand nimmt: »Nein, nicht was du meinst. Ich ... zeige. Meistens reicht ihnen das.«

»Und was, wenn nicht?«

Sie sagte nichts, ließ mich langsam köcheln in der heißen Scham über meine Indiskretion.

»Gefällt dir dieses Leben?«, fragte ich.

»Diese Entwürdigung oder andere – welchen Unterschied soll das machen, nachdem die gekrönten Häupter Europas Unseren Gatten seinem Schicksal überließen? Wir sind dazu verdammt, die Folgen zu ertragen.«

Ich hatte keine Ahnung, wovon sie redete. Wollte sie mich auf den Arm nehmen – oder hatte ihr Leben sie in den Wahnsinn getrieben?

»Schickt dich der Heilige Vater?«, fragte sie beiläufig und wandte sich mir wieder zu, während sie ihr Gesicht puderte.

»Der Papst?«

»Er schickt Uns häufig Gesandte. Inkognito, verstehst du, um festzustellen, ob Wir wirklich verrückt sind. Uns ist es gleich. Unserethalben soll die ganze Welt Carlottas Schmerz sehen, soll erfahren, welch feiger Verrat an Uns begangen wurde, an Uns und Unserem geliebten Maximilian.«

Ich hätte auf der Stelle verschwinden sollen. Die verrückte Carlotta, diese uralte Nummer! Seit fast fünfzig Jahren gab es diese

Gestalt, auf jedem Jahrmarkt, in jedem Vergnügungspark im Land hielt sie irgendwo in einer abgelegenen Schaubude Hof: die Kaiserin von Mexiko, die in den päpstlichen Gemächern dem Wahnsinn anheim gefallen war, nachdem sie erfolglos versucht hatte, ihren Schwachkopf von Mann vor einem Erschießungskommando zu retten – und die nach allem, was ich bisher gehört hatte, deutlich größer war als ein Meter.
Es war wirklich die jämmerlichste aller Rollen, in die man sich flüchten konnte, und ich hätte ihr da und dort sagen sollen, ich müsse zusehen, dass ich schleunigst zum Vatikan zurückkäme.
Aber das tat ich nicht. Vielleicht, weil sie so schön war oder weil ich es so nötig hatte oder, weil Sägemehl und Kampfer mir das Hirn vergoren hatten. Ich glaube allerdings, in Wirklichkeit hielt mich das zurück, was sie als Nächstes tat: In ihrer unerschütterlichen Gelassenheit beugte sie sich vor, hob den Saum ihrer langen Stola an und band sich zwei gebogene Holzleisten um die Beine, wie ein Baseballspieler, der seine Schienbeinschoner anlegt.
Ich hätte mir so etwas denken können. Es waren natürlich diese Leisten, die das hölzerne Klappern verursacht hatten, als sie sich am Ende ihres Tanzes zu Boden fallen ließ. Doch es war eine so eigentümlich ergreifende Geste, drückte so viel Verwundbarkeit und Schutzlosigkeit aus, dass ich gar nicht anders konnte, als zu bleiben.
»Was wäre, wenn ich dich wieder zur Königin machen könnte?«, fragte ich impulsiv, bemüht, irgendetwas zu finden, das ihr Interesse wecken könnte.
Sie hob den Kopf und schenkte mir zum ersten Mal wirklich ihre Aufmerksamkeit. Die kristallblauen Augen leuchteten erwartungsvoll.
»Könntest du das?«
»Ja … ja, ich denke schon.«
Ich hatte offenbar schon den Verstand verloren, war ebenso verrückt wie sie. Ich verdiente meinen Lebensunterhalt damit, die

Leute zu animieren, ihre Mitmenschen mit einem Baseball zu bewerfen. Aber die besten Ideen werden auf der Zunge geboren und wandern von dort erst weiter zum Verstand. Ich war dabei, einen Plan auszubrüten.

»Wie?«, fragte sie, der Tonfall sehr geschäftsmäßig.

Sie brachte ihre Schienbeinschoner an, und als sie fertig war, richtete sie sich auf und sah mich unverwandt an, und ich dachte, ich würde einfach alles tun, um dieses vollkommene Gesicht vor mir zu haben, ganz gleich, wie hoch der Preis war. Ich öffnete den Mund, um ihr zu antworten, um irgendetwas zu sagen – da flog hinter mir die Tür auf. Der große Marconi war zurückgekehrt.

»Keine Show in der Garderobe, Kleiner«, sagte er und schob mich mit einer seiner großen, haarigen Pranken halb aus dem Kämmerchen. Sein großartiger italienischer Akzent klang auf einmal verdächtig nach Südstaaten. »Es sei denn, du hast Geld. Aber danach siehst du nicht aus.«

»Du bist nichts als ein gewöhnlicher Kuppler, ein Schuft«, sagte ich in meiner echten Männerstimme zu ihm. Worte geradewegs aus einem Schundroman. Ich traute meinen Ohren kaum, als ich hörte, wie ich sie aussprach. »Und wenn du mich noch einmal anrührst, schneide ich dir die Zunge heraus!«

Lächerliche Worte. Unüberlegte Worte, und all der Schneid und die Tollkühnheit waren nur für sie bestimmt. Mit meinen fünfundneunzig Zentimetern Körpergröße hätte ich auf einen Stuhl klettern müssen, um auch nur an seine Kehle heranzureichen. Aber ich konnte sehen, wie ihre Augen aufleuchteten.

Marconi lachte – ein plötzlicher, unangenehmer Furz von einem Laut – und ließ sich auf einem Fass an der gegenüberliegenden Wand nieder.

»Besser, du verschwindest. Und zwar jetzt gleich.«

»Komm mit mir«, sagte ich zu ihr und streckte ihr die Hand entgegen. Wie jeder gute Schauspieler wusste ich, wer mein wahres Publikum war. »Komm mit mir, und ich mache dich zur Königin.« Ich versuchte, so gelassen und überlegen zu wirken, wie es für einen Mann mit acht Zentimeter langen Unterarmen eben möglich ist.

»Du bist nicht mehr besonders witzig«, warf der Dixie-Neapolitaner jetzt ein und stand von seinem Fass auf.

Er war schneller, als er aussah. Er machte einen stampfenden Schritt in meine Richtung, ich wich nach links aus, aber ehe ich wegtauchen konnte, hatte er mich gepackt. Er hob mich an meinen Kragenaufschlägen hoch, bis unsere Gesichter auf einer Höhe waren, meine Beine baumelten lächerlich in der Luft.

»Was haben wir denn hier?«

Er hielt mich mit ausgestreckten Armen, beide Hände um meine Kehle gelegt. Ich schlug um mich und trat nach ihm, aber vor allem röchelte ich: ein wehrloser, alberner Zwerg, zu ihrer eingehenden Betrachtung hochgehalten.

»So ist das also ...« Er gackerte leise, leckte einen seiner großen Daumen und fuhr damit über mein rußiges Gesicht, legte den ganzen Untergrund aus Runzeln und Kratern frei. Ich sah es selbst im Spiegel der Frisierkommode, das stoppelige Kinn, den blauen Schatten. Das Gesicht eines Mannes, eines verkrüppelten, kleinen Mannes.

Ich trommelte mit beiden Fäusten auf seinen Arm, und er ließ mich einfach zu Boden fallen, wo ich liegen blieb und nach Luft schnappte.

»Ihr«, sagte er verächtlich. »Irgendwie findet ihr immer zueinander, was?« Er trat einen Schritt zurück, grinste wie ein Wolf und legte den Arm um ihre Schultern. Ihr Gesicht war vollkommen erstarrt, sie war wieder das perfekte kleine Püppchen. »Thumbelina, willst du mich heiraten?«, höhnte er mit hoher, dünner Stimme. »Thumbelina, willst du den bösen großen Mann nicht verlassen und mit mir weglaufen?«

Sie rührte sich nicht, sagte nichts, und er kam wieder auf mich zu.

»Weglaufen wohin? Zum Zirkus?«

Er lachte und beugte sich über mich, wo ich mich am Boden mittlerweile in eine sitzende Haltung hochgehievt hatte.

»Du verstehst es nicht. Ihr seid alle Missgeburten. Zwerge, Bucklige. Hässliche kleine Schaubudenkrüppel. Aber sie … sie ist schön.«

Er richtete sich auf, und das Lächeln verschwand.

»Jetzt hau ab!«

Er wollte mich wieder packen, aber ich warf mich nach vorn, rollte zwischen seinen Beinen hindurch und trat ihm bei der Gelegenheit vor die Schienbeine. Er fiel um ein Haar auf mich, und ehe er wieder auf die Füße kam, war ich durch die Tür – ich hielt nur einen Augenblick inne, um ihr eine Kusshand zuzuwerfen und wie ein liebeskranker Kavalier zu versprechen: »Ich werde zurückkommen, um dich zu holen!«

Ich rannte quer durchs *Grand Duke's* zum Ausgang, und seine dröhnende Marktschreierstimme brüllte mir bald nach: »Das ist kein Junge! Er ist kein Junge, sondern ein gottverdammter Zwerg!«

Aber sie hörten gar nicht hin, riefen ihn auf die Bühne zurück, sangen im Chor *ihren* Namen, weil sie glaubten, sein Erscheinen kündige *ihren* nächsten Auftritt an. Ich hastete vornübergebeugt durch die Sitzreihen aus Holzkisten und hielt meine Jacke hoch, um mein ramponiertes Jungengesicht zu verbergen.

Ich kam nach draußen und rannte weiter, die Water Street hinunter, so schnell, wie meine Stummelbeine mich trugen, und glitt dann hinter ein Lagerhaus in der Maiden Lane, wo ich endlich verschnaufen durfte und mein Gesicht mit dem erstbesten Dreck, der sich fand, wieder schwärzen konnte. Niemand war in der Nähe bis auf eine alte Frau, die auf einem Abrissgrundstück Kohlen sammelte.

Sie wandte sich zu mir, als ich an ihr vorbeirannte. Ihr weißes Haar schimmerte im Mondschein, und sie fragte: »Willst du deinen kleinen Lümmel mal in einen Mund stecken, warm und weich wie der von deiner Ma, mein Kleiner?«

6

Trick der Zwerg

Ich saß hinter Satans linkem Ohr und sah die Sonne über Sheepshead Bay aus dem Meer steigen und träumte von einem Reich kleiner Männer und Frauen, regiert von einer verrückten Königin.

»Die Hölle ist sehr schlecht gemacht«, hatte dieser hochnäsige russische Anarchist Gorki nach seinem Besuch abfällig erklärt, aber ich fand sie perfekt. Von meinem Platz aus konnte ich all die viel bemühten Banalitäten der Verdammnis sehen, die hohen, finsteren Pappmachémauern, so furchtbar und abschreckend wie die des Tombs-Gefängnisses. Der alte Beelzebub höchstpersönlich lehnte sich neugierig übers Eingangstor, einer seiner muskelbepackten Unterarme und seine gewaltigen, gekrümmten Flügel ruhten darauf. Wenn man ihn aus der Nähe betrachtete, sah man, dass ein Stück aus seiner Nase abgesplittert war und sein roter Gipskopf dringend einen neuen Anstrich gebraucht hätte. Seine Augen starrten für immer und ewig auf das Schild an seinem Tor: »HELLGATE 10 C.« Nur zehn Cent für eine Höllenfahrt – obwohl ich Orte in dieser Stadt kannte, wo man das noch billiger haben konnte.

Drinnen war eine rote Pappmaché-Unterwelt: ein tanzender Teufel in roten Strumpfhosen, der die wildesten Grimassen schnitt, ein wunderbarer Engel, eine Schar tuberkulöser Kobolde, die durch die Gegend streiften. Es gab mehrere urkomische Szenen der Sündenbestrafung: Ein junger Mann wurde zu ewi-

gen Höllenqualen verdammt, weil er Whiskey getrunken hatte, ein anderer für das Rauchen einer Zigarre, einer, weil er sonntags Sport getrieben hatte.
Die beliebteste Szene war jedoch die mit der jungen Frau, die einen neuen Hut anprobierte. Sie drehte und wendete sich vor dem Spiegel hin und her – zu eitel, um die grinsenden Teufelchen zu bemerken, die um sie herum aus dem Boden wuchsen. Sie klappten den Spiegel zusammen, verwandelten ihn in einen Sarg. Die junge Dame wurde hineingestoßen, kreischte beeindruckend und verschwand durch eine Falltür, aus der Rauch und Feuer quollen. Nur der Hut und ein neuer Spiegel blieben zurück.
Das verfehlte seine Wirkung auf die Mädchen aus den Fabriken niemals. Wie sie schrien, wenn sie das sahen! In Trauben standen sie bei der Frühvorstellung am Sonntag um die Szene herum und bogen sich vor Lachen, und ein paar sannen träumerisch darüber nach, wie es wohl wäre, einmal von etwas so Feinem wie einem Hut in Versuchung geführt zu werden.

Die meisten anderen, die Arbeiter und Tierwärter und Zwerge und sonstigen Missgeburten gingen abends zum Shoot-the-Chutes hinauf, von wo aus sie auf den See hinabblicken konnten – die Postkartenansicht von Dreamland –, auf den Turm und den Fall von Pompeji. Dorthin gingen sie, um zu trinken und zu träumen und sich zu lieben, wenn Dreamland seine Tore für die Nacht geschlossen hatte.
Nur ich zog Hell Gate vor – und Old Scratch. Von da oben betrachtet, erstreckte sich der ganze Park schlafend vor mir wie eine vergessene Maya-Stadt. Die Zeitungsfetzen und Hotdog-Papierchen und halb gegessenen Paradiesäpfel zeugten noch vom Rummel des Tages, und doch lag eine wunderbare Stille über allem – die zischenden Lichter waren erloschen, die Dampforgeln verstummt, die Schießbuden und ratternden Achterbahnen geschlossen. Das einzige Geräusch war das stetige Rauschen der Brandung und das leisere, nähere Flüstern von hundert Be-

sen, die Ordnung schufen für den neuen Tag. Hier wollte ich mir überlegen, wie ich sie gewinnen konnte, meine Königin. Wie dieser windige Möchtegern-Italiener sie in die Finger bekommen hatte, konnte ich nur raten. Vielleicht hatte er sie einem Bordellbetreiber abgekauft oder aus einem der modrigen Kuriositätenmuseen, die es drüben in Manhattan entlang der echten Bowery gab. Das waren die Abgründe, in die solche wie wir jederzeit hineinschlittern konnten. Je mehr wir eine Art größerer Schönheit reflektierten, umso höher der Preis, den wir brachten.

Mein Vater hatte geglaubt, er könne diesem Marktplatz entkommen. Er war ein gebildeter Mann, war in Harvard gewesen, oder jedenfalls sagte er das – wenn man sein Leben im Schaustellergewerbe verbracht hat, erkennt man irgendwann, dass die ganze Welt nur eine Geschichte ist. Falls er wirklich dort war, muss er eine echte Rarität gewesen sein, ein kleiner, penibler Mann, der von tiefem Ernst beseelt in seinen Miniaturanzügen, Kappe und Robe durch die heiligen Hallen wandelte, ohne das Gelächter hinter seinem Rücken auch nur wahrzunehmen.

Er hatte Jurisprudenz studiert, denn er glaubte, er könne seinen Weg in der Welt machen. Sein Zwergenwuchs war ihm unbegreiflich, denn seine Eltern waren normal gewesen, ein Tuchhändler aus Utica und seine Gattin, die zweifellos während ihrer Schwangerschaft von einem grotesken Krüppel erschreckt worden war. Es kam ihm nie in den Sinn, dass gute Kenntnis der Gesetze, einwandfreie Manieren und die besten Absichten einfach nicht genug sein könnten. Er hatte sogar eine von den großen Leuten geheiratet, eine strohdumme, flachshaarige Farmerstochter aus der Nähe von Braintree, die einzige Frau, die er hatte überzeugen können, dass er in der feinen Gesellschaft eine Zukunft hatte.

Als ich heranwuchs, träumte er nur noch davon, irgendwann in Barnums Zirkus auftreten zu können. Stattdessen hausten wir in einem Zimmer über einem der schäbigen Fünf-Cent-Museen auf der Bowery. Es gab Zwerge im Überfluss – hat es immer gegeben und wird es immer geben –, und das Einzige, was mein Vater konnte, war, auf Zuruf jede gewünschte Zeile aus den Werken von Shakespeare, Homer, Dickens oder aus Blackstones *Grundlagen der Rechtswissenschaft* aufzusagen. Für derlei gab es keinen besonders großen Bedarf auf der Bowery.

Die Farmerstochter hatte uns gleich nach meiner Geburt verlassen. Sie muss es sofort gewusst haben, erkannte es an meinem entstellten Körper und der grotesken Form des Kopfes, der sie beinah in Stücke gerissen hatte. *Leb wohl, Mutter, leb wohl! Ich bin nur froh, dass ich dir wehgetan habe, solange ich noch Gelegenheit hatte.*

Abends las er mir aus seinen Büchern vor. Alle paar Tage holte er ein neues aus einer der Reisetruhen, die im Zimmer verteilt standen. Wunderbare Bücher, phantastische Bücher! Die gesammelte Weltliteratur zusammengewürfelt am Grund seiner Reisetruhen: Herodot und Hawthorne, Poe und Plutarch, Milton und Mark Twain.

Mir war gleich, was er mir vorlas, solange es nur eine gute Geschichte war. Washington Irvings Geschichten oder Melville oder Crane, mir war alles recht. Die ganze Welt glitt vor meinem inneren Auge vorbei, und es war himmlisch. Ich kuschelte mich in dem kleinen Bett zurecht, das wir teilten, starrte ins Feuer und lauschte seiner hohen, blechernen Stimme, die mit leidenschaftlicher Intonation *Die großen Balladen der Welt* vorlas: »Wie die gute Neuigkeit von Aix nach Gent gebracht wurde« und »Der wundersame Einspänner« und »Der Wegelagerer«:

Die Straße ein Band nur aus Mondlicht war
über dem purpurnen Moor.
Und der Wegelagerer ritt heran –
ritt heran – ritt heran –
Der Wegelagerer ritt heran zum alten Wirtshaustor.

Ob er nun je in Harvard gewesen war oder nicht, jedenfalls las er diese Geschichten wunderschön vor, mit Hingabe, unterbrach sich dann und wann, um an seinem Brandy zu nippen oder mir einen Löffel von der Hafergrütze zu geben, die er in einem Messingtopf über dem Feuer warm hielt. Dann warf er mir einen verstohlenen Blick zu, um meine Reaktion einzuschätzen, ehe er das Buch wieder zur Hand nahm und weiterlas, so engagiert, als halte er ein Plädoyer vor einer Jury – einer echten Jury, einer gespannt lauschenden Jury, nicht einer, die ständig abgelenkt war und in unkontrollierbares Kichern ausbrach wegen seiner Erscheinung.

Tagsüber streunte ich durch die staubigen Korridore unseres Museums – sehr zum Verdruss des Besitzers, dem es ganz und gar nicht gefiel, dass irgendwer kostenlos einen Blick auf das Anomale warf. Ganz unauffällig huschte ich zwischen den Beinen der Matrosen und Vertreter und ihrer Huren umher und sah all die Leute, die ich kannte, in Glaskästen ausgestellt: den Jungen mit dem Hundegesicht, den Riesen aus Dahome, die Glasfresser und die Schnellzeichner und die armlosen Wunder und die Eierfresser.

Fast alle waren von Barnum abgekupfert, bis hin zur »Fidschi-Meerjungfrau«, einer toten Seekuh, die, eingenäht in einen riesigen Fischschwanz, in einem Meer aus Chloroform dahindümpelte. Oder das berühmte Schild mit der Aufschrift »Hier entlang zum Egressus!!«, das wirklich sehr geistreich schien bis zu dem Tag, als eine Horde Bostoner Matrosen den Laden um ein Haar kurz und klein geschlagen hätte, als sie dem Schild folgten und sich draußen auf der Straße wieder fanden.

Eines Nachmittags kam ich zufällig in einen verdunkelten Raum, wo Laterna-magica-Bilder auf einem großen, weißen Bettlaken gezeigt wurden. Ich spürte sofort, dass an diesem Exponat irgendetwas anders war, es hatte etwas so Echtes. Die Touristen vom Lande und die Seeleute standen wie erstarrt mit dem Rücken an der Wand und glotzten gebannt auf das Laken.

Zuerst kam ich nicht dahinter, was die Bilder darstellten. Wundersame Details irgendwelcher Blumen vielleicht oder seltsam geformte Rauchwolken. Erst als ich sie lange betrachtet hatte, wieder und wieder, wurde mir klar, was sie wirklich zeigten: Es waren Fallstudien von Geschlechtskrankheiten, zweifellos aus irgendeiner Arztpraxis entwendet. Riesige, schwarze Ranken, die wie Pilze gewachsen schienen, in perfekten, kleinen Ringen. Die meisten Bilder waren Nahaufnahmen, oder zumindest hatten die Patienten die Köpfe abgewandt, hielten genierlich ein Tuch oder Hemd vor den Rest ihrer Blöße. Aber manchmal war auch die ganze Person aufgenommen, starrte teilnahmslos in die Kamera, die Gesichter so zerfressen und leblos wie ihre Geschlechtsorgane.

Ich sah diese Gesichter und diese gewundenen, hübschen Ranken und Blumen – und ich wusste, was ich war. Ich rannte aus dem Zimmer, als mich die Erkenntnis überkam, dass es kein Entrinnen gab, weder für mich noch für meinen Vater. Wir waren niedere Lebensformen, genau wie diese schönen, schrecklichen Geschwülste, Produkt derselben gleichgültigen Perfektion des Universums. Einfach nur niedere Lebensformen, und nichts würde daran je etwas ändern.

Die Idee, wie ich Carlotta gewinnen konnte, kam mir, als ich die Dreamland-Imitation von Venedig betrachtete, gleich um die Ecke bei der Hölle: Von außen eine perfekte Nachbildung des Dogenpalastes, von innen ebenso unschuldig banal wie die Hölle. Hier gab es kein Labyrinth aus Korridoren, keine feuchten, vergessenen kleinen Zellen, keine Seufzerbrücke. Dafür gab es eine drollige Imitation der Kanäle, die sich an Imbissständen und Straßenmusikern aus Little Italy vorbeischlängelten. Der Himmel darüber war mitternachtsblau gestrichen, um die Decke gleich über den Köpfen der Kellner zu kaschieren.

Meine Idee war perfekt: Eine ganz gewöhnliche, abgeschlossene Stadt nur für uns. Eine neue Nation, das Land der Irren und Missgestalteten, ersonnen auf dem Dach der Hölle und dem Grundsatz geweiht, dass jedermann in der Welt leben kann, die er sich aussucht.

Mir war klar, ich musste mit Matty Brinckerhoff reden. Big Tim Sullivan war der Mann mit dem Geld, ihm und seinen Partnern würde die Idee gefallen, sobald die Dollars klimperten. Brinckerhoff war das Genie, das ihnen die Sache schmackhaft machen konnte.

Ich wusste, wo ich ihn finden würde, auch zu dieser Stunde. Ich hatte so manche schwülheiße Sommernacht bei ihm gesessen, wenn ich zu müde war, um meine Verkleidung für die Jungenbars anzulegen, aber auch zu schlaflos, um im Arsch des Elefanten zu liegen und den Huren und ihren Freiern zuzuhören.

Er war mit Sicherheit auch jetzt dort oben. Oben auf dem höchsten Punkt von Coney, im schimmernden weißen Turm von Dreamland gleich unter der krönenden Kugel, auf der die Adler versammelt waren, hockte Matty Brinckerhoff und starrte über die Surf Avenue hinweg auf sein verlorenes Paradies hinab. Die phantastischen goldenen Aufzüge waren nachts nicht in Betrieb, also musste ich die sieben Etagen bis zu seinem Büro hinaufsteigen. Meine kurzen Beine zitterten vor Anstrengung. Keuchend, mit offenem Mund kam ich an. Diese unglaubliche Hitze in New York. Noch nicht einmal Tagesanbruch und schon die reinste Ofenglut.

»Es ist nahezu perfekt«, sagte er, als ich eintrat, ohne sich umzuwenden. Er saß genau so, wie ich ihn mir vorgestellt hatte: den Stuhl nach hinten gekippt, die Füße auf der Fensterbank. Er hatte Dreamland den Rücken zugewandt und sah auf seinen geliebten Luna Park hinab. »Natürlich ist es nicht wirklich perfekt. Nichts kann jemals perfekt sein, darum besteht ständig die Notwendigkeit, etwas Neues zu bauen. Aber es ist ein großer Trost für mich.«

»Ja.«

Neben ihm standen eine Flasche guter Gin, ein Glas, eine Kanne mit Zitronenwasser und Eiswürfeln. Kondenswasser sickerte über seine neuesten Entwurfszeichnungen. Ich wusste, wenn er in dieser Stimmung war, konnte er die ganze Nacht so weiterfaseln.

»Es heißt, ich sei kein ernsthafter Architekt, aber Besucher in einem Vergnügungspark sind auch nicht ernsthafter Stimmung. Sie kommen nicht, um Ernsthaftigkeit zu finden. Ein ernster Rundbogen ist in einem Vergnügungspark ebenso fehl am Platz wie ein Clown auf einer Beerdigung.«

»Ja.«

War es oberflächlich? Albern? Amüsant? O ja – all das, und doch so viel mehr. Selbst jetzt, da er selig im Zwielicht des frühen Morgens schlummerte, seine Millionen Lichter erloschen, sah der Luna Park aus wie kein anderer Ort auf der Welt.

Er war noch ganz neu damals, weder die Zeit noch neuere Wunder hatten ihm bislang etwas anhaben können. Ein riesiges Gewirr aus Kuppeln und Minaretten, Lagunen und Türmchen, blühenden Kolonnaden, die rot und weiß und golden leuchteten. Paläste und Zwiebeltürme, Achterbahnen und Karussells, Märchenschlösser und Strebebögen und winzige Eisenbahnen und riesenhafte Clownsköpfe. Die ganze Welt in einer bunten Kugel. Arabische Basare und Alpengipfel und all die großen Überschwemmungen und Vulkanausbrüche und die letzten Kriege.

Und abends, wenn der elektrische Lichterglanz erstrahlte, dann entfaltete er erst seine wahre Schönheit. Er stellte die hängenden Gärten der Semiramis in den Schatten und ließ Kublai Khan wie einen Knauser erscheinen. Wenn die Lichter angingen, war der Luna Park eine Welt aus Feuerrädern und Flüssen und Perlen und gefrorenem Feuer. Eine Welt, die an den Stränden von Coney Island brannte und brannte, aber niemals ausbrannte.

»Ich musste alle meine Bücher und Pläne in den Mülleimer werfen, ich habe mich an keine Schule gehalten und mit allen bekannten Regeln der Architektur gebrochen. Es ist kein durchgängiger Stil, sondern die wahre künstlerische Freiheit.«

»Ja.«

Zum ersten Mal wandte er sich zu mir um, aber seine Augen sahen mich nicht. Sein dichtes, dunkles Haar stand zu Berge von der Hitze, der lange Schnurrbart zog sich bis über die

Mundwinkel hinab. Er kleidete sich wie ein Dandy, aber in dieser tropischen Morgenhitze hatten selbst sein vanilleeisfarbener Anzug und seine grüne Seidenfliege jede Form verloren; die passende grüne Nelke in seinem Knopfloch war verdurstet.
Er wies auf sein Meisterwerk hinab. »Alles hier muss sich von unseren alltäglichen Erfahrungen unterscheiden. Alles. Wir müssen gute Laune produzieren in diesem Zeitalter der Produktivität, mit allem Willen und Einfallsreichtum, den wir besitzen. Was immer wir anbieten, muss folgende Bestandteile haben: Leben, Aktion, Bewegung, Sensation, Überraschung, Schock, Geschwindigkeit – oder wenigstens Komik. Wir müssen eine andere Welt erschaffen. Eine Traumwelt. Eine Albtraumwelt, wenn es das ist, was sie wollen!«
Er unterbrach sich, um neue Kräfte zu sammeln, schwankte ein bisschen vom Gin. Mit einer Hand fuhr er sich durch die abstehenden Haare, die an den Schläfen leicht zurückgingen, und richtete sich wieder auf.
»Und natürlich bauen wir hier für die fünfundneunzig Prozent der amerikanischen Bevölkerung, die gut und unbescholten sind.«
Er hielt wieder inne und verzog angewidert das Gesicht. Denn Dreamland war nicht wirklich so geworden, und das wussten wir beide. Mit dem Luna Park hatte er sich seinen Traum verwirklicht, er war in der Tat mit nichts anderem vergleichbar – aber Dreamland … Wie auch? Wie hätte er je übertreffen können, was er bereits geschaffen hatte? Außerdem hatten Tim Sullivan und sein Syndikat – die Geldleute – darauf bestanden, dass es etwas Konventionelleres wurde, etwas Solides, Handfestes, etwas, das Luna Park und Tilyous' Steeplechase drüben allein durch seine geballte Elektrizität in den Schatten stellte. Der Turm, in dem wir uns befanden, war gewaltig und handgreiflich, eine Kugel mit einem Adler darauf zierte seine Spitze, ein Fries aus vergoldeten Adlern schmückte die Seiten – doch er war nur ein Wunder unter vielen in einem Zeitalter, das in Wundern zu ersticken drohte. Dreamland war größer, seine Millionen

von Glühbirnen leuchteten noch heller – aber es hatte keinen Zauber.
Darüber war Brinckerhoff nie hinweggekommen.
»Man hat mich verraten, weißt du.«
»Ja«, fiel ich ihm ins Wort, ehe er wieder von vorn anfing. »Ja, ich weiß. Aber ich habe eine Idee.«
Er neigte den Kopf, bedeutete mir sein kurzlebiges Interesse. Matty Brinckerhoff las Ideen auf wie andere Leute Münzen von der Straße.
»Etwas, das es nie zuvor gegeben hat …«
Jetzt hatte ich seine Aufmerksamkeit.
»Ein Reich der kleinen Leute«, fuhr ich fort. »Eine Metropole der Miniaturen. Nur für uns.«
Seine Miene verriet Enttäuschung. »Noch so ein Zwergenzirkus?«
»Nein, viel mehr. Nicht einfach ein paar Pappfassaden zum Einreißen. Eine richtige Stadt. Mit allem, was dazugehört, und ganzjährig bewohnbar. Alles auf uns zugeschnitten. Maßstabgerecht.«
Der traurige Schnurrbart und die großen, melancholischen Hundeaugen zeigten Anzeichen von Leben.
»Das wäre wirklich neu. Keine ›Große Kleine-Leute-Revue‹, keine Zwergenparade, das hat es alles schon gegeben, das bekommt man in jeder Wandershow auf dem Land geboten.« Er nickte zögernd, und ich legte nach.
»Ich meine etwas ganz anderes. Eine komplette Märchenstadt.«
»Mit allem, was es in einer normalen Stadt gibt.« Er war schon dabei, Papier, Bleistifte und Winkelschiene aus seinem Schreibtisch zu holen.
»Alles … einfach alles …«
»Ein kleines Rathaus. Polizeiwache. Eine Feuerwache mit echten, kleinen Feuerwehrwagen …«
»Warum nicht, warum nicht?«
»Einen Bahnhof. Ein Postamt. Eine Kirche, nein, eine Zwergenkathedrale!«

»Und ein Schloss«, warf ich ein. »Für einen echten König und seine Königin.«
»So etwas hat es noch nie gegeben! Eine Stadt – eine echte, bewohnbare Stadt, auf eurem Maßstab erbaut. Die Architektur des Kleinen und Niedrigen. Türklinken einen halben Meter über dem Boden. Fenster und Türen, die sich auf den leichtesten Druck hin öffnen, fein und zierlich wie eine japanische Pagode. Ein Meisterwerk in Miniatur! Warum nicht, warum nicht, wo doch die ganze Welt sonst nur immer größer wird?«
Er hatte schon begonnen, den Grundriss der Stadt zu zeichnen, seine buschigen Haare kräuselten sich dämonisch in der Ofenhitze.
»Ja, ein Palast«, murmelte er.
»Vielleicht dem Palacio Nacional von Mexico City nachempfunden …«, schlug ich vor.
»Aber wer soll darin wohnen? Wo finden wir einen König und eine Königin?«
Solche Fragen interessierten ihn nicht wirklich. Es waren die Gebäude, die er liebte, alles andere war nur Requisite, um die man sich später kümmern konnte.
»Nur keine Sorge. Ich habe da schon jemanden ins Auge gefasst«, versicherte ich ihm.

Der Rest war einfach.
In meiner Zeitungsjungenverkleidung zog ich wieder in die Bowery und wartete auf den richtigen Moment, der sich nach ihrem ersten Auftritt einstellte. Die Baxter Street Dudes verfolgten gebannt die Neuinszenierung des *Juden von Malta*. Es waren ein paar neue Szenen hinzugefügt worden, in denen Mose, der Bowery Boy, die Bühne stürmte und Barabas entlarvte, ehe dieser Abigail vergiften lassen konnte.
Ich schlich mich hinter die Bühne, zwischen die eher lasziven Requisiten des *Grand Duke's:* ein Paar besonders üppiger, blutbefleckter Frauenbrüste, ein blutiger Pappkopf mit abziehbarem Skalp, ein Pferdekopf, der aus beiden Augen blutete. Ich

watete im Theaterblut umher, bis ich schließlich fand, wonach ich gesucht hatte: eine hölzerne Sattelpistole, beinah so lang wie mein Arm. Dann ergriff ich noch einen ellenlangen Theatersäbel, um das Bild abzurunden; dies war meine heroische Stunde. Nur mit diesen Requisiten ausgestattet, stürmte ich ihre Garderobe. In einer einzigen, schnellen Bewegung öffnete ich das Schloss und trat die Tür auf, bereit für alles, was mich erwarten mochte.

Er war nicht da. Aber sie. Nach wie vor erhaben wie eine Königin, saß sie an ihrer Frisierkommode. Mit unerschütterlicher, blaublütiger Grazie wandte sie sich um, beschleunigte die Bewegung auch nicht, als die Tür krachend aufflog. Aber ich hätte schwören können, dass ein Funke der Bewunderung in ihren Augen aufleuchtete, und ein himmlischer Schauer durchrieselte mich.

»Schnell, uns bleibt nicht viel Zeit!«, erklärte ich mit dem ganzen Pathos eines romantischen Helden. »Pack deine Sachen zusammen!«

»Wir gehen fort?«, fragte sie, so beherrscht wie eh und je.

»In Euren Palast, wohin sonst? Gerade jetzt wird er erbaut … *Euer Majestät.*«

Die Anrede gab den Ausschlag. Ihre irren, blauen Augen strahlten bei dem Gedanken. Ein Palast! Das ist einer der Vorteile, wenn man es mit wirklich Verrückten zu tun hat: Sie verlangen nach dem Mond, sind aber ebenso zufrieden mit einer Glühbirne.

»Ich muss packen«, entgegnete sie, um mich auf die Probe zu stellen. Sie hüpfte von ihrem Stuhl, und die hölzernen Schienbeinschoner klapperten. Dann öffnete sie eine Reisetruhe, die mit den wundervollsten winzigen Kleidchen vollgestopft war, die Garderobe einer lebenden Puppe.

»Bitte, beeilt Euch … Majestät!«, bettelte ich und versuchte, mir die Panik nicht anhören zu lassen. Natürlich ignorierte sie mich, faltete und packte ihre Sachen in aller Seelenruhe.

Ich schlich um die Ecke und spähte zwischen den Kulissen hindurch. Er saß immer noch an der Bar, überragte die Jungen wie ein Turm. Noch während ich hinübersah, leerte er sein Glas, streute abwesend ein paar Münzen auf die Theke und bewegte sich dann langsam in meine Richtung, schlängelte sich durch das gut gelaunte Publikum, das ausgelassen jubelte, als der Jude auf der Bühne Prügel bezog.

Ich stürzte zurück in die Garderobe und schrie: »Jetzt!«

Sie arbeitete sich sorgfältig durch meterweise feinster, seidener Unterwäsche, sortierte ganze Berge falscher, aber sehr echt wirkender Diamanten und Perlen und Diademe, während sie selbstvergessen »An der schönen blauen Donau« vor sich hin summte, so gelassen, als warte sie auf ihre Zofe.

»Wir müssen ... ähm, fliehen, Majestät! Bevor er zurückkommt!«

»Wenn er kommt«, sagte sie so gebieterisch wie Königin Victoria höchstpersönlich, »dann musst du mit ihm fertig werden.«

Ich hastete zu ihr herüber, um ihr zu helfen, stopfte ihre Sachen lieblos in die Truhe. Sie rügte mich mit einem Stirnrunzeln, klappte aber schließlich den Deckel herunter und schloss die Truhe ab.

»In Ordnung. Das wäre alles.«

»Wir können sie unmöglich mitnehmen«, keuchte ich und starrte auf die riesige Reisetruhe. Ich hob ein Ende an, aber mit Heroismus allein ließ sie sich nicht bewegen. Draußen im Gang erklangen Schritte.

»Eugénie, Liebes, es wird Zeit!«, rief er mit whiskeygeölter Stimme, und sowohl der Name als auch der liebevolle Tonfall erstaunten mich. Eugénie – die einstige, verbannte Kaiserin von Frankreich. Konnte sie möglicherweise doppelt verrückt sein?

Mir blieb keine Zeit, darüber nachzusinnen. Ich versteckte mich hinter der Tür und schlug ihm mit all meiner Kraft den Holzsäbel vor die Knie, als er eintrat. Er schrie und fiel zu Boden, die Hände um seine Beine gekrallt.

»Um Gottes willen, lass mich leben!«, bettelte er, plötzlich auf meine Größe gestutzt.

Ich war mit einem Mal ein Mann der Tat, rammte ihm die Spielzeugpistole in den Bauch und stieß sie hart gegen sein Kinn. Marconi schwanden die Sinne.
»Lasst uns fliehen«, rief ich meiner Königin furchtlos zu. Ihre Augen leuchteten jetzt vor Bewunderung.
Irgendwie gelang es mir, die Truhe hochzuhieven und zum Bühneneingang zu schaffen, dann die Gasse entlang bis zur Pearl Street. Ich wäre bereit gewesen, sie eigenhändig bis nach Coney Island zu zerren, selbst wenn ich mir dabei die Arme ausgerissen hätte. Doch als wir vielleicht einen Block hinter uns gelassen hatten, legte sie mir leicht, beinah schüchtern die Hand auf die Schulter.
»Da ist eine Droschke«, sagte sie. Ich war nicht in der Stimmung zu streiten, selbst wenn ich wusste, dass es mich meine letzten fünf Dollar kosten würde, bis nach Coney zu fahren.
»Wo kann ich euch halbe Portionen hinbringen?«, fragte der Kutscher und grinste auf uns herab.
Ich schnipste ihm einen Silberdollar zu und befahl, die Truhe aufzuladen. Er tat, wie ihm geheißen, wenn auch mit einem gehässigen Grinsen. Doch ich glaubte zu erkennen, dass er einen wohlwollenden Blick auf Carlotta warf, oder Eugénie oder wie immer diese seltsame, makellose kleine Puppe auch heißen mochte. Ich half ihr in die Droschke, ihre kleine Hand lag kühl und weich in meiner.
Wir setzten uns in Bewegung, schaukelten mit dem üblichen Bierkarrentempo durch die Straßen von Lower Manhattan. Ich wusste, der Kutscher würde uns verpfeifen, das taten sie immer. Aber ich war überzeugt, dass Marconi sich nur ungern auf mein Territorium wagen würde, um sie zu suchen, und wenn er es tat, würde ich dort schon mit ihm fertig.
»Schließ die Vorhänge«, befahl sie. Und als ich das Licht ausgesperrt hatte, rutschte sie auf dem warmen Lederpolster zu mir herüber, schob ihren Arm unter meinen und legte den Kopf an die weiche Stelle, wo Hals und Schulter ineinander übergehen.

Ich saß stocksteif, konnte nicht fassen, was sie da tat. Es war alles, was ich mir je gewünscht hatte, diese einfache, schlichte Geste der Zuneigung. Ich hatte Angst, mich zu rühren, sie in den Arm zu nehmen, irgendetwas zu tun, was den Zauber brechen könnte.

Langsam, ganz langsam lehnte ich meinen Kopf an ihren, schob meinen Arm um ihre Schultern, bis ich sie schließlich im Arm hielt wie ein starker Beschützer, und sie schmiegte sich vertrauensvoll an meine Brust.

»Fühlt Ihr Euch wohl?«

»Ja. Ist es wirklich ein Palast?«

»Ja. Jedenfalls wird er das sein. Ich verspreche es.«

Auf dem Weg zur Brücke hinüber nach Brooklyn fuhr die Droschke stetig bergan. Meine Begleiterin richtete sich auf, und ich schob den Vorhang ein wenig zur Seite, damit sie den Verkehr sehen konnte, der selbst zu dieser Stunde niemals nachließ, Automobile und Lastwagen und Fahrräder, die alle eilig irgendeinem Ziel zustrebten.

Weit unter uns lagen die Hellingen des South Street Pier, rechts der Hafen, die Positionslichter der Schiffe wie Lilienblüten auf einem nachtschwarzen Teich.

»Wird es so sein?«, fragte sie. Ihre Augen leuchteten wie Feuerräder im Dunkel der Kutsche, und auf einmal wirkte sie keineswegs wie eine Königin, sondern wie ein junges Mädchen, das von seiner Heirat und dem ersten eigenen Zuhause träumt.

»Besser«, versprach ich, plötzlich gewillt, alles zu sagen, was sie hören wollte. »Besser.«

Ich hatte befürchtet, sie könne Reißaus nehmen, wenn sie den *Tin Elephant* sah. Den ganzen Weg die Treppe hinauf beteuerte ich immer wieder, dies sei nur eine Übergangslösung, während der Kutscher uns mit der Truhe folgte, achtlos überall anstieß und grinsend mit den Huren schäkerte. Man sah einfach auf den ersten Blick, was dieser Laden war, aber zu meiner Verblüffung nahm sie es mit größter Gelassenheit hin.

»Wahre königliche Würde ist unantastbar«, erklärte sie mir huldvoll. Und irgendwie sah sie tatsächlich über alles hinweg, selbst über die schimmeligen, salzverkrusteten Wände, die Nutten und die grellen, zweideutigen Schilder in den Fluren: »Schwimmen ohne hinreichend schickliche Badekleidung gesetzlich verboten.«
An diesem ersten Abend saß sie in einem dunkelblauen Ballkleid auf meinem Bett. Sie hatte es extra für diesen Anlass angezogen. Ich weiß, es war albern, so albern wie junge Liebe und Nächte in den Flitterwochen, aber ich fand es wundervoll.
Die betrunkenen Huren standen draußen auf dem Gang und brachten uns lärmend ein Ständchen. Ein blindes Mädchen, das sie Yellow Kid nannten, führte sie an. Sie sah nicht gerade berauschend aus, eine magere, gelbsüchtige Straßenhure, aber die Kerle waren verrückt nach ihr, weil sie die Zither spielte und in einer süßen, klaren Stimme traurige Lieder für alle Heimwehkranken sang, ganz gleich, ob sie sich nach Kiew oder Dublin sehnten:

She's as white as any lily, as gentle as a dove.
She threw her arms around me
Saying Johnny I love you still
She is Nell the farmer's daughter
The pride of Spancil Hill ...

»Du darfst mich entkleiden«, sagte meine Kaiserin, und ihre Stimme war so ruhig und selbstsicher wie immer.
»Ich wollte nicht ... ich meine, ich habe nie geplant ...«
»Na los«, befahl sie, und ich begann, ihr Kleid aufzuschnüren.
»Du sollst deinen Palast haben. Ich schwöre es.«
»Ich weiß.«
Ich zog sie aus, wie man ein Kind auszieht – oder eine Puppe –, meine liebliche, schöne Braut, was warst du nicht alles? Verrückte Königin, mechanisches Wunder, verirrtes Kind, winzige Laune der Natur. Hingebungsvoll, behutsam streifte ich das

Kleid über ihre perfekten, weißen Schultern, und es gab ein himmlisches Rascheln von sich.
Sie saß vollkommen entspannt, bewegte sich gerade genug, um mir die Sache zu erleichtern, half meinen plumpen, ungeschickten Fingern hier mit einem Haken, dort mit einer Schleife. Ich entkleidete sie Schicht um Schicht, zog ihr erst das Kleid aus, dann die Unterröcke, dann Hemd und Strümpfe, bis sie winzig und nackt und umso schöner auf meinem Bett saß – so königlich wie eh und je.

I dreamt I held and kissed her as in the days of old
Saying Johnny you're only joking
As many's the time before
But the cock he crew in the morning
He crew both loud and shrill
I awoke in California many miles from Spancil Hill.

Ich berührte sie überall, unfähig, mich zurückzuhalten angesichts solch ungeahnter Schönheit. Und sie saß da und ließ mich gewähren, und dann umarmte sie mich und erwiderte meine Küsse. Ihre Arme umschlossen mich, weich und nachgiebig.
Es war nicht einfach nur Lust. Ein weit verbreiteter Irrglaube besagt, dass wir alle unnatürlich wollüstige Kreaturen sind, dass wir es immerfort treiben wie kleine Dämonen. Die Wahrheit sieht natürlich völlig anders aus. Schließlich sind die einzigen Partner, die uns in der Regel zur Verfügung stehen, andere Missgeburten – die Lady mit dem Bart, die fette Frau, der Alligatormann. Oder Prostituierte oder solche, die den Kitzel des Abartigen suchen oder Zwerge wie wir selbst. Es wird zum würdelosen Akt, voller Selbstverachtung, und das Beste, was man dabei erhoffen kann, ist ein Blick in einen allzu deutlichen Spiegel auf das eigene, verhasste Ich.
Doch dies hier war anders. Sie war schön, und sie schenkte sich mir aus freien Stücken und unerschrocken. Später kniete ich vor ihr und badete sie in meinem Waschbecken, bis ihre Haut

glänzte. Sie legte ein seidenes, weißes Nachthemd an – woher sie solche Sachen hatte, konnte ich nur raten –, und dann rollte sie sich auf die Seite und schlief ein, vertrauensvoll wie ein Kind. Ich saß stundenlang neben ihr, sah sie an, streichelte ihr Haar.

Nach meiner Offenbarung im anatomischen Museum war ich zu meinem armen Vater nach Hause gelaufen. Sein ohnehin schon unspektakulärer Auftritt war zunehmend schwächer geworden, weil er seine Zitate nicht mehr sicher beherrschte – sein Hirn war inzwischen ganz und gar in Brandy mariniert.

Ich sagte Lebwohl, nahm eine Bücherkiste mit und verdingte mich erst bei *Proctor's Theatre,* dann beim *Sunday School Circuit* und tat dort, was ich eben konnte. Ich lernte ein bisschen Akrobatik und Jonglieren und wie man Witze erzählt. Ich führte Zaubertricks vor, in der Theaterpause zwischen Evelyn Nesbitt und dem Gefangenen Nr. 6630, dem Mann, der sich aus dem Gefängnis sang. Ich spielte in billigen Provinztheatern und in den Dauerbrennershows *The Earl of Pawtucket, Are You My Father?* und *What's The Matter With Susan?*, und ich sang im Chor von *Beautiful Edna May, Salvation Army Girl:*

I tell them to follow, follow Jesus,
but they always follow, follow me …

Kurzum, ich tat einfach alles, ganz gleich, wie entwürdigend es war. Denn was war ich schließlich anderes als eine niedere Lebensform?

Vor allem blieb ich in Bewegung, kreuz und quer durchs Land, jede Saison an einem anderen Ort, von Lake Quinsigamond zum alten German Sharpshooter Park in Chicago, von Euclid Beach nach White City und Paragon Park. Hin und wieder kam ich in die Bowery, um nachzusehen, wie es meinem alten Herrn ging, und ich besorgte ihm ein neues Zimmer, als er überhaupt nicht mehr auftreten konnte.

Eines Tages hörte ich auf hinzugehen. Ich hörte einfach auf. Bis ich schließlich drei Jahre später endlich genug Mut gesammelt hatte, um ihn noch ein letztes Mal zu besuchen, und da war er fort. Ob er gestorben war oder nicht, konnte ich nie herausfinden, aber seine Bücher tauchten hier und da in heruntergekommenen kleinen Trödelläden und an den Plunderständen rund um die Bowery auf. Ich erkannte sie immer auf Anhieb, noch ehe ich Namen und Kaufdatum sah, die er immer säuberlich mit Bleistift auf die Titelseite geschrieben hatte: »Patrick J. Mahoney senior« – dieses letzte Eingeständnis meiner Existenz, eine tonnenschwere Last auf meinem Gewissen. Ich kaufte die Bücher, wann immer ich konnte, aber ich fand nie eine weitere Spur von ihm.

Und nach alldem, nach all den Negerschnulzen und Carrie-Nation-Vorträgen, nach all den Kuriositäten-Shows und Rummelplätzen, den Chautauqua-Sommercamps und den Provinznestern, nach all den endlosen Nächten in Eisenbahnabteilen und schäbigen Hotels und finsteren Kaschemmen, nach all dem war ich an den Strand des Atlantischen Ozeans gespült worden, nach Coney Island, wie so viel anderes menschliches Treibgut. War ich jetzt zu Hause? Die Huren draußen verzogen sich nach und nach, als die ersten Freier sich einfanden. Ich blieb die ganze Nacht treu an der Seite meiner Angebeteten, einen Arm um sie gelegt, damit niemand sie mir stehlen konnte, während ich schlief. War ich zu Hause? Ich betrachtete sie lange, ehe ich in einen unruhigen Schlaf fiel und von uns beiden in einem großen Palast träumte.

Zweites Buch

Ich habe kein Zutrauen und fürchte die Prüderie
des neuen Kontinents.

– Sigmund Freud –

7

Die großen Seelenklempner aus Wien

Im ersten Moment war Freud sich nicht sicher, ob er den Mann wirklich gesehen hatte. Es schien unmöglich, wie ein wandelnder Albtraum oder eine von Jungs Erscheinungen.
Er hatte gerade eine längere Arbeit zu Ende gebracht und den Fall des Rattenmannes niedergeschrieben. Jetzt saß er zufrieden auf der Terrasse des *Café Landtmann*, zusammen mit dem Rest der Wiener Bourgeoisie, erfreute sich an seiner Zigarre und einem kleinen Braunen wie ein vergnügungssüchtiger Philister und tauschte mit den *Maskilim* seine alten jiddischen Lieblingswitze aus. Da erschien diese Vision …
Er war gleichzeitig mehr und weniger als ein Mann. Ein wahrer Monolith, primitiv und riesenhaft stand er dort draußen auf der Ringstraße. Noch so ein Flüchtling aus dem Osten, aus einem Land jenseits aller menschlichen Erinnerung und allen Wissens, und aller Wahrscheinlichkeit nach hatte er den ganzen Weg zu Fuß zurückgelegt. Sein Gesicht war fast vollständig von einem zotteligen, formlosen Bart verdeckt, eine fadenscheinige Kappe bedeckte seinen Kopf. Mit offenem Mund kam er in seinen erbärmlichen Lumpen daher und bestaunte die märchenhaften Prachtbauten und die lange Reihe lebloser Statuen.
Eine Horde von Bürgermeister Luegers Flegeln stellte ihn genau vor dem *Landtmann.* Sie verhöhnten ihn, aber er verstand sie offenbar nicht, starrte die Studenten mit ihren kurz geschorenen Haaren, ihren einheitlichen braunen Anzügen und

schwarzen Krawatten ausdruckslos an. Sein kleines Lumpenbündel drückte er an die Brust. Sie fingen an, ihn herumzustoßen, immer bösartiger, bis sein Päckchen schließlich zu Boden fiel. Sie traten es auseinander, enthüllten noch mehr Lumpen, ein wenig halb verfaultes Gemüse und ein paar Seiten eines Buches, das er vielleicht irgendwo gefunden hatte.

Freud erhob sich. Alle anderen schauten weg, sowohl die *schejne Jidn* als auch die nichtjüdischen Herren des Wiener Bürgertums blickten unverwandt in ihren Kaffeesatz. Weit und breit war kein Polizist in Sicht, nur Kaufleute und Bürokraten, die achtlos an der Szene vorübergingen. Der Mann versuchte, seine Habseligkeiten aufzuheben, aber sie traten sie immer weiter weg und fegten ihm die Mütze vom Kopf, als er sich bückte.

Freud ging um seinen Tisch herum, keineswegs sicher, was er tun sollte, aber überzeugt, dass er irgendetwas tun müsse, als endlich die Polizei erschien. Die Beamten verscheuchten die jungen Rabauken und nahmen den Bettler fest. Jetzt konnten die Gäste des *Landtmann,* Juden oder Nichtjuden, gefahrlos wieder aufblicken. Die Fußgängerströme schoben sich in Windeseile vor die ganze Szene, und sie war verschwunden wie ein Leichnam, der im Meer versenkt wird.

Es war eine seltsame Begebenheit, ein beunruhigendes Omen am Tag vor der großen Reise, und Freud fand es unmöglich, sie aus seinen Gedanken zu verbannen. Nicht dass er an Omen glaubte, das war eher Jungs Bereich. Er glaubte an die Wissenschaft, auch an die Wissenschaft der Psyche, und seine Reise bedeutete eine einmalige Gelegenheit, seine Sache voranzutreiben.

Die Einladung aus Amerika war so ehrerbietig, geradezu schmeichelhaft gewesen: Ein großzügiges Honorar und eine Ehrendoktorwürde der Clark University im Gegenzug für fünf Vorträge vor den größten Männern der Wissenschaft: Dewey, Wundt, Boas, Ebbinghaus, Metschnikow – einfach unglaublich, die Erfüllung eines Wunschtraums.

Es war ihm sogar gelungen, drei Vorlesungen und einen Ehrentitel für Jung herauszuschinden, seinen Kronprinzen. Sie würden zusammen reisen, und der gute, alte Ferenczi sollte sie begleiten, sein verlässlichster Gehilfe, Berater und im Bedarfsfall auch Laufbursche. Sie würden New York besuchen, sich einige Tage Zeit nehmen, um das Land zu erkunden – obwohl er Ferenczi gegenüber scherzhaft angemerkt hatte, das Einzige, was er wirklich sehen wolle, sei ein Stachelschwein.

Jung hatte er geschrieben: »So kommen wir doch unzweifelhaft vorwärts, und Sie werden als Josua, wenn ich der Moses bin, das gelobte Land der Psychiatrie, das ich nur aus der Ferne erschauen darf, in Besitz nehmen.«

An diesem Abend gab die Wiener Psychoanalytische Gesellschaft ein großes Abschiedsfest für ihn im Prater, dem riesigen Stadtpark an der Donau. Tagsüber wimmelte es dort von lärmenden Menschen, es gab einen Rummelplatz und Biergärten, doch bei Nacht war der Park wie verwandelt; die Bäume wirkten so urtümlich und düster wie ein Wald in einer Wagner-Kulisse.

Feierlich waren die anwesenden Psychoanalytiker einen Hügel hinaufgezogen; der Weg war mit Jasmin, Hyazinthen und Lampions gesäumt. Oben auf der Anhöhe war eine Tafel gedeckt, und dort saßen sie und schmausten und erhoben wieder und wieder ihre mit Gewürztraminer gefüllten Gläser auf ihren Meister. Schließlich schenkten sie ihm eine geschnitzte afrikanische Statuette – irgendeine glotzende Fruchtbarkeitsgottheit. Freud gewährte diesem Götzen einen Platz neben sich am Kopf der Tafel und empfing mit königlicher Huld ihre Ehrbezeugungen und Trinksprüche.

Im vergangenen Frühling war er beim ersten psychoanalytischen Kongress aufgetreten, unangekündigt und unerwartet. Er erschien in ihrer Mitte tatsächlich wie Moses, der vom Berge herabgestiegen war. Ihm war zu Ohren gekommen, dass es unter den Teilnehmern einige Bestürzung über Jung gegeben hatte, den Sohn, den Erben.

»Sie sind mehrheitlich Juden und daher nicht in der Lage, neue Freunde für unsere Wissenschaft zu gewinnen«, hatte Freud ihnen erklärt. »Juden müssen sich mit der bescheidenen Rolle zufrieden geben, den Boden zu bereiten. Es ist von größter Wichtigkeit, dass ich Verbindungen zur Welt der allgemeinen Naturwissenschaften knüpfe. Ich werde alt und bin erschöpft von den ständigen Angriffen.« Dramatisch hatte er die Aufschläge seines Rocks gepackt, als wollte er sie zerreißen. »Sehen Sie denn nicht, dass wir alle uns in großer Gefahr befinden? Wir dürfen nicht zulassen, dass unser Tun als ›jüdische Wissenschaft‹ abgestempelt wird, wir würden niemals allgemeine Anerkennung finden. Jung und die übrigen Schweizer werden uns retten – werden mich retten und Sie ebenso!«

Eingeschüchtert hatten sie sich seinen Forderungen gefügt. Jung hatte ihm überschwänglich für seine Unterstützung gedankt und einen neuen Treueeid auf ihre Sache, die neue Wissenschaft der Psychologie, geleistet.

Doch kaum hatte er seinen Kronprinzen ernannt, war Freud plötzlich von beunruhigenden Vorahnungen erfüllt. Jung hatte ihn aufgesucht und über allen möglichen mystischen Humbug geredet, von *Nirdvandva* und dem *Numinosum* von Sinn und Unsinn.

Anfangs war Freud einfach nur verdattert, hatte sich gesagt, es müsse an Jungs jugendlichem Alter liegen, seinem rastlosen, suchenden Intellekt. Doch als sie dann allein in seinem Arbeitszimmer waren, hatte das Bücherregal plötzlich einen lauten Knall von sich gegeben. Freud glaubte, einer der Böden sei gebrochen, schließlich hatten sie schwer an den dicken wissenschaftlichen Werken zu tragen. Doch sie standen unverändert aufrecht. Jung war aufgesprungen, ganz atemlos vor Aufregung.

»Da! Ich wusste, das würde geschehen!«, rief er aus und zeigte mit dem Finger auf den Bücherschrank. »Meine Brust fühlte sich plötzlich an, als sei sie aus flüssigem Eisen, und dann – *voilà*! Ein perfektes Beispiel für ein katalytisches Exteriorisations-

phänomen! Sie haben einen Klopfgeist in Ihrem Bücherschrank.«
»Aber ich bitte Sie, Sie müssen doch wissen, dass das kompletter Unfug ist«, hatte Freud fassungslos entgegnet.
»Keineswegs. Sie irren sich, Herr Professor«, hatte Jung ein wenig beleidigt widersprochen. »Und ich sage voraus, dass wir in wenigen Augenblicken noch einmal so ein Geräusch hören werden.«
Und wie der Zufall es wollte, erscholl tatsächlich ein zweiter Knall. Freud sprang auf, allerdings mehr aus Furcht, der ganze Bücherschrank werde zusammenbrechen und seinen Inhalt über ihre Köpfe ergießen, denn vor irgendeinem Poltergeist. Jung warf ihm einen triumphierenden Blick zu, und danach war es unmöglich gewesen, ihn von der Überzeugung abzubringen, dass die Geräusche in irgendeinem Zusammenhang mit ihrer Beziehung standen.
Zu seiner Verärgerung hatte Freud sich in den folgenden Wochen immer wieder dabei ertappt, dass er seinen Bücherschrank belauschte. Die Geräusche waren ab und zu wieder aufgetreten, zweifellos eine Folge von Temperaturschwankungen im Holz. Er hatte Jung in einem Brief davon berichtet, seinen »lieben Sohn« sanft zurechtgewiesen und die ganze Angelegenheit als ein Zusammenspiel von Zufällen bezeichnet.
»Was immer Sie tun, lassen Sie sie meine Theorien nicht in den schwarzen Morast des Okkultismus hinabziehen«, hatte er ihn angefleht, aber es kam keine Anwort.

Er hatte Alkohol noch nie besonders gut vertragen können, und die Abschiedsfeier im Prater bildete keine Ausnahme. Im Nachtzug nach Bremen hatte er versucht, seinen Magen mit einem Schluck Bier zu beruhigen, aber es hatte seinen Zustand nur verschlimmert. Er war die halbe Nacht auf, pilgerte zwischen seinem Abteil und der widerlichen öffentlichen Toilette hin und her. Dort klammerte er sich verzweifelt an die Haltegriffe, während der Zug pfeifend durch die bayerische Landschaft ratterte.

Schließlich versank er in einem unruhigen Traum. Es war ein Teil eines alten Traums, den er unter ähnlichen Umständen schon einmal gehabt hatte, jenes Traums, den er zum Ausgangspunkt für sein größtes Werk gemacht hatte, die *Traumdeutung*.

In diesem Traum befand er sich in der Aula, dem großen Veranstaltungssaal der Universität in Wien. Die Ränge waren dieses Mal mit all den großen Wissenschaftlern gefüllt, vor denen er in Clark sprechen sollte. Er fühlte sich nervös, aber gut vorbereitet, und trat mit seinen Notizen in der Hand ans Pult.

Doch gerade als er den erhöhten Rednerplatz erreicht hatte, wurde ihm bewusst, dass er einen übermächtigen Harndrang verspürte. Er murmelte eine Entschuldigung und trat zurück, rüttelte an den Türen hinter dem Pult auf der Suche nach einer Toilette. In seinem Rücken hörte er das anschwellende Gemurmel der versammelten Wissenschaftler. Es klang ungehalten, aber er hatte keine Wahl. Er wusste, wenn er nur einen Moment länger zögerte, würde er sich vor aller Augen in die Hosen machen.

Er fand eine Tür und ging hindurch. Sie führte in eine lange Flucht von eleganten Wohnräumen und Ehrfurcht gebietenden Büros wie in einem Reichsministerium, aber nirgendwo fand sich eine Toilette.

Dann änderte sich die Szene, und er war nicht mehr im Universitätsgebäude, sondern stand auf einem Bahnsteig der Stadtbahn. In der Hand hielt er eine Urinflasche, eine Art gläserne Bettpfanne mit einem langen Hals zur Einführung des Penis. Doch er spürte kein Bedürfnis mehr, seine Blase zu entleeren. Stattdessen trug er die Flasche für einen kranken, alten Mann, der auf einem Auge blind war und den er begleitete.

Er fühlte sich besser, jetzt da er draußen an der frischen Luft war und nicht mehr urinieren musste, aber er verspürte immer noch ein starkes Angstgefühl. Er sah einen Schaffner den Bahnsteig entlangkommen, und weder er noch sein Schutzbefohlener, der alte, halb blinde Mann, hatten eine Fahrkarte. Hastig drückte er dem Einäugigen die Flasche in die Hand und verhüllte das Gesicht des Mannes dann hinter einer Maske, um den Schaffner in die Irre zu führen. Die Maske trug das Gesicht des afrikanischen Götzen, des Fruchtbarkeitsgottes, den er am Abend zuvor geschenkt bekommen hatte ...

Danach verblasste der alte Traum, aber er schlief immer noch unruhig. Er freute sich mehr als sonst, Ferenczis reizloses Jungengesicht zu sehen, als der Zug am nächsten Morgen in Bremen einfuhr. Ferenczi hatte schon alles arrangiert und stand jetzt wartend auf dem Bahnsteig, lächelte unbeschwert, den roten Baedeker-Reiseführer in der Hand. Er hatte alles aufs Beste vorbereitet, und am Gepäckdepot des Schiffes trafen sie Jung, der von ihrer bevorstehenden Reise schwärmte.

»Denken Sie nur, all die Frauen, denen wir begegnen werden! All die reichen Amerikanerinnen, die wir analysieren können!«

»Ja«, stimmte Freud etwas reservierter zu. »Amerika sollte auf jeden Fall Geld einbringen, keines kosten.«

Das Geld selbst, als sie es eintauschten, war eine herbe Enttäuschung. Es war erschreckend hässlich, fand Freud, eine dicke Rolle speckiger Scheine, alle von der gleichen Größe, vorn schwarz bedruckt, ein exotisches Tier, das er für den amerikanischen Büffel hielt, in Grün auf der Rückseite.

»Ah, sehen Sie, jetzt besteht gar keine Veranlassung mehr, hinzufahren«, hatte er scherzend zu Ferenczi bemerkt. Er verspürte immer noch Erleichterung, aus dem Zug heraus zu sein. »Ich wollte nur hin, um einen Büffel zu sehen. Oder noch besser, ein Stachelschwein!«

Jung war früher schon einmal in Bremen gewesen und bestand darauf, ihnen die Sehenswürdigkeiten zu zeigen, die Kirchen und pittoresken Treppen. Im Dom gab es einen Bleikeller, wo man den gut erhaltenen Leichnam eines Arbeiters bewundern konnte. Vierhundert Jahre zuvor war er vom Dach der großen Kirche gestürzt, und das Blei hatte seinen Körper mumifiziert. Seine Haut war braun wie gegerbtes Leder, die Halsmuskeln hatten sich zusammengezogen und den Mund zu einem letzten Schrei aufgerissen. Seine Hände hielten die Fetzen seines mittelalterlichen Zunftmantels an seinem Hals umklammert. Er wirkte unvorstellbar alt.

Freud fand das Ganze morbid, aber Jung konnte nicht aufhören, darüber zu reden, als sie mittags gemeinsam beim Essen saßen.

Sie hatten ein Fischrestaurant gewählt, das *Altbremer Haus*, das über eine gute Auswahl edler Rhône-Weine verfügte. Es war ein herrlicher Sommertag, sonnig und warm, aber noch nicht zu heiß. Das Restaurant war lichtdurchflutet und voller Blumen, und alle Leute sprachen von der Flugschau in Berlin und spekulierten darüber, ob Orville Wright seine neue Maschine von Amerika herüberbringen werde.

Jung war nicht von dem Mann im Bleikeller abzubringen. Freud wollte ihn ablenken und versuchte ihn zu überreden, von dem vorzüglichen Wein zu trinken. Er selbst brachte kaum einen Schluck herunter nach der Nacht im Zug, aber er wusste, Jung hatte keinen Tropfen Alkohol mehr zu sich genommen, seit Forel vor neun Jahren in der Burghölzli-Klinik seine Abstinenzkampagne ausgerufen hatte. Jung sträubte sich einen Moment, betrachtete nachdenklich zuerst den Wein und dann Freud und schenkte sich schließlich ein Glas voll.

»Ich sage mich von meiner Abstinenz los«, verkündete er mit plötzlicher Entschlossenheit und leuchtenden Augen. »Sie müssen mich in meinen Bemühungen unterstützen.«

»Wir machen noch einen richtigen Wiener Lebemann aus Ihnen«, frohlockte Freud, doch Jung kam gleich wieder auf die arme Kreatur im Bleikeller zurück. Dann sprach er von anderen Mumien, die kürzlich in einem dänischen Torfmoor entdeckt worden waren, und die ganze Zeit zerlegte er dabei seinen Fisch säuberlich in kleine Stückchen.

»Die Säure im Torf hat die Haut gegerbt und ausgehärtet. Die Körper waren vom Gewicht der Erde über ihnen flach gedrückt, die Knochen hatten sich aufgelöst. Aber die Haare und Zähne!

Das Gesicht, die Körperform, der Schmuck an ihren Armen! Alles perfekt erhalten!«
»Was interessiert Sie so an diesen Leichen?«, unterbrach Freud verdrießlich.
»Bedenken Sie die Implikationen. Die Leichen im Torfmoor waren noch älter als die im Bleikeller. Vielleicht sogar prähistorisch. Vollständig erhalten mitsamt den Überresten ihrer Kleidung und ihren abergläubischen Grabbeigaben.«
»Ja, ja. Und was weiter?«
»Denken Sie doch nur, was wir alles lernen könnten! Stellen Sie sich vor, ihr Gehirn wäre ebenso gut erhalten wie der Körper.«
Freud nahm einen tiefen Zug aus seinem Weinglas, um seine Verärgerung zu überspielen, doch als er es abstellte, fühlte er sich nur noch verstimmter und ein wenig schwindelig.
»*Was* könnten wir denn lernen? Wir lernen, indem wir mit unseren Patienten reden! Mein lieber Doktor, ein gut erhaltenes prähistorisches Gehirn ist für unsere Arbeit ebenso irrelevant wie ein aufgespießter Schmetterling!«
»Woher wollen Sie das wissen?«, entgegnete Jung. »Wer weiß, wie Geist und Verstand sich entwickelt haben? Vielleicht sind diese Gehirne ja anders. Vielleicht könnten wir ein Fenster finde, das uns den Blick in die prähistorische Seele eröffnet …«
»Wovon reden Sie?«, versetzte Freud schneidend. »Jede lebende Person trägt die gesamte Geschichte der Menschheit in sich!«
Er trank noch einen Schluck, um sich zu beruhigen, doch der Raum um ihn herum schien zu schwanken. Er stand abrupt auf, und sein Blickfeld verengte sich, bis Jungs Gesicht auf der anderen Seite des Tisches es komplett ausfüllte; ein fragender Ausdruck wie bei einem Terrier lag auf diesem Gesicht, und die ovalen Gläser des Kneifers vergrößerten seine leuchtenden, gierigen Augen.
»Mein lieber Freund!«
»Was? Was fasziniert Sie so an diesem armen Mann, im Stich gelassen von seinen Freunden und Kameraden und hier wie eine Schaubudenattraktion dem gaffenden Publikum ausgesetzt!«

»Es war nur eine Beobachtung im Geiste wissenschaftlicher Neugierde.«

»O ja!«, gab Freud sarkastisch zurück. »Sind Sie sicher, Herr Doktor, dass es nicht in Wahrheit mein Tod ist, den Sie herbeiwünschen? Mein Kronprinz!«

Und dann schwanden ihm die Sinne. Er wollte vom Tisch zurücktreten, aber seine Beine waren plötzlich schwer wie Sandsäcke, und er sank einfach zu Boden. Fiel in Ohnmacht wie ein junges Mädchen …

Das Letzte, woran er sich erinnerte, war der gar nicht unerfreuliche Anblick ihrer besorgten, fassungslosen Gesichter.

Sigmund Freud wachte auf und fand sich Auge in Auge mit Carl G. Jung. Er schloss die Lider wieder.

»Wie süß es sein muss, zu sterben«, murmelte er.

»Wie bitte?«

Freuds Augen klappten wieder auf. Jungs kugelförmiger, beinah schon kahler Kopf schwebte immer noch über ihm.

»Nichts weiter.«

Er setzte sich auf. Sie hatten ihn auf ein Sofa gebettet wie einen Schuljungen, die Füße auf einem der weichen roten Kissen gekreuzt.

»Es muss am Wein liegen«, sagte er mit schwacher Stimme. »Ich habe kaum geschlafen letzte Nacht, ich hatte einen höchst bemerkenswerten Traum.«

Jung lächelte überheblich auf ihn hinab, die Augen hinter den abgeflachten Kreisen seines Kneifers verrieten Skepsis.

»Natürlich können wir nicht mehr zulassen, dass Papa für uns bezahlt«, sagte er zu Ferenczi.

Freud kam hastig auf die Füße, knöpfte seinen Rock zu und strich sich das Haar zurück, um seine Bestürzung zu verbergen. Jung reichte ihm den Arm, aber er schüttelte den Kopf und kehrte an ihren Tisch zurück. Er bemerkte das Gewisper der übrigen Gäste kaum, war schon in die Analyse seines eigenen Verhaltens vertieft.

»Es hatte vielleicht mit einem Schuldgefühl zu tun«, räumte er ein, als er sich wieder setzte. »Weil ich Sie bewogen habe, Ihre Abstinenz aufzugeben.«
Jung betrachtete ihn länger, ehe er fortfuhr, seinen Fisch zu zerlegen.
»Vielleicht«, sagte der Kronprinz, und Freud verspürte plötzlich den irrationalen Wunsch, ihm den Kneifer von der Nase zu reißen und unter seinem Absatz zu zertreten, bis er das Glas splittern hörte.
Stattdessen lächelte er und fragte: »Was glauben Sie?«
»Nun, ich denke, Sie fürchten mich als den Sohn, der Sie verdrängen und Ihren Platz einnehmen will«, sagte Jung.
»Tatsächlich? Das alles schließen Sie aus einem kurzen Schwächeanfall?«
»Es ist natürlich nur eine Hypothese«, erwiderte Jung ruhig und ließ seine Falle zuschnappen: »Wenn ich Sie analysieren könnte, vielleicht während der Schiffsreise …«
»Vielleicht«, sagte Freud abweisend.
»Es mag ein Funke Wahrheit in beidem stecken, was jeder von Ihnen gesagt hat«, warf Ferenczi beschwichtigend ein, immer das verständige Kind, das zwischen den streitenden Eltern vermittelt. »Die beiden größten Psychoanalytiker der Welt suchen nach einer Lösung! Das muss man sich vorstellen!«

Nach dem Essen mietete Jung ein Automobil, um die Stadtbesichtigung fortzusetzen. Ein weiterer herablassender Kommentar bezüglich meines Alters, dachte Freud, aber insgeheim war er nach dem Zwischenfall im *Altbremer Haus* froh, dass er nicht laufen musste.
Sie fuhren zu einem Wiener Kaffeehaus am Weserufer, das Jung kannte, doch sie mussten anhalten, um ein deutsches Artillerieregiment passieren zu lassen, das sich offenbar auf dem Rückweg von einem Manöver befand. Jung hatte darauf bestanden, auszusteigen und sich die lange graue Reihe von Männern und Kanonen genauer anzusehen.

»Natürlich, der Hauptmann der Reserve der Schweizer Armee muss die kaiserlichen Truppen inspizieren«, hatte Freud scherzhaft zu Ferenczi gesagt, doch bald ertappte er sich dabei, dass er selbst hinüberstarrte.
Die Deutschen bewegten sich schnell; ihr Anblick war ernst und tödlich wie die Geschütze, die sie mit sich führten. Als die Letzten an ihnen vorbeimarschierten, merkte er, dass er den Atem angehalten hatte, und als er sich umwandte, stellte er fest, dass auch Ferenczi sie bestaunte, wie gebannt von der mörderischen lebenden Maschine, die da an ihnen vorüberzog.
Dies war so ganz anders als Freuds eigene Erfahrung als Reservist in der k. u. k. Armee. Damals hatte er in einem Schützengraben gehockt, und die Generäle in ihren himmelblauen und gelben Uniformen waren über seinem Kopf entlangstolziert wie Wellensittiche. Einmal war ein Major zu ihm gekommen, sein Waffenrock hatte eine Farbe wie ein Pavianarsch, und er reichte Freud eine Liste der Verwundungen, die ihn im Lazarett erwarteten: »Dickdarm und Magenwand mehrfach perforiert«, hatte er gelesen. »Rückgratbruch am zweiten Wirbel. Unterkiefer und Zunge weggeschossen, Gaumen schwer verstümmelt ...«
Die Soldaten lagen in großen, grotesken Haufen um ihn herum, mimten Leichen.
»Vorbereiten!«, bellte der Offizier.
»Vorbereiten? Aber wie soll ich mich auf solche Verletzungen vorbereiten? Was könnte ich denn schon tun?«
»Vorbereiten!«

In dieser Nacht schlief er wieder schlecht, trotz seiner Erschöpfung, aber er erinnerte sich an keine Träume. Am nächsten Morgen nahmen sie den Zug nach Bremerhaven und gingen an Bord der *George Washington*, ein riesiges, elegantes Schiff des Norddeutschen Lloyd. Ihre Kabinen waren exquisit, und eine reiche Patientin aus Nassau hatte sie mit einem wundervollen Orchideenbouquet überrascht.
Freud war geschmeichelt. Er gab dem Steward ein großzügiges

Trinkgeld und bat ihn, die Blumen in einer Vase auf ihren Tisch im Speisesaal zu stellen, wo sie alle sich abends beim Essen daran erfreuen konnten. Seine Stimmung hatte sich schon gehoben, und er war jetzt sicher, alles, was er brauchte, war ein bisschen Seeluft, um wieder in Form zu kommen und sich auf seinen Triumph vorzubereiten.

Doch das Wetter schlug noch am gleichen Nachmittag um, bevor sie auch nur den Hafen verlassen hatten. Es begann in Strömen zu regnen, alle Passagiere flüchteten von Deck in den Speisesaal, wo man darüber spekulierte, ob der Regen Kapitän Spelterini davon abhalten würde, mit seinem Wasserstoffballon die Alpen zu überqueren, und so die Flugschau verdarb.

Freud zog sich in seinen Salon zurück, sah die Schlepper durch das glitzernde Wasser des Hafens pflügen und widmete sich seinen Zigarren und seinen nagenden Zweifeln. Er scheute sich niemals, jeden einzelnen Aspekt wieder und immer wieder zu untersuchen. Das war seine große Stärke, auch wenn er das anderen gegenüber nicht immer eingestand.

»Ich habe den Geist eines Conquistadors, eines Cortés oder Pizarro«, hatte er über sich selbst geschrieben, und ihm gefiel diese Analogie, trotz ihrer Verwegenheit.

Er hatte keine Angst vor der Seereise. Er hatte das Meer immer geliebt, wurde auch bei schwerstem Wetter niemals seekrank. Allerdings hegte er einige Zweifel, was die Vorträge betraf. Er fürchtete, die Amerikaner könnten zu prüde sein, zu leicht schockiert. Sicher würde es den üblichen Aufschrei geben, wenn sie seine Theorien aus erster Hand hörten, vielleicht auch wieder antisemitische Tiraden.

»Wir könnten ganz schnell im Dreck stecken, sobald sie mit dem sexuellen Unterbau unserer Psychologie konfrontiert werden«, hatte er Ferenczi anvertraut, aber all das hatte er schon früher auf sich genommen. Jetzt erwartete ihn zum ersten Mal eine Zuhörerschaft, die bereit war, seine Leistung zu würdigen, sogar noch ehe sie seine Vorträge gehört hatte.

Es gab noch etwas anderes, das in beunruhigte. Etwas Verborgenes und doch Grundlegendes, dachte er, wie das gewaltige Gemälde von dem weißen Pferd mit den wilden Augen und geblähten Nüstern, das sein Arbeitszimmer in der Berggasse beherrschte. Sein Albtraum, der den Kopf aus der Dunkelheit emporreckte.

Und er konnte den Traum von seinem militärischen Ausbildungslager nicht abschütteln, von dem Offizier mit dem verborgenen Gesicht und der entsetzlichen Liste. Und Jungs Bild begleitete ihn ebenso hartnäckig: das ausdruckslose, bebrillte Gesicht, das sich über ihn beugte, das mit solcher Intensität auf die furchtbaren grauen Deutschen und ihre Kanonen geblickt hatte.

Und dann dieser Scherz über das Stachelschwein, den er beinah zwanghaft ständig wiederholte. Es war etwas von Schopenhauer, erkannte er, ein Satz, der in etwa besagte, das Stachelschwein müsse das einsamste aller Tiere sein, denn seine Stacheln ließen nicht einmal zu, dass es mit seinen Artgenossen zum Schutz gegen die Elemente nahe zusammenrücke. Was das jedoch mit seiner eigenen Situation zu tun hatte, konnte er sich beim besten Willen nicht vorstellen.

Er sann über all diese Dinge nach, bis sie längst auf hoher See waren. Dann riskierte er einen Cognac und stieg in seine Koje. Als er so dalag, kam ihm plötzlich ein Sprichwort in den Sinn, das Napoleons Mutter immer gern angeführt hatte:

Ça va bien pourvu que ça dure.
Es wird gut gehen, solange es nur weitergeht.

Und er konnte nicht anders, als hinzuzufügen:

… sagte der Dachdecker zu Beginn seines Falls.

8

Auf dem Boardwalk

Sie trafen sich am Strand von Coney Island. Kid Twist schob sich durch die sonntägliche Menge, hielt die Augen nach viel versprechenden Gelegenheiten offen, und als er zufällig nach unten blickte, sah er sie: bis zu den Oberschenkeln im Sand eingegraben wie ein Kind und angetan mit einem leuchtend grünen Meerjungfrauenbadekleid. Sie war noch nass vom Bad im Meer und fuhr sich mit einer silbernen Bürste durch die Haare.

Esther spürte ihn über sich, er sperrte die Sonne aus. Sie hob den Kopf und lächelte, als sie ihn sah. Er trug einen sehr feschen, pfirsicheisfarbenen Anzug mit einer leuchtend blauen Fliege und wirkte doch so ernst. Er tippte grüßend an seinen Hut und hielt ihr den Arm hin. Ohne auch nur darüber nachzudenken, streckte sie die Hand aus und ließ sich zurück zu den Parks führen.

Nirgendwo sonst hätte sie so etwas je getan. Nirgendwo sonst als am Strand von Coney Island an einem wunderschönen Sonntagmorgen. Sie steckte die billige, silberbepinselte Bürste, die sie bei Wannamaker's erstanden hatte, in ihre Tasche, nahm seinen Arm und ließ sich aufhelfen. Er beobachtete, wie der Rock ihres Badekleids langsam über ihre nackten weißen Beine abwärts glitt, und sie beobachtete wiederum ihn dabei.

»Lass mich dich einladen«, bat Kid.

Esther lachte, doch es lag ein tief ernster Ausdruck auf seinem Gesicht.

»Mich einladen?«
»Was immer du willst«, sagte er impulsiv. »Das Beste und Feinste, was es gibt.«
»Mein Rockefeller-Prinz!« Sie lachte wieder, ließ sich den Strand hinauf zu den ersten Pavillons führen und versuchte gleichzeitig, unauffällig den letzten Rest Sand von ihren Beinen zu streifen. Die grüngoldenen Schuppen ihres Badekleides funkelten im Sonnenlicht.

Über den Holzsteg und einen überdachten Fußweg gelangten sie zu *Feltman's.* Sie aßen Hummer und Muscheln und Maiskolben, bis ihr winziges weißes Tischtuch von zerschmolzener Butter und Salzlake durchtränkt war. Eine Kapelle in Lederhosen spielte Wiener Walzer, und jedermann lachte und war vergnügt. Esther bat ihn gar um einen Schluck von seinem Bier. Sie fand es abscheulich, aber sie wollte endlich wissen, wozu die *Gojim* immer in die deutsche Kneipe unten in ihrem Mietshaus gingen.
»Schmeckt dir das?«, fragte Kid und stupste sie leicht an. »Magst du Bier, was meinst du?«
Sie schüttelte den Kopf und lächelte versonnen vor sich hin.
»Herzelle meine«, bettelte er. Die üblichen Verführerworte, aber er sagte sie beinah ausdruckslos, so als versuche er, mehr sich selbst zu überzeugen als sie. Eine Hand lag unter dem Tisch auf ihrem Knie, die Finger zitterten leicht. Esther fegte sie beiläufig weg; sie war weit Schlimmeres von den Vorarbeitern in der Fabrik gewöhnt. Die Hand sträubte sich nicht.
»Wie kannst du mit mir hierher kommen?«, fragte er und versuchte zu lächeln, war aber tatsächlich wieder sehr ernst. »Woher willst du wissen, was für ein Mann ich bin?«
»Ich mag dich gern.« Esther zuckte die Schultern, bemühte sich, verwegen und frech zu klingen und plausible Gründe vorzubringen. »Ich mag, wie du lachst. Und du hast gütige Augen.«
Warum war sie hier?

»Aber ich könnte der schlimmste *Babnik* auf der ganzen Welt sein!«
»Ich kann auf mich aufpassen.«
»Aber du weißt doch gar nicht, was ich bin.« Er war jetzt wieder vollkommen ernst, seine Augen große, dunkle Kreise. *Er hatte wirklich schöne Augen ...*
»Was macht das schon?«, sagte sie so schroff sie konnte. *Was für ein seltsamer Verführer, der sie warnte, sich vor ihm in Acht zu nehmen.* »Was macht das schon, hier und jetzt?«
»Vermutlich hast du Recht.« Er lachte unsicher und wandte sich wieder seinem Hummer zu.

Nach dem Essen spazierten sie Hand in Hand zum Steeplechase, vorbei an all den Chopsuey-Ständen und den Schießbuden, den mechanischen Klavieren, am Spieß gebratenen Fleischbatzen und Waschbottichen voll grünem Mais, und die Männer an den Imbissständen neckten sie:
»Wer ist denn deine Süße?«
»Wohin geht ihr zwei? Wollt ihr den Elefanten besuchen?«
Er warf ihnen finstere Blicke zu und zog sie weiter durch die drängende, gleichgültige Menge.
Eine Million Begegnungen, dachte sie. *Eine Million Begegnungen jeden Tag, und alle bedeutungslos ...*
Er lotste sie durch die *Gates of Mirth*, in den verglasten *Pavilion of Fun* mit diesem wie abgeschnitten wirkenden Clownskopf, der von einem Ohr zum anderen grinste.

STEEPLECHASE – FUNNY PLACE ...
Die Rennbahn zog sich um den gesamten Park, lang und wellig und gesäumt von amerikanischen Flaggen. Er zahlte den Vierteldollar Eintritt für sie, und ein grinsender, junger Kerl mit geschwärztem Gesicht und einer zerlumpten Jockeymontur trat vor, um ihr auf das mechanische Pferd zu helfen.
»Rauf mit dir ...«
»Nein, Hände weg!«

Kid stieß den Jungen beiseite und half ihr selbst aufsitzen, starrte wieder auf die weiße Haut ihrer Waden, als sie ein Bein über den Sattel schwang. Er stieg hinter ihr auf, und sie erhob keine Einwände. Überall um sie herum standen andere Männer, verbeugten sich lächelnd und halfen den Frauen, die sie gerade erst kennen gelernt hatten, auf die Pferde.

Eine Million Begegnungen, alle bedeutungslos …

»Besser, du hältst dich fest, Täubchen.«

Sie spürte seinen warmen Atem auf ihrer Wange, als er ihr ins Ohr flüsterte.

»Es geht los.«

Aber noch geschah nichts. Ein zweiter Junge in einem bunt karierten, seidigen Jockeytrikot und mit schwarz bemaltem Gesicht gab ein Trompetensignal. Dann ertönten Glocken, und die Pferde schossen vor – gerade schnell genug, dass die Frauen quiekend in die Arme ihrer Begleiter geworfen wurden. Doch sie wurden nicht wirklich schnell, und gerade deswegen waren sie so beliebt. Die Männer brauchten nicht einmal eine Hand, um ihre Hüte festzuhalten, konnten beide Arme dem eigentlichen Zweck des Ritts widmen: Die Hände streichelten und grapschten und fummelten.

Mühelos bewegten die Pferde sich bergan, bis der ganze Park unter ihnen lag, unbeschreiblich schön. Es war der ruhigste Ritt, den sie je erlebt hatte, so weich wie Luft, weich wie Pudding unter ihren Füßen. Sie kannte das Gefühl von Geschwindigkeit. Ihr Bruder hatte sie gelegentlich in einem seiner neuen Automobile mitgenommen, und einmal hatte ein verrückter Fahrer die Hochbahn so schnell in die Dead Man's Curve an der 110. Straße gejagt, dass er sie kaum halten konnte. Aber sie hatte noch nie etwas wie dies hier erlebt – schnell aber ruhig, so sanft wie feiner Rasen …

Sie glitten wieder abwärts, der Park erstreckte sich vor ihr, all die Fahrgeschäfte und Attraktionen glitzerten hinter den Glaswänden wie Juwelen im Eis. Der *Mixer* und das *Barrel of Fun*, die *Bounding Billows* und die *Golden Stairs* und das *Razzle*

Dazzle und *Cave of the Winds*. Und überall dazwischen die Massen von Männern und Frauen, die immer weiterdrängten …
Eine Million Begegnungen, alle nutzlos …
Er schlang die Arme um ihre Taille und legte sie gekonnt in die Kurven. Bald waren sie den übrigen Pferden ein Stück voraus. Eine sanfte Brise strich ihr angenehm übers Gesicht. Um ihre Taille spürte sie seine Hände, die sich langsam bewegten; immer noch zögerlich, unsicher und behutsam liebkosten sie sie durch den Stoff ihres Meerjungfrauenkleides.
»Du bist so weich wie Samt und Seide«, murmelte er ihr ins Ohr, und sie hätte am liebsten gelacht, als sie das hörte.
Langsam ließ er die Hände aufwärts gleiten, über ihren Bauch und zu Stellen, wo sie noch nie die Hand eines Mannes gespürt hatte. Und sie ließ ihn, dankbar, dass sie den anderen Männern mit den grapschenden Händen und dem lüsternen Grinsen ein Stück voraus waren. Der Weg stieg wieder an, und sie sah den weiten Ozean, die Menschenmassen am Strand und die Ausflugsboote, graziös wie Schwäne, mit ihren großen, weißen Decks und den romantischen Namen – *Pegasus*, *Prometheus* und *Anacreon*.
Innerhalb von Sekunden umkreisten sie die halbe Erde – dann ging es wieder talwärts. Die anderen Reiter lachten und fluchten, die Frauen kreischten. Seine Hände, seine Hände glitten fast bis zu ihren Brüsten hinauf, hielten inne, als sie zusammenzuckte, streichelten, wanderten wieder abwärts, und sie ließ ihn. Sie waren zu schnell, zu hoch, als dass irgendwer sie hätte sehen können, allein in der Masse.
»Du bist feiner als Samt und Seide. Ich werde dir nur Taubenmilch zu trinken geben …« Die Stimme des Verführers war verschwunden. Nur seine eigenen Worte waren geblieben, eifrig und unsicher und eine Spur verzweifelt.
Sie kamen um die letzte Biegung, am Pier vorbei und weiter landeinwärts, zu den Straßen und Sommerhäusern von Brighton Beach. Häuser von zweifelhaftem Ruf, wie sie sich entsann. *Wollt ihr den Elefanten besuchen?* Ihr Meerjungfrauenkleid war

am Hals weit ausgeschnitten, und er drückte sein Gesicht gegen ihren Nacken, fuhr mit den Lippen darüber.
Wie ein Pferd, dachte Esther absurderweise. Seine Lippen waren feucht und weich wie die eines Pferdes.
Er küsste ihr Ohr, streichelte ihren Hals, und sie ließ ihn gewähren. Jetzt auf der Zielgeraden bewegten sie sich ein bisschen schneller, und sie wusste, sie sollte ihn zurückweisen, aber sie war nicht sicher, ob sie ihn gleichzeitig wegstoßen und sich festhalten konnte. Sie wollte nicht herunterpurzeln und mit dem Hinterteil auf der mechanischen Rennstrecke landen. Sie könnte einen elektrischen Schlag bekommen oder niedergetrampelt werden wie die arme Frau, die sie im Nickelodeon am Union Square gesehen hatte. Für die Rechte der Frauen war sie beim Derby dem Pferd des Königs genau vor die Hufe gelaufen …
Niedergeritten.
Auf dem letzten Stück legte sie den Kopf zurück an seine Schulter und betrachtete ihn. Seine Augen waren geschlossen, stellte sie überrascht fest, sein Gesicht jungenhaft und arglos. Sie lehnte sich an ihn, umfasste seine Arme und ließ sich von ihm festhalten, als sie an den amerikanischen Flaggen vorbei durchs Ziel sausten. Ein weiterer Jockey mit schwarzem Gesicht heftete jedem ein blaues Band an die Brust.
Esther stieg mit Mühe vom Pferd, ihre Beine fühlten sich schwach an. Kid war noch einmal ein kurzer Blick auf ihre weißen Knöchel vergönnt, dann kämpfte er sich ebenfalls aus dem Sattel, und der rußgeschwärzte Jockey feixte: »Was ist los? Zu viele Beine?«
»Warte auf mich!«
Es war zu spät. Sie war schon am Ausgang hinter der Ziellinie. Als sie stehen blieb, fand sie sich auf einer Bühne wieder, gegenüber einer großen Tribüne. Reihe um Reihe saßen dort lachende Männer und Frauen, die mit dem Finger zeigten. Auf sie.
Ein schrecklicher kleiner Mann in einem Clownskostüm rannte auf sie zu. In der Hand hielt er etwas wie einen Schlagstock, das verzerrte Gesicht grinste schauderhaft. Er holte aus, und sie

wich mit ausgestreckten Händen zurück. Doch er kam nur immer näher, schwang seinen Viehtreiberstock wie einen Baseballschläger.
»Erbärmlicher Wicht!«, schrie sie und wich im letzten Moment aus. »Du Biest!«
Er lachte, äffte sie in einer lächerlichen Fistelstimme nach und führte einen Stoß auf ihre Beine.
»*Erbärmlicher Wicht! Du Biest!*«
Sie spürte eine furchtbare Schockwelle, als habe eine Hand sich um ihr Herz gekrallt. Sie taumelte zurück, und plötzlich blies ein Schwall kalter Luft gegen ihr Gesäß, blähte den Rock ihres Meerjungfrauenkleides auf, so dass sie vor der lachenden Menge einen unfreiwilligen Luftsprung vollführte.
»Dreckskerl! Hau ab!«
Kid stürmte die Bühne und wollte den Zwerg verscheuchen. Der hässliche Clown grinste, flitzte um ihn herum – aber irgendetwas in Kids Gesicht bewog ihn, sich ein neues Opfer unter den übrigen Reitern zu suchen. Kid legte schützend die Arme um sie und führte sie hinaus, vorbei an der Laughing Gallery und dem Türsteher: »Kommt rein! Nur ein Penny! Diesmal dürft *ihr* lachen!«
»Alles in Ordnung, mein Täubchen?«
»Ja, sicher.« Sie lächelte, um ihn zu beruhigen, und sie genoss seinen fürsorglichen, liebevollen Blick.
Es hat Spaß gemacht, sagte sie sich und fühlte, wie ihr Herz hämmerte. Es war schrecklich, sie hatte es besiegt, war an dem grässlichen kleinen Mann vorbeigekommen. Hatte es durchlitten und überlebt.
Es hat Spaß gemacht, und es hat mir gefallen.
Abends führte Kid sie zu *Stauch's* und bestellte Steaks. Sie saßen auf der Galerie und beobachteten die Tänzer unten in dem riesenhaften Ballsaal, die unter der gigantischen amerikanischen Flagge aus Glühbirnen dahinschlurften. Anschließend wollte er sie zu einer Filmvorführung in den Sunken Gardens einladen oder zu einer Vorstellung bei Henderson's, aber es wurde spät,

und sie hätte eigentlich längst auf dem Heimweg sein sollen. Der Park wirkte schon ein wenig geisterhaft. Die Musik wurde leiser, die Besucher strebten zum Ausgang. Servietten, Wachspapier und halbe Hotdogbrötchen wurden ihnen um die Beine geweht wie Steppenhexen.

Sie konnte die Lichter jetzt *hören*, eine Million Glühbirnen zischten so laut wie Schlangen. Paare hasteten vorüber. Im Schatten sah sie den Strohhut eines Mannes über ein Kleid gebeugt, beide Gesichter lagen im Dunkeln.

Kid brachte sie bis auf den Bahnsteig und bettelte ein bisschen. Er rechnete nicht wirklich damit, dass sie blieb, wollte es aber gern. Er *wollte* es, das merkte sie ganz deutlich.

»Nur noch ein kleines Weilchen, Herzblatt.«

»Nein. Es wird spät, ich muss heim.«

Feurige Geysire schossen in die Nacht empor – das Abschlussfeuerwerk. Ströme aus roten, weißen und blauen Funken regneten herab. Die Kapellen schlugen patriotische Töne an.

Kid war nur einen Augenblick abgelenkt gewesen, aber als er wieder hinschaute, war sie fort. Erst im letzten Moment entdeckte er sie am Fenster des Zuges. Sie winkte ihm zu, die Schuhe in der Hand. Sie hatte sie ausgezogen, um schneller rennen zu können, und war barfuß in den Zug gestiegen.

»Mein Täubchen!«, rief er. Er lächelte ganz leicht, aber sein Gesicht zeigte auch einen höchst schmeichelhaften Ausdruck von Enttäuschung.

»Mein Täubchen! Nächsten Sonntag! Drüben in Dreamland!«, brüllte er und rannte den Bahnsteig entlang, lächelte stirnrunzelnd, nicht einmal sicher, ob sie ihn hören konnte.

»Nächsten Sonntag, beim Erzengel!«

Doch sie winkte nur, bis der voll besetzte Zug sich in Bewegung setzte. Die Fahrgäste standen an den Fenstern zusammengedrängt, und jeder winkte seiner eigenen Sonntagsliebe zu. Dann fuhr der nächste Zug ein.

9

Esther

Es war heißer denn je, als sie schließlich in die Orchard Street kam, und der ganze Block war noch auf den Beinen. Kinder rannten schreiend auf dem Gehweg umher wie sonst zur Mittagsstunde, alte Leute lagen in den Fenstern. Mütter gingen unter den Straßenlaternen auf und ab und wiegten ihre Babys. Die Kleinen liefen blau an und bekamen Krämpfe in dieser Hitze, waren zu erschöpft, um zu schlafen.

Sie würden noch wach sein, das wusste sie. Und auf sie warten. Sie stieg die Stufen zum Eingang hinauf, trat durch die Tür mit dem Davidstern über einem Relief, das einen grinsenden Satyrkopf darstellte. Es war der Stern, der ihren Vater überzeugt hatte, dass in diesem Haus Menschen lebten. Dass es irgendwie ein koscheres Haus war, als ob es so etwas gäbe. Einer von vielen idiotischen Greenhorn-Fehlern, die er begangen hatte. Kein Mann war je unbedarfter im Umgang mit den Fallen und Tücken der Neuen Welt gewesen, aber das konnte man ihm nicht sagen. Er war ein großer Gelehrter.

Drinnen war es, als befinde man sich im Innern eines riesigen Bienenstocks. Nur dass es hier Menschen waren, die dicht an dicht lebten. Aus jeder Wohnung konnte man das Quietschen der Wasserpumpe und gemurmelte Unterhaltungen hören, den Gestank von Kohl und Würsten und Kartoffeln riechen. Die Gespräche in den vielen verschiedenen Sprachen verstummten,

wenn sie näher kam. Schritte auf den losen Dielen, Türen wurden knarrend einen Spalt breit geöffnet, um zu sehen, wer da kam, und schlossen sich hinter ihr wieder.
Vor ihrer Wohnung im fünften Stock legte sie zwei Finger an die Lippen und hätte um ein Haar die *Mesusa* neben der Tür berührt, ehe ihr bewusst wurde, was sie tat. Im letzten Moment zuckte ihre Hand zurück, als habe sie sich verbrannt, und sie lächelte in heimlichem Trotz vor sich hin, ehe sie hineinging.
»Die Amerikanerin ist daheim«, verkündete er – der Welt im Allgemeinen oder ihrer Mutter –, sobald sie eintrat. Ihre Eltern saßen an einem kleinen Tisch unter dem Schlafzimmerfenster, ihre Mutter über einen Gegenstand gebeugt, der wie ein kleines Häuflein Dornen aussah, ihr Vater hielt den *Jewish Daily Forward* hoch, streckte ihn den Lochmustergardinen entgegen wie ein Opferlamm und versuchte, im spärlichen Licht, das von draußen hereinfiel, zu lesen.
»Warum sie überhaupt noch nach Hause kommt, das weiß ich nicht. Für sie hört das Tanzvergnügen doch niemals auf. Für sie ist das Leben ein fortwährendes Fest.«
Das war seine Art, sie anzusprechen, schon seit Monaten. Immer indirekt oder auf dem Umweg über ihre Mutter. Nur wenn er völlig die Beherrschung verlor, sprach er unmittelbar mit ihr und beschwor alle nur denkbaren Flüche und Verwünschungen auf sie herab. Und in geheimen Unterhaltungen mit ihr, die sie sich ausdachte. Aber das war wieder eine andere Geschichte.
»Dein Pech, wenn dir das nicht passt«, rief sie zum Schlafzimmer hinüber und blieb in der Küche stehen.
Die Wohnung bestand aus drei kleinen Räumen. Nur das Schlafzimmer ihrer Eltern hatte Tageslicht. Zwei Fenster zeigten auf einen winzigen, müllübersäten Hinterhof, hinter dem ein weiteres Mietshaus aufragte, und dahinter lag die Allen Street, wo sich schwarz und bedrohlich die Trasse der Hochbahn entlangzog. Der Raum neben dem Schlafzimmer war die Küche, wo sie jetzt stand. Überall stapelten sich hier Kisten und

Truhen und Kommoden. Und zu ihrer Rechten lag das winzige Kämmerchen der Untermieter.
Drei kleine Zimmer in einer Flucht und nur eine natürliche Lichtquelle. In die Trennwände waren Fenster gebrochen worden, nur so bekamen die Küche und das Zimmer der Untermieter Tageslicht.
Einer der Untermieter, ein Vertreter namens Kapsch, saß am Küchentisch. Er war ein schmächtiger, schon fast kahlköpfiger Mann, dessen Gesicht immer einen leicht verwirrten, fragenden Ausdruck zeigte. Sie wusste, er war ein bisschen in sie verliebt. Er machte eine respektvolle kleine Verbeugung, als sie hereinkam, und murmelte etwas Unverständliches.
»Dass ich das erleben muss! Dass meine eigene Tochter so mit mir spricht!«, lamentierte ihr Vater im Schlafzimmer. Sie hörte ihn aufstehen und unter vernehmlichem Zeitungsrascheln näher kommen.
»Beruhige dich doch, reg dich nicht auf«, sagte ihre Mutter, trat nervös mit ihm durch die Tür und rieb sich die Hände. Ihre Finger waren zerstochen und geschwollen, weil sie den ganzen Tag damit zubrachte, *Zazkes* zu machen – wunderschöne Rosen und Lilien und Forsythien aus Draht. Der Draht hatte rasiermesserscharfe Spitzen, und die Farben, das üppige Rot und Purpur und Gelb, setzten sich in die kleinen Wunden, so dass sie sich entzündeten und eiterten.
Sie brachte es vielleicht auf fünfundzwanzig Cents am Tag mit diesen Drahtblumen. Vorher hatte sie Seidenfäden zerteilt, die dann zu Quasten verarbeitet wurden, und davor hatten sie natürlich zusammen die geheimen Strumpfbänder genäht und beinah genug verdient, um davon zu leben. Aber die Blumen waren das Einzige, was ihre Mutter noch in Heimarbeit machen konnte, jetzt, da ihre Finger steif geworden waren.
»Hast du etwas gegessen? Willst du was?«, fragte sie besorgt, hinkte auf Esther zu und nahm ihre Hände.
»Nein, Mama. Ich brauche nichts, Mama.«
Sie sah in das Gesicht ihrer Mutter hinab und fühlte eine Mi-

schung aus Mitleid und Abscheu. Die Wangen waren bleich und eingefallen, die Augen glitten unruhig hin und her.
»Wie geht's deinen Händen, Mama? Geht es dir heute besser?«
»Oh, meine Hände«, sagte sie abwesend, ausweichend, der Blick wanderte die Wände der Küche entlang. »Es geht. Ich komme schon zurecht.«
Sie versucht immer noch, um des lieben Friedens willen zu vermitteln. Ihrem Mann alles recht zu machen.
»Was hast du nur aus uns gemacht«, murmelte sie und sah zu ihrem Vater auf. »Was hast du nur aus uns allen gemacht?«
Er trat ohne Eile auf sie zu; ein weißhaariger alter Mann, den Bart voller Krümel vom Mittagessen, das ihre Mutter ihm sicher wieder an seinen Schreibtisch gebracht hatte. Die Haut um die Augen und über den Wangenknochen war immer noch erstaunlich rosig und jung, die dunklen Augen leuchteten vor Hass, an dem er so viel Vergnügen fand.
»Zwingst du mich, dir mein bitteres Herz auszuschütten?«, fragte er beinah beiläufig. Zum ersten Mal seit Wochen sprach er Esther direkt an. »Welches Recht hast du, so etwas zu sagen? Kommst hier herein, so voller Sünden wie eine Wassermelone voller Kerne!«
»Fahr zur Hölle!«, sagte sie und lächelte dem Untermieter zu, um sich all ihrer Sünden zu erinnern. Kapsch wandte verwirrt den Blick ab.
Der alte Rabbi fing an zu husten – ein leiser, phlegmatischer, genüsslicher Husten – und ließ sich schwer auf einen der Küchenstühle sinken. Sie hörten ein Geräusch, und ihre Mutter machte einen schlurfenden Schritt vorwärts, stellte sich zwischen sie und hob ihre wunde Hand.
»Sch! Schsch! Jetzt habt ihr die von unten mit eurem Streiten heraufgelockt!«
Aber es waren nicht die Nachbarn aus der Wohnung unter ihnen, sondern nur Abady, der die Vier-bis-zwölf-Schicht im Untermieterzimmer hatte. Er war ein dunkler, roh wirkender Mann mit einem langen, herabhängenden Schnurrbart. Ein syri-

scher Jude, der in einer Bauarbeiterkolonne arbeitete. Im Unterhemd und seiner einzigen Hose kam er aus dem Zimmer, kratzte sich und ging hinaus zur Toilette auf dem Flur, ohne ihnen auch nur einen Blick zuzuwerfen.

Kapsch entschuldigte sich hastig, um seinen Platz in dem warmen Bett einzunehmen. Er hatte die beliebte Zwölf-bis-acht-Schicht, während Cuti, ein kleiner italienischer Stuckateur mit hohen Ansprüchen, von acht bis vier schlief. Esthers Mutter schlurfte in der Küche umher, überredete den Alten, zurück ins Schlafzimmer zu gehen, und richtete Esthers Schlafstatt für die Nacht.

»Esse, bist du sicher, dass du nicht hungrig bist?«

»Wirklich nicht, Mama.«

»Bestimmt? Ich könnte dir schnell etwas machen ...«

»Nein, Mama. Dieses Leben verdirbt mir den Appetit«, fuhr sie auf. Plötzlich verspürte sie bleierne Erschöpfung und Selbstmitleid. Die Triangle-Fabrik würde morgen nach zwei Wochen Betriebsferien wieder öffnen, und sie musste bei Tagesanbruch aufstehen. Zurück an ihre Maschine.

»*Gottenju*, warum musst du immer mit dem Kopf durch die Wand wie eine Irre?«

»O Mama!«

»Ich weiß nicht. Ich denke nur, du solltest zufriedener sein.«

Sie schob den kleinen Küchentisch und die Kisten beiseite und stellte die beiden Stühle zusammen, die Esther als Bett dienten. Dann legte sie das Kissen und die Decken darauf, schlug eine Ecke der Decke sorgsam zurück, als sei es ein richtiges Bett.

»Bist du sicher, dass ich sonst nichts für dich tun kann?«

»Nein, Mama. Du hast schon genug getan.«

Sarkasmus entging ihrer Mutter ebenso wie Verzweiflung. Sie kam herbeigeschlurft, um ihr einen Kuss zu geben und die zittrigen Arme kurz um ihre Taille zu legen.

»Träum süß, Esse.«

»Träum süß, Mama.«

Die Mutter eilte zurück ins Schlafzimmer. Esther wartete, bis

Abady angezogen und verschwunden war, dann nahm sie eins der kleinen Handtücher, die ihre Mutter für sie bereitgelegt hatte. Die Handtücher waren fadenscheinig und verschlissen, aber in der wenigen Zeit, die ihr die *Zazkes* ließen, hatte sie sie liebevoll bestickt, mit Sonnenuntergängen und Regenbogen und jiddischen Sprüchen wie: »Ein Leben in deine Augen!« oder »Friede sei mit dir!«

Esther pumpte das Spülbecken voll Wasser und zog die Nadeln aus ihren Haaren. Sie streifte das Oberteil ihres Badekleids ab. Die aufgemalten goldenen und grünen Schuppen glitzerten im Wasser. Ehe sie sich daranmachte, ihr Kleid und ihre Haare zu waschen, verharrte sie einen Moment und sann über den vergangenen Tag nach.

Draußen rauschte die Hochbahn vorbei, ließ das Geschirr klappern und alles andere in der Wohnung erzittern. Sie hob ihre langen, dunklen Haare an und ließ sie ins Wasser gleiten. Es war lauwarm, fast kühl, eine Wohltat an einem Abend wie diesem. Als die Haare ganz unter Wasser waren, fing sie an, sie zu waschen.

Das Zimmer der Untermieter war mehr eine Höhle als ein richtiger Raum, mit einem langen Vorhang statt einer Tür und kleinen, blauen Vorhängen, die Esthers Mutter genäht hatte, vor dem Innenfenster und einem Einzelbett, das fast den gesamten Platz beanspruchte. Ihre Mutter erlaubte ihr nicht, hineinzugehen, um sauber zu machen, aber Esther hatte einen Blick auf den kleinen Rasierspiegel erhascht, der an die Wand genagelt war, ein Regal mit drei kleinen Handtüchern, drei Kragen und drei Rasiermessern. Allein der Gedanke an diese säuberlich aufgereihten, erbärmlichen Habseligkeiten erfüllte sie jedes Mal mit Verzweiflung.

Jetzt aber, auch wenn sie es nicht sehen konnte, lugte Kapsch zwischen den kleinen blauen Vorhängen hindurch und sah gebannt zu, wie sie sich wusch. Sie stand sehr aufrecht vor der hölzernen Spüle, und ihre weiße Haut schimmerte in der dunklen

Küche. Sie beugte den Kopf, ließ ihr langes Haar ins Wasser fallen, und als sie sich wieder aufrichtete, hatte sie die Augen geschlossen.

Er betrachtete jedes Detail: die nackten Waden und Knöchel, den langen, grazilen Hals, als sie sich vorbeugte, ihre runden, weißen Schultern mit den kleinen Grübchen, die sanften Rundungen des Körpers unter dem Hemd. Hingerissen beobachtete er durchs Fenster, wie sie das Haar wieder ins Wasser senkte, in der wunderbaren, einhüllenden Dunkelheit versank, wieder eintauchte, weiß und schwarz, weiß und schwarz im dämmrigen Licht.

10

Esther

Dieses Leben ist zu viel für mich.

Esther lag im Dunkeln auf ihrer harten Schlafstatt. Die Euphorie dieses Tages und der Stolz auf ihre eigene Verwegenheit verebbten nach und nach. Forschend fuhr sie mit der Hand über ihr Nachthemd; ihre Brüste, Beine, ihren Bauch, ihr Geschlecht – jede Stelle, die er heute berührt hatte. Was hatte das alles zu bedeuten? Was war der Sinn?

Sie sah sich niemals selbst, höchstens einmal im Nachthemd. Ein verstohlener Blick auf ihre Schenkel, auf bleiches, weißes Fleisch, das in der spiegellosen Dunkelheit der Toilette auf dem Gang schimmerte. Sie war nur ein wandelnder Kopf, angefüllt mit Sorgen, immer bemüht, nicht daran zu denken, wie müde sie ständig war.

Dieses Leben ist zu viel für mich. Es ist kein Platz darin für mich.

Du weißt, wo dein Platz ist.

Die Stimme ihres Vaters. Seit er aufgehört hatte, mit ihr zu reden, nur noch mit ihr sprach, wenn sie ihn über das erträgliche Maß hinaus gereizt hatte, so wie heute Abend, dachte sie sich ihre Unterhaltungen mit ihm aus. Anfangs hatte sie diese erfundenen Gespräche als eine Art Test angesehen, eine Möglichkeit, ihn mit der Logik ihrer Argumente zu überzeugen. Und anfangs war der erfundene Vater in ihrem Kopf auch genau so gewesen, wie sie ihn sich wünschte: weise und vernünftig, barmherzig und beständig.

Aber irgendwie war der Vater in ihrem Kopf mit der Zeit ebenso zornig und dickköpfig, genauso zynisch und hart geworden wie jener, der jetzt im Nebenzimmer schnarchte:
Das Erste, was du lernen musst, ist, was du bist.
Ich bin jedenfalls kein Esel, auf dem du reiten kannst, so viel steht fest!
Aber was bist du? Eine Frau ohne Familie ist keine Frau. Eine Frau allein ist nichts, sie wird niemals in das Königreich Gottes gelangen.
Und wie sollte ich an eine Familie kommen? Ich muss doch immerzu arbeiten, und ich habe die Sorge um dich am Hals.
Wenn dir das Ausmaß deiner Unwissenheit nur bewusst wäre, dann würdest du dich wirklich schämen.
Ich weiß nur das, was du mich hast lernen lassen!
Und damit war sie wieder, selbst in ihrer eigenen Vorstellung, das trotzige Kind. Sie kam sich erbärmlich klein und unbedeutend vor auf ihrem Lager aus Küchenstühlen. In Laken gehüllt in dieser winzigen Wohnung, wie ihre Mutter vor ihr.
Wie schändlich er sie verraten hatte:
»*Man geleitet sie in bunt gestickten Kleidern zum König …*«

Sie war dreizehn gewesen. Spät, um außer Haus zu arbeiten, aber sie war noch keine Frau. In der Triangle-Fabrik am Washington Square, wo sie heute arbeitete, gab es im zehnten Stock eine Ecke, die sie den Kindergarten nannten. Mädchen von acht oder neun Jahren arbeiteten dort dreizehn Stunden am Tag, fünfzehn, wenn sie Hochbetrieb hatten, und zogen lose Fäden aus den fertigen Hemdblusen. Wenn die Fabrikinspektoren kamen, sagte Mr. Bernstein zu ihnen: »Schnell, Mädchen, ab in die Kisten!« Und sie machten ein Spiel daraus, versteckten sich in den großen Pappkartons, kicherten und zogen sich die Hemdblusen über die Köpfe.
Natürlich hatte sie schon seit Jahren an den geheimen Strumpfhaltern mitgearbeitet, zu Hause mit ihrer Mutter. Ihr Vater hatte keine Ahnung, was sie da machten, etwas so Unmorali-

sches wie einen Strumpfhalter konnte er sich nicht einmal in Amerika vorstellen, andernfalls hätte er es niemals unter seinem Dach geduldet. Also hatten sie sich verschworen, die Arbeit vor ihm geheim zu halten, mit der sie sein tägliches Brot verdienten.

Es war gute Arbeit, verglichen mit anderen. Sie konnten bis zu fünfhundert Stück am Tag nähen, wenn der Bedarf so hoch war, was von der Saison abhing, und wenn ihre Mutter lange genug durchhielt. Sie nähte die Spitze auf, während Esther die kleinen Haken und Ösen anbrachte und sich fragte, wie irgendwer ein so zartes, duftiges Ding tragen konnte.

Einmal hatte sie eins anprobiert, als ihre Mutter einkaufen ging und ihr Vater noch nicht aus der Synagoge zurück war. Hastig hatte sie ihn unter ihrem Kleid übergestreift, aber ganz gleich, wie sie ihn drehte und zurechtzupfte, er hing nur schlaff um ihre Mädchentaille, rutschte ihr auf die Knöchel hinab, und sie hatte ihn eilig aufgehoben und zurück auf den Tisch geworfen und fühlte sich auf unbestimmte Weise gedemütigt.

Zu jener Zeit war sie kaum einmal aus der Wohnung gekommen, ging nur hinaus, um die Bibliothek zu besuchen oder, wenn sie nicht viel zu nähen hatten, die öffentliche Schule, wo sie mit fünfzig anderen Kindern in einem zugigen Klassenzimmer saß und mit ihnen die unerfüllbaren Ermahnungen von der Tafel ablas:

Ich muss meine Haut sauber halten,
saubere Kleidung tragen,
reine Luft atmen
und im Licht der Sonne leben …

Zu Hause brachte ihre Mutter ihr Tee und Brot, manchmal mit ein bisschen Quittenmarmelade, und lächelte sie über Nadel und Faden hinweg an, während sie sich durch die endlosen Berge alberner Unterwäsche kämpften. Und wenn Esther müde wurde oder ihre Hände sich verkrampften, erlaubte sie ihr, auf-

zustehen und ein wenig in der Wohnung umherzuhüpfen. Wurde ihr langweilig, erzählte sie ihr Geschichten aus ihrer eigenen Kindheit, und manchmal dachte Esther, es wäre nicht die schlechteste Sache der Welt, für den Rest ihres Lebens hier mit ihrer Mutter zusammen zu nähen. Dann wieder dachte sie, es wäre wie in der Geschichte, die sie in der Seward Park Library gelesen hatte, von dem Mann, der lebendig eingemauert wurde.
Während sie nähten, saß ihr Vater am Fenster, sang leise vor sich hin und wiegte sich über seinen Büchern vor und zurück, ohne sie zu beachten.
»Dein Vater hat nie die Bekanntschaft des Geldes gemacht«, hatte ihre Mutter ihr gesagt, als sie fragte, was ihr Vater denn von Beruf sei.
»Er ist ein *Luftmensch*, zu Höherem bestimmt«, versuchte sie ihr zu erklären.
Esse gab sich alle Mühe, das zu begreifen. Beim Abendessen beobachtete sie, dass ihre Mutter das beste Stück Fleisch und die größte Portion auf seinen Teller häufte, und sie selbst aß ganz langsam, damit immer etwas auf ihrem Teller für ihn übrig blieb. Und nachmittags unterbrach sie ihre Arbeit, um ihm Käse und Gurkensandwiches zu bringen.
Er akzeptierte all das mit größter Selbstverständlichkeit. Er schien nicht einmal zu bemerken, wenn ihm etwas gebracht wurde, streckte die Hand nach den Sandwiches aus, als seien sie vom Himmel gefallen, ohne je den Blick von seinem Buch abzuwenden.
»Einem Talmud-Gelehrten Wein zu bringen ist, als gieße man Opferwein auf dem Altar aus«, sagte ihre Mutter. Und als Esther älter wurde und fragte, warum, sprach sie nur immer von der Zeit, als sie ihm begegnet war, damals in ihrem Dorf, und ihre Augen wurden träumerisch bei der Erinnerung.
»Oh, er war so schön! Ein schöner Junge. Nicht einmal einen Bart hatte er, ein *Jeschiwe-Bocher* mit Pfirsichwangen. Und wie er sich immer beeilte auf dem Weg zur Schule! Ich weiß noch genau, das erste Mal … Ich kam mir sehr verwegen vor, als ich

seine Wange berührte. Oh, ich wusste, er war zu *Höherem* bestimmt!«

Manchmal, wenn er in der Stimmung war, las er ein wenig mit ihr. Doch er zog es vor, ihren Bruder Lazar zu unterrichten, ungeachtet der Tatsache, dass Lazar nichts davon hören wollte. Aber manchmal, meist zu Beginn des *Schabbes*, nahm er sie auf seinen Schoß und las ihr aus der *Gemara* oder der Bibel vor. Er sprach nie mit ihr über die großen Rätsel der *Mischna* – die waren Lazar vorbehalten, so entschieden er sich auch weigerte –, aber das war nicht weiter schlimm. Sie fand es einfach wunderbar, mit ihm zusammen mit dem Finger den hebräischen Worten zu folgen. Ihr liebster gemeinsamer Vers war aus einem Psalm, und bald konnte sie die Zeile auch in den fremden Buchstaben erkennen: »*Man geleitet sie in bunt gestickten Kleidern zum König* ...«

Ihre Mutter saß am anderen Ende des Küchentischs und blickte lächelnd zu ihnen herüber. Sie lauschte nicht ihrer Rezitation, sondern wandte sich ab, um die *Schabbes*-Kerzen anzuzünden. Und sie trug ihr Hochzeitskleid, ein Tuch um den Kopf und hielt sich die Augen zu, während sie das Gebet sprach.

Im selben Jahr, als Lazar fortgegangen war, hatte die Gemeinde ihren Vater hinausgeworfen in der großen Kontroverse um den Erhabenen Rabbi aus Krakau. Die Müdigkeit und der Zustand ihrer Hände machten es der Mutter unmöglich, weiterhin den ganzen Tag zu nähen. Erst hatte sie es mit den Quasten versucht, war dann schließlich bei den scharfen, bunten *Zazkes* gelandet, und irgendwer musste ihren Lebensunterhalt verdienen.

In der Nacht bevor ihre Mutter sie in die Näherei brachte, war sie fast zu nervös, um zu schlafen. Es war noch dunkel, als sie aufstehen musste, und sie machten den Tee in der Küche so geräuschlos wie möglich, um den Vater nur ja nicht zu wecken. Esther bemerkte, dass ihre Mutter den Tee stärker machte als gewöhnlich, und sie drängte sie, zwei Tassen zu trinken und eine dicke Scheibe *Challa* zu essen. Sie brach ihr noch ein zweites Stück von dem Brot ab und wickelte es zusammen mit einem Fingerhut und einer Schere in Wachspapier und steckte drei Ersatznadeln in den Ärmel ihres Mantels. Dann führte sie sie hinaus in die Dunkelheit.

Es war ein bitterkalter Morgen, auf den Gehwegen lag noch Schnee. Auf dem ganzen Weg hielt ihre Mutter sie nah bei sich, und Esther ging wie im Halbschlaf und drängte sich in den Schutz des schmächtigen, warmen Körpers.

Unterwegs ging ihre Mutter noch einmal alles mit ihr durch.

»Denk dran, ganz gleich, was du tust, gib Acht, dass sich das Futter nicht verzieht. Und lass dir Zeit. Er wird dich antreiben, aber nimm dir so viel Zeit, wie du brauchst. Mach es ordentlich, dann kann er dir kein Geld abziehen.«

Esther nickte. Sie hatten am vergangenen Sonntag geübt, stundenlang, an einem alten Mantel ihrer Mutter. Doch sie hatte Mühe, einen klaren Gedanken zu fassen, und konnte einfach nicht glauben, dass ihre Hände solche Taten vollbringen konnten. Sie wollte nichts weiter, als das Gesicht im Mantel ihrer Mutter vergraben und wieder heimgehen.

Die Näherei war auf der Division Street, ein schmaler, lichtloser Block unter den Stahlträgern der Manhattan Bridge. An beiden Seiten standen verfallene Mietshäuser aus Holz, die Fenster und Türen mit Brettern vernagelt. Sie trottete hinter ihrer Mutter her auf der Suche nach der Nummer, ihr Atem bildete dicke weiße Wolken in der Finsternis. Schließlich fanden sie die Tür, die sie suchten – ein weiteres Mietshaus. Unter der Tür hindurch fiel ein kleiner Klecks Licht auf die Straße.

»Also dann, hab keine Angst, mein *Bobele,* mein großes Mädchen. Es wird nichts von dir verlangt, was du nicht kannst. Und denk dran: *Nicht das Futter verziehen.*«

Sie nickte mechanisch, denn ihr Kopf war so leer wie ein unbeschriebenes Blatt.

»Du arbeitest bis sieben, so sagt es der Vertrag. Halte nach, wie viele du machst, ja?«

Esther nickte wieder, und ihre Mutter umarmte sie und küsste sie auf die Wangen. Dann hastete sie davon. An der Ecke der dunklen Straße hielt sie noch einmal kurz an, um zu winken.

»Auf Wiedersehen!«, rief sie. »Auf Wiedersehen! Ach, mein gutes Mädchen! Wiedersehen!«

Esther winkte, bis ihre Mutter um die Ecke gebogen war, dann wandte sie sich wieder dem verfallenen Haus zu. Der Türknopf hing an der Haustür wie ein schreckgeweitetes Auge. Sie drückte dagegen, drehte und rüttelte, bis die Tür sich unwillig öffnete.

Schon hier unten hörte man das Surren und Rattern der Maschinen. Sie folgte den Geräuschen zwei windschiefe Treppen hinauf und einen Korridor entlang, ohne genaue Vorstellung, was sie erwartete. Sie kam an eine weitere verschrammte Tür, und als sie sie aufstemmte, fand sie sich in einer Welt aus Mänteln wieder.

Braune Mäntel, schwarze Mäntel, Damen- und Herrenmäntel. Sie bedeckten die Wände, hingen an Türklinken, Wasserrohren, Fensterkreuzen. Entlang der Wände lagen sie bis in Brusthöhe aufgestapelt, an manchen Stellen auch bis zur Decke. Ein Baby in Windeln mit roten Flecken auf Gesicht und Brust krabbelte wankend auf dem Kamm dieses Gebirges entlang wie die Wellenreiter draußen vor Coney Island.

Es war noch nicht einmal sieben Uhr morgens, aber schon war die ganze Belegschaft der Männer und Frauen um einen schmalen Tisch herum emsig bei der Arbeit – drei junge Frauen und eine ältere nähten mit der Hand, zwei Männer mit grauen Bärten an den Maschinen, wo die Kragen gefertigt wurden. Sie sahen kaum auf, als sie eintrat, und wandten sich sofort wieder ihrer Arbeit zu.

Esther blieb an der Tür stehen, unsicher, was sie tun oder wie sie sie ansprechen sollte. Schließlich kam ein großer, gebeugter Mann durch einen Vorhang aus feinen, fertigen Mänteln aus einem Hinterzimmer. Er trug ebenfalls einen langen grauen Bart und eine *Jarmulke* auf dem Kopf.

»Was gibt's?«, fragte er barsch und wedelte ungeduldig mit den Händen.
»Ich soll … Ärmelfutter nähen. Von Mrs. Abramowitz«, stammelte sie.
»Du bist die neue Näherin?«, rief der Mann. »Seht nur, die Muttermilch tropft ihr ja noch von den Lippen! Schmuel!«, brüllte er über die Schulter, und ein weiterer, kleinerer Mann kam aus dem Hinterzimmer.
»Ist das eins deiner verlorenen Schäfchen?« Der Bärtige ruckte seinen Daumen in ihre Richtung. »Die ihre Mama schicken wollte?«
Der kleinere Mann betrachtete sie stirnrunzelnd.
»Wie heißt du?«
»Esse. Esse Abramowitz«, antwortete sie und hoffte plötzlich, es sei alles ein Missverständnis, dass sie zur falschen Adresse gekommen oder die Stelle nicht mehr frei war und sie wieder nach Hause zu ihrer Mutter gehen durfte. Aber sie sollte nicht davonkommen. Der kleine Mann sah sie noch einen Moment an und zuckte dann die Schultern.
»Denke schon«, sagte er schließlich.
»*Die* soll ein Futter einnähen können?«, fragte der Bärtige ungläubig. »Wir können von Glück sagen, wenn sie lose Fäden aus den Mänteln ziehen kann.«
»Ihre Mama hat mich bezahlt.« Der kleine Mann zuckte wieder die Schultern. »Der Rest ist nicht mein Problem.«
»Es wird ein schwarzes Jahr für dich, wenn sie einen meiner Mäntel verdirbt, und dann *ist* es dein Problem«, schnaubte der Boss. Dann sah er sie wieder an.
»So dünn und klein, wie ein ausgetrockneter Hering«, murmelte er seufzend. Sie hörte eine der Näherinnen gehässig auflachen.
»Also schön. Komm hier herüber, lass uns sehen, was du kannst.«
Esther hockte sich auf den einzigen freien Schemel am Tisch, zwischen den beiden Männern mit den Nähmaschinen. Sie

wollte ihren Mantel ausziehen, doch der große Mann packte den Kragen und zog ihn ihr roh bis zu den Ohren hinauf.

»Mach's dir nur nicht zu gemütlich, *Pizl.* Zeig erst mal, wie du nähst.«

Er warf einen weiteren Mantel auf den Haufen, der den Tisch bereits bedeckte. Es war ein guter Mantel, erkannte sie, dicker und besser geschnitten, als sie oder irgendjemand, den sie kannte, je einen besessen hatte. Ihre Hände zitterten, als sie ihn ergriff.

»Nun komm, reiß dich ein bisschen zusammen!«

Viel später verstand sie, dass er hoffte, sie werde den Mantel wirklich ruinieren – wenigstens ein bisschen. Dann hätte er ihr selbst den Anfängerlohn für die erste Woche verweigern können. Woher sie dann hätten Geld bekommen sollen, wovon sie gelebt hätten, darüber dachte sie lieber nicht nach. Aber sie war seit jeher geschickt im Umgang mit der Nadel. Nicht so schnell wie manch andere, nicht so pfiffig wie die Näherinnen, die die Kleider der feinen Damen machten, aber sie arbeitete sauber und gründlich. Immer noch in ihrem Mantel, zog sie eine Nadel aus dem Wachspapier, fädelte sie ein und begann zu nähen.

Nicht das Futter verziehen. Kleine, falsche Stiche zuerst …

Der große Boss ging hinter ihr auf und ab, machte immerzu »tse« und tippte ungeduldig mit dem Fuß, aber sie ließ sich Zeit, wie ihre Mutter ihr geraten hatte. Der Lärm der Maschinen links und rechts gellte ihr in den Ohren, und die Männer rochen intensiv nach Zwiebeln. Und nach Mann. Sie warfen ihr verächtliche Blicke zu, aber sie nähte weiter, behutsam und vorsichtig, glättete das seidige Futter und nähte, nähte und glättete.

»Schon fertig?«

Sie hielt dem Boss den schweren Mantel hin. Er riss ihn ihr aus den Händen, warf ihn wieder auf den Tisch und überprüfte jeden ihrer Stiche mit seiner eigenen Nadel, zog und zupfte, den Kopf tief über das Futter gebeugt. Schließlich richtete er sich auf. Ein rätselhafter, beinah zufriedener Ausdruck lag auf seinem Gesicht, und sie fürchtete, er habe irgendeinen versteckten Mangel gefunden, irgendeinen Anfängerfehler.

»Na schön«, sagte er, brachte einen ganzen Arm voller Mäntel aus einer Ecke herüber und warf sie ohne ein weiteres Wort vor ihr auf den Tisch. Über den Mantelberg hinweg sah sie die missfälligen Gesichter der anderen Näherinnen.

Sie senkte den Blick auf den Stoffberg vor sich, nahm sich nur die Zeit, ihren eigenen Mantel abzustreifen, und war schon wieder bei der Arbeit, ehe er neben ihrem Hocker auf der Erde landete.

Sie arbeiteten viele Stunden ohne Pause. Einmal versuchte eine der jüngeren Frauen aufzustehen, um draußen im Flur zur Toilette zu gehen, nachdem sie eine halbe Stunde lang auf ihrem Hocker herumgezappelt hatte. Aber der Boss, Mr. Himmelfarb, hielt sie mit einem Wink zurück.

»O nein! Du gehst in deiner Freizeit *pischen*, nicht auf meine Kosten!«

Das Mädchen sank unglücklich auf den Hocker zurück, und Esther, deren Blase sich anfühlte, als wolle sie bersten von dem Tee, den ihre Mama sie hatte trinken lassen, klemmte unter dem Tisch die Beine zusammen, bis sie glaubte, ihre Knie müssten zerspringen.

Sie machten erst eine Pause, als ein Mann hereinkam, der Tee und harte Brötchen verkaufte. Esther wusste nicht, wie spät es war, aber sie war sicher, es müsse schon Nachmittag sein. Die anderen kauften alle ein Brötchen, aber sie nahm nur eine Tasse von dem schwachen, geschmacklosen Tee und knabberte an dem Stück *Challa*, das ihre Mutter ihr eingepackt hatte. Die Frauen redeten offen über sie und zeigten mit dem Finger, vor allem die ältere, aber sie konnte den schnellen Wortschwall in dem eigentümlichen Gemisch aus Englisch, Jiddisch und Italienisch nicht verstehen und hielt den Kopf gesenkt.

Sie machten sich sofort wieder an die Arbeit, als sie aufgegessen hatten, und es gab keine weitere Pause im Laufe des Nachmittags und Abends. Hin und wieder kam Himmelfarb hereinstolziert und inspizierte die Mäntel. Wenn er einen Fehler fand, fluchte und schimpfte er und fuchtelte mit den Armen. Dann riss er die bemängelte Naht auf, ganz gleich, wie geringfügig oder unsichtbar der Fehler auch war, und warf den Mantel zurück auf den Tisch.

Esther arbeitete gewissenhafter denn je. Sie fürchtete, sie werde in Tränen ausbrechen, wenn er sie so anbrüllte. Und sie fürchtete, ihre Hände könnten nachlässig werden bei der ständigen, monotonen Wiederholung der Arbeit. Anfangs hatte sie Freude an den Mänteln und empfand ihre Aufgabe als Herausforderung. Die Größe der Mäntel, die gute Qualität des Stoffes – so viel anspruchsvoller und kniffliger als die geheimen Strumpfgürtel. Wenn sie einen fertig hatte, konnte sie nicht anders, als ihn hochzuhalten und ihre Arbeit zu betrachten, auch wenn sie das verächtliche Schnauben der Frau ihr gegenüber und das Kichern der anderen Näherinnen hörte.

Doch als der Nachmittag sich hinzog, wurde ihr langsam schwindelig vom Hunger und der stickigen Luft, dem muffigen Stoff und den Ausdünstungen der Männer. Das Baby weinte und hustete und krabbelte auf den aufgestapelten Mänteln hin und her, hin und her, immer noch in denselben Windeln wie am Morgen. Bald erschien ihr die Arbeit noch eintöniger und endloser als die Strumpfbänder, und hier gab es keine Mama, die ihr eine Tasse Tee brachte oder mit ihr redete, nicht einmal das vertraute, tröstliche Gemurmel ihres Vaters, der im Talmud las. Bald hielt sie die Mäntel nicht mehr hoch, um sie anzusehen.

Sie hatte keine Ahnung, wie spät es war oder ob es draußen noch hell war. Sie lernte, auf die Glocken der nahen Kirche zu lauschen und das helle Läuten der Viertelstunden vom tiefen Gong der vollen zu unterscheiden. Diese Geräusche waren ihre einzige Verbindung zur Welt, der einzige Beweis, dass es außerhalb dieser Höhle aus Mänteln noch irgendetwas anderes gab. Und nachdem sie einmal gelernt hatte, die Glockenschläge zu deuten, zählte sie die Stunden: vier, dann fünf, dann sechs. Sie stellte sich die Straßen draußen vor, sah die Gehwege, die sich nach und nach mit Männern und Frauen füllten, die aus der Hochbahn kamen. Und sie malte sich aus, was ihre Mutter zu Hause jetzt wohl tat.

Schließlich zählte sie sieben Glockenschläge und stand auf, um zu gehen. Niemand sonst rührte sich. Der Mut verließ sie, und sie gab vor, sie sei nur aufgestanden, um die Knie und ihren krummen Rücken zu strecken, wie die anderen es auch gelegentlich taten. Dann setzte sie sich wieder hin.

Sie nähte den Ärmel fertig und sah wieder auf. Immer noch rührte sich niemand. Der Boss eilte mit einem weiteren Mantel herüber, dann brachte er noch einen.

Die Kirchturmuhr schlug acht und neun. Sie nähten immer noch. Die anderen Frauen hatten die Köpfe tief über die Arbeit gebeugt, zu müde, um sich noch länger über sie lustig zu machen. Esthers Arme zitterten vor Erschöpfung, und sie hatte Angst, sie könnte das Futter zerreißen oder einen Stich auslassen. Sie zwang sich, langsam und sorgfältig zu arbeiten, bis sie glaubte, sie könne keinen einzigen Stich mehr weiter.

Endlich – endlich, endlich – erhoben die anderen sich wie auf ein geheimes Kommando. Sie waren durch die Tür, den langen Flur entlang und die schiefen Treppen hinunter und fort – selbst das kranke Baby war fort –, ehe sie auch nur ihren Mantel überziehen konnte.

»Siebenundzwanzig«, sagte sie scheu zu Himmelfarb, der im Raum umherging und Mäntel aufstapelte, wo er nur Platz finden konnte, und sie mit Etiketten versah, damit die Boten sie zu den richtigen Fabriken brachten.

»Was, was?«

»Siebenundzwanzig Mäntel.«

»Du meinst, das sei ein Grund, damit anzugeben? Du bist Anfängerin, du bekommst einen Wochenlohn.«

»Aber die anderen werden pro Stück bezahlt!«

»Sie haben Erfahrung!«, schrie er sie an. »Sie sind Erwachsene, die eine Familie zu ernähren haben! Du bist noch ein Kind! Das Kind einer habgierigen Mutter.«

Sie taumelte die stockfinstere Straße entlang und aß den kleinen Rest Brot, den sie aufgehoben hatte. Auf dem Heimweg kam sie zu der Überzeugung, dass sie einen solchen Tag nicht noch einmal durchstehen könnte. Sie würde ihre Mutter anflehen, wieder zu Hause mit ihr arbeiten zu dürfen, und wenn das nicht ging, würde sie irgendwo anders hingehen – weglaufen und nach Westen gehen, irgendetwas anderes machen, ganz gleich was, nur nicht das hier.

Doch als sie heimkam, war es nicht das lächelnde, nervöse Gesicht ihrer Mutter, das sie begrüßte, sondern ihr Vater, der mit finsterer Miene an der Tür stand. Mama saß hinter ihm auf einem Stuhl, das Gesicht sorgenzerfurcht, und rieb ihre wunden Hände.

»Was fällt dir ein, jetzt erst nach Hause zu kommen!«

Er packte sie hart am Ellbogen und zog sie hinein.

»Amerikanerin! Was für unreine Dinge hast du getan?«

»Ich habe gearbeitet!«, fuhr sie ihn an, schockiert über sich selbst. Es war das erste Mal in ihrem Leben, dass sie ihrem Vater gegenüber die Stimme erhoben hatte.

»Du arbeitest bis sieben!«

»Niemand hat sich gerührt!«

»Lügnerin! Denkst du, ich glaube einem Hund, nur weil er bellt?«

»Niemand hat sich gerührt, und sie haben mir immer neue Mäntel gebracht, und ich hab genäht!«

»Lügnerin!«, sagte er noch einmal, aber sie konnte sehen, dass seine Befürchtungen und sein Zorn verflogen waren. Er war beruhigt – solange sie nur Mäntel genäht hatte.

»Was weißt du schon vom Arbeiten!«, schrie sie. Nicht seine Anschuldigungen, sondern seine Gleichgültigkeit machten sie wütend. »Du … du *Engel*!«

Er schlug sie ins Gesicht. Nicht besonders hart, aber es war dennoch eine Beleidigung. Selbst wenn es nichts war im Vergleich

dazu, wie er Lazar geschlagen hatte an dem Abend, als er fortging.
»Unverschämtes Ding«, sagte er, beinah liebevoll.
Er setzte sich seelenruhig an den winzigen Esstisch, während ihre Mutter sich in der Küche zu schaffen machte und hoffte, der Sturm sei vorbei.
Esther stand ganz still, erstaunt, dass es offenbar nicht mehr zu sagen gab.
»Also?«, fragte sie schließlich.
»Also hast du drei Stunden zusätzlich gearbeitet«, sagte er und fing an zu essen. »Gar nicht so schlecht.«
»Nicht so schlecht für dich!«
»Hast du Besseres zu tun?«
Wie betäubt setzte sie sich an den Tisch. Zum ersten Mal in ihrem Leben erkannte sie, wie wenig ihm an ihr lag.
»Aber so war es nicht vereinbart. Er bezahlt mich pro Woche, nicht pro Stück.«
»Na und? Dann arbeitest du eben zu Anfang für Wochenlohn«, sagte er beschwichtigend, mit vollem Mund. »Lern erst einmal das Handwerk, dann wirst du schon sehen.«
Ihre Mutter hatte ihr Leibgericht gekocht: Piroggen – gefüllte Pasteten in reichlich Butter – und einen *Knisch* mit Käsefüllung dazu, aber Esther konnte kaum etwas davon essen, als sie vor ihrem Teller saß. In dem Raum voller Mäntel war sie die letzten Stunden so ausgehungert gewesen, dass sie manchmal dachte, sie werde kopfüber auf den Mantelberg sinken und bis zum nächsten Morgen schlafen. Aber jetzt rückte sie vom Tisch ab in die Ecke und begann zu weinen. Zum Tisch rief sie hinüber: »Es ist allen egal! Es ist allen egal!«
Ihre Mutter wollte aufstehen und zu ihr gehen, aber der Vater hielt sie zurück.
»Soll sie nur ein bisschen flennen, wenn es das ist, was sie will«, sagte er, also setzte ihre Mutter sich natürlich wieder hin und warf Esther verstohlene, besorgte Blicke zu.

Sie weinte den ganzen Abend vor sich hin und ignorierte ihr Essen ebenso wie die Versuche ihrer Mutter, sie zu trösten. »Für mich ist kein Platz auf dieser Welt«, jammerte sie in ihrer Ecke vor sich hin in der Hoffnung, dass sie sie hörten, doch das taten sie nicht. Jedenfalls ließen sie es sich nicht anmerken.
Später lag sie in der Dunkelheit, starrte mit trockenen, brennenden Augen zur Decke und hörte sie nebenan reden.
»Sei vernünftig«, sagte er zu ihr. »Was willst du von mir? Soll ich wie all die anderen großen Gelehrten umherziehen auf den Straßen? Die Leute beraten, wie man Hühner schlachtet?«
»Nein, *Gold meine* ...«
»Sie ist ein Kind! Sie würde sich nur den Kopf mit Eiskremsoda und Amerikaner-Büchern voll stopfen!«
»Sie ist noch so jung ...«
»Verlange ich denn, dass sie für mich auf die Straße geht? Nähen ist ein anständiges Handwerk. Du weißt doch: *Man geleitet sie in bunt gestickten Kleidern zum König*.«
Sie lag im Dunkeln auf ihren zwei Stühlen und hörte ihn das sagen, hörte ihn ihre eigenen Worte gegen sie ins Feld führen, und das verzieh sie ihm niemals. In dem Moment kam sie zu dem Schluss, dass er in der Tat eine Art Engel war, einer von denen, die immer ein Stück über den Sorgen und Nöten der Menschen schweben, rein und heilig, aber im Grunde gleichgültig. Und an ihr war es, achtzig Stunden in der Woche in einer Näherei auf der Division Street zuzubringen und sich halb zu Tode zu schuften.

11

Esther

In dieser Nacht, der Nacht nach dem ersten, unerträglichen Tag, war Esther sicher, sie könne die stickige Höhle nie wieder betreten. Doch als ihre Mutter vor Tagesanbruch in die Küche geschlurft kam, um Feuer zu machen, stand sie auf, kämmte sich die Haare und trank ihren Tee.

Dieses Mal brach sie sich zwei große Stücke *Challa* ab, ignorierte das konsternierte Gesicht ihrer Mutter und ging in das eklige Badezimmer im Flur, um sich anzuziehen. Sie mogelte sich vor dem Untermieter hinein, schließlich musste sie ja pünktlich zur Arbeit kommen.

Sie kam vor sieben in die Näherei auf der Division Street, und trotzdem waren die anderen alle schon an ihren Plätzen, und Himmelfarb, der Boss, warf ihr einen finsteren Blick zu.

»Hält sich wohl für Mrs. Vanderbilt, kommt und geht, wann es ihr passt!«

Er drückte ihr einen Stapel Mäntel in die Arme. Esse ging unter dem Gewicht fast in die Knie, aber sie nahm sie ohne ein Wort und setzte sich an ihren Platz zwischen den beiden Männern an den Nähmaschinen.

Als der Vormittag zur Hälfte um war, kam es Esther so vor, als habe sie nie etwas anderes gekannt als das endlose Kreisen der Nadel und Filz und Stoff. Sie hatte geglaubt, ihr Zorn würde ihr über den Tag helfen, aber selbst der Zorn löste sich in stupide Erschöpfung auf. Sie versuchte wieder, die Schläge der Kirchturmuhr zu zählen, aber das schien die endlosen Stunden nur noch weiter in die Länge zu ziehen. Dann versuchte sie, gar nichts zu denken – doch die Erkenntnis stahl sich ungebeten und unvermeidlich in ihren Kopf: dass sie dies nicht nur heute tun musste, sondern morgen wieder und übermorgen, wieder und wieder, für den Rest ihres Lebens.

Als sie endlich Pause hatten, versuchte sie, mit ihrem Hocker zu den anderen Frauen hinüberzurücken, aber sie redeten und lachten immer noch über sie. Leah, die ältere Frau, schien sie ganz besonders zu hassen. Es war ihr Baby, das seine endlosen Krabbelrunden auf den Mantelbergen drehte, und Esther begriff, dass Leah mindestens zwanzig Jahre jünger sein musste, als sie aussah.

Das Baby selbst sah auch nicht besonders gut aus – sie erfuhr niemals, ob es ein Junge oder ein Mädchen war. Leah nannte es immer nur »es« und erteilte dem Nächststehenden barsche Befehle, wenn ihr Kind besonders selbstmörderische Absichten erkennen ließ. »Hol es da runter! Nimm ihm die Garnrolle ab!«

Was immer die Ursache sein mochte, das Kind war nach wie vor mit roten Flecken übersät. Es litt an einem erstaunlich tief klingenden, röchelnden Husten, nieste fortwährend, und Schleim lief ihm aus der Nase, während es über die Mäntel krabbelte. Himmelfarb schimpfte und tobte, wenn er das sah.

»Was wäre, wenn die Inspektoren jetzt hereinkämen? Die haben doch immer Angst, sich von den Mänteln die Cholera zu holen!«

Leah nahm das Baby herunter und setzte es auf den Boden, aber innerhalb von Minuten war es wieder oben auf den Mänteln und zog hustend und schniefend seiner Wege. Leah achtete mehr als alle anderen darauf, wie viele Mäntel Esther nähte, und Esther hörte sie den anderen zuraunen: »Seht sie euch an, Miss Fresspaket! Eine kleine Jammergestalt, aber stiehlt uns das Geld aus der Tasche. Und hat eine ganze Familie zu Hause, die alle verdienen!«

Esther errötete und senkte den Kopf über ihre Arbeit, ihr Gesicht brannte vor Zorn. *Wer auf der Welt kann es sich leisten, nicht zu arbeiten?*, hätte sie sie gerne gefragt. Abgesehen von ihrem Vater, dem Engel, natürlich. *Und was gab ihr eigentlich das Recht, ihr das Leben noch schwerer zu machen?*
Doch als die Woche um war und Esther nach dem Sabbat zurückkehrte, saß Leah nicht auf ihrem Hocker. Esther war so überrascht, dass sie irgendwie den Mut fand, die anderen Frauen nach ihr zu fragen, aber sie zuckten nur die Schultern und machten unbehagliche Gesichter. Als sie schließlich ihren ganzen Mut zusammennahm und Himmelfarb fragte, zuckte er ebenfalls die Schultern. Als habe eine Flut oder eine andere Naturkatastrophe Leah davongespült.
»Was willst du von mir?«, fragte er anklagend. »Ich habe in meiner Näherei keinen Platz für jeden Bettler von der Straße.«
Sie fand nie heraus, was aus Leah geworden war. Sie war so plötzlich und spurlos verschwunden, als habe die Erde sich aufgetan und sie verschluckt. Esther bekam ihren Platz. Die anderen Mädchen duldeten sie jetzt auf ihrer Seite des Tisches. Das Gelächter hörte auf, und zu ihrer Verblüffung stellte sie fest, dass sie offenbar die beste Näherin von allen war. Am Ende eines jeden Tages brachte Himmelfarb ihr immer noch einen zusätzlichen Mantel. Selbst nach neun Uhr, wenn die anderen von ihren Plätzen aufstanden und sich reckten, um endlich nach Hause zu gehen, warf er noch einen vor ihr auf den Tisch.
»Eine Sonderbestellung«, sagte er. Oder: »Der muss morgen früh fertig sein.«
»Er schikaniert dich, weil du so jung bist«, sagte ihre Mutter besorgt, als sie immer später und später nach Hause kam.
Doch Esther setzte sich jedes Mal klaglos wieder hin und nähte, überzeugt, dass es ihr eines Tages zugute kommen werde, irgendwie. Sie war stolz auf ihren neuen Status, ihre Position als beste Näherin. Aber als sie am Ende der Woche zu Himmelfarb ging, um ihren Lohn abzuholen, schnaubte der nur abfällig.
»Wie viele Mäntel hast du geschafft?«

»Einhundertzweiundsechzig.«
»Und du meinst, das sei ein Wochenpensum? Ich sag dir, was ein Wochenpensum ist, *Knejdl*. Zweihundertfünfzig Mäntel! Wenn du zweihundertfünfzig schaffst, bekommst du einen Wochenlohn.«
Sie musste den ganzen *Schabbes* durcharbeiten und bis zum nächsten Dienstag, um den Lohn zu bekommen, der ihr von Rechts wegen zustand. Sie versuchte nicht einmal, es ihrem Vater zu erklären, als sie am Freitag nach Sonnenuntergang heimkam und den ganzen Samstag arbeitete. Aber dann merkte sie, dass er auch gar keine Erklärung verlangte.
»Wie soll es auch gut gehen in Amerika«, war alles, was er sagte. Es war das übliche Klagelied in ihrem Viertel, das er auch angestimmt hatte, als er seine Position als Rabbi verloren hatte und als Lazar sie verließ. Er sagte es auch, wenn er morgens keinen anständigen Sauerrahm bekam.
Sie beschloss, den Sabbat fortan jede Woche zu missachten, für den Rest ihres Lebens.
Als sie schließlich ihr Wochenpensum erfüllt hatte, ließ sie Himmelfarb höchstpersönlich den letzten der zweihundertfünfzig makellos gefütterten Mäntel in den Schoß fallen. Er seinerseits ließ drei kleine Stapel Vierteldollarmünzen in ihre Hand klimpern.
»Drei Dollar?«, fragte sie, nachdem sie es mit einem kurzen Blick gezählt hatte. »Das ist alles?«
»Amerikanische Kinder wollen immer mehr, als ihnen zusteht. Du solltest dankbar sein, dass ich dich überhaupt behalte, ein Mädchen in deinem Alter.«
Sie stand da wie gelähmt und kämpfte gegen die Tränen an, gegen den Zorn, der sie zu überwältigen drohte.
»Wenn es dir nicht passt, kannst du ja gehen«, sagte er achselzuckend. »Meinst du, ich könnte nicht Dutzende wie dich kriegen?«

»Er wird mich noch zu Tode schinden«, sagte sie an diesem Abend zu ihrer Mutter, die jedoch nur nervös ihre Hände rieb.
»Halte durch bis zur Hochsaison«, riet sie Esse. »Warte, bis er nicht auf dich verzichten kann.«
»Ah, Amerika ist ein Dieb«, seufzte ihr Vater versonnen und wandte sich wieder seiner Zeitung zu.

Bald lieferte sie nicht nur die beste Arbeit von allen, sondern nähte auch mehr Mäntel als jede andere am Tisch. Die Mädchen betrachteten sie neiderfüllt, aber es blieb ihnen keine Zeit, etwas dagegen zu unternehmen. Himmelfarb seinerseits war hingerissen. Je schneller sie nähten, umso mehr Arbeit bürdete er ihnen auf, sah ihnen den ganzen Tag über die Schulter und schrie sie an, sich zu beeilen.
Bleierne Erschöpfung wurde zum Dauerzustand. Sie lernte, damit zu leben und zu arbeiten. Sie fand den Weg zu ihren Kraftreserven wie ein Schwimmer, der unter dem Eis gefangen ist, kämpfte sich von einer Luftblase zur nächsten. Zu Hause bestand sie darauf, dass sie reichlich zu essen bekam, selbst wenn ihr Vater jammerte, sie werde bald aufgehen wie eine irische Kuh. Sie wurde kräftiger, robuster und entwickelte mehr Widerstandskraft.
Bald fand sie beinah Freude an der zusätzlichen Arbeit am Ende des Tages, allein mit Himmelfarb in der Näherei. Wenigstens wusste sie dann, dass der Tag beinah vorüber war. Und sie versuchte, nicht daran zu denken, dass sie im Grunde nur darauf wartete, ihr ganzes Leben vorübergehen zu sehen, einen Tag nach dem anderen.
Es machte sie ein bisschen nervös, mit Himmelfarb allein zu sein, aber er tat nie etwas anderes als beten. Sie hörte ihn im Nebenraum, wenn die Maschinen verstummt waren. Das einzige andere Geräusch war das Rascheln des Ungeziefers unter den Mantelbergen.
Himmelfarb war das, was die Leute einen »Doppelgeschirr-Juden« nannten: Er trug Gebetsriemen an beiden Armen, sorg-

sam mit sieben Knoten gebunden. Einmal hatte sie durch den Vorhang aus Mänteln in das höhlenartige Hinterzimmer gespäht und ihn gesehen. Er kniete am Boden und wiegte sich vor und zurück, völlig versunken, wie ihr Vater es beim Beten tat, den Schal um die Schultern gelegt und die Augen fest gegen das Stoffgebirge geschlossen, das ihn umgab.

Ausgerechnet an einem Freitagabend, als sie allein im Hauptraum war und Mantel Nummer zweihundertvierunddreißig nähte, küsste er sie. Er kam wie in Trance aus seiner Kammer und küsste sie auf den Mund. Esther war so überrascht, dass sie sich im ersten Moment nicht rührte. Sie war noch nie geküsst worden, hatte nie etwas Derartiges erlebt. Sie stand langsam auf, ihre Arme ruderten an ihren Seiten, und sie kam sich vor wie eine lächerliche Filmfigur: die bedrängte Heldin. Himmelfarb hielt ihre Taille umklammert, bedeckte ihr ganzes Gesicht mit Küssen, legte eine Hand an ihre Wange.

Wie albern, war alles, was sie denken konnte. *Mein erster richtiger Kuss, und dann ausgerechnet in einer Hinterhofnäherei.*

Und doch war ihr die Berührung trotz allem in gewisser Weise willkommen. Der heiße, saure Atem auf ihren Lippen, die Hand an ihrer Wange – die Berührung eines anderen Menschen, irgendeines Menschen, der ihre Isolation durchbrach.

»Esse, Esse«, keuchte er und sank zwischen den Mänteln auf die Knie.

»Esse … du bist meine beste Näherin.«

Sie fing an zu lachen.

»Ihre beste Näherin?«

Sie versuchte, ihn wegzustoßen, war beinah außer Atem vor Lachen. Er grapschte nach ihr, die Gebetsriemen immer noch um die Arme gebunden.

»Nein. Nein«, sagte sie plötzlich und sah verächtlich auf ihn hinab.

Sie spürte keine Angst, obwohl sie noch ein Kind war. Sie fühlte sich diesem Mann unendlich überlegen, der da am Boden kniete und immer noch die Hände nach ihr ausstreckte.

Sie zog ihren Mantel an und ging zur Tür. Ohne anzuhalten sagte sie über die Schulter: »Und von jetzt an will ich pro Stück bezahlt werden!«

Fortan fürchtete Himmelfarb sich vor ihr. Er schrie sie nicht mehr an und verlangte auch nie wieder, dass sie länger bleiben solle. Mehr denn je stand sie damit über den anderen, und sie genoss ihre Überlegenheit. Doch jetzt hatte sie überhaupt niemanden mehr, mit dem sie reden konnte, weder bei der Arbeit noch sonst irgendwo.

Dann wurde eine neue Frau eingestellt, und alles änderte sich. Ihr Name war Clara Lemlich, und niemand in der Näherei war je einer Frau wie ihr begegnet. Es war mitten in der Hochsaison, und Himmelfarb war gezwungen gewesen, sie zu nehmen, aber vom ersten Moment an gab sie ihm Anlass, seinen Entschluss bitter zu bereuen.

»Hey, Himmelfarb, du Batzen Pferdefleisch!«, brüllte sie zu ihm hinüber, und ihre wilden, dunklen Augen loderten vor Entrüstung. Es konnte einem schwindelig werden von ihrer Unverfrorenheit, sie schien völlig außer Rand und Band.

»Was dagegen, wenn wir ein paar Minuten Pause machen, um wie anständige Menschen zu essen?«

Sie streckte ihm die Zunge heraus, wenn er ihnen den Rücken zukehrte, und wenn sie ihn beleidigen wollte, schleuderte sie ihm die Worte mitten ins Gesicht. Sie war ein kleines Persönchen, kaum über einen Meter fünfzig groß, mit einem dichten Lockenschopf und einem hübschen, geschwungenen Mund in einem kantigen Gesicht. Kaum mehr als ein Mädchen, nicht viel älter als Esther selbst. Himmelfarb hasste sie, aber sie war eine gute Näherin, und er beschränkte sich darauf, vor sich hin zu murmeln, er habe einen echten *Kochleffl* eingestellt.

»Oh, Sie hätten mich in Russland erleben sollen. Da strömte wirklich Feuer aus meinem Mund!«, spottete sie. Sie redete ohne Unterlass bei der Arbeit, verteilte großzügig Ratschläge zu allen möglichen Themen: die Arbeit, das Kochen, das Leben.

Hauptsächlich erzählte sie ihnen ihre eigene Geschichte und von ihrem Kampf, nach Amerika zu kommen.

»Meine Eltern erlaubten mir nicht mal, zu Hause russisch zu sprechen, weil wir nicht in die öffentliche Schule gehen konnten, aber genauso wenig durfte ich den Talmud auf Hebräisch lesen. Nur das kleine *Schprenkl* des heiligen Buchs auf Jiddisch. Ich tat alles, um Geld für richtige Bücher zu bekommen: Knopflöcher nähen oder für die Mütter Briefe schreiben nach Amerika. Ich kaufte mir alle russischen Klassiker und versteckte sie in der Küche unter der Kasserolle. Tolstoi! Gorki! Turgenjew!«

Zu jedem Namen klopfte sie mit den Fingern auf den Tisch, so laut, dass Himmelfarb sich umwandte, aber er sagte nichts.

»Welchen besseren Ort könnte es geben, um Bücher vor einem Mann zu verstecken, als unter einem Kochtopf? Er hat sie trotzdem gefunden. Meine Mutter muss es ihm verraten haben. Er hat jedes Einzelne vor meinen Augen im Küchenherd verbrannt. Jedes Einzelne!«

Sie ließ die Nadel wieder sinken, und die anderen folgten ihrem Beispiel, sogar die Männer an den Maschinen hielten inne. Doch als sie weitersprach, war Claras Stimme fest und sachlich.

»Es hat lange gedauert, bis ich meine kleine Bibliothek wieder aufgebaut hatte. Es war viel schwieriger geworden. Dieses Mal versteckte ich sie auf dem Dachboden, wo alles mögliche Zeug herumlag. Nachts, wenn alle schliefen, oder am Nachmittag des Sabbats hab ich mich nach oben geschlichen, um zu lesen. Und dann eines Tages, als ich zehn war, sah mich unser Nachbar.«

»Was passierte dann?«, wisperte Esther. Sie merkte, dass alle, sogar Himmelfarb, jetzt gespannt zuhörten und die Arbeit in ihrem Schoß vollkommen vergessen hatten.

»Na ja, ich hab Glück gehabt, das kann ich dir sagen.« Clara lachte leise über diese seltsame Fügung des Schicksals. »Er war ein sehr gütiger Mann. Er war ein Heiliger! Er hat meinen Eltern nichts verraten. Stattdessen brachte er mir andere Dinge zu lesen: Broschüren der Sozialisten und Zionisten. Von den Anarchisten, dem Untergrund. Es war furchtbar gefährlich. Meine

Eltern hätten ins Gefängnis kommen können, wenn die Polizei herausgefunden hätte, was ich las. Aber sie waren mir egal – sie verbrannten Bücher! Mir war gleich, was aus ihnen wurde. Das war der Beginn meiner politischen Bildung. Als ich erwachsen war, wurde ich selbst eine Revolutionärin!«

»Ist das wahr? Du warst eine Revolutionärin?«

»Na ja, ich war noch jung, weißt du.« Sie lachte wieder vor sich hin und hielt den Mantel hoch, um ihre Arbeit zu begutachten. »Ich muss gestehen, mit den Zionisten hatte ich nicht viel im Sinn. In die Wüste ziehen und bei den Arabern leben? Ich fand die Idee, den Zar in die Luft zu jagen, viel besser. Doch dann gab es eines Tages ein Pogrom in Kischinew. Alle meine Kameraden schimpften auf die Juden – ganz plötzlich, von heute auf morgen. Unser Nachbar, dieser gütigste aller Menschen, war geschäftlich in der Stadt. Irgendwie kam er mit dem Leben davon, aber sein Gesicht war voller Blut. Ich werde den Anblick nie vergessen, wie er die Straße heraufkam. Sein Pferdchen war verschwunden, er zog seinen Karren selbst. Seine Kleidung war völlig zerrissen, all seine Waren verbrannt.«

Ihre Stimme drohte zu versagen, und niemand sprach ein Wort, alle hatten das entsetzliche Bild vor Augen. Erst Jahre später, nachdem sie Clara an ungezählten Straßenecken hatte reden hören, fragte sich Esther, wie sie es fertig brachte, in ihren Zuhörern und in sich selbst immer wieder die gleichen Gefühle hervorzurufen.

»Da wusste ich, dass es in Russland keine Revolution geben würde. Keine Revolution, nur Judenmorde. Und da wusste ich, dass ich nach Amerika gehen musste.«

»Meinst du denn, hier gibt es eine Revolution?«, fragte einer der Männer an der Nähmaschine höhnisch.

»Wart's nur ab, *Bobele*«, erwiderte sie, und die dunklen Augen leuchteten. »Wart's nur ab.«

Esther folgte ihr auf Schritt und Tritt wie ein Mondkalb. Es war Clara, die ihr half, als sie zum ersten Mal ihre Blutung bekam.

Sie war dabei, den vierzehnten Mantel des Tages zu nähen, als sie einen warmen Schwall ihren Unterleib durchfluten fühlte, und dann quoll etwas aus ihr heraus und begann, einen dunklen Fleck auf ihrem formlosen braunen Kittel zu bilden. Ihre Mutter hatte niemals ein Wort über diese Sache verloren. Sie saß da, sah den Fleck größer werden und hatte nur eine vage Ahnung, was es damit auf sich hatte. Die anderen Mädchen kicherten hämisch und hielten sich die Nase zu, während Himmelfarb sich angeekelt abwandte.

»Das ist nur deine Monatsblutung«, hatte Clara ihr mit einem Lächeln erklärt und bestand darauf, sie hinaus in das verdreckte Bad im Flur zu führen und ihr zu helfen, ohne sich um Himmelfarbs Gejammer über die drängenden Aufträge zu kümmern.

»Du bist jetzt eine Frau«, sagte sie beinah zärtlich, als sie sich in der engen, Ekel erregenden Toilette gegenüberstanden. Dann schlug sie sie, links und rechts ins Gesicht, zu schnell, als dass Esther sich hätte wehren können.

»Das bringt Glück«, sagte sie beruhigend, als sie das entsetzte Gesicht des Mädchens sah. »Es ist eine Gratulation. Das hat meine Mutter so mit mir gemacht.«

»Es hat wehgetan«, war alles, was Esther herausbrachte.

»Ah, *Mamenju* – das ganze Leben besteht aus Schmerz.«

An dem Abend hatte sie sich hingesetzt und Clara den ersten Liebesbrief ihres Lebens geschrieben.

»Bis in mein tiefstes Inneres verstehe ich dich, so wie es nur jemand vermag, der lange gelitten hat«, schrieb sie. »Ich verspreche dir von ganzem Herzen, dass wir immer Freundinnen sein werden, in Freud und Leid. Was gibt es Wundervolleres auf der Welt als die Zuneigung zweier Frauen? Was ist reiner als ein dankbares Herz? Was ist großartiger als die Harmonie der Seelen?«

Sie hatte unterschrieben mit: »In Freundschaft und sozialistischer Kameradschaft, deine Esther.« Als sie fertig war, zitterte sie am ganzen Leib. Sie war scheu wie ein Schulmädchen und schmuggelte den Brief schließlich in Claras Manteltasche, als niemand hinschaute. Am nächsten Tag hielt Clara sie draußen im Flur vor dem Badezimmer an, und dieses Mal streichelte sie ihre Wange.

»Was für ein schöner Brief. Du bist ein ganz besonderer Mensch«, hatte sie ihr gesagt, und danach war Esther sicher, dass sie alles auf der Welt für sie tun, ihr überallhin folgen würde.

Es war Clara, die sie zuerst mit zur Gewerkschaft nahm, zum Versammlungshaus drüben an der Clinton Street. Es war spät, nach Feierabend an einem Wochentag, doch das Haus war noch voller Menschen, die alle enorm beschäftigt schienen. Die meisten waren Frauen – manche nicht älter als Esther selbst. Clara streckte ihr die paar Cent für ihren ersten Beitrag vor, zeigte ihr, wie sie ihren Gewerkschaftsausweis in ihrem Hut verstecken konnte, und von da an gingen sie immer zusammen zu den Versammlungen.

Esther mochte die Versammlungen von Anfang an, obwohl sie immer in überfüllten, stickigen Sälen stattfanden, wo eine endlose Folge von Rednern ihre Forderungen in Jiddisch, Italienisch, Portugiesisch und Deutsch aufstellten. Was ihr gefiel, war, dass man hier Ratschläge bekam, wie man im Leben weiterkommen konnte, das große Angebot an Kursen und Vorträgen über Hygiene, Kindererziehung, Literatur und gutes Benehmen. Ihr gefiel der Klang des Wortes »International« im Namen der Gewerkschaft, weil es besagte, dass es auf der ganzen Welt Mädchen wie sie gab, die alle irgendwie miteinander verbündet waren. Selbst wenn sie vollkommen erschöpft war nach den endlosen Arbeitstagen während der Hochsaison, wenn sie das Gefühl hatte, die Nadel kein einziges Mal mehr heben zu können, ging sie doch zu den Versammlungen oder zu einem der Vorträge im Wohlfahrtshaus. Weil sie sie trösteten und weiterbrachten. Und weil sie wollte, dass ihr Vater sich fragte, wo sie so spät am Abend noch sein mochte.

Wäre sie allein gewesen, hätte sie sich vielleicht damit zufrieden gegeben, zu den Versammlungen zu gehen. Es war Clara, die darauf bestand, dass sie die Gewerkschaft in ihre kleine Näherei bringen müssten.

»Sieh dir doch nur an, was er uns bezahlt«, sagte sie seufzend. »Amerika ist ein Dieb.«

»Aber was können wir schon tun?«, fragte Esther. »Die Gewerkschaft soll doch *uns* helfen.«

»Wir können hier vor Ort die Gewerkschaft aufbauen!«

Als Erstes fassten sie den Beschluss, die grässliche Toilette auf dem Flur zu putzen und fortan sauber zu halten. Zuerst war es nur ihr kleines Projekt, aber bald hatte Clara auch alle anderen darin eingebunden. Es war keine große Sache, nur ein sauberes Bad, doch es war das erste Mal in ihrem Leben, dass Esther eine Toilette benutzen konnte, die nicht widerwärtig und feucht und dreckig war. Es war der einzige Ort, wo sie allein sein konnte, und Clara ermunterte sie, Pausen zu machen, kaufte ihr sogar Zigaretten, die sie rauchen konnte, während sie dort saß und nachdachte und ausruhte – ein winziges Eckchen der Welt, das sie für sich erobert hatte.

Die anderen sprachen anfangs nur verstohlen von der Gewerkschaft, flüsterten mit ihnen, wenn Himmelfarb im Hinterzimmer war. Doch bald redeten sie offen darüber, sogar die Männer. Himmelfarb warf ihnen finstere Blicke zu, wenn er sie hörte, aber er konnte nichts dagegen tun.

»Es ist Hochsaison, er braucht jeden von uns«, rief Clara ihnen immer wieder in Erinnerung.

»Aber was wird, wenn die Saison vorbei ist? Was dann?«, wollte eine der anderen Frauen wissen.

»Dann wirft er dich sowieso raus wie einen Sack voll Lumpen, oder nicht? Besser, du nimmst jetzt mit, was du kriegen kannst.«

Die Näherei hatte mehr zu tun denn je. Himmelfarb ließ sie jetzt regelmäßig bis Mitternacht schuften, brüllte und tobte, zählte Hände ringend wieder und wieder seine Mäntel. Sie arbeiteten jeden *Schabbes*, bis Esther sich kaum mehr daran erinnern konnte, wie ihre Mutter in ihrem Hochzeitskleid aussah, wenn sie sich nach dem Anzünden der Kerzen die Augen zuhielt. Sie wusste, die anderen warteten darauf, dass sie und Clara irgendetwas unternahmen.

»Aber jetzt das Geld zu riskieren, in der Hochsaison!«

»Das ist es doch gerade. *Toches afn Tisch* – jetzt oder nie!«

Am nächsten Tag forderte Clara eine Lohnerhöhung. In der Mittagspause rief sie die anderen zur Abstimmung auf, während Himmelfarb zu den Fabriken unterwegs war. Alle stimmten dafür, sogar die Männer an den Maschinen. Langsam hoben sie die Hände, wie weiße Wasserpflanzen, die sich scheu dem Licht entgegenrecken. Als Himmelfarb zurückkam, stellten sie sich alle im Hauptraum vor ihm auf, Clara und Esther einen Schritt weiter vorn als die anderen. Mit lodernden Augen verkündete Clara, sie wollten einen Nickel mehr pro Stück.

»Warum geht ihr nicht gleich und schneidet meinen Kindern die Kehle durch?«, zischte er wütend.

»Wir wissen, dass Sie es zahlen können«, gab Clara zurück. »Ich weiß, was sie von den Fabriken bekommen.«

»Du meinst, du kannst mich bluffen, ja? Such dir einen anderen Dummen!«

»Wir verlangen nur, was uns zusteht«, warf Esther ein. Sie wusste nicht, woher sie den Mut genommen hatte. Clara belohnte sie mit einem strahlenden Lächeln. »Wenn Sie das nicht zahlen wollen, können Sie Ihre Mäntel selber nähen.«

»Na, da zittre ich ja vor Angst.«

Er stürmte zur Tür hinaus und schloss hinter sich ab.

Sie standen, wo sie waren, ängstlich und doch in Hochstimmung, aber völlig ratlos, was nun zu tun sei. Die einen glaubten, er werde sich weigern, die anderen sagten, er werden nachgeben, und alle waren sicher, er werde in ein paar Minuten zurückkommen. Dass er sie nur eingesperrt hatte, um ihnen einen Schreck einzujagen.

Eine halbe Stunde verging, und nichts war zu hören von Himmelfarb. Sie fühlten sich wie berauscht von der Freiheit. Hier einfach zusammenzustehen und zu reden, in diesem winzigen, stickigen Raum, wo sie so hart gearbeitet hatten! Doch dann war eine Stunde vergangen und noch eine, und langsam wurden sie ein bisschen nervös. Einer nach dem anderen machte sich wieder an die Arbeit.

»Je höher der Stücklohn, umso mehr Mäntel wollen wir schaffen«, sagte einer der Männer und warf den kleinen Motor seiner Maschine an.

»Vielleicht ist es eine Falle …«

»Wir sollten einfach verschwinden, und zwar auf der Stelle«, sagte Clara und klopfte mit ihrem Fingerhut auf den Tisch. »Wir haben ein Angebot gemacht, er hat es abgelehnt.«

»Aber wir wollen doch nicht, dass er seine Verträge nicht einhalten kann«, wandte Esther ein. »Schließlich muss er uns ja von irgendwas bezahlen.«

»Stimmt«, meinte der andere Mann. »Er tut ja nur, was er tun muss, um im Geschäft zu bleiben.«

»Er ist eine Pest«, schimpfte Clara. »Außerdem haben wir nur verlangt, was uns zusteht.«

Sie arbeiteten wie üblich den ganzen Nachmittag hindurch, ohne Pause. Eine Zeit lang waren sie noch ausgelassener Stimmung, machten Witze und ungehörige Bemerkungen über Himmelfarb, während sie arbeiteten, aber dann setzte eine der Frauen dem Treiben ein Ende.

»Was ist, wenn er draußen steht?«, fragte sie und nickte Richtung Tür. »Was, wenn er jedes Wort hört, das wir sagen?«

»Was soll schon sein?«, entgegnete Clara. »Wir haben ein Recht zu reden.«

Doch von da an arbeiteten sie schweigend, konzentrierten sich auf die Mäntel vor sich und rätselten, wann Himmelfarb zurückkommen würde. Esther lauschte wieder der Kirchturmuhr, die die langsam verstreichenden Stunden maß. Als es sieben schlug, begannen sie wieder zu reden, überlegten, was zu tun sei.

»Denkt ihr, er kommt mit Gangstern zurück?«, fragte der

phlegmatische kleine Vorarbeiter, der Esthers *Schadchen* gewesen war. Die anderen sahen erschrocken auf.
»Amerika ist nicht Russland«, erinnerte Clara sie.
»Amerika«, schnaubte der Bügler. »Das Land, wo die Ratten fett werden und anständige Menschen verhungern!«
Sie schwiegen wieder eine Weile.
»Vielleicht will er uns aushungern.«
»Nein, er blufft nur. Lasst euch nicht kleinkriegen«, riet Clara.
Sie arbeiteten weiter. Es wurde acht Uhr, dann neun, bis sie endlich beschlossen, dass sie versuchen sollten, die Tür aufzubrechen. Der Bügler und die Männer an den Maschinen stemmten sich mit den Schultern dagegen, doch die Tür war schwer und zum Schutz gegen Einbrecher und Fabrikinspektoren mit Eisenbeschlägen und -scharnieren versehen. Sie rührte sich nicht. Sie versuchten es alle zusammen, aber der Platz reichte nicht, um ihre vereinten Kräfte wirksam einsetzen zu können.
Sie setzten sich wieder auf ihre Hocker und Bänke, schwitzend und entmutigt, und machten sich wieder an die Arbeit.
»Wir werden die gleiche Stückzahl machen wie sonst.«
»Wir zeigen's ihm!«
»Ja, wir zeigen ihm, dass wir in gutem Glauben verhandeln.«
»Du kannst so viel guten Glauben zeigen, wie du willst, das ist diesem Teufel doch ganz egal.«
»Sagt mal, ob er uns einfach vergessen hat?«
Sie arbeiteten mit wütendem Eifer weiter, doch nach und nach verebbte ihr Elan, die Nadeln hoben und senkten sich immer langsamer, je mehr Sorge und Erschöpfung ihnen zu schaffen machten. Als die Kirchenglocke Mitternacht schlug, hörten sie schließlich ganz auf und versuchten noch einmal, die Tür aufzubrechen. Doch es war hoffnungslos. Die Männer gingen in das verbotene Hinterzimmer und räumten den *Misrech* beiseite, das Bild von der Tempelmauer, die einzige Dekoration in Himmelfarbs ganzer Näherei. Es hing vor einem mit Brettern verbarrikadierten Fenster an der Ostwand. Sie brachen die Bretter heraus und ließen die kühle, feuchte Nachtluft hereinströmen.

»Hilfe! Hilfe!«, schrien sie alle. »Wir sind hier eingesperrt! Helft uns! Man lässt uns verhungern!«
Die Frauen im Hauptraum hörten sie brüllen, wieder und wieder, bis einige von ihnen schließlich lachen mussten. Das Ganze war so albern. Doch die Straße bestand aus Nähereien, Werkstätten und illegalen Mietshäusern, und es kam keine Antwort. Niemand schien sie zu hören.
»Helft uns! Wir wollen nach Hause zu unseren Frauen und Kindern!«
Schließlich ging Clara ins Hinterzimmer und schob die nichtsnutzigen Männer entschlossen vom Fenster weg.
»Feuer! O Gott, Feuer!«, schrie sie aus voller Kehle. Ihre Stimme schien das alte Gemäuer bis in die Grundfesten zu erschüttern. »Feuer! Feuer! Mein Gott, wir werden alle verbrennen!«
Wieder folgte eine lange Stille. Doch schließlich hörten sie die schrille Glocke eines Spritzenwagens näher kommen. Bald kamen die Feuerwehrmänner in die Gasse hinter dem Haus gelaufen: kräftige junge Iren mit gewaltigen Schnurrbärten. Sie grinsten breit, als sie sie dort oben winkend am Fenster stehen sahen.
»Hallooo! Juden auf dem Baum«, johlten sie.
»Seht nur, gleich zwölf Stück! Was ist los? Ist Jesus euch dieses Mal entwischt?«
»Hilfe! Helft uns!«
»Ah ja? Wo ist denn das Feuer?«
»Bitte, helft uns!«
Die Feuerwehrleute ließen sich schließlich erweichen und fuhren ihre lange, wacklige Leiter bis zum Fenster aus. Einer nach dem anderen kletterten sie hinab, eine armselige Prozession von Männern und Frauen, zusammengekrümmt tasteten sie sich im kalten Mondlicht vorsichtig die Leiter hinab.
»Nun seht euch das an. Wie Ratten, die das Schiff verlassen!«, höhnten die Iren weiter.
»Hat die Welt so was schon gesehen? Juden auf dem Hochseil.«
Clara hatte vorgeschlagen, sie sollten so viele Mäntel mitnehmen, wie sie nur tragen konnten, damit sie etwas gegen Him-

melfarb in der Hand hätten. Doch die anderen fürchteten, er werde sie wegen Diebstahls verhaften lassen, und außerdem brauchten sie beide Hände und Füße, um die unsichere Leiter hinabzusteigen. Unter dem anhaltenden Gelächter der irischen Feuerwehrmänner kletterten sie zur Straße hinunter und gingen frierend und vollkommen erschöpft nach Hause.

Als sie am nächsten Morgen zurückkamen, war nichts mehr dort. Die Näherei war fort. Irgendwie hatte Himmelfarb es bewerkstelligt, alles über Nacht wegzuschaffen, nachdem sie geflüchtet waren. Die kleinen Räume waren vollkommen leer, all die vielen Mäntel, die sich hier aufgestapelt hatten, waren verschwunden. Selbst der *Misrech* war nicht mehr da.

In den folgenden Wochen erkundigten sie sich überall nach Himmelfarb, aber niemand hatte von ihm gehört. Er hatte einen neuen Namen angenommen oder war in eine andere Stadt gezogen oder hatte sich in den Fluss gestürzt, sie wussten es nicht. Esther und Clara fanden anderswo Arbeit für den Rest der Saison. Auch die anderen kamen in anderen Nähereien unter, und sie sah keinen von ihnen je wieder. Sie waren im riesigen, ewig tosenden Meer der Textilindustrie verschwunden.

Die nächsten Jahre arbeitete sie mit Clara zusammen in verschiedenen kleinen Nähereien. Clara war immer häufiger unterwegs, um für die Gewerkschaft zu sprechen, manchmal sogar außerhalb der Stadt, und um die Arbeiterschaft in den Betrieben zu organisieren, doch sie blieben immer in Kontakt, ließen einander wissen, wenn sie eine neue Stelle gefunden hatten.

Während der Flautemonate gingen sie zusammen zum Versammlungshaus oder zu den Fortbildungskursen, oder Clara nahm sie mit in die Bücherei. Nicht nur zu der Seward-Park-Bücherei mit der endlosen Schlange jüdischer Kinder, die geduldig vor der Tür warteten, sondern auch in die große Zentralbibliothek in Uptown Manhattan, wo Clara ihr all die großen Schriftsteller zu lesen gab: Thomas Hardy und George Eliot und Dickens und Tennyson und Keats.

Im Herbst des folgenden Jahres knüpfte Esther Verbindungen zur Damenmäntelbranche durch eine reizende junge Italienerin namens Gina, die sie in der übernächsten Näherei nach der Division Street kennen gelernt hatte. Sie setzten ihre gesamten Ersparnisse ein und waren in der Lage, ihre eigene kleine Näherei aufzumachen. Esther bot Clara an, mit einzusteigen, aber sie gab ihnen einen Korb. Sie hatte größere Pläne, sparte ihr Geld, um zur Universität zu gehen und Medizin zu studieren – sobald sie mit der Revolution fertig war.

»Ich wünsch euch Glück, geht und verdient eine Million Dollar, aber trotzdem, nein«, sagte sie ihnen. »Ich bin eine Arbeiterin und kann niemals ein Boss sein.«

Sie stellten vier Mädchen ein, Teenager wie sie selber, und endlich machten sie alles so, wie sie es sich immer gewünscht hatten, taten alles, wovon sie und Clara immer gesprochen hatten: Ihre Näherinnen konnten jederzeit zur Toilette gehen, sie hatten eine ganze Stunde Mittagspause und waren am Umsatz beteiligt. Sie alle arbeiteten hart, und eine Zeit lang verdienten sie sogar Geld.

Dann war die Saison zu Ende, und sie gingen unter wie die anderen kleinen Betriebe. Als die nächste Saison begann, hatten sie kein Geld, um wieder von vorn anzufangen. Dann kam ein neuer Börsenkrach, und sie fanden gar keine Arbeit. Clara schlug vor, sie sollten wegfahren und in der freien Natur leben, so dass ihre Familien wenigstens ein bisschen Geld verdienen konnten, indem sie die frei gewordenen Betten vermieteten. So fuhren sie mit Gina und Claras Freundinnen Pauline und Fannia und Clara Rukus und Martha Holman, die Buchhalterin war, und Alma Nitzchka, die ihren kleinen Sohn mitbrachte. Sie nahmen Schlafsäcke und Kochtöpfe mit und ein großes Segeltuchzelt, das sie selbst genäht hatten, und Bücher, stapelweise Bücher. So fuhren sie mit der Edgewater Ferry hinüber in die Palisades.

Es war die reine Glückseligkeit. Fast wie oben auf dem Dach schlafen, nur noch viel besser. Sie nahmen jede Arbeit an, die sie kriegen konnten, nähten für die Leute in den umliegenden Dörfern oder ernteten Gemüse, und sie teilten alles, was sie verdienten. Weitere Freundinnen kamen sonntags zu Besuch und brachten Obst und Brot mit und getrockneten Fisch, ein bisschen Kuchen und vor allem Bohnen. Säckeweise Bohnen. In diesem Sommer aßen sie Bohnen, bis sie sie nicht mehr sehen konnten. Bohnen in einem großen Topf über dem offenen Feuer gekocht, wie bei den Cowboys.

Die Leute aus der Umgebung kamen und beobachteten sie, bis sie sich schließlich an sie gewöhnt hatten. Farmer mit wettergegerbten Gesichtern und Schrotflinten im Arm oder Mädchen in weiten Flanellkleidern – die Uniform der nahen Klosterschule. Sie alle beäugten sie aus dem Dickicht, als wären sie Jahrmarktsattraktionen oder gefährliche Tiere.

Das war ihnen gleich. Nach ein paar Wochen waren die Säume ihrer Kleider ausgefranst. Sie selbst wurden dünner und brauner und nahmen das Aussehen der Hügel an, die sie umgaben. Sie badeten nackt in einem verlassenen Steinbruch, erklommen die steilsten der schroffen Felsen. Esther lernte, Vögel zu unterscheiden und Poker zu spielen, sie lernte, wie man ein Zelt aufbaut, Holz hackt und ein Feuer in Gang bringt, alles wunderbare Fertigkeiten, die sie nie im Leben wieder brauchen würde.

Viele himmlische Stunden verbrachten sie damit, draußen in der Sonne Dickens und Hardy und George Eliot zu lesen. Ebenso Shakespeare und Byron und Keats und Alfred Lord Tennyson. Sie schüttelten die Köpfe über *Madame Bovary* und *Anna Karenina*, konnten nicht begreifen, warum diese Frauen ihre beträchtliche Freizeit nicht nutzten, um ihren Geist zu schulen, doch Esther war bewegt von den heißen Tränen, die sie vergossen.

Vor allem jedoch redeten sie, redeten über alles, was es auf der großen, weiten Welt gab: über Marx' Theorien, die Wissenschaft der Psychologie, die Philosophie des Pragmatismus und Sozialdarwinismus und vor allem über die Revolution. Esther war die Jüngste von allen und fürchtete anfangs, sie könne mit den anderen nicht Schritt halten, doch sie stellte bald fest, dass es einfach nur erhellend und wunderbar war. Es war wie ihre Besuche in den Tea Houses, nur besser, viel besser.

Als die Tage dahingingen und ihre Schuhsohlen dünn wurden, begannen sie sich zu fragen, warum ihr Idyll nicht ewig dauern konnte. Pauline und Clara planten Mietboykotts und Warnstreiks für den Herbst, doch sie alle hassten die Vorstellung, dass ihre langen Ferien in der Natur sich dem Ende zuneigten. Esther spürte, dass manche von ihnen sich verliebt hatten, und sie selbst fühlte, dass sie sie alle liebte, mehr als sie je irgendeinen Menschen geliebt hatte.

Die Nächte wurden kälter, das Laub der Bäume auf den hohen, grauen Felsen verfärbte sich und wurde dünner. Am Abend vor ihrer Rückkehr saßen sie ein letztes Mal ums Feuer und sangen die alten Lieder aus der Heimat, ihrer aller Heimat:

»Rumania, Rumania, Rumania, Rumania
Geven amol a land a sisse, a schejne ...«

... und Pauline las ihnen einen Vortragstext vor, den sie im Gewerkschaftshaus in der Henry Street abgeschrieben hatte, von einem Professor, dessen Ideen derzeit die Ghettos entflammten: »Alle großen Bewegungen beginnen bei einem kleinen Kern von Menschen, die in ihrem individuellen Leben und ihren Beziehungen zueinander das angestrebte Ideal realisieren«, las sie, und die jungen Frauen, die auf den Holzstämmen um das Feuer versammelt saßen, lächelten sich scheu zu.

»Die Wahrheit zu leben ist besser, als sie auszusprechen. Jesajas Prophezeiungen wären vergeblich gewesen, hätte er nicht seine kleine Schar von Schülern um sich versammelt, die nach seinem Ideal lebten«, fuhr Pauline fort. Ihre Mädchenstimme erhob sich ein wenig bebend, aber voller Entschlossenheit in die kühle Herbstnacht.

»Und welche Wirkung hätten die Lehren Jesu gehabt, hätte er nicht die Jünger um sich geschart, die es zu ihrer Lebensaufgabe machten, seine Lehren in die Tat umzusetzen? Ihr denkt vielleicht, es ist eine gewaltige Aufgabe, vor die ich euch stelle, eine Aufgabe, die eure Kräfte und eure Bestrebungen weit übersteigt. Doch so ist es nicht. Jede große Veränderung der individuellen oder sozialen Verhältnisse – und wir stehen am Beginn solch einer großen Veränderung – beginnt im Kleinen, beginnt bei einfachen, ernsthaften Menschen, die sich den Fakten des Lebens Tag für Tag gegenüberfinden. Stellt euch selbst die Frage: ›Warum soll der bevorstehende Wandel nicht bei uns beginnen?‹ Ihr werdet feststellen, dass es keinen Grund gibt, warum die neue Welt, die Welt der Rechtschaffenheit, Güte und Erleuchtung, nach der wir alle streben und uns sehnen, nicht mit uns beginnen sollte. Eine kleine Gruppe entschlossener Juden hat die Welt schon einmal auf den Kopf gestellt. Warum soll nicht das Gleiche, nein, etwas viel Besseres in euren Tagen, in eurem Leben geschehen? Habt ihr das Versprechen vergessen, das Abraham einst gegeben wurde? ›Durch deine Nachkommen sollen alle Völker der Welt gesegnet werden.‹«

Sie alle weinten inzwischen, still und von Freude erfüllt, auch Pauline, als sie die letzten Zeilen vorlas. Esther erschauerte von der Nachtkälte und all den Gefühlen, die sie in Aufruhr versetzten, und ihr kam ein Gedanke, den sie noch nie zuvor bewusst gedacht hatte: Sie war froh, dass sie lebte. Ohne ein weiteres Wort umarmten sie sich und gingen zu ihren Zelten zurück, um ihre wenigen Habseligkeiten zu packen und ihre kostbaren Bücherstapel zu verschnüren.

Fannia hatte eine Kamera mitgebracht, und am nächsten Morgen stellten sie sich alle in ihren besten Kleidern zu einem Gruppenbild zusammen, zur Erinnerung an diesen Sommer.

Esther hatte sich bereit erklärt, das Foto zu machen, denn sie hatte das beste Auge und die ruhigste Hand. Sie stand am Fuß der Palisades und sah durch die Kamera auf ihrem Stativ zu ihnen hinauf, während sie die steilen Hügel hinabkletterten – Stadtmädchen, die in ihren weißen Sommerkleidern mit sicheren Schritten aus den Schwindel erregenden Höhen hinabstiegen, aufgereiht entlang dem Felsvorsprung wie eine Schar Bergziegen.

Und danach fand Clara für Esse eine Stelle in der neuen Triangle-Fabrik an einer Maschine. In den großen, neuen Fabrikgebäuden war die Arbeit etwas besser. Es gab mehr Luft, und sie waren nicht so saisonabhängig wie die kleinen Betriebe. Doch abgesehen davon war es der gleiche, zermürbende Trott, tagein, tagaus arbeiten, während ein anderer die Profite machte. Und dort schuftete sie bis auf den heutigen Tag. Sie erwachte aus einem unruhigen Halbschlaf, in Schweiß gebadet, niedergedrückt von den düsteren, rasch wechselnden Traumbildern, die sie zum ersten Tag ihres Arbeitslebens zurückgeführt hatten.

Es war der Montag nach ihrem Ausflug nach Coney Island. Zeit zum Aufstehen, den ersten Tag der neuen Saison in der Fabrik in Angriff zu nehmen. Nichts hat sich geändert, dachte sie. In all den Jahren seit jenem ersten Tag auf der Division Street hat nichts sich geändert. Auch damals hatte sie auf zwei zusammengeschobenen Stühlen geschlafen.

Nein, falsch: Nichts hatte sich geändert, doch gleichzeitig hatte sich alles geändert, weil sie gelernt hatte, Veränderungen herbeizuführen.

Der Haushalt um sie herum war schon erwacht. Ihre Mutter kochte an dem kleinen, eisernen Küchenherd, der dort stand, wo einmal eine offene Feuerstelle gewesen war. Statt Kapsch saß jetzt Cuti am Tisch, der Stuckateur, immer wie aus dem Ei gepellt. Er aß sein Frühstück und wartete in aller Ruhe darauf, dass das warme Bett frei wurde. Ihr Vater schlief noch nebenan, sein Schnarchen hallte durch die kleine Wohnung.

Diese Welt ist zu viel für mich ...

Mit diesen Worten hatte sie sich immer in den Schlaf geweint, damals, als sie gerade angefangen hatte. Und jetzt, wusste sie, traf das nicht mehr zu, eine Tatsache, die sie gleichzeitig mit unbändigem Stolz und tiefster Trauer erfüllte.

»Esse, willst du nicht frühstücken?«, fragte ihre Mutter und brachte eine kleine Schale Porridge und eine Tasse Tee zum Tisch.
»Doch, Mama.«
Esther faltete mit geübten, sparsamen Bewegungen ihre Decken zusammen, schob die Stühle zurück. Das Flanellnachthemd klebte an ihr, es war viel zu dick für die Spätsommerhitze. Doch das war die einzige Möglichkeit, den Anstand zu wahren, wenn einer der Untermieter in der Küche war. Sie zerkrümelte einen Klumpen braunen Zucker über ihrem Porridge, löffelte es schnell und säuberlich in sich hinein, nahm dann Rock, Hemdbluse und Unterwäsche und verschwand im Badezimmer auf dem Flur.
Es war eigentlich kein richtiges Bad, der Raum war nicht größer als ein Wandschrank. Man hatte kaum Platz zum Stehen neben dem winzigen Waschbecken und der unbeschreiblich schmutzigen Toilette. Ihr Vater ereiferte sich gern über die irischen Nachbarn und deren Töchter – fette, schmutzige, kuhähnliche Wesen, die nicht in der Lage seien, sie sauber zu halten.
»Verflucht seien die *Gojim*, sie machen ein Jammertal aus der Welt mit ihrem Mangel an Reinlichkeit!«
Aber tatsächlich war es so, dass jeder von der Straße oder der ganzen übrigen Welt übers Dach ins Haus gelangen konnte. Es gab immer wieder Geschichten von den unaussprechlichsten Dingen, die auf den Toiletten vor sich gingen, und Esther schaltete stets das Licht ein und schaute hinter die Tür, ehe sie ganz eintrat.
Als sie fertig war, ging sie zurück in die Wohnung und überprüfte ihre Erscheinung im Spiegel: ein dunkler, gestreifter Rock, ausgebleicht und beinah violett vom häufigen Waschen, dunkle Strümpfe und eine alte weiße Hemdbluse. Sie drehte ihre dichten braunen Locken zu einem Knoten zusammen und steckte sie sorgfältig fest. Die Fabrik war nicht so schlimm wie eine Mühle, wo eine Frau ohne weiteres skalpiert werden konnte, wenn sie mit den langen Haaren in eine der Maschinen geriet,

aber Risiken gab es auch hier. Sie sah sich nur noch einen Moment länger an, ehe ihr Vater sie vor dem Spiegel erwischen konnte.
Das Gesicht zu nichts sagend, dachte sie, die Nase zu lang, die Zähne zu schief, das einzig Annehmbare waren die großen braunen Augen. Sie strich sich über die Haare und zupfte an der Kleidung herum, die einen Körper verhüllte, mit dem sie ebenfalls unzufrieden war.
Er schien nichts daran auszusetzen zu haben. Sie musste lächeln, als dieser Gedanke sich plötzlich und ungebeten einstellte. *Ihm schien er zu gefallen, meinem* Dibbuk, *draußen auf Coney Island …*
Es war höchste Zeit. Sie wusste das, ohne auf die Uhr zu schauen. Sie ging zur Tür und ergriff ihren alten, formlosen Hut.
»Wiedersehn, Mama.«
»Esse …«
»Ich weiß nicht, wann ich nach Hause komme. Vielleicht haben wir noch eine Versammlung, ich weiß nicht.«
Sie ignorierte die Sorge ihrer Mutter, die mit flehentlich ausgestreckten Armen dastand, immer noch nervös die Hände rieb.
Du hättest dich besser damals mehr um mich sorgen sollen, als ich dich brauchte.

Draußen auf der Straße war dies im Sommer die beste Tageszeit, die einzige Stunde des Tages, da es nicht zu heiß war. Im Winter hasste sie es, so früh aus dem Haus zu müssen, wenn es noch kalt und dunkel war, und an den klaren Herbsttagen haderte sie mehr denn je damit, dass sie den Rest des Tages eingesperrt sein würde.
Doch jetzt im Sommer strahlte die Sonne, und die Hitze fing gerade erst an, sich im Straßenpflaster zu sammeln. Die Gehwege wimmelten schon von Menschen, die Straßen waren voller Handkarren, Fuhrwerke und Automobile, die alle langsam vorwärts krochen.
Sie ging eilig, mal auf dem Gehweg, dann auf der Straße, um eine

besonders dichte Menschentraube zu umgehen. Sie war stolz darauf, dass sie auf jeder Straße vorwärts kam und ihren Weg fand, dass sie wie ein menschliches Wesen ging, ein echter New Yorker, nicht wie ein Greenie. Bei schlechtem Wetter nahm sie manchmal den Omnibus, dann die Straßenbahn bis zur Greene Street, doch im Sommer lief sie lieber und genoss jede Minute unter freiem Himmel.

Mit jedem Block, den sie vorwärts kam, wuchsen die Gebäude, wurden höher, breiter, massiver, geschwärzter Stein und Ziegel und Stahl erhoben sich wie Berge neben der Straße. Bald wurden auch die Straßen breiter. Dies waren neue, am Reißbrett geplante Industrieblocks. Sie bog in eine kurze, breite Straße, an deren Ende verlockendes Grün leuchtete: der Park am Washington Square. In den Beeten dort wetteiferten die Blumen in den prächtigsten Farben, in der Mitte des Parks schimmerte ein Springbrunnen, und jenseits des Brunnens stand ein graziler, florentinischer Glockenturm.

Doch alle Menschen auf der Straße strömten in das neueste und höchste Gebäude am Washington Square, wo die Triangle-Fabrik sie im achten, neunten und zehnten Stockwerk erwartete. Sie wurden durch die Tür gesogen wie Treibgut in einen Strudel. Junge Frauen, manche noch Kinder, alle in den gleichen langen, dunklen Röcken und Hemdblusen. Dutzende Männer in weißen Hemden und schwarzen Westen und Jarmulken.

In der Halle gab es zwei schmale Aufzüge. Darüber prangte das Credo der Gesellschaft in großen Buchstaben: WER SONNTAGS DAHEIM BLEIBT, BRAUCHT MONTAGS NICHT WIEDERZUKOMMEN. Die Aufzüge machten ein Getöse wie Presslufthämmer und brachten bei jeder Fahrt zwölf Männer und Frauen ans Ziel. Die anderen bildeten lange Schlangen und bewegten sich langsam auf die Aufzugtüren zu.

Esther ging an ihnen vorbei und schloss sich dem dünneren Strom an, der sich auf die Treppe zu bewegte. Es war ein langer Aufstieg bis zur neunten Etage, aber in den Aufzügen fühlte sie sich immer gefangen, und wenn man sich mehr als fünf Minuten

verspätete, schickte der Etagenaufseher einen für den halben Tag ohne Lohn nach Hause wie ein ungezogenes Schulkind.
Stetig stieg sie mit den anderen die Treppen hinauf, sprach mit niemandem, spürte die Kraft in ihren Bein- und Rückenmuskeln. Manchmal tat sie so, als erklimme sie einen Berg, irgendwo in den Alpen vielleicht, über einem kleinen Schweizer Kurort mit einem klaren blauen See. Doch an diesem Morgen beschäftigte die Erinnerung an den Ritt im Steeplechase Park ihre Gedanken. Was für eine verrückte Sache. So etwas hatte sie in ihrem ganzen Leben noch nie gemacht. Aber sie bereute es nicht, nicht einmal dann, wenn sie ihn nie wieder sehen sollte. Er gehörte jetzt ihr, dieser Junge, ihr *Dibbuk*.
In der achten Etage blieben einige der Frauen und die Zuschneider zurück. Diese Männer beherrschten ihre Klingen perfekt, mit einem einzigen, eleganten Zug konnten sie ein Kleid oder eine Hemdbluse zuschneiden. Bis in den zehnten Stock hinauf mussten die Bürolehrlinge, die Telefonistinnen und die Bügler, muskelbepackte Männer, die den ganzen Tag an den schweren, Dampf speienden Maschinen arbeiteten.
Sie selbst verließ das Treppenhaus im neunten Stock, drängte sich mit den restlichen Näherinnen durch die eine schmale Tür, die nicht abgeschlossen war. Kaum trat sie hindurch, war ihre Stimmung gedrückt. Sie wusste nicht so recht, was sie denn erwartet hatte, aber da war es wieder, alles wie gehabt: dieselbe große Fabrikhalle, das übel riechende Fass mit Maschinenöl gleich an der Tür, die langen Bänke, wo sie gleich Hüfte an Hüfte sitzen würden, sie zusammen mit zweihundertfünfzig weiteren Näherinnen jetzt in der Hochsaison. Sie glaubte schon zu spüren, wie sie sich heute Mittag fühlen würde, wenn ihr Körper in der unnatürlichen, gebeugten Haltung über der Maschine erstarrt sein würde, als sei sie in eine kleine Kiste gesperrt.
Sie hängte ihren formlosen Hut an einen Haken an der Wand, wo alle Mäntel und Hüte abgelegt wurden. Dann ging sie hinüber zu ihrem Platz auf der Bank, in diesem eigentümlichen Hüpfschritt, den sie alle sich angewöhnten, um die rotierenden

Achsen und die Körbe mit Stoffresten, die überall herumstanden, zu umgehen. Schließlich setzte sie sich an ihre Maschine, die ihr vertraut war wie ihre eigenen Gliedmaßen und die sie mit ebensolchem Geschick benutzte.
Die Tür zur Halle öffnete sich, und ein weiterer Schwall Frauen schwappte herein, Italienerinnen, die die paar Blocks von West Village oder Little Italy zusammen gingen, lachend und singend. Sie sangen sogar jetzt, ein Lied aus einer der neuesten Shows, das seinen Weg in die Tanzschulen und Weinstuben gefunden hatte:

Every little movement has a meaning all its own
Every thought and feeling by some posture can be shown …

Ein seltsames kleines Lied. Nichts als Wörter, wie amerikanische Lieder eben immer waren. Kein Vergleich zu den wehmütigen Liedern aus Russland, die nur aus Gefühlen bestanden. Dieses hier verleitete einen, mit dem Fuß im Takt zu klopfen und mit den Fingern zu schnipsen, ob man wollte oder nicht. Und jetzt nahmen die anderen Mädchen es auf, und ein gewaltiger Chor erhob sich in einem erstaunlichen Gemisch von Akzenten, und manche summten oder sangen einen Text, den sie selbst aus dem Stegreif erfanden:

And every love thought that comes a-stealing
Over your being must be revealing
All its sweetness in some appealing
Little gesture all its own.

Und auf einmal schien es nicht mehr so unerträglich. Sonnenlicht strömte durchs Fenster, und dieses alberne kleine Lied setzte sich in ihrem Kopf fest. Es schien machbar, sogar erträglich in diesem Moment. Sie wusste, das konnte nicht von langer Dauer sein. Der Aufseher würde den Frauen das Singen verbieten, ebenso wie er Unterhaltungen verbot. Der Staub würde aufwirbeln, so dicht, dass er das Sonnenlicht aussperrte. Sie würden den ganzen Tag das Gaslicht brennen lassen müssen, damit sie auch nur den Stoff vor sich sehen konnten.

Sie wusste, es würde nicht so bleiben wie jetzt, sie war zu lange dabei, um das nicht zu wissen. Aber noch war es früh genug, dass sie einen gewissen Stolz empfinden konnte, vermischt mit der vertrauten, beinah tröstlichen Müdigkeit, und sie dachte: *Nun, so ist es eben. Ich bin eine Arbeiterin und kein Engel.*

Drittes Buch

Ich bin immer wie selbstverständlich davon ausgegangen,
dass Kohlköpfe auf Mist gedeihen.

– Carl G. Jung –

12

Big Tim

Big Tim nippte an seinem Kaffee und beobachtete die Prozession der Anwälte, die ins Tombs-Gefängnis einzogen, während ihm immerzu dieselben Worte durch den Kopf spukten: *Land des Volkes Land des Volkes Land des Volkes …*
Die Anwälte bewegten sich in einer langen, schlurfenden Schlange, verkratzte lederne Aktenmappen in der Hand, und verschwanden hinter den ehernen grauen Gefängnismauern. Das neue Tombs-Zuchthaus war noch keine zehn Jahre alt, aber zur größten Verlegenheit der Verantwortlichen versank es bereits. Genau wie sein Vorgänger war es auf dem ehemaligen Collect Pond in Lower Manhattan errichtet worden und war so undicht wie ein Sieb. Langsam aber unaufhaltsam arbeitete das Wasser sich in den Mauern aufwärts, die Zellenwände schwitzten Feuchtigkeit aus, und in den Zellen im Untergeschoss standen Wasser und Schlamm oft knöchelhoch.
»Seht sie euch an«, höhnte Cousin Florrie und wies auf die Anwälte, die sie durchs Fenster beobachteten. Sie saßen in einem von Big Tims Saloons gleich gegenüber dem Gefängnis in der Centre Street. »Wie Blutegel, die sich auf einen Kadaver stürzen.«
»Ein unpräziser Vergleich«, bemerkte Big Tim. »Ein Geier oder irgendein anderer Aasfresser stürzt sich vielleicht auf einen Kadaver. Blutegel befallen lebende Wesen.«
»Ist doch dasselbe.«

»Nein. Nein, es ist keineswegs dasselbe. Wörter sind wichtig, weißt du.«

Waren sie das? *Land des Volkes Land des Volkes …*

Er zog seine Taschenuhr hervor, gleichzeitig holte er Notizbuch und Bleistift aus einer Innentasche. Die Männer am Tisch setzten sich auf – seine Brüder, Paddy und Flat-Nose Dinny, und sein Halbbruder, Larry Mulligan. Florrie und die beiden anderen Vettern, Christy und Little Tim, und Big Tims selbst ernannte Adjutanten: Photo Dave Altman und Sasparilla Reilly. Die »Wise Ones« wurden sie hier in der Gegend genannt oder einfach die Sullivans, und sie sahen einander zum Verwechseln ähnlich in ihren seriösen schwarzen Anzügen und Melonen. Streng wie Richter, undurchschaubar wie Bankiers. Und sie tranken nichts Härteres als Kaffee, Sasparilla – eine Limonade mit Sarsaparillextrakt – oder Sodawasser.

»Du solltest den armen Anwälten keine Vorwürfe machen, Florrie«, sagte Big Tim und wandte sich wieder an seinen Cousin. »Sie müssen schließlich auch zusehen, wie sie ihre Familien über die Runden bringen. Wenn wir ein bisschen großzügiger sind als sie, dann liegt es vielleicht daran, dass wir es uns leisten können.«

»Ich kann diese lausigen Halsabschneider nicht ausstehen«, beharrte Florrie, die Arme grimmig vor der Brust verschränkt.

Diese Aufsässigkeit war ihm schon häufiger an seinem Cousin aufgefallen. Florrie war über die letzten ein, zwei Jahre auf unbestimmte Weise düsterer, unversöhnlicher geworden. Genau wie der andere, Little Tim. Sullivan spürte den ersten schmerzhaften Stich des Tages in seinem Unterleib.

Vielleicht sind wir alle verflucht.

»Ich persönlich muss sagen, mir fehlt der Große Weiße Jäger«, sagte er und versuchte, die Unterhaltung wieder auf unverfängliches Gebiet zu lenken. Die Neuigkeiten von den Heldentaten des Ehrenwerten Ex-Präsidenten Teddy Roosevelt beherrschten die Morgenzeitungen.

»Man konnte die Uhr nach dem Mann stellen, damals als er Police Commissioner war. Wie er da die Mulberry Bend entlangmarschiert kam und auf seinen Schweden einredete.«

»Ja, und er hatte immer diese riesige Sattelpistole bei sich«, sagte Photo Dave grinsend. »Als ob die ihm irgendwas genützt hätte, wenn einer sich in den Kopf gesetzt hätte, ihn umzupusten.«

»Oh, du solltest den Ehrenwerten Ex nicht unterschätzen. Ich bezweifle nicht, dass Teddy sie nur zu gern benutzt hätte. Hätte sich bestimmt gern einen Juden oder Itaker geschossen und ihn ausgestopft und zu seinen Elefanten und bengalischen Tigern ins Wohnzimmer gestellt.«

Big Tim hatte dieses Wohnzimmer gesehen, vor zehn Jahren etwa, als er in aller Heimlichkeit nach Oyster Bay gefahren war, um den großen Mann um Hilfe in ihrem Krieg gegen Boss Croker zu bitten. Sämtliche Wände waren mit Fellen und Hörnern und Stoßzähnen behängt. Am Boden lag wirklich und wahrhaftig ein Dachsfell, die winzigen Zähnchen gefährlich gebleckt, wie bei einem präparierten Löwenkopf. Aber immerhin hatte der Mann Verständnis für die Situation gezeigt. Seine großen weißen Zähne kauten mahlend, während Big Tim versuchte, ihn für Tammany Halls Bürgerkrieg zu rekrutieren. Ein Mann mit einem gewaltigen Killerinstinkt.

Jetzt war der Ex-Präsident und Ex-Police Commissioner irgendwo im finstersten Afrika auf der Suche nach neuer Beute, zog im Blutrausch durch dieses fremde, wundersame Land wie ein Metzger im Schlachthaus. Big Tim entsann sich an einen Abschnitt aus Teddys Erinnerungen an San Juan Hill, wo er einen Spanier mit ebendieser großen Pistole erschossen hatte: *Er krümmte sich zusammen wie ein getroffener Hase*. Ein trickreicher Jäger, in der Tat.

»Ich erinnere mich an Teddys Schweden«, sagte Sasparilla Reilly. »Er kam zu meinem Cousin unten im *Dirty Spoon* in der Blind Man's Alley und wollte ein Foto vom Dachboden machen. Er hätte beinah das ganze Haus abgefackelt mit seinem Blitzlicht, und dann geht er raus auf die Straße und erzählt einem Cop was von Unbewohnbarkeit. Unbewohnbar! Klar ist es das, wenn man's anzündet!«

»Reformen, ist doch alles Blödsinn!«

Ein ärgerliches, zustimmendes Raunen erhob sich am Tisch.

»Hat schon mal einer auch nur einen Nickel davon gesehen?«

»Ich frag dich, hat einer auch nur einen *Penny* von der Reform gesehen? Wann hat Teddy Roosevelt je irgendwem einen Job besorgt?«

Big Tim ließ sie reden. Er kannte den Schweden: ein strenger, selbstgerechter Mann namens Riis, genau genommen ein Däne, obwohl er mehr von einem Yankee hatte als die Yankees selbst. Sullivan hatte sogar sein Buch gelesen, »Wie die andere Hälfte lebt«, und er fand das Buch ebenso naiv wie den Titel.

Wenn es nur die Hälfte wäre, hätten wir kein Problem. »Wie die Welt wirklich ist« wäre ein besserer Titel.

Und doch waren die Bilder unvergesslich gewesen, so gestellt sie auch waren, so durchschaubar die Absicht sein mochte: Straßenkinder, die sich in schmuddeligen Gässchen aneinander drängten. Rußgesichtige Immigranten, die aus ihren Kellerlöchern blicklos in die Kamera starrten. Junge Frauen und Kinder, vollkommen apathisch, mit Gesichtern, die beinah tot wirkten. Und dazwischen meterweise niederschmetternde Statistiken. Bilder und Statistik, was ließ sich damit nicht verkaufen?

»Jungs, lasst uns nicht zu hart mit dem Ex ins Gericht gehen«, riet er den Wise Ones, um die Debatte langsam zum Ende zu bringen. »Sogar Teddy kann hin und wieder nützlich sein.«

»Wann zum Beispiel?«

»Teddy ist ein Spalter«, erklärte Big Tim. »Er ist ein Spalter in der Parteispitze, und er wird auch bei der Wahl ein Spalter sein. Er ist ein junger Mann, steht mitten in der Blüte seiner Jahre, und wenn er fertig damit ist, die armen, schutzlosen Kreaturen in Afrika abzuschlachten und die armen gekrönten Häupter in Europa fertig zu machen, dann wird er zurückkommen und wegen Mr. Taft seine Partei mittendurch spalten. Wartet's nur ab.«

Die Runde brach in Gelächter aus, ein hartes, bedrohliches Lachen, und Big Tim rief sie zur Ordnung.

»Also schön, machen wir uns an die Arbeit. Wie laufen die Vorbereitungen für das Picknick?«

Jeden Mittsommer veranstaltete die *Timothy D. Sullivan Association* oben am College Point ein riesiges Picknick für ihre Mitglieder. Es gab eine Parade, eine Fahrt mit einem Ausflugsdampfer und Fassbier und so viel Hühnchen und Muscheln und Eis, wie man sich nur wünschen konnte. Es gab Glücksspiel und Baseball, und auch dieses Jahr würden sie wieder all die alten Tammany-Lieder singen. Und wenn die Stimmung ihren Höhepunkt erreichte, wenn die Menge gerade angeheitert und in bester Jubellaune war, dann würde Big Tim aufstehen und seine Rede halten.

»Jungs, ich bin Demokrat.« (Beifall)

»Ich war mein ganzes Leben Demokrat.« (Noch mehr Beifall)

»Mein ganzes Leben lang habe ich die Demokraten gewählt.« (Jubel)

»Ich habe den Demokraten immer vertraut, seit ich mit siebzehn zum ersten Mal zur Wahl gegangen bin, und das werde ich auch in Zukunft so halten.« (Frenetischer Jubel)

Dieses Jahr wollte er ihnen etwas anderes sagen, etwas Gehaltvolleres, da er aus dem Kongress ausschied, um seinen weitaus einflussreicheren Sitz im Staatssenat wieder einzunehmen. Doch bislang war ihm nur diese eine Zeile eingefallen, die ihm keine Ruhe mehr lassen wollte: *Land des Volkes Land des Volkes …*

»Wie läuft es mit Charlie Solomon drüben im Zehnten?«, fragte er. »Ich will nicht, dass er auf die Idee kommt, er sei sein eigener Herr. Und vergesst Tom Fowley nicht, er schuldet uns was …«

Für jeden, der ihm etwas schuldete, war jetzt Zahltag, ganz gleich ob in Geld oder Naturalien. Und das hieß Zahltag für mehr oder minder jeden Politiker und Fabrikanten und Angestellten im öffentlichen Dienst in Big Tims Königreich, der Stadt unterhalb der 14. Straße.

»Was ist mit dem Boot?«, fragte er und kam damit zum wichtigsten Punkt.
»Alles geregelt«, sagte Dinny nüchtern.
Schon bei der Erwähnung dieses Themas schien sich ein Leichentuch über den Tisch herabzusenken. Ein paar Jahre zuvor hatte eine Ausflugsfahrt vom alten Kleindeutschland mit dem Schaufelraddampfer *General Slocum* auf dem East River stattgefunden. Als der Dampfer bei den Hell Gate Rapids in unruhiges Wasser geriet, war durch irgendein Missgeschick ein Feuer ausgebrochen. Die Rettungswesten und Löschschläuche waren morsch und zerfielen unter den Händen der Mannschaft zu Staub, wie in einem Albtraum. Ehe das Boot festmachen konnte, waren über tausend Deutsche von der starken Strömung fortgerissen worden und ertrunken oder auf dem Schiff verbrannt. Die meisten waren Frauen und Kinder. Der Beerdigungszug zum Deutschen Lutherischen Friedhof in Queens war über eine Meile lang gewesen.
Gott sei Dank war es wenigstens eine Kirchenveranstaltung gewesen und hatte nichts mit ihnen zu tun gehabt, doch die Katastrophe hatte jeden Bezirksleiter in der Stadt erschüttert. Kleindeutschland war komplett ausgelöscht worden. Juden waren in die Gegend gezogen, die Kirche wurde zur Synagoge umfunktioniert – eine ganze Kommune war über Nacht vom Erdboden verschwunden.
»Du überprüfst es auf Herz und Nieren?«
»Klar doch.«
Big Tim war nicht so leicht zu beschwichtigen.
»Ich meine, du selbst. Überlass es niemand anderem.«
»Klar doch, Big Tim.«
Er wandte sich dem Tagesgeschäft zu: Mieten und Zwangsräumungen, Jobs und Verhaftungen.
Um die meisten Angelegenheiten würde er sich im Laufe des Tages selber kümmern, drüben im Poor People's Court, wo die Richter den armen Leuten die Taschen leerten. Dann musste sich jemand um das Eis kümmern, schließlich war Sommer,

und um die Beerdigungen, die das ganze Jahr Konjunktur hatten.
»Alles geregelt, Jungs«, erklärte Big Tim schließlich, klappte sein Notizbuch zu und steckte die Uhr ein. »Dieser Bezirk läuft mehr oder weniger von selbst. Ich bin drauf und dran, mich mit Mr. Croker in Irland zur Ruhe zu setzen.«
»Eine Sache noch«, warf Dinny ein und reckte seine flache Boxernase angriffslustig in die Höhe.
»Was denn?«
»Diese alte schwarze Krähe ist wieder da gewesen und hat ein Riesengeschrei gemacht wegen der nächsten Kongresssitzung.«
»Ah, die hochverehrte Mrs. Perkins«, sagte Big Tim, um seinen Bruder zu ärgern. Er selbst mochte die Frau ganz gern. Sie war schon eine komische Vogelscheuche, aber wenigstens war sie nicht so hochnäsig wie diese anderen sozial engagierten Yankee-Ladys. Sie hatte sogar einen von diesen schäbigen schwarzen Dreieckshüten, genau wie der, den seine Mutter immer getragen hatte.
»Es ging wieder um das Arbeitszeitgesetz, ja?«
»Die Reformer sind wild entschlossen, es durchzusetzen.«
Offiziell stand Tammany Hall immer auf der Seite der Arbeiter und Arbeiterinnen. In Wahrheit sah es natürlich so aus, dass das Geld – jenes Geld, das die Räder schmierte, damit die ganze Welt sich weiterdrehte – von den Textilfabrikanten kam, aus der Zigarrenindustrie und all den anderen noblen Geschäftszweigen der amerikanischen Wirtschaft, von genau den Leuten eben, die ihre Angestellten zwölf bis sechzehn Stunden am Tag schuften ließen, unter Arbeitsbedingungen, die man eigentlich nicht einmal einem Pferd hätte zumuten dürfen.
Es war eine furchtbare Sache, aber so war es eben. Sullivan machte sich keine Illusionen: Die Geschäftsinteressen würden gewahrt bleiben. Der Trick bestand darin, gerade genug Zugeständnisse zu machen, um die Wähler nicht in die Arme der Sozialisten zu treiben.
»Dann sind sie eben wild entschlossen«, sagte Big Tim jovial.

»Na und? Es wäre vielleicht nicht das Ende der Welt, wenn man Frauen und Kinder nur noch fünfzig Stunden die Woche arbeiten ließe, weißt du. Aber wir werden sehen. Sonst noch was?«

»Nur noch eine Sache. Mr. Murphy lässt dich grüßen. Um dich an eine bestimmte Angelegenheit zu erinnern ...« Little Tim brach ab und räusperte sich mit typisch irischer Diskretion.

»Ah ja, das.«

Die übrigen Wise Ones übten vornehme Zurückhaltung und sagten nichts. Natürlich wussten sie alle, worauf Little Tim anspielte. Es gab nur eine Angelegenheit, die er meinen konnte, und das war Herman Rosenthals Ärger mit der Polizei.

»Ach ja. Armer alter Beansy.«

Was immer du sagst, Big Tim. Was immer du denkst, dass ich tun sollte.

Big Tim hatte seit jeher eine Schwäche für Beansy Rosenthal gehabt. Beansy hatte als Zeitungsjunge angefangen, genau wie Sullivan selbst, hatte sogar vor derselben Imbissbude auf der Park Row gestanden und seine Schlagzeilen gebrüllt wie er selbst als siebenjähriger Knirps.

»Wetten und Glücksspiel«, hatte er ihm geraten. »Dafür braucht man Grips, und du bist ein verdammt cleverer Judenbengel.« Und Beansy hatte auf ihn gehört. Herman fing auf der Rennbahn als Angestellter eines Buchmachers an, dann machte er sich selbstständig. Er wurde einer von Big Tims besonderen Lieblingen, einer seiner Judenbengel, wie er sie liebevoll nannte. Von Anfang an hatte er ihn unterstützt, mit Krediten und Protektion, und eine Zeit lang machte Beansy sich prächtig. Er eröffnete Kasinos von Far Rockaway bis Harlem und behängte sich zentnerweise mit dem gravierten Goldschmuck, den er so liebte.

Ich will nichts weiter als mein Recht, ich versuche nur, ein bisschen Geld zu machen ...

Aber wohin Beansy auch kam, folgte irgendein Problem ihm immer auf dem Fuße. Ständig war er in irgendwelche blutigen

Fehden mit anderen Buchmachern verwickelt, und wenn die Dinge nicht nach Wunsch liefen, trug er seine bitterlichen Beschwerden über die Cops gern zu den Zeitungen.

Das war ganz und gar nicht üblich. Irgendetwas stimmte nicht so recht mit Herman, hatte Big Tim erkannt. Und ganz gleich, wie oft die Polizei über seine Etablissements herfiel, um Vergeltung zu üben, er konnte diese Gewohnheit einfach nicht ablegen. Anscheinend liebte er einfach die Publicity. Dieser kleine, fleischige Mann mit seinen feschen Anzügen und dem protzigen Schmuck hatte etwas entwaffnend Kindliches, aber es war ein Wunder, dass ihn noch niemand umgebracht hatte. Big Tim hatte sich erweichen lassen und ihm eine letzte Chance gegeben: ein hübscher Laden am Times Square, keine Kleinigkeit. Er hatte es mit Lieutenant Charlie Becker und seiner Sondereinheit abgeklärt, hatte Beansy sogar zweitausend als Startkapital geliehen.

Aber dann hatte Herman es wieder vermasselt. Becker war in seinen Laden eingefallen – keine wirklich ernste Sache, nur eine von diesen lästigen, prahlerischen Razzien, die der schöne Charlie gern für die Zeitungen inszenierte, um seinen endlosen Wahlkampf um das Amt des Police Commissioners zu fördern. Die Sondereinheit hatte nicht einmal das Mobiliar zerschlagen, alle Spieltische waren noch intakt, und statt wie üblich die Tür mit der Axt einzuschlagen, hatten sie höflich geklingelt.

Sie wollten nichts weiter, als dass Herman für ein, zwei Tage dichtmachen musste und Becker auf diese Weise eine Schlagzeile bekam. Der schöne Charlie hatte sogar eigens seinen Pressereferenten mitgebracht, eine lächerliche kleine Figur namens Plitt. Aber irgendwie war die ganze Sache schief gelaufen, so wie es eben immer passierte, wenn Herman mit im Spiel war. Beansy hatte ein großes Geschrei veranstaltet, die Situation eskalierte, und ehe irgendwer die Ordnung wieder herstellen konnte, hatte Plitt, der Pressereferent, den Hausmeister mit einem Revolver erschossen.

Gütiger Gott, es war doch wirklich zu verrückt. Nur in einer Stadt wie New York konnte ein Lieutenant der Sittenpolizei ei-

nen Pressereferenten haben, noch dazu einen mörderischen Pressereferenten. Aber jetzt war es eben passiert …

Big Tim hatte versucht, die Wogen zu glätten, aber natürlich war alles nur noch schlimmer geworden. Wutentbrannt hatte Becker verfügt, dass Hermans Kasino so lange geschlossen blieb, bis er fünfhundert Dollar für Plitts Anwalt zahlte. Herman hatte sich geweigert und war wieder zu den Zeitungen gerannt. Und damit nicht genug – ehe Big Tim es verhindern konnte, hatte der gute Beansy vor diesem neuen Reformidioten von Bezirksstaatsanwalt unter Eid eine Aussage gemacht. Die Einzelheiten sickerten umgehend zum Lieblingsreporter des Staatsanwalts bei der *World* durch: »Es gibt nur einen Mann auf der Welt, der mich umstimmen könnte, und das ist der große Big Tim Sullivan, denn er ist so ehrlich wie der Tag lang ist, und ich weiß, dass er auf meiner Seite steht. Wenn ich Geld brauche, kann ich immer zu ihm gehen, und er gibt es mir oder besorgt es für mich. Das tut er nur aus Freundschaft, er erwartet nie, auch nur einen Nickel Profit damit zu machen. Er ist der Einzige, der mich zurückpfeifen könnte, und er hat mir gesagt, er glaubt, dass ich das Richtige tue, wenn ich mich und mein Heim verteidige.«

Zweifellos hatte Herman mit diesen so typisch unüberlegten Äußerungen nur versuchen wollen, ihn zu entlasten. Stattdessen hatte er alles nur noch komplizierter gemacht. Es war vollkommen ausgeschlossen, dass Big Tim ihn gegen jede andere Macht in New York unterstützen könnte – nur ein Spieler konnte so rettungslos optimistisch sein. Nun, es führte kein Weg daran vorbei: Die Sache mit Beansy musste geregelt werden, ein für alle Mal.

»Schick eine Mahnung raus über unsere Freunde, wenn es dir nichts ausmacht«, sagte Sullivan zu Sasparilla Reilly. »Dieses Furunkel müssen wir aufschneiden. Gentlemen …«

Big Tim erhob sich schwerfällig.

»Photo Dave, du gehst heute mit mir. Sasparilla, du kommst zum Rathaus, wenn du deine Sache erledigt hast. Ich muss zu Little Little Napoleon, und da will ich nicht ohne Gefolge erscheinen.«

Die Männer waren schon auf dem Weg zur Tür. Sasparilla Reilly und Photo Dave lachten über seinen kleinen Scherz auf Kosten des Bürgermeisters, George B. McClellan, Sohn des berühmten Generals gleichen Namens, der wohl jämmerlichsten Figur des ganzen Bürgerkriegs.

Big Tim blieb an der Bar stehen, ehe er hinausging. Feeley der Barkeeper hielt das Handtuch schon bereit, ebenso einen Spiegel, vor dem er Hut und Krawattenknoten zurechtrücken konnte.

Ein hartes, gerötetes Gesicht schaute ihn aus dem Spiegel an, intelligente Augen voller Skepsis, ein ironischer Mund. Das Gesicht von Tammany Hall? Oder was? Die Worte wirbelten in seinem Kopf durcheinander, bis sie keinerlei Bedeutung mehr hatten, Beschimpfungen, Schmeicheleien oder Ehrentitel. Ein Politgangster? Ein Schild gegen die verrückten Launen einer harten, neuen Welt? Ein Vater?

Er spürte es wieder in seinem Innern, jetzt war es ein schwacher, stechender Schmerz in seinem Unterleib. Nichts Schlimmes, aber auch nichts, was er je zuvor verspürt hatte.

Außerhalb der Organisation lauerte das Chaos, das wusste er. Es gab nur das Clubhaus, das Viertel, das Heim, die Kirche – dieselben ewigen Wahrheiten, so wie diese keltischen Lebensschlangen, die unentwirrbar in sich selbst verschlungen waren.

Aber wofür? Wofür? *Land des Volkes* …

Er kehrte aus seiner Innenwelt zurück und war für einen Augenblick verwirrt und ängstlich, doch die Gesichter von Feeley dem Barkeeper und Photo Dave zeigten keinerlei Beunruhigung. Zumindest seine unerschütterliche Politikermaske hatte ihn noch nicht im Stich gelassen, Gott sei Dank.

»Danke, Richard«, sagte er und legte beiläufig einen blitzblanken Silberdollar auf die Bar, wie er es jeden Morgen tat.

»Gib Acht, dass die Anwälte dich nicht übers Ohr hauen, wenn sie ihr Bier bezahlen.« Ihr ritueller Morgenscherz.
»Nein, ich pass schon auf.« Der Barkeeper grinste.
Er sah sich noch einmal kurz um. Offiziell gehörten ihm drei Saloons außer diesem, und er hatte finanzielle Interessen in zahllosen weiteren, die sich über die ganze Stadt verteilten. Sie alle waren strategisch platziert: dieser hier gleich beim Tombs-Gefängnis, einer gegenüber dem Rathaus, einer im Zeitungsviertel auf der Park Row, der vierte in der Nähe des neuen Polizeihauptquartiers oben an der Ecke Centre und Grand Street. Dann gab es da noch die Vaudeville-Theater, die Rennbahnen, die Nickelodeons und die Lichtspielhäuser – und die drei riesigen Vergnügungsparks auf Coney: Steeplechase, Luna Park und Dreamland.
An all diesen besaß er zumindest einen Mehrheitsanteil, und hinzu kamen die Schmiergelder von der Straßenbahn und dem Elektrizitätswerk und den Wasserkonzessionen und Anteile an jedem Boxkampf, jedem Glücksspiel, jeder Rattenhetze in der Stadt. Er lebte nicht schlecht, und er wusste, er hätte es auf die eine oder andere Weise immer geschafft, und zum Teufel mit dem, was die Zeitungen schrieben.

»Dave, mein Junge«, sagte er und wandte sich an seinen selbst ernannten Leibwächter, verlässlichsten Stützpfeiler bei allen Tammany-Wahlen und Träger des geheiligten Öls, das die Räder schmierte: »Aufladen.«
»Sicher doch, Dry Dollar«, erwiderte Dave grinsend und nannte ihn bei seinem alten Spitznamen aus Kindertagen, den nur die Wise Ones benutzten.
Photo Dave holte mit vollen Händen Münzen aus seinem Mantel und stopfte sie in die vielen Taschen von Big Tims maßgeschneiderten Hosen, Weste und Jackett. Sullivan stand geduldig vor ihm, die Arme ausgebreitet wie eine Vogelscheuche, auf stille Weise amüsiert über den eigenartigen Anblick, den er ohne Zweifel bot.

»O Gott, Dave«, sagte er, als der Mann schließlich fertig war. »Wenn die Reformer die Absicht hätten, mich loszuwerden, müssten sie mich jetzt nur auf den East River hinausrudern.« Noch ein Standardwitz, gewürzt mit dem übertriebenen irischen Akzent der Varieté-Theater, der alten Joe-Miller-Sketche, die Photo Dave so liebte. Erwartungsgemäß brach Dave in dröhnendes Gelächter aus, und das Ritual beruhigte Big Tim. »Und jetzt noch ein paar Scheine für die Cops und Little Little Napoleons kleine Bedürfnisse.«

Mit feierlicher Miene förderte Photo Dave nun dicke Geldscheinrollen zu Tage, dicker als die Faust eines Mannes, und ließ sie in Big Tims Innentaschen verschwinden. Was für ein Geschrei die Reform-Zeitungen anstimmen würden, wenn sie das sehen könnten! Öffentliche Gelder – verschwendet, um Missetäter auf Kaution aus den Gefängnissen zu holen! Um Müßiggängern Jobs zu kaufen und ihre Miete zu zahlen!

Natürlich hätte weder Big Tim noch sonst irgendwer den Gutewichten von der Reform sagen können, um wie viel es sich handelte und ob es wirklich öffentliche Gelder waren. Standen die wöchentlichen Zahlungen, die er von den Gangs und Hurenhäusern kassierte, der Öffentlichkeit zu? Und wie war es mit den Summen, die ehrlichen Geschäftsleuten abgepresst wurden, oder den Opiumhöhlen in Chinatown und den halbwegs gesetzestreuen bis durch und durch verbrecherischen Kneipenwirten? Es war eine andere Welt, in der *sie* lebten, die rechtschaffenen Regierungstypen, ein Ort, wo alles fein säuberlich voneinander getrennt und in separaten Büchern verzeichnet wurde. Handel in dieser Hand, Korruption in der anderen. Reform hier, der Kauf von Wählerstimmen und Gangstern dort. Das war eine Welt, die nichts gemein hatte mit der Realität im Innern eines Polizeireviers, einer Wahlzelle oder einer Mietskaserne.

Aber du kannst entscheiden, sagte seine spöttelnde innere Stimme. *Du weißt, was das Beste ist.*

Er tat diese Gedanken ab, sah auf und lächelte seinen Adjutanten und den Barkeeper an.

Nichts von alledem ist wirklich wichtig. Niemand sucht sich seinen Platz im Leben selber aus.
»Also dann, Dave. Machen wir uns auf unsere Runde.«

Sobald sie auf die Straße hinaustraten, waren sie von Kindern umringt. Er musste lächeln. Ihre Gesichter strahlten vor Freude, und gleichzeitig waren sie so bemüht, schon richtig erwachsen zu wirken. Die Jungen trugen Overalls und große Kappen, die Mädchen Kleider, die aus alten Säcken oder Pferdedecken genäht waren, und fast alle liefen barfuß auf den granitgepflasterten Straßen.
Vor ein paar Monaten hatte er in einer stinkenden Gasse hinter dem *Dirty Spoon* ein kleines Mädchen von vielleicht sieben Jahren gefunden, das vollkommen nackt war. Sie besaß einfach keinen Fetzen Kleidung. Und obwohl er nicht überrascht war, obwohl er nur zu gut wusste, dass es solche und noch viel schlimmere Dinge gab, hatte er nicht aufhören können zu weinen.
»He, Big Tim! Big Tim!«
»He, Mr. Sullivan! Was haben Sie für uns?«
Der Schmerz flammte auf, so heftig, dass er um ein Haar gestrauchelt wäre. Das Brennen verschlimmerte sich und breitete sich aus. Er hatte schon einmal Beschwerden gehabt, damals, als Nell, seine Frau, noch bei ihm war, aber das war nichts gewesen im Vergleich zu diesen Symptomen. Die schmuddeligen, lachenden Gesichter umringten ihn, kleine Hände griffen nach ihm, und er zwang sich, ihr Lächeln zu erwidern.
»He, Big Tim!«
Sie steckten die Hände in seine Taschen, brachten glänzende neue Quarters und Dimes und Nickels zum Vorschein und bestaunten ihre Beute. Sie lachten und rangelten, hüpften um ihn herum wie ganz normale Kinder – doch wenn man genau hinsah, stellte man fest, wie dürr sie waren, wie schnell sie ermüdeten.
Die Zeitungen umgaben sie gern mit einer gewissen Romantik.

Sie nannten sie die Nomaden der Straßen und beschrieben die Stadt wie einen einzigen, großen Spielplatz. Er wusste, wie sie in Wahrheit lebten: welche Kämpfe sie austrugen, um im Winter einen Schlafplatz auf einem warmen Lüftungsgitter zu bekommen, oder in öffentlichen Toiletten im Sommer. Sie waren der Gnade älterer Gangster und Zuhälter schutzlos ausgeliefert. Straßenbahnen und Fuhrwerke überrollten sie zu Dutzenden, und jetzt auch diese neuen großen Automobile, die ohne Rücksicht auf Verluste durch die voll gestopften Straßen der Innenstadt brausten.
Doch ihre Bilder hatten ihm in dem Buch des Schweden am besten gefallen, musste er zugeben. Nicht die ausgebrannten Erwachsenen mit ihren leeren, stumpfsinnigen Augen, in denen der letzte Funke erloschen war, sondern die Kinder, so unabhängig, so unbezähmbar stolz. Sie machten den Touristen Angst. Wenn die Ausflugsomnibusse vorbeikamen, warfen sie mit Steinen nach den Reiseleitern mit ihren Megaphonen und brüllten: »Hier sind die Affen!« Aber er liebte ihren Mut.
Man konnte ihn in den Gesichtern der Jungen erkennen, wenn man genau hinsah – sie stellten sich schlafend für den Fotografen, waren jedoch kaum in der Lage, das Lachen zu unterdrücken, ihre Mundwinkel kräuselten sich in einem schwachen Lächeln über dieses alberne So-tun-als-ob. Oder die Mädchen in einer kleinen Näherei auf der Ludlow Street, verurteilt zu lebenslangem Hosennähen in einer endlosen Folge stickiger kleiner Kämmerchen, aber sie lächelten, lächelten trotz allem in die Kamera. Lächelten durch die Griffe einer Schere, die sie sich kokett vors Gesicht hielten, wie eine von Goyas Señoritas mit ihrem Fächer …
»Geben Sie uns was? Was haben Sie für uns?«
Er ließ den Blick über ihre Gesichter schweifen, während sie seine Taschen durchwühlten, suchte nach einem, in dem er sich wieder erkennen konnte. Für *sie* hatte er natürlich gesorgt, jedenfalls für all seine Kinder, von denen er wusste: Die Mädchen waren unten in Jersey, der Junge drüben im Westen, wo sie gute

Luft und viel Platz hatten. Sie waren alle gut versorgt. Er kümmerte sich um die seinen …

Es sei denn, es gab noch mehr, von denen er keine Ahnung hatte. *Seine* Kinder, die auf der Straße leben mussten. Und welch eine Ironie des Schicksals: Ausgerechnet Nell hatte ihm keine Kinder schenken können …

Der Schmerz in seinem Unterleib zuckte wieder auf, und er krümmte sich, beugte sich zu den Kindern hinab.

»Das ist alles! Das war's für heute, Kinder, ihr habt ihn bis auf den letzten Penny ausgenommen!« Photo Dave scheuchte sie weg.

Mit größter Mühe richtete er sich wieder auf und ging so federnd und unbeschwert, wie er konnte, Richtung Broadway, versuchte nach Kräften, Photo Daves argwöhnischen Blick zu ignorieren. In seinem Rücken zerstreuten sich die Kinder, winkten und riefen: »Wiederseh'n, Big Tim!«

»Big Tim, Big Tim!«

»Ich hab dich lieb!«

Als er diesen letzten Ruf hörte, wandte er sich um. Es schien ihm, er sei von einem kleinen Mädchen mit dunklen Locken gekommen, das ihm beinah vertraut vorkam. Aber dann war sie verschwunden, waren alle Kinder verschwunden, um sich wieder ihrem endlosen Spiel auf den Straßen New Yorks zu widmen.

13

Auf dem Boardwalk

Esther traf ihn am Haupteingang von Dreamland beim Engel der Schöpfung. Die Engelsflügel überspannten die gesamte Breite des Torbogens, die perfekt geformten Brüste wiesen in die Zukunft. Er wartete zu Füßen des Engels auf sie, in einem weißen Sommeranzug mit einer leuchtend gelbgrünen Weste, die so kühl und elegant wirkte wie ein Eiskremsorbet, und sah zu den exquisiten Brüsten auf.

Kid Twist lächelte breit und drückte ihre Hand, als sie zu ihm trat, und sie konnte nicht anders, als das Lächeln zu erwidern.

»Ich freue mich, dass du gekommen bist.«

»Hast du daran gezweifelt?«, neckte sie ihn.

Der Park schien tief Luft zu holen für den bevorstehenden Tag, wirkte beinah rein und makellos im Morgenlicht. Die Gehwege waren sauber, die Achterbahnen fuhren ihre ersten, gemächlichen Runden auf den Schienen. Eine lange Prozession von Dreamland-Kassiererinnen kam auf dem Weg zu ihren Kassenhäuschen an ihnen vorbei, sie wirkten beinah wie Novizinnen in ihren schneeweißen Roben und Studentenmützen.

»Wir haben den ganzen Tag«, sagte er und zog sie mit sich.

Sie fuhren mit der Alpenbahn, vorbei an winzigen Schweizer Chalets und gefrorenen Wasserfällen und verschneiten, rosig leuchtenden Gipfeln. Die offenen kleinen Wagen waren wie Schlitten geformt, Glöckchen klingelten, während sie in zahl-

losen Haarnadelkurven langsam zum Starnberger See hinauffuhren. Sie kippten vornüber, und die Frauen und Kinder vor ihnen stießen einen langen, entzückten Schrei aus.
Sie saßen hinten, das einzige Paar im ganzen Zug, eng zusammengequetscht in den eher für Kinder geeigneten Sitzen. Er hatte den Arm um ihre Taille gelegt, die Hand baumelte über ihrer Hüfte, streifte dann und wann ihren Oberschenkel. Sie fuhren in einen Tunnel, vor dem ein großes Hinweisschild aufragte: KÜSSEN IM TUNNEL NICHT ERLAUBT. Kaum waren sie im Dunkeln, spürte sie seine Hände, die sie näher zogen. Er roch nach Pimentöl und Pfefferminz, und sie spürte einen fast unbezähmbaren Drang zu lachen, als sie an ihren ersten Kuss mit dem lächerlichen kleinen Boss Himmelfarb dachte, in einem Raum voller Mäntel. Sie schloss die Augen und erwiderte seinen Kuss, ignorierte die kichernden Frauen und Kinder ringsum.
Als sie aus dem Tunnel kamen, lachten die übrigen Passagiere und zeigten mit den Fingern auf sie, aber zu ihrer Überraschung stellte sie fest, dass ihr das überhaupt nichts ausmachte. Sie wandte lächelnd den Kopf ab und sah verträumt auf die Matrix kleiner Spielzeugeisenbahnen hinab, die zischend in verschneiten kleinen Tunneln verschwanden und auf der anderen Seite wieder zum Vorschein kamen.

In den Straßen von Kairo strebten Männer in Turbanen und Kaftanen mit ihren Kamelen und Elefanten unbekannten Zielen zu. Vor einer Gipsmoschee mit himmelblauer Kuppel stand eine Frau mit rabenschwarzen Haaren und wiegte ihre üppigen Hüften.
»So etwas habt ihr noch nie gesehen, Herrschaften! Versäumen Sie nicht den Hootchy-Kootchy-Tanz! Der *Danse du ventre* – wenn ihr wisst, was ich meine!«
In schillernden Schleiern und mit klimpernden Armreifen tanzte sie auf die kleine Holzbühne hinaus: Eine Haarsträhne war in der Stirn halbmondförmig festgepappt, die Augen oberhalb des Schleiers zu geheimnisvollen Schlitzen geschminkt. Ein falscher

Saphir funkelte in ihrem Bauchnabel, und ihr rundlicher, nackter Bauch wackelte und wabbelte. Esther hatte noch nie im Leben etwas Vergleichbares gesehen. Völlig neue Welten taten sich auf.
»An jedem anderen Ort außer in der Meeresbrise auf Coney Island würde sie von ihrem eigenen Feuer verzehrt!«
Klimpernd und wackelnd vollführte sie eine langsame Wende und kehrte zur himmelblauen Moschee zurück. Eine kleine Traube von Männern folgte ihr hinein, ein dümmliches Grinsen auf den Gesichtern.

Später, als es dunkel wurde, ging er mit ihr draußen am Ende des Old Iron Pier zum Tanzen. Langsam wiegten sie sich im Takt, lauschten den Wellen und summten leise die alten Schlager mit:

My evening star
I wonder who you are
Set up so high like a diamond in the sky
No matter what I do
I can't reach up to you
So come down from there my evening star ...

Sie bat ihn, »After the Ball is Over« zu bestellen. Man konnte kaum eine Viertelstunde lang irgendwo auf Coney Island herumspazieren, ohne es zu hören, aber das schien keinen der anderen Tänzer zu stören.

After the ball is over
After the break of morn ...

Sie alle waren müde. Eng umschlungen schlichen sie auf der Tanzfläche umher und inhalierten den durchdringenden und doch angenehmen Geruch ihres Partners nach Salzwasser und Sonne und Bratfett ...

After the ball is over
After the break of morn
After the dancers' leaving
After the stars are gone
Many a heart is aching
If you could read them all
Many the hopes that have vanished
After the ball.

Es war schon spät, als er sie schließlich zum Zug brachte. Das Feuerwerk hatte schon begonnen, die letzten Züge fuhren.
»Bleib bei mir«, sagte er, und dieses Mal war es sein Ernst, dieses Mal wollte er sie wirklich überzeugen.
»Nein. Ich muss morgen arbeiten.«
Sie sah zu ihm auf und lächelte, um ihm zu zeigen, wie gern sie geblieben wäre.
»Meine kleine Taube. Bleib hier.«
»Nein.«
Er half ihr, sich einen Weg durch die Massen zum Zug zu bahnen. Auch die Menschen in den Abteilen waren erschöpft, die Kinder auf dem Schoß ihrer Mütter eingeschlafen. Sie stieg ein, wandte sich um und sah ihn durch die geöffnete Waggontür an.
»Meine Süße. Mein Augenstern.«
»Nein …«
Die Warnglocke läutete, und mit einem großen Schritt stieg er zu ihr in den Zug. Sie riss die Augen auf, nicht sicher, was er vorhatte.
Niemand sonst nahm Notiz von ihm. Alle Leute dösten oder starrten vor sich hin, eine Hand um die Haltestange geklammert. Niemanden kümmerte es, aber er stand mit ihr an der Tür und hielt sie in den Armen, als wären sie verheiratet. Beide starrten auf ihr Spiegelbild im Fenster, hinter dem nur Schwärze lag, Schlackegruben und Kohlehalden.
Sie fuhren durch Park Slope und Boerum Hill, wo alles schon schlief, dann über die Brücke nach Manhattan. Der Zug hielt

jetzt öfter. Alle waren schläfrig, zu müde, um auch nur noch ein paar Worte zu wechseln, aber intuitiv schreckten ganze Familien aus dem Schlummer, wenn ihre Haltestelle kam, und stiegen aus. Der Zug war halb leer, als sie zur Delancey Street kamen. Das war auch ihre Haltestelle, aber sie rührte sich nicht.

Sie blieb mit ihm an der Tür stehen, hielt ihn fest. Sie hätten jetzt Sitzplätze haben können, aber sie blieben, wo sie waren, eng umschlungen, und betrachteten ernst ihr Spiegelbild. Bald war das Abteil so gut wie leer, nur noch zwei, drei Männer, die ihre Station verpasst hatten und leise schnarchend auf den Bänken lagen. Sie waren jetzt auf der Hochbahnstrecke, alte Mietskasernen und neue Apartmenthäuser, die sich über einen ganzen Block erstreckten, rauschten draußen vorbei. So nah, dass sie durch die Fenster in die Wohnungen, in das Leben der Menschen hineinblicken konnten. Männer und Frauen, die lasen oder aßen, Babys wiegten oder sich liebten oder einfach unter einer dämmrigen Lampe saßen und rauchten.

Sie fuhren weiter Richtung Uptown Manhattan, vorbei an all den flackernden, unergründlichen kleinen Dramen, und er hatte die Arme um ihre Taille gelegt und begann, sie zu küssen. Er küsste ihren Hals, wie er es auf dem Steeplechase getan hatte, und sie legte den Kopf zurück und küsste ihn mitten auf den Mund, die Hände in seinem Nacken verschränkt. Sie löste sich von ihm, dann küsste sie ihn wieder, lange und ausgiebig, und lehnte sich an ihn. Und beide starrten sie aus dem Fenster auf die vorbeifliegenden Häuser, und die Männer und Frauen in den offenen Fenstern starrten stumpfsinnig auf den Zug, der draußen vorbeirauschte.

14

Kid Twist

Von der Endstation fuhren sie zurück zu ihrer Haltestelle, und dann brachte er sie nach Hause. Als sie zu ihrem Block kamen, machte sie sich von ihm los, aber er hielt ihre Hand fest – ihm war nicht ganz klar, in welcher Absicht. Einen Moment standen sie noch mit ausgestreckten Armen und ineinander verschränkten Fingern. Dann entließ er sie in die Dunkelheit der Orchard Street, sah sie im dämmrigen Licht der Straßenlaternen wieder auftauchen.

Er ging zur Hochbahn zurück. Es war nach Mitternacht und unverändert schwül, doch die Straßen waren alles andere als ausgestorben. Das war es, was ihn an New York immer am meisten erstaunt hatte: Wie viele Menschen nach Mitternacht noch wach und draußen unterwegs waren. Huren und Straßenhändler, ein paar Arbeiterinnen, die von der Spätschicht in der Fabrik heimkamen, zu müde, um Furcht vor den nächtlichen Straßen zu verspüren.

Doch hauptsächlich waren es Männer, Männer unterschiedlichster Altersstufen und Nationalitäten, doch alle bewegten sich mit der gleichen Verstohlenheit. Sie hasteten an ihm vorbei, versuchten, mutig und selbstsicher zu wirken, ihr betrunkenes Torkeln zu unterdrücken. Kragen hochgeschlagen, Strohhüte und Melonen tief in die Gesichter gedrückt, den Blick immer starr geradeaus gerichtet.

Was hatte er hier bei ihnen verloren? Es war Wahnsinn, in die

Stadt zurückzukehren, das wusste Kid ganz genau. Jede dieser geisterhaften Gestalten, die die Treppen zur Hochbahn hinaufhuschten, konnte ein Spitzel oder ein Killer sein, erpicht darauf, sich bei Gyp beliebt zu machen, indem er ihm Kids Aufenthaltsort nannte. Oder Schlimmeres tat.

Was tat er denn nur? Warum war er nicht längst fortgegangen – und zwar richtig weit weg, nicht einfach nur in dieses Hurenhotel, wo der verrückte Zwerg ihn untergebracht hatte? Er hatte ein bisschen Geld, warum war er nicht längst auf einem Dampfer nach New Orleans oder in einem Pullman auf dem Weg nach St. Louis? Ganz gleich wohin, Hauptsache irgendein Ort, wo er gute Chancen hatte, Gyp the Blood nie im Leben wieder zu sehen.

Lag es an dem Mädchen? Aber er hatte schon früher Mädchen gehabt, wenn auch meist Huren oder einsame Mädchen aus den Fabriken, Greenies, die gerade frisch vom Schiff kamen. Diese hier war anders, aber war sie es wert, dass er sein Leben riskierte?

Und ihm war bewusst, dass auch die viel größere Frage noch unbeantwortet war: *Warum hatte er es überhaupt getan?* Was in aller Welt sollte es ihn kümmern, wem Gyp the Blood das Kreuz brach? Wer war er denn, dass er durch die Gegend rannte und Leute rettete?

Dazu war er nicht hergekommen, schärfte er sich ein, als er den Zug für die lange Rückfahrt nach Brooklyn und Coney Island bestieg. Das war es nicht, was er hier anfangen wollte, in New York. Wozu er den weiten Weg hierher gekommen war. *Was* es allerdings war, *was* er hier tun wollte, wusste er auch nicht mehr so recht.

An dem Tag, als sie seinen Vater beerdigten, hatte er sich den Bart abrasiert. Sobald er an der Spitze des unordentlichen kleinen Trauerzugs vom Friedhof kam, holte er den halb blinden Handspiegel hervor und das Rasiermesser, das er von dem *Goj* in Kowno gekauft hatte. Erst säbelte er das schon leicht ergraute

Dickicht des langen Barts mit dem Messer ab, dann spritzte er sich Wasser ins Gesicht und rückte den verbleibenden Stoppeln zu Leibe.

Was für ein Massaker. Seine arme Haut war noch nie rasiert worden, weder seine noch die von sonst irgendwem in Alt-Zagare. Nicht einmal in Neu-Zagare, wo lauter Sünder hausten. Die einzige Ausnahme war der Tag, als die Kosaken gekommen waren und sie auf die Knie gezwungen und mit ihren Säbeln rasiert hatten. Und das hatten die meisten nicht überlebt.

Er wischte sich Kinn und Wangen mit einem Lumpen ab und sah wieder in den Spiegel. Ein bleiches, ernstes Gesicht blickte zurück, plötzlich jung. Eine große, gekrümmte Nase, und die tief liegenden, dunklen Augen darüber wirkten riesig und unschuldig und ahnungslos.

Er packte Spiegel und Rasiermesser in das kleine Bündel, das er vorbereitet hatte, zusammen mit einer Fotografie von seinem Vater, einer zweiten von seiner Mutter an ihrem Hochzeitstag, und ohne zu wissen warum, packte er noch ein drittes Bild ein, das ein durchreisender Fotograf von Alt-Zagare gemacht hatte: Ein lächerliches Bild eigentlich, das die ausgefahrenen Straßen in ihrem schlimmsten Frühlingsschlamm zeigte, die kahlen Bäume und Hütten, einen verfallenen Zaun, der ins Nirgendwo führte.

Er stopfte es trotzdem in sein Bündel, ehe er es schulterte. Nichts sonst nahm er mit. Nur die Bilder, die Bibel seines Vaters mit dem Familienstammbaum auf den ersten Seiten, zwei Stücke Brot und das wenige Gemüse, das dieses Jahr gewachsen war. Er setzte sich die Arbeiterkappe auf, die er am selben Tag in Kowno erstanden hatte wie das Rasiermesser, und brach auf. Er machte sich nicht die Mühe, abzuschließen, und schaute sich kein einziges Mal nach der lehm- und strohgedeckten Holzhütte mit ihren zwei winzigen Räumen um.

Er kam durch Alt-Zagare, vorbei an der Synagoge und der Schule, dem Schlachthaus und der *Mikwe* und der langen Schlange von *Luftmenschen*, die geduldig vor der Suppenküche standen und auf ihre tägliche Armenspeisung warteten, die aus einer Schale Suppe und einem Stück Brot bestand. Er ging die ungepflasterte Hauptstraße des Dorfes entlang. Die ersten Sommerwinde hatten den Morast getrocknet und wirbelten gewaltige Staubwolken auf. Aus den Häusern drang der Geruch von Hering und Kartoffeln, das übliche Mittagessen.

Er überquerte den Friedhof, wo er heute früh noch gewesen war. Die Erde auf dem Grab seines Vaters war dunkel und frisch. Die Kinder aus Neu-Zagare kamen gern hierher und versteckten sich hinter den Grabsteinen in der Hoffnung, einen Blick auf einen der Leichname aus Alt-Zagare zu erhaschen, von denen ihre Eltern ihnen erzählt hatten. Er lachte über ihre entsetzten Gesichter, als sie ihn entdeckten. Sie machten kehrt und flohen. Sein Anblick war offenbar ein größerer Schock als der eines jahrhundertealten, von den Toten auferstandenen Rabbis.

Er überquerte die Brücke nach Neu-Zagare, kam wiederum an Hütten aus Holz, Stroh und Lehm vorbei, an ihrem Schlachthaus und der *Mikwe*, am Rathaus, an ihren Schulen und Synagogen und *Luftmenschen*, spinnefeind gegenüber allem, was mit Alt-Zagare zu tun hatte. Nach wenigen Minuten war er hindurch, ein unbedeutender Fleck mitten im Nirgendwo. Er hielt nur einen Moment inne, um auf die Zwillingsdörfer zurückzublicken, wo er sein ganzes Leben verbracht hatte. Dann wandte sich ab und war bald im aufgewirbelten Straßenstaub verschwunden.

Oh, könnte ich euch doch nur alle an einem Tag begraben!

Er lief weiter. Er lief, bis er zu müde war, um auch nur einen Schritt weiterzugehen, legte sich am Straßenrand auf die Erde und schlief, und als er aufwachte, lief er weiter. Er lief wochen- und monatelang, lief, bis er nicht mehr wusste, wie lange er schon lief, bis das flache, baumlose Land endlich ein Ende nahm und sich nicht mehr bis zum Horizont erstreckte.

Er lief nach Westen, immer nach Westen, auch wenn er oft vom Weg abkam und ein Stück nach Norden oder Süden driftete. Als sein bisschen Gemüse und Brot aufgezehrt waren, wusste er sich zu helfen: Er nahm jede Arbeit an, die er kriegen konnte, bettelte bei den Bauern, die ihre Waren zum Markt in die Städte brachten, aß mit Fremden, denen er unterwegs begegnete. Manchmal konnte er ein Stück auf einem Wagen mitfahren oder auf dem Esel eines Händlers reiten, aber meistens lief er. Er lief an zahllosen Doppeladlern vorbei, die auf den Grenzpfosten thronten. Die Grenzsoldaten der Habsburger oder Hohenzollern in ihren prächtigen Uniformen massierten mit makellosen, gelben Handschuhen ihre Schnurrbärte, während sie seine Papiere begutachteten: JOSEF KOLYIKA. Sein altes Gesicht, an das er sich kaum mehr erinnerte, wurde zerknittert und fleckig und mit immer mehr Adlerstempeln bedeckt. Aber nirgendwo wollten sie ihn über die Grenze lassen, ganz gleich, welche Länder sie auch voneinander trennen mochte. Sie wussten nicht so recht, was für eine neue Art von Verdunkelung das nun wieder war: ein Mann, der sich den Bart abrasierte und sein Gesicht zeigte! Jedenfalls trauten sie der Sache nicht.

Er begann, einen Bogen um die Grenzposten zu machen, schlich sich des Nachts an die umstrittenen Reichsgrenzen und überquerte sie unbemerkt. In einem Gasthaus in Warschau wurde er angespuckt, in Budapest von der Polizei verprügelt und in Prag von Zigeunern überfallen.

Und immer noch lief er weiter. Schließlich kam er zu einer großen, prächtigen Stadt, die sich am Rand eines Waldes erhob. Je weiter er vordrang, umso breiter und prachtvoller wurden die Straßen. Überall sah er Studenten in Uniformen, fette, reiche Bürger in feinen Gehröcken. Dicke Staubwolken stoben von den rot gepflasterten Straßen auf.

Er taumelte in seiner schweren, schlecht sitzenden Kleidung zwischen ihnen einher und bestaunte die Paläste und Villen. Er wusste, dass es Deutsch war, was er hörte, erkannte es an den rauen, gutturalen Lauten. Die Regale in den Schaufenstern bogen sich unter ihrer Last aus Fleisch und Brot und den wundersamsten Kuchen, eine endlose Reihe steinerner Statuen säumte die Hauptstraße. Der Menschenstrom auf der Straße teilte sich vor ihm und schloss sich hinter ihm wieder, als sei er ein fauliger Baumstumpf, der ihnen den Weg versperrte, Abscheu stand in ihren Gesichtern.

Natürlich konnte man nicht zulassen, dass er in diesem Aufzug frei herumlief. Die Polizei entfernte ihn so schnell und unauffällig aus der Öffentlichkeit, wie die städtischen Straßenkehrer die Äpfel der zahllosen Kutschpferde einsammelten. Sie führten ihn ab aufs nächste Revier, um seinen Namen auf ihren Fahndungslisten zu suchen, doch seine Papiere waren inzwischen so voller Fingerabdrücke und Stempel, dass sie unlesbar geworden waren. Mit den wenigen Brocken Deutsch, die er beherrschte, erklärte er ihnen, er komme aus Ruthenien – einer Provinz, die sowohl geographisch als auch intellektuell so weit von der Hauptstadt entfernt war, dass ihre Existenz niemals bestätigt worden war.

Sie waren misstrauisch, aber es war klar, dass er weder ein Anarchist war noch ein vom Balkan eingeschleuster Attentäter. Also brachten sie ihn zu einem Obdachlosenasyl um die Ecke, gaben ihm sogar eine Münze für eine Mahlzeit und ein Bett für die Nacht. Abends saß er an einem großen Tisch in der Küche und verschlang dankbar die heiße Kartoffelsuppe und das Brot, das er bekommen hatte.

Es war ein sauberer, heller Raum – hier herrschte deutsche Reinlichkeit. Es war eigentlich eher ein Gasthaus für durchreisende Hungerleider als ein richtiges Obdachlosenasyl. Die Männer am Tisch redeten in allen Sprachen dieses riesigen, zusammengewürfelten Reiches. An seiner rechten Seite saß ein Mann mit wilden schwarzen Augen und kurz geschorenen dunklen Haaren, der wie ein Straßenmaler gekleidet und offensichtlich ein Irrer war. Josef versuchte, sich mit ihm zu unterhalten, doch als der Mann merkte, dass er aus dem Osten kam, wandte er sich brüsk ab und brüllte aus voller Kehle irgendetwas Abfälliges über Juden.

Die anderen ignorierten ihn, schenkten ihre ganze Aufmerksamkeit der fetten Suppe mit den großzügigen Kartoffelstücken darin. Er wandte sich zu seinem linken Nachbarn. Der Mann sah wie ein Tagelöhner aus. Sein Mund kräuselte sich verschmitzt, wenn er lächelte, aber er hatte die Augen eines Wolfes. Wenigstens sprach er ein bisschen Russisch, so dass sie sich halbwegs unterhalten konnten, doch der Mann hatte etwas Verschlagenes an sich. Josef bemerkte, dass sein Nachbar einen verkrüppelten oder verkümmerten Arm hatte. Auf den ersten Blick fiel es kaum auf.

»Hier mögen sie die Juden nicht besonders gern«, bestätigte der Mann und warf dem verrückten Straßenmaler einen Blick zu.

»Wo mögen sie die Juden schon?«, fragte Josef, und der Tagelöhner fand das offenbar urkomisch, zeigte wieder dieses verschmitzte Lächeln, das ihn an ein Bild vom Weihnachtsmann erinnerte, das er einmal in Kowno gesehen hatte.

»Außerdem will ich kein Jude mehr sein. Damit bin ich fertig.«

Auch das fand der Tagelöhner witzig, wenngleich er niemals wirklich lachte.

»Es ist mein Ernst«, sagte Josef. »Ich gehe nach drüben in die *goldene Medine.*«

»Dann solltest du lieber bald gehen«, stimmte der Mann fröhlich zu. »Dieses Land hier ist nämlich ein Leichenhaus.« Er beugte sich vertraulich herüber. »Zumindest tun manche von uns ihr Bestes, um ein Leichenhaus daraus zu machen«, fügte er hinzu.

Josef war nicht sicher, ob der Mann einen Witz machte oder ob er vielleicht auch verrückt war, doch der Tagelöhner lächelte nur sein rätselhaftes, verschmitztes Lächeln, und Josef erwiderte es, weil er ihn nicht beleidigen wollte.

Alles in allem war selbst dies hier besser als Alt-Zagare. Er konnte sich nicht entsinnen, je in einem so guten Bett ohne Ungeziefer geschlafen zu haben. Am nächsten Tag gab man ihm gar eine Hose, ein Hemd, eine Jacke und Schuhe. Sie passten ihm ebenso schlecht wie seine alten Sachen, aber sie waren leichter und weicher und frei vom Gestank seines ungewaschenen Körpers.

Er nahm ein Bad – es gab sogar heißes Wasser in diesem Asyl –, zog seine wunderbaren neuen Sachen an und machte sich wieder auf den Weg. Er lief nach Norden. Jetzt hatte er eine ungefähre Vorstellung, wo er sich befand und wohin er wollte. Er überschritt noch mehr Reichsgrenzen, stahl sich unbemerkt an weiteren Adlern vorbei, bis er schließlich zu dem großen Hafen kam, wo die Schiffe nach Amerika abfuhren.

Und dann ging ihm auf, dass er überhaupt nicht wusste, wie es weitergehen sollte. Er hatte immer nur an seinen Fußmarsch gedacht, und als er aufbrach, schien selbst der Horizont so furchtbar weit weg, dass es keinen Sinn hatte, sich damit zu befassen, was danach kommen sollte. Doch jetzt stand er hier und hatte keine Schiffspassage, kein Geld, eine zu bezahlen, keine Fertigkeiten, die irgendwer hier schätzen würde, und sobald er den Mund auftat, würde man ihn abschieben.

Er beobachtete eine Kolonne von Hafenarbeitern in Overalls und blauen Arbeitshemden, die den Bauch eines großen Ozeandampfers beluden, die Reisetruhen der Erste-Klasse-Passagiere ebenso an Bord brachten wie das Gepäck der ärmeren Leute im Zwischendeck. Er blickte auf den Kai hinab und sah eins der blauen Hemden auf der Erde liegen. Aufgestickt stand auf einer der Taschen: »Jos. K.«, und weil das praktisch sein Name war, zog er es an, ohne weiter darüber nachzudenken.

»He, du! Komm her!«, rief einer der Arbeiter ihm zu. Er hatte keine Ahnung, was der Mann gesagt hatte, aber er trat trotzdem auf ihn zu.

»Was treibst du denn da, du Idiot!«

Er zuckte die Schultern, unsicher, wie er reagieren oder was er tun sollte. Der Mann wies auf eine große, geheimnisvolle Holzkiste. Die Aufschrift besagte nichts weiter als »Zerbrechlich!« und »Nicht werfen!« und »National Theatre Oklahoma«. Es brauchte den ganzen Zug Arbeiter, und jeder Einzelne musste seine gesamte Kraft aufbieten, um die Kiste ins Innere des Laderaums zu zerren.

Als das geschafft war, ruhten die anderen Männer einen Moment aus, die Hände auf die Oberschenkel gestützt, ehe sie kehrtmachten und wieder hinaus zu den Gepäckbergen traten. Josef ging auf, dass er an Bord eines Schiffes war. Niemand beachtete ihn. Langsam und vorsichtig drang er ins Innere des Laderaums vor, tiefer und tiefer zwischen große Kisten und Kutschen und Automobile, die dort für die Überfahrt nach Amerika verstaut worden waren.

Die ganze Zeit rechnete er damit, dass sich plötzlich hinter ihm wütende Stimmen erhoben. Es konnte nicht so einfach sein, an Bord eines Ozeandampfers zu gelangen. Man würde ihn hinauswerfen, vielleicht sogar wieder einsperren. Aber er begegnete niemandem, und bald hörte er ein schrilles Pfeifen, dann das dunkle Horn des Schiffes. Er stieg zu einem der unteren Decks hinauf, nur ein schmaler Durchgang für die Passagiere im Zwischendeck. Die Menschen am Hafen jubelten und winkten, ebenso die Passagiere auf dem Deck der ersten Klasse, und irgendwo spielte eine Kapelle. Die riesigen Schornsteine des Schiffs stießen die ersten Dampfwolken aus, und zwei Kanonen der großen Festung gegenüber dem Hafen feuerten einen Salut.

Die mit bunten Wimpeln geschmückten Schlepper zogen das Schiff langsam aber unaufhaltsam vom Kai weg. Sie waren unterwegs – ein einzelnes Schiff, das einen Kontinent von sich abstreifte.

Er verbarg sich tief im Innern des Schiffsbauchs, in geheimen Winkeln, die noch unterhalb der Zwischendecks lagen. Dort, unter der hell erleuchteten, lebendigen Stadt, die dieses Schiff war, gab es eine regelrechte Kolonie blinder Passagiere. Die Zahl ihrer Mitglieder wuchs und schrumpfte ständig. In Antwerpen und Bristol schlichen sich immer neue an Bord, so abgerissen und ausgehungert und verstohlen wie er selbst.

Tagelang herrschte schweres Wetter. Dann wurde es etwas ruhiger, aber immer noch wurden sie wie Kegel in dem großen Lagerraum umhergeschleudert, und das wenige Essen, das sie organisieren konnten, erbrachen sie wieder. Sie wussten nie, wie das Wetter draußen war. Die einzigen Nachrichten, die sie bekamen, waren alte Ausgaben der Schiffszeitung, die sie erst lasen, so gut sie konnten, dann benutzten, um sich den Hintern abzuwischen, und schließlich durch die Bilgelöcher ins Meer warfen, wo sie auf der Stelle von den Haien verschlungen wurden, die dem großen Schiff quer über den Nordatlantik folgten.

In seinem Schlupfloch nahe der Bordwand lernte er Englisch aus einem eselsohrigen Buch, das er von einem der Heizer bekommen hatte, der von ihrer Existenz wusste und ihnen Essen und Decken verkaufte, für das wenige Geld, das sie besaßen, oder für Sex oder die Gelegenheit zu Grausamkeiten.

Die Geschichten, so verstand er nach und nach, gehörten alle zu einer Serie, waren endlose Wiederholungen der ewig gleichen Handlung. Sie hießen *Glück und Großmut* oder *Traum und Tatkraft* oder *Ruhm und Reichtum*. Manchmal hieß der Held Lumpen-Dick, manchmal der Arme Arnie oder auch Zac der Zeitungsjunge, doch seine Geschichte war immer die Gleiche, es ging immer ums Reichwerden. Ganz gleich, was passierte, die Jungen schafften es *immer*.

Er las die Geschichten hartnäckig wieder und wieder, mit der Hilfe eines ungewöhnlich freundlichen Schiffsingenieurs namens Schubal, und Amerika erschloss sich ihm Wort für Wort. Und das Wort, das er am meisten liebte, das er als erstes verstand, war *würzig*. Es war etwas, das Zac der Zeitungsjunge (oder Lumpen-Dick) ständig zu essen bekam: *würzigen* Eintopf. Er war nicht sicher, wie es schmeckte, ob er je so etwas gekostet hatte, aber er konnte sich nicht vorstellen, wieso jemand sich die Mühe machen sollte, reich zu werden, wenn er auch so dieses *würzige* Essen bekommen und in dieser Welt aus Zigarren, Austern und geröstetem Mais leben konnte, einer Welt voll schräger Vögel und gefallener Mädchen und Hochbahnen und überfüllter Balkone im *Old Bowery Theatre* …

Die Geschichten endeten immer auf die gleiche Weise: Der Junge machte sein Glück, indem er dem Sohn eines reichen Mannes das Leben rettete oder ein furchtbares Verbrechen vereitelte oder einer armen Witwe ihre gestohlenen Ersparnisse zurückgewann. Der fragliche Junge, Lumpen-Dick oder dieser blöde Zeitungsjunge, wurde dann an einen viel langweiligeren Ort wie Milwaukee oder Boston oder New Jersey gebracht, so dass Josef nie recht dahinter kam, wozu sie denn dann eigentlich erst reich geworden waren.

Noch ehe er es herausfinden konnte, brachte Schubal, der Ingenieur, ihm die Nachricht, dass sie noch in dieser Nacht anlegen würden, und als es dunkel wurde, schlich er sich wieder aufs Zwischendeck, um festzustellen, ob er einen ersten Blick auf den neuen Kontinent erhaschen konnte.

Das ganze Schiff um ihn herum pulsierte vor Leben und gespannter Erwartung. Oben in den Bars der ersten Klasse hörte er die Amerikaner ausgelassen den Refrain von *Auld Lang Syne* singen, doch die Juden im Zwischendeck saßen mit ihren wenigen Habseligkeiten in kleinen Gruppen zusammen und sangen ein schwermütiges russisches Lied:

An dem kleinen Fluss
An der kleinen Brücke
Wuchs das grüne Gras …

»Feuer! Feuer!«

Der Ruf erscholl vom oberen Deck. Die Juden schenkten ihm keine Beachtung, aber Josef sah sich ängstlich um und fragte sich, ob an Bord ein Feuer ausgebrochen sein konnte.

»Feuer! Feuer! Seht doch den furchtbaren Brand!«

Auf allen Decks drängten die Menschen jetzt an die Reling und starrten in die Dunkelheit. Weit entfernt, am Rande der Welt, sah er tatsächlich ein Feuer, weiße Flammen züngelten über den ganzen Horizont.

»Aber was ist das nur, was da brennt?«

»Diese amerikanischen Städte bestehen doch nur aus zusammengezimmerten Holzbaracken. Denkt an Chicago …«

»Heute werden sie aus der Erde gestampft, morgen niedergerissen …«
Die Passagiere redeten in einem halben Dutzend verschiedener Sprachen durcheinander, aufgeregt, aber nicht wirklich betroffen von der fernen Katastrophe. Es war tatsächlich eine unglaubliche Feuersbrunst, die ihre Gesichter entlang der Reling erhellte und blendend weiß über der Küste loderte. Das ganze Land schien in Flammen zu stehen, die sich wanden wie ein Tier im Todeskampf.
»Aber wie kann es immer weiterbrennen?«
Erst als sie langsam näher kamen, stellten sie fest, dass irgendetwas an diesem Feuer seltsam war. Es war ein unnatürlich gleich bleibendes Licht, es brannte, aber es *ver*brannte nichts. Es wuchs nicht und schrumpfte nicht, fiel wieder und wieder in sich zusammen, ohne je zu erlöschen …
Bald konnten sie erkennen, dass es sich aus einzelnen Formen und Mustern zusammensetzte, Kugeln, Obelisken und Schlössern, rotierenden Feuerrädern. Sie schauderten bei dem Anblick, das wohlige Vergnügen am Desaster war ihnen vergangen. Sie konnten sich nicht vorstellen, woraus ein solches Feuer sich speiste.
»Es muss der Stahl selber sein, der brennt!«
»Die Wolkenkratzer!«
Doch schon erkannten sie die Räder in den Rädern, die Achterbahnen, die kleinen Eisenbahnen und Kettenkarussells. Und den riesigen Feuerturm, gekrönt von goldenen Adlern. Als sie noch näher heranschaukelten, erkannten sie die Sicherheitsleinen, die weit draußen im Wasser gespannt waren. Badende tasteten sich daran entlang in die nächtliche Brandung, ihre Köpfe und Schultern schimmerten bronzefarben im elektrischen Licht. Bald hörten sie auch das Gedudel der Dampforgeln und erhaschten die Gerüche von gebratenen Muscheln und Fleisch und geröstetem Mais.
»Es ist ein Vergnügungspark! Ein riesiger Vergnügungspark!«
Josef stand wie angewurzelt an der Reling, jetzt noch tiefer

erstaunt als vorhin, als er gedacht hatte, es sei ein Feuer. Und obwohl immer noch die Gefahr bestand, dass er als blinder Passagier ertappt und mit dem nächsten Schiff nach Rotterdam zurückverfrachtet wurde, blieb er, wo er war, während der große Ozeandampfer langsam die gesamte Front des Parks entlangzog, der sich auf viele Meilen erstreckte, und sie passierten ein grinsendes Clownsgesicht aus Glühbirnen, unter dem eine Leuchtanzeige blinkte: STEEPLECHASE FUNNY PLACE STEEPLECHASE FUNNY PLACE.

Zwei Stunden später machten sie für die Nacht am South Street Pier fest, ehe sie am nächsten Morgen nach Ellis Island hinüberfahren würden, wo die Einwanderungsbehörde sie erwartete. Josef schlich sich wieder hinauf zum Zwischendeck. Er hielt seine wenigen Habseligkeiten an die Brust gepresst, in Ölleinwand gewickelt und mit seinem Gürtel zusammengehalten: Ein bisschen Schiffszwieback und ein paar Büchsen Fleisch, seine Schuhe und das Buch, das der Heizer ihm geschenkt hatte. Er kauerte sich an der Reling in den Schatten, bis er sicher war, dass niemand sich an Deck befand, dann schlich er lautlos zum Bug.

Die Stadt lag glühend unter ihm. Das Schiff wies mit dem Bug genau auf die Einmündung einer breiten Straße, die sich nach Westen erstreckte wie ein goldener Fluss, ein Netz aus flackernden weißen und gelben Lichtern. Er lehnte sich begierig über die Reling.

Ein Geräusch hinter ihm. Er duckte sich wieder und hievte sein wasserdichtes Bündel über die Bordwand. Nach einer sehr langen Zeit hörte er es unten ins dunkle Wasser fallen. Dann zog er sich über die Reling und sprang hinterher.

Er fiel …

Er zerteilte das Wasser und ging sofort unter, tauchte in den unglaublichen Dreck und Abfall des Hafens. Im öligen Schimmer unter Wasser sah er, was an ihm vorbeitrieb: Eingeweide von Hühnern und Pferdeknochen, frei schwimmende Kackwürste,

eine abgetrennte Hundepfote, riesige ersoffene Ratten schwebten friedvoll dahin, die grauen Köpfe gebeugt.
Er schloss die Augen gegen all dies und strampelte. Er hatte keine Ahnung vom Schwimmen, aber er strampelte und ruderte mit den Armen, kämpfte sich nach oben auf das dämmrige Licht zu. Das faulige trübe Wasser drang ihm in Mund und Nase. Er spuckte es aus und kam an die Oberfläche.
Irgendetwas Großes, Weiches, Gummiartiges berührte sein Gesicht. Er hielt es für sein Bündel und öffnete die Augen. Ein riesiger, rosa Kopf starrte ihn grinsend an. Ein abscheuliches Gesicht, bösartige Schlitzaugen, haarige Ohren und eine riesige, gewölbte Nase. Dicke, schwarze Haare tanzten in der Strömung.
Er schlug danach, und das Gesicht verschwand, dann kam es wieder angeschwommen. Erst jetzt erkannte er, dass es nicht menschlich war, sondern ein riesiger Schweinskopf, aufgebläht und entstellt vom Wasser. Er trat danach, aber die grinsende Fratze füllte noch einen langen Moment sein ganzes Blickfeld, bis die Strömung sie forttrug.

Er war nur wenige Meter vom Schiff entfernt, als er prustend und keuchend auftauchte. Sein Bündel trieb ganz in der Nähe, es hatte sich in den Schiffstauen verfangen. Er holte es ein, schob es unter seine Jacke, so dass es ihm ein wenig Auftrieb gab, und arbeitete sich dann auf den Kai zu.
Auf allen Vieren kletterte er die aufgetürmten Felsbrocken hinauf, über die Ratten und den schleimigen Unrat und verharrte dort einen Moment, über und über mit öligem, schwarzem Hafenschlamm bedeckt. Das Schiff ragte schweigend vor ihm auf, scheinbar verlassen. Niemand sonst war auf dem Pier, nur aus der Ferne hörte er Lachen und Klaviermusik aus den Hafenkneipen und Bordellen.
Er schnürte sein Bündel auf und benutzte die Ölleinwand, um sich so gut es ging zu säubern, ehe er sie ins Wasser warf. Er setzte sich auf einen Poller, um seine Schuhe und die Kappe an-

zuziehen, steckte die Fleischbüchsen und den Zwieback in seine Taschen. Dann stand er auf und ging mit eiligen Schritten die breite, goldene Straße entlang in die neue Stadt.

Nicht dass er auch nur die geringste Ahnung gehabt hätte, wohin er eigentlich ging. Er wollte einfach nur eine Weile umherlaufen, bis er sich orientieren konnte. So wie er es in der Ukraine getan hatte, wenn er einen weiten Bogen um die *gojischen* Dörfer gemacht hatte, die ihm nicht geheuer waren.
So viel hatte er von Lumpen-Dick gelernt: Einfach würde es hier nicht sein. Und der erste Blick auf die Myriaden von Lichtern schien diesen Eindruck zu bestätigen. Also lief er einfach drauflos, vorbei an all den Hafenkneipen, deren Eingänge hell erleuchtet waren, deren Inneres jedoch dunklen Höhlen glich. Nur schwach konnte er Männer und Frauen in Mänteln und Hüten an der Bar ausmachen. Draußen standen Männer mit harten Gesichtern und sahen ihm nach, die Hände in den Hosentaschen; ihre leisen Lockrufe folgten ihm die Straße hinab.
Er machte einen Bogen um sie und ging in der Straßenmitte, doch bald drängte der dichte Verkehr ihn an den Rand: Hansoms und Automobile und Fuhrwerke, ein dichtes Gewühl wie mitten am Tage. Er war verblüfft, wie viele Menschen es hier gab und wie schnell sie sich bewegten. Neben den Straßen ragten die hohen Stahlpylonen auf, die die Schienenstränge der Hochbahnen trugen. In wahnwitzigem Tempo rasten die Züge dort oben durch die Nacht, manchmal zwei gleichzeitig in entgegengesetzter Richtung, so dass die ganze Straße erzitterte. Es war eine irrsinnige, übervölkerte Albtraumwelt, und er konnte es kaum erwarten, dazuzugehören.
Aber noch zauderte er. Er fühlte sich verunsichert. Schon die Straße zu überqueren war ein verrücktes Abenteuer. Man musste sich blind auf sein Glück verlassen und versuchen, in einer möglichst großen Menschentraube über die gepflasterte Fahrbahn zu rennen, damit das Risiko, von einer der rasenden Li-

mousinen oder Kutschen erfasst zu werden, sich auf eine möglichst hohe Personenzahl verteilte.
Er bog wahllos in immer neue Straßen ein, bewegte sich annähernd in nordwestlicher Richtung. Immer noch hielt er sich von den Menschen fern, scheu wie ein junger Hund. Einmal blieb er unter einem der riesigen Stahlträger stehen, und plötzlich sah ihn von der anderen Seite ein Frauengesicht an, verhüllt von einem weißen Schleier. Es erschreckte ihn beinah so sehr wie der Schweinskopf im Hafenbecken.
»Suchst du mich?«, fuhr sie ihn an, hob den Schleier und enthüllte einen grinsenden, rot bemalten Mund mit Zahnlücken und Augen, die zu großen, schwarzen Kreisen geschminkt waren. Er war nicht sicher, was sie meinte, aber er ging schleunigst weiter, und sie rief ihm jammernd nach:
»Ich hab nicht mehr viel zu bieten, weißt du, aber du kannst es im Gehen mit mir machen, wenn du willst!«

Seine Beine hatten angefangen zu schmerzen von dem ungewohnt harten Untergrund, als er in eine Straße einbog, die prächtiger und sauberer war als alle, die er bislang gesehen hatte. Ein Gebirge von Häusern ragte dort auf: ein Massiv aus verzierten Giebeln und Türmchen und farbigem Glas, schmiedeeisernen Gittern und Balustraden, Balkonen und Ballsälen schien sich bis in den Himmel zu recken.
So etwas hatte er noch nie gesehen, nicht einmal in den großen Städten der Alten Welt, durch die er gekommen war. Diese Häuser waren so riesig und hoch und wuchtig wie Kathedralen. Im Licht der Straßenlaternen schimmerten sie in Ehrfurcht gebietendem Schokoladenbraun oder Schiefergrau, und alle paar Meter ging ein fetter Polizist wachsam vor den abweisenden Eisenzäunen auf und ab.
Josef konnte nicht hineinsehen, dicke Vorhänge bedeckten die Fenster. Er musste die Straße überqueren, um sie genauer anschauen zu können, rannte wie ein Verrückter, so wie er es gelernt hatte, versuchte, die Augen überall gleichzeitig zu haben.

Der Verkehr floss hier geordneter und eleganter, aber dadurch nur umso schneller; die schnittigen Privatkutschen mit den gleichfarbigen Gespannen scherten aus dem Strom oder verschmolzen damit wie Delphine. Er wich aus und schlug Haken, senkte den Kopf und rannte einfach, bis er schließlich auf dem makellosen Gehweg stand und ehrfürchtig zu den Gipfeln dieser riesengroßen Häuser aufschaute.

Ein Polizist steuerte sofort auf ihn zu, und Josef wandte sich ab und ging die Straße entlang. Er hatte bereits gelernt, dass man eine Richtung, ein Ziel in dieser Stadt haben musste. Er lief mit gesenktem Kopf, presste das Buch und seine restlichen, erbärmlichen Habseligkeiten an seine Brust, als seien es kostbare Wertsachen, und warf verstohlene Blicke auf die Häuser, gab vor, nach einer bestimmten Adresse zu suchen. Schließlich blickte er vorsichtig auf, um festzustellen, ob der Polizist noch in der Nähe war, und da sah er sie: sein Schicksal.

Sie waren zu dritt. Die Eltern, beide so fett wie Tauben, und der kleine Junge, der geradewegs ins Verderben rannte. Ein perfektes Bild entfaltete sich vor ihm, wie ein gestelltes Coney-Island-Szenario: *Die unachtsamen Eltern* oder *Die Chance des armen Einwanderers …*

Er erfuhr niemals, was sie dorthin geführt hatte, was es mit diesem Sonntagsspaziergang nach Mitternacht auf sich hatte. Er fand auch niemals heraus, warum ihr Kutscher sie nicht bis vor die Tür ihres Hauses gebracht hatte oder warum sie überhaupt nicht darauf achteten, wohin der kleine Junge lief, oder warum sie ihn mitgenommen hatten. Alles, was er wusste, war, dass das Kind geradewegs auf die Straße zuhielt und dass dies hier seine Chance war.

Er setzte sich in Bewegung, rannte so schnell er konnte, damit er ja nicht zu spät kam. Wer konnte schon sagen, was aus den Lumpen-Dicks wurde, die ihre Gelegenheit ungenutzt verstreichen ließen? Die Eltern sahen auf, als er an ihnen vorbeiflitzte. Der Mann hatte einen langen gewachsten Schnurrbart und einen

Stock mit Silberknauf, die Frau trug ein geheimnisvolles purpurrotes Cape. Rotwangige, rundliche Gesichter zeigten Verwunderung, dann Argwohn.
Ihm blieb keine Zeit für Erklärungen. Er rannte weiter, die Szene entwickelte sich erwartungsgemäß vor seinen Augen: Der Junge war schon auf der Straße und schenkte den Kutschen und Automobilen nicht die geringste Beachtung.
Ist er taub? Ein bisschen zurückgeblieben vielleicht? Er versuchte, ihn zu warnen, aber die Wörter kamen ganz verdreht aus seinem Mund: »Geh ... die Kutsche ... Nein!« Und er war nicht sicher, ob der Junge ihn überhaupt hörte.
Es war auch egal, er war einigermaßen sicher, dass ein Warnruf nicht ausreichte, um sich Reichtum und Ruhm zu verdienen. Der Junge rannte weiter ins dichte Verkehrsgewühl. Wie *Der Kleine Lord* sah er aus in seinen Kniestrümpfen und Knickerbockern und der bauschigen Mütze. Josef folgte ihm mitten auf die Straße. Ein Hansom verfehlte ihn knapp. Das Pferd wieherte schrill und streifte ihn an der Schulter. Er geriet ins Straucheln, stürzte beinah, aber er verlor den Jungen nicht aus den Augen.
Der Kleine hatte die Straßenmitte jetzt erreicht, war gefangen zwischen den beiden Verkehrsströmen. Es konnte nur eine Frage der Zeit sein, bis sie ihn mitrissen, bis irgendwer ihn niederwalzte, ohne es auch nur zu merken. Der kleine Kerl war so gut wie unsichtbar in seinen feinen, braunen Sachen.
Ein Automobil sauste haarscharf an ihm vorbei, die Hupe röhrte aufgebracht, heiße Abgase füllten Josefs Mund und Nase. Sie kamen einfach zu schnell, er fühlte sich wie ein Ertrinkender. Der Junge war nur einen halben Meter vor ihm, stand jetzt ganz still, starr vor Angst. Er hatte keine Ahnung, wie er ihn heil zurückbringen sollte, aber er packte ihn trotzdem, hob ihn mit beiden Armen hoch und brüllte ihm triumphierend ins Gesicht: »He, Junge! He, Junge!«
Er empfand Mitgefühl mit dem Kind, als er das weiße, starre Gesichtchen sah, den zitternden Leib in seinen Armen spürte.

Er klemmte ihn wie ein Buch unter einen Arm und machte kehrt, um sich den Rückweg zu erkämpfen.
Ein schreckliches, drohendes Mahlen näherte sich: Ein riesiges Brauereifuhrwerk hielt direkt auf sie zu, brachte seine Ladung in größter Eile in die Stadt, rechtzeitig vor dem Morgenansturm. Er machte einen Schritt, hielt dann an. Die Pferde waren so nah, dass er ihren sauren Atem riechen konnte. Der Rückweg war abgeschnitten, ein Hansom kam aus entgegengesetzter Richtung genau auf sie zu, also kniff er die Augen zu und machte einen Satz nach vorn, obwohl er genau wusste, dass das Fuhrwerk viel zu nahe war.
Er schaffte es trotzdem irgendwie. Als er die Augen aufschlug, waren sie nur noch wenige Schritte vom Bordstein entfernt. Wie ein Matador wirbelte er um einen Zeitungslaster herum und fiel Richtung Gehweg, setzte den Jungen wohlbehalten auf dem Pflaster ab.
Sie waren in Sicherheit. Der Junge zitterte und weinte. Josef richtete sich auf, kniete vor ihm und schloss ihn in die Arme. Er zitterte ebenfalls. Er spürte den Herzschlag des Jungen wie den eines ängstlichen Vogels. Das hier geschah *wirklich*, dachte er. Er war ein Held. Ein Fremder, der den ganzen Weg über den riesigen Ozean zurückgelegt hatte, um hier zur Stelle zu sein und einem kleinen Jungen das Leben zu retten …
Er hörte aufgeregte Stimmen, eilige Schritte, die sich näherten, und er erhob sich feierlich, bereit, seine Belohnung in Empfang zu nehmen, kaum in der Lage, seinen unbändigen Jubel zu beherrschen. Er lächelte schwach, würdevoll, einen Arm um die Schultern des Jungen gelegt, während die fein gekleideten, wohlgenährten Eltern schreiend auf ihn zu rannten. Er straffte die Schultern, bemühte sich um eine heldenhafte Erscheinung und hatte den Hafendreck vollkommen vergessen, der ihn von Kopf bis Fuß bedeckte.
Die Frau ignorierte ihn natürlich, riss ihr Kind an sich und drückte es an die Brust. Das war genau so, wie es sein sollte, doch zu seiner Verwunderung machte der Vater keineswegs den

Eindruck, als wolle er die Höhe einer angemessenen Belohnung erörtern. Sein Gesicht wirkte eher finster, und er hatte den Stock mit dem Silberknauf erhoben, als ein Polizist herbeigeeilt kam.
»Officer, dieser Mann hat meinen Sohn entführt«, sagte er in einer verblüffend hohen und samtweichen Stimme. Josef entschlüsselte seine Worte mit Mühe.
»Ja, Sir, ich habe die ganze Sache gesehen«, antwortete der Cop in beschwichtigendem, ruhigem Tonfall und verblüffte Josef noch weiter, als er den Schlagstock aus seinem Gürtel zog und ihm damit so hart auf den Hinterkopf schlug, dass er der Länge nach hinfiel und mit dem Gesicht auf dem blitzblanken Gehweg landete.
Er versuchte zu erklären, was passiert war, wollte ihnen die Geschichte von Lumpen-Dick erzählen, aber die Worte kamen einfach nicht heraus. Dann versuchte er, sich aufzurichten und auf die Füße zu kommen, doch der Polizist sah nur mitfühlend auf ihn hinab und zog ihm noch so ein gewaltiges Ding über.
»Ah, willst du wohl liegen bleiben? Sei ein guter Junge«, sagte er in demselben beschwichtigenden, ruhigen Tonfall.

15

Gyp the Blood

Der einfachste Weg, ein Pferd zu vergiften, war, ihm ein Haferplätzchen anzudrehen. Gyp hatte das von Monk gelernt, und Monk von keinem Geringeren als von Yoshki Nigger, dem König der Pferdemörder, der in langer praktischer Erfahrung gelernt hatte, dass sie gern Süßes mochten, dass sie sich über einen Leckerbissen freuten, den sie nicht alle Tage bekamen, und außerdem übertünchte der Hafer den Strychningeschmack.

Es war ein gutes Pferd, das er zu vergiften gedachte – eine hübsche, braune Stute mit weißen Fesseln. Den Kopf stolz erhoben, tänzelte sie die Hester Street entlang. Sie zog einen Karren mit Kleidern und feinen Damensachen. In diesem Straßenbild, wo das Verblasste, das Ausgediente vorherrschte, fiel sie auf mit ihrer jugendliche Frische, ihrem gesund leuchtenden Fell. Sie hatte weder die gebeugten Schultern noch die vorstehenden Rippen, die die Ernährung mit fauligem Salat und Äpfeln verursachte und die die klapprigen Mähren der anderen Straßenhändler auszeichneten. Noch waren ihre Augen nicht trüb, ihre Gelenke nicht steif vom Rheuma, das sie früher oder später alle heimsuchte.

Gyp schlenderte hinter ihr her, hielt den Beutel mit den Plätzchen unter seinem Jackett verborgen und befühlte unwillkürlich die nach wie vor pochende Wunde unmittelbar unter der Hutkrempe. Er verstand nicht viel von Pferden, aber auf jeden Fall war er froh, dass es ein junges Tier sein würde, das er vergiftete: Umso deutlicher die Botschaft, die er dem Straßenhändler übermitteln wollte. Der kleine *Pischer* marschierte wachsam neben seiner Stute einher, eine Hand unentwegt am Zügel, und sah alle paar Meter über die Schulter. Er war ein vorsichtiger Mann, erkannte Gyp, aber er hätte besser daran getan, sich zu fürchten.

Es war nicht weiter schwierig, unentdeckt zu bleiben. Der Wagen war hoch beladen mit Kleidern und Hemdblusen, Röcken und Unterröcken. Alles billiges Dreckszeug, von irgendeiner Familie in Heimarbeit genäht, die versuchte, in ihrem beengten Heim eine eigene Näherei zu betreiben. Der Händler musste sie hemmungslos ausbeuten, um die Warenhäuser zu unterbieten, wusste Gyp. Und er wiederum verdiente seinen Lebensunterhalt damit, die Händler auszubeuten.

Gyp blieb zurück, bis er Sadie zwischen den Handkarren am Straßenrand auftauchen sah. Sie sah ihn an, und als er nickte, trat sie an den Wagen und wies auf eines der Kleider. Der Mann ging sofort zu ihr, überließ das Pferd seinem Schicksal, machte eilfertige kleine Verbeugungen und schälte Kleid um Kleid auf der Ladefläche zurück, um ihr sein Angebot zu zeigen.

»Nun, Lady, das wird Sie sicher interessieren. Die feinsten Kleider, genau wie in den Läden, aber zum halben Preis! Weniger als der halbe Preis …«

Gyp ging auf der anderen Seite unauffällig um den Wagen herum und zog den kleinen Stoffbeutel mit den Haferplätzchen hervor. Er strich der Stute beruhigend über den langen, kastanienbraunen Hals und hielt ihr den Beutel dann unter die Nüstern.

Neugierig steckte sie Maul und Nase hinein und schnupperte. Gyp hielt still und ließ den Händler und Sadie nicht aus den Augen. Ihr Gesicht war dick angemalt, stellte er unwillig fest. Sie sollte wie eine Hester-Street-Hausfrau aussehen, nicht wie die Straßennutte von der Bowery, die sie war. Doch sie wurde zunehmend unsicherer, was ihr Aussehen betraf. Und nicht ohne

Grund, dachte er. Bald würde sie nicht einmal mehr für die Bowery taugen.
Gyp musste allerdings einräumen, dass sie eine geborene Schauspielerin war. Mit großen Augen lauschte sie dem Händler und strich mit der Hand über die feinen Wäschestücke. Sie gab keine Ruhe, bis er seine besten Kleider ans Licht förderte, und dann trat sie unentschlossen von einem Fuß auf den anderen wie ein Schulmädchen und saugte an ihren Knöcheln.
»Vielleicht sollte ich sie beide nehmen«, sagte sie nachdenklich.
Der kleine Straßenhändler war ganz aus dem Häuschen über die Chance, seine besten Stücke zu verkaufen, ehe sie auf dem Wagen gar zu zerknittert und schmutzig wurden.
»Sehen Sie sich nur dieses Kleid an, ein echtes Schmuckstück! *Nebech*, wenn eine Dame wie Sie sich nicht auch einmal eine Freude im Leben gönnen könnte, Missus. Ich weiß es ja nicht, aber es heißt, wenn wir dem Allmächtigen dann gegenüberstehen, müssen wir uns für all die Freuden rechtfertigen, die wir uns versagt haben ...«
»Und Sie meinen wirklich, es schmeichelt meiner Figur?«, fragte sie und hielt eins der Kleider vor sich.
Der Händler verschlang sie mit lüsternen Augen, wobei seine Gier sich eindeutig auf ihr Geld richtete.
»Oh, Lady! Ihrer Figur schmeichelt alles! Aber hierin werden Sie aussehen wie eine Prinzessin!«
Gyp senkte den Blick, um festzustellen, was die Stute tat. Sie schnüffelte immer noch an den Keksen, die dicken, weichen Lippen strichen darüber, aber sie fraß nicht. Er verlor die Geduld und versuchte, ihr den Beutel ins Maul zu rammen, das Pferd zum Fressen zu zwingen. Doch stattdessen machte es einen Schritt rückwärts, so dass der Karren ein Stückchen rollte, und das Nächste, was er hörte, war ein ungutes Klicken hinter seinem rechten Ohr. Er wandte sich langsam um und war keineswegs überrascht, sich Auge in Auge mit dem kurzen Lauf einer Derringer zu finden.
»Mein Pferd will heute nichts fressen«, sagte der Kleiderhänd-

ler, und sein Arm zitterte ein wenig, als er erkannte, wen er da gestellt hatte. »Und ich hab dir gesagt, ich will keine Versicherung.«

»Und was hast du jetzt vor? Wirst du mich hier auf offener Straße erschießen?«

Gyp blieb, wo er war, presste den Beutel weiterhin gegen das Maul des Pferdes. Er war sicher, dass der Mann nicht abdrücken würde, jedenfalls nicht, so lange er sich nicht rührte. Sadie stand hinter ihm und wartete auf sein Signal. Er brauchte nur zu nicken, und sofort würde sie irgendein Ablenkungsmanöver einleiten. Er würde dem Händler seine lächerliche kleine Pistole abnehmen und ihm sein eigenes Messer an die Kehle setzen, ehe der Kerl auch nur wusste, wie ihm geschah.

»Knall ihn ab! Jetzt gleich!«, rief eine aufgebrachte Stimme.

»Sol, tu nichts Unüberlegtes ...«

Ein kleiner Kreis hatte sich um die Szene gebildet, die übrigen fliegenden Händler mit ihren Handkarren rückten näher, um ja nichts zu versäumen, und machten aus ihrem Herzen keine Mördergrube. Besser, er schnitt dem Pferd kurzerhand die Kehle durch, überlegte Gyp, mit oder ohne Zeugen. Er befühlte den Messergriff in der rechten Westentasche. Ein Nicken in Sadies Richtung, einmal mit der Klinge zustoßen und dann einfach davonspazieren.

»Erschieß ihn jetzt! Ehe die Polizei kommt!«

Eine adrette, weiße Kappe bewegte sich schon durch den Wald von Köpfen auf die kleine Lichtung um den Karren zu – eine der neuen Reform-Polizeimützen. Gyp ließ das Messer los. Er wusste, jetzt war alles in Ordnung.

»Also? Was treibt ihr diebisches Gesindel hier im Tempel?«

Der untersetzte, kleine Cop schob sich durch die Zuschauermenge, und als er sie erreichte, drückte er sofort den ausgestreckten Arm des Händlers mit der Waffe nach unten. Sadie hatte sich in die Reihe der Schaulustigen am Straßenrand zurückgezogen, aber Gyp blieb, wo er war. Er kannte den Cop, ein korrupter alter Bulle namens Buckley. Und damit nicht genug,

Buckley schien seinerseits den Kleiderhändler zu kennen. Das war fast zu gut, um wahr zu sein.

»Bist du nicht der jüdische Bastard, der letzte Weihnachten keinen Fummel für meine Frau rausrücken wollte?«, fragte er streng, die Hände in die Hüften gestemmt, wobei das dichte Gestrüpp in seinem Nacken leicht bebte. »Ich könnte schwören, das warst du Drecksack.«

»Entschuldigen Sie, aber Sie müssen mich verwechseln«, sagte der Händler und wies auf seinen Wagen. »Nehmen Sie, was Sie nur möchten, die feinsten Kleider! Für Ihre Frau und Tochter ... kostenlos!«

»Und was hatte ich davon letzte Weihnachten?«

Hier und da gab es Gelächter unter den schaulustigen Straßenhändlern. Genau wie Gyp wussten sie, dass der Cop vermutlich ein bisschen dick auftrug. Wahrscheinlicher war, dass der Kleiderverkäufer sich irgendwann mal geweigert hatte, die fünfundzwanzig Cents wöchentliche Schutzgebühr zu zahlen, die Buckley erhob.

»Los, verschwindet!«, fuhr der Cop die umstehenden Zuschauer an. »Kümmert euch um eure eigenen Gaunereien!«

Als er sah, dass alle Zeugen sich verdrückten, wies der Händler verzweifelt auf Gyp.

»*Er* ist der *Mamser!*« rief er. »Ein Mörder ist er, versucht am helllichten Tag auf offener Straße mein Pferd zu vergiften!«

Buckley sah Gyp zum ersten Mal richtig an. Gyp erwiderte seinen Blick unbewegt, und der Cop schlug ehrerbietig die Augen nieder.

»Hier! Bedienen Sie sich! Das reicht für zweimal Weihnachten!« Der Händler hängte ein Kleid nach dem anderen über den Arm des Officers. »Nur lassen Sie Gerechtigkeit walten ...«

Buckley starrte ihn mit finsterer Miene an, machte aber keinerlei Anstalten, die Kleider wieder herzugeben.

»Das sind sehr schwere Anschuldigungen, die du gegen diesen Gentleman erhebst.«

»Gentleman?«, wiederholte der Händler ungläubig.

»Willst du, dass ich dich wegen Verleumdung einsperre, ja?«
»Verleumdung«, echote der Mann. Er klang ebenso verwirrt wie fassungslos. Ihm schwante, was kommen würde.
»Du behauptest, dieser Gentleman wolle dein Pferd vergiften, wo er dem armen Gaul nur einen Leckerbissen geben will, hab ich Recht?«
Der fette Cop sah mit einem wissenden Grinsen zu Gyp. Gyp ließ sich zu keinerlei Reaktion herab, und Buckley wandte sich wieder an sein Opfer.
»Ich habe Recht«, antwortete er sich selbst. »Er gibt ihm nur ein Haferplätzchen. Siehst du das jetzt ein?«
Der Kleiderhändler blickte furchtsam von einem zum anderen, hoffte immer noch, dass es irgendeinen Ausweg aus dieser Situation geben könnte.
»Ich ... Ja. Vermutlich ist das wahr.« Er wandte den Kopf ab, als fürchte er, zu viel zu sagen.
Aber der Cop war noch nicht fertig. »Du nimmst deine Anschuldigung also zurück, ja?«
»Ja.«
»Und du gibst zu, dass er dem Gaul nur ein Plätzchen gegeben hat ...«
Mit unterwürfiger Miene nahm Buckley Gyp den Beutel aus der Hand.
»Ja.«
»So wie ich es jetzt mache.«
Der Cop hielt dem Pferd selber die vergifteten Haferkekse unter die Nase, und der Händler wirkte mit einem Mal krank.
»Nehmen Sie noch ein Kleid! Nehmen Sie drei! So viele Sie wollen!«
Aber das Pferd fraß immer noch nicht. Es schnupperte wiederum am Inhalt des Beutels und trat dann noch einen zögernden Schritt zurück. Buckley stand einen Moment da, mit dem Beutel in der Hand, und betrachtete die Stute.
»Oder vielleicht fütterst du sie selbst.«
Er hielt dem Kleiderhändler die Plätzchen hin, doch der Mann

wich wesentlich schneller zurück als sein Pferd und machte eine abwehrende Geste.

»Nicht nötig, sie hat gefressen! Sie hat genug gefressen ...«

Buckley hielt dem Mann den Beutel jetzt vors Gesicht.

»Was willst du andeuten? Dass irgendwas hiermit nicht in Ordnung ist? Was willst du über den Gentleman hier sagen?«

»Nein! Gar nichts will ich sagen!«

»Dann nimm sie, oder ich loch dich auf der Stelle ein.«

Das würde bedeuten, dass er nicht nur das Pferd, sondern auch seine gesamte Ware verlor, wusste der Händler. Wenn er nach ein, zwei Tagen und nach Zahlung einer Geldbuße freigelassen würde, wäre nichts übrig von der hübschen braunen Stute als ein paar Haarringe an den Fingern der Kinder, und alle seine Kleider wären gestohlen.

Langsam, so widerwillig, als würde er selbst gezwungen, sie zu essen, nahm der Kleiderhändler den Beutel mit den Haferplätzchen. Er zögerte immer noch, sah von dem Cop zu Gyp und sagte halb flehentlich, halb trotzig: »Ich bin eine angesehene Persönlichkeit ...«

»*Gib sie ihr!*«, brüllte Buckley ihn an.

Mit schleppenden Bewegungen hielt der Händler seinem Pferd den Beutel hin, sein Gesicht vor Kummer und Bitterkeit verzerrt. Dieses Mal streckte die hübsche Stute das Maul geradewegs in den Beutel und fraß munter.

»Gutes Mädchen ...«

Buckleys dickliche Stummelfinger kraulten der todgeweihten Stute die Stirnlocke.

»Nun friss schön.«

So war das also, ging Gyp auf. Der Händler hatte seinem Pferd beigebracht, nur zu fressen, was aus seiner Hand kam. Eine weise Vorsichtsmaßnahme heutzutage. Das musste er sich merken.

»Na bitte.«

Die Stute vertilgte das letzte Plätzchen, die dicke Pferdezunge leckte gierig die letzten Krümel aus dem Beutel auf. Der Klei-

derhändler hielt ihn ihr weiter hin, ließ sie ihre Henkersmahlzeit bis zum Letzten auskosten, und starrte den Cop hasserfüllt an.
»Ein Verbrechen ist das«, sagte er. »Ein schändliches Verbrechen.«
»Was denn?«, fragte der Cop leutselig und machte mit den Kleidern auf dem Arm kehrt. »Du hast ihr das Zeug schließlich selbst zu fressen gegeben. Vielleicht zeigst du in Zukunft ein bisschen mehr Großmut zur Weihnachtszeit.«
Eine Zeit lang zeigten die Plätzchen nicht die geringste Wirkung: Das Pferd stand so stolz und unerschütterlich wie zuvor und leckte sich die Lippen. Dann knickte die linke Vorderhand plötzlich ein. Der Wagen kippte, Kleider und Damenwäsche flatterten auf die Straße. Ein leises Raunen erhob sich unter den Zuschauern, aber niemand rührte sich. Das Pferd zitterte am ganzen Leib, versuchte, sich auf drei Beinen zu halten. Dann brach auch die rechte Vorderhand ein, und schließlich fiel es auf die Seite.
»Gottenju!«, rief der Händler verzweifelt aus und beugte sich über das sterbende Tier. Der Kopf des Pferdes bebte hinter den Scheuklappen, aber es gab keinen Laut von sich. Ein Strahl schwarzer Galle schoss ihm plötzlich aus dem Maul und über die glänzend braune Brust. Dann lag es still.
Gyp the Blood stieg behutsam über den Kadaver hinweg und blieb neben dem Händler stehen. »Beim nächsten Mal denk dran. Man kann gar nicht vorsichtig genug sein.«
Der Mann sah zu ihm auf, Tränen rannen über sein Gesicht. Er wollte offenbar etwas sagen, aber er schluckte es hinunter. Gyp lächelte auf ihn hinab, nur Zentimeter von seinem Gesicht entfernt, dann schlenderte er die Straße hinab.
»Du warst schon ein Dieb im Leib deiner Mutter!«, rief der Händler ihm nach, unfähig, sich länger zu beherrschen. Er stand mitten auf der Straße, ruderte mit den Armen in seinem Zorn, und der endlose Strom von Händlern und Passanten zog langsam vorbei, die Augen abgewandt.

»Eine Schande bist du!«, schrie er. »Eine Schande für dein Volk vor den *Gojim*!«
Gyp lachte in sich hinein und drehte sich um, um ihm die Zähne zu zeigen.
»Die *Gojim*?« Er wies auf Buckley, der vor ihm mitsamt seiner Beute die Straße entlangstapfte. »Dieser *Goj* ist mein Handlanger!«
Er ging davon, ließ den Straßenhändler mit seinem Gaul und seiner verstreuten Ware zurück. Kleine Hände griffen verstohlen nach den Kleidern und Unterröcken auf der Straße. Der Händler sah nur zu, unfähig, die nötige Energie aufzubringen, um sie aufzuhalten.
Gyp schlenderte zurück zum *Chaser Mark*, hielt kurz an, um eine Portion *Bubkes* zu erstehen, die eine alte Frau aus einem Topf auf dem Gehweg verkaufte. Sie füllte sie in eine Papiertüte, und er ging zufrieden weiter, warf sich eine warme, schwarz gefleckte Bohne nach der anderen in den Mund.
Buckley wartete an der Ecke zur Mott Street auf ihn, die feinen, gold- und purpurfarbenen Kleider immer noch über dem Arm.
»Was sagt man dazu, ein dressiertes Pferd. Ich wusste es, ich hab so was schon mal gesehen«, verkündete er triumphierend und hielt Gyp die Kleider hin. »Tu mir einen Gefallen, ja? Bring sie rüber zu meiner Frau. Macht keinen guten Eindruck, wenn ich mit der Beute gesehen werde.«
Er lachte herzhaft, aber Gyp sah ihn nur an, seine Miene eisig.
»Bin ich jetzt dein Laufbursche, ja? Ein *Goj* bleibt ein *Goj*. Du hast getan, wofür du bezahlt wirst, sonst nichts.«
Gyp aß seine *Bubkes* auf, knüllte die Papiertüte zusammen und warf sie weg. Dann leckte er das Fett von seinen Fingern.
»In Ordnung, Gyp, wenn du das so siehst«, sagte der fette Cop gutmütig. »Du bist ein ganz Gerissener, das muss man dir lassen. Aber Gott helfe dir, wenn Big Tim je das Kainsmal auf deinen Rücken schreibt.«
»Mach den Mund zu«, sagte Gyp abwesend, nahm vorsichtig die Melone ab und befühlte die Wunde an seinem Kopf, verge-

wisserte sich, dass der hässliche weiße Verband noch an Ort und Stelle war.

»Jesus, da hat aber einer ordentlich hingelangt«, bemerkte Buckley mit professioneller Hochachtung. »Wie kommst du da dran?«

»Das geht dich einen verdammten Dreck an!«

»Bitte, wie du willst.«

Buckley machte sich auf den Weg, tippte in einem sarkastischen kleinen Salut an seine Mütze, aber dann hielt er inne.

»Da fällt mir ein, vorhin war so ein Kerl bei mir und wollte, dass ich dir was ausrichte. Sagt, du sollst dich bald um die Angelegenheit kümmern, über die ihr gesprochen habt.«

Gyp nickte gleichgültig, strich so gut er konnte die Haare um den Verband glatt und setzte den Hut wieder auf.

»Worum geht es?« Buckley lehnte sich vertraulich zu ihm herüber. »Der kam aus Uptown, keine Frage. Du kannst es mir ruhig sagen ...«

Gyps rechter Arm schnellte vor, packte Buckley bei der Schulter und wirbelte ihn herum.

»Ich sagte, das geht dich nichts an. Aber richte diesem Kerl von mir aus, ich kümmere mich um die Sache, sobald ich eine kleine Privatangelegenheit erledigt habe. Ich bin jemandem was schuldig. Hast du verstanden?«

»Sicher, Gyp, sicher«, sagte der Cop und zuckte unter dem eisernen Griff zusammen. »Aber ich weiß nicht, es scheint ihnen ziemlich auf den Nägeln zu brennen, worum es auch gehen mag.«

»Sag es ihm. Richte ihm genau das aus, was ich gesagt habe. Sobald ich das erledigt habe, kümmere ich mich um die Sache.«

Er fischte ein paar Münzen aus der Tasche, drückte sie Buckley in die Finger und lächelte freudlos, als er das runde Gesicht aufleuchten sah.

»Schönen Dank auch, Gyp.«

»Zeig einem *trejfen* Cop eine koschere Münze, und er wird zittern vor Gier«, zitierte Gyp und ließ ihn dann los. Buckley spazierte gut gelaunt davon, wobei die auffälligen Kleider von seinem Arm flatterten wie bunte Wimpel, und kopfschüttelnd rief er über die Schulter zurück: »Du denkst, du bist jetzt eine große Nummer, aber glaub mir, das wird nicht ewig so bleiben!«

Sadie wartete an der Ecke auf ihn, und er brachte sie zu ihrem Platz unter der Hochbahn an der Bowery zurück.
»Du weißt, dass ich solche Jobs hasse«, sagte sie ihm mit bebender Stimme und warf ihm von der Seite verstohlene, vorwurfsvolle Blicke zu.
»Ah ja?«
»Wie kannst du so was nur tun?«
»Keine Ahnung. Wie kannst du *so was* nur tun?«
Er erwog für einen Moment, sie für ihre Unverschämtheit zu ohrfeigen, aber ihr Anblick stieß ihn selbst dafür zu sehr ab. Jetzt da er sie aus der Nähe sah, stellte er fest, dass ihr Make-up verschmiert und ihr Haar ungekämmt war. Wirr und mit grauen Strähnen durchsetzt, hing es unter ihrem formlosen Hut herab. Sie ließ sich wirklich gehen.
»*Gwald*, wie willst du Freier finden, wenn du so aussiehst? Wirf doch hin und wieder mal einen Blick in den Spiegel, wie wär's?«
Zu seiner Überraschung schossen ihr sofort die Tränen in die Augen. Irgendwie konnte er sie immer noch schockieren und ihr wehtun, erkannte er – und das verstimmte ihn noch mehr und erregte ihn in gewisser Weise. Sie hatte etwas unendlich Verwundbares an sich, das immer wieder den Wunsch in ihm weckte, sie schlimmer zu verletzen als je zuvor.
»Du hast gesagt, du willst, dass ich pünktlich hier bin …«
Er schnippte direkt vor ihrem Gesicht mit den Fingern.
»Halt die Klappe. Was bist du, ein Kind, das sich nicht selbst die Haare kämmen kann? Denkst du, ich wollte, dass du wie eine runtergekommene *Nafke* aussiehst? Wenn du für mich arbeitest, musst du anständig aussehen, ist das klar?«
Sie nickte, und er stieß sie roh zurück gegen den Pfeiler der Hochbahn, wo sie für gewöhnlich den ganzen Tag stand und auf

Kundschaft wartete. Sie prallte ab, und er stieß sie nochmals hart zurück.

»Verstanden?«

»Ja, ich habe verstanden.«

»In Ordnung.«

Er stand mit den Händen in den Taschen vor ihr und wippte leicht auf den Fußballen.

»Hast du irgendwas verdient letzte Nacht?«

Sie nickte unterwürfig.

»Wie, werde ich nie begreifen. Her damit. Und vorgestern? Und am Tag davor?«

Er knöpfte ihr jeden Cent ab, den sie verdient hatte, und als sie ihm alles gegeben hatte, ließ er ihr noch keine Ruhe und durchsuchte sie, wühlte roh durch die weichen, roten und schwarzen Schichten ihrer Kleidung, bis er die Stelle fand, wo sie ihr geheimes Portemonnaie verbarg. Sie schrie auf, aber sie ließ ihn gewähren, ließ zu, dass er es aus ihrem Strumpfband zog. Er durchwühlte es und stellte zufrieden fest, dass es vollkommen leer war.

»Hier, bring deine Erscheinung in Ordnung.« Geizig zählte er fünf Dollar von seinem eigenen Geld ab und streckte sie ihr entgegen. Dann trat er wieder einen Schritt näher, seine Hände glitten immer noch über ihren Körper, seine Stimme klang streng und väterlich.

»Alles in Ordnung? Geht es dir gut?«

Sie nickte, hielt den Blick gesenkt.

»Ja, Lazar.«

»Du bist doch nicht krank? Kein Husten oder so was?«

»Nein, Lazar.«

»Kein Ausschlag oder so?«

Sie errötete heftig. *Wie lächerlich schamhaft sie immer noch ist, nach all diesen Jahren auf der Straße.*

»Nein.«

»Hmm, du fühlst dich immer noch so gut an, ich könnte es hier auf der Stelle mit dir machen.«

Er rieb sein Becken an ihrem im mittäglichen Zwielicht unter der Hochbahn. Er presste das Gesicht an ihren Hals und flüsterte: »Mein fettes, kleines Täubchen.«

Dann hielt er plötzlich inne, packte ihr Kinn und riss ihr Gesicht zu sich herum. Ihre Augen waren immer noch fügsam geschlossen.

»Irgendwer, der dir nachrennt? Hat sich jemand in dich vergafft?«

»Nein, Lazar.«

»Bist du sicher? Absolut sicher, dass du keinen feinen neuen Freund hast, irgendeinen *Schekez*?«

»Nein, Lazar.«

»Ganz sicher? Es ist in Ordnung, wenn es so ist, weißt du, du musst es mir nur sagen. Ich will nur, dass du ehrlich zu mir bist.«

»Es gibt niemanden.«

»Wirklich? Weil ich nämlich von McGlory gehört hab, es gäbe da jemanden.«

»Er lügt!«

Sie sah zu ihm auf.

»Niemand ist in mich verliebt«, sagte sie fest und sah ihm dabei in die Augen.

Nervös befingerte sie das rote Band, das sie zum Schutz gegen den bösen Blick um den Hals trug, aber er konnte sehen, dass sie ihm die Wahrheit sagte. Sie hatte es einfach nicht in sich, ihm irgendetwas zu verheimlichen.

»Nein, die Versuchung ist auch nicht groß. So wie du aussiehst, nicht mal die Haare gekämmt …«

Er streckte die Hand aus und umfasste eine Brust, befühlte sie abwesend wie ein Händler, der eine Melone in der Hand wiegt.

»Du warst wirklich mal allererste Wahl, Sadie Mendelssohn«, sagte er, und dann lächelte er sie an.

»Komm schon, komm schon, hier hast du noch einen Dollar.«

Sie weinte jetzt, aber er gab ihr den Dollar und schloss ihre Finger darum.

»Ist schon gut. Ich werd mich um alles kümmern. Nimm den Dollar und kauf dir irgendwas Nettes. Irgendwas, um dich aufzuheitern. Okay, ist ja gut.«
Er lächelte seinen Segen auf sie hinab und fuhr mit den Fingern durch ihre Haare. Früher einmal hatte sie so schönes Haar gehabt, dicht und braun und glänzend mit einem rötlichen Schimmer.

Es war das Erste, was ihm aufgefallen war, diese langen, kastanienbraunen Haare, die ihr bleiches Gesicht umrahmten, als sie aus dem Schatten unter der Bowery-Hochbahn die Hand nach ihm ausstreckte und schüchtern auf seinen Ärmel legte.
Geben Sie mir einen Penny, Mister?
Der altvertraute Bettelgesang der Maisverkäuferinnen. Er hätte am liebsten laut aufgelacht und hatte sich gefragt, wie ihr nächster Satz wohl lauten würde. Dann hatte er sie genauer angesehen, ihr hübsches, bleiches Gesicht erkannt. Die hauchfeinen blauen Venen, die selbst im Dämmerlicht unter der Hochbahn erkennbar waren. Und er hatte keine Sekunde gezögert, sie zu übernehmen.
Jetzt konnte er sie kaum mehr ertragen. Das letzte Mal, da sie sich für ihn ausgezogen hatte, oben in ihrer erbärmlichen Bude über McGlorys Saloon, hatte er tatsächlich die Flöhe sehen können, die auf ihrem Körper umherhüpften. Wie widerlich sie war, wie schmutzig und verdorben. Vor allem verglichen mit seiner reinen Esse …
»Da ist noch etwas«, sagte sie zögernd.
»Siehst du? Hab ich's doch gewusst.« Und er spürte, wie dieser süße, rot glühende Zorn sich in ihm zusammenbraute. »Sag es mir.«
»Dein Vater hat jemanden hergeschickt. Er will dich sprechen.«
»Mein Vater?«
Er hätte nicht überraschter sein können, hätte sie ihm gesagt, sie habe tatsächlich einen Liebhaber.
»Ich habe keinen Vater!«

»Das war alles, was er gesagt hat«, fügte sie hastig hinzu.
»Dein Vater will dich treffen. Soll ich dir sagen, wo?«
»Ich weiß, wo ich ihn finde. Du Dreckstück … Wann war das? Letzte Nacht? Letztes Jahr?«
»Heute. Eben, bevor ich zur Hester Street gekommen bin.«
»Und das sagst du mir jetzt erst?« Aber er war mit seinen Gedanken anderswo, überlegte, was der alte Knacker wohl von ihm wollte.
»Na schön. Ich komme vielleicht morgen vorbei. Oder übermorgen.«
»Ach, Lazar!«
Er grinste gehässig.
»Wenn es dir nicht gefällt, kannst du ja vielleicht in der Fabrik arbeiten gehen. Mit meiner Esse, he? Das würde dir gefallen, stimmt's nicht, kleine Sarah? Kein Whiskey, kein Eiskremsorbet. Dafür zwölf Stunden an der Nähmaschine und vielleicht Einbürgerungskurse an deinem freien Tag? Wie wär's?«
Er verhöhnte sie weiter, bis sie den Kopf senkte, dann zog er sie an sich und küsste sie roh auf den Mund. Sie versteifte sich nur für einen Augenblick, aber sie konnte ihren Widerstand nicht lange aufrechterhalten, schmiegte sich wie erwartet an ihn und legte schüchtern die Hand auf seinen Ärmel, wie damals bei ihrer ersten Begegnung.
Geben Sie mir einen Penny, Mister?
Er dachte an all die anderen Münder, die sie seither geküsst hatten, allein an diesem Morgen, Lippen, die fettig von Rühreiern und Steaks waren, Reste davon hingen noch in den Schnurrbärten …
Er brach den Kuss so abrupt ab, wie er ihn begonnen hatte, und wandte sich ab. »Bleib anständig«, sagte er über die Schulter – ein Scherz, das wusste sie, und eine Warnung.

Sie sah ihm nach. Ein kleiner, kompakter Mann in einem tadellosen Anzug und Melone, der im Schatten unter der Hochbahn verschwand. Ein Zug fuhr ein, und ein Schwall weiterer Männer in dunklen Anzügen und Melonen strömte die Treppen hinab, bis er sich darin verlor.

Doch von dort, wo sie stand, konnte sie ihre ganze Zukunft sehen. Er hatte Recht, was ihre Haare betraf. Sie wurden grau, ganz gleich, wie oft sie sie kämmte. Sie konnte sie natürlich färben, aber sie wusste, es würde nicht mehr lange dauern, bis sie nicht einmal mehr genug einbrachte, um McGlory zufrieden zu stellen. Dann blieb ihr nur noch das raue Geschäft auf der Cherry Street, und schließlich die Endstation unten am Hafen, wo die Huren an eine Mauer gelehnt auf einem Bein balancierten und die Matrosen bedienten.

War sie dort einmal gelandet, dann war es nur noch eine Frage der Zeit, bis sie sich die Syphilis holte. Sie hatte die Frauen dort unten gesehen, die sich hinter den Bars auf der Water Street für einen Whiskey oder einen Zug Opium anboten, für irgendetwas, das den Schmerz betäubte. Frauen, die keine sechs Monate vorher noch mit ihr zusammen unter der Hochbahn gestanden hatten, schrien in Todesangst, wenn ihr Verstand schon weggefault war.

Die Männer gingen an ihr vorbei auf der Suche nach einem frischeren Gesicht. Sie sah ihnen nach, wollte sich vergewissern, dass er auch wirklich fort war. Er war schlau wie ein Fuchs, sie unterschätzte ihn niemals. Aber schließlich war sie überzeugt, dass er nicht zurückkommen würde, nahm ihren Hut ab und löste ein kleines Bündel Banknoten, das sie mit einer Nadel im Futter befestigt hatte.

Sie zählte die Dollars, die sie vor ihm versteckt hatte. Sie hatte es tatsächlich geschafft, ihm Geld vorzuenthalten, ihn erfolgreich zu belügen, und sie wog das Geld in der Hand und fragte sich, was sie angesichts dieser neuen Entwicklung tun würde.

16

Gyp the Blood

Gyp ging zurück Richtung Hester Street, wo sich die Lodz-Synagoge befand. Er wusste, dass er seinen Vater um diese Tageszeit am ehesten hier antreffen würde, bei einer Beerdigung oder bei der *Minche*. Es war eine bucklige alte Kirche aus roten Ziegeln, das ehemalige Versammlungshaus einer längst vergessenen protestantische Sekte, die nach Uptown Manhattan gezogen war. Vor der Tür hatte sich eine Schar alter Männer versammelt, die wohlhabenderen mit neuen, braunen Melonen, die übrigen trugen *Jarmulken* aus Samt als Kopfbedeckung. An den Füßen hatten sie Lederschuhe ohne Schnürsenkel oder Knöpfe, dünn wie Hausschuhe, und die Einheitskleidung bestand aus gestreiften Hemden und weiten Hosen, von Hosenträgern auf halber Bauchhöhe gehalten.

Die jüngeren Männer saßen auf den Eingangsstufen zusammen, rauchten trotzig und trugen amerikanische Kleidung. Zwischen ihnen gingen Bettler umher, noch zerlumpter als die alten Männer. Die meisten waren ehemalige Rabbis, wusste Gyp, die ihre Gemeinde und ihre Familie verloren hatten. Sie lebten von Äpfeln und Käse, kleinen Stücken Hering oder Hühnerfleisch, die Trauernde oder fromme Straßenhändler ihnen auf ihre Schalen legten. Sie gaben vor, für die Armen zu sammeln, verpassten keine Beerdigung, rasselten mit ihren kleinen Sammelbüchsen und riefen: »*Tsdoke tatsil mimoves*! – Mildtätigkeit bewahrt vor dem Tode!«

Im Innern der Synagoge war es kühl und dunkel, der ehemalige Altarraum der alten Kirche wurde nur von der *Ner-Tamid*-Öllampe und den *Jorzajt*-Kerzen erhellt. Der Thoraschrein ragte düster zwischen den Fenstern an der Ostwand auf, die Empore war mit Tierkreiszeichen bemalt. Es war ein enger, muffiger Raum, erfüllt vom Geruch nach alten Büchern, Schweiß und Kerzenwachs, und für einen Moment beschwor das eine Vielzahl von Erinnerungen herauf, überwältigend, wie nur ein Geruch es kann. Er fand sich zurückversetzt zu den Tagen, da er die *Bet Midrasch* besuchte, als sein Vater noch seine alte Synagoge auf der Forsythe Street hatte.
Ein monotones Murmeln war zu hören. Alte Männer bevölkerten die vorderen Reihen der grob gezimmerten, wenig kunstvoll bemalten Nadelholzbänke und wiegten sich im Gebet vor und zurück. Eine Beerdigung oder ein Gedenkgottesdienst für einen Verstorbenen ihrer ständig schrumpfenden Gemeinde. Einer nach dem anderen standen sie auf, hinkten Richtung Ausgang und hielten kurz vor dem *Schames*, der ihnen mit einem Rasiermesser einen kleinen Schnitt ins Revers machte – das rituelle Zerreißen der Kleidung als Zeichen der Trauer. Als sie langsam an ihm vorbeischlurften, konnte Gyp sehen, wie oft ihr Revers schon eingeschnitten, wieder zugenäht, wieder eingeschnitten worden war.
Der Letzte in der Prozession hatte ein Gesicht wie Stein. Sein Schritt war entschlossen, er ging ohne die Hilfe eines Stocks, seine Wangen waren erstaunlich rosig, und ein lebhaftes, hasserfülltes Funkeln lag in seinen Augen. Sein Vater.
»Also? Was tust du?«, fragte er beiläufig, als er Gyp entdeckte, als seien nur Stunden vergangen, nicht Jahre, seit sie sich zuletzt gesehen hatten. Als wüsste Gyp nicht ganz genau, dass der älteste Einschnitt im Revers seines Vaters für ihn selbst gewesen war.
»Wie ist das *Betler*-Leben?«
»Und ich dachte, ich bin tot«, bemerkte Gyp.
Sein Vater sah zu ihm auf, die Augen lachten, er lebte regelrecht

auf in seinem Hass. »Das sieht dir ähnlich. Vielleicht bist du mein *Golem*? Meine Heimsuchung?«

»Wolltest du was von mir?«, fragte Gyp und wies auf die anderen Gläubigen. »Oder wolltest du einfach, dass ich hier wieder mal mit all diesen *Lamdn* und *Loaferin* herumlungere?«

Der alte Mann lachte rau und wischte sich den Speichel vom Bart. »Nein, nein. Ich habe etwas vor mit dir, mein *Golem*«, sagte er und rieb sich versonnen die Hände. »Deshalb habe ich dich zum Leben erweckt.«

»Hör auf mit diesem *Golem*-Mist ...«, begann Gyp, aber sein Vater war abgelenkt. Ein paar der anderen Männer, die an der Tür der Synagoge zusammenstanden, hatten ihn gerufen, doch er ließ sich nicht dazu herab, zu antworten.

»Was für eine Versammlung von Kadavern«, zischte er Gyp fröhlich zu, und ihm war gleich, dass sie ihn hören konnten. Er glaubte nach wie vor, dass er ihnen allen weit überlegen war, wusste Gyp. Obwohl er jetzt schon seit über zehn Jahren in die Lodz-Synagoge kam, obwohl es praktisch die einzige Synagoge an der Lower East Side war, wo er noch geduldet wurde seit dem Zerwürfnis über den Erhabenen Rabbi aus Krakau.

An dem Tag, als der Erhabene Rabbi angekommen war, hatte die Chrystie Street ein Schauspiel erlebt wie nie zuvor. Er wurde in einem mit Samtkissen gepolsterten Stuhl umhergetragen, so dass jedermann ihn sehen konnte: einen kleinen, rundlichen jungen Mann mit einem sanften, blassen Gesicht in einem langen Gehrock und Seidenzylinder.

Die Ältesten der Synagogen zogen voraus, trugen Fackeln und die Thorarollen. Ihre Gemeinden und alle, die wollten, folgten in einer langen Prozession, hielten Spruchbänder, bliesen den *Schofar*, schlugen auf Töpfe und Pfannen aus ihren Küchen oder jeden anderen Gegenstand, Hauptsache, es machte Radau. Tausende säumten klatschend und jubelnd die Straße, und selbst die irischen Cops hatten lange Hälse gemacht, um einen Blick auf den großen Mann zu erhaschen.

Anschließend gab es ein großes Fest in der ganzen Lower East Side, sie schmausten *Blinz*, *Knisch* und *Latkes* in Sauerrahm, Weißfisch und Biskuitkuchen, und die Männer und sogar die älteren Jungen tranken nicht gerade wenig Slibowitz.
Selbst sein Vater hatte sich ein Gläschen und ein paar Leckerbissen gegönnt. Er hatte nur die kleine Gemeinde drüben auf der Forsythe Street, aber er hatte sich entschiedener als jeder andere dafür eingesetzt, den großen Rabbi aus der alten Heimat herüberzuholen, und als er mit seiner Fackel an der Spitze des Zuges einherschritt, hatte sein Sohn das Gesicht des Vaters zum ersten Mal in seinem Leben vor Glück strahlen sehen.
Doch vom ersten Moment an hatte Gyp dem bleichen, unbewegten Gesicht des Erhabenen Rabbi misstraut, hatte gespürt, dass er ihnen kein Glück bringen würde, wie er da in seinem Thronsessel einherschwankte. Vermutlich war die ganze Idee von Anfang an zum Scheitern verurteilt. Es gab einfach zu viele Gemeinden in den verlassenen Kirchen und ehemaligen Läden oder Mietställen der East Side, als dass die Rabbis bereit gewesen wären, auch nur einen Teil ihrer Macht irgendeinem mittelalterlichen Potentaten aus Polen abzutreten. Es hatte über jede Belanglosigkeit Streit gegeben, und schließlich hatte der Erhabene Rabbi ein lukrativeres Angebot angenommen: Er überwachte die Einhaltung der Speisegesetze im Handel mit koscherem Fleisch, der ein großes Geschäft war. Aber selbst da hatte sein Vater noch dafür plädiert, dass sie sich alle in Demut vor ihm verneigen sollten.
»Schließlich kommt er aus der alten Heimat, wer will sagen, dass er nicht alles am besten weiß«, argumentierte er. »Ist nicht dort alles reiner als hier? Vielleicht ist es ein Urteilsspruch, dass er sich von uns abwendet. Vielleicht sollten wir ihm mehr bieten!«
»Warum sollten wir uns diesem Erhabenen Schlächter unterordnen? Diesem Beglaubiger von Würsten?«, höhnten die Ältesten. Erbitterte Auseinandersetzungen folgten, und schließlich hatten sie seinen Vater vertrieben. Anfangs waren ihm ein paar seiner Gemeindemitglieder gefolgt, und sie eröffneten eine

neue Synagoge in einem einstigen Gemüseladen. Denn es gab niemals eine Auseinandersetzung in einer Synagoge, die nicht damit endete, dass eine Hand voll Juden sich abspaltete und eine eigene Gemeinde gründete.
Aber schließlich hatten auch sie seinem Vater den Rücken gekehrt. Er war zu stur, träumte zu viel von der alten Heimat, und abgesehen davon bestand er darauf, einen Mann zu verehren, der seine Tage damit verbrachte, zu überwachen, dass den Hühnern die Kehle vorschriftsgemäß durchgeschnitten wurde.

»Ich will, dass du etwas für mich tust, mein *Golem*«, spottete sein Vater weiter, während sie jetzt im Mittelgang der Synagoge standen. Seine Augen leuchteten.
»Was?«
»Es geht um deine Schwester, Esse. Sie macht irgendwelche Dummheiten.«
»Du meinst, mit ihren Sozialisten und ihren *Apikojressim*?«, schnaubte Gyp. »Ich sag dir was: Mir ist es gleich, und wenn sie am helllichten Tage mitten auf der Delancey Street Schweinefleisch isst ...«
»Nein, nicht das, du Heimsuchung meines Alters!« Der Alte beugte sich näher herüber, bis der Zwiebelgeruch seines Atems Gyp fast die Luft abschnürte. »Etwas anderes. Sie hat einen Freund irgendwo. Ein *Schekez* vielleicht.«
Gyp verspürte ein eisiges Gefühl im Bauch, aber er zwang sich zu lachen. »Ein *Schekez*, ja? Tja, wer weiß. Du hast wohl Angst, dass sie sich irgendwann nicht mehr für dich zu Tode schuftet, damit du dir den ganzen Tag mit diesen Schwätzern hier die Köpfe heiß reden kannst.«
»Hör zu, *Golem*! Siehst du nicht, dass ich schwarz bin vor Sorge?«, zischte der Alte und packte Gyp bei den Aufschlägen seines feinen Jacketts. »Tu das für mich, und vielleicht erwecke ich dich wieder zum Leben. Hm? Wie wäre das? Zurückzukehren in den Schoß deiner Familie? Mein *Ben Jochid*. Du könntest am *Schabbes* zum Essen kommen und alles, Lazar.«

Gyp pflückte sorgsam die schmuddeligen Finger seines Vaters von seinem Jackett, bog sie auf, tat ihm ein bisschen weh dabei, ließ ihn seine körperliche Überlegenheit spüren. Und er setzte alles daran, den alten Knacker nicht merken zu lassen, wie sehr der Klang seines richtigen Namens ihn überrascht hatte – was zweifellos beabsichtigt war.

»Lieber wäre ich wirklich tot, als mich je wieder mit dir an einen Tisch zu setzen«, erklärte Gyp. »Hast du verstanden?«

»Du stinkende Pestbeule! Hast du kein Herz? Ich weiß, du bist entschlossen, deine Mutter und mich umzubringen, aber bist du nicht besorgt um deine Schwester?«

»Besorgt? Um deinetwillen hoffe ich, dass sie bei dem dreckigsten Zuhälter gelandet ist, den sie finden konnte!«

Er konnte selbst kaum glauben, dass er seinem Vater das ins Gesicht sagte, diese furchtbare Möglichkeit heraufbeschwor. Und noch während er es sagte, spürte er, wie sich bei der Vorstellung eisige Finger um seine Eingeweide krallten. Es war Esse, die um ihn geweint hatte, als er fortging, die immer noch davon träumte, etwas aus ihm zu machen …

Und davor … damals, als ihre Eltern beide weg waren und sie allein in der Wohnung waren. Da hatte er es ihr sagen müssen. Er war zu ihr gegangen, hatte eine Hand auf ihre Hüfte gelegt, und sie hatte sich nicht abgewandt.

Esse mit einem *Schekez.*

»Na schön, ich werde feststellen, was sie treibt«, sagte er dem Alten mit einem sarkastischen Lächeln. »Aber was immer ich rauskriege, ich werde es dir sagen.«

»Ja, ja!«, rief der Rabbi und drückte Gyp aufgeregt die Schulter. »Versprich es mir!«

»Oh, das ist ein Versprechen. Ein Versprechen, aus dem ich dich nicht entlassen werde.«

4. Buch

Niemals sind wir ungeschützter gegen das Leiden,
als wenn wir lieben, niemals hilfloser unglücklich, als wenn
wir das geliebte Objekt oder seine Liebe verloren haben.

– Sigmund Freud –

17

Trick der Zwerg

Jeder der großen Parks auf Coney Island – Dreamland, Luna Park und Steeplechase – stellte seine Elektrizität selbst her, genug, um eine große Stadt irgendwo da draußen in den dunklen Weiten des Kontinents zu erhellen. Dreamlands Kraftwerk lag westlich des großen Sees in der Mitte des Parks, gleich neben dem Gebäude, in dem der Untergang Pompejis nachgestellt wurde. Es war wie das runde, weiße Gehäuse eines Dynamos geformt, monumental und reich an Verzierungen. Schon für sich gesehen eine Attraktion mit seinen schneeweißen Emaillemaschinen, den vergoldeten Reglern und Knöpfen und Werkzeugen, einem Mosaiktisch für die Ölkannen. An Decke und Wänden befanden sich große Gemälde, die die ganze Geschichte der Elektrizität wiedergaben: Edison mit seinen Glühbirnen, Sam Morse mit seinem Telegraphen, Franklin und sein Drachen, eine Reise zurück durch die Zeit bis zu Gott dem Allmächtigen selbst, der die Initialzündung der Schöpfung mit dem gleichen Saft erzeugte, den wir hier zur Unterhaltung der Massen herstellten.

Das Personal trug blütenweiße Leinenjacken mit Messingknöpfen und weiße Handschuhe, um die Sauberkeit elektrischer Energie zu betonen, ihre Reinheit, ihre makellose, wunderbare Göttlichkeit. Alle bis auf den Chefingenieur, ein höflicher, komischer, schmächtiger kleiner Schwarzer namens Elijah Poole, der mit dem Wizard von Menlo Park gearbeitet hatte – Edison höchstpersönlich. Er trug so etwas wie einen Zaubererhut, einen kleinen Fez, der mit verblassten goldenen Sternen, Sonnen und Halbmonden übersät war, und Brinckerhoff hatte die Geschichte in Umlauf gesetzt, Poole sei früher einmal weiß gewesen, bevor ein Missgeschick mit den summenden Drähten ihn zu seiner heutigen, purpur-schwarzen Hautfarbe verkohlt hatte.

Das war natürlich nur der übliche Blödsinn. Bevor er nach Dreamland kam, hatte er dem Wizard bei seinem Kreuzzug gegen die tödliche Gefahr des Wechselstroms zur Seite gestanden. Zusammen mit den übrigen Assistenten hatte er die Kinder aus der Gegend angehalten, Versuchsobjekte ins Labor zu bringen. Ein Vierteldollar für jede Katze und jeden Hund, bis es schließlich in West Orange, New Jersey so gut wie keine Haustiere mehr gab. Sie setzten die Tiere auf ein verkabeltes Blech und jagten tausend Volt hinein, und die kleinen Jungen sprangen draußen an den Fenstern hoch, um einen Blick auf die Hinrichtung ihrer kleinen Lieblinge zu erhaschen.

Danach waren sie von Staat zu Staat gezogen und hatten sich bemüht, Westinghouses Leute im Kampf um die neuen Aufträge zur Herstellung elektrischer Stühle auszustechen. Jede Seite versuchte zu beweisen, um wie viel gefährlicher das Verfahren des Gegners war; sie benutzten die Apparate des Konkurrenten, um vor den Commissioners, der besorgten Geistlichkeit und den Gefängnisvertretern Hunde, Schweine oder Kühe per Stromschlag zu töten. Der Staat New York verkündete schließlich, man werde das neue Verfahren an einem menschlichen Versuchsobjekt testen, einem Mörder namens William Kemmler. Dr. Poole und sein Team nahmen den schnellsten Zug nach Sing-Sing hinauf und brachten ihren neuesten Stuhl und einen Westinghouse-Dynamo im Gepäckwagen mit.

»Wir verwendeten eine niedrige Spannung, um zu demonstrieren, wie gefährlich dieser Wechselstrom war«, erzählte Dr. Poole mit leiser, bitterer, leicht verwunderter Stimme. »Aber das war er natürlich nicht. Er war kein bisschen gefährlich. Das war ja das Problem.«

Die Hinrichtung war eine widerliche Schweinerei, viel schlimmer als der Strang. Kemmler kreischte wie eine Furie und brach sich die Hand- und Fußgelenke in seinen Krämpfen. Der Geruch von langsam röstendem Fleisch erfüllte den Raum, bis die gesamte Gefängnisverwaltung sich geschlossen vornüberbeugte und würgte. Und dann schoss ein sichtbarer, knisternder Blitz aus der Schläfe des Delinquenten.
Der Staat New York war höchst zufrieden und bestellte umgehend drei weitere elektrische Stühle. Poole kündigte seinen Job und kam nach Coney Island, wo er eine Attraktion unter vielen wurde, zusammen mit seinen Dynamos und vergoldeten Ölkännchen. Wenn abends die Sonne zu sinken begann, betätigte er die Hebel und Schalter, die die Million einzelner Glühbirnen aufflammen ließen. In Dreamland war der Effekt am dramatischsten, Karussell um Karussell, Attraktion um Attraktion wurde in Licht getaucht, bis Poole schließlich den leuchtend weißen Turm in der Mitte einschaltete, Stockwerk um Stockwerk, Fenster für Fenster bis hin zur Kugel und dem darauf ruhenden Adler. Das höchste Gebäude der Insel, das wie ein Herrscher über Coney thronte.

18

Auf dem Boardwalk

Das große, grüne Schiff lag vor ihnen wie ein schlafender Drache, seine Flügel erwachten langsam zu Leben, während sie im Innern seines Bauchs verschwanden.

»Kommen Sie an Bord zu einem Ausflug zum Mond! Die wunderbare Luna-Exkursion! Reisen Sie ins Unbekannte! Kommen Sie an Bord!«

Die unheimliche, körperlose Stimme wiederholte immer wieder exakt dieselben Worte.

»Das ist aufgenommen«, flüsterte Kid ihr zu.

Sie mussten sich in ihren Sitzen anschnallen, als sei es eine Achterbahn, und die Verkäuferinnen und Angestellten kicherten aufgeregt. Doch bald spürten sie die Maschinen zu voller Kraft auflaufen, und das Schiff kippte, als hebe es tatsächlich vom Boden ab.

»Ladys und Gentlemen, hier spricht ihr Kapitän!«

Auf der Brücke sahen sie Männer in adretten blauen Uniformen, reichlich mit Goldkordeln verziert, und einen Admiral mit einem weißen Bart.

»Bald werden wir die Sahne von der Milchstraße abschöpfen!«

»Spürst du, wie wir durch die Luft gleiten, mein Stern?«, neckte Kid sie und ließ die Hand verstohlen um ihre Taille gleiten, bis sie kicherte.

Aber selbst ihm verging das Scherzen, als das Rauschen der Flügel sich irrsinnig beschleunigte und das ganze Schiff schwankte und schaukelte, als wollte es auseinander brechen. Draußen vor den Bullaugen war pechschwarze Nacht, und dann ertönte ein Donnerschlag, so plötzlich und furchtbar, dass sie laut aufschrie, zusammen mit vielen anderen Frauen an Bord, und die Männer taten überraschte Rufe.

Wieder ein Donnerschlag, dann noch einer, und bald zuckten draußen lange Blitze durch den Himmel. Regen trommelte auf die großen grünen Segeltuchflügel, und sie schlingerten fürchterlich. Das Gewitter wurde heftiger und kam näher. Es war beängstigend. Auch wenn sie wussten, dass es gar nicht echt war, schien es doch, als schleudere ein unbekannter Gott die grellen Blitze und das statische Donnergrollen auf sie herab.

»Ladys und Gentlemen, wir durchfliegen nur ein Gewitter«, ertönte die Stimme des Kapitäns. »Kein Grund zur Besorgnis!«

Der Donner verebbte, die Blitze blieben hinter ihnen zurück. Bald flog vor den Bullaugen wieder ein schweigender Nachthimmel vorbei. Jetzt war er mit Sternen übersät, mehr Sterne, als Esse je zuvor von der Straße oder vom Dach ihres Hauses aus gesehen hatte. Der grüne Schutzschirm vorn an der Brücke wurde eingefahren und gab den Blick auf eine leuchtende rosa Kugel in der Ferne frei.

»Ladys und Gentlemen: Der Mond! Im Morgenlicht!«

Für Esther hatte er eher die Farbe von Magenarznei. Doch als sie näher kamen, wuchs der Mond zu beeindruckender Größe. Der rosa Schleier verschwand nach und nach, der Himmelskörper wurde immer weißer, nahm dann einen ungleichmäßigen Grauton an, wuchs und wuchs, bis er das Panoramafenster der Brücke und jedes Bullauge ausfüllte.

»Kommen Sie! Steigen Sie aus und sehen Sie den Mond!«, rief der Kapitän fröhlich und winkte auffordernd. Wie in Trance stolperten sie vorwärts und durch die Bugtür hinaus, wo ein Scheinwerfer den fremdartigen Boden abtastete.

»Gehen Sie nur! Machen Sie einen Mondspaziergang, wir werden nicht ohne Sie zurückfliegen«, versprach der Kapitän augenzwinkernd, und einer nach dem anderen kletterten sie über

die Reling und stolperten über die öde, pockennarbige Mondoberfläche.
Sie gingen nur ein paar Schritte und blieben dann stehen, obwohl sie alle wussten, wenn sie noch ein Stückchen weiter gingen, würden sie an die Wand stoßen. Der Mond war offenbar aus Gips. Hier und da war die grüne Farbe abgesplittert, ihre Schritte auf der Oberfläche klangen hohl, aber das schmälerte das Erlebnis des Unbekannten nicht. Der Scheinwerferkegel glitt langsam über die öde Kraterlandschaft.
Dann kam plötzlich eine Horde kleiner Mondmänner und Mondfrauen aus den Kratern und hinter den riesigen Felsblöcken hervor und schwärmte auf sie zu. Sie trugen grüne Strumpfhosen und Kittel, Gesichter und Hände waren mit grüner Schminke beschmiert, und sie fielen johlend über die verdatterten Passagiere her und drückten ihnen schimmlige grüne Käsestücke in die Hände. Dann fassten sie sich bei den Händen, wiegten sich vor und zurück und begannen in dieser fremdartigen, entrückten, beinah himmlischen Atmosphäre mit unerträglich hohen, schrillen Stimmen zu singen:

If the man in the moon were a coon, coon, coon,
What would you do?
He would fade with his shade,
The silver moon, moon, moon
Away from you.
No roaming around the park at night,
No spooning in the bright moonlight,
If the man in the moon were a coon, coon, coon …

19

Esther

Sie saß auf dem Treppenabsatz vor dem Eingang des Hauses, sah zu, wie es Abend wurde auf der Straße, und las Vermisstenanzeigen im *Jewish Daily Forward.*

Wer hat diese Männer gesehen?, lautete die Überschrift. Wie auf den Fahndungsplakaten im Postamt. Darunter waren die Bilder und ein paar Angaben über die Männer, die sich mitsamt dem Glück ihrer Familien davongestohlen hatten:

»… Salomon Feuerstein, früher Schneider, zuletzt Tagelöhner, wohnhaft Nr. 17 Hester Street. Verheiratet, Vater dreier Töchter. Zuletzt gesehen am Sonntagabend, dem 5. Mai, mit Mitgliedern seines *Landsmann*-Clubs …«

»… Morris Berlant, Zuschneider, wohnhaft Nr. 33 Elridge Street. Witwer und einziger Ernährer seiner sieben Kinder. Zuletzt gesehen am Bahnhof Grand Central Station am 14. Mai, in Begleitung einer Frauensperson in einem roten Samtkleid …«

Jede dieser Klageschriften endete mit der strengen Ermahnung: »Wenn Sie irgendwelche Informationen über den Verbleib dieser verantwortungslosen Personen haben, ist es Ihre Pflicht, die Redaktion des *Forward* zu kontaktieren.«

Es waren die Männer, die entkommen waren, Ehemänner und Väter, die schließlich aufgegeben hatten und mit unbekanntem Ziel verschwunden waren: Philadelphia oder Chicago, St. Louis oder Cleveland – all diese fernen, exotischen Städte. Oder gar zurück in die alte, verdammte Heimat. Sie wurden zum Gegenstand von Abe Cahans gerechtem Zorn, der ebenso unversöhnlich war wie der des Allmächtigen. Der Herausgeber des *Forward* versuchte, seine Leser durch Scham zu perfekten Musterbeispielen an Gemeinschaftssinn, Sozialismus und Judaismus zu erziehen.

Und er ist wie ein Baum gepflanzt an Wasserbächen, sagte der Psalm, der unter der anklagenden Überschrift zitiert war. Esther hatte allerdings den Verdacht, dass diese Vermisstenanzeigen mehr schadeten als nutzten. Die kleinen Bilder waren ausnahmslos bei einer Hochzeit oder *Bar-Mizwa* aufgenommen, jedenfalls immer bei irgendeinem freudigen Anlass, wo ein Fotograf zugegen gewesen war. Sie strahlten in die Kamera, angetan mit ihren besten Kleidern, so dass sich der Eindruck aufdrängte, als seien sie selig über ihre geglückte Flucht.

Sie ließ die Zeitung sinken und starrte blicklos auf die Straße hinaus. Es war wieder ein feuchtschwüler Abend. Die Luft war so schwer, dass die allgegenwärtigen weißen Trauerwimpel an den Haustüren sich kaum bewegten, obgleich sie aus Papier waren. Trotz der Hitze rannten Jungen auf der Straße herum und schrien: »Eckstein, Eckstein! Alles muss versteckt sein!« Manche spielten Baseball, und ihre Köpfe waren jetzt im Sommer zum Kampf gegen die Läuse kahl geschoren. Mit Besenstielen schlugen sie nach kleinen Bällen aus fest zusammengerollten Socken und riefen: »Aus! Aus!« Ein russisches Mädchen saß ein paar Stufen unter ihr und las ihrer Schwester aus einem Märchenbuch vor; beide hatten die Haare mit billigen Schleifen zurückgebunden und studierten eifrig die großen, bunten Bilder.

Es wurde sieben Uhr, und Esther hörte überall um sich herum das leise Zischen, mit dem die Gasherde entzündet wurden. Sie vernahm das Gemurmel von zahllosen Unterhaltungen – jiddisch, aber auch russisch, polnisch, deutsch, armenisch, sogar die weichen Klänge des Chinesischen, wie das Surren ihrer Nähmaschine. Von irgendwoher wehten ein paar eiernde Phonographenklänge zu ihr herüber, irgendetwas aus *Aida*, der beliebtesten Oper im Ghetto. Die Scherenschleifer schoben ihre Karren

die Straße entlang und riefen lauthals die Hausfrauen auf, ihnen ihre Messer zu bringen, ehe sie den Hühnchen den Bauch aufschlitzten.
Die Kinder liefen davon, und die Straße füllte sich mit Männern und Frauen, die von der Arbeit heimkamen. Die Hochbahn an der Allen Street spuckte jeweils einen ganzen Schwall von ihnen aus. Sie bewegten sich langsam in der schwülen Luft. Selbst Müller, die Ziege, das Maskottchen der deutschen Kneipe im Parterre, lag matt auf dem Gehweg. Für heute hatte sie den Versuch aufgegeben, den Laternenpfahl umzurammen, an den sie gekettet war.

Esther sah die murmelnde alte Straße entlang, sah die Mädchen mit ihrem Buch, die Ziege mit ihren goldbepinselten Hörnern, die weißen Papierwimpel und wünschte, all das würde sich in Luft auflösen.
Sie konnte es vor ihrem inneren Auge sehen: Eine breite Straße ohne die Hochbahn drüben in der Allen Street, die ständig den Ruß durchs Fenster wehen ließ. Sauber gefegte Gehwege ohne Straßenhändler; Kinder und Eltern, die nach einer geruhsamen Nacht das Haus verließen, um für acht Stunden zur Schule oder zu einer sinnvollen Arbeit zu gehen. Ein Satz aus einem der aufrüttelnden Vorträge im Gewerkschaftshaus ging ihr nicht mehr aus dem Sinn:
Die Welt muss verändert werden, bis sie schön und lebenswert ist für die Armen.
Sie stand auf und streckte die Arme hoch über den Kopf, ohne die Männer zu beachten, die die Stufen zur deutschen Kneipe hinabstiegen und pfiffen und sie ansprachen. Sie ließ erst ihre Knöchel knacken, dann ihre Schultern und schließlich die Halswirbel. Es klang wie Pistolenschüsse. Die Männer erbleichten und hasteten die Stufen hinab. Sie lachte.
Das war ihre Art, aus der engen Kiste auszubrechen, in die sie tagsüber eingesperrt war. An der Maschine zu arbeiten war besser, als Mäntel zu füttern, aber trotzdem schmerzte ihr Rücken

von der ewig gekrümmten Haltung, und die Knie vom stundenlangen Pedaletreten, und ihre Hände waren ganz steif, weil sie von früh bis spät meterweise Stoff unter die Maschine schieben mussten.
Sie sagte sich, dass sie sich jetzt wieder in die Person zurückverwandelte, die sie vor der Arbeit gewesen war: heiter, gesund und frisch. Ungezählte Möglichkeiten standen ihr offen: Sie konnte in die Oper gehen, für fünfundzwanzig Cents Eintritt auf die obere Galerie hinaufsteigen und Caruso oder die Pawlowa oder Kreisler sehen. Sie konnte zu einem Philosophievortrag gehen oder zur Tanzschule oder in eins der jiddischen Theater an der Bowery, wo das Publikum Kohlköpfe auf die Bühne warf, mit den Füßen trampelte und »Schande! Schande!« rief, wenn einer der Schauspieler am Sabbat eine Zigarre anzündete.
Oder noch besser, sie konnte ins *Automatic Vaudeville* am Union Square gehen, einen Penny in eins der vergoldeten Nickelodeons in dem großen Saal mit dem feinen Marmorboden werfen und ansehen, was immer sie wollte, alles gab es dort, von überall auf der Welt. Eine Liebesgeschichte oder ein Pogrom. Hauptmann Dreyfus auf der Teufelsinsel oder Teddy Roosevelt auf Safari in Afrika oder den Zar und seinen Hof, die langen Reihen von Generälen und Priestern in feierlicher Prozession, sie verteilten gewaltige Weihrauchwolken in alle Richtungen und trugen ihre prächtigen Hüte unter dem Arm.
Der Film, den sie am allermeisten liebte, war jedoch weit weniger exotisch. Es war einfach der Blick von der Ladefläche eines Lastwagens, der durch die Straßen von Lower Manhattan kurvte.
Es war nie schwierig, an diese Maschine heranzukommen. Es gab den Film schon seit Monaten, und den meisten Leuten war er langweilig geworden, aber sie bekam nie genug davon. Es war alles zu sehen: Die Handkarren und Läden, die Cops und Straßenhändler und Hausfrauen, alle liefen und fuhren in viel zu schnellen, abgehackten Bewegungen über die Straßen; Straßenbahnen und Automobile zogen an ihnen vorbei wie Stern-

schnuppen. Genau die Straßen, die sie selbst jeden Tag entlanggging, am Flatiron Building vorbei und rüber zum Union Square, durch das dichte Gewühl auf der Delancey und Hester Street und zurück über Chinatown und Little Italy. Die lachenden Jungen, die dem Lastwagen hinterherliefen, und die Töchter der *Maskilim* mit ihren Sonnenschirmen, die sich bemühten, mit größtmöglicher Würde einherzuschreiten, und die Händler, die misstrauisch von ihren Gemüsekarren aufsahen. Ihre ganze Welt zog wie ein gigantisches Schauspiel vor ihren Augen vorbei, so schnell, dass sie kaum mithalten konnte …

Esther streckte sich wieder auf den Eingangsstufen, und ihr Blick fiel auf ihre Hände. Sie waren so riesig, geschwollen und schwielig, die Knöchel ragten hervor. *Mr. Singers Verlobte*, nannten sie das. Mit jedem Jahr wuchsen sie weiter, und ihre Haut wurde gelb von der Fabrik …

Man geleitet sie in bunt gestickten Kleidern zum König.

Sie sah wieder zu den Arbeitern hinüber, die von der Bahn kamen, wollte überall hinschauen, alles sehen, nur nicht ihre Hände. Und in diesem Augenblick entdeckte sie zwischen all den ausdruckslosen fremden Gesichtern ihren Bruder.

Er fiel auf in der Menge, wie immer: Er trug einen modischen, himmelblauen Cutaway, eine Melone und eine Seidenkrawatte mit Diamantnadel. Während die anderen einherschlurften, schien er eher auf den Fußballen zu laufen, kaum den Boden zu berühren.

So konnte sich am Ende eines Tages nur jemand bewegen, der für seinen Lebensunterhalt nicht arbeiten musste.

Als er Esse entdeckte, konnte er nicht anders, als zu ihr zu gehen. Er hatte vorgehabt, nur ein bisschen herumzuschnüffeln und sich umzusehen, aber da war sie: Stand auf den Stufen zum Hauseingang in einer alten *Schmate* von einem Kleid. Sie sah müde und ausgemergelt aus – und so schön und makellos wie immer. Er bleckte die Zähne und trat zu ihr.

»Der große *Macher*«, sagte sie nicht unfreundlich, und er merkte, dass sie ihre Wiedersehensfreude kaum zügeln konnte.
»Hallo, Esse«, grüßte er vom Fuß der Treppe, und die beiden russischen Mädchen mit ihrem Märchenbuch schlichen sich davon.
»Wie geht es dir?«, fragte er förmlich, aber sie fuhr nur fort, ihn zu verspotten.
»Wie nennen sie dich jetzt? Billy the Kid? Oder irgendwas mit Blood?«
»Ja, ja«, sagte er und wedelte ihre Worte beiseite. »Wie geht's den Alten?«
Wie schön sie immer noch war. Wie gut.
»Besser als dir, *Chochem*«, sagte sie, als sie den Verband an seinem Hinterkopf entdeckte. Sie ging die Stufen hinab auf ihn zu und streckte die Hand nach ihm aus, aber er schlug sie weg.
»Nur was Geschäftliches.«
»Wie läuft die Zuhälterei?«
»Du solltest solche Wörter nicht in den Mund nehmen«, sagte er ärgerlich. Es war ihm verhasst, sie so etwas sagen zu hören, im selben Atemzug an Sadie denken zu müssen.
»Ein Lude bleibt ein Lude.«
»Und eine Hure eine Hure, richtig? Ich habe keine Frau je gezwungen, für mich auf die Straße zu gehen.«
»Nein. Und ich nehme an, sie haben einen Luden aus dir gemacht. Und die Straßenhändler haben einen Pferdemörder aus dir gemacht, die Karten einen Spieler.«
»Und was ist mit dir? Du schuftest dich zu Tode, lässt es dir gefallen, dass sie dir die Haare vom Kopf fressen. Ist das vielleicht besser?«, stieß er hervor, obwohl er nicht wollte. Er wusste, er durfte sich nicht von ihr provozieren lassen, aber er konnte sich einfach nicht beherrschen. »Sieh dich doch an! Du könntest nicht mal den Platz meiner ältesten Hure einnehmen, so wie du heute aussiehst!«
Es stimmte nicht. Sie war immer noch schön, immer noch so makellos wie an dem Tag, da er sie zum ersten Mal richtig zur

Kenntnis genommen hatte, und er hatte die Hand auf ihre Hüfte gelegt, und sie hatte sich nicht abgewandt …

»Hör auf!«

Er rechnete damit, dass sie ihn ohrfeigen würde, und er war darauf vorbereitet, auf das Gefühl dieser harten Handfläche an seiner Wange. Doch sie streckte ihm die Hand lediglich entgegen, flehentlich, bis sein Gesicht nicht von der Ohrfeige, sondern vor Scham brannte.

»Wie kannst du so mit mir reden?«, fragte sie, und ihre Stimme klang entsetzlich verständnisvoll und ruhig.

Sie war immer noch so rechtschaffen, es konnte einen wirklich auf die Palme bringen. Aber er war zu ihr gekommen, und sie hatte sich nicht abgewandt.

»Ich bin deine Schwester. Selbst du hast Blut, weißt du.«

»Ja.« Er schlug die Augen nieder und hasste sie dafür, dass sie Recht hatte.

Sie fuhr ihm mit der Hand durch die dichten schwarzen Haare, betastete behutsam die Ränder der Schwellung.

»Ach, *Bruderke*, was machen wir nur mit dir? Wann wirst du dich endlich daran erinnern, dass du eine Seele hast?«

Sie hatte sich nicht von ihm abgewandt, und als er seine zitternde Hand beschämt sinken ließ, hatte sie nur gesagt: Du brauchst keine Gewissensbisse zu haben, es ist nichts Schlechtes … Dabei hatte er genau gewusst, dass es böse war.

Um sie allein tat es ihm Leid.

Es war damals gewesen, als sie noch auf der Forsythe Street wohnten, wo die Huren draußen auf dem Gehweg saßen, nackt unter ihren durchsichtigen Kleidern. Papa beschimpfte sie immer fürchterlich, wenn er an ihnen vorbeikam, aber sie lachten nur und spuckten auf seine Schuhe, die rundlichen Schenkel da auf dem Pflaster ausgestreckt. Wenn Lazar vorbeikam, pfiffen sie, hoben die Röcke und riefen ihm nach: »*Boychik*, komm her, der geht aufs Haus! Oi, was für ein Gesicht! Weicher als mein *Toches!*«

Sie versuchten, ihn mit ihren Füßen zu Fall zu bringen, und griffen nach seinem Schritt. Er hatte so ein unschuldiges Jungengesicht damals, sie hielten ihn für einen schüchternen *Jeschiwe-Bocher*. Aber er wusste, dass das Gift in seinem Innern schon zu wirken begonnen hatte.

Er bewegte sich vorsichtig damals, war sich der unsichtbaren Grenzen sehr wohl bewusst, die ihn umgaben. Polen und Ukrainer lebten nur ein paar Blocks weiter östlich, die Italiener südlich von ihnen, und wenn er sich zu den Hafenanlagen an der West Side wagen wollte, musste er sich vor den Hudson Dusters, den Five Pointers und den restlichen irischen Gangs hüten.

Die Iren waren einfach Schläger, mehr Muskeln als Hirn – es war nicht weiter schwierig, ihnen zu entgehen. Die Italiener fand er schon interessanter. Sie stellten am Ende ihrer ärmlichen Gassen kleine Altäre auf, die im Licht zahlloser Kerzen erstrahlten, und veranstalteten Prozessionen mit Musikkapellen und Heiligenstatuen, die sie mit Rosen und Dollarscheinen schmückten. Aber wenn sie dich schnappten, dann nahmen sie dir dein Geld, zwangen dich auf die Knie und ließen dich das Vaterunser und das Ave Maria aufsagen …

»Mach schon, Jid! Wir wissen, dass du es kannst!«

… all diese fremden, Furcht einflößenden *gojischen* Rituale. Sie spuckten auf ein Stück Brot aus der Gosse und zwangen es dir in den Mund und lachten: *Dies ist mein Leib, nehmet und esset alle davon …*

»Jetzt bist du bekehrt!«

Er riss sich los, rannte nach Hause, spuckte das widerliche Brot aus, und ihr hämisches Gelächter jagte ihn die Straße entlang. Nichtjüdisches Brot, ging ihm auf, etwas, das sie wirklich aßen. Monk hatte Recht gehabt: *Geh niemals vor einem Christen auf die Knie.* Besser, man ließ sich bewusstlos schlagen und treten. Er wusste, was er beim nächsten Mal tun würde.

Nicht dass er je viel Zeit hatte, ihre Straße oder die unmittelbare Nachbarschaft zu verlassen. Er hatte seinen Job nach der Schule, fegte jeden Tag die Apotheke in der Great Jones Street. Dann zur Seward-Park-Leihbücherei, wo die Warteschlange jüdischer Kinder bis zur nächsten Straßenecke reichte. Und dann die vielen Stunden des Talmud-Studiums mit seinem Vater. Er lauschte den endlosen, geheimnisvollen Debatten der älteren Männer, verbrachte ungezählte Stunden des Studiums in der dunklen, stickigen *Bet-Midrasch* hinter der Synagoge, eingehüllt in die süßliche Geruchsmischung aus alten, halb zerfallenen Büchern, Kerzenwachs und den feuchten, muffigen Ausdünstungen seiner Mitschüler, die in ihren dicken Jacken und Hosen schwitzten ...

Es langweilte ihn beinah zu Tode. Er war rastlos und unruhig, ständig auf der Suche nach etwas anderem, irgendetwas, ganz gleich was. Er wusste, es wurde von ihm erwartet, dass es ihm gefiel, dass er sich mit Freude auf ein Leben als großer Gelehrter wie sein Vater vorbereitete, aber er war sicher, wenn er dieses Leben weiterführte, würde er irgendwann in tausend Stücke zerspringen.

Und dann war sie ihm aufgefallen. Esse war natürlich immer da. Seine jüngere Schwester, die tagein, tagaus mit ihrer Mutter am Küchentisch saß und arbeitete. Stets saßen sie da und taten irgendetwas mit Nadel und Faden, bis es Zeit wurde, den Tisch abzuräumen und den beiden Gelehrten ihr Abendessen vorzusetzen. Der Altersunterschied zwischen den Geschwistern war groß genug, dass sie Verbündete sein konnten. Hinter dem Rücken ihrer Eltern machten sie sich über deren altmodische Sitten lustig, teilten und hüteten ihre kleinen Geheimnisse. Aber er hatte sie trotzdem nie so richtig zur Kenntnis genommen bis zu diesem Tag – an diesem Tag hatte er ohne besonderen Anlass plötzlich erkannt, wie gut sie war.

Von da an war er wie verzaubert. Sein Blick folgte ihr, wohin sie auch ging in der kleinen Wohnung, wenn sie ihrer Mutter mit dem Essen half, das Bettzeug wegräumte, die Wäsche aufs Dach hinaufbrachte. Er konnte die Augen einfach nicht von ihr abwenden, konnte nicht verhindern, mit ihr zusammenzustoßen – wie hätte er das auf dem beengten Raum verhindern sollen? Er berührte sie zufällig, roch ihren Hals, ihre Haare, sah, wie ihr Kleid über ihre Mädchenbeine fiel. Er konnte nichts dagegen tun, dass er sich ihrer Gegenwart immer bewusst war. Manchmal glaubte er zu ersticken, wenn sie sich beide in der winzigen Wohnung aufhielten. Es war falsch, das wusste er, aber er war nun einmal böse, und die Tatsache, dass es ihn erregte, bewies nur, wie schlecht er war.

Und dann war ihre Mutter eines Tages so krank, dass der Alte sich tatsächlich hatte überreden lassen, sie zu einem Arzt zu bringen. Normalerweise ließ er sie liegen, wenn sie krank war, und machte einen weiten Bogen um sie, genau wie während ihrer Monatsblutung, aber dieses Mal war sie einfach zu krank, um es zu ignorieren, hatte schwarze Galle erbrochen, und er ließ sich überreden, sie, wenn schon nicht zu einem Arzt, dann doch wenigstens zur *Bobe* auf der Ludlow Street zu bringen.

Sie blieben allein in der Wohnung, und er war zu ihr gegangen. Eigentlich sollte sie weiter diese spitzenbesetzten Frauendinger nähen, die sie und ihre Mutter immerzu machten. Eigentlich sollte sie weiternähen, aber bald wurde ihr langweilig, und sie verließ ihren Posten am Küchentisch, um ein bisschen im Wohnzimmer umherzuhüpfen und im einfallenden Sonnenlicht Rad zu schlagen. Sie sang leise vor sich hin, war vollkommen versunken in dem, was sie tat, wie ein kleines Mädchen.

Da war er zu ihr gegangen. Er war zu ihr gegangen und hatte die Hand auf ihre Hüfte gelegt, nur eine Hand, federleicht und zitternd lag sie auf ihrem Hüftknochen. Er wollte sie nur berühren, denn sie war das schönste, reinste Geschöpf, das er je gesehen hatte, und er hatte Angst, weiter zu gehen.

Sie hatte sich ihm zugewandt. Hatte sich zu ihm umgedreht, ihr Spiel vergessen, und sie hatte nicht weggeschaut. Ihr Gesicht zeigte einen schauderhaften Ausdruck von Mitgefühl. Sie wandte sich nicht ab, sondern sah ihn direkt an, und er wusste, in dem Moment hätte er tun können, was immer er wollte – sie wusste, was er im Sinn hatte, und trotzdem hätte er alles tun können, alles, was er wollte, und sie hätte es zugelassen.

Stattdessen hatte er sich abgewendet, erfüllt von tiefster Abscheu vor sich selbst, und dann hatte sie es gesagt.
Du brauchst keine Gewissensbisse zu haben. Es ist nichts Schlechtes. Du brauchst keine Gewissensbisse zu haben.
Aber er wusste, dass sie log.

Es war am *Schabbes* derselben Woche, dass er von zu Hause fortging. Nicht dass das seine Absicht gewesen wäre. Die Ereignisse waren nur einfach vollkommen außer Kontrolle geraten, wie in einem bösen Traum.
Jeden Freitagabend gab seine Mutter ihm den Topf mit dem *Tscholent*, damit er ihn zum *gojischen* Bäcker in der Delancey Street brachte, ihr *Schabbes*-Essen aus Rindfleisch, Bohnen und Graupen, die sie zu einem so schweren, fetten Eintopf kochte, dass ihnen gar nichts anderes übrig blieb, als für den Rest des Sabbats matt und apathisch im Wohnzimmer herumzusitzen. Sie brauchte drei Tage, um ihn zu kochen. Mittwochs setzte sie ihn an und ließ ihn eine Weile köcheln. Dann blieb er auf dem Herd stehen und verteilte sein Aroma in der Wohnung bis zum Vorabend des Sabbats. Dann trug er den schweren, schwarzen Topf zum Bäcker, zusammen mit Dutzenden anderer Jungen seines Alters, eine verstreute Prozession erstgeborener Söhne in Kappen und kurzen Hosen. Mütter lächelten, wenn sie sie sahen, und alte Männer tanzten an den Straßenecken, ganz aus dem Häuschen vor Festtagsfreude: »Der *Schabbes*! Hier kommt die *Schabbes*-Braut!«
Seine Mutter gab ihm einen Nickel für den Bäcker, einen finster dreinblickenden Mann mit buschigen Brauen, der den *Tscholent* die nächsten zwölf Stunden in seinem Backofen kochen ließ, zusammen mit den restlichen Töpfen aus der ganzen Nachbarschaft. Am nächsten Tag nach der Synagoge holte er den *Tscholent* wieder ab. Das war eine wesentlich schwierigere Aufgabe. Er musste den schweren, dampfenden Topf so schnell wie möglich heimbringen, ehe das Essen kalt wurde. Aber er tat es immer mit Stolz. Sein Magen grummelte von dem verheißungsvollen

Duft, und die Gesichter seiner Familie, selbst das seines Vaters, strahlten vor Freude, wenn er den Topf hereinbrachte.

Doch an diesem Freitag kam er auf dem Weg zum Bäcker an den Spielern vorbei. Sie waren immer schon da gewesen, schamlos würfelten sie in aller Öffentlichkeit, an der Mauer von Pinsky's Market auf der Attorney Street, aber an diesem Sabbat sah er sie plötzlich mit anderen Augen: Eine Gruppe junger Männer mit wachsamen, gefährlichen Gesichtern bildete das Zentrum. Mit hochgeschlagenen Kragen knieten sie auf dem Gehweg, auf dem überall Geld verstreut lag: Pennys, Nickel, sogar Zehncent- und Vierteldollarmünzen.

»*Komm schon, Baby, komm schon. Sei lieb zu Papa.*«

Während er zuschaute, kamen andere Männer und Jungen vorbei, knieten sich auf den Gehweg und versuchten ihr Glück, schoben einen Penny oder Nickel herüber. Die Würfel rollten, und ein flinker junger Kerl mit einem scharf gemeißelten Gesicht bewegte sich geschickt zwischen den Spielern, sammelte die Einsätze ein, ehe irgendwer sich seine Münze wiederholen konnte, schob hin und wieder einem Gewinner ein Geldstück zu, wie jemand, der einen faulen Apfel zurück auf den Obstkarren schmuggelt.

Es waren diese Münzen, die Lazar am meisten faszinierten, Geld für nichts als nur das Risiko. Er trat vor, der schwere Topf, den er auf dem Arm balancierte, war vergessen, und ohne einen weiteren Gedanken schnipste er den Nickel für den Bäcker aufs Pflaster. Der Einsammler ließ seinen Blick kurz darüber schweifen, dann nahm er die Würfel auf und reichte sie einem anderen Jungen mit einem Engelsgesicht. Er war noch ein Kind und hatte mit versonnener Miene einen Penny auf den Boden gelegt.

Die Würfel wissen genau, wer hier die Wetten macht, und sie kommen niemals, niemals zu dir ...

Der kleine Junge warf sie arglos gegen die Mauer, und sie fielen hüpfend zurück auf den Zement. Jeder zeigte ein einziges weißes Auge auf der schwarzen Oberfläche. Ehe Lazar ihn nur noch einmal ansehen konnte, hatte der flinke junge Mann seinen

Nickel, den Penny des kleinen Spielers und alle weiteren Münzen eingesammelt. »*Jiddische Masel*«, murmelte er mitfühlend und riss dem Jungen dann die Würfel aus der Hand. Der Kleine sah aus, als wollte er in Tränen ausbrechen.
Neue Spieler drängten heran und stießen Lazar weiter nach hinten. Er hatte ja ohnehin nichts mehr, das er hätte setzen können. Lange stand er am Bordstein, den schweren Topf in den Händen, und überlegte, was er jetzt tun sollte. Der Nickel war verschwunden. Er hatte kein Geld, hätte auch nicht gewusst, wie er sich welches beschaffen sollte, und der Bäcker würde sicher heute nicht damit anfangen, einem kleinen jiddischen *Pischer* Kredit zu geben.

Als es dämmerte, machte er sich langsam auf den Heimweg. Die ahnungslosen Passanten zogen ihn auf wie sonst auch: »Schwing deinen *Toches*, *Kindl*!« Er ging ganz langsam, überzeugt, dass irgendeine unbekannte Macht eingreifen müsse. Ein Nickel auf der Straße. Oder ein ungewöhnlich großzügiger Fremder. Auf dem ganzen Heimweg hob er den Blick nicht ein einziges Mal von der Erde, suchte den Gehweg nach verlorenen Münzen ab. Vielleicht konnte er auch jemanden vor einem durchgegangenen Pferd retten, wie in diesen dämlichen Geschichten vom Aufstieg der Zeitungsjungen und Streichholzverkäufer, die er mal in der Seward-Park-Bücherei durchgeblättert hatte.
Doch er fand nichts. Weder ein wild gewordenes Pferd noch Geld auf der Straße. Er bog in die Forsythe Street ein, wo jetzt im ruppigen Spätherbstwetter keine Huren mehr auf dem Gehweg saßen. Esse kam gerade die Stufen vom Hauseingang herunter und starrte ihn an. So voller Besorgnis, und sie erkannte sofort, dass etwas nicht stimmte, so wie sie es immer wusste. Er spürte einen dicken Kloß in der Kehle, als er sie sah, aber er ging wortlos mit dem *Tscholent*-Topf an ihr vorbei, unfähig, etwas zu sagen. Er stieg die drei Treppen zu ihrer Wohnung hinauf, wo er den Topf unter dem verständnislosen Blick seiner Mutter auf den Küchentisch stellte.

»Was hat das zu bedeuten?«
Sie sah aus dem Fenster. Nur noch ein Rest Tageslicht fiel herein.
»Du wirst zu spät kommen! *Schabbes* ...«
Er ließ sich auf den Stuhl seines Vaters am Tisch fallen und starrte auf seine Hände hinab.
»Ich kann nicht. Ich habe die fünf Cent verloren.«
»Wer war es? Die *Gojim*?«
Sie kniete vor ihm und sah ihn an, so außer sich, dass er ihr nicht einmal das Märchen erzählen konnte, das er sich zurechtgelegt hatte.
Besser, sie erkannte seine wahre Natur.
»Nein. *Ich* habe den Nickel verloren. Ich hab ihn beim Würfeln auf der Straße verspielt.«
Besser, sie wussten es.
Da stand sie auf und ließ ihn in Ruhe. Sie ließ ihn still da am Tisch sitzen und auf den Fußboden starren, bis sein Vater nach Hause kam und sie in ihrer zittrigen, weinerlichen Stimme wiederholen musste, was er gestanden hatte. Und ein Teil von ihm genoss es, sie diese Dinge sagen zu hören, ihre Stimme voller Entsetzen über die schreckliche Tat, die er begangen hatte.
»Halsstarriger! Erbärmliche Kreatur!«
Erwartungsgemäß tobte sein Vater, schlug ihn ins Gesicht, zerriss dramatisch sein eigenes Hemd.
»Du wildes Tier! Schande über dich!«
Von all den vielen schrecklichen Tagen, die sie in der kleinen Wohnung auf der Forsythe Street erlebt hatten, war dieser der schlimmste. Es war derselbe Monat, da der Streit über den Erhabenen Rabbi aus Krakau seinen Höhepunkt erreicht und die Gemeinde seinen Vater hinausgeworfen hatte.
»Das Schlimmste, was uns je geschehen ist, war, dass wir nach Amerika gekommen sind!«, lamentierte der Alte, schlug wieder und wieder mit der Faust auf den Tisch, rannte umher wie ein Verrückter, tobte, bis sie nicht mehr verstehen konnten, was er sagte, und er schlug Lazar mit seinem Gürtel.

An diesem Freitagabend war es, als säßen sie *Schiwe*. Sie hatten nichts zu essen für den Samstag. Seine Mutter durfte den *Tscholent* nicht selber kochen, das verstieß gegen göttliches Gebot, und jetzt war es zu spät, einen *Schabbes-Goj* ausfindig zu machen und ihn an Lazars Stelle zum Bäcker zu schicken. Als sie aus der Synagoge zurückkamen, stand in der Küche nur der Topf mit dem kalten, halb garen Eintopf. Doch sein Vater hatte sich wie gewöhnlich an den Tisch gesetzt.

»Es ist Zeit zum Essen, also lasst uns essen«, sagte er.

Seine Mutter und Esse tauschten einen Blick, fragten sich offenbar, ob er noch bei Verstand war. Die Leute in der Synagoge hatten einen Bogen um ihn gemacht. Einige seiner ältesten Freunde, Männer, die er schon in Lodz gekannt hatte, weigerten sich, mit ihm zu reden, weil sie seine dogmatischen Vorträge über den Erhabenen Rabbi und ihre neue Heimat nicht mehr ertragen konnten. Und jetzt bestand er darauf, dass sie alle sich zum Essen hinsetzten.

»Dies ist es, was uns gegeben wurde dank dieses Jungen. Es ist, was der Allmächtige mir zugedacht hat.«

Seine Frau sah ihn flehentlich an, aber er ignorierte sie und sah starr auf die Tischmitte, als erwarte ihn das übliche Festessen. Sie hob den Deckel vom *Tscholent*-Topf, doch als sie die unappetitliche Masse mit den erkalteten Fettklumpen sah, sagte sie: »Ich werde meiner Familie kein solches Essen vorsetzen.«

Er sprang auf, beinah übermütig, und nahm ihr die Schöpfkelle aus der Hand.

»Wenn du es nicht tust, dann eben ich«, erklärte er. »Der Sohn gehorcht nicht, die Mutter trägt nicht auf. Wenn niemand in dieser Familie mehr seine Pflicht tut, werde ich sie für euch alle erfüllen.«

Zuerst häufte er eine gewaltige Portion der klebrigen Masse auf seinen eigenen Teller, wie es üblich war. Wachsartige, gelbliche Fettklumpen fielen dabei auf den Tisch.

»Wer möchte sonst noch?«

Niemand antwortete.

Der Rabbi ergriff erst den Teller seiner Frau, dann Esses und schaufelte kalte Batzen Eintopf darauf.
»Hier! Hier! Und jetzt für den kleinen *Mamser.*«
Lazar streckte seinem Vater den Teller entgegen, hielt ihn so ruhig, wie er konnte. Die Augen des Alten weiteten sich, völlig von Sinnen vor Zorn.
»Oh, dich hungert nach den Früchten deiner Arbeit, meine kleine Plage? Nun, du sollst alles haben, was du essen kannst!«
Er lud eine große Schöpfkelle voll auf Lazars Teller, viel mehr, als er Esse und der Mutter aufgefüllt hatte – dann noch eine und noch eine. Lazar hielt den Teller weiterhin ausgestreckt, bis sein Vater die Kelle schließlich zurück in den Topf fallen ließ.
»Nur zu! Iss es auf!«, schrie der Alte.
Lazar begann zu essen. Ganz gemächlich. Er wusste, dass sie alle ihm zusahen, und was er am meisten verabscheute, war das Mitleid in den Augen seiner Mutter und Schwester. Bald aß er schneller, stopfte sich die gummiartigen Fleischstücke, die rohen, steinharten Graupen und Bohnen in den Mund und schluckte. Es war widerlich, die Perversion der Kochkunst seiner Mutter. Aber er aß weiter, einmal schloss sich seine Kehle, als er versuchte, den schwammigen Brei zu schlucken, doch er stopfte Gabel um Gabel in sich hinein.
»Nur weiter! Iss! Iss!«, schrie sein Vater wütend. »Seht ihn euch an, er kann gar nicht genug bekommen von seinem Werk!«
Lazar starrte ihn an, zwang seinen mit kaltem Fleisch und Fett gefüllten Mund zu einem Hohnlächeln. Der Alte wies zum geöffneten Fenster, durch das sie die übliche Verderbheit des *gojischen* Samstagabends hörten: das Lachen der Huren, das Singen und Lallen der Betrunkenen.
»Er sollte dort unten sein bei dem restlichen Abschaum! Das ist alles, wozu er taugt!«
Lazar aß die letzte Gabel, bis nur ein orangefarbener Fettschmier am Boden seines Tellers zurückblieb, dann stand er auf und ging mit hoch erhobenem Kopf hinüber zur Wand, wo sein Jackett und Hut an einem Haken hingen.

»Lazar!«, schrie seine Mutter, während Esse schweigend von ihrem Platz am Tisch aus zusah.
»Wo willst du jetzt hingehen, wo du deine Schande nicht länger ertragen kannst?«, brüllte sein Vater und sprang auf.
»Sag mir eins.« Lazar sah ihm in die Augen. »Worum trauern wir hier? Um mich oder den *Tscholent*?«
»Hört ihn euch an! Geh zum Teufel mit deinen Gangsterfreunden! Am Sabbat das Haus verlassen! Du bist tot für mich, hörst du? Ich habe keinen Sohn mehr!«
Lazar setzte seinen Hut auf, schaffte es trotz seiner zitternden Finger, ihn mit einem lässigen, fast unverschämten Schwung aus dem Handgelenk auf den Kopf zu befördern – das hatte er mit den anderen Jungen in der Schule geübt. Er rang um einen gelassenen Tonfall, ein unbewegtes Gesicht.
»Ich wäre wirklich lieber tot, als in diesem Haus zu bleiben.«
Er machte kehrt und schlenderte zur Tür, während er sich fragte, wohin er gehen, wovon er leben sollte. Seine Mutter streckte die Arme nach ihm aus, und ihre Stimme folgte ihm auf der Treppe: »Lazar! Lazar!« – so jammervoll und kläglich, dass er, wäre sie ihm gefolgt, vermutlich kehrtgemacht und geradewegs zurück in die Wohnung gegangen wäre, vor seinem Vater niedergekniet wäre und Verzeihung erfleht hätte. Und er wusste heute so gut wie damals, dass ihm verziehen worden wäre. Sein Vater hätte es ausgekostet wie eine Szene aus der Thora – die Rückkehr des verlorenen Sohns.
Doch seine Mutter folgte ihm nicht nach draußen, wie immer unterwarf sie sich dem Willen seines Vaters. Also ging er weiter die gewendelte Treppe hinab. Nur Esse kam ihm nach. Er hörte, wie die Tür wieder geöffnet wurde, das irre Geschrei seines Vaters hallte den Flur entlang: »Lass ihn gehen, lass sie alle gehen! *Gornischt mit Gornischt*!«
Esse rief seinen Namen, sah ihn die Treppe hinuntersteigen, eine dunkle Gestalt, die immer weiter in die Finsternis hinabglitt.
»Aber Lazar, wo wirst du denn hingehen?«
Er hob die Hand über den Kopf und winkte ab, wagte nicht, sich

zu ihr umzuwenden. Es war besser so, besser, dass sie blieb – auch wenn er sich dessen heute oft nicht mehr sicher war.
»Ich komme schon irgendwo unter.«
Aber er wusste es jetzt: Er war nichts wert.
Esse rannte die Treppe hinab, doch er war schon fort. Sie machte kehrt und fand ihren Vater über das Geländer ihrer Etage gelehnt.
»*Gottenju*«, seufzte er voller Selbstmitleid. »Amerika hat aus mir einen Berg aus Asche gemacht.«

Er verbrachte die Nacht in einer Gasse, die nach Katzenpisse und verfaultem Gemüse stank, und am nächsten Morgen ging er zurück zu den Würfelspielern auf der Attorney Street. Dieses Mal sah er zu und wartete ab, bis ihm alles völlig klar wurde.
Zum einen war da der Bankier: der junge Kerl mit dem gemeißelten Gesicht, der das Spiel leitete, die Würfel ausgab und so flink umherging und die Einsätze kassierte. Er hatte wenigstens zwei Komplizen, die sich immer am Rand der Menschentraube aufhielten. Und dann gab es den Jungen: das Kind mit dem Engelsgesicht, der den Einserpasch – die Schlangenaugen – gewürfelt hatte und so untröstlich zu sein schien.
Immer wenn sie neue Spieler ködern wollten, bekam der kleine Engel ein Zeichen, ging Lazar auf. Er trat vor und würfelte wie jeder andere Schwachkopf von der Straße. Er gewann vielleicht sogar zwei-, dreimal hintereinander – der Bankier warf ihm dann gut einstudierte, mordgierige Blicke zu – bis genug neue Spieler zu dem Schluss gekommen waren, dass das Spiel einen Versuch wert sei. Dann steckte der mit dem gemeißelten Gesicht ihm ein neues Würfelpaar aus seiner Westentasche zu, ein Paar nämlich, mit dem man nie etwas anderes als Schlangenaugen würfelte.
Als er herausgefunden hatte, was er wissen musste, verbrachte Lazar den Rest des Morgens damit, nach dem Glücksnickel zu suchen, auf den er schon bei seinem langen Heimweg mit dem

Tscholent seine vergeblichen Hoffnungen gesetzt hatte. Er war immer noch nicht leicht zu finden, fünf Cent blieben nie lange auf der Straße liegen. Doch Zeit war jetzt sein einziges Kapital, und er suchte mit gesenktem Kopf die Gosse ab, bis er fünf Geldstücke zusammen hatte, die die Huren oder die diebischen Straßenhändler verloren hatten.

Mit seiner Beute ging er zu den Würfelspielern zurück und wartete, bis der Junge mit dem Engelsgesicht wieder vortrat. Als die Würfel in seiner Hand lagen, trat Lazar vor und legte seine Münzen auf den Gehweg. Der Kleine machte seinen Punkt, und Lazar las sein Geld ebenso schnell auf, wie er es gesetzt hatte. Er hatte nicht die Absicht, eine zweite Runde zu riskieren.

Der Bankier mit dem gemeißelten Gesicht sah ihn finster an, aber ihm blieb keine Wahl. Er musste auszahlen, wenn er nicht den Verdacht der restlichen Spieler erregen wollte. Einer der anderen Komplizen kam auf Lazar zu, als er sich durch die Menschentraube zurückdrängte, ein großer, breitschultriger Junge. Doch Lazar gedachte nicht, sich jetzt noch einschüchtern zu lassen. Er erwiderte den Blick des *Schtarke* unbewegt, bis der sich verdrossen abwandte und seine Aufmerksamkeit wieder auf das Spiel richtete.

Das war der Anfang seiner Karriere. Er zog die Attorney Street entlang, dann die Delancey und die ganze Lower East Side und wiederholte seinen Trick. Er übertrieb es nie, blieb nirgendwo lange genug, um sich Ärger einzuhandeln. Er wartete einfach, bis er das System durchschaut hatte, gewann seinen Nickel oder Dime und zog dann weiter.

Am Abend des ersten Tages hatte er zwei Dollar gemacht, am nächsten Tag zehn, und von da an waren die Möglichkeiten grenzenlos. Er ging nie wieder zum Haus seines Vaters zurück, nicht einmal an dem Tag, als er sein eigenes Bild unter den Vermisstenanzeigen im *Jewish Daily Forward* fand und allein in seinem Hotelzimmer weinte.

Und sie war immer noch bei ihnen, nach all den Jahren. Sie stand hier vor ihm, eine Prinzessin auf der Straße.

»Esse, wieso bist du noch hier?«, fragte er. Er hatte seine Mission, hatte selbst das Versprechen an seinen Vater vergessen. »Warum gehst du nicht weg?«

Und er erkannte, selbst jetzt noch wäre er mit ihr gegangen, wohin sie auch wollte, und hätte das Leben mit ihr geführt, das sie sich wünschte.

»Man muss zusammenhalten«, erklärte sie ihm, obwohl er glaubte, einen zweifelnden Unterton in ihrer Stimme zu hören.

»Überlass sie doch ihrem jammervollen Schicksal. Ich hab genug für uns beide.«

»Es ist Blutgeld.«

Er würde ihr die Augen öffnen.

»Alles Geld ist Blutgeld«, versetzte er verächtlich. »Komm mit mir.«

Sie sah ihn an, wieder mit diesem grauenvollen Mitgefühl in den Augen. »Und was soll dann aus mir werden? Ein Mensch ohne alle Bindungen, ohne Familie oder Freunde oder irgendetwas, woran er glauben kann, was kann der anderes sein als ein Ungeheuer?«

»Du hörst dich an wie Papa«, sagte er bitter. »Sie sind die Ungeheuer. Geh lieber, bevor sie dich auffressen.«

»Um mich von dir abhängig zu machen? Wie deine anderen Frauen?«

»Du glaubst, das werden sie nicht tun? Du meinst, sie werden nicht an dir nagen, bis nichts von dir übrig ist?«

»Lazar ...«

Sie streckte die Arme nach ihm aus. Es war die gleiche Geste, das gleiche unerträgliche, hilflose Mitleid.

Er ging die Stufen hinunter, weg von ihr, und machte sich auf den Weg die Orchard Street entlang. Die Kopfwunde pochte, und er hasste Esse, hasste sich selbst, und am allermeisten hasste er seinen Vater.

Er würde ihr die Augen öffnen. Auch wenn sie ihm das niemals verzeihen würde.

»Na schön. Du glaubst es nicht? Wart's nur ab.«

Er hob die Hand, um ihr zuzuwinken, und sie schloss sich zur Faust.

»Ich werde es dir beweisen. Du wirst schon sehen.«

20

Big Tim

»›Junge Mädchen in ihren Nachthemden!‹, ›Französische Cancan-Tänzerinnen!‹, ›Das Soubretten-Picknick!‹«
Little Little Napoleon stierte verständnislos auf das Blatt Papier vor sich hinab.
»Soubretten sind leichtfertige Dinger«, erklärte Sullivan hilfsbereit. »Kokette.«
»Ich weiß, was eine Soubrette ist«, brüllte der Bürgermeister. »Es ist Abschaum, das ist es! Es unterminiert die moralische Gesinnung in unserer Stadt!«
Big Tim lehnte sich zwischen Photo Dave und Sasparilla Reilly auf dem Sofa zurück. Offenbar sollte dies wieder einer von den Tagen werden, da der Bürgermeister so tat, als habe er in seinem ganzen Leben noch nie etwas von Politik gehört.
»Sehen Sie sich das an!«, befahl McClellan und hielt eine Fotografie hoch.
Big Tim sah mit Belustigung, dass Sasparilla und Photo Dave lange Hälse machten, in der Hoffnung, einen Blick auf eine unmoralische Soubrette in Aktion zu erhaschen. Zu ihrer grenzenlosen Enttäuschung zeigten die Bilder aber nur die Eingänge von Lichtspielhäusern und des Automatic Vaudeville, dem Nickelodeon auf der 14. Straße.
»Sehen Sie das? Sehen Sie das?!«
»Ja, ich seh's«, erwiderte Big Tim betont ruhig.
»Neben jedem dieser Etablissements befindet sich ein Saloon,

und in den meisten Fällen haben sie sogar einen gemeinsamen Eingang!«

»Hunde haben nun mal Flöhe, Euer Ehren.«

Und als ob Männer nicht wüssten, wie sie was zu trinken bekommen oder eine Hure finden, ohne vorher einen Nickel in diese Maschine zu werfen, um ein winziges, flackerndes Bild von einem Mädchen im Nachthemd und mit bloßen Füßen zu sehen.

»Dann müssen wir sie eben ausmerzen. Wir müssen den Hund gründlich baden, Sir!«

Big Tim seufzte. Der Mann war regelrecht besessen von seiner Abneigung gegen die Lichtspielhäuser. Big Tim hatte seine eigenen Vorbehalte gegen diese neue Filmindustrie und die Nickelodeons, aber das hatte ihn nicht davon abgehalten, mit Fox und Loew eine ganze Kette von diesen Dingern zu eröffnen. Die Filmtheater waren nicht mehr aufzuhalten, und er hatte es seit jeher unsinnig gefunden, gegen das Unvermeidbare anzukämpfen. Der Mensch wurde geboren, um sich in Schwierigkeiten zu bringen, saß praktisch vom ersten Tag an auf einem Pulverfass, und es war nicht Aufgabe der Politiker, zu verhindern, dass die Funken aufstoben.

Er musste zugeben, diese Filme waren die beste Methode zu lügen, die je erfunden worden war. Zeitungen logen, aber niemand nahm sie besonders ernst. Fotografien logen weitaus überzeugender. Seine eigene Mutter hatte bis zum Tag ihres Todes ein spiritistisches Foto auf ihrem Nachttisch stehen gehabt. Es zeigte angeblich den Schatten seines Vaters, der sich schützend über sie beugte.

Aber auch Fotografien mangelte es an dem entscheidenden Element: Lebendigkeit. Diese Filme waren real, so real wie das Leben selbst. Was konnte man den Leuten mit diesem Mittel nicht weismachen? Draußen in Feltmans *Sunken Garden* hatte er beobachtet, wie das Publikum zusammenzuckte, wenn eine Pistole abgeschossen wurde oder ein Zug auf die Kamera – und damit auf sie – zu raste. Kein Wunder, dass Hearst sich bereits für die-

ses neue Wunder interessierte, man konnte jede Wirklichkeit damit erschaffen, die man sich nur wünschte.
»Haben Sie mich gehört? Wir müssen diese Lasterhöhlen schließen. Und zwar ein für alle Mal!«, ereiferte sich Little Little Napoleon, und seine schwarzen Augen leuchteten fanatisch.
Das brachte auch nur Tammany Hall fertig, den Spross eines verhinderten Nationalhelden zum Bürgermeister zu machen. Nun, die Demokratische Partei war eine Institution, die alles verzieh. Die spektakulärsten Versager zählten zu ihren Helden: Stuart und Emmet, Tone und Parnell, Kossuth und Mazzini. Die tragischsten Exilanten, die größten ungekrönten Könige und die Männer, die mit den ergreifendsten Abschiedsworten den Galgen bestiegen.
Wenigstens sah McClellan gut aus, besser noch als sein schneidiger Vater und ebenso beeindruckend: ein kantiges, glatt rasiertes Kinn, kalte, aristokratische Augen. Er sah aus wie der perfekte Bürgermeister, und das war alles, was Tammany verlangte, mehr war unerwünscht.
Manchmal war es allerdings unmöglich, ihn unter Kontrolle zu halten. Wie an dem Tag zum Beispiel, als sie die neue Untergrundbahn eröffnet hatten. Der Bürgermeister hatte den ersten Zug nur ein paar Meter weit fahren sollen, aber er hatte darauf bestanden, ihn den ganzen Weg bis zur Grand Central Station zu steuern. Der Zug bockte und schwankte und würfelte die Ehrengäste durcheinander, bis all die Politiker und Botschafter und Generäle und Bonzen und die Damen der Gesellschaft auf die schönen neuen Sitze kotzten.
»Die Nickelodeons sind schlimm genug, aber Theater? Junge Leute beiderlei Geschlechts, die zusammen im Dunkeln sitzen? Wo soll das hinführen?«
Sullivan fühlte sich plötzlich erschöpft.
»Wollen Sie, dass wir auf die Einnahmen aus dem Filmgeschäft verzichten? Von den Saloons ganz zu schweigen. Sollen wir das alles aufgeben? Sollen wir sie vielleicht Mr. Hearst überlassen, zusammen mit einem neuen Thema, für das er sich auf sein ho-

hes Ross schwingen kann? Oder war Ihnen das letzte Rennen noch nicht knapp genug?«
In voller Absicht rührte er an diesen wunden Punkt. McClellan hatte den Zeitungsmagnaten bei der Bürgermeisterwahl nur um Haaresbreite geschlagen, und das, obwohl die Jungs kistenweise Wahlzettel in den East River gekippt hatten. Doch jetzt zeigte der Bürgermeister sich von seiner hochnäsigsten Seite, wandte sich buchstäblich von Big Tim ab.
»Ich glaube nicht, dass ich in meinem Amt auf solcherlei Dinge angewiesen bin«, erklärte er im Brustton der Erhabenheit und blickte aus den hübschen georgianischen Fenstern auf die hohen Bäume im City Hall Park, wo er anscheinend ein Eichhörnchennest entdeckt hatte.
»Ach, so ist das also, ja? Sie wollen wieder gegen uns antreten, George? Hat ja wunderbar geklappt beim letzten Mal.«

Es war Mr. Murphys Idee gewesen. Der Mann war ein Genie, selbst wenn er aussah wie ein nicht allzu gescheiter Pastor vom Lande. Er und Big Tim und all die anderen Tammany-Bosse hatten sich im zweiten Stock von *Delmonico's* auffallend häuslich eingerichtet. Dort trafen sie sich jeden Tag in einem blutroten Salon zum Lunch, saßen an einem prachtvoll gedeckten Tisch, der auf vier geschnitzten Tigerpranken ruhte, und ließen die restlichen Stadtpolitiker und Geldbonzen dort antanzen.
»DER KORRUPTIONSKOLOSS«, hatten Hearsts fette Schlagzeilen gezetert. »WAS GESCHIEHT IM SCHARLACHROTEN SALON DER GEHEIMNISSE???!! PASS AUF, MURPHY! ES IST NUR EIN KLEINER SCHRITT VON *DELMONICO'S* NACH SING-SING!«
McClellans Rolle hatte darin bestanden, *gegen* den Korruptionskoloss anzutreten. Es war ein genialer Schachzug: Tammany trat an gegen Tammany. Der Bürgermeister hatte einen Reform-Police-Commissioner eingesetzt, die Cops in schicke neue Uniformen gesteckt, ein paar ausgediente alte Beamte entlassen. Unterdessen hatte Mr. Murphy kummervolle Erklärungen verlautbaren lassen, voll düsterer Andeutungen auf Bene-

dict Arnolds und andere schändliche Verräter und die Gefährlichkeit von Schlangenzähnen im Allgemeinen. Und am Tag nach der Wahl lief alles wieder seinen gewohnten Gang.

»Ich bin der Bürgermeister dieser Stadt!«, erinnerte McClellan Sullivan jetzt mit aller Entrüstung, die er zustande brachte. »Sie werden mir gefälligst den gebotenen Respekt erweisen!«

»Sie sind *unser* Bürgermeister, und *wir* haben ein ernsthaftes Problem«, versetzte Big Tim ungehalten. »Und es besteht nicht etwa darin, dass erwachsene Männer Spaß daran haben, hübsche Mädchen in Unterwäsche zu sehen. Sie müssen diese Sache stoppen, und zwar jetzt, ehe sie noch weiter außer Kontrolle gerät.«

»Sie meinen Rosenthal?« McClellan wandte ihm wieder sein wohlgeformtes Gesicht zu, den Kopf leicht geneigt wie ein Terrier. »Es wäre nicht angemessen, wenn ich mich in irgendeiner Weise einmische. Diese Sache liegt jetzt in den Händen des Bezirksstaatsanwalts!«

»George, George. Glauben Sie wirklich, irgendwer wird still und artig das Feld räumen, nur damit Sie eine zweite Amtszeit kriegen?«

»Dann müssen sie eben ausgerissen werden wie Unkraut, mitsamt der Wurzel!«, deklamierte der Bürgermeister und schlug nachdrücklich mit der Hand auf den Schreibtisch. »Und mir ist gleich, wohin die Späne fallen, wenn hier gehobelt wird! Wir müssen reinen Tisch machen!«

»Ach, George. Das hier ist eher so was wie eine Alraunwurzel. Eine Wurzel in Menschengestalt, eine, die anfängt zu schreien, wenn man sie ausreißen will. Machen Sie sich nichts vor: Wenn Beansy Rosenthal dem Staatsanwalt weiter die Ohren voll singt, dann gibt es eine Untersuchung. Und ich meine keine von der üblichen Sorte, wo ein Komitee verdienter Bürger mit gestutzten Bärten einer staunenden Öffentlichkeit erzählt, dass Cops sich schmieren lassen und manche Bars nach der Sperrstunde noch geöffnet bleiben. Diesmal werden sie ganz tief graben.

Und keiner kann sagen, wo das enden wird, wenn wir die Sache jetzt nicht stoppen.«

»Ich kann die Integrität meines Amtes nicht aufs Spiel setzen! Mehr gibt es dazu nicht zu sagen!«

Big Tim erhob sich, stand plötzlich turmhoch über dem Bürgermeister.

»Es ist nie ratsam, denselben Trumpf zweimal ausspielen zu wollen, wissen Sie«, sagte er leise.

»Ich bin der Bürgermeister dieser Stadt!«

»Stimmt«, sagte Big Tim und machte Dave und Reilly ein Zeichen, dass es Zeit sei zu gehen. »Das sind Sie. Und als solcher sind Sie aus Lehm gemacht, und ein anderer kann nach Ihrem Abbild erschaffen werden. Guten Tag.«

Im Hinausgehen tippte er kurz an seinen Strohhut, und Little Little Napoleons entrüstete Proteste folgten ihm hinaus.

»Jesus, hat man so was je gesehen?«

Big Tim lächelte, als sie die breite Treppe vor der City Hall hinabschritten.

»Oh, aber du hast's ihm gezeigt, Tim!«

»Du hast ihn dran erinnert, was seine Pflicht ist, Dry Dollar.«

»Aber er ist ein Pfiffikus! Habt ihr ihn mal bei einer Wahlkampfveranstaltung gesehen?«

Natürlich hatten sie das, aber sie wollten, dass er es ihnen noch einmal erzählte, ihre Gesichter strahlten vor Erwartung.

Wir sind ein Volk, das sich von Geschichten verzaubern lässt.

»Er sorgte immer dafür, dass er jemanden im Publikum hatte. Und genau im richtigen Moment fiel der bezahlte Zwischenrufer ihm ins Wort: ›Sprich in unserer Sprache mit uns!‹, brüllte er. Und die Leute buhten, und McClellan machte eine ganz verunsicherte Miene, so als überlegte er, ob er das wohl schaffen würde. ›Sprich in unserer Sprache mit uns!‹, brüllte sein Mann wieder, und bald nahmen auch andere in der Menge den Ruf auf. In Italienisch oder Deutsch oder Französisch oder was auch immer: ›Sprich in unserer Sprache mit uns!‹

Und dann richtete unser Bürgermeister sich kerzengerade auf und ließ die großartigste, schönste Rede vom Stapel, die ihr je gehört habt. Oh, wunderbar, wunderbar! So als hielte er sie aus dem Stegreif. Italienisch oder Deutsch oder gottverdammtes Chinesisch. Das wortgewaltigste, eleganteste Geschwafel, das ihr je gehört habt. Natürlich hatte er jedes Wort am Abend vorher auswendig gelernt, aber ach! Lieber, süßer Jesus, was für wundervolle Reden!«

Die drei Männer hielten an, um sich vor Lachen zu schütteln. Sie hatten die City Hall jetzt umrundet und standen im Zentrum der Welt, die zu kennen sich lohnte: Hinter ihnen ragten die hohen roten Ziegelgebäude des Zeitungsviertels auf, Hearsts und Pulitzers Königreiche. Weiter östlich erhoben sich das schneeweiße neue Municipal Building und die gewaltige Brücke, die den Fluss überspannte. Und genau vor ihnen, geduckt hinter der eleganten City Hall wie eine Bettlerin hinter einer Lady, war das Tweed-Court-Haus – das »Bauwerk, das niemals fertig wurde«. Tweed hatte es nach dem Bürgerkrieg entworfen, und es repräsentierte die Apotheose seines Genies. Er hatte die Gewerke wie üblich an seine alten Kumpel vergeben, für die üblichen Schmiergelder. Als die Reformer zu zetern anfingen, wie schlampig der Bau ausgeführt wurde, hatte Tweed einfach noch mehr Aufträge an noch mehr Kumpel für noch mehr Schmiergelder vergeben, so dass Korruption und unlauterer Wettbewerb immer weitere Kreise zogen.
Bis sie ihn endlich im Tombs-Gefängnis einsperrten, war genug theoretischer Teppich bestellt worden, um ihn einmal rund um den Äquator zu verlegen, genug Besen, um den ganzen Globus sauber zu fegen, und genug Farbe, um ihn zweimal ordentlich anzustreichen. Und das Gebäude hatte noch immer kein Dach. Es hatte Brillanz, musste er bewundernd eingestehen. Er stand davor wie Aristoteles, der eine Homer-Büste betrachtet.

»Wie wär's, wenn wir gehen und dem alten G.W. guten Tag sagen«, schlug Photo Dave hoffnungsvoll vor, aber Big Tim grunzte nur missfällig. Schon von dem Namen fing das Ziehen in seinem Unterleib wieder an.

»Nein, ich glaube, heute kann ich so gerade darauf verzichten, mir anzuhören, wie George Plunkitt in drei Tagen den Mond, die Sterne und die sieben Planeten erschaffen hat und sich dann für sechs Tage aus der öffentlichen Kasse hat bezahlen lassen«, sagte er. »Aber geht nur, wenn ihr wollt, alle beide. Ich finde schon allein nach Hause.«

»Danke, Dry Dollar.«

»Wir sehen uns später.«

Ein bisschen schuldbewusst wandten sie sich ab, doch auch eilig, erpicht darauf, weitere Geschichten auszutauschen.

Wir sind ein Volk, das sich von Geschichten verzaubern lässt.

Im ersten Stock des Gerichtsgebäudes, gleich neben den Herrentoiletten strategisch platziert, saß George Washington Plunkitt wie ein König auf seinem pechschwarzen Podest unter einem Baldachin aus amerikanischen Flaggen. Gerahmte Bilder einstiger Tammany-Häuptlinge umgaben ihn, und er rauchte seine Zigarre und erzählte eine Geschichte nach der anderen, über Croker und seine Rennpferde, über Black Pete Sweeney und Honest John Kelly.

Das Podium war streng genommen nicht Plunkitts Eigentum, aber man hätte es meinen können, wenn man sich ansah, wie viele Stunden er darauf verbrachte, seit McManus ihn rausgeworfen hatte. Er war ein ehemaliger Tammany-Distriktleiter, stammte ursprünglich oben aus dem Fünfzehnten, war gerissener als die meisten und reicher als Midas. Er hatte es einmal geschafft, Polizeirichter, Stadtrat, Verwaltungschef und Abgeordneter im Staatssenat zu sein, alles gleichzeitig, und hatte unglaublich viel Geld gescheffelt.

Das Problem mit George Plunkitt war, dass er nie der Versuchung widerstehen konnte anzugeben, und er hatte irgendeinen Zeitungsreporter dazu gebracht, sein endloses Geschwafel über politische Praxis als Buch herauszubringen. Nichts als heiße Luft, jedenfalls das meiste, aber es hatte jede Menge Aufmerksamkeit erregt, und das fand Big Tim nicht besonders weise.

Auf der Herrentoilette hinter G.W., wusste Big Tim, wohnte ganz hinten im letzten Urinal ein riesenhafter Kakerlak. Sullivan hatte seine Fühler im Laufe der Jahre unzählige Male gesehen, jedes Mal wenn er dort pinkeln ging. Diese beiden Stiele, vielleicht fünfzehn Zentimeter lang, schwenkten knapp über dem Porzellan hin und her – vorsichtig wie ein guter Distriktleiter.

Das war alles, was er je von ihm zu sehen bekommen hatte. Nur diese beiden Fühler. Und so manches Mal hatte ihn ein fast unbezähmbarer Drang überkommen, diese beiden schwankenden Stiele zu packen, das Riesenbiest rauszuziehen und auf dem kalten Fliesenboden zu zertreten.

Aber in all den Jahren hatte er das nie getan. Zweifellos war es inzwischen längst nicht mehr derselbe Kakerlak, vermutlich hatten ganze Generationen dort Stellung bezogen. Aber er würde es nie mit Sicherheit wissen. Manche Dinge blieben besser im Dunkeln.

21

Die großen Seelenklempner aus Wien

Der komische kleine Mann flackerte über Sigmund Freuds Brillengläser. Er rannte, fiel, aß, kam in seinem merkwürdigen Watschelgang daher und fuhr sich immerzu über den kleinen schwarzen Fleck von einem Schnurrbart gleich unter seiner Nase. Er schien sich in einem Zustand permanenten inneren Aufruhrs zu befinden. Seine schwarze Melone trieb auf der Flut menschlicher Leiber einher, die ihn umspülte, sobald er aus der Tür trat – die gleiche Flut, vor der sie sich in diesen Dachgarten hinaufgeflüchtet hatten.

Vor dem kleinen Tramp hatten sie eine andere hektische Komödie gesehen. Sie zeigte die Abenteuer einer Schar hoffnungslos unfähiger Polizisten, die einem Feuerwehrwagen nachjagten und dabei alles in Trümmer schlugen. Und davor eine Art Küchendrama aus dem Ghetto, wo alle Akteure, bis hin zur treu sorgenden Mutter in ihrer Schürze, die Arme in die Luft warfen und die Gestik der großen Opernstars zu imitieren schienen.

Keiner von ihnen hatte je zuvor einen Film gesehen. Freud musste gestehen, sie waren faszinierend, schufen eine ganz eigene Welt auf einer zweidimensionalen Leinwand. Welche Art von Psyche würde dies in der Zukunft hervorbringen, fragte er sich, wenn das Verfahren einmal perfektioniert war und die Leute zu der Überzeugung gelangten, das ganze Leben sehen zu können?

Ferenczi schien besonders hingerissen: Er lachte laut und klatschte begeistert in die Hände wie ein Kind. Freud selbst lächelte nur vor sich hin, genoss in stiller Zufriedenheit sein Bier und seine Zigarre, doch Jung, so stellte er ungehalten fest, gab sich noch weitaus rätselhafter: Durch seinen großen Kneifer starrte er auf die Leinwand wie ein Biologe, der einen seltenen Käfer begutachtet.
»Herr Doktor, die Praxis ist geschlossen!«, rief Freud ihm zu. Er lächelte noch, stellte aber mit zunehmender Verärgerung fest, dass Jung zu seinen abstinenten Gewohnheiten zurückgekehrt war. Seit sie nach Amerika gekommen waren, trank er nichts als Selterswasser oder ein bitteres Gebräu, das Selleriesoda genannt wurde und von dem die Amerikaner behaupteten, es reguliere die Verdauung, das aber, fand Freud, nach alten Socken schmeckte.
»In unserem Beruf ist die Praxis niemals geschlossen«, entgegnete Jung lächelnd. »Das ist ja gerade das Schöne daran. Wir brauchen niemals aufzuhören zu arbeiten.«
»Ja, ich weiß«, sagte Freud hastig, aber Jung unterbrach ihn und machte eine weit ausholende Geste, die den ganzen Dachgarten einschloss.
»Nehmen Sie nur diesen Ort hier, zum Beispiel. Stellen Sie sich vor, was sich alles zwischen diesen Palmen verbirgt.«
Freud biss die Zähne zusammen und wandte sich wieder der Leinwand zu. Zu allem Elend hatte Jung auch noch Recht. Dieser Dachgarten kam ihm in der Tat sehr merkwürdig vor – wieder eine dieser amerikanischen Lokalitäten, die ihn so irritierten. Der Garten befand sich auf einem Gebäude in einem der neueren Stadtbezirke, einer Straße, wo sich ein Theater ans andere reihte, aber nur zwei Querstraßen von einem Slum entfernt, vor dem jedermann sie nachdrücklich, fast ein bisschen stolz gewarnt hatte.
Das Theater selbst war ebenfalls eine Anhäufung von Widersprüchen, ein prächtiger Art-Nouveau-Palast namens New Amsterdam. Oben im Dachgarten fanden sich Geschäftsleute

im dunklen Abendanzug, fett wie Tauben, und juwelenbehängte, gelangweilte Frauen, während hungrige junge Gigolos hinter den Pflanzkübeln mit den Palmen schon auf der Lauer lagen, und gleich neben dieser bemerkenswerten Konstellation war eine idyllische kleine Nachbildung des *alten* New Amsterdam zu sehen, komplett mit kleinen Windmühlen und holländischen Spitzgiebelhäuschen, einer echten Kuh und einer Schar draller Melkerinnen, die zwischen den Tischen umhergingen und den Gästen warme, frische Milch verkauften.
»Sie sind wie Kinder, diese Amerikaner, beharren auf ihrer Unschuld«, schnaubte Freud leise und sah gereizt zu Ferenczi hinüber, der immer noch kicherte wie ein Schuljunge.
Sie hatten gegessen, ein kleines Orchester hatte Tanzmusik gespielt, und überall um sie herum wurde gelacht und geredet, so laut, dass sie sich kaum verständigen konnten. Dann war wie aus dem Nichts die große weiße Leinwand ausgefahren worden. Der dröhnende, klappernde Projektor wurde ins Freie gebracht, übertönte alles andere, und die Gäste wandten ihre volle Aufmerksamkeit der Leinwand zu.

Die ganze Reise war eigenartig und beunruhigend gewesen von dem Moment an, da sie in Bremerhaven den Anker gelichtet hatten. Während der Überfahrt waren er und Jung sich wieder näher gekommen. Jung war wieder Carl der Kronprinz geworden, der Musterschüler. Er hatte sich gar erboten, seinen Vortrag über kindliche Sexualität zuerst zu halten und für Freud das Eis zu brechen, indem er den Fall seiner eigenen Tochter Agathli und ihre Ängste während der Schwangerschaft seiner Frau nachzeichnete.
Freud war ihm dankbar gewesen. Es erschien ihm als ein Opfer, das der Thora würdig gewesen wäre: Jung war gewillt, seine eigene Tochter darzubringen. Agathli wäre in der Tat ein idealer Türöffner, würde den Weg zu ihrer Zuhörerschaft in Clark ebnen, so dass die Behauptung, Sexualität beginne vor der Pubertät, sie nicht mehr als unvorhersehbarer Schock traf.

Doch es gab einen Preis: Jung, so wusste Freud, wollte den Meister nach wie vor analysieren. Freud war ihm ausgewichen. Er hatte keineswegs die Absicht, sich an Bord der *George Washington* unentrinnbar einem triumphierenden Jung auszuliefern, der sich in überheblicher Selbstzufriedenheit erging, weil er einen Aspekt in Freuds Persönlichkeit entdeckt hatte, der ihm selbst zuvor nie bewusst gewesen war, vielleicht sogar ohne ihm zu verraten, worum es sich dabei handelte …

Außerdem hatte es einen beunruhigenden Zwischenfall gegeben. Nur eine Lappalie, die ihn aber dennoch während der ganzen Überfahrt beschäftigt hatte. Am zweiten Tag der Schiffsreise hatten sie nach dem Frühstück einen anderen Passagier getroffen, einen gewissen Professor Stern aus Breslau, der ebenfalls unterwegs nach Clark war, um einen Vortrag über die Psychologie von Zeugenaussagen vor Gericht zu halten.

Dieser Stern hatte die Unverfrorenheit besessen, die *Traumdeutung* in einer Rezension vor einigen Jahren in Frage zu stellen, und Freud hatte weder vergeben noch vergessen. Er bildete sich ein, jeden Angriff auf seine Person ertragen zu können, aber er duldete keine Kritik an der Sache. Er selbst hatte den Professor geschnitten, doch Stern war es gelungen, Jung beiseite zu ziehen. Während Freud ein paar Schritte entfernt wartete und ungeduldig mit seinem Stock auf die Deckplanken klopfte, redete dieses kleine Ekel ohne Unterlass und breitete seine Theorien über freie Assoziation aus. Schließlich konnte Freud nicht mehr an sich halten und rief zu Jung hinüber: »Herr Doktor, wann gedenken Sie diese Unterhaltung zu beenden?«

Stern war rot angelaufen und hatte sich entschuldigt. Freud bemächtigte sich seines Kronprinzen wieder, nahm seinen Arm und führte ihn an der Reling entlang, während er über die Schulter zurücksah und zufrieden bemerkte: »Da geht er, der schäbige kleine Jude.«

Im Hafen von New York hatte er an der Reling gestanden und die berühmte grüne Freiheitsstatue angestarrt, die sich wie ein Koloss über ihre Brut erhob. Die Mutter des Bildhauers hatte dafür Modell gestanden, hatte er in Ferenczis Baedeker gelesen.

Welch ein Wahrzeichen für das Land der Rebellischen Söhne: eine strenge Mutterfigur, die ein Phallussymbol schwingt! Doch war sie in Wirklichkeit nicht eine Art Ersatz für all die Mütter, die sie zurückgelassen hatten? Oder diente sie lediglich dazu, neue unartige Buben abzuschrecken?

Er vertagte das Problem, während ihr Schiff durch den belebten Hafen und hinüber zu den Hoboken-Docks geschleppt wurde. Er betrachtete die heroische Statue und die stolze, hoch aufstrebende Stadt, die ihn erwartete, und fühlte sich wieder wie ein Conquistador, unverwundbar und tollkühn, zu allem fähig. Diese gehobene Stimmung hielt an, bis die Herren der amerikanischen Presse an Bord kamen.

»Geht es nicht in Wirklichkeit bei dieser ganzen Sache immer nur um Sex, Herr Professor?«, rief einer von ihnen, und die anderen lachten, während er vor Zorn kochte und stammelte und nicht in der Lage war, in ihrer unpräzisen, nachlässigen Sprache eine schlagfertige Antwort zu formulieren.

»Welches Honorar bekommen Sie für Ihre Vorträge?«

»Rechnen Sie mit vielen neuen Patienten aus der feinen Gesellschaft?«

»Ist einer der Herren Doktoren verheiratet?«

Diese letzte Frage bot neuerlichen Anlass zur Heiterkeit, denn Ferenczi und sogar Jung erröteten wie Schulmädchen. Die Reporter kritzelten in ihre Notizbücher und ließen ihre Blitzlichter aufflimmern, bis die Doktoren völlig geblendet waren, und waren offenbar unverändert der Auffassung, dass diese ganze Vortragsreise nichts weiter als Scharlatanerie sei, die neueste Schlagzeile für ihre Titelseiten. Und damit nicht genug, musste er am nächsten Tag auch noch feststellen, dass sie alle ihn irrtümlich als Dr. *Freund* bezeichnet hatten.

»Professor, was halten Sie bisher von Amerika?«

»Nun, ich bin ja gerade erst in den Hafen gekommen«, stotterte

er und kämpfte den heftigen Impuls nieder, darauf hinzuweisen, was für eine ausnehmend dumme Frage das war. Doch es war das Einzige, was die Reporter wirklich interessierte.
»Professor, haben Sie vor, zu einem Baseball-Spiel zu gehen?«
»Werden Sie den Grand Canyon besuchen?«
»Wollen Sie auf die Freiheitsstatue? Oder mit der U-Bahn fahren?«
»Was halten Sie vom Hafen, bisher?«

Dr. Brill von der psychiatrischen Klinik der Columbia-Universität war es schließlich gelungen, die Reporter zu verscheuchen. Brill war ein alter Freund. Er hatte sein Praktikum in der Burghölzli absolviert und war eine Zeit lang von Freud analysiert worden. Jetzt nahm er sich ihrer an, führte sie von Bord, durch endlose Tunnel zu einem Taxi, dann in einen Zug der Untergrundbahn – ein ohrenbetäubendes, entsetzliches Erlebnis –, dann durch noch mehr Tunnel und einen Hintereingang in die Küche ihres Hotels.
»New York ist eine echte Weltstadt geworden«, erklärte Brill ihnen. »Ich werde Ihnen alles zeigen. Alles! Sie dürfen sich keine Sehenswürdigkeit entgehen lassen!«
»Ich wäre vollauf zufrieden, wenn ich ein Stachelschwein sehen könnte.« Freud versuchte sein Glück wieder mit seinem Standardwitz, aber tatsächlich wäre er schon vollauf zufrieden gewesen, wenn er nur irgendetwas hätte bei sich behalten können. Die amerikanische Küche hatte sich als ungenießbar erwiesen, und seit ihrer Landung hatten sie alle an Magenbeschwerden gelitten. Aber wenigstens hatte ihm das eine weitere Entschuldigung geliefert, um Jungs Drängen, ihn zu analysieren, auszuweichen.
Jung hatte sich als Erster erholt und mit Feuereifer auf die amerikanische Kultur gestürzt: Furchtlos sprang er auf die rasenden, scheppernden Straßenbahnen, die sich wie Raubvögel auf jeden zu stürzen schienen, der die Straße überqueren wollte. Jeden Tag kaufte er amerikanische Zeitungen. Gebannt verfolgte

er die Untersuchung darüber, welcher Forscher, Peary oder Cook, denn nun als Erster den Nordpol erreicht hatte.
»Ein typisches Beispiel für den amerikanischen Irrsinn«, hatte Freud verächtlich bemerkt. »Zwei Männer, die für einen solchen Wettlauf ihr Leben riskieren. Und wohin? Das Ziel ist nicht etwa ein neuer Kontinent, sondern nichts weiter als eine treibende Eisscholle. Wie soll irgendwer je herausfinden, wer der Gewinner ist?«
»Aber ist es nicht ein wunderbares Beispiel für den Heldenmythos in Aktion?«, hatte Jung entgegnet. »Amerika ist voller Helden. Oder jedenfalls von Leuten, die sich dafür halten. Das ist der Grund, warum es genau das richtige Land für uns ist!«
»Ein ganzes Land voller Übermenschen«, sagte Freud finster. »Aber sagen Sie mir doch bitte, wozu brauchen diese wunderbar gelungenen Kreaturen Leute wie uns?«
»Die Notwendigkeit zur Analyse besteht doch gewiss immer, Doktor, selbst bei dem gesündesten Ego. Und wann darf ich mich endlich dem Ihren widmen?«, neckte Jung.
»Bald, bald«, hatte er gemurmelt, überrumpelt und verstimmt. Seit ihrer Ankunft hatte er sowohl Jungs als auch Ferenczis Träume gedeutet, aber es war eine Einbahnstraße. Er war nicht bereit, die seinen dem Kronprinzen preiszugeben.

In dem Traum sprang er von dem Ozeandampfer und zog ihn hinter sich her an Land. Jung und Ferenczi hatten Mühe, mit ihm Schritt zu halten. In einer Hand hielt er eine große, grüne Fackel. Unter den Blicken der anderen senkte er sie und steckte das Schiff in Brand.
»Jetzt gibt es kein Zurück mehr«, verkündete er frohlockend. Doch als er sich wieder umwandte, war das Ufer voller Soldaten. Der General in seiner absurden Papageienuniform baute sich vor ihm auf, die Augen funkelten wütend hinter dem Kneifer. In der Hand hielt er immer noch die Liste der entsetzlichen Verwundungen.
»Vorbereiten!«, brüllte er. »Vorbereiten!«

Der kleine Mann, der Tramp, schien zwar ständig außer sich, war aber dennoch gescheit. Er übertölpelte all die größeren, zornigeren Figuren trotz seiner clownhaften Ungeschicklichkeit. Freud sah Ferenczi neben sich wieder lachen. Jung zog mit einer zackigen Bewegung sein Notizbuch hervor und kritzelte schnell und verstohlen etwas hinein, ehe er es wieder in die Innentasche seines Dinnerjacketts steckte. Dann rückte er seinen Kneifer zurecht und konzentrierte sich wieder auf den Film.

Der Rattenmann hatte einen Kneifer getragen, ging Freud auf, dieser sympathische junge Doktor, der in solcher Verzweiflung zu ihm gekommen war.

Freud hatte ihn in seinem Haus untergebracht, hatte seine Mahlzeiten mit ihm eingenommen – wie früher mit Jung. Der junge Mann war sicher, dass er im Begriff war, den Verstand zu verlieren, aber Freud hatte ihn gerettet, hatte die Neurose zurückverfolgt bis zu einer Geschichte, die der vorgesetzte Offizier – Freud hatte die Figur den grausamen Hauptmann genannt – dem Rattenmann während seiner militärischen Grundausbildung erzählt hatte.

Es ging um eine legendäre orientalische Bestrafungsmethode, bei der ein Käfig voll ausgehungerter Ratten an das Gesäß des Verurteilten geschnallt wurde. Es war so grausam und sadistisch, dass Freud gezweifelt hatte, ob irgendwer seinem Patienten wirklich so eine Geschichte erzählt haben könnte.

Doch der junge Mann beharrte darauf, der grausame Hauptmann habe es ihm geradezu genießerisch beschrieben und keinen Zweifel daran gelassen, dass er eine solche Bestrafung nur zu gern an dem jungen Doktor selber ausführen würde.

Später hatte der Patient im Laufe eines Manövers seinen Kneifer verloren und hatte nach Wien geschrieben, um einen neuen zu bestellen. Ausgerechnet dem grausamen Hauptmann hatte er das Geld anvertraut – was für ein unglaublich masochistischer Akt! Natürlich war der Kneifer nie bezahlt und auch nie geliefert worden. Es gab Anschuldigungen, Vorwürfe wegen Insubordination. Der grausame Hauptmann hatte hochmütig abgestritten, das Geld je gesehen zu haben. Und er hatte dem jungen Doktor gedroht, ihn im Wachhaus einzusperren und nachts mit einem Käfig voller Ratten zu ihm zu kommen …

Der Kneifer war damals ein zentrales Symbol des Konflikts gewesen. Aber welche Bedeutung hatte er für Freud? War Jung sein Rattenmann? Der sympathische junge Doktor, den er aufgenommen hatte, der sich gegen ihn gewandt hatte? Oder konnte er der grausame Hauptmann sein?

Langsam und methodisch folgte er den Schritten der *Traumdeutung* in seinem Kopf. Auf einer Ebene war es relativ einfach, das war es immer: Die Aula in Wien mit dem Auditorium der größten Wissenschaftler stand für die bevorstehenden Vorträge in Clark. Sein Harndrang demonstrierte seine Nervosität angesichts dieser großen Chance. Sein Traum vom Verbrennen des Schiffes rührte von seiner Identifikation mit den großen Conquistadores her, mit Cortéz, der seine Schiffe verbrannt hatte, ehe er Mexiko eroberte.

Der Traum, den er vorher gehabt hatte, in dem er mit dem alten, einäugigen Mann auf dem Bahnsteig wartete. Der Mann war sein Vater, hatte er inzwischen geschlossen. Die Urinflasche ein Bezug zu einem Ereignis aus seiner Kindheit, als er sieben oder acht Jahre alt gewesen war und im Zimmer seiner Eltern auf den Fußboden uriniert hatte. Sein Vater hatte getobt: »Aus diesem Jungen wird nie etwas werden!« Doch jetzt war ganz offensichtlich etwas aus ihm geworden, er konnte dem alten Mann gar den Götzen vors Gesicht halten, der das Symbol seines Erfolges war.

Aber was lag unter all dem? Hinter der Beunruhigung, die er in letzter Zeit verspürt hatte? Das war immer schwieriger zu ergründen. Träume, so hatte er erkannt, waren vielschichtig. Sie glichen Troja – eine Stadt lag begraben unter einer anderen.

Was bedeuteten die wundervollen Salons hinter der Aula, die er durchschritten hatte? Was bedeuteten der Offizier und die toten Soldaten, dieser Schutt seiner eigenen Erfahrungen während der Militärzeit? Und warum war es notwendig, das Gesicht seines

Vaters hinter einem Götzen, einer heidnischen Maske zu verbergen?

Freud hatte den Blick auf Jungs Gesicht gerichtet, während er versuchte, diese Rätsel zu lösen. Auf der Leinwand war eine der seltenen Nahaufnahmen vom Gesicht des Tramps zu sehen: gleichzeitig prägnant, kindlich und ein wenig irre. Die großen Robbenaugen sahen flehentlich in die Kamera, während der kleine Fleck von einem Schnurrbart gleich unter seiner Nase zwanghaft auf und ab zuckte.

5. Buch

Träume bestehen nicht allein aus Illusionen.

– S. Stricker –

22

Auf dem Boardwalk

An ihrem nächsten gemeinsamen Nachmittag nahmen sie sich die Fahrgeschäfte vor, und Kid wählte vorzugsweise die besonders wilden aus, die beinah zwangsläufig zu Körperkontakt führten. Sie fuhren mit dem *Cannon Coaster* – WIRD SIE DIE ARME UM DEINEN HALS WERFEN UND SCHREIEN? GANZ BESTIMMT! – und dem *Barrel of Love* – WER WILL SCHON EINE ROMANTISCHE HÜTTE IM WALD? DAS HIER IST TAUSENDMAL BESSER! – mit dem *Mixer* und dem *Barrel of Fun.* Sie gingen aufs *Razzle Dazzle* und aufs *Human Roulette,* besuchten die *Cave of the Winds* und den *Human Pool Table* und das *Down and Out* – eben all die Attraktionen, die einem ordentlich die Knochen durchschüttelten und einen garantiert auf Tuchfühlung mit der Liebsten brachten. Schließlich hatten sie zahllose blaue Flecken von Kollisionen mit einem Bleistiftvertreter aus Poughkeepsie, einer Küchenhilfe aus Murray's Hill und einer Gruppe Farmer aus Flushing.

Als es vorbei war, waren sie noch genauso frustriert wie zuvor, schlimmer sogar, wenn sie an all die Versprechungen dachten, von romantischen Hütten im Wald und so weiter. Kid hatte sie zum Brighton Beach hinunter geführt, wo sie ein abgelegenes Plätzchen in den Dünen fanden, und sie küssten sich und strichen mit den Händen über den Körper des anderen, bis es wehtat.

Es fühlte sich herrlich an, es fühlte sich besser an als alles, was

Esther je getan hatte. Ihn zu riechen, so fest zu halten wie sie wollte, seine Haut zu schmecken, sein Gesicht, Hals und Schultern. Aber auch hier war nicht der richtige Ort, immer noch zu öffentlich, und es gab zu viele Zeugnisse vergangener Sommerromanzen: eine zersplitterte Rumflasche, Fetzen eines Badekleids, ein zerbrochener Sonnenschirm, gebrauchte Kondome, die im Sand verstreut lagen wie kleine, weiße Vögel, denen man den Hals umgedreht hatte. Sie klopften ihre Kleidung ab und gingen zum Bahnhof.

An diesem Abend stieg er mit ihr an der Canal Street aus und brachte sie bis zur Haustür. Esther dachte, es sei vermutlich unklug, das zuzulassen, bestimmt würde sie jemand zusammen sehen. Aber es war die bislang heißeste Nacht dieses Sommers, und als sie schließlich vor ihrem Haus standen, schien es, als befinde sich die ganze Orchard Street in einem tiefen Drogenschlaf. Auf jedem Absatz einer jeden Feuertreppe lagen Decken und Kissen, Kinder schliefen gar auf Matratzen gleich hier draußen auf dem Gehweg.

Er brachte sie bis an die Tür. Er brachte sie zur Tür und ging mit ihr hinein. Sie stiegen die schmale Treppe hinauf in diesen riesenhaften Bienenstock, die Geräusche, die das Gebäude selbst im Schlaf von sich gab, hüllten sie ein, Holzdielen und -balken knarrten wie auf einem Schiff.

»Willkommen in der *goldene Medine*«, witzelte Esther und winkte ihn hinein. Sie tippte an die Gaslampe, um sie zu ermuntern, ein bisschen mehr Licht zu spenden, und flackernd erhellte die Lampe den schmutzigen, blutroten Linoleumbelag an den Wänden der Eingangshalle.

Viele der Türen gähnten ihnen entgegen, als sie die Treppe erklommen, die Wohnungen lagen verlassen, als habe eine Seuche alle Bewohner dahingerafft. Esther erinnerte sich daran, was ihre Mutter immer sagte: »Arme Leute können ihre Türen offen lassen, denn niemand wird kommen, um die Armut zu stehlen.« Aber Esther wusste, dass das nicht stimmte. Die Menschen stahlen alles, was ihnen in die Hände fiel, sogar anderer Leute Elend. Die offenen, verlassenen Räume bezeugten nur die Kapitulation der Bewohner, denen einfach zu heiß war, um sich wegen ihrer Habseligkeiten zu sorgen.

»Wo sind sie?«, fragte Kid.

»Auf dem Dach.«

»Ah. Natürlich.«

Auch ihre Tür stand offen. Esther ließ ihn draußen warten, es war ihr auf unbestimmte Weise peinlich, dass er sehen könnte, wie sie lebte, auch wenn sie nicht wusste, wieso. Sie spähte in die dunkle Küche und rief leise: »Momma? Papa?«

»Sie sind raufgegangen.«

Kapsch, der Untermieter, saß auf einem der Küchenstühle, der ihr halbes Bett darstellte, und versuchte schamhaft mit den Händen die langen Unterhosen zu bedecken, die er trug. Er machte einen langen Hals, um zu sehen, wer da draußen auf dem Flur stand.

»Das sollten Sie auch tun«, riet sie fürsorglich, schlich in die Küche und holte ihr Bettzeug.

»Ach, es ist kühler hier unten allein.«

»Wie Sie wollen.« Sie lächelte ihn an.

Sie trug Decken und Kissen vor sich her und führte Kid zu der Tür, die aufs Dach hinausführte. Sie erklommen eine schmale Stiege, auf der es nach Katzenpisse roch – und da lagen sämtliche Bewohner des Hauses vor ihnen, weiße, reglose Bündel auf dem schwarzen Teerdach. Auf den Dächern und Feuertreppen der Nachbarhäuser, soweit das Auge reichte, lagen weitere weiße Bündel, weitere Schläfer, schutzlos und ihrer Behausung beraubt wie weiße Austern.

Vorsichtig schlich sie die Reihen entlang und stieg über die Schlafenden hinweg. Kid folgte in sicherer Entfernung. Jede Wohneinheit schlief in ihrem eigenen kleinen Lager zusammen, die Familien mitsamt den Untermietern. Zwischen den Lagern ließ man symbolische kleine Lücken, genau wie am Strand von Coney Island. Schnarchend lagen sie Kopf an Kopf auf Polstern

und Kissen, die sie aus ihren Sesseln und Sofas geklaubt und nach draußen getragen hatten.
Irgendwo hier oben, das wusste sie, schliefen ihre Eltern.
Sie suchten sich den einzigen noch freien Platz in der Nähe der Taubenschläge. Die Vögel gurrten leise; sie hatten die Köpfe unter die Flügel gesteckt und hockten dicht an dicht. Ihr Geruch war dumpf und erdig.
Esther machte ihr Bett auf der rauen, warmen Teerpappe, breitete eine Decke aus und zwei Laken darüber, dann ihr Kopfkissen, ihr ganzes Bettzeug, in dem sie für gewöhnlich allein in der Küche auf ihren Stühlen schlief. Dann schlüpfte sie vollständig bekleidet unter die Laken und schlug sie auf. Sie wartete auf ihn.
Er stand einen Moment über ihr und betrachtete sie, dann legte er sich zu ihr, nahm vorher sorgsam seine Melone ab, und sie musste kichern.
»Ein Gentleman nimmt immer den Hut ab, ehe er zu Bett geht.«
Er lachte auch, und sie rückten näher zusammen. Sie lagen auf dem Rücken und hielten sich bei den Händen. Beiden war unerträglich heiß in ihren Sachen unter den Laken.
»Ich würde so gern die Sterne studieren«, sagte sie in diesem sehnsüchtigen Tonfall, der sich immer einstellte, wenn sie von ihren Hoffnungen sprach.
»Ah ja? Wo?«
Sie lachten wieder leise. Kein einziger Stern war über ihnen zu sehen. Stattdessen leuchtete der Himmel in einem vulkanischen Orange, als wüte gleich unterhalb der Dächer und Wassertanks eine furchtbare Feuersbrunst.
Sie lagen da und lauschten den anderen Stimmen, die um sie herum wisperten – junge, aufgeregte Stimmen wie ihre eigenen –, bis die Familien und Nachbarn sie zur Ruhe mahnten oder der Schlaf sie verstummen ließ. Durch die Dunkelheit sah sie auch Augen, die sie anstarrten, hart und gierig. Das rote Glühen einer Zigarette …

Irgendwo zwischen all diesen stillen Bündeln schliefen ihre Eltern, vielleicht nur ein paar Zentimeter entfernt.
Er fing an, sich unter der Decke zu rühren. Und zu seiner Verblüffung half sie ihm, half ihm, seinen Weg durch all diese Haken und Ösen und all die Meter Unterwäsche zu finden.
»Mein Stern ... mein winziges Täubchen«, murmelte er.
»Warte«, befahl sie.
Sie wollte innehalten und seinen süßen Atem riechen, den muffigen, verschwitzen Geruch der Schlafenden überall um sie herum. Sie küsste ihn wieder und wieder auf den Mund, und dann legte sie selbst seine Hand auf ihre Brust.
»Gut. Mach weiter.«
Sie half ihm wieder, tastete unter der Decke, ihre Hände befühlten ihn neugierig. Im ersten Moment war er zutiefst beschämt darüber, wie sein Körper roch und wie schäbig seine Sachen waren. Er war es nicht gewöhnt, für den Liebesakt seine ganze Kleidung abzulegen, für die Huren, mit denen er gewöhnlich schlief, aber er ließ zu, dass sie ihn auszog. Sie hörte erst auf, als er wirklich keinen Fetzen mehr am Leib trug, nicht einmal Socken, und sie lagen beide vollkommen nackt unter der Decke. Er fing wieder an sie zu küssen, fuhr schnell und nicht gerade sanft mit den Händen über ihre wunderschönen Brüste, ihre Schenkel, aber sie wollte nicht, dass sie es überstürzten.
»Es ist gut, mein Liebster, mein süßer Bengel ...«
Er legte sich auf sie und fing an, sie zu lieben, dort oben auf dem geteerten Dach, und die Tauben gurrten über ihren Köpfen, die Schlafenden überall um sie herum stöhnten und wälzten sich von einer Seite auf die andere. Lächelnd sah sie zu ihm auf, ihre Augen riesig und strahlend im reflektierten, orangegelben Licht.
»Mein Schatz ... mein Krönchen ... mein goldenes Herz«, keuchte er leise, versuchte, nicht ihren Namen zu nennen, auch wenn nichts darauf hindeutete, dass irgendwer sie belauschte; kein Laut kam von den Familien und Nachbarn in ihrer Nähe, bis auf das rastlose Seufzen und Rascheln.

Er ließ sich langsam auf sie hinabsinken, stellte verblüfft fest, dass sie noch Jungfrau war, und von da an versuchte er, noch behutsamer zu sein, verzweifelt bemüht, ihr nicht wehzutun. Und auf dem Höhepunkt ihres unbeholfenen Liebesaktes legte er die Hand unter ihren Kopf, um ihn vor der rauen Oberfläche der Dachpappe zu schützen.

Sie nahm ihn in sich auf, umschlang seine mageren Schenkel und presste ihn an sich und küsste ihn auf den Mund. Es tat weh, und als er zum Ende kam, lag sie da, ein bisschen wund und neugierig, aber doch hoch zufrieden mit sich, weil sie es getan hatte.

»Du musst bald gehen«, sagte sie, hielt seinen Kopf mit beiden Händen, strich ihm über die Haare und küsste ihn auf beide Wangen. »Es wird Morgen.«

»Ja.«

Oh, wie wagemutig sie war!

Sie ließ sich zurücksinken und fuhr mit der Hand über sein Bein, glücklich, den widerstrebenden Unterton in seiner Stimme zu hören.

Wenn sie das hier tun konnte, während ihre Eltern und all die Nachbarn um sie herum auf dem Dach waren, was konnte sie dann nicht vollbringen? Was konnte sie nicht vollbringen?

»Mein *Dibbuk*.«

»Was?«

»Nichts.«

Sie schlummerten ein. Esther fuhr erschrocken aus dem Schlaf auf, aber der Himmel über ihnen war zum Glück immer noch düster, große, orangefarbene Wolken segelten langsam darüber.

»Du musst gehen.«

»Ja.«

Er setzte sich auf und zog das Hemd über den Kopf.

Kapsch, der Untermieter, sah ihn aufstehen und zog sich zur Treppe zurück. Hastig schlich er in die Wohnung hinab, versuchte, auf den unebenen Bodendielen so geräuschlos wie möglich zu gehen. Als er in der dunklen Küche war, lauschte er auf die Schritte des Mannes und dachte an die schemenhaften Figuren, die er von der Treppe aus am anderen Ende des Daches beobachtet hatte, und fragte sich, ob es wirklich das bedeuten konnte, was er glaubte.

23

Kid Twist

Glücklich schlenderte er durch die Nacht.
Nachdem er sie verlassen hatte, lief er unter der Bowery-Hochbahn entlang, mischte sich unters Volk. Es war weit nach Mitternacht, doch die Straße war belebter denn je. Die Kuriositätenmuseen, die Barbierschulen, Tätowierstudios, die Schießbuden und Missionshäuser leuchteten wie kleine Kohlen, die von den ratternden Zügen dort oben herabgefallen sein mochten.
Er sah in die Gesichter der Fremden, die plötzlich vor ihm aus der Dunkelheit auftauchten, überrascht vom Kegel einer Straßenlaterne, und mit entschlossenen Schritten angesichts dieser nächtlichen Stunde irgendeinem Ziel zueilten. Ein junger, betrunkener Gentleman, der über den Gehweg torkelte, während ihm das Geld beinah aus der Tasche fiel. Eine Bordsteinschwalbe, die knapp außerhalb des Lichtkreises am Eingang eines Theaters stand und seinen Blick verwegen erwiderte.
Er fühlte sich befriedigt, der Welt verbunden, und er wusste, die Stadt gehörte ihm. Er konnte überall hingehen, alles tun. Er kannte Hurenhäuser und Bars, Hahnenkampfarenen und Spielhöllen, wo es gerade erst voll wurde. Er wusste, wo er auf der Hester Street frisches Brot bekam, ein Pfund Erdbeeren für fünf Cent auf der Essex Street, er kannte sogar einen Mann auf der Pitt Street, der ihm für einen Dime einen Brief an seine Liebste schreiben würde, so schön, dass sie weinen müsste. Jetzt, da er eine Liebste hatte … falls er eine Liebste hatte …

Handkarren mit den verschiedensten Leckerbissen säumten auch jetzt noch den Gehweg, jeder von seiner eigenen, blauen Gasflamme erhellt, die schwach in der Finsternis leuchtete. Er erstand ein paar Austern und Kartoffeln in Sauerrahm und schlenderte ziellos die Straße hinab.

Nachts war alles möglich. Einmal hatte er morgens um vier auf der Bowery einen Zug Lamas gesehen, die peruanische Bauern vom Hafen zum Madison Square Circus führten. Ein anderes Mal eine Delegation von Sioux-Indianern, und einmal eine Kette von Elefanten, die Rüssel an den Schwanz des Vordermanns gebunden.

Es war gefährlich, das wusste er. Aber das war es immer, nicht nur wegen Gyp the Blood. Sein karierter Anzug, sein Parfum und die Haarpomade wiesen ihn als Mann mit Geld aus. Selbst die schwindsüchtigste Jammergestalt der Bowery konnte auf der Lauer liegen und abwarten, bis über ihnen der nächste Expresszug vorbeidonnerte und jede andere Wahrnehmung auslöschte, ihm dann einen Eimer Asche über den Kopf schütten, ihn mit einem Knüppel niederschlagen, ihm Uhr und Geld abnehmen und ihn von der Kehle bis zum Nabel aufschlitzen wie eine Schildkröte, die auf den Rücken gefallen ist.

Aber das machte ihm keine Sorgen. Irgendwie machte ihm nicht einmal die Geschichte mit Gyp Sorgen, obwohl der hinter jeder Straßenecke lauern konnte. Schlimmstenfalls würde er in seine Einzelteile zerlegt und zurück zu den ersoffenen Ratten und dem ganzen Dreck in den East River geworfen werden, woher er gekommen war.

Nachdem er den kleinen Jungen gerettet und seine erste Nacht in New York im Gefängnis verbracht hatte, kam ein Mann von Tammany und holte ihn auf Kaution heraus. Natürlich verstand er das erst später. Damals hatte er keine Ahnung, warum er freigelassen wurde oder was der Mann tat, er torkelte einfach hinter ihm die Straße entlang. Ihm war immer noch schwindelig und übel von den Prügeln, die er letzte Nacht bezogen hatte, und er fragte sich ängstlich, in welche neue Falle er nun wohl wieder tappte. Doch der Mann – ein kleiner Schmalspurpolitiker, der Josefs ungeschultem Greenie-Auge ungeheuer wichtig erschien in seinem neuen Anzug mit Taschenuhr und der braunen Melone auf dem Kopf – der Mann tat nichts Schlimmeres, als ihm einen Zwei-Dollar-Anzug und eine Kappe zu kaufen und ihm fünfzig Cent für eine billige Absteige zu geben. Dann schüttelte er ihm die Hand, sagte ihm, er sei ein Bürger dieser Stadt, und ging davon. Und von dem Augenblick an streifte Josef durch die Straßen und suchte nach seiner Chance, nach dem Geld, das es überall gab, einfach überall, das nur darauf wartete, ihm in den Schoß zu fallen.

Im Winter fand er Arbeit als Schneeschaufler, folgte den Pferdekarren durch die matschigen Fahrrinnen der Straßen von Jewtown und Little Italy. Er schaufelte den von gefrorenen Abfällen und Dreck beschwerten Schnee auf die Ladefläche, wo zwei Männer in gehobenerer Stellung warteten und ihn verdichteten. Wenn der Wagen voll war, zogen sie zum East River und schaufelten den Schnee wieder herunter, und die festgepappten Brocken drehten sich um die eigene Achse und schillerten im Licht des späten Winternachmittags, weiß, blau und silbern und dann wieder weiß, ehe sie das Eis durchbrachen und im dunklen Fluss versanken, der wie ein halb vergessener Traum dort unten einherzog.

An klaren Tagen konnte er die rotgesichtigen Frauen vom House of Refuge drüben auf Welfare Island sehen. In ihrer Pause saßen sie draußen an die Mauer des Arbeitshauses gelehnt und rauchten, formlose Figuren in grau gestreiften Kitteln und Kopftüchern. Und einmal war ein Hausboot im glitzernden Eis stecken geblieben. Ein dünner Rauchkringel stieg aus dem Schornstein. Eine Frau war an Deck gekommen, um Wäsche aufzuhängen, eine schmale, dunkle Gestalt, und sie hielt in ihrer Arbeit inne, um zu ihnen hinüberzustarren, zu den Diggern, die Schnee in den Fluss schaufelten.

Wenn es keinen Schnee gab, arbeitete er manchmal als »Jury-Checker«, was bedeutete, dass er die Entschuldigungsgründe von Leuten überprüfte, die sich davor drücken wollten, als Geschworene bei Gericht zu dienen, oder er zerrte Passanten vom Gehweg in die schäbigen Herrenausstattergeschäfte mit den niedrigen Blechdecken entlang der Baxter Street. Er arbeitete in finsteren Kaschemmen und wischte die Bierreste von der Bar, durchsuchte Ascheneimer nach unverbrannten Holz- oder Kohlestücken, lief mit den anderen Herumtreibern durch die Hinterhöfe der Mietskasernen und erbot sich, für die Hausfrauen die Wäsche aufzuhängen.

Er hatte keine hohen Ansprüche. Für einen Penny bekam er eine harte Semmel, für einen weiteren Penny einen Kaffee am Wohltätigkeitsstand drüben an der Mulberry Bend. Er konnte in Bars auf dem Fußboden schlafen oder in einem halben Bett in irgendeinem muffigen, feuchten Kellerloch. Im Sommer badete er in den öffentlichen Salzwasserbädern am North River, und im Winter blieb er dreckig.

Auf dem Chaser Mark an der Hester Street stellten die Männer und Frauen sich Tag für Tag mit den Werkzeugen ihres Handwerks auf, ordneten sich nach einer ungeschriebenen Hierarchie: die Zimmerleute mit ihren Hämmern und ihren Winkeleisen, die Maurer mit ihren Kellen, Waschfrauen mit ihren Bottichen, dann die Krankenpfleger und Bäcker, die Schornsteinfeger und Näherinnen bis hinab zu den Tagelöhnern.

Manchmal stand er dort den ganzen Tag – er hatte zwar kein Werkzeug, doch er war für jede Arbeit zu haben. Er beobachtete das verrückte Treiben auf dem Chaser Mark, dem Schweinemarkt, wo man, so hieß es, alles bekommen konnte, nur kein Schwein. Kinder verkauften Schnürsenkel, Streichhölzer und Notizhefte, Frauen kleine Papiertüten mit Meerrettich, den sie auf der Straße hackten, Männer boten vergammelte Pfirsiche an, einen Penny das Pfund, angeschlagene Tassen, einen Penny das Stück, angeschlagene Eier, einen Penny das Dutzend, bis er sich schließlich verwundert fragte, wie im Ghetto überhaupt jemals Müll anfallen konnte.

Eines Morgens verzichtete er auf die harte Semmel, erstand für den Penny stattdessen eine Zeitung und bewarb sich auf eine Stellenanzeige als Zuschneider in der Triangle-Kleiderfabrik. Er wusste nicht genau, was ein Zuschneider war, schloss aber aus der Höhe des Lohns, dass es sich um irgendeine Facharbeitertätigkeit handeln musste.

»So schwer kann das in Amerika nicht sein«, sagte er sich. »Immerhin hab ich schon gelernt, wie man Scheiße schaufelt.«

In der Fabrik musste er den ganzen Tag vor dem Büro des Direktors, Mr. Bernstein, warten. Als sein Magen schließlich Purzelbäume schlug vor Hunger und er glaubte, es keine Sekunde länger mehr aushalten zu können, riss der Mann die Tür auf und fragte ohne jede Vorrede:

»Name?«

»Josef Kay.«

»Ja, ja. Wenn einer in der alten Heimat Knoblauch war, heißt er hier jetzt Mr. Zwiebel.«

Bernstein nahm seine rechte Hand, drehte sie um, befühlte und verbog seine schwieligen Finger.

»Ich weiß nicht.« Er zuckte die Schultern. »Hart genug, aber beweglich? Und die Finger? Das ist eine *gojische* Hand.«

»Mr. Bernstein«, unterbrach er. Er dachte an *Traum und Tatkraft* und an Lumpen-Dick und nahm seinen ganzen Mut zusammen. »Mr. Bernstein, ich kann diesen Job machen. Ich weiß, dass ich es kann.«

Der Direktor zuckte wieder die Schultern.

»Na ja, du kannst es auf jeden Fall mal versuchen. Also, lass sehen, ob du ein Zuschneider bist.«

Er nahm ihn mit in den achten Stock hinunter, wo die Eisen der Bügler hinten an der Rückwand vernehmlich zischten und die Zuschneider misstrauisch von ihren hohen Tischen auf sie herabblickten.

»Das soll ein Zuschneider sein?«
»Er wird uns die Butter vom Brot nehmen. Jetzt stellen sie schon Kinder ein!«
Doch sie unterbrachen ihre Arbeit und machten lange Hälse, um über die Schnittmuster hinweg sehen zu können, die auf dünnen Drahtleinen über ihren Arbeitstischen hingen.
»Benny, bring mir irgendeine alte *Schmate*«, befahl Bernstein, und sofort trat ein Junge in Kniebundhosen und langen Strümpfen vor und reichte ihm einen schmalen grünen Stoffstreifen. Josef glaubte, Mr. Bernstein müsse ärgerlich werden, denn genau in der Mitte des Stoffes war ein großer Ölfleck, doch er nickte zufrieden.
»Gut, daran ist nichts mehr zu verderben.«
Er wies auf den nächsten Zuschneidetisch. Die Kante der geneigten Platte reichte Josef beinah bis ans Kinn.
»Sobald Morris den Zuschnitt fertig hat, bist du dran.«
Er beobachtete den Mann mit Argusaugen, denn er wusste, dies war seine einzige Chance zu begreifen, was es bei dieser Arbeit zu tun galt. Morris war ein hagerer, glatzköpfiger Mann mit riesigen Ohren, der zu klein wirkte, um an den Schneidetisch heranzureichen, doch ehe Josef noch wusste, wie ihm geschah, war der kleine Mann auf eine Holzkiste gesprungen und bedeckte seinen Tisch mit einer feinen Stofflage nach der anderen.
Als Nächstes pflückte er vier Schnittmuster von der Leine, die über dem Tisch verlief, und breitete sie auf dem feinen Stoff aus, vier perfekte Umrisse einer Damenhemdbluse. Seine Hände flogen nur so darüber, bewegten sich schneller als die eines Kartenspielers auf der Straße. Er schob die Schnittmuster hin und her, bis sie so angeordnet waren, dass möglichst wenig Stoff verschwendet wurde.
Als er zufrieden war, nahm Morris ein kurzes, dickes Messer in die Hand, legte die Linke flach auf die Schnittmuster und fuhr mit einer langen, routinierten Bewegung durch die Stofflagen. Er schnitt durch die Baumwolle, als sei es Papier, ein Muster

nach dem anderen. Innerhalb von Sekunden entstanden so vier perfekte Hemdblusen. Dann warf er die fertigen Zuschnitte über die Leine, fegte die Stoffreste durch einen Schlitz in den Abfallbehälter, und sein Tisch war wieder sauber und bereit für die nächsten Stofflagen.

»Jetzt du«, sagte Bernstein.

»In Ordnung«, antwortete Josef. Sein Mund war völlig ausgetrocknet.

Ein anderer Zuschneider am Ende der Reihe protestierte: »Was weiß ein Bengel wie der von dieser Arbeit?«

Doch die anderen waren still, schoben nervös ihre Stofflagen zurecht und warfen Josef verstohlene Blicke zu.

Bernstein legte noch zwei weitere Lagen des verdorbenen Tuchs auf den Tisch, warf ein Schnittmuster darüber und drückte ihm das Messer in die Hand. Es fühlte sich wie ein Austernfischermesser an, dick und abgerundet. Josef schloss die Faust darum. Er atmete tief durch, überlegte kurz, was Lumpen-Dick oder Zac der Zeitungsjunge in dieser Situation getan hätte, und machte sich ans Werk.

Er drückte die linke Hand fest auf den Stoff und fuhr dann mit der Klinge am Rand des Schnittmusters entlang, genau wie er es beobachtet hatte. Das Messer blieb hängen, aber er zog es unverdrossen weiter. Das papierdünne Tuch schob sich zusammen und franste entlang der feinen Metallumrandung des Schnittmusters aus, aber er zwang es zurück auf Kurs.

»Seht euch das an«, flüsterte jemand staunend.

Er spürte, dass Mr. Bernstein und die Zuschneider sich um ihn scharten und ihm in fasziniertem Schweigen zusahen. Aber er ließ sich nicht ablenken, hielt nicht inne, bis er das Messer um das ganze Schnittmuster herumgeführt hatte, in einer einzigen, ununterbrochenen Bewegung, genau wie Morris es gemacht hatte. Er warf die Reste in den Abfall, so dass nur noch die fertigen Zuschnitte auf dem Tisch lagen. Erst dann hob er den Kopf und sah triumphierend in ihre verwunderten Gesichter.

»*Gottenju*!«

»Hier haben wir den geborenen Zuschneider!«, rief jemand. Dann brachen sie alle in Gelächter aus.
Der Raum schien sich um ihn zu drehen. Josef blickte auf den Tisch hinab und sah den zerknitterten Stoffhaufen – eine gezackte Karikatur eines Zuschnitts, wie von Kinderhand gemacht. Einer der Zuschneider griff sich die oberste Lage und marschierte damit umher.
»Das ist Mord an einem Stück Stoff!«
»Ein Pferd hätte es *vielleicht* nicht besser machen können!«
Sie krümmten sich vor Lachen, das teils durch Belustigung, teils durch Erleichterung ausgelöst wurde, tanzten mit den grotesken Zuschnitten umher, bis die Bügler und die Frauen an ihren Maschinen hochsahen und ebenfalls zu lachen anfingen.
»Oh, Miss, Miss, was für eine wunderbare Tänzerin Sie sind. Ich muss Ihnen nur sagen, Sie sehen ein bisschen ausgefranst aus!«
Selbst Bernstein lächelte um den kalten Zigarrenstummel zwischen seinen Lippen herum.
»Na schön. Du bist also kein Zuschneider«, sagte er. Aber weil Josef sie so köstlich amüsiert hatte, gab Bernstein ihm einen Job als Hilfsarbeiter und drückte ihm einen Besen in die Hand.
»Hier, das ist das Einzige in dieser Fabrik, was ich dir anzuvertrauen wage!«
Also verbrachte er seine Tage damit, die großen Berge von Stoffresten und Fusseln zusammenzukehren, die wie Regen zwischen den Nähmaschinenreihen herabfielen. Er schleppte Öl aus dem Fass im neunten Stock herunter und kroch unter den Bänken herum, um die öligen, schwarzen Lederriemen auszutauschen, die die Maschinen mit der Mittelachse verbanden.
Er liebte es, unter den Bänken herumzukriechen, zwischen all den Näherinnen, ihren Röcken und Unterröcken. Er liebte ihren Geruch, den er trotz Maschinenöl und Staub und Fusseln wahrnehmen konnte. Er war noch nie unter so vielen Frauen gewesen: mandeläugige Italienerinnen mit olivfarbener Haut, milchweiße jüdische Mädchen mit ihren dicken, krausen Haaren. Er liebte es, sie morgens zur Arbeit kommen zu sehen,

lachend und singend. Mütter kamen zusammen mit ihren Töchtern, Schwestern mit Schwestern.
Doch seine Lieblingsaufgabe kam zum Feierabend, wenn sie durchsucht werden mussten. Jeden Abend um fünf vor neun ging Mr. Bernstein umher und vergewisserte sich, dass die Feuertüren in den drei Stockwerken geschlossen und mit Vorhängeschlössern gesichert waren. Dann nahmen er und die Vorarbeiter und Aufseher und Laufburschen an den Aufzug- und Treppenhaustüren Aufstellung, und alle mussten auf dem Weg aus der Fabrik an ihnen vorbei und ihnen die geöffneten Taschen zur Durchsuchung hinhalten.
Bald wurde es Josefs größte, heimliche Freude. Viele der Mädchen gaben ihm den Vorzug, weil sie wussten, dass er sie wenigstens nicht gierig anglotzte und zwickte oder irgendeine Bemerkung machte. Sie beschwerten sich immer, aber er war sicher, dass sie es mochten, jedenfalls bei ihm. Sie streckten ihm die offenen Handtaschen entgegen – und er tauchte sein Gesicht in die wunderbare, samtene Tiefe, befingerte die kleinen Hinweise, die er fand, ein parfümiertes Taschentuch, Lippenstifte, Puder, das Foto eines Mannes. Behutsam und neugierig betastete und beschnüffelte er ihre persönlichsten Gegenstände.
»Wonach suchen wir denn eigentlich?«, fragte er Mr. Bernstein nach ein paar Wochen.
»Dummkopf! Das weißt du nicht? Nach jedem noch so kleinen Stück Stoff, nach allem, was der Firma gehört!«, erklärte er und ohrfeigte ihn, aber nicht besonders hart.
»Ganz gleich was?«
»Alles ist Eigentum der Firma. Du wirst schon sehen.«
Eine Woche später kam der Filzhändler, und Josef musste ihm helfen, tonnenweise Stoffreste von den Schneidetischen wegzuschaffen. Ganz gleich, wie sorgfältig die Zuschneider die Ausnutzung des Stoffes auch planten, es blieben immer ein paar nutzlose Stoffecken übrig, wie verschmähte Brotkrusten.
Diese Reste wurden in den riesigen Holzbehältern unter den Schneidetischen gesammelt, zusammen mit allem, was die Jun-

gen vom Fabrikboden aufkehrten, und allen vom Maschinenöl oder anderweitig ruinierten Stoffstücken. Es schienen keine großen Mengen zu sein, doch in der Hochsaison brauchte der Filzhändler die Hilfe seiner beiden stämmigen Söhne, um die vollen Holzbehälter zum Aufzug hinüber zu zerren und zu schieben, dann hinaus auf die Straße zu seinem Lumpensammlerkarren, in den sie mit einem letzten, gewaltigen Kraftakt entleert wurden. Dutzende kleiner bunter Stoffdreiecke entwischten und flatterten in der Nachmittagsbrise die Straße entlang.
»Alles hat einen Wert«, erklärte Mr. Bernstein ihm so feierlich, als enthülle er ihm das Geheimnis der Pyramiden. »Das ist der Schlüssel zur Massenproduktion – *alles* ist etwas wert.«
Und in diesem Moment wurde Josef klar, wie die Dinge liefen. Es entsprach genau der Philosophie des Chaser Mark. Alles – die Fabrik, die Mietskasernen, sie selbst – alles bestand aus vielen kleinen Einzelteilen, und es war nur eine Frage der Neuordnung, der *Umverteilung*, daraus Profit zu machen.

Bald wurde er zum Kurier befördert und trug Waren oder Nachrichten quer durch die Stadt. Er genoss es, im Freien und allein zu sein, selbst wenn es bedeutete, weniger Zeit in der Nähe der Mädchen zu verbringen. Er schlich in die kühle, dunkle U-Bahn-Station hinab wie ein Dieb, stand mitten auf dem Bahnsteig und sah die Expresszüge und Stadtbahnen einfahren. Er wartete immer, bis sie gleichzeitig in den Bahnhof donnerten, ließ die abgestandene Tunnelluft, die sie vor sich her drückten, über sich brausen und entzifferte voller Ekstase die Wörter auf ihren Fenstern:

INTER-BOROUGH RAPID TRANSIT

Die Beförderung ermöglichte ihm, eine Einzimmerwohnung im ersten Stock mit Ausblick auf einen Lüftungsschacht zu mieten: Ein Bett, ein Stuhl, Bad auf dem Flur. Er kaufte einen neuen Zwei-Dollar-Anzug auf dem Chaser Mark und eine passende schwarze Melone dazu, und jeden Sonntag aß er in dem Restaurant, das die Damen der feinen Gesellschaft auf der Grand Street ins Leben gerufen hatten, wo man für fünfzehn Cent ein komplettes Mittagessen mit einem Krug Bier und einer Nachtischzigarette bekam.

Wie der Geschmack des Fetts sich wohlig in seinem ganzen Körper auszubreiten schien! Ein Stück Rinderbrust, ein bisschen Corned Beef. Ein Zuckerwürfel, der langsam unter der Zunge zerschmolz. Weißbrot und Zimtwecken und Mohnsemmeln …

Blumen standen auf jedem Tisch, und es gab weiße Tischtücher, und weil es ein respektables Restaurant war, kamen viele der allein stehenden Fabrikarbeiterinnen her. Er beäugte sie von seinem Platz aus, hoffte, er könne eine von ihnen überreden, mit auf sein Zimmer zu kommen. Hoffte, dass sie wenigstens seinen Blick erwiderten. Sie taten es so gut wie nie, aber das war schon in Ordnung. Er war meistens ganz zufrieden damit, sie einfach nur zu beobachten, wie sie da in ihrem Sonntagsstaat saßen und aßen, und er in seinem Anzug fühlte sich mit jedem Tag weniger fremd in der Stadt: zunehmend *oysgrin* – ungrün.

24

Kid Twist

Josef folgte Mr. Bernstein in der Fabrik überallhin, sog jedes Wort in sich auf, das er sagte, denn er war überzeugt, dass er durch ihn seinen Aufstieg machen würde.

Doch dann ging die Saison zu Ende, und er wurde genau wie all die anderen entlassen, ohne ein einziges persönliches Wort von Bernstein. Podhoretz und Kristol durchsuchten ihn an der Tür genau wie die Näherinnen, um sicherzustellen, dass er kein Fabrikeigentum, wie etwa die kostbaren Fusseln, hinausschmuggelte. Er musste sein Zimmer aufgeben, all seine Habseligkeiten mit sich herumtragen und wieder in Hängematten nächtigen oder auf dem Fußboden irgendeiner Bar oder den warmen Lüftungsgittern hinter einer Bäckerei.

Und dann hatte er den Lumpenkarren wieder gesehen.

Er ging gerade über die Broom Street, und da stand er plötzlich, sah fast genauso aus wie der, der alle zwei Wochen zur Triangle-Fabrik gekommen war. Er stand völlig verlassen, der Filzhändler und seine Gehilfen waren zweifellos im Innern der Fabrik und kämpften mit den Holzkisten voller Stofffetzen – und in diesem Moment erkannte er die goldene Gelegenheit, an die er immer so fest geglaubt hatte.

Selbstsicher und entschlossen wie der leibhaftige Lumpen-Dick kletterte Josef auf den Kutschbock und schüttelte die Zügel. Er verschwendete keinen weiteren Gedanken daran, schlitterte so selbstverständlich in seine Gaunerexistenz, wie er in ein weißes

Brötchen biss. Erst kam er nur langsam voran, denn er hatte keine Ahnung, wie man ein Pferdegespann lenkte. Der Karren holperte und ruckelte die Straße entlang, und kleine Stoffdreiecke regneten in die Gosse. Doch mit dem Quäntchen Glück, das auch Lumpen-Dick immer gehabt hatte, lenkte er die Fuhre durch die verstopften Kopfsteinpflasterstraßen zu der kleinen Fabrik des Filzhändlers auf der Great Jones Street, den er kannte.

»Wo zur Hölle hast du den Wagen her?« Der Filzhändler war ein riesiger, vierschrötiger Kerl, der glupschäugig zu ihm hinaufstarrte. »Geklaut, was? Ich sollte auf der Stelle die Bullen rufen …«

Doch als Josef ihm eine Summe vorschlug, die nur halb so hoch war wie der gängige Preis für eine Wagenladung Stoffreste, zuckte der Mann lediglich die Schultern und hieß seine stämmigen Söhne, den Karren abzuladen. Sie arbeiteten sehr viel zügiger, als Josef es bisher erlebt hatte.

»Aber sieh zu, dass du den Wagen loswirst, und halt ja das Maul«, brummte der Filzhändler, als er ihm sein Geld vorzählte.

So hatte es angefangen. Drei Blocks weiter ließ er den Wagen vor einem Polizeirevier stehen. Die Cops auf der Straße sahen ohne das geringste Interesse zu, wie er vom Kutschbock stieg, davonschlenderte und in der Menge verschwand, während ein tadelloser Wagen mitsamt Gespann ungesichert und unbewacht zurückblieb.

Von da an klaute er jeden Wagen, den er kriegen konnte. Es war nicht schwierig. Die Stadt wimmelte nur so von Fuhrwerken, überall standen sie allein und unbeachtet auf den Straßen und bettelten praktisch darum, mitgenommen zu werden, während die Fahrer schwere Teppiche eine gewundene Kellertreppe hinabwuchteten, mit einer fünf Meter langen Glasscheibe in eine Bar wankten, im vierten Stock eine Pause einlegten, um sich den Schweiß von der Stirn zu wischen, ehe sie das Klavier auch noch die restlichen Stockwerke über die hintere Feuertreppe hinaufschleppten.

Er zog Wagen mit Stoffresten vor, weil er die Filzhändler kannte, aber er nahm auch alles andere, jedes beliebige Teilchen dieser Stadt, um zur Neuordnung der Besitzverhältnisse beizutragen. *Umverteilung* lautete das Prinzip. Man brauchte nichts weiter als einen Moment, um sich umzusehen und die Lage zu sondieren, und ein bisschen schauspielerisches Talent, um mit der gelangweilten Selbstsicherheit eines Fuhrwerkskutschers in Dauerstellung auf den Bock zu klettern.

Bei einer dieser Gelegenheiten war er Monk Eastman begegnet. Er fuhr am frühen Morgen mit einem gestohlenen Wagen voll Sellerie die Bowery hinauf, und unweit des Chatham Square stieß er auf eine Gruppe von Tauben und Katzen, die friedfertig nebeneinander umherflatterten und -liefen. Er hielt an, um sich das anzuschauen, und sein Blick fiel auf den hässlichsten Mann, den er je gesehen hatte.

Seine Nase war platt, die Ohren schienen zur Hälfte abgekaut, und eine akkurate Blutlache umgab seinen Kopf wie ein Heiligenschein. Er hätte den Mann für tot gehalten, doch seine Augen waren offen, und sein Mund hatte sich sardonisch verzogen, so als läge er nicht auf der Bowery in der Gosse, sondern zu Hause im Bett, starre versonnen zur Decke hinauf und überdenke all die Fehler, die er in seinem Leben begangen hatte.

»Alles in Ordnung?«, fragte Josef.

»Na ja.« Der Mann zuckte die Achseln und blickte immer noch himmelwärts. Er war wirklich erschreckend hässlich. Klein und dick, kein Hals, ein Pfannkuchengesicht mit venendurchzogenen Hängebacken, und die Haare standen zottelig von seinem Kopf ab, der wie eine Pistolenkugel geformt war.

»Soll ich dich ein Stück mitnehmen?«

»Meinetwegen.« Der Mann richtete sich auf einen Ellbogen auf. »Aber die Katzen und die Vögel müssen auch mit.«

»Einverstanden.« Josef zuckte seinerseits die Schultern, schließlich war es ja nicht sein Fuhrwerk.

Der Mann kam erstaunlich mühelos auf die Füße und fing an,

seine Tiere einzusammeln. Er klemmte sich die Katzen unter die Arme, und die Tauben flogen auf seine Schultern, als sei er der heilige Franziskus von Assisi. Josef beugte sich vor, um ihm zu helfen.

»Vorsicht mit den Tieren«, sagte er warnend. »Da versteh' ich keinen Spaß, wenn sich einer an Katzen oder Vögeln vergreift.«

Er richtete sich auf, und Josef bemerkte, dass immer noch Blut durch sein weißes Unterhemd drang, das einzige Kleidungsstück, das er unter dem Jackett trug. Fast beiläufig bedeckte er die Wunde mit den Fingern.

»Ich denke, wir sollten vielleicht zum Gouverneur-Hospital fahren«, schlug er vor, nachdem er die Vögel und maunzenden Katzen auf dem Karren verstaut hatte und selbst auf den Bock geklettert war.

»Das denke ich auch.«

»*Farschtunkene* Five Pointers. Sie haben mich ohne meine Kanonen erwischt. Drei hab ich fertig gemacht, aber der Letzte hatte eine Pistole.«

»Du bist angeschossen?«, fragte Josef entsetzt.

»Tja, mein Junge.« Der Mann grinste. »Geküsst hat er mich nicht.«

Josef schüttelte die Zügel, ließ das Pferd im Trab Richtung Krankenhaus laufen und gab sich alle Mühe, nicht zu der blutenden Wunde zu sehen. Monk grinste ihn nach wie vor an und zeigte seine grässlichen, braunen Zahnstümpfe.

»Keine Bange, Junge. Das ist eine richtige *Mizwe*, die du mir hier tust.«

Eine Woche später lernte er Gyp the Blood kennen. Mitten in der Nacht klopfte jemand an die Tür seiner Ein-Zimmer-Luftschacht-Ausblick-Wohnung, die er wieder hatte mieten können. Schlaftrunken hatte er geöffnet, ohne zu zögern oder sich zu fragen, wer ihn wohl besuchte. In dem dämmrigen Flur draußen stand ein Mann in einem tadellosen himmelblauen Anzug,

der nach Pimentöl und Pomade roch und tödlicher und gefährlicher aussah als irgendwer, den Josef je getroffen hatte.
»Monk will, dass du mit mir kommst«, sagte der Mann.
Josef zog sich eilig an und ging mit ihm, ohne Fragen zu stellen. Sie drängten sich durch die Ströme der Nachtschwärmer. An der Lafayette Street sprang der Mann auf eine Straßenbahn Richtung Downtown, und Josef folgte ihm. Es war immer noch keine Silbe darüber gefallen, wohin sie gingen oder was ihn dort erwartete.

Er blieb auf der Plattform stehen und klammerte sich an die Reling; vor sich sah er Lastwagen und Fuhrwerke vorbeifliegen; Menschen überquerten hastig die Straße, in abgehackten, kurzen Bewegungen. Er starrte ins Innere des Wagens: grinsende, schwankende Nachtschwärmer, fette beringte Finger krallten sich um die Knie der Frauen mit den starren, grell geschminkten Gesichtern.

Sie kamen zum Park Row, und der Mann im himmelblauen Anzug sprang ab. Josef folgte wiederum und trottete hinter ihm her. Sie hasteten an den hoch aufragenden Zeitungsgebäuden vorbei. Die Luft war schwer vom Geruch nach Druckerschwärze, alle Fenster hell erleuchtet. Die Pressen in den Kellern der Gebäude ließen den Gehweg unter ihren Füßen erzittern, Zeitungsjungen und Druckerlehrlinge schliefen zusammengerollt auf den Lüftungsgittern.
Sie bogen um eine Ecke, gingen eine schmale Gasse entlang, die von der Ann Street abzweigte, und schließlich schob der Mann ihn durch eine verfallene Doppeltür, über der ein verblasstes Schild mit der Aufschrift DOCTOR's hing. Josef trat über die Schwelle in eine Bar, die noch finsterer war als das Gässchen draußen, und stolperte über irgendetwas. Ein Bein.
Mit einem hölzernen Schaben schlitterte es über den Boden, mitsamt Socke und Schuh. Ein Bettler sprang von einem Barhocker, rannte herbei und drohte ihm mit der Faust.

»Pass auf das Bein auf! Pass auf das Bein auf!«
Sein Begleiter stieß den Bettler beiseite. Als Josefs Augen sich auf das trübe Licht eingestellt hatten, erkannte er, dass der ganze Fußboden mit Armen und Beinen, Krücken und Schlingen übersät war, die die dazugehörigen angeblichen Krüppel mit Argusaugen hüteten. Ihre gesunden rechten Arme lagen auf der Bar wie feiste weiße Würmer, und sie stachen mit Nadeln hinein, um sie wieder zum Leben zu erwecken, rieben ihre Unterschenkel, die sich so taub anfühlten, als seien es tatsächlich Prothesen, nachdem sie den ganzen Tag hochgebunden und unter dem Mantel versteckt gewesen waren.
Über der Bar konnte er eine alte Holzplanke erahnen, in die ein salbungsvolles, ziemlich misslungenes Gedicht eingeschnitzt war, eine Drohung ebenso wie ein Flehen:

HILF EINEM ARMEN BLINDEN UND SCHICK IHN NICHT FORT.
ER WIRD FÜR DICH BETEN, FÜR NUR EIN FREUNDLICH' WORT.
VIELLEICHT BIST DU DER NÄCHSTE, DER ENDET AN DIESEM ORT:
DRUM HILF EINEM ARMEN BLINDEN UND
SCHICK IHN NICHT FORT.

Sein Begleiter warf dem Mann hinter der Bar einen eindringlichen Blick zu. Der Mann nickte und hob einen Blecheimer hoch.
»Wie ist die Quote?«, fragte er den Barkeeper.
»Zwanzig zu sechs, Gyp«, antwortete der Mann respektvoll. »Im Moment jedenfalls.«
»In Ordnung.«
Der Barkeeper reichte Gyp den Eimer. Einer der falschen Krüppel versuchte, ihn zu fassen zu bekommen und einen Schwall Bier zu verschütten, den er dann für den Preis einer Tracht Prügel von der Bar lecken konnte. Der Barkeeper stieß ihn weg.
»Hau ab. Ist nicht, was du denkst!«
Er übergab Gyp den Eimer, der ihn sofort an Josef weiterreichte.

»Hier. Bring ihn nach hinten«, wies er ihn an und zeigte auf eine Tür am anderen Ende des Raums, die im diffusen Halbdunkel kaum auszumachen war.
Josef spähte in den Eimer hinab. Er enthielt kein Bier, sondern irgendetwas, das plätscherte wie Wasser und dem ein scharfer, medizinischer Geruch entstieg.
»Worum geht's?«, fragte er.
»Tu, was ich dir sage! Gib ihn in der Ecke von dem Boxer mit den schwarzen Hosen ab, kapiert?«
»Schwarze Hosen.«
»Genau. Und zwar sofort!«
Gyp versetzte ihm einen unsanften Stoß Richtung Tür, und Josef betrat einen unbeleuchteten Flur mit schwarz gestrichenen Wänden. Es war noch finsterer als in dem Verschlag auf dem Schiff, wo er sich versteckt hatte, finsterer als er sich je hätte vorstellen können, und er hatte Angst, aber er tastete sich vorwärts, bis er wieder an eine Tür kam.
Hinter der Tür fand er sich am oberen Absatz einer kurzen Treppe. Er sah hinab auf eine stille Horde von Männern, ineinander gewunden wie Schlangen. In der Raummitte war mit durchhängenden Hanfseilen ein Ring abgeteilt worden, beleuchtet von einer einzelnen, schwankenden Laterne. Die Kämpfer rangen und droschen aufeinander ein, der eine in roten, der andere in schwarzen Hosen. Ihre Körper waren schweißüberströmt, und sie stützten sich aufeinander, um nicht umzufallen.
Die Zuschauer gaben nur ein gedämpftes Murmeln von sich. Sie schwankten und gestikulierten, boxten bei jedem Schlag eifrig in die Luft. Spieler und Bettler, Zeitungsleute und fein gekleidete Gentlemen auf der Suche nach Abenteuern in den Slums, und sie alle waren nahezu mucksmäuschenstill für den unwahrscheinlichen Fall, dass ein ehrlicher Polizist vorbeikommen, den Lärm hören und den Kampf abbrechen könnte. Ein eleganter Mann in Hemdsärmeln saß auf einem erhöhten Stuhl und zeichnete die Szene – die eigentümliche Stille im Raum war so vollkommen,

dass Josef das Kratzen seines Bleistifts auf dem Papier hören konnte.

»Das war's!«

Ein Mann in einer Weste trat aus einer neutralen Ecke hervor und sah auf seine Taschenuhr, während ein Junge an seiner Seite mit einem gepolsterten Löffel auf den Boden einer Bratpfanne schlug. Der Ringrichter trat zwischen die Kontrahenten, und im nächsten Moment kam auch ins Publikum Bewegung, sie schlossen sich zu kleinen Trauben zusammen und streckten den Buchmachern ihre Geldscheine entgegen.

Josef stieg die Stufen hinab und drängte sich durch die Menge. Niemand beachtete ihn. Nur der dickliche, würdevoll wirkende Mann in der Ecke des Boxers mit den schwarzen Hosen hatte ihn bemerkt; seine Augen waren auf Josef gerichtet, als habe er den ganzen Abend schon auf ihn gewartet.

Aus der Nähe sah Josef, dass der Anzug des Mannes mit kleinen, nassen Blutflecken besprenkelt war. Er bearbeitete den Boxer, massierte seine Arme und Beine, fuhr ihm mit einem nassen Schwamm über den Kopf, in langen, gleichmäßigen Bewegungen, wie eine Katze, die sich putzt. Josef stellte den Eimer ab, und der Mann krallte eine Hand in sein Hemd und zog ihn mit einem Ruck näher.

»Pass auf«, flüsterte er wütend. »Sag ihm, wenn er noch mal so lange wartet, wird nichts mehr übrig sein, woran sich was drehen lässt.«

Er ließ sein Hemd los, und Josef wollte sich abwenden, aber der Mann packte ihn wieder, sein Griff so hart wie Eisen.

»Noch nicht«, zischte er.

Er wartete, ohne zu wissen worauf, während der Trainer seinen Boxer weiter versorgte. Wieder und wieder berieselte er ihn mit Wasser aus seinem Eimer, der genauso aussah wie der, den Josef hergebracht hatte. Er tauchte den großen grauen Schwamm ein, fuhr dann damit über das Gesicht seines Schützlings, tunkte ihn wieder ein. Beim nächsten Mal tauchte er den Schwamm plötzlich in Josefs Eimer, beinah zu schnell, um es zu sehen, und strich dem Boxer damit nicht über Kopf und Brust, sondern vorn über die Handschuhe.

Dann warf er den Schwamm wieder in den Eimer, stieß mit dem Fuß dagegen und kippte ihn um. Für einen Augenblick wurde der Inhalt im schwachen, schwankenden Licht sichtbar, und Josef sah, was er hergebracht hatte: eine grüne, brackige, giftig wirkende Brühe. Dann versickerte sie im Sägemehl, das den Fußboden bedeckte und schon nass von Blut und Schweiß war.

»Pass doch auf, was du tust, Junge!«, bellte der Trainer. Ein paar Zuschauer beäugten den umgekippten Eimer schon argwöhnisch, noch mehr Geld wechselte in andere Hände.

Nichts blieb jemals gänzlich unbemerkt.

»Jetzt geh und hol mir frisches Wasser für die nächste Runde. Na los, geh! Oben in der Bar!«

Er trat mit seinem leeren Eimer den Rückzug an, und die stille Menge verschluckte ihn. Der Junge schlug wieder auf seine Bratpfanne, und der Ringrichter, ein Mann mit Spitzbauch, Melone und Fliege, trat vor und winkte die Boxer zurück in den Ring. Josef wandte sich ab und stieg die Treppe hinauf. Oben drehte er sich noch einmal kurz um.

Die beiden Boxer taumelten aufeinander zu, beide Gesichter eine Wüstenei aus Blutergüssen und Platzwunden, die Blutungen kaum gestillt. Der Mann in den roten Hosen duckte sich und schlug eine kurze Gerade. Alles, was der in Schwarz tun konnte, war, einen wirkungslosen, langen Schlag auf sein Gesicht zu führen, während er zurückwankte, aber plötzlich hielt sein Gegner inne, führte die Hände an die Augen und stand ganz still in der Ringmitte. Der Boxer in Schwarz bewegte sich wieder auf ihn zu, schien plötzlich neuen Mut zu schöpfen …

Josef wandte sich ab und trat durch die Tür. Als er den schwarzen Korridor entlangging, hörte er hinter sich den gewaltigen Jubel erschallen, der so lange unterdrückt worden war, ein wilder, kurzer, schauderhafter Triumphschrei.

Er öffnete die Tür zur Bar und nickte dem gut aussehenden, schmächtigen Mann zu, der jetzt an der Theke stand und ein kleines Bier trank und selbst dabei noch mordsgefährlich wirkte. Josef hielt den Eimer hoch, und Gyp lauschte dem fernen Jubel und nickte.

»In Ordnung«, sagte er. »In Ordnung.«

Wenig später hasteten sie wieder den Gehweg entlang, um die Ecke zurück auf die Ann Street. Gyp stieß ihn in eine Droschke, zog die Vorhänge zu und sagte kein Wort auf dem ganzen Weg zu Monks Bar, saß ihm direkt gegenüber, so dass ihre Knie sich fast berührten, und die kalten, intelligenten Augen durchdrangen die Dunkelheit.

Gangster in bunt karierten Anzügen manövrierten ihre Mädchen über die Tanzfläche wie Straßenbahnwagen. Eine Hand voll Musiker spielte oben auf der baufälligen Bühne – ein Klavier, eine Harfe, ein Kontrabass.

Monk patrouillierte sein Reich mit einem gütigen Lächeln und einer herzlichen Begrüßung für jedermann, einen gewaltigen Totschläger in der einen, einen Schlagring an der anderen Hand.

»Trinkt aus, trinkt aus! Ehe der Fusel schal wird!«

Josef saß ziemlich weit vorne, nahm scheu und gierig alles in sich auf, was ihn umgab. Er war inzwischen bei den Eastmans aufgenommen worden und hatte schon wieder einen neuen Namen: Kid Twist, nach einem längst verblichenen Helden der Dead Rabbits oder der Plug Uglies. Er sog das Aroma seiner guten Zigarre tief ein und nippte an seinem Whiskey, der unendlich viel weicher war als alles, was er je in den finsteren Kaschemmen dieser Stadt bekommen hatte.

Auf jedem Tisch in der Bar lag Brot. Und ein Stein. Ein dicker, roter Ziegel zwischen zwei Scheiben schimmligem Brot, so dass dieses Etablissement sich Restaurant nennen konnte, wo Sandwiches serviert wurden, obwohl es in Wirklichkeit eine Abzockerspelunke war, die vornehmlich von Zuhälterei und dem Blut ahnungsloser Touristen existierte.

»Das kann man nicht essen!«, jammerte ein Vertreter, der zwischen zwei jungen Huren am Nachbartisch saß. In seiner betrunkenen Verzweiflung biss er so hart auf den Stein, dass seine Zähne knirschten und Blut aus seinem Mund lief.

»Seht ihr? Das ist gar kein Sandwich!«

Monk steuerte sofort auf ihn zu und winkte Whitey und Spanish Louie. Er zog den Vertreter, der ein gutes Stück größer war als er, am Kragen auf die Füße und wirbelte ihn herum, so dass der Mann mit dem Gesicht zur Wand stand.

»Na schön, das war's. Du hast gegen die Hausregeln verstoßen«, erklärte Monk ihm und wies auf die endlos lange Liste unsinniger Vorschriften, die an der Wand angeschlagen war:

KEIN LAUTES REDEN
KEIN FLUCHEN
KEINE OBSZÖNITÄTEN ODER UNANSTÄNDIGEN AUSDRÜCKE
KEIN ZUTRITT FÜR BETRUNKENE
WER GEGEN DIE REGELN DES ANSTANDS VERSTÖSST, WIRD DES LOKALS VERWIESEN
KEIN MANN DARF SITZEN, SOLANGE DIE DAME NOCH STEHT
ALLE MÄNNER MÜSSEN SOFORT NACH BETRETEN DES LOKALS GETRÄNKE BESTELLEN
NACH JEDEM TANZ MUSS ERNEUT BESTELLT WERDEN
MÄNNER, DIE NICHT TANZEN, WERDEN DES LOKALS VERWIESEN

»Welche? Gegen welche hab ich verstoßen?«, verlangte der blutende Vertreter zu wissen.

»Oh, gegen alle, glaub mir. Über Trunkenheit und Fluchen könnte ich ja noch hinwegsehen, aber weißt du, wer nicht tanzt, der muss gehen!«

Whitey und Spanish Louie packten den Vertreter und führten ihn rüde quer durch das Gedränge über die Tanzfläche, während der Mann seinen Musterkoffer an die Brust drückte. Erst gingen sie langsam, dann schneller und schneller, wie die winzigen Mack-Sennett-Figuren, die Kid im Nickelodeon am Union Square gesehen hatte. Schließlich kamen die beiden Eastmans pfeifend wieder hereinspaziert und brachten alles mit, was von dem Handlungsreisenden noch übrig war: sein Anzug, sein Hut, sein Musterkoffer, sogar seine Unterwäsche, als habe sich der Rest einfach in Luft aufgelöst.

»Der gehörte uns!«, protestierte eine der Nutten, die am Tisch des Vertreters gesessen hatte, aber Monk schlug ihr ohne Vorwarnung die Faust ins Gesicht, hart genug, dass es sich augenblicklich verfärbte. Mit einem Schrei fiel das Mädchen taumelnd vom Stuhl, und ihr Auge begann zuzuschwellen, während die andere vollkommen still auf ihrem Platz saß.

»Keine Bange, Junge, die Ladys kriegen nie was mit dem Knüppel ab.« Monk lächelte Kid beruhigend zu. »Wenn sie aus der Reihe tanzen, gibt's eins aufs Auge, aber ich nehme immer vorher den Schlagring ab.«

Er wandte sich wieder zur Bühne um, und ein Mädchen in einer rotsamtenen Husarenjacke und seidenen Pluderhosen kam an Kids Tisch und glitt geradewegs auf seinen Schoß.

»Haben Sie ein Mädchen, Mister?«, fragte sie, ihre Stimme leise und sanft, und er konnte nur den Kopf schütteln. Sie lachte ihn aus, und ihm ging auf, dass er vermutlich zu Tode erschrocken aussah.

Er hatte schon Mädchen gehabt. In den Bordellen auf der Elizabeth Street, junge, unwissende Mädchen, gerade mal im Teenageralter. Oder einsame portugiesische Mädchen aus der Fabrik, mit denen er kaum ein Wort reden konnte, in seiner winzigen Wohnung. Aber sie war anders. Sie hatte wunderschöne graue Augen und duftete nach Flieder, und sie war ihm so nah …

Außerdem war sie eins von Gyps Mädchen, das wusste er. Und er fragte sich, ob er in irgendeine Falle gelockt werden sollte. Er sah zu Gyp hinüber, der etwas abseits auf der anderen Seite des Raums mit seinen übrigen Mädchen saß, alle ganz in Schwarz, wie eine Schar Nonnen. Sein kalter, tödlicher Blick glitt über die

Tanzfläche, aber er sah nicht zu ihnen herüber, und in diesem Augenblick war Kid auch ganz gleich, was passieren würde. Alles, was er wollte, war, dass sie hier auf seinem Schoß sitzen blieb mit ihrem Blumenduft, und die Hand in seinem Nacken ließ. Sie lehnte sich vor, rutschte auf seinem Schoß hin und her, bis sich ihr Hintern an seinem Schwanz rieb, und ihr Lachen war tief und kehlig.

»Keine Sorge, das geht aufs Haus«, versicherte sie ihm. »Wie wär's, wenn du uns eine Flasche bestellst?«

»Einverstanden«, krächzte er und hob die Hand zu einem schwachen Wink. Der Kellner eilte augenblicklich zu ihnen und brachte zwei Gläser und eine Flasche billigen Sekt, die Hausmarke.

»Wie heißt du?«, fragte sie, sah auf ihn hinab und strich ihm die Haare aus der Stirn.

»Josef.«

»Josef. Das ist ein hübscher Name. Aus der Bibel. Mein Name ist Sarah«, vertraute sie ihm an. »Auch aus der Bibel.«

»Sarah«, wiederholte er dümmlich, während sie sich mit geübten Bewegungen ein Glas Sekt einschenkte, in einem Zug leerte und wieder auffüllte. Er wusste, es war das übliche Anheizgequatsche, aber sie lächelte ihn an, sie duftete so gut, fühlte sich so gut an …

Ein Kellner mit einem kantigen Gesicht stand auf der Bühne, vornehm eine Serviette über dem Arm, und begann zu singen. Er hatte eine hohe, blecherne Stimme, und er nudelte sein Lied so hastig herunter, als fürchte er, seine Straßenbahn zu verpassen. Aber zu Kids Verblüffung hielten die Tänzer inne, es wurde vollkommen still, und alle lauschten der eiligen, rührseligen Ballade:

The ballroom was filled with fashion's throng.
It shone with a thousand lights.
And there was a woman who passed along:
The fairest of all the sights.

A girl to her lover then softly sighed:
»There's riches at her command.«
»But she married for wealth, not for love,« he cried,
»Though she lives in a mansion grand.«

Zu Josefs vollkommener Verblüffung fingen nach und nach alle im Saal an zu weinen: Dago Frank und Louie the Lump und Whitey und Spanish Louie – sogar Monk. Sein großes, hässliches Gesicht verzerrte sich grotesk, während er den Liedtext vor sich hin murmelte. Die Hure, der er das blaue Auge geschlagen hatte, weinte auch, genau wie die Gentlemen mit ihren Huren und Flittchen in den Privatlogen und ebenso die Gangster in ihren grellen Anzügen auf der Tanzfläche und ihre Liebchen, die in ihren zu hohen Mikado-Türmen aufgesteckten Haaren die Pistolen ihrer Helden verbargen.
Sogar Gyp the Blood weinte. Sein eisiger Blick glitt immer noch durch den Saal, aber eine Träne rann über seine Wange. Und auch Sarah weinte, die so selbstbewusst auf Kids Schoß saß, die Tränen strömten über Wimperntusche und Rouge, und sie schluchzte leise, während sie mitsang:

She's only a bird in a gilded cage,
A beautiful sight to see.
You may think she's happy and free from care:
She's not, though she seems to be.
'Tis sad when you think of her wasted life,
For youth cannot mate with age
And her beauty was sold
For an old man's gold …

Der ganze Saal, all die Luden und Killer und Langfinger, Taschendiebe und K.o.-Tropfen-Virtuosen schluchzten jetzt hemmungslos, während der Kellner zur letzten Zeile des Refrains anhob:

She's a bird in a gilded cage.

Als er schließlich zum Ende kam, nach zahllosen weiteren kitschigen Versen und Wiederholungen, war der Raum erfüllt von Schniefen und Naseputzen. Die Gangster und ihre Mädchen gingen zurück an die Tische, eine Kompanie Huren löste den Kellner auf der Bühne ab und tanzte Cancan.

»Das war ein trauriges Lied«, sagte Sarah mit leiser Stimme ganz nah an seinem Ohr. Er stellte fest, dass die Sektflasche beinah halb leer war. Ihr Gesicht glich jetzt einer Clownsmaske. Die Wimperntusche hatte schwarze Spuren durch die Puderschicht gezogen, aber ihre Traurigkeit, ihre Verletzlichkeit erregte ihn, und er legte die Hand fester um ihre Taille.

»Es gefällt mir, wie du mich hältst«, wisperte sie.

Die Cancan-Huren waren enthusiastisch bei der Sache. Sie tanzten nicht einmal annähernd synchron, aber sie warfen ihre Röcke immer höher, lachten und kreischten, und die Gäste fingen an, im Takt mit den Füßen zu trampeln. Bis sie plötzlich alle im selben Moment die Röcke über ihre Köpfe warfen und in derselben Bewegung ihre Strumpfhosen herunterrissen: Eine Reihe weißer Beine und behaarter Geschlechter stand plötzlich kopflos auf der Bühne, ehe sie in ihren Spagat hinabglitten, und dann ging das Licht aus. Kichernd verschwanden sie von der Bühne.

Danach wurde wieder getanzt, und der singende Kellner krächzte ihnen noch ein Lied vor, das wieder alle zu Tränen rührte:

There's a name that's never spoken
And a mother's heart half broken,
There is just another missing from the old home, that's all;
There is still a mem'ry living,
There's a father unforgiving,
And a picture that is turned toward the wall …

Und es gab noch mehr Sekt und Whiskey und ein paar Keilereien. Monk ging jedes Mal dazwischen und knüppelte die Unruhestifter fröhlich nieder.
Sarah blieb lange bei ihm. Ihr Kopf ruhte an seiner Brust, und sie hatte eine Hand in seinen Nacken gelegt. Schließlich regte sie sich, und ihr kleines, verschmiertes Gesicht tauchte vor ihm auf.
»Willst du mit nach oben kommen?«
»Was?«
»Willst du mit nach oben kommen?«, wiederholte sie und glitt von seinem Schoß. Sie streckte die Hand aus, um ihm aufzuhelfen.
Er stolperte zur Treppe, die zu den verschwiegenen kleinen Zimmern führte, und stützte sich auf ihre Schulter. Unten war schon wieder etwas los, bemerkte er. Aus irgendeinem Grund hatte Gyp einen Mann auf seinem Schoß liegen und hielt ihn am Hals und bei den Knien gepackt, während sich eine kleine Menschentraube um ihn bildete, die auf irgendetwas Wetten abschloss.
»Komm weiter, das ist kein sehr schöner Anblick«, sagte sie und zog ihn am Arm weiter.
»Was?« Er torkelte die Treppe hinauf, völlig erledigt.
»Sieh dir das lieber nicht an. Komm!«
Lachend lief sie vor ihm die Treppe hinauf, weiter in einen dunklen Korridor, von dem auf beiden Seiten mit Vorhängen abgeteilte kleine Zimmerchen abgingen. Gedämpftes Stöhnen drang durch die roten Samtvorhänge.
»Komm und fang mich!«

Er lag auf einem riesigen zebragestreiften Kissen auf dem Rücken, und das Kämmerchen schien sich um ihn zu drehen. Es war die billige Bowery-Variante eines orientalischen Freudenhauses: ein quadratischer kleiner Raum, und die Wände hatten die Farbe von Blut. Auf dem Tisch stand etwas, das aussah wie ein Samowar mit einem Schlauch. An der Wand hing ein Bild

von einer nackten jungen Frau, die sich auf einem Ruhebett ausstreckte, und hinter ihr stand eine schwarze Dienerin.
Sie schlüpfte durch die Vorhänge und vollführte einen kleinen Tanz für ihn an der gegenüberliegenden Wand. Irgendwie hatte sie sich in der Zwischenzeit das Gesicht gewaschen, und es wirkte jetzt erstaunlich jung und verletzlich. Sie schlängelte sich aus ihren seidenen Pluderhosen und öffnete das rote Husarenjäckchen, so dass es ihre runden weißen Brüste enthüllte, bis knapp an die Brustwarzen. Er vollführte einen gewagten Hechtsprung, um sie zu fassen zu kriegen, aber sie entglitt ihm mühelos, lachte wieder, und dann schraubte sie sich langsam zu ihm hinab, mit wiegenden Hüften, und drückte ihn in die Kissen.
»Sag, dass du mich liebst«, lachte sie. »Liebst du mich?«
Er sah zu ihr auf, ihre weiße Haut schimmerte im Gaslicht. Sie lächelte, aber ihr Ausdruck war ernst, so als wollte sie wirklich, dass er es sagte, als sei dies mehr als nur die üblichen Hurenschmeicheleien. Unten setzte das Klavier wieder zu einer rührseligen Melodie an, und der Kellner leierte das Lied herunter, so halsbrecherisch schnell wie ein Fuhrwerk mit durchgegangenen Gäulen.

She is more to be pitied than censured.
She is more to be helped than despised.
She is only a lassie who ventured
On life's stormy path ill-advised ...

»Ja. Ja, ich liebe dich«, beteuerte er so ernst, wie seine Trunkenheit es zuließ, denn natürlich hätte er an diesem Punkt alles gesagt, damit sie ihn ranließ.
»Ja, ich liebe dich.«
Und sie lachte, als sei es nur ein Scherz gewesen, aber er wusste, sie tat nur so. Dann zog sie ihn mit sich hinab in die Haremskissen, und sie liebten sich, und dann sank er friedvoll in einen ohnmachtsgleichen Schlaf, während er sich noch fragte, was er sich hier wohl eingehandelt hatte.

Doch als er mit mörderischen Kopfschmerzen erwachte, war sie verschwunden. Es war keine Spur von ihr zu entdecken, auch wenn sein Geld größtenteils noch da war – sie hatte nur den üblichen Satz genommen. Es vergingen Monate, ehe er sie wieder sah. Es war schon Ende September, als Big Tim Sullivan ihn und Monk und ein paar andere von den Eastmans nach Washington Heights einlud, um die Highlanders gegen die Pilgrims um die Meisterschaft spielen zu sehen.

Es war das letzte Spiel des Jahres. Auf der anderen Seite des Hudson erstrahlten die Palisades in leuchtenden Rot- und Gelbtönen. Auf der Tribüne wurde überall spekuliert, ob der große Christy Mathewson spielen würde und ob es stimmte, dass Big Tim einen der Bostoner Innenfeldspieler in der Tasche hatte.

Sullivan hatte irgendwie seine Finger in diesem Spiel, eine Absprache mit Bill Devery, einem der Glücksspieler und Politiker, denen die Highlanders gehörten. Devery hatte einen großen Auftritt beim Einzug ins Stadion: Er kam in einem offenen Automobil, gefolgt von einer Blaskapelle, die sein Wahlkampflied spielte: *Oh, I'm for Mr. Devery / Every, every time!* Devery hatte seinen eigenen Innenfeldspieler an der ersten Base geschmiert – ein gemeiner Kerl mit einem pockennarbigen Gesicht, der immer aus dem Nichts angerannt kam, einen Squib oder Bunt auflas, ehe er sich ohne jede Eile aufrichtete und den Ball ins Rightfield schmetterte.

Kid saß auf der Tribüne, trank Bier, aß einen Hotdog und sah zu, wie sich das Spiel entwickelte. Die schnellen, kontrollierten Bewegungen imponierten ihm, auch wenn er keine Ahnung hatte, worum es eigentlich ging. Sarah kam während des dritten Innings zusammen mit Gyp. Sie trug immer noch das rote Husarenjäckchen, das inzwischen ein bisschen schäbig wirkte. Er wandte sich um, versuchte, ihren Blick auf sich zu lenken, hielt ihr sein Bier hin, aber sie schien ihn überhaupt nicht zu sehen. Er stellte fest, dass alle hier sie Sadie nannten, und auf ein Nicken von Gyp schlenderte sie immer wieder Arm in Arm mit einem der Spieler oder Politiker davon, die sich unterwürfig um Big Tim scharten. Er hielt weiterhin Ausschau nach ihr, aber sobald sie zurückkam, verschwand sie mit dem nächsten von Big Tims Freunden, und danach mit dem nächsten.

Das Spiel blieb ausgeglichen – eine endlose Folge manipulierter Spielzüge, die sich gegenseitig aufhoben, bis der Werfer der Highlanders – ein ewig deprimierter, weinerlicher Kerl, den alle Happy Jack nannten – im letzten Inning wirklich ganz und gar unabsichtlich einen Wild Pitch an seinem Catcher vorbeidonnerte, und Big Tim lachte grölend über seine verlorene Wette. »Nicht zu fassen!« Er schlug Mr. Devery kräftig auf den Rücken. »Wir hätten sie genauso gut ehrlich spielen lassen können!«

Kid war es gleich. Als die Schatten im Stadion schon lang wurden, war er aufs Spielfeld hinuntergegangen. Die Zuschauer hielt es schon längst nicht mehr auf der Tribüne, viele Männer standen oder saßen hinter den Begrenzungsseilen im Außenfeld und beobachteten, wie Happy Jack Hackfleisch aus den Bostonern machte, und ein wenig später tat ein Hüne der Gegenseite das Gleiche mit den Pilgrims. Der Ball wurde von Inning zu Inning immer kleiner, immer grauer, immer unsichtbarer, bis man glauben konnte, die Spieler führten eine Pantomime auf.

Kid saß mit angezogenen Knien unter dem Seil, lauschte den Fans, die bei jedem Spielzug mitzitterten und Frotzeleien mit dem feingliedrigen, kleinen Centerfielder der Highlanders austauschten, einem Mann, der beinah so klein wie ein Zwerg schien, der aber schnell genug rannte, um jeden Ball zu holen, der außerhalb des Innenfelds landete. Von seinem Platz aus hatte Kid alles im Blick: die Tribüne, die leuchtenden, feurigen Palisades und Big Tims Freunde, von denen etwa jedes halbe Inning einer in Sullivans Box zurückkam, und sie lachten und klopften sich auf die Schultern, genau wie die Spieler, die vom Schlagmal zurückkamen – und Sadie folgte ihnen und steckte die Haare wieder unter ihren Hut.

Er sah die Schatten über dem Innenfeld lang werden, über den Sperrholzzäunen am Außenfeld, die mit Reklameplakaten für Zahnpuder und Fußsalbe bepflastert waren. Und er beobachtete die feierliche, mysteriöse Prozession dieses starren Spiels: Die Spieler kamen in ihren weiten, grauen Wolltrikots vom Feld gelaufen, spuckten, zupften ihre Kappen zurecht und streiften lässig ihren großen Handschuh ab, wenn sie ihre Position verließen und zum Unterstand gingen. Er beobachtete dieses wundervolle, undurchschaubare Ritual, bis er sicher war, dass er es liebte, dass er all dies liebte, auch wenn er es nicht verstand. Dass er Baseball liebte.

25

Trick der Zwerg

Unsere Stadt wurde im Hinterland von Dreamland erbaut, in der baumlosen Ebene voller Schutt, wo das Treibgut der Welt angespült wurde. Hier hatte Brinckerhoff seine exotischen Stämme untergebracht: seine Pygmäen und Eskimos, seine Buren und Bantocs und seine Hunde fressenden Igorots – all die komischen kleinen Völker mit bunten Kostümen und seltsamer Gesichtsbehaarung, vor den Augen der Welt zur Schau gestellt.
Vor einiger Zeit hatte hier sogar mal eine baufällige holländische Kate gestanden. Dort konnte man abends General Piet Cronje auf seiner Veranda antreffen, wo er seine Pfeife rauchte, sich verträumt durch den buschigen weißen Backenbart strich und über die längst vergangenen glorreichen Tage im Veld nachsann. Oder über die Tageseinnahmen.
Jeden Nachmittag pünktlich um Viertel nach drei ritt Oom Piet schnurgerade hinaus in die Ebene, um den Briten sein Schwert auszuliefern. Brinckerhoff behauptete, das sei die exakte Uhrzeit gewesen, da der Burenkrieg endete, aber tatsächlich fing um drei Uhr fünfzehn drüben auf Big Tim Sullivans Rennbahn das erste Rennen an, und Big Tim legte keinen Wert darauf, dass der Radau der Schreckschussgewehre seine kostbaren Vollblüter erschreckte.
Doch wenn der alte Bure zu seiner Kapitulation ritt, herrschte plötzlich eine vollkommene, verblüffende Stille. Er spielte seine Rolle Tag für Tag mit so feierlichem Ernst, dass das Publikum

regelmäßig von Ehrfurcht erfüllt war. Schweigen breitete sich auf der Tribüne aus, die einzigen Geräusche waren die fernen Schreie von den Achterbahnen am Meer und das Donnern der Hufe auf der Rennbahn – wie ein fernes Echo dieses Krieges: die galoppierende Kavallerie im hügeligen Grasland Südafrikas.

Doch es war einfach kein Publikumsmagnet, selbst mit echten Veteranen auf beiden Seiten, Kanonen, riesigen gemalten Dekorationen auf Leinwand und einem genial ausgedachten, glitzernden Blechwasserfall. Vielleicht lag es an den Kriegsparteien – die Buren gegen die Briten, wer sollte sich dafür schon interessieren? Die Veteranen verschwanden jedenfalls nach und nach Richtung Zentralamerika, wo sie sich als Söldner verdingten, bis schließlich nicht mehr genug übrig waren, um die Szene überzeugend darzustellen.

Eine Zeit lang versuchten sie, die verbliebenen Weißen gegen eine eigens zu dem Zweck importierte Horde Bantus antreten zu lassen – Schwarz gegen Weiß war schließlich immer ein Kassenschlager. Sie hatten sich überlegt, dass es sicher überflüssig sei, den Bantus irgendetwas zu bezahlen, dass es ausreichen würde, ein, zwei magere alte Jersey-Kühe in ihren Kral zu treiben, die sie dort schlachten und essen konnten – eine zusätzliche Attraktion, die mehr Leute anzog als die eigentliche Schlacht.

Doch zur allgemeinen Überraschung traten die Bantus in den Ausstand. Ein Leitartikel der *World* bemerkte missfällig, dass sie offenbar schon von der modernen Welt verdorben seien. Statt sich hinter dem Wald aus Topfpalmen, die Brinckerhoff aus jedem Zehn-Cent-Restaurant in Manhattan hatte anschleppen lassen, auf die Lauer zu legen und unter wildem Gejohle über die Briten und Buren herzufallen, marschierten sie eines Nachmittags hinaus, legten mit größter Würde ihre Theaterspeere ab und setzten sich auf die Erde.

Natürlich wurden sie genauso behandelt, wie es Streikenden in Amerika immer ergeht: Eine Horde Schwergewichtler wurde eines Nachts angekarrt, fiel über sie her, schlug ihnen die Schädel ein und zertrümmerte ihre Hütten aus nachgemachten

Palmblättern. Auch General Cronje und seine Söldner vertraten die Ansicht, das sei die einzige Methode, um diesen schwarzen Bastarden beizukommen. Doch ein paar Tage später legten sie abends, nachdem der Park geschlossen war, ihren spektakulären himmelblauen Kopfschmuck ab, nahmen die gipsernen Hühnerknochen von ihren Nasen und stahlen sich davon in die große Stadt – verkleidet in den Polizeiuniformen einer Theatertruppe, die sie in einem Lagerraum gefunden hatten. Natürlich fielen sie niemandem auf – eine Abteilung barfüßiger schwarzer Polizisten männlichen und weiblichen Geschlechts, die nicht ein Wort englisch sprachen und im Gänsemarsch durch die Straßen von New York zogen. Sie verschwanden auf immer, wurden von der unüberschaubaren Weite von San Juan Hill oder Harlem verschluckt, unwiderruflich amerikanisiert.

Als wir dorthin kamen, waren sie schon lange verschwunden. Jedes Überbleibsel ihrer Existenz wurde von Bulldozern eingeebnet, um Platz für Liliputa zu machen – ihr Kral, ihre Hütten, sogar Oom Cronjes nostalgische kleine Kate wurden dem Erdboden gleichgemacht. Auf ihren Überresten legte Brinckerhoff die Stadt an, plante mit den Vermessungsingenieuren breite Straßen und Plätze. Nachts arbeitete er unermüdlich in seinem Turm, entwarf jedes Haus, jedes öffentliche Gebäude, jedes Möbelstück.

»Alles muss passen«, befahl er. »Keine Slums, keine Mietskasernen, keine Kriminalität. Es muss eine städteplanerische Glanzleistung werden!«

Die Stadt wurde mit atemberaubender Schnelligkeit erbaut. Keine blühende Aztekenstadt, sondern ein modernes, fortschrittliches Städtchen hinter einer Lebkuchenfassade. Alles orientierte sich am Stadtplan von Nürnberg – denn damals musste alles, was adrett und ordentlich aussehen sollte, einem deutschen Vorbild nachempfunden sein. Es gab einen wunderschönen kleinen Marktplatz, einen Turm mit Uhr, einen Mietstall und sogar eine exquisite kleine Eisenbahn, die ihre

Fahrgäste in unserer Stadt herumfuhr. Es gab ein Elektrizitäts- und ein Gaswerk und eine Feuerwehr mit einem echten, funktionierenden Löschwagen, gezogen von einem Gespann Shetlandponys.

Es schien unmöglich. Ich weiß, ich hatte die ganze Sache angestoßen. Ich hatte aus schierer Verzweiflung das Räderwerk in Brinckerhoffs Kopf in Gang gesetzt, aber selbst für mich war es unglaublich, das Ganze Gestalt annehmen zu sehen. Es kam mir vor, wie ein wirrer Traum einem im Licht des nächsten Morgens erscheint: unmöglich, absurd, aber irgendwie vertraut.

Meine Königin nahm all das mit erhabener Gelassenheit hin. Nachmittags inspizierte sie die Baufortschritte – offensichtlich vollkommen verrückt in ihren Kleidern, in königlichem Purpur und dem Mantel aus falschem Hermelin, der hinter ihr her wallte. Die Arbeiter machten sich über sie lustig, zogen den Hut, wenn sie näher trat, ohne auch nur zu versuchen, ihr breites Grinsen zu unterdrücken. Ihre huldvollen Fragen beantworteten sie mit erlesener Höflichkeit: »O ja, Majestät!«, »Gewiss, Majestät!«, »Was immer Ihr wünscht, Majestät.« In Coney Island war jeden Tag Karneval, und sie waren falsche Hoheiten durchaus gewöhnt: afrikanische Stammesfürsten, Zigeunerprinzessinnen, Achterbahnmechaniker, die als Teddy Roosevelt verkleidet waren.

Ich bedachte die Männer mit finsteren, gefährlichen Blicken, wenn sie sie verhöhnten. Doch sie schritt einfach weiter durch ihr unglaubliches neues Reich, ebenso immun wie imperial.

Wer von uns war wohl verrückter?

»Sie wird solide gebaut«, erklärte Brinckerhoff auf seine stille, selbstsichere Art. »Sie soll das ganze Jahr bewohnbar sein. Wenn alles andere in Dreamland, wenn Luna Park und Steeplechase und alles Übrige auf Coney Island verschwunden ist, dann wird sie immer noch stehen.«

Die Stadt war perfekt, eine Miniatur, die das Original übertraf, diesen verseuchten, alles verschlingenden Behemoth, der westlich von Coney lag. Und jeden Tag ersann Brinckerhoff irgendetwas, um sie noch perfekter, noch vollständiger zu machen: eine Polizeiwache komplett mit Gefängniszelle, Fingerabdruckkarten und einem fensterlosen Kämmerchen für Verhöre der unangenehmen Sorte. Ein Rathaus, eine Kirche und eine Bibliothek mit kleinen Sonderdrucken, die wir leicht in den Händen halten konnten. Alles so genial, so einmalig, so akribisch ausgeführt, dass schließlich nur noch eins fehlte.

»Keine Angst, ich habe nicht vergessen, was ich dir schulde«, verkündete Brinckerhoff. »Du sollst der Bürgermeister sein und mit deiner Königin im Palast leben.«

Denn das war es, was wir sein sollten. Eine merkwürdige Kombination: Bürgermeister und Königin von Liliputa. Und es gab tatsächlich einen Palast. Nicht so prachtvoll, wie ich ihr versprochen hatte – denn wann hätte je ein Mann seine Liebste nicht enttäuscht? –, aber doch mit Abstand das größte Gebäude in der ganzen Stadt. Drei verkleinerte Stockwerke hoch, mit roten Giebeln und Türmchen und einem herrlichen kleinen Garten.

Das Innere glich einem exquisiten Schmuckkästchen, nur für uns. Es gab einen funktionsfähigen Kamin, eine Bibliothek, ein Billardzimmer, wo alte Schwerter, Musketen und Jagdtrophäen an den Wänden hingen, sogar Porträts irgendwelcher erfundener Vorfahren, die allesamt wie wichtige Persönlichkeiten aussahen. Und alles maßstabgerecht verkleinert, selbst die ausgestopften Nilpferd- und Elchköpfe und sogar der Elefantenfuß-Schirmständer neben der Eingangstür – ein letzter, nicht gerade subtiler Scherz von Matty Brinckerhoff.

»Nun komm schon«, schalt er. »Ihr sollt die ganze Welt haben, gestutzt auf eure Größe. Was ist schon ein Elefant, verglichen mit einem Traum?«

Aber er konnte mir nichts vormachen. Der Elefantenfuß war nur der letzte Beweis. Der Palast, die Stadt, selbst meine arme, verrückte Gefährtin – alles nur ein weiterer, riesiger Witz. Eine

Verspottung, die viel schrecklicher war, als die hämischen Bemerkungen der Bauarbeiter es je hätten sein können, schlimmer als aller Hohn, den mein Vater in seiner Robe hatte ertragen müssen.

Und trotzdem ließ ich mich verführen. Ich erlag den Versuchungen, die die meisten letztlich verführen, nicht Liebe oder Lust, sondern die Versuchung der gepolsterten Ledersessel und dicken flauschigen Teppiche. Der Holztäfelung und Kassettendecken und eines Schranks voller Flaschen des besten Madeira. Ich erlag den schweren Vorhängen, dem Tafelsilber, dem stillen, friedvollen Plätzchen, wo ich nachdenken und ausruhen und die Seiten meiner Bücher aufschneiden konnte.

Und für sie – für meine Königin – gab es ein Ankleidezimmer, ein Bad, auf dessen Wandfliesen minoische Delphine aus den Fluten sprangen. Ein Schlafgemach, das eine exakte Nachbildung des Schlafzimmers der alten Königin war – der echten Königin, der einzig wahren Königin, die es je gab oder geben würde: Vicky höchstpersönlich – getreulich von einem Kupferdruck in irgendeiner Sonntagszeitung kopiert. Detailgetreu bis hin zum Muster der Tapete und den Haarbürsten auf der Frisierkommode, nur dass hier in die Ecken des Kaminsimses, den Rahmen des Frisierspiegels, die Bettpfosten und Teppiche CR geprägt war: *Carlotta Regina*.

Und genau sie sah ich. Ich sah sie die Treppe hinaufsteigen, als wir den fertig gestellten Palast zum ersten Mal betraten und ich herumwanderte und staunend die Einrichtung begaffte. Ich sah sie das Zimmer betreten, das wohl bei weitem das luxuriöseste war, das sie je gesehen hatte, und sie setzte sich ohne einen zweiten Blick an die Frisierkommode, als hätte sie ihr Leben lang nichts anderes getan. Das war in meinen Augen die wahre Verkörperung königlicher Würde.

Alles wurde fertig, bevor die Saison auch nur halb vorüber war, all die wunderbaren Lebkuchenhäuschen und die breiten Alleen. Nur eins fehlte noch: die lebenden Requisiten.

Wie inseriert man für eine Kuriositätenschau? Wir brauchten so viele und alle auf einmal, nicht das übliche Rinnsal der verstoßenen und vertriebenen Krüppel. Ich schlug eine Annonce in den Stellenangeboten vor, Rubrik *Personal gesucht*, ein Aufruf an den unglückseligen Auswurf der Menschheit, an die, die sich danach sehnten, groß zu sein. Brinckerhoff zeigte nur sein zufriedenes Krokodilsgrinsen.

»Oh, sie werden schon kommen«, sagte er. »Sie werden davon hören, glaub mir, und dann werden sie hier in solchen Scharen einfallen, dass wir sie mit Knüppeln zurücktreiben müssen.«

Er hatte Recht, wie immer. Sobald die bevorstehende Eröffnung der Stadt sich herumsprach, kamen sie: Liliputaner und Zwerge, Bucklige und Missgeburten und Akrobaten und Clowns und Jockeys, die wegen Pferdedopings ihre Zulassung verloren hatten. Und Kinder. Richtige Kinder, die meinen Verkleidungstrick umkehrten, sich falsche Schnurrbärte anklebten und versuchten, mit tiefer Stimme zu sprechen. Für drei freie Mahlzeiten am Tag und einen warmen Schlafplatz wollten sie sich nur zu gern als kleine Leute ausgeben.

Aus dem ganzen Land, selbst aus der Alten Welt kamen die Zwerge, aus den Vaudevilles und den Provinztheatern, vom Zirkus, aus Spelunken und Schaubuden. Sie kamen von den medizinischen Fakultäten, wo sie jeden Tag einmal pro Stunde als Beispiele körperlicher Anomalie vorgeführt wurden. Sie kamen von den Dachböden der einsam gelegenen Häuser auf dem Land, wo man sie versteckt hatte seit dem Tag, da ihre Eltern erkannt hatten, dass sie mehr als nur klein für ihr Alter waren. Sie kamen aus ihren Taschendiebrevieren oder aus den Fabriken, wo sie zwischen den Räderwerken gigantischer Maschinen herumgekrochen waren, oder aus den exklusivsten Bordellen, wo sie ganz besonders ausgefallene Wünsche erfüllt hatten – kurz, sie kamen von überall da her, wo kleine, feinfühlige Hände gebraucht wurden.

Es waren Tausende. Sie kamen zügeweise an, ergossen sich auf den Bahnsteig am New York & Sea Beach Bahnhof, sahen blin-

zelnd in das harte Coney-Sonnenlicht, schnupperten die salzige Luft und fragten sich, ob sie es wohl schaffen würden, in die große kleine Stadt zu gelangen. Sie kamen in allen Formen und Ausführungen: Da gab es die Wasserköpfe, die Pekinesengesichter, die kinnlosen Wunder und die Affenmenschen und die Krüppel, die Eierköpfe und die Schwachköpfe und die Mongoloiden. Und einige wenige perfekt proportionierte Zwerge wie meine Carlotta, die lediglich das Unglück hatten, klein zu sein – wenn man solche Schönheit in exquisiter Miniatur denn Unglück nennen will.
Wir wählten vierhundert aus, sortierten die endlosen Schlangen tagelang nach Spreu und Weizen. Brinckerhoff hatte einen Arzt und einen Anatomieprofessor an der Hand, die sie vermaßen und befingerten. Wer keine Gnade vor ihren Augen fand, dem malten sie mit Kreide einen Buchstaben hinten auf den Mantel: »B« für Buckel, »M« für Missgeburt, »U« für untalentiert und »H« für ein Übermaß an Muttermalen oder Haaren oder schlichte überwältigende Hässlichkeit. Die Verlierer wurden zurück zum Bahnhof gekarrt, bekamen nicht einmal ein Dankeschön oder das Geld für die Fahrkarte und entdeckten ihren jeweiligen Mangel rein zufällig, wenn sie das nächste Mal den Mantel auszogen.

Die vierhundert Auserwählten standen jubelnd vor unserem Palast. Die handverlesenen Bürger unserer Musterstadt soffen und krakeelten und tobten herum und befummelten einander auf dem Marktplatz, wohin sie zu einer Versammlung beordert worden waren. Sie brüllten Obszönitäten zum Palast hinauf – »Gott schütze die böse Königin! Gott schütze die Mösenkönigin!« – schwindelig vor Erleichterung, weil sie wieder einmal getestet und für menschliche Wesen befunden worden waren. Angestachelt von dem Gedanken, dass sie eine Königin hatten, eine übergeordnete Instanz, die eine der Ihren war. Sie nutzten ihren Jagdschein aus – schließlich ist er alles, was man uns je zugesteht.

»Geh nicht da raus«, warnte ich sie. »Warte wenigstens bis morgen, dann sind sie wieder nüchtern.«
»Aber Wir sind ihre Königin«, wandte sie ein, und ihr heiteres, strahlendes Lächeln flößte sogar mir Ehrfurcht ein. Ich war trotzdem überzeugt, dass es ein Fehler war. Gerade als sie auf den Balkon hinaustreten wollte, kam ein schlammiger brauner Klumpen unbekannten Ursprungs von der Straße heraufgeflogen und landete klatschend auf dem Balkon wie ein Fisch auf dem Trockenen.
»Gott schütze die Mö…«
Sie schien es nicht einmal zu bemerken. Sie trat unbeirrt nach draußen, und der ganze tobende Mob wurde mucksmäuschenstill, sobald sie erschien.
»Mein geliebtes Volk«, sagte sie. »Mein *geliebtes Volk* …«
Es war nicht einmal so sehr das, was sie sagte – leeres Gefasel, nicht mehr oder weniger verrückt als das Geschwafel all der gekrönten Häupter überall in der Große-Leute-Welt. Es war völlig gleich, was sie sagte, auch wenn ihre Verrücktheit offensichtlich war. Sie stand da auf dem Balkon unseres Palastes in ihrer schwarzen Witwenstola, mit hoch erhobenem Kopf, so königlich wie ein europäischer Monarch und so viel schöner, und allein dadurch hatte sie ein Volk aus uns gemacht, ein Volk mit seiner eigenen, wundervollen Königin, einfach nur, weil sie selbst es glaubte, weil sie das königliche Geschöpf war, für das sie sich hielt.
»Meine geliebten Untertanen«, sagte sie.
Und sie waren untertänig. Als sie schließlich zum Ende ihrer Ansprache kam, brachen sie in spontanen Jubel aus, und als sie diese eigentümliche, abgehackte Geste vollführte, die ein Kreuzzeichen sein sollte, aber mehr an eine Guillotine erinnerte, knieten sie tatsächlich nieder und senkten die Köpfe, um ihren Segen zu empfangen.
Dann gingen sie davon, um ihre wunderbaren Häuser in Besitz zu nehmen. Um ausnahmsweise einmal so wie richtige Menschen zu leben, in einem richtigen Heim – selbst wenn es Be-

standteil einer größeren Illusion war. All das konnten sie ignorieren, um wenigstens einmal im Leben glücklich zu sein.
Alles konnten sie ignorieren, bis auf das Zelt.
Das Zelt strafte all ihre Illusionen Lügen. Es stand ganz in der Nähe des Marktplatzes, bemalt mit Clowns und fauchenden Löwen und Tigern in Käfigen. Und hierhin verschlug es uns alle. Denn ein jeder in Liliputa – die Polizei, die Feuerwehr, der Priester, der Bürgermeister und selbst die Königin in höchst eigener Person – jeder arbeitete im großen Zelt.

Sie fuhren ein, zwei Runden mit unserer Miniatureisenbahn durch die Stadt, und dann stellten sie sich in die Schlange vor dem Zelt – all die Vertreter und Zigarrendreher und Rollkutscher, all die Haarwieger und Zuschneider und Sodaabfüller bezahlten ihren Nickel, um unsere Vorführung zu sehen.
Natürlich gab es auch richtige Zirkusnummern. Jongleure und Clowns und die winzigen Frauen, die mit den Zähnen an einem Seil hingen. Echte Dompteure traten mit Großkatzen auf, die sie mit einem Happen hätten verschlingen können.
Aber was sie vor allem sahen, waren wir Übrigen, deren Alltag nichts weiter als eine neue Attraktion war, ganz gleich, was wir taten oder wie gut wir es machten. Zu jeder Matinee und zu jeder Abendvorstellung ging die Feuersirene los, und die Feuerwehr von Liliputa rückte aus. Mit schrillender Glocke kam der Löschwagen angebraust, die Feuerwehrleute klammerten sich unerschrocken irgendwo an der Pumpe fest. Eine Feuerwehr, die immer nur zu Fehlalarmen ausrückte. Jeden Tag klaute ein Zwerg einem Eingeweihten im Publikum die Brieftasche, sofort ertönte eine Trillerpfeife, und die berittene Polizei von Liliputa galoppierte auf ihren Ponys heran und schleppte den Übeltäter ab ins Gefängnis.

In Liliputa hörten wir Gott lachen und johlen und sich auf die Schenkel klopfen. Eine ganze Galerie voller Götter, die mit jeder Vorstellung wechselten.

Nach jeder Show stand es den Zuschauern frei, durch unsere Stadt zu spazieren und in unsere Fenster zu spähen. Sie zwängten sich durch unsere Türen, rissen gar unsere Mauern ein – lachten und spotteten über jedes perfekte Detail der Miniatur, dabei konnten sie alle doch nur davon träumen, in solchen Häusern zu leben. In einer Parade zogen wir anschließend die Main Street hinunter und führten sie zurück zum großen Zelt, wo alle Einwohner der Stadt sich versammelten, um ein kitschiges Abschiedslied zu singen. Wir sangen so hoch und piepsig, wie wir nur konnten, bis schließlich am Ende ein Bariton vortrat, auf ein Knie niedersank und den Refrain noch einmal sang, mit einer Stimme so tief wie der Grund des Meeres. Das brachte immer einen großen Lacher.

Und meine Carlotta herrschte über all dies mit der ihr eigenen, verrückten Gelassenheit. Zu Beginn und Ende einer jeden Vorstellung hielt sie eine kleine Willkommensansprache, von deren Text sie niemals auch nur mit einem Wort abwich. Während der großen Tour empfing sie Gäste zum Tee in unserem Wohnzimmer, warf ihnen einschüchternde Blicke zu, wenn sie es wagten, Platz zu nehmen, bevor sie sich selbst niedergelassen hatte, schenkte ihnen ein Lächeln, wenn sie sich angemessen unterwürfig gaben. Sie waren immer restlos hingerissen, bebten vor unterdrücktem Gelächter. Und sie schien nie genug davon zu bekommen.

Ich dachte, sie begreife es einfach nicht: Ganz gleich, wie gut unsere Manieren waren oder wie geistreich unsere Konversation oder wie geschliffen wir waren, ganz gleich, wie sehr wir uns abmühten, wie *sie* zu sein – es nützte nichts. Es amüsierte sie nur, dass wir solche Dinge tun konnten, wie ein Pferd, das rechnen kann, oder ein Vogel, der die Zukunft voraussagt. Aber ihr machte das nichts aus.

»Königliche Würde hängt nicht davon ab, was die Leute denken«, war alles, was sie sagte. »Andernfalls könnte sie gar nicht existieren. Entscheidend ist, dass sie kommen, um Uns zu sehen. Damit erkennen sie an, dass Wir die Königin sind.«

Mir war das alles zuwider. Könnt ihr euch vorstellen, wie es war? In einer Welt zu leben, wo Paraden eine aufreibende tägliche Pflichtübung waren? Wo alles, was man tat, ganz gleich wie gut oder wie ehrlich, nur Teil eines endlosen fortdauernden Witzes war?
All die Teepartys, Tag für Tag, mit einer Horde kichernder Verkäuferinnen und grinsender Bauarbeiter. Wir mussten zusehen, wie sie sich in unsere winzigen Sessel und Sofas zwängten und die Winzigkeit unseres Teeservices bestaunten. Wie sie gackerten, wenn sie mit ihrem kleinen Finger den Henkel einer der kleinen hauchdünnen Porzellantässchen abbrachen. Und mich ausnahmslos immer wieder fragten, ob ich für unseren Schirmständer ein Elefantenbaby geschossen hätte.
Nicht dass ich sonst irgendetwas zu tun gehabt hätte. Liliputa funktionierte von ganz allein. Meinen Untertanen waren die ständigen Eindringlinge gleich, sie lebten hier auf jeden Fall besser als je zuvor. Sie fingen sogar an, ihre Rollen ernst zu nehmen. Die Feuerwehrleute führten einen regulären Schichtdienst ein, pflegten ihre Ausrüstung, ihre feinen Gartenschläuche, die einen Meter langen Leitern und ihre wundervollen Ponys. Die Cops gingen regelmäßig Streife, auch nachts, wenn alle Touristen längst heimgegangen waren. Die Zeitungsjungen krakeelten ihre Schlagzeilen, obwohl es in Liliputa keine Neuigkeiten gab.

Bald fanden sogar Hochzeiten statt. Brinckerhoff war hingerissen, bestand aber natürlich darauf, dass die Trauungen in aller Öffentlichkeit von unserem eigenen Reverend Cherubim vorgenommen wurden. Niemand hatte sich bisher je darum geschert, ob wir verheiratet waren oder nicht, weil sie uns eher für so etwas wie Tiere als für Menschen hielten: Wir lebten im Stande der natürlichen Unschuld, ähnlich wie die afrikanischen Sklaven. Aber jetzt wurde uns Eheglück verordnet, und in diesem Zusammenhang kam Matty Brink auch auf meine eigene Situation zu sprechen.

»Sie glaubt, sie sei nach wie vor mit Kaiser Maximilian verheiratet«, erklärte ich ihm.

»Na und? Dann sag ihr eben, es sei eine morganatische Ehe«, entgegnete er achselzuckend. »Schließlich ist Liliputa doch wohl eine feierliche Messe wert, oder?«

Sie war natürlich hingerissen von der Idee. Sie war eine begnadete Schauspielerin, und kein Schauspieler könnte je zu verrückt sein, um eine große Rolle zu erkennen. Schließlich wurden wir also genauso im großen Zelt zur Schau gestellt wie alle anderen und vor dem sonntäglichen Matineepublikum feierlich getraut. Brinckerhoff scheute keine Kosten. Die Hochzeit fand am wichtigen Eröffnungswochenende zu Saisonbeginn statt. Das Zelt war mit großen Gebinden aus Flieder und Immergrün geschmückt. Meine Königin trug ein schneeweißes Spitzenkleid mit zahllosen Rüschen, ich selbst die Generalsuniform irgendeines Operettenstaates – himmelblau und kanariengelb. Vierundzwanzig Brautjungfern trugen ihre endlose weiße Schleppe, begleitet von einer Ehrengarde – vierundzwanzig Männer, gegürtet mit rasselnden Spielzeugsäbeln.

Meine bedauernswerten Untertanen. Sie standen so ehrfürchtig und gebannt da, als wohnten sie der Krönung des Zaren bei. Die Feuerwehrmänner und Polizisten in strammer Haltung und Paradeuniform, Knöpfe und Schuhe auf Hochglanz poliert. Und die Hofdamen streuten weiße Rosenblätter vor uns aus.

Majestätisch schritten wir zu Mendelssohns Hochzeitsmarsch den roten Teppich entlang, Schrittchen für Schrittchen, und die Götter auf der Galerie lachten und brüllten alle möglichen vorhersagbaren Anzüglichkeiten zu uns herunter. Am Altar erwartete uns Reverend Cherubim, der auf einem Stapel Bibeln stand, – ein rundlicher kleiner Schwachkopf mit Apfelbäckchen und Zwinkeräuglein, der diese Rolle schon seit Jahren spielte. Er hielt einen Gottesdienst voll zweideutiger Wortspiele und schäbiger Witze, ehe er uns mit einem burlesken Augenzwinkern Richtung Publikum zu »Halb-Mann und *Ganz*-Frau« erklärte.

Das brachte eine gewaltige Lachsalve, genau wie die Hochzeits-

geschenke, die ebenfalls vor den Augen der Welt geöffnet werden mussten: ein riesiges Nudelholz, fast so groß wie Carlotta selbst. Ein winziges Bett, das in Wirklichkeit ein Trampolin war. Und ein klitzekleines Automobil, aus dem ein Zwerg nach dem anderen herauskrabbelte.
Das Publikum fand das alles urkomisch und grölte bei jedem Geschenk, das wir auspackten, doch der größte Witz von allen waren wir selbst.
Ich stand am Altar in meiner Generalsuniform und hob den Schleier meiner wunderschönen Geliebten an. Sie schloss die Augen und erwartete meinen Kuss, während Tausende von Zuschauern mit angehaltenem Atem zusahen – jeder von ihnen bereit, in grölendes Hohngelächter auszubrechen.
Könnt ihr euch das vorstellen? Eure albernsten, größten, geheimsten Kinderträume, verwandelt in einen gigantischen Witz zur Belustigung der Massen? In diesem Augenblick, als meine verrückte Braut vor mir stand und blind darauf wartete, meinen Kuss zu empfangen, begriff ich, dass es falsch gewesen war, meinen Vater zu verachten. Es gab einfach keine Möglichkeit, ihrem Spott zu entgehen, ganz gleich, was man anstellte.
Auf dem anschließenden Empfang wimmelte es nur so von Honoratioren – angefangen mit jedem, der zufällig hereinschneite und seinen Vierteldollar bezahlte. Der Eigentümer, Big Tim Sullivan war da; sein breites Politikergesicht gab absolut nichts preis, und er gratulierte uns so warm und herzlich, als seien wir zwei ganz normale Leute. Sogar Bürgermeister McClellan erschien, sprach uns seine unaufrichtigen Glückwünsche aus und schaute blasiert auf uns herab. Ein kaltes Aristokratenlächeln spielte um seine Lippen, während er meine goldenen Lamettaepauletten befingerte.
»Wenn mein Vater Sie in seinem Stab gehabt hätte, hätte er bei Antietam vielleicht doch etwas ausrichten können.«
»Ja, alles, was ihm dann noch gefehlt hätte, wäre ein Rückgrat gewesen«, erwiderte ich, aber er hatte sich schon abgewandt, schritt die Reihe derer ab, die ihn begrüßen wollten, und meine

dünne Stimme verlor sich zwischen den großen Leuten. Eine Hand krallte sich in meine Schulter.

»Wirklich drollig, das muss man sagen.«

Brinckerhoff stand schwankend über mir und roch nach Gin. Er taumelte und stieß einen kleinen Caligula-Gipskopf um, der auf dem Perserteppich zerschellte. Er stützte sich auf meine Schulter, und als er sein Gleichgewicht wieder gefunden hatte, klopfte er mir wissend auf den Rücken.

»Du bist so ein witziger Kerl. Na ja, jetzt kannst du dich jedenfalls um den Nachschub kümmern.«

»Was meinen Sie?«

»Oh, du hattest Recht.« Er nickte ernst. »Sie ist eine echte Königin. Jetzt wird es Zeit, dass ihr fruchtbar seid und euch mehret. Oder schaffst du das nicht?«

Ich fegte seine Hand von meiner Schulter und machte auf dem Absatz kehrt, während er wieder ins Wanken geriet und über seinen verfluchten Elefantenfuß stolperte. Aber vermutlich hätte ich so etwas erwarten müssen: Die königliche Hochzeit war vielleicht einen Tag lang Schlagzeilen wert. Es gab zu viele andere grausige Wunder in dieser Stadt.

Also mussten Kinder her, die singend und spielend die Straßen von Liliputa bevölkerten. Wenn nicht unsere königlichen Nachkommen, dann andere. Aber was sollte werden, wenn sich herausstellte, dass sie groß waren? Würden sie aus unserem verzauberten Königreich verbannt, zusammen mit ihren Zwergeneltern? Oder würden sie einfach eine weitere Attraktion? Der winzige Vater, der seinem ungehorsamen, doppelt so großen Sohn den Hintern versohlt? Der große Sohn, der den Spieß umdreht und seinem Vater den Hintern versohlt? Oh, die Möglichkeiten waren grenzenlos!

Und was sollte werden, wenn es zu viele Kinder wurden, egal ob groß oder klein? Denn unser perfektes Städtchen bot nur begrenzten Raum, umschlossen von unserer Spielzeugeisenbahn. Kein Platz für Expansion, und den Überschuss würden wir fortschicken müssen, hinaus in die Schaubudengassen, die ungeplante Welt. Und wie sollten solche Entscheidungen getroffen werden?

Keiner meiner Untertanen schien sich Gedanken darüber zu machen. Sie hatten immer von der Hand in den Mund gelebt, sie hatten nicht vor, jetzt damit anzufangen, sich Sorgen um die Zukunft zu machen. Sie fuhren fort, ihren Modellhäuschen eine persönliche Note zu verleihen, bauten Zimmer an, pflanzten Bäume und Blumen und Sträucher, verhielten sich wie ganz gewöhnliche Menschen. Sie freuten sich auf den Winter, wenn der Sturm über den Strand fegte und die Brecher bis auf die Piers schlugen. Wenn die Parks geschlossen wurden und keine Besucher mehr kamen. Dann gab es nur noch uns, allein in unserer eigenen Welt auf dem Höcker eines Kontinents.

Ich hielt es nicht aus, also fing ich wieder an, nach Toresschluss in die wässrige Welt der Bowery hinaufzuschleichen. Nicht dass irgendwer mich vermisst hätte. Carlotta war die eigentliche Attraktion, totale Verrücktheit verkauft sich immer besser als die etwas subtilere Sorte. Brinckerhoff wurde es nie müde, mich zu beschwatzen, mir endlich eine Nummer einfallen zu lassen, mit der ich ihr das Wasser reichen konnte. Eine neue winzige Generalsuniform vielleicht? Oder ein hoher Zylinder, so dass ich mich als Miniatur von Abe Lincoln ausgeben könnte?

»Wenn du deine ehelichen Pflichten schon nicht erfüllen kannst, dann kümmere dich wenigstens um die repräsentativen«, sagte er.

Aber Carlottas Rolle fing an, mir auf die Nerven zu gehen. Es gibt kein wirksameres Aphrodisiakum als den Wahnsinn, aber es nutzt sich schnell ab. Nicht dass sie je ihre Seite unserer Abmachung brach: Ich hatte freien Zugang zu ihrer perfekt proportionierten Schönheit. Doch irgendwann hatte sie ihren Reiz für mich ebenso verloren wie die hölzernen Duellpistolen oder die Velázquez-Miniatur über unserem Kamin.

Sie spürte, dass ihre Wirkung auf mich schwand. Wie jede große Schauspielerin war sie höchst sensibel für jegliche Veränderung im Ausmaß der ihr entgegengebrachten Bewunderung.

»Willst du, dass Wir für dich tanzen?«, erbot sie sich eines Abends zu meiner Überraschung. Sie brachte ihr Kostüm inklusive hölzerner Beinschienen ins Arbeitszimmer, wo ich in Pyjama und Morgenmantel vor einem Glas Brandy saß und mich durch Roosevelts neuesten Wälzer über die Abschlachtung von Gazellen in der Serengeti kämpfte.
»Wir haben schon lange nicht mehr für dich getanzt«, sagte sie, und ich war so gerührt, dass ich es zuließ.
Es war die gleiche, so seltsam bewegende Vorführung, die sie an dem Abend damals für die Baxter Street Dudes im *Grand Duke's Theatre* getanzt hatte. Die magische Verwandlung von der Aufziehpuppe zur lebenden Schönheit und zurück zur Puppe, so perfekt wie eh und je, ohne Musik und für nur einen Zuschauer. Als sie am Ende schließlich unter hölzernem Klappern zu Boden sank, sprang ich auf, bis ins Innerste berührt, nahm ihre Hand und half ihr auf.
»Bist du nicht ... ist das nicht ... entwürdigend für dich?«, fragte ich, zutiefst beschämt, weil sie es für mich getan hatte.
»Nichts kann eine Königin je entwürdigen«, erklärte sie kategorisch. »Hast du das immer noch nicht gelernt?«
Ich hob sie hoch, dieses zerbrechliche Porzellanpüppchen, trug sie zu ihrem königlichen Bett in ihrem prächtigen Schlafgemach und fiel hemmungslos über sie her. Aber es war nicht mehr dasselbe. Die Königin im Exil, in Gefangenschaft, die für eine Horde verwahrloster Waisenkinder tanzte, war eine Sache. Die Königin in Amt und Würden, die über unsere unwirkliche Zirkuswelt regierte, war eine andere, und ich wollte nichts mehr damit zu schaffen haben.
Ich kehrte zurück in die Kaschemmen der Bowery auf der Suche nach ... was? Einem neuen Traum? Es war dumm, das wusste ich, eine geistlose Orgie aus Fusel und Voyeurismus. Mir war es gleich. Ich ging zu weit, war unvorsichtig – und so kam es, dass ich da unten in dem Rattenkeller auf den Knien dieses Ungeheuers landete, das meinen Rücken um ein Haar zertrümmert hätte wie den eines Hummers.

Die Wahrheit war schlicht und einfach, dass ich meinem alten Traum, meiner alten Rolle den Vorzug gab. Ich war viel lieber ein Junge als ein Bürgermeister. Niemand außer mir wollte meine Vorstellung sehen. Unbemerkt konnte ich durch die nächtlichen Straßen schweifen und war der einzige Zeuge meiner Verkommenheit. Und genau so sollte es sein.
Ich hatte mich entschieden: Es würde keinen Nachwuchs geben. Keine fruchtbare Ehe, kein vorgegaukeltes Familienglück in unserer Lebkuchenstadt. Der Gag war weit genug gegangen, und es gibt ein ehernes Gesetz im Vaudeville: Jeder Gag muss irgendwann ein Ende haben.

26

Big Tim

Er war zu Fuß unterwegs nach Uptown, als die lange, sommerliche Abenddämmerung den Himmel einfärbte. Er wollte zu seinem Saloon gegenüber dem Polizeihauptquartier. Bald ließ er all die Amts- und Zeitungsgebäude hinter sich und kam an Mietshäusern vorbei.

Es war das böhmische Viertel, das erkannte er an all den Mülleimern, die mit aufgezogenen Tabakblättern voll gestopft waren. Viele Böhmen verdienten ihren Lebensunterhalt mit Zigarrendrehen. Sie hängten den Tabak zum Trocknen auf lange Leinen, die kreuz und quer durch ihre kleinen Wohnungen gespannt waren und sogar die Fenster verdeckten. Er durfte nicht vergessen, bald ein paar Wörter ihrer Sprache zu lernen und sich mit ihnen vertraut zu machen. Sie wurden jetzt immer zahlreicher in Downtown, genau wie die Italiener, die Polen und sogar die heidnischen Chinesen.

Was für ein Ort, um Politiker zu sein, wo die Führer ewig dieselben bleiben, aber das Volk ständig ein anderes ist.

Big Tims Spezialität waren immer die Juden gewesen; durch sie hatte er seinen Weg in Tammany gemacht. Er mochte dieses Volk, sie lasen viel, hielten sich sauber und ließen die Finger vom Alkohol.

Er förderte die Anführer ihrer Gangs und ihre Schmalspurpolitiker. »*Meine Judenbengel*«, nannte er sie liebevoll. Sie waren eine unschätzbare Hilfe bei den Wahlen, auch wenn man sie

keine Sekunde aus den Augen lassen durfte. Im Tiefsten ihres Innern waren sie allesamt Idealisten – geborene Streithähne und kurzsichtige Dickköpfe, wenn ihnen eine Sache am Herzen lag. Ihr eigenes Buch sagte es am treffendsten. Im Exodus stand, wenn er sich recht entsann:
»*Und der Herr sprach zu Mose, ich habe dein Volk gesehen, und siehe, es ist ein halsstarriges Volk …*«
Wie Beansy zum Beispiel. Sein breites, vertrauensvolles Gesicht erschien wieder ungebeten vor Big Tims innerem Auge. Er war immer wie ein Kind gewesen, wie ein trotziges, leicht zurückgebliebenes Kind.
Bei Gott, diese Geschichte gefiel ihm wirklich ganz und gar nicht. Sein Job war es, solchen Leuten zu helfen. Er war daran gewöhnt, mit harten Bandagen zu kämpfen, zu tun, was getan werden musste, aber das hier … Herrgott!

Als er den Saloon betrat, wurden seine Augen feucht vom gelben Licht, dem Zigarrenqualm und der Zuneigung, die ihm entgegenschlug.
»He, Big Tim! Big Tim!«
Sie alle begrüßten ihn, als er durch die Tür kam: Jake der Nachtbarkeeper, die Bierglasstemmer an der Bar und die Cops vom Hauptquartier gegenüber, die ihr kostenloses Steak oder Kotelett vertilgten.
»Ich hab gehört, Sie waren heute beim Bürgermeister, Tim …«
»Hallo, Big Tim!«
Drüben in der Ecke saß der Klavierspieler und hatte eine sentimentale neue Nummer angestimmt:

Now is the hour
When we must say goodbye
Soon you'll be sailing across the sea …

Es war ein typischer Politikersaloon, ganz ähnlich dem drüben beim Tombs-Gefängnis: gestärkte weiße Tischtücher frisch aus der chinesischen Wäscherei, Soleier auf der Theke. Das allgegenwärtige Gemälde von diesem Idioten Custer – Ire, natürlich, irgendwo auf der Seite seiner Mutter –, der den letzten Konterangriff gegen die wilden Sioux geführt hatte. Viele Saloons, wusste er, sogar die guten, die loyal zur Organisation standen, ersetzten das so weit verbreitete Bild jetzt nach und nach mit Schwarzweißzeichnungen, die Roosevelts Sturmangriff auf San Juan Hill darstellten, doch Big Tim blieb lieber bei dem armen alten Custer. Besser ein historischer Reinfall als ein allzu lebendiger Sieger.

Er hätte natürlich auch all den neumodischen Firlefanz einführen können wie in Mr. Murphys Etablissement oben im Tenderloin: Palmen in Pflanzkübeln und rosa Lämpchen, Kellner in militärischen Uniformen und ein Streichorchester oben auf dem Balkon. Ein schmieriger Tenor im Frack mit gewachstem Schnurrbart. Aber er mochte es so lieber. Hier fühlten seine Anhänger sich daheim. Auch jetzt stand wieder eine nervöse kleine Gruppe an der Bar, das wusste er, ohne hinzusehen. Unruhig traten sie von einem Fuß auf den anderen, das Lächeln wie festgeklebt auf ihren Gesichtern. Sie waren immer da, jeden Abend, in all seinen Saloons. Es waren Männer, die ihn noch nie im Leben um etwas gebeten hatten, das sah er auf den ersten Blick in ihren Gesichtern, merkte es an ihrer Nervosität.

»Kommen Sie, mein Freund, trinken Sie ein Bier mit mir und erzählen Sie mir von sich.« Einen nach dem anderen rief er so zu sich herüber.

Es war der wichtigste Politikertrick, und er hatte besondere Sorgfalt darauf verwendet, ihn zu erlernen: Die Kunst, einen Gefallen, den er ihnen erwies, so erscheinen zu lassen, als täten sie ihm einen.

Sie kamen zögernd, und er sprach mit ihnen, als stammten sie aus derselben Heimatstadt und hätten sich hier in der Neuen Welt wieder gefunden, ganz gleich, welcher Bevölkerungsgruppe sie angehörten. Er redete mit ihnen über ihre Familien, ihre Nachbarn, die Arbeit. Er machte Bemerkungen über ihre wohlgeratenen Kinder, ihre bescheidenen Frauen, ihre rechtschaffenen Vorfahren. Und dann, erst dann fand er heraus, was sie wollten. So diskret, so schmerzlos, dass es überhaupt nicht so wirkte, als hätten sie ihn um etwas gebeten.

Und wenn einmal feststand, was sie brauchten, konnte er die Transaktion problemlos über die Bühne bringen. Ein paar Dollar, einen Zettel mit einem Namen und einer Adresse …

Welch geringe Ansprüche sie an uns stellen …

Eine Arbeit als Straßenkehrer. Geld, um den Kindern Schuhe zu kaufen. Eine Einweisung ins Tuberkulosekrankenhaus auf Blackwell Island. Er beschaffte all das, erfüllte jede Bitte, die sich in vernünftigem Rahmen hielt, erledigte die Dinge umgehend und diskret. Schließlich war er ja einer der Bosse.

Sie waren ihm dankbar. Er wusste – zu seiner größten Verlegenheit –, dass in vielen Saloons und sogar manchen Wohnungen überall im Fourth Ward farbige Lithographien eines anderen noch lebenden Politikers aufgehängt wurden: ein Mann mit einem geröteten, harten Irengesicht.

Und doch fragte er sich, ob diese Männer nicht vielleicht ein, zwei Stunden später, wenn sie bei ihrem dritten Bier waren und mit einem dankbaren Lächeln feststellten, dass es doch wirklich gar nicht so schwierig gewesen sei, ob sie dann nicht irgendwann die Finger des Taschendiebs auf ihrer Seele spürten.

While you're away
Oh, then remember me
When you return you'll find me waiting here …

»Kannst du nicht mal mit dem Gejaule aufhören«, rief er dem Klavierspieler zu und versuchte, seine Gereiztheit zu unterdrücken. »Spiel was von zu Hause.«

Augenblicklich leitete der Klavierspieler zu einem alten Lied aus dem County Kerry über.

Big Tim schlenderte durch seinen Saloon, begrüßte hier und da jemanden und trat dann ins Hinterzimmer, wo eine Pokerpartie

im Gange war, die ununterbrochen, Tag und Nacht, seit fünf Jahren lief.
»Jungs ... Wie läuft es denn heute Abend? Jungs ...«
Ein durchgehendes Gemälde zierte alle vier Wände. Es zeigte üppige, nackte Blondinen vor ein paar klassischen Ruinen, die alibihalber in den Hintergrund aufgenommen worden waren. Sie räkelten sich unter rankendem Wein oder liefen lachend vor rotäugigen Satyrn davon. Gleich unterhalb all dieser verschwenderischen weiblichen Schönheit stand ein Sideboard, das unter seiner Last aus Truthahn, Schinken und aufgeschnittenem Roastbeef zusammenzubrechen drohte. Kellner in weißen Jacketts eilten hin und her und sorgten für Bier- und Whiskeynachschub.
Ein halbes Dutzend Zuschauer stand um den Spieltisch, mindestens doppelt so viele Männer verteilten sich über den ganzen Raum, verhandelten, ließen sich schmieren und aßen sich auf seine Kosten satt.
Hier versammelten sich die Geschäftemacher und korrupten Beamten, Männer mit Verbindungen und Wichtigtuer. Die meisten waren Politiker, jetzt da keine Kongresssitzungen waren – Al und Bob und Jimmy und die anderen Jungs aus Albany –, aber auch Feuerwehrleute und Police Captains waren darunter, Bauunternehmer, Reporter und Gewerkschaftsvertreter, sogar Schauspieler vom Varieté.
»Big Tim!«
»Dry Dollar!«
»Jungs.«
Er ließ sich in den gewaltigen Polstersessel sinken, der immer für ihn reserviert war, ein frisches Selterswasser stets daneben wie das Weinglas des Propheten Elia. Er nahm eine Hand voll Chips und warf sie abwesend auf den Spieltisch. Wenn er wollte, konnte er es mit jedem Kartenspieler in der Stadt aufnehmen, aber das war jetzt nicht seine Absicht. Hier war er durchaus damit zufrieden, ein bisschen Geld zu verspielen und sich derweil um wichtigere Geschäfte zu kümmern.

»Erinnert ihr euch noch an das Dinner, das Big Tim im *Occidental* gegeben hat? Für Johnny Hitt, den Liftboy?«

Kaum hatte er Platz genommen, fingen sie mit den alten Geschichten, den schamlosen Schmeicheleien an.

»Gott, das war ein Fest …«

»Na ja, Jungs, und warum nicht? Er war ein guter Mann, oder nicht? Alle mochten ihn.«

Er hatte sich in ihr Geplapper und das unendliche Kartenspiel sinken lassen wie in ein heißes Bad, als Cousin Florrie zu ihm trat und ihm etwas ins Ohr flüsterte. Big Tims Pokerface fiel seiner Verblüffung zum Opfer.

»Er ist hier? Jetzt?«, flüsterte er zurück.

Florrie nickte düster.

»Herrgott …« Er warf seine Karten hin und stand auf, sein Ausdruck wieder liebenswürdig und nichts sagend. Niemandem schien etwas aufgefallen zu sein.

»Also wirklich, Jungs, ich kann mir das nicht länger anhören, sonst werde ich noch rot …«

Sie lachten alle und fuhren fort, Geschichten über ihn zu erzählen, während er sich abwandte. Er wusste, sie brauchten den Tim Sullivan aus Fleisch und Blut nicht, um seinen großmütigen Schatten zu ehren. Florrie führte ihn einen Flur entlang zum Hintereingang, wo der Mann wartete – sein bedrohliches Bluthundgesicht nur unzureichend überschattet vom Schirm der neuen weißen Uniformmütze, die Commissioner McAdoo eingeführt hatte.

»Herrgott, Charlie. Warum haben Sie nicht gleich Ihre Schärpe von der Policemen's Benevolent Association angelegt?«

»Ich muss mit Ihnen reden.« Der schöne Charlie Becker kam wie immer gleich zur Sache.

»Verstehe. Und ich nehme an, auf die Schnelle ließ sich keine Blaskapelle finden, um ihren Auftritt hier anzukündigen. Kommen Sie ins Büro, ehe jeder Reporter der Stadt hier aufkreuzt.«

Er führte Becker in ein fensterloses Kämmerchen, nur unwesentlich größer als ein Besenschrank. Das gesamte Mobiliar bestand aus einem Schreibtisch – nackt bis auf ein Telefon – und zwei harten Holzstühlen. Als sie saßen, sah Becker ihn mit seinem starren Bluthundblick direkt an.

»Ich will, dass er stirbt«, sagte er.

»Herrgott noch mal, Mann! Kein Wunder, dass Sie die Sondereinheit mit den besonders dicken Knüppeln leiten. Können Sie das fürs zahlende Publikum vielleicht noch mal ein bisschen lauter wiederholen?«

Becker saß einfach nur da und sah ihn unverwandt an. Seine ganze Ausstrahlung vermittelte Aggressivität. Er hatte einen schmalen, verkniffenen Mund, ein Kinn wie aus Granit gemeißelt – und ein unpassendes, jungenhaftes Grübchen in der linken Wange, das ihm seinen Spitznamen eingetragen hatte. Er war ein großer Mann, überragte sogar Big Tim, ein hünenhafter, breitschultriger Hesse von irgendeiner armseligen Farm irgendwo in New Jersey.

Big Tim konnte verstehen, warum die Zeitungen und die Reformpolitiker ihn in ihrem neuesten Anti-Korruptions-Kreuzzug zu ihrer bevorzugten Zielscheibe erkoren hatten. Er hatte riesige, behaarte Hände, und es hieß, er könne mit einem einzigen Faustschlag töten. Jedenfalls schien er das regelmäßig zu versuchen. Vor ein paar Jahren war er in Schwierigkeiten geraten, weil er einer unbescholtenen Hausfrau eins verpasst hatte, die ihn nach dem Weg zur U-Bahn fragen wollte. Dann war da die Sache mit dem Halbwüchsigen, den er vor einem Theater zusammengeschlagen hatte, während in der Eingangshalle Hunderte von Zeugen standen und zuschauten, oder die Geschichte mit den Schüssen auf einen angeblichen Einbrecher, die nie ganz aufgeklärt worden war. Missverständnisse schienen Charlie Becker zu verfolgen wie ein Pinkerton-Detektiv.

Als ein Reformanhänger zum Bezirksstaatsanwalt gewählt worden war und Little Little Napoleon McAdoo zum Commissioner berufen hatte, war den meisten Männern im Polizeidienst sehr wohl klar gewesen, was ihnen das sagen sollte, und sie hatten in Sachen Schmiergeld ein bisschen zurückgesteckt. Nicht so Charlie Becker.

Statt es so zu machen wie alle anderen, hatte er sich ein ganz neues Spielchen einfallen lassen. Er hatte weiterhin bei den Kasinos im Tenderloin rund um den Times Square abkassiert. Nur nahm er jetzt nicht mehr nur Schutzgelder, sondern führte außerdem auch noch Razzien durch. Nichts Dramatisches natürlich, keine eingetretenen Türen und zertrümmerten Möbel, wie es sonst bei den Sondereinheiten üblich war. Nur ein bisschen Durcheinander, so, wie er's auch mit Hermans Laden gemacht hatte, so dass die Spielhöllen für ein, zwei Tage schließen mussten. Danach konnten sie den Betrieb wieder aufnehmen und Becker weiterhin Schutzgeld zahlen.

Herrgott, in dieser Stadt hat doch wirklich jeder irgendein Ding laufen.

Charlies Spielchen funktionierte gut. Viel zu gut. Die Kasinobetreiber hatten es nicht gern, wenn man ihnen den Laden dichtmachte, auch nicht für ein oder zwei Tage. Es schmälerte die Profite und verschreckte die respektable Kundschaft. Aber dem schönen Charlie war das offensichtlich völlig gleich.

»Ich hab mir das hart genug erkämpft«, ereiferte er sich jetzt, und seine feine, weiße Lieutenant-Mütze ruhte auf einem Knie. »Ich war lang genug ganz unten, hab mich vom Streifenpolizisten hochgedient. Ich hab alles getan, was man von mir verlangt hat, und jetzt will ich bekommen, was mir zusteht.«

»Was Sie verdient haben.«

»Was ich verdient habe.«

Er nickte.

Der schöne Charlie hatte keinen Sinn für Ironie. Aber was zur Hölle hatte er hier verloren, ausstaffiert mit seiner Sonntagsuniform und der weißen Mütze wie ein gottverdammter Flottillenadmiral?

»In Ordnung, Charlie.« Big Tim seufzte. »Was Sie sagen, ist ja richtig. Aber was sollen wir Ihrer Meinung nach mit Herman anfangen?«

»Ich weiß nicht.« Charlie Becker zuckte die Schultern. »Bringt ihn um.«
»Ah. Was Sie nicht sagen.«
»Mir ist es gleich«, fuhr der Cop fort, ohne die seltsame Antwort zur Kenntnis zu nehmen. »Jagt ihn aus der Stadt, wenn euch das lieber ist. Mir ist egal, was ihr mit dem verlogenen jüdischen Bastard anfangt, so lange ihr ihm das Maul stopft.«
»In Ordnung, Charlie«, sagte Sullivan beschwichtigend. »Was immer Sie wollen, Charlie.«
Becker nahm seine Mütze und stand auf.
»Und sagen Sie ihnen, sie sollen sich ein bisschen beeilen«, verlangte er, selbst hier ganz der aggressive Polizist, hier im Hinterzimmer von Big Tims eigenem Saloon. »Die Anklage kann jetzt jeden Tag kommen. Sagen Sie ihnen, sie sollen sich beeilen, sonst tu ich's selbst.«
»Oh, da bin ich sicher, Charlie, da bin ich sicher«, versicherte Sullivan ihm. Inzwischen hatte er wirklich genug von diesem Kerl. »Und jetzt sehen Sie zu, dass Sie nach Hause kommen, und gehen Sie ja nicht zur Vordertür raus.«
Er wartete, während Charlie Becker seine große Lieutenant-Mütze aufsetzte und hinausstolzierte, ganz und gar von sich überzeugt, wie immer. Big Tim blieb noch ein Weilchen in dem winzigen, fensterlosen Raum sitzen und überdachte die Situation. Die ganze Sache gefiel ihm nicht, so viel stand fest. Sie missfiel ihm sogar so sehr, dass er in aller Diskretion mit Mr. Murphy die Frage erörtert hatte, ob und wie man diesen lästigen Cop loswerden könne.
»Wenn wir, sagen wir mal, den Beschwerdeführer beseitigen, schaffen wir damit die Beschwerde aus der Welt.«
»Es wäre eine Lösung mit dem enormen Vorteil der Simplizität«, hatte Murphy in seiner sanften Dorfpfarrerstimme eingeräumt und die Teetasse abgestellt, die er behutsam wie ein rohes Ei mit zwei Fingern gehalten hatte.
»Das Problem wird nur sein, das geheim zu halten.«
»Oh, wir würden strengste Geheimhaltung wahren.«

»Irgendwas sickert immer durch. Das lässt sich nicht vermeiden, das wissen Sie so gut wie ich.«

Mr. Murphy hatte versonnen in seine Teetasse geblickt.

»Die … ähm, Abwesenheit eines Lieutenants würde sicher zu Nachforschungen führen. Es sei denn, es gäbe einen Grund.«

»Zum Beispiel? Rein hypothetisch, versteht sich.«

»Nun, mir scheint, Sie haben es hier mit zwei Problemen zu tun.« Mr. Murphy blinzelte, als versuche er, einem besonders schwerfälligen Burschen in der Sonntagsschule die Vorgänge während der Messfeier zu erklären.

»Das eine ist Herman, der dieses furchtbare Geschrei in den Zeitungen verursacht und nur allen Geschäften schadet. Das andere ist Lieutenant Becker mit seinem Übereifer. Mir scheint, das eine Problem könnte die Lösung des anderen sein.«

Sullivan ging auf, worauf er hinauswollte.

»Das würde in der Tat alle Probleme auf einen Streich beseitigen«, stimmte er zu. »Aber ich wüsste nicht, was Charlie je zu einer so unüberlegten Tat verleiten könnte.«

»Er muss es ja gar nicht selbst tun.« Mr. Murphy blinzelte. »Es muss nur passieren. Jetzt, da Herman freundlicherweise in den Zeitungen schon mit dem Finger auf den Lieutenant gezeigt hat …«

»Verstehe. Aber wäre das nicht ein gefundenes Fressen für die Gutewichte von der Reform? Ein New Yorker Polizeioffizier, der ins Korruptionsnetz verstrickt ist?«

»Oh, ich bin sicher, das wäre ein wunderbares Ablenkungsmanöver. Bis sie mit der Jagd auf den Lieutenant fertig sind, wird alle Welt die Nase gründlich voll haben von der Reform.«

Mr. Murphys politische Logik war wie immer unangreifbar. Wenn Beansy Rosenthal jetzt umgebracht würde, fiele der Verdacht auf Becker, und die Gutewichte würden samt und sonders darauf hereinfallen. Big Tim konnte sich zurücklehnen in der beruhigenden Gewissheit, dass Beansy ihn mit seiner Aussage in der Zeitung ja vom Haken geholt hatte, und Becker würde die ganze Breitseite abbekommen.

Es war brillant – aber, Herrgott, was für eine furchtbare Sache. Zwei Männer über die Klinge springen lassen, einer davon ein Lieutenant? Politik war ein hartes Spiel, das hatte Big Tim immer gewusst. Er hatte es mit Boss Croker höchstpersönlich gespielt, der mal einen Mann in der Wahlkabine erschossen hatte. Sullivan hatte wenigstens zwei Dutzend bezahlte Killer auf seiner Gehaltsliste, die für ihn verschiedene Dinge erledigten. Doch es war eine Sache, einen Mord hinzunehmen, eine andere, ihn zu planen.

Der Blick dieses riesigen, polternden, ahnungslosen Cops fiel ihm ein, der keine Vorstellung davon hatte, dass er sich sein eigenes Grab schaufelte. Und er musste an Hermans vertrauensvolles Gesicht denken.

Was immer du sagst, Big Tim.

Er hatte Gyp the Blood durch diesen widerwärtigen kleinen Cop namens Buckley schon eine Erinnerung zukommen lassen, dass die Angelegenheit keinen weiteren Aufschub duldete. Die Versuchung, einfach wieder in sein Pokerzimmer zurückzukehren, war gewaltig. Zurück zu seinem Sessel, dem überladenen Sideboard, Whiskey und Zigarren. Das kleine Ungeheuer den Job einfach erledigen zu lassen und zum Kaminfeuer, zum Licht zurückzukehren und sie all die alten Geschichten erzählen zu hören.

Stattdessen stand er auf und folgte Charlie Becker in die Dunkelheit hinaus. Er konnte es nicht einfach dabei belassen. Der Schlüssel zu der ganzen Geschichte war Beansy. War er aus dem Weg, würde sich alles andere schon regeln. Er musste ihn noch ein letztes Mal warnen, beschloss er. Zumindest das schuldete er ihm, auch wenn er nicht so recht wusste, wieso. Sein Unterleib hatte wieder begonnen zu schmerzen. Er humpelte auf den Flur hinaus und überlegte, wo er diesen Schwachkopf Herman um diese Zeit wohl finden konnte.

27

Esther

Als der Vormittag halb um war, ragte auf der Bank neben ihrem Platz ein unerbittlicher, fordernder Berg Hemdblusen auf. Eine gewaltige Fusselwolke hatte sich außerdem erhoben, und die Gaslichter waren entzündet worden, damit sie die Arbeit vor sich überhaupt sehen konnten. Esther dachte an nichts als ihren *Dibbuk* auf der Achterbahn, sie hörte das konstante Surren und Singen der Maschinen kaum noch.

Der Faden verhakte sich, und die Nadel stach ihr mit rasender Schnelligkeit in die Finger, mit denen sie den Stoff führte. Eine Spur winziger Bluttropfen verlief parallel zur Naht. Sie war nicht sicher, ob es passierte, weil sie an ihn dachte oder weil sie noch nicht wieder in ihren gewohnten Arbeitsrhythmus gefunden hatte, aber auf jeden Fall half der Gedanke an ihn, die Zeit herumzubringen. Für gewöhnlich dachte sie nie weiter als bis zur nächsten Arbeitsunterbrechung: die Pause zum Austreten, die ihr zustand, eine heimliche Zigarettenpause, Mittag. Sie weigerte sich, weiter vorauszuschauen, zum Ende des Tages etwa, zum Ende der Woche oder der Saison – oder zu dem Tag, da alles zu Ende sein würde, ein für alle Mal.

Aber jetzt hatte sie ihren *Dibbuk*, an den sie denken konnte. Es waren allerdings keine vernünftigen Gedanken, eher Träumereien. *Er* auf dem Iron Pier mit ihr. *Er* auf dem Steeplechase und auf dem Dach … Vermutlich hätte sie sich den Kopf darüber zerbrechen sollen, wie sie ihn dazu bekam, sie zu heiraten, oder

sie hätte ihn aus ihren Gedanken verbannen sollen, aber sie wollte weder das eine noch das andere. Vor allem wollte sie bei ihm sein, immerzu in seiner Nähe sein.
Wie albern sie war! Genau wie ihr Vater, der auch immer vom Unmöglichen geträumt hatte. So leben zu wollen, wie nie zuvor jemand gelebt hatte. Es gab handfeste Dinge, um die sie sich kümmern musste, statt um ihre nutzlosen Wünsche. Sie hatte ihre Arbeit, sie hatte ihre Eltern, und wenn sie heute Abend aus der Fabrik kam, würde sie Gewerkschaftsbeiträge einsammeln gehen und sich anschließend mit Clara im Versammlungshaus auf der Clinton Street treffen.
Aber war das denn wirklich alles? Einfach so, immer der gleiche alte Trott?
Sie träumte davon, wie er sie auf dem *Alpine Sleigh Ride* küsste, bis der Fußboden der Triangle-Farbik sich zu drehen begann und die Nadel wieder in ihren Finger fuhr.

Kurz vor der Pausensirene zu Mittag gab es eine ungeplante Unterbrechung. Unruhe verbreitete sich in kleinen Wellen, ausgehend vom hinteren Ende der Halle, nahe den Treppen. Eine Schar Frauen, die meisten noch sehr jung, kamen im Gänsemarsch herein und hielten ihre schweren, schwarzen Nähmaschinen in den Armen.
»Hier entlang, hier entlang!«
Es war der tägliche Besuch von Wenke, dem *Schadchen*, der seine Aushilfsnäherinnen brachte. Er war ein dürres, nervöses Männchen mit riesigen Kulleraugen und weißen, gewachsten Haaren. Jetzt, auf dem Höhepunkt der Saison, brachte er beinah jeden Tag eine neue Gruppe Näherinnen in die Fabrik. Er ließ sie hinter der letzten Bank stehen, die schweren Maschinen immer noch in den Armen, während er ins zehnte Stockwerk zu Mr. Bernstein hinaufstieg, um über die Bezahlung zu feilschen. Die anderen Frauen weigerten sich, zusammenzurücken, warfen den Neuankömmlingen böse Blicke zu und spuckten durch ihre Finger, so wie sie es taten, wenn sie an einer Kirche vorbei-

kamen. Die bloße Anwesenheit der Aushilfen erinnerte die regulären Näherinnen daran, wie unsicher ihre eigene Existenz war, und dafür hassten sie sie.

»Seht sie euch an, diese Kinder. Sie nehmen uns die Butter vom Brot!«

Tatsächlich waren die meisten der Aushilfen jünger als die jüngsten Näherinnen in der Fabrik, wenngleich Esther auch ein paar ältere, grauhaarige Frauen unter ihnen entdeckte, vermutlich Witwen, die verzweifelt bemüht waren, in der Branche wieder Fuß zu fassen. Sie waren die ärmsten von allen, die neuesten und ungeschicktesten. Während der Hochsaison zogen sie von einer Fabrik zur anderen, und sie mieteten ihre Maschinen von Wenke, der ihnen dafür den halben Lohn abknöpfte. Während der Arbeit marschierte er hinter ihnen auf und ab, half ihnen und beschimpfte sie, ersetzte Nadeln und Garn, zog den Stoff glatt und brüllte sie erbarmungslos an.

»Da! Das nennst du ordentliche Arbeit? Schande über dich!«, zeterte er und zeigte auf einen ausgelassenen Stich oder winzigen Riss.

»Was mich das wieder kosten wird! Bernstein wird mir das bis ans Ende meiner Tage vorhalten!«

Dann notierte er den Fehler des Mädchens mit einem Bleistiftstummel in dem zerfledderten kleinen Notizbuch, das er in der Westentasche trug.

»Dafür ziehe ich dir einen Penny ab! Eine wahre *Mezie*, das bist du!«

Esther hatte schon erlebt, dass er die Mädchen auf diese Weise um ihren ganzen Lohn brachte, so dass sie für zehn Stunden Arbeit und Hunderte perfekter Hemdblusen absolut nichts bekamen und weinend hinter ihrer Maschine saßen. Dann gab Wenke ihnen vielleicht einen Nickel zurück.

»Komm, komm. Du sollst mir ja nicht verhungern.«

Der *Schadchen* war für die Arbeit seiner Aushilfsnäherinnen verantwortlich, aber auch die Aufseherinnen schlichen auf ihren leisen Gummisohlen ständig um sie herum und suchten nach je-

dem noch so kleinen Fehler, um ihnen etwas vom Lohn abzuziehen. Die Vorarbeiter, Podhoretz und Kristol, legten ihnen die Hände auf die Schultern, kneteten und knufften sie, kniffen und fummelten und nahmen sich Freiheiten heraus, die die anderen Näherinnen sich nie hätten bieten lassen.
»Das ist Ausbeutung! Wovon soll ich leben?« Wenke kam aus dem Büro zurück, zeterte und gestikulierte wild. Bernstein ging seelenruhig neben ihm. Es war immer die gleiche Geschichte.
»Niemand kann zu so einem Satz arbeiten. Man wäre besser tot, als zu so einem Satz zu arbeiten!«
»Sie müssen es ja nicht tun«, bemerkte Bernstein in aller Gelassenheit.
Für einen Moment wirkte Wenke, als zöge er die Möglichkeit ernsthaft in Betracht, und riss seine Augen weiter auf denn je. Dann schleuderte er die Arme in die Luft.
»Na schön. Ich weiß nicht, wohin das führen soll, aber wenn Sie sich den Hungertod all dieser Frauen auf Ihr Gewissen laden wollen, bitte!«
Die neuen Näherinnen wurden sogleich an die Arbeit gesetzt, wo immer sie Platz finden konnten, und die anderen Frauen rückten so weit wie möglich von ihnen ab. Sie arbeiteten mit gesenkten Köpfen, wagten nicht, sich umzusehen, doch nach wenigen Minuten waren sie völlig vergessen.

Als die Sirene zur Mittagspause schrillte, verstummten alle Maschinen gleichzeitig, und eine plötzliche, gellende Stille legte sich über den großen Raum. Die Frauen blieben an ihren Plätzen, um zu essen, manche saßen auch auf den Fensterbänken oder den Kisten mit den Stoffresten, wo immer sich ein Sitzplatz fand. Sie tranken ihren Tee aus Untertassen, aßen dicke Scheiben Schwarzbrot und Ölsardinen aus der Dose und redeten eifrig und schnell, während sie kauten.
Esther ließ sich dankbar auf dem dicksten Bündel Baumwolle nieder, das sie finden konnte, und sah zu den Mädchen des *Schadchen* hinüber. Halb saßen, halb standen sie an die hintere

Wand gelehnt wie Vögel auf einer Überlandleitung, knabberten an ihrem eigenen Brot und Fisch und hielten die Köpfe nach wie vor gesenkt. Nicht einmal untereinander sprachen sie viel.
Es kam ihr in den Sinn, dass sie zu ihnen hinübergehen und mit ihnen reden sollte, damit sie sich wenigstens ein bisschen heimisch fühlen konnten – doch sie wusste, ihre Freundinnen hätten dafür kein Verständnis gehabt. Die Aushilfen des *Schadchen* drückten die Löhne, und sollte es noch mal zum Streik kommen, wären sie die Ersten, die man als Streikbrecherinnen herbeiholen würde. Ihre einzige Hoffnung, von den anderen Frauen toleriert zu werden, bestand darin, irgendwie irgendwo eine feste Arbeit zu bekommen – und das hieß, eine von ihnen zu verdrängen.

Als die Triangle-Fabrik eröffnet wurde, waren die Zeitungen voll des Lobes, nannten sie ein zukunftsweisendes Modell rationalisierter Fertigung, schwärmten von den praktischen neuen Bänken und den hellen, gut belüfteten Hallen, den neuen, schwarzen Elektroanschlüssen, die wie Schlangen von der Decke hingen. Eine ganze Fabrik, die nur der Herstellung von Hemdblusen diente!
Hemdblusen waren die leichten, figurbetonten Oberteile, die die schlanken jungen Damen der feinen Gesellschaft mit ihren Wespentaillen trugen, genau wie die Verkäuferinnen und Dienstmädchen, die sie zu imitieren suchten. Alle trugen sie inzwischen, jede Frau auf der Straße, jede hier in der Fabrik, alle, bis auf die allergrünsten Greenies, die gerade erst vom Schiff gekommen waren. Und die Fabrik sollte den Bedarf decken, schneller, sicherer und effizienter als je zuvor.
Doch als der Betrieb einmal lief, waren die Arbeitsbedingungen die gleichen wie anderswo. Sie saßen dicht gedrängt wie Heringe, und Mr. Bernstein und seine Aufseherinnen trieben sie ebenso gnadenlos an wie die Besitzer der kleinen Ausbeuternähereien. Es gab immer noch Entlassungen, wenn die Aufträge ausblieben, und während der Hochsaison wurden einfach die

Frauen des *Schadchen* geholt, um die Löhne niedrig zu halten. Es war immer noch die gleiche Arbeit wie zuvor.

Die Sirene ertönte wieder, und Esther musste von ihrem Baumwollthron heruntersteigen. Die Aushilfen gingen genau wie alle anderen zurück an die Arbeit.

Es gab keine weitere Pause bis zum Feierabend, wenn die lange Sommerabenddämmerung schon fast vorbei war. Die Hemdblusen kamen in einem unendlichen Strom – die Laufburschen brachten Stapel um Stapel fertiger Zuschnitte aus dem achten Stock herauf, weiche Stoffberge, die sie innerhalb von Minuten zu neuen, perfekten Hemdblusen zusammennähten.

Kein Fetzen Stoff wurde unnötig verschwendet, und am Ende des Arbeitstages wurden sie alle durchsucht, ehe sie heimgehen durften, damit auch ja niemand einen winzigen Rest mitgehen ließ. Podhoretz und Kristol postierten sich an der einzigen Tür und am Aufzug. Die zweite Tür, der Notausgang, war abgesperrt und mit einem Vorhängeschloss gesichert, damit sich niemand mit ein paar Stoffresten, ein paar Pennys Fabrikeigentum, dort hinausschleichen konnte.

Ihre großen, fleischigen Hände durchwühlten tollpatschig den wohl geordneten Inhalt ihrer Tasche, ihre widerwärtigen, grinsenden Fratzen nur Zentimeter von ihrem Gesicht entfernt, und sie machten irgendeine schäbige Bemerkung, ehe sie ihre Tasche zurückbekam und nach unten und auf die Straße hinaus rennen konnte – wo sie wieder in ihren Eiskremsodaträumen schwelgen und sich vorstellen konnte, wie sie ihren Liebsten auf der Achterbahn küsste.

28

Esther

Die Delancey Street schien in der Hitze zu zerfließen. Die Pferde der Fuhrwerke warfen mit jedem Schritt geschmolzenen Teer auf. Penner lagen auf der Straße und rieben sich den Bauch mit Buttermilch ein, und alle Fußgänger tupften sich mit kleinen weißen Taschentüchern den Schweiß vom Gesicht, bis die ganze Straße ein Meer wehender weißer Fahnen war.

Esther schob sich an Schaufensterbummlern und an den Straßenhändlern vorbei, die rosa Papierblumen und italienisches Eis und in Wasser schwimmende Kokosnussscheiben feilboten, bis sie vor dem Laden auf der Essex Street stand. Sie hatte sich fest vorgenommen, nicht anzuhalten, nicht einmal hinzuschauen. Aber da war er.

Ein neuer Hut lag im Schaufenster.

Er schien dort schwerelos zu schweben, gleich unter der schnörkeligen Fensterbeschriftung: PARISER KREATIONEN. Es war ein breitkrempiger Strohhut mit einem weißen Organdyband und üppigen Bündeln blutroter Weintrauben aus Filz, gerade richtig für die letzten Wochen des Sommers. Der Organdy war feiner als Spitze, die Trauben dunkler und runder und verheißungsvoller als alles, was man beim Obsthändler bekam.

Die Kreationen kamen keineswegs aus Paris, wusste sie zufällig, sondern aus einer schäbigen kleinen Hutmacherei nahe der Rivington Street, aber bei diesem Hut war ihr das gleich. Sie fürchtete, wenn sie die zehn Dollar gehabt hätte, hätte nichts in der

Welt sie davon abhalten können, ihn zu kaufen – nicht der Klassenkampf, nicht die Gewerkschaft, nicht einmal das Wissen, dass ein halbes Dutzend Mädchen vierzehn Stunden lang in einem stickigen, dämmrigen Kämmerchen genau wie sie selbst geschuftet hatte, um ihn herzustellen.

Sie war schon spät dran, hätte eigentlich schon im Gewerkschaftsbüro drüben auf der Clinton Street sein müssen, und sie hätte sich auch losgerissen und wäre weitergegangen, wäre nicht in diesem Moment die Verkäuferin ins Fenster gekommen. Es war die Tochter der Inhaber, wusste Esther, groß und rundlich und angetan mit einer wunderbaren braun gestreiften Hemdbluse aus Seide. Sie kam ins Schaufenster, um den Strohhut zu holen, und als sie Esther draußen sah, warf sie ihr einen langen, abschätzenden Blick zu.

Es war der schlimmste Blick, mit dem Esther je angeschaut worden war – schlimmer als alle, die ihr Vater ihr je zugeworfen hatte oder die Aufseher in der Triangle-Fabrik. Es war ein Blick so voller Verachtung und Mitleid, dass Esther einfach hineingehen musste. Sie trat durch die Tür, ehe ihr ganz klar war, was sie eigentlich tat.

»Entschuldigen Sie. Entschuldigen Sie! Dieser Hut!«

Die Verkäuferin glotzte. Im nächsten Moment erschien die Mutter hinter der Ladentheke. Ihre verblüffend ähnlichen, pausbäckigen Gesichter spiegelten Verwunderung und Argwohn wider. Doch jetzt war es zu spät, Esther hatte keine Möglichkeit zum Rückzug.

»Der Strohhut …«, beharrte sie.

»Was ist damit?«, fragte die Jüngere. Sie hielt ihn lässig in der Hand, und die Nähe des feinen Organdy und der leuchtend roten Trauben schlug Esther in ihren Bann.

»Tja … ähm, ich will ihn vielleicht kaufen.«

»Wir haben schon eine Interessentin. Und zwar eine, die mit Bargeld bezahlen kann …«

»Wollten Sie nicht vielleicht doch noch etwas anderes anschauen, *Mamselle*?«

Die ältere Frau trat vor. Ihr Pariser Akzent hatte einen verdächtig russischen Einschlag.
»Einen Hut einer etwas anderen Preiskategorie vielleicht?«
Esther ließ sich nicht einschüchtern.
»Nein, diesen!«
Sie wies auf den Hut in der Hand der Tochter, plötzlich so gebieterisch wie einer der *scheijne Jidn* – der reichen Juden, die für gewöhnlich hier einkauften, die Frauen und Töchter der angesehensten Rabbis, der Mietshausbesitzer und der Direktoren der Pants Pressers Bank.
»Er ist neu …«
»*Oui, Madame*. Ganz frisch von unserem Hutmacher.«
»Wollen Sie ihn etwa anprobieren?«, fragte die Tochter ungläubig.
Esther öffnete ihre Tasche und zog langsam den Handspiegel heraus. Während sie vorgab, ihre Nase zu begutachten, ließ sie ihr Portemonnaie für einen Moment sehen – lange genug, dass sie das Geldbündel von zweihundert Dollar erspähen konnten, Gewerkschaftsbeiträge frisch von der Bank. Als sie den Spiegel wegsteckte und die Tasche schloss, strahlten Mutter und Tochter sie an.
»Ich möchte ihn mir ansehen!«, befahl sie.
»Aber selbstverständlich, *Madame*!«
Die Mutter führte Esther zu einem der feinen Polstersessel und klatschte in die Hände. Eine weitere junge Frau kam aus dem Hinterzimmer. Sie hatte langes, dichtes Haar, das man flechten und aufstecken konnte, so dass sie beinah jede Hutgröße tragen konnte. Die Geschäftsinhaberin hieß sie auf einem Stuhl am Schaufenster Platz nehmen und schob den wunderbaren Hut auf ihrem Kopf hin und her. Esther fuhr bei jedem Knick, den sie hineinfabrizierte, zusammen.
»Das sollte Ihnen eine *Idee* geben, *Madame*«, säuselte sie und führte das Mädchen zu Esther zurück.
»Natürlich hat ihre Kopfform nicht die reife Schönheit einer Dame …«

Das Mädchen stolzierte in kleinen Trippelschritten vor ihr auf und ab, versuchte den Gang der elegantesten Mannequins aus Uptown Manhattan nachzuahmen, bis sie auf ihren hohen Absätzen zu schwanken begann.
Esther ließ sie so lange weitermachen, wie ihr Gewissen es erlaubte, und versuchte, den traumhaften Hut mit gleichgültiger Miene zu betrachten. Schließlich tat sie wieder einen gebieterischen Wink.
»In Ordnung. Ich werde ihn anprobieren!«
Die Mutter riss ihn dem Mädchen förmlich vom Kopf, dann fielen Mutter und Tochter gemeinsam über Esther her, vier Hände umwedelten ihren Kopf.
»Wenn *Madame* gestatten ...«
Sie ließ sich in die weichen Kissen des Sessels zurücksinken, während die beiden Frauen ihr behutsam ihren ausgefransten, formlosen Hut abnahmen. Sie zeigten keinerlei Misstrauen mehr. Es gab immer Leute, die plötzlich über Nacht zu Geld kamen, und da sie die Barschaft mit eigenen Augen erblickt hatten, sahen sie keine Veranlassung, sich weitere Gedanken zu machen. Liebevoll breiteten sie Esthers Haar um ihre Schultern aus und setzten ihr vorsichtig den Hut auf, befestigten ihn mit einer einzigen, langen Nadel unter einer der perfekten Trauben.
»Und *voilà*!«
Sie hielten ihr einen Spiegel hin. Es war noch besser, als sie sich vorgestellt hatte. Das Stroh bildete einen leuchtenden Kontrast zu ihren dunklen Haaren, die Trauben und der Organdy strahlten üppig und farbenprächtig wie ein Ölgemälde. Unter diesem Hut wirkte ihr Gesicht nicht mehr zu rundlich, was sie immer so verabscheut hatte, sondern länglich und ebenmäßig. Sehnsüchtig betrachtete sie ihr Spiegelbild.
»Wenn Sie erlauben, *Madame* ...«
Sie ließ zu, dass sie wieder an ihr herumzupften. Die Mutter steckte erst die eine Seite hoch, dann die andere, verbog behutsam die Krempe, schob ihn vor und zurück, und jedes Mal sah sie wieder wie ein vollkommen anderes Porträt aus.

»Ich weiß nicht. Er ist vielleicht doch ein bisschen albern«, zwang sie sich schließlich zu sagen.
Mutter und Tochter blieben, wo sie waren. Esther spürte Panik aufsteigen, als sie keinerlei Anstalten machten, ihr den Hut abzunehmen. Sie stand auf und drehte den Spiegel von einer Seite zur anderen, als wolle sie die Wirkung aus jedem Winkel betrachten.
»Der Sommer ist eigentlich schon fast vorbei«, bemerkte Esther, fieberhaft bemüht, Ausflüchte zu finden. »Vielleicht ist er doch nicht ganz das Richtige …«
Die beiden Frauen standen wie angenagelt neben ihr, und Esther glaubte, den ersten Schatten von Argwohn in ihren Gesichtern zu erkennen.
»Na schön«, sagte sie verzweifelt. »Bitte … packen Sie ihn ein, während ich Ihnen meine Adresse aufschreibe. Ich möchte, dass Sie ihn mir nach Hause liefern.«
Augenblicklich erstrahlten die beiden Gesichter wieder. Mutter und Tochter zogen die Nadeln heraus und nahmen ihr schließlich den Hut ab, der jetzt wie ein Bleigewicht auf ihrem Kopf zu lasten schien. Die Mutter reichte ihr einen eleganten Füllfederhalter und eine kleine Visitenkarte, die Namen und Anschrift des Geschäfts in aufwändiger Prägeschrift enthielt.
»*Merci, Madame*!«
Sie wandte sich ab, um ihrer Tochter beim Verpacken des Hutes zu helfen, raschelte vernehmlich mit den blauen und weißen Seidenpapierstreifen, in die er zum Schutz gehüllt wurde. Esther kritzelte abwesend die kleine Karte voll, während sie mit der anderen Hand das dicke Geldbündel befingerte, das ihr ganz und gar nicht gehörte. Es waren die Gewerkschaftsbeiträge von dreihundertsiebenundsiebzig Frauen. Sie fragte sich, wie sie aus dieser Sache herauskommen sollte, ohne sich vollkommen zu blamieren.
In dem Moment schneiten lachend und plappernd zwei statuengleiche Schauspielerinnen vom Thalia herein. Mutter und Tochter wandten die Köpfe, und Esther drängte zwischen ihnen hin-

durch und gab vor, draußen auf der Straße eine Freundin zu erkennen.
»Ach du meine Güte, das ist Rachel!«, rief sie aus. »Was *macht* sie denn da?«
Die Tochter versuchte, zu ihr zu treten, aber die beiden Schauspielerinnen unterhielten sich schnatternd, und sie kam nicht an ihnen vorbei.
»Seien Sie so gut und packen Sie ihn fertig ein, ich muss nur eben sehen, was dieses Mädchen mit meinem Sohn macht!«
Esther schlüpfte hinaus, die feine Karte und den Füller immer noch in der Hand, und rannte die Delancey Street hinab, so schnell wie die Menschenmassen und ihre langen Röcke erlaubten. Sie hielt nicht an, bis sie das Wohlfahrtshaus auf der Clinton Street erreicht hatte. Und erst da stellte sie fest, dass ihre Tasche immer noch offen war und dass die Gewerkschaftsbeiträge von beinah vierhundert Frauen für jeden Langfinger sichtbar obenauf lagen. Es grenzte an ein Wunder, dass sie noch da waren. Ihrer Sorgfalt war es jedenfalls nicht zu verdanken.
Esther dachte an ihren Vater. *Vielleicht hat er Recht. Vielleicht ist meine Schlechtigkeit wirklich grenzenlos.*

Das Wohlfahrtshaus, in dem die Gewerkschaft ihre Büros hatte, war ein sechsstöckiges gepflegtes Gebäude aus rotem Backstein. Man legte großen Wert darauf, dass es fröhlich und einladend wirkte. Drinnen gab es eine Vielzahl von Räumen für all die ungezählten Anliegen und Aktivitäten der Lower East Side: Die Landmannsclubs und Englischkurse, der sozialistische Lesezirkel, die Frauengesundheitsclubs, die numismatische Gesellschaft, die Gewerkschaften und Laienspielgruppen. Oben auf dem Dach gab es einen Sportplatz, komplett von einem Maschendrahtzaun umgeben, wo Frauen in weiten Matrosenanzügen Medizinbälle hin und her rollten oder keuchend auf der kurzen Bahn trainierten.
Esther hatte sich nie für den Sportplatz interessiert. Stattdessen hatte sie sich sofort für einen Einbürgerungskurs angemeldet,

als Clara sie zum ersten Mal ins Wohlfahrtshaus mitgenommen hatte. Dort saß sie in einem fensterlosen Klassenzimmer mit sechzig anderen zusammen und lernte den Inhalt der Bill of Rights und der Unabhängigkeitserklärung. Am Ende einer jeden Unterrichtsstunde erhob sie sich zusammen mit all ihren Mitschülern, den Hausfrauen und kleinen Mädchen und graubärtigen Männern, und sie sagten das Gedicht an die Flagge auf:

Ich lieb' den Namen Washington,
Lieb' ihn bis in den Tod.
Und teuer ist mir auch die Flagge,
Die flattert blau-weiß-rot.

Es hatte ihr gefallen, vor allem der Unterricht, der sich mit der Verfassung beschäftigte, aber der Kurs war abends, und ihre Mitschüler schliefen nach ihrem vierzehnstündigen Arbeitstag häufig ein. Sie schnarchten zu den heruntergeleierten, wenig begeisterten Ausführungen des Lehrers, und häufig hatte sie selbst Mühe, in dem kleinen, überheizten Raum wach zu bleiben.
Wonach sie sich sehnte, war wirkliche Bildung. Sie war sicher, dass sie das völlig verändern, sie über all ihre Ängste und Selbstzweifel erheben würde. Sie wusste, ein reiches Ehepaar hatte Clara ein Stipendium fürs College angeboten, denn sie hatte sie mit einer ihrer feurigen Reden beeindruckt. Clara hatte abgelehnt mit der Begründung, sie könne ein solches Privileg nicht annehmen, solange eine Collegeausbildung nicht allen Frauen offen stand. Esther bewunderte sie unendlich dafür – aber sie war sicher, hätte man ihr eine solche Chance geboten, sie hätte sie mit beiden Händen ergriffen, ohne einen einzigen Gedanken an all die anderen Frauen.

»In der Zeitung stand: *Buona paga, Lunga stagione* – Gewerkschaftsbüro.«
»Dann hat er mir gesagt, ich soll nach Hause gehen …«
In der Eingangshalle hatte sich eine lange Schlange von Frauen

gebildet, die die Treppe hinauf bis zur Tür des Büros reichte. Sie war heute länger als gewöhnlich. Hauptsächlich Italienerinnen, die Arme bis zu den Ellbogen rotbraun oder schwarz verfärbt, je nach der Farbe des Stoffes, mit dem sie heute gearbeitet hatten. Mit leiser Stimme erzählten sie sich gegenseitig ihre Anliegen, während sie darauf warteten, sie der Gewerkschaft vortragen zu können.

Keine von ihnen trug einen Hut, der auch nur dem entfernt nahe kam, den sie heute beinah gekauft hätte. Wie sollten sie auch? Einen solchen Hut sah man weder in der Triangle-Fabrik noch in einer der Nähereien, wo sie vorher gearbeitet hatte. Er wäre verdorben, ehe der Tag um war. Schon allein vom Schmutz und Staub, selbst wenn Podhoretz ihn nicht aus purer Bosheit zerdrückte, sobald gerade keiner hinschaute. Dass sie auch nur hatte erwägen können, ihn zu kaufen, erfüllte sie mit tiefer Scham. Und doch – in all ihrer Schlechtigkeit – war ihr größter Kummer, dass sie den Hut nicht besaß.

»Sagt, er zahlt pro Stück ... jetzt pro Woche ...«

»Oh, wie er grapscht!«

Esther ging an ihnen vorbei die Treppe hinauf zu dem Tisch, wo Clara zwischen den Frauen saß, sich geduldig jede Beschwerde anhörte, sie übersetzte und niederschrieb. Beschwerden über Löhne und Lohnkürzungen. Über gefährliche Arbeitsbedingungen. Über Lohnabzüge, weil sie zu viel Garn verbraucht hatten. Über Entlassungen, weil sie es sich nicht gefallen ließen, dass der Vorarbeiter ihre Brust befummelte, oder weil es ihnen einfach nicht gefiel, sich von früh bis spät anbrüllen zu lassen.

»Und zehn Cent weniger!«

Jeden Tag wurde die Schlange auf der Treppe länger. Immer mehr Beschwerden, sorgfältig niedergeschrieben, mit Durchschlag abgetippt und in voll gestopften Metallschubladen abgelegt. Warum sie sich überhaupt die Mühe machten, sie zu sammeln, war Esther ein ewiges Rätsel. Sie hätten sie ebenso gut bis zum Himmel aufstapeln können, damit Gott sie las. Hier unten fanden sie jedenfalls keinerlei Beachtung.

»Lass dir ihre gemeinen Tricks nicht gefallen! Der Lohn steht dir zu!«, erklärte Clara einer jungen Hilfsarbeiterin. Sie hatte die Arme erhoben wie einer dieser christlichen Missionare, die gelegentlich in ihr Viertel kamen, um sie zu bekehren. Das Mädchen, das aussah, als käme es geradewegs aus der Klosterschule, trat einen Schritt zurück. Ihr Gesicht zeigte Ratlosigkeit und Verwirrung.

»Ach, Italienerinnen. Wir brauchen Italienerinnen!«, klagte Clara und wandte sich zu Esther um. »Sie verstehen mich nicht!«

»Ich weiß, ich weiß ...«

Immer wieder hatte Clara das gefordert: Mehr Italienerinnen. Mehr Polinnen. Mehr Frauen russischer, böhmischer, ukrainischer und portugiesischer Herkunft, um die Botschaft der Arbeiterbewegung zu verbreiten. Doch nach allem, was Esther gesehen hatte, waren die meisten anderen Frauen durchaus zufrieden, Jüdinnen wie Clara zuzuhören. Sie waren die *fabrente Mejdlech*, die feurigen Mädchen, und sie sprachen nicht nur durch Worte zu den anderen Frauen. Ein solches Leuchten der Rechtschaffenheit hatte Esther zuvor nur auf den Gesichtern der chassidischen Rabbiner und ihrer Anhänger gesehen, wenn sie in ihrer Ekstase die Norfolk Street hinabtanzten, ohne den Spott und die Beleidigungen der Ungläubigen auch nur zur Kenntnis zu nehmen.

»Dieses Land, und dieses heillose Kauderwelsch von einer Sprache«, klagte Clara wie schon so oft zuvor, und dann wandte sie ihre volle Aufmerksamkeit Esther zu.

»Was hast du für mich?«, fragte sie, und ihre Freude war offensichtlich, als sie das Geld sah, das Esther auf der Bank in Scheine umgetauscht hatte – all die zahllosen Pennys und Nickels und Dimes, die sie eingesammelt und sorgfältig notiert hatte, um sie dann beinah zu verschleudern.

»Gut, gut! Mehr als ich erwartet hatte!«

Clara führte sie in das kleine Büro und schloss die Beiträge im Safe ein. Jetzt fühlte Esther sich schon besser. Das Wiedersehen mit ihrer alten Freundin verursachte ihr ein kurzes Herzklopfen, und wie immer spürte sie Euphorie in diesen schäbigen kleinen Räumen, wo es nach Tinte und Löschpapier roch und leuchtende gelbe Lichtkugeln von der Decke hingen. Und überall waren Frauen, die meisten nicht älter als sie selbst, und sie machten sich emsig an den stählernen Aktenschränken zu schaffen und saßen an den verschrammten Holzschreibtischen. Männer standen der Gewerkschaft vor, sie saßen in ihren Komitees irgendwo in Uptown Manhattan, aber in diesem Büro arbeiteten fast ausschließlich Frauen. Manche von ihnen trugen gar Tweedjacketts und Krawatten und hatten die Haare zu einem kecken Pagenkopf geschnitten, und sie schrieben, debattierten und konferierten. Hier wurde etwas Bedeutsames geleistet. Etwas Wichtiges und *Männliches* und *Wirkliches*, etwas, das mehr bedeutete als das endlose Zusammenfügen von Hemdblusen.

Doch an diesem Abend lag noch etwas anderes in der Luft – eine besondere Entschlossenheit, eine kaum zu zügelnde Erregung, die in jedem Gesicht und in all ihren Stimmen offenbar wurde: Ein Streik stand bevor.

Für Esther fühlte sich das an wie ein Naturereignis, wie die Gewitter, die sie manchmal auf der anderen Seite des Hudson sich zusammenbrauen sah. Die Gewerkschaft war bemüht, alles zu organisieren, um im optimalen Augenblick loszuschlagen, aber ein Streik ließ sich nicht wirklich lenken. Er brach aus, wenn der Zorn und die Frustration in den Fabriken den Siedepunkt erreichten, und dann konnte man ihn weder aufhalten, noch konnte man vorhersagen, wohin er führen würde.

Dieser hier hatte sich seit Beginn der neuen Saison vor zwei Wochen zusammengebraut. Die Unternehmer hatten dieses Mal früh mit den Entlassungen begonnen, trotz all der angeblichen Marktvorteile durch die neuen, rationalisierten Fabriken. Sie hatten überall gekürzt, hatten sowohl die Stückpreise der kleinen Zulieferer gedrückt als auch die Löhne der Näherinnen – nicht einmal die Bügler und Zuschneider waren dieses Mal verschont geblieben, obwohl sie doch die unentbehrlichen Könige der Branche waren.

Im Gewerkschaftsbüro war es voller denn je. Alle wollten herausfinden, wie es weitergehen würde, sie kamen, um ihre zwei Cent zu bezahlen oder fühlten sich einfach von der allgemeinen Aufregung angezogen. Im Laufe des Abends sollte noch eine Versammlung stattfinden, drüben im *Talkers' Café*. Rose Schneiderman wurde erwartet, ebenso Leonora O'Reilly, die immer sprach, als sei ihre Stimme tränenerstickt, und Miss Marot und Miss Dreier, die Damen der feinen Gesellschaft aus Brooklyn, und Mrs. Perkins, die Sozialarbeiterin. Es ging gar ein Gerücht, dass Männer von der Gewerkschaftsspitze da sein würden.

»Wir sind fast so weit, *Bobele*! Zwei Jahre Aufbau, zwei Jahre Planung«, sagte Clara leise, und ihre Augen leuchteten. »Jetzt sind wir am Zug. Jetzt rufen wir zum großen Streik auf, und diesen *Mamsern* wird nichts anderes übrig bleiben, als uns anzuerkennen!«

»Wirklich? Aber wie?«

»Das wirst du schon sehen«, antwortete sie. »Komm mit heute Abend.«

»Einverstanden«, sagte Esther, obwohl es so unerträglich schwül und sie so furchtbar müde war.

Sie hatte heimgehen wollen, vielleicht noch ein bisschen lesen und dann in ihr Bett aus Stühlen klettern und von ihrem *Dibbuk* träumen.

»Einverstanden«, wiederholte sie mit mehr Enthusiasmus. Schließlich sagte Clara doch, es sei der große Streik, auf den sie immer gehofft, um den sie gebetet hatten, als sie in New Jersey auf einer Heuwiese lagen und an all die Dinge dachten, die sie sich wünschten, in dem Sommer damals, als sie alle draußen in den Palisades kampiert hatten. Alles Mögliche hatten sie sich gewünscht, alles, wonach sie sich immer schon gesehnt hatten, während die schweren Regenwolken über den orangefarbenen Abendhimmel zogen.

Doch draußen in der Hitze auf der überfüllten Straße welkte ihr Enthusiasmus so schnell wie die Blumen, die die barfüßigen kleinen Mädchen ihr verkaufen wollten.
Die künstlichen waren doch viel besser, die bunten Drahtblumen, die ihrer Mutter die Haut zerstachen, so dass ihre Hände sich entzündeten. Blutrote Trauben auf einem Hut im Schaufenster …

Was konnte schon Gutes dabei herauskommen?
Die Frage musste sie sich stellen. Sie konnten streiken, so viel sie wollten, die größten Bosse würden sich die Hände reiben, wenn sie die Arbeit niederlegten – gerade lange genug, um die kleinen Unternehmer auszupressen. Und selbst wenn sie etwas gewannen – ein paar Cent Lohnerhöhung oder etwas bessere Arbeitsbedingungen –, es würde es nur umso leichter machen, die kleinen Nähereien aus dem Geschäft zu drängen, weil sie sich die höheren Löhne nicht leisten konnten. Und dann, wenn sie die Konkurrenz ausgeschaltet hatten, würden die großen Fabriken ihre Löhne wieder kürzen.
Was konnten sie gegen solche Leute schon ausrichten?
Sie sorgte sich um diese Dinge, als sie wieder die Delancey Street entlangging. Vorbei an den Pennern mit ihrer Buttermilch. Vorbei an den Müttern, die im Schatten der Hochbahn ihre Kinder stillten, vorbei an den rosa Papierblumen, den Kokosscheiben im schmutzigen Wasser. An all den Menschen mit den leeren Gesichtern, die achtlos vorübereilten und mit der Nacht verschmolzen.

29

Esther

Das *Talkers' Café* war nichts weiter als ein großes Ladenlokal auf dem East Broadway im Schatten des hohen Turms auf dem *Forward*-Gebäude. Zwei Reihen kleiner Tische und Stahlrohrstühle, an denen Journalisten und Schneider saßen, Anarchisten und Sozialisten, die Steuerreformer und Zionisten, Zangwillisten und Assimilationisten und Gewohnheits-*Kibbitzer*. Und sie alle stritten und schrien lauthals unter der niedrigen Wellblechdecke dieses kleinen Turms zu Babel.

»Seht euch diese *Loaferim* an!«, sagte Clara vernehmlich, als sie eintraten, und zeigte auf die Männer in ihren schäbigen Jacketts und Krawatten, die geblendet wie Maulwürfe durch ihren Zigarettenqualm blinzelten. »Den lieben langen Tag schwingen sie große Reden, aber nicht einer von ihnen hat genug Verstand, um je irgendetwas zu bewirken.«

Esther murmelte zustimmend, aber insgeheim liebte sie die Tea Houses, diese Parlamente der Schneider und Hosenbügler, die über Samowar und Schachbrett hockten. Hier hatte sie gelernt, zu denken, zuzuhören und zu reden.

Ungezählte Sonntage hatte sie in der Vergangenheit in diesen Cafés verbracht. Sie kam immer schon früh morgens, um sich einen guten Tisch zu sichern, saß stundenlang da und trank Zitronentee durch ein Zuckerstückchen unter der Zunge. Sie bestellte sich Weißbrot oder vielleicht ein Mohnbrötchen, rauchte Zigaretten und las die Zeitungen in einem halben Dutzend unter-

schiedlicher Sprachen, die an der Wand hingen. Der ganze Tag gehörte ihr. Sie konnte lesen oder träumen oder die anderen Müßiggänger beobachten.
Ganz vorne war ein Tisch, an dem immer die Angestellten des *Forward* saßen. Von Zeit zu Zeit kam mit grimmiger Miene ein Abgesandter der *Arbeiterzeitung*, des großen Konkurrenten des *Forward*, hereinmarschiert und hielt eine flammende, für Außenstehende vollkommen unverständliche Rede in Jiddisch – bis die *Forward*-Angestellten sich schließlich wie ein Mann erhoben und ihn hinauswarfen. Dann steckten sie die Köpfe zusammen, und wenige Minuten später schickten sie ihren eigenen Vertreter hinüber ins Arbeitercafé, um mit einer ebenso hitzigen Tirade zu antworten.
Sie debattierten den lieben langen Tag, geistreich und engagiert, über jedes nur erdenkliche Thema, von Religion über die heilsame Wirkung von Selleriesoda bis zum unabwendbaren Sieg des Sozialismus. So ein Getöse, so eine bombastische Sinfonie aus Sarkasmus, Zigarettenqualm und leidenschaftlichen, erbitterten Diskussionen über die Größe eines Mohnkörnchens. Alles, um eine perfekte theoretische Lösung zu finden, die irgendwo über ihren Köpfen schwebte, irgendwo über dieser grellen, banalen Welt, wo sie vor kaltem Tee und Kaiserbrötchen hockten.
Manchmal wünschte sie, sie fände den Mut, sich in die harten, gnadenlosen Männerdebatten einzumischen. Anfangs würden sie bestimmt verächtlich auf eine kleine Näherin wie sie hinabblicken, stellte sie sich vor, aber nicht lange, und sie würde sie mit ihrer unbestechlichen Logik überzeugen, mit ihrer ruhigen, eindringlichen Stimme, ihrem Verzicht auf Spitzfindigkeiten oder persönliche Beleidigungen in ihrer Argumentation. Genau wie sie ihren Vater eines Tages überzeugen würde.
Sie fand nie den Mut, sie anzusprechen, aber sie war ebenso zufrieden, den Tag allein zu verbringen, zu lesen und zu denken. Sie versuchte, jeden Augenblick in dem überfüllten, stickigen Raum auszukosten, aber je mehr sie sich bemühte, umso unmöglicher wurde es natürlich. Während die Stunden verstri-

chen, beschlichen sie die Gedanken an den kommenden Tag, die Arbeit. Wenn es Abend wurde, bestellte sie sich ein Stück Zitronenkuchen oder Schokoladenhimbeertorte – ein kleiner süßer Trost zum Abschluss. Aber die Süße verwandelte sich regelmäßig in Bitternis auf ihrer Zunge, denn sie verkündete das Ende des Sonntags, das Ende der wenigen Zeit, die sie für sich hatte.

Heute Abend drängten die Frauen in das dämmrige Hinterzimmer, stießen unter den Tischen ständig mit den Knien zusammen. Esther saß neben Clara, auf deren anderer Seite kam Claras Freundin Pauline Newman, dann die Furcht einflößende Leonora O'Reilly, die kleine Rose Schneiderman, die feine Miss Dreier und Mrs. Perkins von der Sozialfürsorge. Es saßen noch einige andere am Tisch, die sie nicht kannte, und sie war zu scheu, sich nach ihren Namen zu erkundigen. Sie saßen dort und erörterten Für und Wider des Streiks, vertraten ihren Standpunkt mit Nachdruck, waren aber doch kühl und sachlich wie eine Gruppe von Tammany-Politikern. Und sie landeten immer wieder in derselben Sackgasse:
»Aber verstehen Sie denn nicht? Sie drängen uns so oder so hinaus. Wir müssen es jetzt tun«, erklärte Clara beharrlich und zermalmte knirschend ein Zuckerstückchen.
»Müssen wir?« Leonora O'Reilly zuckte die Schultern. »Wir müssen überhaupt nichts, schon gar nicht nach ihrem Fahrplan.«
»Aber sie gehen zu weit. Jeden Tag drücken sie die Löhne. Selbst die *Schadchen* verlieren die Geduld.«
»Wenn sie jetzt die Löhne drücken, dann weil sie *wollen*, dass wir streiken. Damit sie einen Grund haben, uns zu zerquetschen.«
»Aber wenn die Löhne selbst den *Schadchen* zu niedrig sind, woher sollten sie dann noch Arbeitskräfte kriegen?«, fragte Clara triumphierend. »Wir haben mehr Frauen als je zuvor, wir haben eine Streikkasse …«

»Und wie weit wird die reichen? Wir wollen die Anerkennung als Gewerkschaft, nicht einfach nur einen Nickel Lohnerhöhung. Sie werden uns bis aufs Blut bekämpfen, um das zu verhindern, das wissen Sie doch.«
Alle schwiegen und dachten über eine solche Aussicht nach. Jede am Tisch wusste, wie es bei einem Streik zuging.
»Sie werden die Gangster und ihre Huren engagieren, und die Polizei wird nicht einschreiten, ganz gleich, was sie tun«, fuhr Leonora fort. »Das wissen Sie. Denen ist es gleich, wenn die Streikposten Frauen und Kinder sind, und wenn Sie glauben, dass Ihr Geschlecht Sie in irgendeiner Weise schützt, dann irren Sie sich. Es wird sie nur noch bestialischer machen.«
Sie hatte Recht, das wussten sie. Zu streiken bedeutete, den letzten Rest ihrer Respektabilität aufzugeben. Es hieß, dass sie sich auslieferten – den Cops, den angeheuerten Schlägern und den Trauben johlender, spottender Schaulustiger. Ein großer Streik wie dieser bedeutete, dass man sie wie Huren behandeln würde, dass sie leichte Beute waren, weil niemand sie schützen würde, ganz gleich, was man ihnen antat. Eine kleine, aber spürbare Welle der Angst spülte über die Frauen am Tisch hinweg.
»Wenigstens haben wir die Damen der Gesellschaft auf unserer Seite. Sie können uns helfen«, sagte Clara matt.
»Die!«, schnaubte Leonora O'Reilly. »Hören Sie, eins habe ich gelernt: Wenn Sie sich auf die verlassen, dann *sind* Sie verlassen!«
Sie unterbrach sich, und alle warfen unbehagliche Blicke zu Miss Dreier und Mrs. Perkins, die wie immer vollkommen ruhig und gelassen dasaß mit ihrem dreieckigen Hut.
Mrs. Perkins, wusste Esther, war eine professionelle Sozialarbeiterin. Sie entstammte einer alten Yankee-Familie oben in Massachusetts, hatte einen College-Abschluss, doch aus irgendeinem Grunde hatte sie sich entschlossen, in den Slums der Stadt zu arbeiten. Sie hatte ein Büro ganz für sich im Wohlfahrtshaus, und niemand wusste so richtig, wie sie einzuschätzen war. Sie war nicht so reich wie die richtigen Damen der Gesellschaft,

aber doch eindeutig anders als die Arbeiterinnen. Sie redete nie besonders viel, aber Esther hatte festgestellt, dass sie immer aufmerksam zuhörte; die Augen glitzerten entschlossen in ihrem kantigen Yankee-Gesicht, als versuche sie, sich jedes Wort einzuprägen.

Sie alle hörten auf sie und die anderen feinen Damen. Oft fanden sie die eleganten Ladys furchtbar überheblich und herablassend, aber die Macht dieser Frauen war nicht von der Hand zu weisen. Vor ein paar Jahren hatten sie einen Boykott gegen die Geschäfte organisiert, wo es den Verkäuferinnen verboten war, sich zwischendurch einmal hinzusetzen oder während ihrer Schicht die Toilette aufzusuchen. Die Reaktion war verblüffend gewesen: Innerhalb weniger Wochen mussten die Geschäftsleute klein beigeben.

Niemand wusste, ob sie das Gleiche für die Fabrikarbeiterinnen tun konnten. Ob sie das nötige Interesse, das Durchhaltevermögen für den großen Kampf haben würden. Ob ihre Anteilnahme weiter reichte als bis zu dem Mädchen hinter der Ladentheke, das sie Tag für Tag vor Augen hatten.

»Ich denke, dass Sie Unterstützung in der gehobenen Gesellschaft finden würden«, sagte Mrs. Perkins mit ruhiger, beherrschter Stimme. »Was immer das wert ist. Auf jeden Fall hätten Sie meine Unterstützung.«

Die anderen Frauen am Tisch entspannten sich sichtlich. Es machte ihnen einfach Mut, das zu hören. Ein kleines Rascheln der Hoffnung durchlief die Arbeiterinnen.

»Da sehen Sie's! Wir müssen es jetzt tun!«, warf Clara ein.

Die Debatte setzte sich noch stundenlang fort, verebbte schließlich kurz nach Mitternacht, aber sie trennten sich ohne Entscheidung. Langsam standen die Frauen von den unbequemen Stühlen auf und dachten erschöpft an den Vierzehn-Stunden-Tag, der vor ihnen lag. Die Mehrheit befürwortete den Streik, aber sie fanden, es sei noch zu früh. Die neue Saison hatte gerade erst begonnen, ein bisschen Geld kam herein. Und außerdem

hatte der Mann von der Gewerkschaftsspitze es doch nicht für nötig befunden zu erscheinen.
Aber wenn nicht jetzt, wann dann? Wann würde sich je etwas ändern?
Doch insgeheim musste Esther sich eingestehen, sie war froh, dass noch keine Entscheidung gefallen war. Ganz bestimmt war sie ein Feigling, aber sie war trotzdem erleichtert, dass sie jetzt noch nicht daran denken musste. Die Gangster und ihre gackernden Huren, die sie verhöhnten. Die Polizisten mit ihren schweren Holzknüppeln. Sie sollte mutiger sein, das wusste sie, aber was für ein Elend war doch dieses Leben.
»Gute Nacht, Liebste«, sagte Clara, als sie die Straßenecke erreichten. Sie umarmte sie und küsste sie auf beide Wangen.
»Warte. Ich hab etwas für dich.«
Esther zog ein kleines Päckchen aus ihrer Tasche. Beinah hätte sie es über den ganzen Unsinn mit dem Hut und alles andere vergessen. Es war nicht so hübsch eingepackt, wie Clara es gemacht hätte, aber sie hatte es in ihr rotes Lieblingspapier gewickelt und mit einer leuchtend gelben Schleife verschnürt.
»Hier. Es sind Sonette. Ich hab sie in der Freien Bibliothek gefunden.«
Clara öffnete das Päckchen behutsam. Es enthielt einen kleinen Stapel Notizblätter, die in der Mitte gefaltet waren. Esther hatte darauf ein paar der Shakespeare-Sonette abgeschrieben, die Clara ihr vor Jahren nahe gebracht hatte. Sie hatte sie in ihrer besten Schönschrift kopiert, mit größter Sorgfalt, immer spät nachts – doch jetzt errötete sie, als sie ihre Handschrift sah:

… Wie würde, sag' ich, dann mein Blick belebt,
Gesegnet schauen in den hellen Tag,
Wenn nachts dein Schatten schon das Dunkel hebt,
Das schwer auf meinen toten Augen lag.
Der hellste Tag ist Nacht, bis ich bei dir,
Nacht lichter Tag, bringt dich der Traum zu mir.

»Oh, das ist wunderbar!« Clara sah auf und lächelte voller Wärme.
»Das freut mich.« Sie sah auf die Straße und war dankbar, als Clara – um ihretwillen – das Thema wechselte.
»Sag mal, hast du gestern Abend noch viel gelesen?«
Ihre Sozialistische Literaturgesellschaft befasste sich derzeit mit *Große Erwartungen* von Charles Dickens, und sie alle rätselten, wer Pips geheimnisvoller Wohltäter während seines Aufstiegs in der Londoner Gesellschaft wohl sein mochte.
»Etwas. Ich musste mich auf das Treffen vorbereiten. Was glaubst du, wer es ist?«, fragte Esther.
»Ich weiß nicht … aber ich denke, es ist jemand anderer«, erwiderte Clara. »Ich traue dieser Miss Havisham nicht!«
»Wirklich?«
Sie neigte den Kopf noch ein wenig näher zu Esther heran.
»Soll ich dir was verraten? Wenn es zum Streik kommt, werde ich als offizielle Gewerkschaftsvertreterin vor Ort sein. Und wenn das gut klappt, werde ich vielleicht sogar im Auftrag der Gewerkschaft durchs ganze Land reisen.«
»Wirklich?«
So eine Aufgabe … Es bedeutete, alle Frauen zu organisieren, all die Schwestern in all den anderen Fabriken für die Gewerkschaft zu gewinnen, da draußen in der unvorstellbaren Weite des ganzen Landes. Es hieß, von einer fremden, neuen Stadt zur nächsten zu reisen. Mit dem Zug. Nachts die Schienen entlangzufliegen, einem unbekannten Ziel entgegen, während man in einem bequemen Salonwagen saß. Es überstieg alles, was sie je glaubte für sich selbst erreichen zu können, aber Esther sehnte sich danach, mitgehen zu können.
»Verrat es noch niemandem.«
Clara zwinkerte und umarmte sie fest. Pauline und Miss Dreier und Mrs. Perkins standen ein Stückchen abseits und warteten auf sie, um mit ihr nach Hause zu gehen und weiter über den Streik zu debattieren, und das führte Esther vor Augen, wie unbedeutend sie war, auch in der Gewerkschaft. Sie senkte neider-

füllt den Blick, und am liebsten hätte sie Clara alles von Coney Island und ihrem *Dibbuk* erzählt, um ihren guten Nachrichten etwas entgegenzusetzen.

»Alles in Ordnung, *Maminke*?«

Clara sah sie scharf an, mit einem Ausdruck so voller Besorgnis, dass Esther beschämt war.

»Ja, sicher. Nur ein bisschen müde.« Sie lächelte matt.

»Dann sieh zu, dass du ein bisschen Schlaf bekommst. Auch wenn das heißt, dass du heute nicht mehr zum Lesen kommst.«

»In Ordnung.«

»Gut. Dann schlaf schön, geliebtes Herz!«

»Du auch, geliebtes Herz.«

Sie küssten sich auf die Handknöchel und drückten sie dann aneinander. Es war eine der heimlichen kleinen Freundschaftsgesten, wie die Mädchen in den Fabriken sie alle hatten. Dann sah sie Clara nach, die mit ihren neuen Freundinnen davonging.

Esther wandte sich ab und machte sich auf den Heimweg Richtung Orchard Street. Vor ihr zog ein Müllwagen langsam die Straße entlang. Die eisernen Mülleimer schepperten, wenn die Arbeiter sie hochwuchteten und über die Seitenwand in den Karren entleerten, und landeten Funken schlagend wieder auf dem nächtlichen Gehweg.

Sie sann oft über die Damen der Gesellschaft nach, seit sie angefangen hatte, zu den Gewerkschaftsversammlungen zu gehen. Sie selbst war zu schüchtern, auch nur hallo zu ihnen zu sagen, doch Clara hatte auf Einladung von Miss Dreier schon einmal Ferien in deren Landhaus in Gravesend gemacht, ebenso war sie in einem Haus gewesen, das Mrs. Perkins' Familie in den Berkshires besaß.

»Sie sind genau wie alle anderen Leute«, hatte Clara lachend erklärt, als Esther sie einmal gefragt hatte, wie sie waren, aber sie konnte das nicht glauben.

Wie die meisten anderen fühlte Esther sich unwohl in Gesellschaft der feinen Damen und Sozialfürsorgerinnen und ging ihnen lieber aus dem Wege. Sie traute ihnen nicht so recht. Sie konnte nicht begreifen, warum sie überhaupt ins Gewerkschaftshaus kamen, und sie fürchtete, wäre sie selbst eine reiche Frau aus Brooklyn oder Massachusetts, so wäre sie ganz bestimmt nicht hingegangen.

Eine plötzliche Bö brach die Stille der Augustnacht, und genau über ihr ertönte ein heftiges Flattern. Esther fuhr zusammen und sprang in einen Hauseingang – doch es war nur das Reklameschild eines Dentisten, ein gewaltiger, goldener Zahn, der über ihr in der Brise flatterte wie ein wahnsinniger Engel.

Ich fürchte mich vor einer Katze und fürchte mich vor einer Maus.

Sie eilte nach Hause, vorbei an unbebauten Grundstücken, auf denen rostige Kinderwagen, verbeulte Koffer und alte Hemden und ausgetretene Schuhe verstreut lagen. Oben in der fünften Etage stolperte sie beinah über eine Katze und ihre Jungen, die mitten auf dem Flur lagen. Die grünen Schlitzaugen der Katzenmutter blinzelten erschöpft zu ihr auf, und die Kleinen rangelten um das bisschen Milch, das ihr Körper hergab. Die Katzen waren überall. Im Sommer hörte man die ganze Nacht ihr Liebesgeschrei, im Winter drückten sie sich an den Türen herum und versuchten, sich ins Warme zu schlängeln, sobald man sie öffnete. Manchmal fand man einen ganzen Wurf steif gefroren an irgendeiner Ecke, die Augen noch geschlossen.

Sie schlich in die Wohnung, wo alles schon schlief. Ihr Bett in der Küche war hergerichtet. Aber sie legte sich nicht gleich hin, sondern holte ihren eselsohrigen Dickens hervor, den sie für zehn Cent bei einem Straßenhändler erstanden hatte, und versuchte beim öligen Schein der Petroleumlampen wenigstens noch ein paar Minuten zu lesen.

Sie war todmüde, aber sie bemühte sich immer, vor dem Schlafengehen noch irgendetwas zu tun, ganz gleich was. Damit der Tag nicht zu Ende ging, ohne dass sie das Geringste erreicht, sich selbst mit irgendetwas bereichert hatte, statt immer nur den Fabrikbesitzern die Taschen zu füllen.

An manchen Sonntagen ging sie nicht ins *Talkers' Café*. Manchmal lastete das Gewicht der Welt so unerträglich schwer auf ihr, dass es sinnlos schien, überhaupt hinauszugehen. Dann versteckte sie sich im Zimmer ihrer Eltern vor den Untermietern, während ihr Vater durchs Viertel spazierte und neugierig in jede neue Synagoge spähte, um sich über ihre Erbärmlichkeit zu mokieren.

An solchen Nachmittagen saß sie einfach nur da und starrte in den trostlosen Hinterhof hinab. Der Hof erschien ihr wie ein Symbol ihres sinnlos verrinnenden Lebens. Im Sommer war er übersät mit zerbrochenen Fliesen und Fischköpfen, aufgeschlitzten Matratzen und toten Katzen – was immer die Leute aus ihren Fenstern warfen. Im Hof hing ein Schild: ALLE JUNGEN, DIE HIER IM HOF ANGETROFFEN WERDEN, WERDEN STRAFRECHTLICH VERFOLGT – doch im Winter wimmelte es dort von Straßenjungen und auch Mädchen und erwachsenen Stadtstreichern, die ein wenig von der Wärme der Küchenöfen zu erhaschen hofften.

Manchmal konnte sie durch all den Abfall die alten Schieferplatten erkennen, mit denen der Hof gepflastert war. Sie stammten von einem der zahllosen aufgelösten Friedhöfe der Stadt: Geflügelte Totenköpfe und gekreuzte Knochen über einem geheimnisvollen, altmodischen Schriftzug, der langsam verwitterte. *Was für Menschen ließen so etwas in ihre Grabsteine meißeln?*, fragte sie sich. Ganz anders als die schlichten jüdischen Steine, die nur einen Namen und ein Datum aufwiesen.

Sie saß da und starrte auf den seltsamen, geflügelten Totenkopf und dachte darüber nach, wie wenig sie wusste, wie wenig sie je im Leben erreichen würde. Ein nagendes, unerklärliches Entsetzen drohte sie dann einzuhüllen, bis sie den Tränen nahe war. Manchmal weinte sie wirklich – heiße, bittere Tränen, obgleich sie wusste, dass es albern war. Sie weinte ohne wirklichen

Grund, nur aus Angst vor ihrer Furcht und vor der Zukunft und der ungelösten Frage, was aus ihr werden sollte. Doch bei der Erkenntnis weinte sie nur noch bitterlicher, weil sie sich ihrer Angst und ihrer Hoffnungslosigkeit schämte.

Und dann gab es ein paar Tage im Juni, da für wenige Stunden direktes Sonnenlicht in den Hof gelangte. An einem solchen Nachmittag zwang sie die alten, dreckverkrusteten Fenster auf, sog mit geschlossenen Augen die Sonnenwärme in sich auf, und dann gelang es ihr manchmal, ihre Traurigkeit abzuschütteln und zu beschließen, dass sie sich doch wohl genug fühlte, um das Haus zu verlassen. Vielleicht sogar ins Café zu gehen.

Sie wünschte nur, ihr Vater hätte sie dort sehen können. Natürlich hätte er sich nie dazu herabgelassen, den Fuß in ein solches Etablissement zu setzen, aber sie hatte gehofft, eines seiner ehemaligen Gemeindemitglieder würde sie dort sehen und es ihm brühwarm erzählen.

Warum musst du immer mehr Asche auf mein Haupt streuen?

Du liebst eitles Geschwätz mehr als den Allmächtigen.

Wie könnte ich ihn auch lieben? Was hast du mich je über ihn gelehrt? Alles, was ich kenne, sind Nadel und Faden.

Kannst du die Tiefen des Meeres begreifen? Nein. Genauso wenig kannst du den tiefen Sinn des Talmuds begreifen.

Und sie würde sich vor ihn hinknien, ihre Hände auf seine legen und ihm ernst ins Gesicht schauen.

Dann erklär ihn mir.

Das kann ich nicht. Du bist nicht mein Sohn.

Wer ist dein Sohn? Dein Sohn ist nicht dein Sohn.

Richtig, ich habe keinen Sohn. Ich habe einen Sohn im Talmud. Das ist meine Frucht, meine Hinterlassenschaft: mein Wissen.

Wie arrogant du bist! Und was ist mit mir?

Du bist nicht mein Sohn.

Der Dickens verschwamm und tanzte vor ihren Augen in der winzigen Küche. In diesen düsteren Momenten der Wahrheit kurz vor dem Einschlafen fragte sie sich, ob ihr Vater nicht

Recht hatte. Sie sah tief in ihr Inneres und wusste nicht, ob sie überhaupt einen Streik wollte oder ob sie nicht damit zufrieden wäre, sich für immer hier zu verkriechen und von neuen Hüten und heimlichen Wohltätern zu träumen. Aber davon fühlte sie sich kein bisschen besser.

6. Buch

Es gibt immer leichtgläubige Esel, und es gibt Männer,
die nur darauf warten, sie auszunehmen.
Darum werden die Leichtgläubigen allesamt auf diese
oder jene Weise ausgenommen.
Das ist das ewige Gesetz von Angebot und Nachfrage.

– *George Washington Plunkitt* –

30

Die großen Seelenklempner aus Wien

»Pass doch auf, du Idiot!«

Das große gelbe Automobil mit dem offenen Verdeck sauste viel zu schnell um die Kurve und verfehlte den kleinen Jungen auf der belebten Straße nur knapp. Freud hielt seinen Hut fest und sah zurück. Ein Mann mit einem geröteten, harten Gesicht und einem Strohhut hatte die Hand des Jungen gepackt und schüttelte eine wütende Faust hinter ihnen her. Freud schauderte bei der Vorstellung, was passiert wäre, wenn sie den Jungen überfahren hätten.

»So fahren Sie doch langsamer! Sie rasen wie die Leute in diesen idiotischen Filmen.«

»Ja, man muss sich erst daran gewöhnen«, murmelte Ferenczi und versuchte, den Schalthebel zu betätigen. »Man muss mit dem Strom schwimmen.«

»Wir werden unter der Erde bei den Würmern enden, wenn Sie nicht aufpassen!«

Stattdessen beschleunigte Ferenczi, und Freud spürte, wie sein Magen sich hob. Es war nicht nur die Geschwindigkeit des Wagens. Alles entwickelte sich viel zu rasch, zu unkontrolliert.

Er wusste nicht, was sie ohne Brill gemacht hätten, ihren alten Kollegen, der so erpicht darauf war, ihnen die ganze Stadt zu zeigen, dass er sie immer noch nicht zu seiner Klinik gebracht hatte. Anfangs hatte Freud angenommen, er fürchte sich ein wenig vor ihrem Urteil, aber inzwischen war er zu der Überzeugung gekommen, der Mann glaube ernsthaft, New York müsse sie beeindrucken.

»Warten Sie nur, bis Sie das gesehen haben!«, sagte er ständig. Sie kamen gerade von einem Restaurant im chinesischen Teil der Stadt, wo lebende Krabben und Karpfen auf der Straße verkauft wurden. Jung hatte ein unbeschreibliches Gericht aus Hackfleisch und etwas, das wie Regenwürmer aussah, gegessen. Abgesehen von der Sache mit den Regenwürmern hatte Brill sie in eine Oper geschleift, in ein Sinfoniekonzert und zu einem Liederabend in einem neuen Konzertsaal aus orangeroten Backsteinen. Alles sehr nett, aber vergleichbaren Darbietungen in Wien oder Berlin doch deutlich unterlegen. Sie hatten das neue Kunstmuseum nahe dem riesigen Central Park besichtigt, das Freud und Jung weitaus besser gefallen hatte. Die reichen amerikanischen Förderer des Museums hatten eine beeindruckende Sammlung erstklassiger Bilder erworben – aber auch hier galt letztlich, dass das Museum dem Vergleich mit denen europäischer Hauptstädte einfach nicht standhielt.

»Wie könnten sie auch? Sie haben eben keine zweitausend Jahre Kultur hinter sich«, sagte er mit, wie er fand, nachsichtiger Herablassung zu Jung.

»Aber sehen Sie nur, was sie schon alles erreicht haben! Wie alt ist ihre Verfassung? Nicht viel mehr als ein Jahrhundert«, erwiderte Jung. »Sie sind ein junges, unverbrauchtes Volk mit einer jungen Psyche. Ich sage voraus, in hundert Jahren werden sie alles übertroffen haben, was es in Europa gibt.«

»Ja, ich schätze, bis dahin werden die reichen Amerikaner es geschafft haben, alles aufzukaufen, was Europa zu bieten hat«, gab Freud bissig zurück. Er fragte sich, ob Jung absichtlich versuchte, ihn zu provozieren.

Er fand die Vorstellung eines solchen Philistersieges unendlich deprimierend. New Yorks größter Triumph, fand er, war etwas, womit Abe Brill nicht vor ihnen geprahlt hatte: seine schiere Kraft – von seinem belebten Hafen, seinen gefährlichen Straßen bis hin zu den hässlichen übergroßen Wolkenkratzern, die überall wie Pilze aus dem Boden schossen. In New York – und in ganz Amerika – ging es immer um Größe, überwältigende, unbezwingbare Größe. Diese Stadt war finster und bedrohlich und wütend, wie eine gewaltige undurchschaubare Gottmaschine, die niemand kontrollierte.

Er fragte sich, ob es die Stadt selber war, die seine Verdauung ebenso wie seinen Schlaf störte und seinen Kopf mit Albträumen füllte …

In dem Traum stand die Patientin, die ihm die Orchideen aufs Schiff geschickt hatte, in einem Morgenrock vor ihm. Sie war ebenso schön wie die Blumen, weitaus schöner, als er sie in Erinnerung hatte.

Sie löste den Gürtel und ließ den Morgenrock zu Boden gleiten. Dann kletterte sie aufs Bett, lächelte ihm über die Schulter einladend zu, lüstern sogar. Sie ließ sich auf Hände und Knie nieder und fing an, ihren Unterrock hochzuraffen, entblößte ihren niedlichen Hintern und ihr Geschlecht – feuerrot wie die Uniform des Offiziers.

Begierig holte er seinen Schwanz heraus, und als er gerade eindringen wollte, sah sie ihn wieder über die Schulter an. Doch jetzt hatte sie das Gesicht des Götzen, die Maske, die er seinem Vater als Vermummung vors Gesicht gehalten hatte. Aber nein, als er genauer hinsah, erkannte er, dass sich ihr Gesicht in das des mumifizierten Mannes im Bleikeller verwandelt hatte, immer noch perfekt erhalten, der Mund immer noch zum stummen Schrei aufgerissen, das Gesicht unvorstellbar alt …

Dann wechselte die Szene, und sie waren wieder in der Aula, er stand vor den größten Köpfen der Wissenschaft, und sein Penis hing schlaff aus der Hose. Er versuchte, sich hinter dem Pult zu verstecken, hoffte, sie würden es nicht sehen …

Sie fuhren weiter durch überfüllte Straßen, vorbei an Lastwagen und Fuhrwerken, Handkarren mit allen nur denkbaren Waren – eine Art gigantischer, unendlicher Irrgarten, eigens dazu erdacht, die Reflexe und den Überlebensinstinkt der Versuchsperson zu testen. Sie kamen durch ein jüdisches Viertel, wo die Schilder an den Geschäften ebenso oft in Hebräisch oder Jiddisch beschriftet waren wie in Englisch. Aber in vielen Straßen schienen die Juden Tür an Tür mit allen anderen Volksgruppen zu leben, mit Italienern, Böhmen, Iren und Deutschen.

Aus dem offenen Automobil heraus konnte Freud geradewegs in die Gesichter der Fußgänger sehen. Sein Blick fiel auf einen jungen Mann, der nicht einmal einen Handkarren hatte, sondern einen gewaltigen Stoffballen auf dem Kopf trug. Mit der einen Hand hielt er seine Last im Gleichgewicht, mit der anderen bahnte er sich einen Weg durch den nie endenden Menschenstrom.

Als ihre Blicke sich trafen, wandte der Mann den seinen nicht ab, sondern starrte Freud ausdruckslos an. Ein neutraler Blick, der weder Unterordnung noch Vertraulichkeit signalisierte.

Der Blick von Nomaden, die eine kleine Wasserstelle umkreisen, dachte er.

Es war ein semitisches Gesicht, dunkel und scharf geschnitten, unrasiert, die Augen schwarz und tief liegend. Kein österreichischer oder deutscher Jude, da war er sicher, sondern von irgendwoher weiter östlich. Die langen Schläfenlocken quollen unter der riesigen Last auf seinem Hut hervor. Das Gesicht hatte eine gewisse Ähnlichkeit mit der Erscheinung, die er auf der Ringstraße gesehen hatte, kurz bevor er Wien verließ, dem Mann, der verstört um sich geblickt hatte wie ein Wesen aus einem vergangenen Zeitalter, das sich plötzlich im modernen Europa wieder findet.

An der Tür des chinesischen Restaurants hatte ein riesiger, leicht diabolisch wirkender Orientale gestanden, mit gekreuzten Armen, zwei Äxte mit Silbergriffen und eine Opiumpfeife zu seinen Füßen. Doch die Kellner waren alle weiß, und ein junger Schwarzer mit unendlich langen, eleganten Fingern spielte Klavier. Was für ein Mischmasch von Völkern!

Und dann während des Essens, während Jung sein Hackfleisch

mit Regenwürmern und einer Beilage, die wie Hühnerfüße aussah, verschlang, hatte einer der Kellner sich plötzlich in die Raummitte gestellt und zu singen begonnen.
Auch dieser Mann war Jude, da war Freud sicher – ein kleiner, schüchtern wirkender Mensch mit einer großen Nase und dunklen Augen, der dennoch mit lässig herabhängenden Armen dastand und eine ohrwurmverdächtige Ragtime-Nummer zum Besten gab:

Come on along
Come on along
Let me take you by the hand ...

Seine Stimme war eher durchschnittlich, aber der schwarze Klavierspieler mit den eleganten Händen begleitete ihn, und bald auch die übrigen Kellner – und schließlich fielen zu Freuds grenzenloser Verlegenheit auch die Gäste mit ein, klopften mit den Fingern oder dem Besteck den Takt. Das Lied war wieder einmal ein typisch amerikanischer Schwall leerer Worthülsen mit einem eingängigen, simplen Rhythmus, aber es erwies sich als absolut unwiderstehlich – Freud ertappte sich dabei, dass er unter dem Tisch mit dem Fuß klopfte:

Up to the man
Up to the man
Who's the leader of the band ...

Und so ging es immer weiter, auf die erste folgten weitere flotte Ragtime-Melodien, sentimentale Balladen und Nonsensverse. Bis Freud nicht länger in der Lage war, zu essen oder auch nur zu denken, und sich überstürzt auf die Suche nach dem Waschraum machte, der im Keller des Gebäudes hinter der Küche versteckt lag, während Jung in aller Seelenruhe weiter seine Regenwürmer verspeiste.
Was sollte man nur anfangen mit so einem Land?

31

Big Tim

Er suchte Herman Rosenthal drüben im alten *Garden Cafe* auf der Seventh Avenue. Er wusste, dass Beansy dort gern mit seiner Frau hinging, doch er war nicht da. Sullivan hielt das für ein gutes Zeichen. Vielleicht war er untergetaucht. Obwohl er wusste, es war Herman ebenso zuzutrauen, dass er auf dem Dach des *Times*-Gebäudes stand und Laterna-magica-Bilder seiner beeideten Aussage an die gegenüberliegende Mauer projizierte.

Er machte die Runde im alten Tenderloin, suchte überall dort, wo Herman sich für gewöhnlich herumtrieb, aber er konnte ihn nirgends finden. Er spürte den Schmerz im Unterleib immer noch, und er hatte Durst. Er war kein großer Trinker, aber er dachte, ein kleines Bier oder ein Whiskey würde den Schmerz vielleicht betäuben. Er zog sich den Strohhut tiefer ins Gesicht und stieg die Treppe zu einem schäbigen Restaurant hinab, um schnell ein Glas zu trinken.

Es war immer ein Risiko, sich in solche Lokale zu wagen, das wusste er. Egal ob Zuhälter oder Stadtrat, Richter oder Stadtstreicher – es konnte jedem passieren, im Fluss zu landen, ersäuft für die Hand voll Kleingeld in der Tasche oder den neuen Kragen, den man am Hemd trug.

Er hatte Glück, hier schien es nicht allzu schlimm zu sein. Kein Vergleich mit den Kellerbars in der Bend, wo es an den Wänden nur so von Kakerlaken wimmelte und die Drinks in Konservendosen serviert wurden. Oder mit den finsteren Kaschemmen auf der Chatham oder Pearl Street, wo die Penner verkehrten. Im Winter stellten sie dort einen Ofen in die Raummitte, um den die Penner sich setzen durften, solange sie noch mit einem Fuß wippen konnten, um zu beweisen, dass sie wach waren. Von der Straße sahen sie wie ein großes, vielgliedriges Insekt aus: Die Köpfe der Männer so tief über den Ofen gebeugt, dass man nichts sah als ein großes Lumpenbündel und Dutzende von Füßen, die hin und her wippten, selbst im Schlaf.

Er kippte ein Bier, das mit irgendetwas aufgemöbelt war, damit es auch nur den Hauch einer Schaumkrone bekam, dann einen kleinen Whiskey, der brannte wie Kerosin, woraus er möglicherweise auch hauptsächlich bestand. Ein bisschen unsicher ging er zurück auf die Straße – der Schmerz in seinen Eingeweiden ließ tatsächlich nach, und all seine Sinne trübten sich gleichermaßen, während der Alkohol sich in seinem Körper ausbreitete. So schlecht das Bier und der Whiskey auch gewesen sein mochten, spürte er doch schon den Drang nach mehr. Und er fühlte auch andere Gelüste in sich erwachen.

Denk dran, wozu das bei früheren Gelegenheiten geführt hat.

Und wenn es so war, was hatte es schon geschadet? Wann hätte er je irgendwem ein Leid zugefügt? Er dachte an die Bordsteinschwalben unter der Hochbahn der Bowery. Die älteren sahen schrecklich aus, wenn die Syphilis ihre Gesichter zeichnete. Aber es gab immer auch ein paar neue Mädchen, die scheu hinter den Pylonen hervorlugten, mit Gesichtern voller Unschuld, Bestürzung und einer bangen Hoffnung.

»War ich nicht immer anständig zu ihnen?«, murmelte er vor sich hin.

Hieß es nicht, man könne keinen Stein über die Mauer eines Arbeitshauses werfen, ohne eins von Daniel O'Connells Bälgern zu treffen? Oder wie war es mit Parnell? Oder König David in der Bibel? Einem Mann in seiner Position standen wohl gewisse Freiheiten zu. Er sorgte immer für sie – sorgte auch für seine kleinen Missgeschicke, selbst dann, wenn er guten Grund hatte anzuzweifeln, ob er wirklich der Vater war.

Er wandte sich nach Osten und ging jetzt schneller. Wenn nicht die Bowery, dann eben die Elizabeth Street. Er kannte dort ein paar einschlägige Adressen. Alles junge Mädchen, jung und zart. Seine Älteste war jetzt etwa im selben Alter, aber *die* Gefahr bestand nicht, sie waren alle drüben im Westen oder im Kloster … Und wenn er die Syphilis hatte, war es nicht seine Schuld, oder? In ihrem Beruf mussten sie einfach damit rechnen, dass es sie früher oder später erwischte. Außerdem brauchte er ja gar nichts zu machen. Er könnte sich einfach neben sie aufs Bett setzen und reden. Sich einfach daran erfreuen, neben einem hübschen jungen Mädchen auf dem Bett zu sitzen. Wie oft im Leben kam ein Mann dazu, das zu tun?

Er sah einen Saloon und stieg die Treppe hinunter auf ein weiteres schnelles Glas. In dieser Gegend war es nicht unüblich, Bier und Whiskey gleich zusammenzuschütten, und das Gebräu hieß dann *Boilermaker*. Es war eine Bar, wo vornehmlich Böhmen verkehrten, Arbeiter in ausgefransten Jacken und Hüten und tabakbraun gefleckten Hemden starrten ihn ausdruckslos an. Als er wieder ins Freie kam, wusste er nicht genau, wo er sich befand.

In einer dunklen Straße blieb er stehen. Auch zu dieser späten Stunde war sie noch voller Menschen, die sich an ihm vorbeidrängten. Er musste wirklich gehen und Herman finden. Vielleicht machte Gyp gerade jetzt Jagd auf ihn. Die Gesichter der Bordsteinschwalben erschienen wieder vor seinem inneren Auge, spähten scheu aus dem Schatten der Hochbahn.

»Nur ganz auf die Schnelle«, sagte er sich. »Nur eine kurze Erfrischung. Ich werde ganz vorsichtig sein.«

Die Gestalt seiner Mutter erschien plötzlich auf der dunklen Straße vor ihm: eine dünne, schwarze, geisterhafte Figur mit einem dreieckigen Hut. Entsetzt wich er einen Schritt zurück.

»Ich bin froh, dass ich Sie gefunden habe«, sagte Mrs. Frances Perkins, trat auf ihn zu und streckte ihm die Hand entgegen, immer so direkt wie ein Politiker aus Brooklyn. »Ich war nicht sicher, ob ich in dem Saloon an ihrem Gefolge vorbeikommen würde.«

»Sie wissen, dass ich immer gern mit Ihnen rede, Mrs. Perkins.«

Er riss sich zusammen, so gut er konnte, aber sie lächelte wissend und hielt seine Hand weiterhin fest. Sie war ihm nahe genug, um seine Whiskeyfahne zu riechen, und als ihm das klar wurde, genierte er sich. Für eine Sozialarbeiterin hatte sie ein erstaunliches politisches Talent – sie ließ keine Schwäche ihres Gegenübers ungenutzt verstreichen.

»Sie wissen, warum ich gekommen bin.«

»Ja, sicher«, sagte er ein wenig schroff und versuchte, einen Schritt Abstand zwischen sich und die Frau zu bringen.

»Wir können also auf Sie rechnen beim Arbeitszeitgesetz?«

»Nun, Sie wissen, dass ich prinzipiell auf Ihrer Seite stehe, Ma'am, aber bis zur nächsten Sitzung ist es noch lange hin, und es gibt Leute, die den Standpunkt vertreten, es sei eine Verletzung des Rechts auf Eigentum …«, erklärte er. Ihre unheimliche Ähnlichkeit mit seiner toten Mutter verleitete ihn zu unangemessener Offenheit.

»Ich bin froh zu hören, dass wir zumindest prinzipiell mit Ihrer Unterstützung rechnen können«, unterbrach sie seine Ausflüchte. »Ich bin sicher, Sie wissen aus Erfahrung, dass vierundfünfzig Stunden Fabrikarbeit pro Woche mehr als genug sind für jedes Mädchen und jede junge Mutter. Ihre Schwester hat in einer Fabrik gearbeitet, nicht wahr, Mr. Sullivan?«

»Ja, das ist richtig …«

Er sah sie noch genau vor sich in der winzigen Wohnung auf der Clinton Street. Nachdem ihre Mutter gestorben war, war sie es gewesen, die ihrer aller Unterhalt verdiente. Zusammengesunken hatte sie am Küchentisch gesessen, so erschöpft, dass sie kaum in der Lage war, aufzustehen und das Abendessen zu machen.

»Ich muss Ihnen natürlich nicht sagen, wie viele Stimmen so ein Gesetz Ihnen in Ihrem Wahlbezirk einbringen würde. Ich bin sicher, Ihnen ist bewusst, wie viele Menschen man damit bewegen könnte, *nicht* die Sozialisten zu wählen.«

»Das ist natürlich wahr. Da haben Sie wirklich Recht, Mrs. Perkins«, räumte er ein und begann beinah wider Willen zu lächeln.

»Das letzte Arbeitsgesetz hat uns wirklich eine Menge Stimmen eingebracht ...«

»Gut. Also, was könnte erfreulicher sein, als mit gutem Gewissen gute Politik zu machen, Mr. Sullivan?«

Sie argumentiert wie ein Jesuit!

»Ich weiß es nicht«, sagte er und lachte laut. »Ich weiß es wirklich nicht, Mrs. Perkins.«

»Dann ist ja alles in Ordnung.« Sie schüttelte seine Hand noch einmal kräftig und sah ihn scharf an, sah in seine von Schlafmangel und Alkohol getrübten Augen.

»Geben Sie auf sich Acht, Tim«, sagte sie mütterlich.

»Das tue ich, Mrs. Perkins. Ganz bestimmt.«

Sie drückte besorgt ein letztes Mal seine Hand, dann marschierte sie davon, nur ein kleiner Schwung ihres Regenschirms verriet ihre Zufriedenheit. Sie ging eine finstere Straße hinab, und das hier war eine üble Gegend, aber Sullivan war sicher, dass sie auf sich aufzupassen wusste.

Noch während er ihr nachsah, glitt eine Gestalt aus dem Schatten, leise und geschmeidig wie eine Ratte, und bewegte sich auf ihn zu. Big Tim erkannte ihn sofort. Es war Arnold, auch einer seiner Judenbengel, ein adretter, kleiner Mann in einem grauen Seidenanzug und einem feschen Filzhut, wie sie sonst nur Schauspieler trugen.

Sie sind alle so klein!

»Hallo, Dry Dollar«, grüßte der Mann leise, gebrauchte mit größter Selbstsicherheit Big Tims Spitznamen aus der Kindheit, obwohl sie sich nicht länger als zwei Jahre kannten.

»Was hat dich heute Abend nach Downtown verschlagen, Arnold?«, fragte Big Tim höflich. Er wusste genau, es musste einen guten Grund geben. Arnold tat nie etwas ohne einen guten Grund. Von all seinen Jungs mochte und traute Big Tim Arnold am wenigsten, aber er war sicher, er würde es am weitesten bringen.

Zum einen war er der beste Spieler, den Sullivan je gekannt hatte, unschlagbar beim Billard und ein fast so guter Pokerspieler wie er selbst. Vor allem aber war er unübertroffen darin, eine Sache im wirklich großen Stil aufzuziehen. Vor ein paar Jahren hatte Big Tim ihm die Leitung seines Kasinos oben im Hotel *Metropole* am Times Square übertragen. Prompt hatte Arnold den Profit vervierfacht. Er lockte die Millionärssöhne aus dem ganzen Land, gar aus Europa an und setzte ihnen mit genügend Frauen und Champagner zu, bis es ihnen ganz gleich war, wenn sie ausgenommen wurden.

Danach hatte er kaum ablehnen können, als Arnold ihn um ein eigenes Kasino auf der 42. Straße bat. Den anderen, nichtjüdischen Kasinobetreibern hatte seine Konkurrenz ebenso wenig gefallen wie die von Beansy Rosenthal, aber Arnold hatte natürlich alle Wogen geglättet, hatte mit Charme, Schmiergeldern oder auch Drohgebärden taktiert, bis alles in Butter war. Mit Arnold gab es nie irgendwelche Probleme.

»Ich hab gehört, dir ist ein Schäfchen verloren gegangen«, bemerkte er.

»Schon möglich«, räumte Big Tim vorsichtig ein.

»Nun, sehr weit verlaufen hat es sich nicht.«

»Nein?«

»Ich war zufällig an meiner alten Wirkungsstätte, und wen seh ich da?«

»Das *Metropole*? Weiter ist er nicht gekommen?«

»Tja.«

Arnolds Augen waren von der breiten Hutkrempe überschattet, aber Big Tim glaubte, ein grausames kleines Lächeln in seinen Mundwinkeln zu erahnen.

»Nur ein *Schlimasl* glaubt an *Masl*«, sagte Arnold.

»Na schön. Ich bin dir was schuldig, Arnold.« Doch der war

beinah schon wieder mit den Schatten verschmolzen und winkte ab.

»Betrachte es als kleinen Gefallen eines alten Freundes. Vielleicht eines schönen Tages einmal.«

Er fand Herman im Café des *Metropole*, genau wie Arnold gesagt hatte. Das *Metropole* war kein Etablissement nach Big Tims Geschmack, selbst wenn es ihm gehörte. Es hatte flauschige Teppiche, Kerzen mit roten Glasschirmen auf jedem Tisch und genug Palmen, um einen Urwald aufzuforsten.

Er hatte es gekauft, als das Tenderloin bis über den Times Square hinaus gewachsen war, in der Absicht, auch ein wenig von der Sahne abzuschöpfen, die die Dandys und jungen Herren der feinen Gesellschaft versprachen, aber das Hotel hatte sich im Grunde als Fehlinvestition erwiesen. Jetzt in der Sommerhitze war es unerträglich stickig, trotz der beiden gewaltigen Ventilatoren, die sich an der Decke drehten, aber außer den Vorhängen nichts zu bewegen schienen. Ein fünfköpfiges Kammerorchester aus Ungarn sägte emsig auf seinen Instrumenten. Der Raum war mit der Sorte Typen verseucht, wie sie jetzt an Hermans Tisch saßen: Boob Walker, Dan the Dude und Denny Slyfox – Hochstapler und Maulhelden, die nie um wirkliches Geld spielten, ahnungslose Touristen vom Land ausnahmen und die respektablere Klientel vertrieben.

Big Tim stand am Eingang des Cafés und beobachtete Herman ein paar Minuten. Er wirkte so glücklich, strahlte eine so kindliche Selbstsicherheit aus, während er mit weit ausholenden Gesten irgendeine Geschichte erzählte, so dass seine goldene Uhr und die Manschettenknöpfe funkelten. Sullivan zog sich unbemerkt zur Rezeption zurück und schickte Herman eine Nachricht. Zu seinem größten Bedauern kam Beansy umgehend in die Lobby, mit der übermütigen Freude eines Hundebabys. Seine überflüssigen Pfunde schwabbelten sichtlich unter dem protzigen grünen Anzug.

»Big Tim!«, sagte er und ergriff seine Hand. Sein Blick war so voller Eifer und Dankbarkeit, dass Sullivan es kaum übers Herz brachte, ihm zu sagen, wozu er hergekommen war. »Ich wusste, du würdest mir beistehen! Du bist ein wahrer Freund und ein Gentleman, und das werde ich nicht vergessen.«

Er zwinkerte und stieß ihn vertraulich mit dem Ellbogen an. Big Tim zerrte ihn schließlich hinter einen der künstlichen Marmorpfeiler.

»Herman, Herman. Warum bist du nur rausgekommen?«

»Warum? Weil du nach mir geschickt hast ...«

»Woher wolltest du wissen, dass ich es war?«

»Weil du gesagt hast, dass du es bist.«

»Verstehst du denn nicht, dass es jeder hätte sein können? Jeder Killer oder Schläger in dieser Stadt, der einfach meinen Namen benutzt?«

Hermans Lächeln verschwand. »Daran hab ich nicht gedacht.«

»Dann wird es Zeit, dass du anfängst nachzudenken. Du solltest lange und gründlich darüber nachdenken, was du tust und wohin du gehst. Herrgott, Mann, verstehst du denn nicht? Seit du dein Maul aufgerissen hast, gibt es hier an jeder Straßenecke einen Kerl, der darauf brennt, dich ins Grab zu bringen.«

»Ich hab nicht drüber nachgedacht«, sagte Herman kläglich. Dann hellte seine Miene sich auf. »Aber keine Angst, Tim. Hast du's nicht gelesen? Ich hab ihnen gesagt, dass du hundertprozentig hinter mir stehst. Du brauchst dir keine Sorgen zu machen.«

»Herrgott noch mal, Herman ...« Big Tim seufzte. »Das wird dir nichts nützen. Was tust du überhaupt hier so ganz allein? Warum redest du nicht mit deinem Freund, dem Staatsanwalt, damit er dich schützen lässt?«

»Ach, komm schon, Tim.« Herman grinste. »Wie könnte ich irgendwen beim Kartenspielen übers Ohr hauen, wenn mir zwei Bullen auf Schritt und Tritt folgen?«

»Herman, Herman. Siehst du denn nicht, dass es hier ums Ganze geht, Junge? Sie wollen deinen Kopf, und zwar am liebsten noch vor dem Abendessen.«

»Wer? Wer will meinen Kopf?«
Herman schien aus allen Wolken zu fallen, dass irgendwer ihm schaden wollen könnte.
»Du weißt, wer, Herman. Sieh mal, warum lässt du die ganze Sache nicht einfach im Sande verlaufen? Sag dem Staatsanwalt, es tut dir Leid, dein Gedächtnis hätte dich plötzlich im Stich gelassen. Gib Charlie Becker sein Geld als Zeichen deines guten Willens, und dann verschwinde ein Weilchen aus der Stadt.«
»*Sein* Geld? So wie ich das sehe, schuldet Charlie Becker *mir* Geld!«
Beansy Rosenthal war zutiefst entrüstet und verletzt, und in seiner Stimme lag ein Unterton von kindlichem Trotz, den Big Tim kannte und der nichts Gutes verhieß.
»Sieh mal, Herman, was, glaubst du, wird dir diese ganze Geschichte einbringen?«, fragte er leise, versuchte eine neue Taktik.
»Fünfzehntausend«, erwiderte Rosenthal. »Fünfzehn Riesen dafür, dass er mir den Laden dichtgemacht hat. Verdienstausfall, Instandsetzungskosten, die ganze Palette. Fünfzehn Riesen, und dann werde ich vielleicht die Stadt verlassen.«
»Hör auf, Herman. Wer sollte dir so eine Summe bezahlen? New York ist die Stadt der Strohfeuer. Tauch ein Weilchen irgendwo in Jersey unter, dann wird Gras über die Geschichte wachsen.«
»Nein! Ich will nur, was mir zusteht, mehr nicht.«
Das schwabbelige Gelatinegesicht war plötzlich hart geworden, das Kinn energisch vorgestreckt.
»Oh, Herman! Nicht gerade wenige Leute glauben, was dir zusteht, ist ein schneller Tod und eine hübsche Beerdigung – wenn du Glück hast. Siehst du das denn nicht ein?«
Schon als er es sagte, wusste er, er war zu weit gegangen. Herman Rosenthal war wie betäubt von so viel schonungsloser Offenheit. Sein Mund öffnete sich, die wulstigen Lippen bebten, und seine Augen füllten sich mit Tränen.

»So ist die Lage, Herman«, sagte Sullivan sanfter und begann rückwärts Richtung Ausgang zu steuern.
»Aber bist du denn nicht mein Freund, Tim? Stehst du nicht hinter mir?«
»Es spielt keine Rolle, ob ich hinter dir stehe oder nicht. Niemand kann dich vor einer ganzen Stadt beschützen. Nicht einmal ich.«
Er wandte sich ab und verließ die luxuriöse Eingangshalle des *Metropole*, während Herman wie angewurzelt dastand und so aussah, als wolle er in Tränen ausbrechen. Big Tim wusste, es war hoffnungslos. Also warum machte diese Sache ihm dann so zu schaffen? Es war nicht seine Aufgabe, Schwachköpfe vor sich selbst zu schützen. Er hatte ihn gewarnt, oder? Er hatte ihn gewarnt, und das war alles, was er tun konnte, oder?

Einige Zeit später leerte Big Tim seinen letzten Whiskey, verließ eine weitere finstere Kellerbar und stieg die Stufen hinauf zur Mott Street. Ein Schatten kam hinter einem Laternenmast hervor, als er vorbeitorkelte.
»Junge Mädchen«, zischte der Schatten, ein dürres, grünliches Gesicht starrte im Lampenlicht zu ihm auf.
»Fünfzig Cent. Jung! Sehr jung!«
Er ging weiter und versuchte nach wie vor, nicht an Herman zu denken. Er hatte nie irgendwem ein Leid zugefügt außer sich selbst. Und Nell, aber war das seine Schuld? Sie hatten keine Söhne, überhaupt keine Kinder. Nell hatte nicht viel für seine natürlichen männlichen Triebe übrig gehabt, was also hätte er tun sollen?
Doch er sah sie immer noch vor sich, auf dem Deck dieses Ausflugsbootes zum Bear Mountain, kurz nach ihrer Hochzeit. Ihre Zähne schimmerten, als sie lachte, mit einer Hand hielt sie ihren Hut fest, damit der Wind ihn nicht fortriss. So frisch, so jung, ihre Haut so weiß …
Und er erinnerte sich auch an den Ekel in ihrem Gesicht, als sie sich von ihm abwandte. An diesen Ausdruck tiefster Abscheu.

Er blieb mitten auf der Mott Street stehen und sah zurück zu der Laterne, hinter der immer noch der Schatten lauerte und den Passanten zuraunte: »Junge Mädchen! Sehr jung!«
Er war betrunken, das wusste er, und das war keine gute Voraussetzung für irgendwelche Entscheidungen. Er konnte ebenso gut nach Hause gehen, ein letztes Glas trinken und in einen tiefen, traumlosen Schlaf fallen. Aber zu dieser späten Stunde konnten sich die Sehnsüchte eines Mannes unentwirrbar verschlingen. Er wollte etwas unternehmen, irgendetwas tun, ganz gleich was.

32

Auf dem Boardwalk

Am Sonntag führte Kid sie ins *Wormwood's Monkey Theatre,* um die »größte Ansammlung gebildeter Tiere der Erde« anzuschauen. »Gebildet« war das Zauberwort, das die Touristen vom Lande anlockte. Denn hier gab es keine Großkatzennummern, keine dressierten Pferde oder Elefanten, sondern Hunderte kleinerer Tiere – Affen und Hühner und Ameisenbären und Lemuren –, die wie verrückt auf der Bühne umherrannten und -flatterten und Rechenaufgaben lösten oder mit Milchflaschen jonglierten.

Für das große Finale führten die Tiere ein kleines Drama mit dem Titel »Die Begnadigung kam zu spät« auf. Eine Abteilung uniformierter Affen bereitete die Hinrichtung eines Huhns vor, das sie in einen winzigen, sehr realistischen elektrischen Stuhl schnallten, kaum weniger geschickt als echte Gefängniswärter. Unterdessen war auf der anderen Seite der Bühne ein Lemur damit beschäftigt, etwas auf ein Stück Papier zu kritzeln. Schließlich rollte er es zusammen und steckte es in die lange Schnauze des Ameisenbären, der sich sodann langsam und umständlich auf den Weg zur Gefängnisszene machte, während das Publikum sich vor Lachen kaum mehr zu halten wusste.

Es sah so aus, als könne der Ameisenbär es vielleicht doch noch schaffen, denn die Affen brauchten so schrecklich lange, kreischten aufgeregt durcheinander und zankten, drückten dem Huhn den Kopf auf die Brust, banden seine Füße zusammen,

dann wieder auseinander, zwangen seinen Schnabel auf, um den Lederknebel hineinzustecken. Und dann wurde der Ameisenbär plötzlich überfallen – von einer Ameisenarmee.
Die Zuschauer kreischten, schrien vor Lachen, während der Ameisenbär kreuz und quer über die Bühne lief und die Leckerbissen aufsog. Esther lachte auch, obwohl sie nicht wusste, warum, obwohl sie dieses grauenvolle Tiertheater verabscheute. Sie musste einfach lachen, genau wie im Filmtheater, wenn die Leute geschlagen oder geboxt wurden oder hinfielen – aus purer Anspannung, aus Hilflosigkeit.
Der Ameisenbär fand immer noch hier und da ein Häppchen. Das Huhn gab einen letzten, schwachen Protestlaut von sich, während die Affen es endgültig festschnallten. Dann betätigte einer von ihnen einen riesigen, roten Schalter – und für ein paar lange Sekunden war es stockfinster auf der Bühne. Dann zuckte ein greller Blitz durch die Schwärze, und die Tiere stießen alle zusammen einen furchtbaren Schrei aus. Das Publikum, das sich eben noch in krampfartigem Gelächter gewunden hatte, schrie ebenfalls, vor Schreck und vor Wonne.
Dann gingen die Lichter wieder an – und enthüllten einen Teller mit einem perfekten Brathühnchen auf dem elektrischen Stuhl. Die Leute lachten und klatschten, dann ging die Beleuchtung im Zuschauerraum an, und alle strömten zum Ausgang, ohne die Affen länger zu beachten, die sich hinter ihnen auf der Bühne verbeugten und ihre kleinen Gefängniswärtermützen zogen.

Kid sah ihr Stirnrunzeln, als sie aus dem Theater ins blendende Sonnenlicht des Nachmittags traten. »Mein goldenes Herz. Meine kleine *Kale*. Was hast du?«
»Ich weiß nicht«, antwortete Esse kopfschüttelnd und hakte sich bei ihm ein. Sie verstand selbst nicht so recht, was sie bedrückte. »Es ist nur so … dumm. So geistlos.«
»Ah. Das ist es also, was dich bedrückt. Denk nicht mehr dran. Komm. Komm mit mir.«
Er führte sie an den feinen Hotels entlang. Das *Manhattan*

Beach und das *Brighton* und das *Oriental.* Prachtvolle hölzerne Vogelbauer mit gewaltigen blauen Teezelten draußen auf dem Rasen und grünen Markisen, und Wimpel flatterten auf jedem Türmchen.

Er brachte sie ins *Brighton,* wo man für zehn Cent ein Glas Sekt bekam. Die Bar war überfüllt, sonnenverbrannte Männer und Frauen, an denen der Gestank des Meeres und der Imbissbuden klebte. Der Sekt war ziemlich abgestanden und hinterließ einen brennenden Nachgeschmack auf ihrer Zunge, aber Esther leerte ihr Glas trotzdem und lehnte nicht ab, als er ihr ein zweites anbot. Sie stand an der Bar und beobachtete die anderen Männer, vor allem die älteren, die ihre Badenixen mit Sekt abfüllten, so schnell sie nur konnten. Sie warfen die Köpfe zurück und lachten, betrunken, die Gesichter gerötet, und ließen sich von den Männern den Arm um die Schultern legen.

Esther stellte ihr Glas ab und verließ das Hotel ohne ein Wort. In ihrem Kopf drehte sich alles ein wenig.

Wenn sie es tat, dann aus freien Stücken und nach ihren eigenen Regeln, bei Gott.

Er folgte ihr besorgt auf den abendlichen Boardwalk hinaus. »Liebling, was hast du denn?«

Sie antwortete nicht, wagte es nicht, weil sie nicht wusste, was herauskäme, wenn sie den Mund öffnete. Schweigend gingen sie weiter zum *Tin Elephant.* Esther kannte das seltsame kleine Hotel, hatte es oft gesehen, aber sie war nie dort gewesen. Jetzt ging sie ohne zu zögern hinein, die gewendelte Stahltreppe hinauf, immer noch ohne einen Ton zu sagen. Vorbei an den Huren, die, nur mit ihrer Unterwäsche bekleidet, über das Geländer gelehnt im Flur standen, rauchten und auf die erste Kundschaft des Abends warteten. Sie grinsten anzüglich, als sie Esther sahen, doch sie lächelte ihnen zu, fühlte sich ein wenig betäubt.

So ist es also, eine Hure zu sein?

Irgendwo tief in den Eingeweiden des Elefanten spielte eins der Mädchen eine Mandoline. Es war ein altes Lied, das sie früher schon gehört hatte, das die irischen Mädchen auf der Chrystie Street gesungen hatten, damals, als Lazar noch da war.

There's a little street such as often you meet,
Where the boys of a Sunday night rally;
Though it's not very wide, and it's dismal beside,
Yet they call the place Paradise Alley.
But a maiden so sweet lives in that little street,
She's the daughter of Widow McNally;
She has bright golden hair, and the boys all declare,
She's the sunshine of Paradise Alley …

Sie stieg die letzten Stufen hinauf und ging zu seinem Zimmer. Es war genau, wie er es ihr beschrieben hatte, in die verräterische Rundung im Arsch des Elefanten gezwängt. Als er die Tür aufschloss, ging sie hinein, setzte sich aufs Bett und nahm den Hut ab.

Kid blieb bei dem verschrammten, von der Seeluft zerfressenen Schrank stehen und beobachtete sie einen Moment. Dann kam er zu ihr herüber, und Esther streckte ihm die Arme entgegen, legte sie um seinen Hals und küsste ihn auf den Mund, als er sich über sie beugte.

Er zog sie hoch, und sie ließ es zu, küsste ihn weiter, die Arme fest um seine Schultern gelegt. Er fing an, sie auszuziehen. Langsam streifte er das grüngoldene Meerjungfrauenbadekleid herunter, und sie ließ ihn auch das tun, ließ zu, dass er sie hochhob und nackt auf die Bettdecke setzte. Sie zitterte ein bisschen trotz der Ofenglut, die im Zimmer herrschte.

Und auch als er, immer noch vollständig bekleidet, näher kam und sie wieder küsste, ließ sie es zu. Sie gestattete ihm, sie überall zu küssen, wo er wollte, ließ ihn alles tun, was ihm in den Sinn kam. Dann liebte sie ihn da auf der Bettdecke, und es war so ganz anders als der verstohlene Akt beim Taubenschlag, so *unverschämt*.

Danach lagen sie auf seinem schmalen Bett, eng aneinander ge-

drängt. So dicht, dass der feine, salzige Film auf ihren Unterarmen und Schenkeln, der vom Nachmittag noch nach Meer und Sonne schmeckte, sich vermischte. Und sie war diejenige, die schließlich wieder die Hand nach ihm ausstreckte, noch einmal von vorne anfing und ihn führte, bis sie beide zufrieden waren.
So ist es also, eine Hure zu sein, dachte sie. Sie lag auf dem Rücken, lag nackt auf einem Hurenbett in einem Hurenhotel draußen auf Coney Island. Was hatte das zu bedeuten? War sie eine Hure, so wie die Frauen draußen im Korridor? So wie die Männer, die Cops und Gaffer, immer sagten, wenn sie die weiblichen Streikposten vor den Fabriktoren beschimpften?
Sie sah zu ihm hinüber, und er erwiderte ihren Blick, voller Bewunderung. Sie musste ein Lachen niederringen, so groß war ihre Freude, ihr Triumphgefühl.
Das war also alles, was es brauchte!
»Du bist ein Engel …«, begann er.
Sie kicherte – so wie sie sich vorstellte, dass eine Hure kichern würde – und schlug ihn mit dem Kissen. Einen Moment wirkte er entsetzt – dann grinste er und zog das Kissen beiseite. Lachend rangelten sie ein Weilchen auf dem Bett.
Schließlich wurde sie wieder ernst. »Ich muss gehen.«
»Geh nicht.«
»Was?«
»Bleib bei mir heute Nacht.«
»Die ganze Nacht?«
»Und die nächste Nacht und die Nacht danach auch.«
»Aber was würden sie sagen? Ich muss zurück.«
Sie stand auf und ging im Zimmer umher, um ihre Kleidungsstücke einzusammeln, die er in seiner Hast vorhin überall verstreut hatte. Die Schranktür stand offen, und plötzlich entdeckte sie einen großen Spiegel auf der Innenseite.
Wie seltsam, wie unwirklich es war, sich selbst nackt zu sehen in diesem fleckigen Spiegel in einem heruntergekommenen Touristenhotel. Er war stellenweise blind und so verkratzt vom Meersalz und der Unachtsamkeit der Gäste aus vielen Jahren,

dass sie sich kaum erkennen konnte. Auch das Licht war schwach. Es war spät geworden, und man konnte schon merken, dass die Sonne jetzt früher unterging. Die einzige Lichtquelle war der Widerschein der Beleuchtung in den Vergnügungsparks unten am Strand.

Aber sie sah sich trotzdem – wie sie sich nicht mehr gesehen hatte, seit sie ein kleines Mädchen war. Wie sie niemals erwartet hatte, sich zu sehen, an so einem Ort.

So ist es also, eine Hure zu sein.

Ihre Haare hingen offen über den Rücken, so wie nur Schauspielerinnen sie trugen oder die Frauen auf den Schmuddelpostkarten, die man unten an der Surf Avenue kaufen konnte. Ihre großen, braunen Augen waren geweitet, die vollen Lippen vor Verblüffung leicht geöffnet, als wollte sie etwas sagen. Das war sie, keine Frage, auch wenn sie den Rest von sich nicht wieder erkannt hätte: die sehnige, nicht mehr ganz straffe Figur, die vollen Brüste, die üppigen Schenkel und Hüften – eine ein wenig höher als die andere.

Das war also sie, dachte sie voller Erstaunen. Das war alles, was sie hatte.

Er streckte die Hand nach ihr aus und zog sie zurück aufs Bett.

»Bleib hier«, flüsterte er. »Bleib. Bitte.«

»Ich kann nicht«, sagte sie wieder, ohne allzu große Überzeugung.

»Warum willst du überhaupt dorthin zurück? Warum bleibst du nicht einfach ganz bei mir?«

Sie sah schon das hämische Grinsen ihres Vaters: *Das ist alles, was du hast? Das ist es, was du deiner Familie vorziehst?*

»Ich kann nicht.« Sie schüttelte den Kopf. »Ich habe so viel zu tun.«

»Ach, was denn? Dich zu Tode schuften an einer Nähmaschine?«

»Einfach … *allerhand*.«

Und wenn sie bliebe, wie lange würde es gehen? Sie dachte an ihren Job, den Streik und an ihre Eltern. Aber auch an ihre Freundinnen, das *Talkers' Café* – ihr ganzes Leben. Eine Per-

sönlichkeit, eine richtige Persönlichkeit hätte ein ganzes Leben, dem sie nicht einfach so den Rücken kehren könnte.
»Zur Hölle mit ihnen«, sagte er plötzlich heftig.
»Mit wem?«, fragte sie verblüfft.
»Mit allen. Mir ist gleich, wer sie sind. Zur Hölle mit allem, was sie von dir wollen. Du hast es nicht nötig, so zu leben wie alle anderen, das musst du doch wissen. Du bist zu gut dafür. Bleib einfach hier. Nur für heute Nacht. Dann sehen wir weiter.«
Warum nicht? Warum sollte sie sich das nicht wenigstens gönnen?
Sie lächelte ihn an – und gab nach.
»Meinetwegen. Nur für heute Nacht«, sagte sie, und sie schämte sich und war gleichzeitig stolz auf sich und vor allem froh, dass sie sich noch nicht auf den Weg zurück in die Stadt machen musste.

Ungeheuer! Schlampe! Du bist tatsächlich eine Hure, unrein!, zeterte der Vater in ihrer anhaltenden, einseitigen Konversation. Sie hob selbstbewusst den Kopf und vertrieb die Erscheinung damit.
Ihr war es gleich, ihr war gleich, was sie denken mochten, er oder ihre Mutter oder selbst Clara. Wenigstens für diese eine Nacht war sie die Frau im Spiegel, diese verwegene Fremde, die nackt im Zimmer eines fremden Mannes stand.

Sie schliefen ein und wachten einige Zeit später wieder auf – sie hatten keine Ahnung, wie spät es sein mochte –, und sie liebten sich wieder in diesem schäbigen Zimmer in einem Stundenhotel zwischen der See und dem Vergnügungspark. Vom anderen Ende des Elefanten hörten sie das Mädchen mit der Mandoline, das immer noch dasselbe alberne alte Lied spielte:

Though she may change her name,
She'll be known just the same
As the sunshine of Paradise Alley …

Und war das nichts? War das etwa nichts wert, geliebt zu werden?
Sie hatten ihren Vater einmal vor der Synagoge stehen sehen – damals, als er noch ein Rabbi war –, wo er wutentbrannt mit einem Mitglied seiner Gemeinde stritt. Seine Augen schleuderten Blitze, seine Brauen hatten sich bedenklich zusammengezogen, und er raufte sich erregt die weißen Haare, bis sie in wilden Büscheln vom Kopf abstanden. Wie beängstigend, wie beeindruckend er in seinem Zorn erschienen war! Er tobte und wetterte über irgendeine Detailfrage des Talmuds, nicht größer als ein Sesamkorn, und ließ zu, dass es darüber zum Bruch mit einem Mann kam, den er seit Jahren kannte, schon aus ihrem Dorf in Russland. Lächerlich wirkte er in seinen Greenie-Kleidern – den weiten, von einer Kordel gehaltenen *Schtetl*-Hosen, den weichen, pantoffelartigen Schuhen und dem schlecht sitzenden Jackett –, aber wenigstens doch wie ein Mann von Bedeutung. Wie jemand, dem die Menschen folgten, mit dem sie gar eine neue Synagoge gründeten. Wie ein Vater.
Dieses Bild erschien immer noch dann und wann ungebeten vor ihrem inneren Auge, so wie heute, da es vom Meer her durchs offene Fenster in den *Tin Elephant* geweht kam. Aber sein Zorn, seine Furcht einflößende Erscheinung erschreckten sie nicht, vielmehr machten sie sie neugierig. Sie hätte ihn gern gefragt, warum er sich nie an das Leben in seiner neuen Heimat angepasst hatte.
Du glaubst doch nicht etwa, ich hätte kein Vermögen machen können, wenn ich gewollt hätte?, würde er höhnisch fragen, die Zähne gebleckt. *Ich war genial! Kein Gelehrter im Umkreis von hundert Meilen konnte sich messen mit mir. Ich wurde in die feinsten Familien eingeladen, alle wollten sie mir ihre Töchter aufdrängen!*
Warum hast du's dann nicht getan? Warum hast du eine alte Frau und ein Kind dein Brot verdienen lassen?
Ach, das verstehst du nicht! Wie auch? Wie könntest du wissen, wer ich war?

Und er würde eine Hand mit der anderen bedecken, zwei-, dreimal, wie er es tat, wenn er wirklich verwirrt war.
Als ich noch ein Junge war, kam ich eines Tages von der Bet Midrasch *nach Hause, und da sah ich das ganze Dorf vor mir im Schlaf liegen. Ich weiß nicht, warum ich diesen Weg vorher nie gegangen war, jedenfalls kam ich über den Hügel, und da lag das ganze Dorf, nicht größer als meine Hand. So wie es seit dreihundert Jahren dort gelegen hatte, schutzlos wie ein Lamm.*
Und? Was hat das mit mir zu tun?
Und da erkannte ich die ganze Schönheit unseres Lebens, so wie der Allmächtige selbst sie vielleicht sah. Das war seine Offenbarung, die er mir gewährte. Ich sah hinab und erkannte, wie schön, wie vollkommen es in seiner Schlichtheit und Armut war, Jahr um Jahr denselben Gesetzen folgend, die gleichen Prüfungen erduldend. Ein Leben, das in seiner Demut und Rechtschaffenheit allein dem Allmächtigen geweiht war.
Und? Trotzdem hast du es verlassen?
Ich musste es verlassen. Er sagte es nüchtern, so wie er es immer tat, wenn er an einer Sache oder einem Menschen Verrat übte. Vermutlich, um den Schmerz zu betäuben, dachte sie …
Ich musste es verlassen, wir alle mussten es verlassen. Aber ich werde es nicht vergessen. Es zu vergessen, auch nur das unbedeutendste unserer Gesetze zu missachten, würde aus all dem einen grausamen Scherz machen. Verstehst du das nicht? Sich davon abzuwenden würde bedeuten, all die Jahre, all das Leiden zu verhöhnen. Ein bedeutungsloses Opfer daraus zu machen.
Und stattdessen setzt du es fort. Du setzt das Opfer fort, immer weiter!
Aber er würde nicht mehr zuhören, das wusste sie. Sein Blick würde in die Ferne gerichtet sein, die Augen verschleiert, während er weniger an das Dorf als vielmehr daran dachte, wie er selbst damals gewesen war: ein junger *Jeschiwe-Bocher*, dem der Allmächtige Offenbarungen schickte.
Ich war so schön damals! So schön, würde er händeringend vor sich hin murmeln. *So gut!*

Sie schlief wieder ein in den Armen ihres Liebsten.

Er lag auf dem Rücken, während sie sacht an seiner Schulter schnarchte, und spürte voller Staunen ihren Körper, der so dicht an seinen geschmiegt lag. Er liebte all die Kleinigkeiten an ihr: die vollen Lippen, ihre Augen, die Ungleichmäßigkeit ihrer Hüften, die ihren Gang ein wenig wiegend machte. Der tiefe Ernst, mit dem sie ihn manchmal ansah.

Sie hatte kleine Grübchen ganz oben auf den Schultern. Das war ihm heute Abend zum ersten Mal aufgefallen. Winzige, kaum erkennbare Vertiefungen auf den Schulterblättern, die ihn vollkommen entzückten. Er fuhr mit dem Finger darüber, während sie schlief, dachte an nichts, lauschte dem Klang der Wellen, der durchs offene Fenster drang.

In diesem Zimmerchen war immer alles feucht. Das Bettzeug, die Vorhänge und alle seine Sachen. Sogar die Stühle und die Bodendielen und die Kommode, deren Schubladen nicht ganz schlossen – feucht und verzogen, und das Salz hatte weiße, gezackte Silhouetten ins Holz gefressen.

Nachts, wenn sie nicht hier war, lag Kid im Bett und lauschte dem Ozean, der unter dem Fenster dröhnend und zischend an den Strand schlug. So nah war er dem Meer nie zuvor gewesen – mit Ausnahme der Überfahrt auf dem Schiff, und da war es etwas anderes gewesen, ein bodenloser, gurgelnder Schrecken auf der anderen Seite der rostigen Bordwand.

Manchmal, wenn er hier vom Arsch des Elefanten aus dem Meer lauschte, kam es ihm vor, als müssten er und Spanish Louie längst vergessen sein. Als müssten sie nur lange genug warten, bis die See und der Sand schließlich alles bedeckten – das verrückte alte Hotel in Elefantenform und die großen Parks an der Surf Avenue und jede Erinnerung daran, dass sie alle je gelebt hatten.

Er hörte das Grölen und Schimpfen der betrunkenen Nachtschwärmer, die nach Hause oder zum Strand hinunter torkelten, und er wusste, es war nur eine Frage der Zeit, bis sie kamen. In der Nacht, schätzte er, und niemand würde einen Laut hören, nichts als das ewige Geschrei und Gezeter der Huren. Oder mitten in der Menge drüben in Steeplechase oder im Luna Park. Gyp und seine Jungs würden ihn umzingeln, ehe er auch nur ahnte, dass sie da waren.

Er sollte längst weg sein. Gestern hatte er versucht, endlich einmal ernsthaft Pläne zu machen, sich wenigstens für eine Stadt zu entscheiden. San Francisco vielleicht. Oder Baltimore. Aber er war zu keinem Ergebnis gekommen. Er konnte sich einfach nie lange genug auf das Problem konzentrieren. Die Frage, die sich ständig wieder in seine Gedanken schlich, war viel grundlegender: *Warum hatte er es getan?*

Die Tatsache, dass er keine Antwort finden konnte, nagte an ihm. Was in aller Welt hatte ihn dazu verleitet, dem gefährlichsten Mann in der ganzen Stadt mit einer Kohlenschaufel eins über den Schädel zu ziehen?

Hatte er es für den Zwerg getan? Er hatte Mitleid mit ihm gehabt, sicher – vor allem, als er noch glaubte, es sei ein Junge. Aber er hatte solche Sachen – und Schlimmeres – schon früher geschehen sehen, und er hatte immer den Blick abgewandt und den Mund gehalten. Weder war er betrunken, noch war irgendein Mädchen dort gewesen, dem er hatte imponieren wollen. Er hatte es ohne zu zögern getan, ohne darüber nachzudenken, und genau das war vermutlich das Problem.

Und jetzt saß er hier fest – gestrandet auf dieser Sandbank, ausgerechnet mit Spanish Louie, und für wie lang, das wusste Gott allein. Alles wegen einer unbedachten Handlung, einer spontanen Entscheidung.

Warum also?

Er sah zu der Frau hinüber, die so hinreißend an seiner Seite schnarchte. Sie wäre nicht böse, das wusste er. Sie würde es verstehen. Wenn er es ihr erzählte, würde sie gutheißen, was er getan hatte, und verstehen, dass er verschwinden musste.

Er wusste all das – und konnte trotzdem nicht gehen. Es schien unmöglich, dass es irgendein anderes Leben geben sollte, außerhalb dieses Zimmers: die schlafende Frau neben ihm, die Brandung da draußen und die Seeluft, die in einer sanften Brise zum Fenster hereinströmte. Wie könnte er aus diesem anheimelnden Kämmerchen fliehen, aus dieser Stadt, weg von der schlafenden Frau an seiner Seite? Diese Frau war seine Liebste, und mit diesem Gedanken fiel er in einen tiefen, seligen Schlaf.

33

Trick der Zwerg

In Bostock's Circus pirschten die Großkatzen im Kreis um Captain Jack herum, einen Mann mit dünnen Haaren und einem gewaltigen Schnurrbart und eiskalten, entnervenden Augen. Nur mit einem Blick brachte er die Tiere dazu, stehen zu bleiben, zwang sie mit seinem einen Arm in Sitzhaltung. Sobald er ihnen den Rücken kehrte, duckten sie sich, schlugen mit den Tatzen in die Luft, verfolgten jeden seiner Schritte durch verengte Augenschlitze und warteten auf ihre Gelegenheit.

Das grenzte schon an legalen Selbstmord – ein einarmiger Löwenbändiger. Jede Vorstellung war brechend voll, alle warteten auf die nächste Katastrophe. Vor drei Jahren war Captain Jack einem seiner Schützlinge zu nahe gekommen, einem großen, zottigen nubischen Löwen namens Black Prince, und der hatte ihm mit einem Happen zwei Finger der rechten Hand abgebissen und sie verschluckt, ehe Captain Jack den Verlust auch nur bemerken, geschweige denn sich seine Finger zurückholen konnte. Die Hand hatte sich entzündet, wurde dann brandig, bis schließlich der ganze Arm abgenommen werden musste.
Tag für Tag stemmte er sich mit dem einen verbliebenen Arm aus dem Rollstuhl und trainierte seine Katzen, starrte ihnen in die Augen, bis sie unterwürfig den Blick senkten. Dann war er schließlich in die Manege zurückgekehrt, wo er sich einzig und allein auf die Peitsche in der linken Hand verließ, denn er hatte

ja keine zweite Hand mehr, um eine Pistole ziehen zu können. Er nahm es mit neun Löwen auf, neun Löwen, die in der Manege um ihn herum pirschten und schlichen, und sein leerer Ärmel flatterte, wenn er sich bewegte.
Beim großen Finale hielt er sie alle in Schach und ließ den großen Black Prince höchstpersönlich aus dem Käfig. Er trieb die fauchende Bestie in immer engeren Kreisen um sich herum, bis dem Löwen so schwindelig war, dass er sich nicht mehr auf den Beinen halten konnte. Dann stieß Captain Jack ihn auf die Seite – der Löwe war jetzt so sanft wie ein Katzenbaby –, packte ihn bei der Mähne, zerrte seinen Kopf hoch und gab ihm einen schmatzenden, demütigenden Kuss auf die Nase.

Es gab noch weitere erstaunliche Attraktionen im Zirkus von Dreamland: Mademoiselle Aurora, eine energische, mütterliche Person in einem Tutu, die ihre fünfhundert Kilo schweren Eisbären nur mit einem Holzstöckchen dazu brachte, sich zu gewaltigen, schwankenden Pyramiden aufzutürmen. Madame Morelli und ihre prachtvollen Leoparden. Herman Weedom mit seinen pulsierenden Pumas und seinen lachenden Hyänen …
Den lieben langen Tag konnte man sie hören, sie brüllten und beschimpften ihre Tiere beim Training und waren ständig bemüht, etwas Neues, Besseres für das Publikum zu entwickeln. Sie bellten ihre Befehle auf Deutsch, der internationalen Sprache des Kadavergehorsams, bis es uns manchmal so vorkam, als lebten wir neben einem Kasernenhof voll wahnsinniger Schleifer.

Der Schlimmste von allen war ein emsiger kleiner Glatzkopf namens Eckleburg, Herman Weedoms Vorgänger. Er trug ein Monokel und weiße Reithosen und schrie die Pumas und die eher ängstlichen, mageren Hyänen so erbarmungslos an, dass das Publikum immer auf der Seite der Tiere stand.
Eines Tages kam eine junge, zottelohrige afrikanische Elefantenkuh namens Lucy, die bei der Errichtung der ersten Zelte in

Dreamland geholfen hatte, auf der Suche nach einem Büschel Karotten zu seinem Übungsplatz, und sie erschreckte die Pumas und unterbrach die Probe. Eckleburg schlug sie wieder und wieder mit seiner kurzen Peitsche auf den Rüssel und zeterte, vollkommen außer sich, »Raus! Raus! Lass uns zufrieden!«, bis Lucy ihn schließlich einfach hochhob und durch die Gegend schleuderte. Ihr Rüssel schnellte so blitzartig vor, dass Eckleburg nicht einmal Zeit blieb, um aufzuschreien. Sie brach ihm das Rückgrat und drückte seinen Schädel ein, ehe irgendwer es verhindern konnte. Schließlich ließ sie seinen leblosen Körper fallen und trottete zurück zu ihren Karotten.

Danach war die Rede davon, sie zu töten. Doch stattdessen wurde sie zur Schau gestellt – wie alles auf Coney Island –, und ein paar Wochen später brachte sie einen weiteren Mann um, der versucht hatte, sie mit einer brennenden Zigarette zu füttern. Andernorts würde man einen Elefanten, der zwei Menschenleben auf dem Gewissen hatte, vielleicht als untragbares Risiko betrachten, aber in Dreamland zogen wir es vor, die Sache aus der Perspektive des Elefanten zu betrachten. Es wurde lediglich ein neues Schild für sie gemalt, das – etwas verspätet – warnte:

ZURÜCKBLEIBEN! LEBENSGEFAHR!

Und man sperrte sie in einen Käfig, der absichtlich zu klein war, als dass sie sich hätte umdrehen oder hinlegen können, damit sie den ganzen Tag brüllte und neurotisch auf der Stelle trat. Damit sie so aussah, wie ein verrückter, gefährlicher Elefant eben aussehen *sollte*. Bis sie schließlich wirklich völlig durchgedreht war, kraftlos an die Gitterstäbe gelehnt dastand und mit wütenden, gelben Augen auf die Massen starrte, die sie ständig umkreisten.

34

Trick der Zwerg

Der Elefant gefiel ihnen, genau wie der Zirkus. Ich zeigte ihnen die tollkühnen Wassersprünge der Elefanten in der *Dreamland Lagoon* und die Akrobaten, den Flug zum Mond, das Tor zur Hölle und den Dogenpalast – ich tat alles, um sie abzulenken und sicher versteckt zu halten nach diesem Fiasko im Rattenkeller.

Es war unmöglich, das wusste ich. Früher oder später würde irgendwer sie sehen. Ich bot nicht gerade einen ungewöhnlichen Anblick auf Coney Island und selbst in Manhattan konnte ich mich in meiner Verkleidung nach wie vor unerkannt bewegen. Ich war überzeugt, so lange ich nicht unmittelbar unter *seinen* eisigen, versteinernden Blick geriet, war ich sicher.

Aber mit ihnen war es etwas anderes. Jeder ihrer einstigen Kumpel oder Rivalen konnte sie erkennen – und sie kamen gern raus nach Coney Island, fuhren in ihren gestohlenen Automobilen unsere eigene kleine Bowery auf und ab, ballerten an den Schießbuden, rissen Nutten auf und versuchten wie jeder andere Schwachkopf die Münzen aus dem Fußboden des *Silver Dollar Saloons* zu reißen. Der größere, dieser Dummkopf, lief immer noch am helllichten Tage in seiner albernen Mexikanermontur durch die Gegend und versuchte, den Leuten ihr Geld abzuschwindeln. Es war nur eine Frage der Zeit, bis er entdeckt werden würde – wenn nicht von einem seiner alten Freunde, dann von einem Droschkenkutscher, einem Cop oder sonst irgendeinem aufrechten Bürger, der wusste, wie der Hase läuft und wie man ein Telefon bedient.

Der Kleinere war anders. Er war klüger und stiller – aber auf seine Art noch unvorsichtiger. Ich sah ihn. Er spazierte sonntags morgens über den Boardwalk wie ein Mann, der das Leben aus sicherer Entfernung betrachtet. Er wartete, beobachtete, als wäge er alle Möglichkeiten ab.
Er machte mich neugierig. Obwohl ich eigentlich nicht wollte, fing ich an, ihn zu begleiten, und ihn schien das nie zu stören. Er legte mir väterlich einen Arm um die Schultern und erklärte mir, wie man Geld machen konnte.
»Man kann jeden übers Ohr hauen«, verkündete er und ließ den Blick wohlgefällig über all die Menschen auf dem Boardwalk streifen. »Cops, Geschäftsleute, Gangster. Einfach jeden. Die einzige Frage ist, wie groß der Schwindel sein muss, damit sie's glauben.«
»Wirklich jeden? Und was lässt sich dabei maximal rausholen?«
»Oh, was immer du willst.«
»Ist das wahr?«
»Klar. Du musst nur wissen, wie du es anstellst.«
»Wirklich? Aber ich wette, du könntest niemandem, sagen wir, die Brooklyn Bridge verkaufen.«
»Doch, sicher.«
»Das stimmt nicht«, widersprach der große Dummkopf mit dem Sombrero. »Das läuft nicht mehr. Nicht die Brooklyn Bridge. Nie im Leben die Brooklyn Bridge. Die Manhattan Bridge vielleicht.«
»Natürlich geht es«, sagte er, fuhr sich mit der Hand übers Kinn und betrachtete seinen Freund. »Was hältst du von einer kleinen Wette?«
»Abgemacht. Ein Fünfer.«
Sie spuckten sich in die Handflächen und besiegelten die Wette mit einem kurzen, verstohlenen Händedruck.
»Das will ich sehen«, sagte ich, und meine Stimme war voller

Skepsis – dabei hoffte ich so inständig, dass er es wirklich konnte.
Er grinste wieder, straffte die Schultern und sagte die Worte, die zu hören ich mir so ersehnt hatte: »Na schön. Aber du musst mir helfen.«

Ich lag schnarchend in der Gosse der Bowery, angetan mit meinem besten Anzug, mein Kopf voll gedröhnt mit miserablem Gin. Ich öffnete die Augen zu schmalen Schlitzen und sah, wie er sich über mich beugte, an mir zupfte wie eine von Herman Weedoms Aas fressenden Hyänen. Der Pancho-Villa-Sombrero bedeckte mich beinah gänzlich, während er meine Taschen durchwühlte. Schließlich zog er die Zertifikate heraus – diese grünen, schlampig gedruckten Aktien, die sie mir vorher gezeigt hatten und die niemand, da war ich absolut sicher, nicht mal der leichtgläubigste Einfaltspinsel kaufen würde.
»Du! He, du da! Sofort aufhören! Wo ist die Polizei?«
Unser Opfer – der Gimpel – trat vor. Ein Mann mittleren Alters mitsamt Gattin, streng und respektabel wie ein Zahnarzt. Spanish Louie tat, als wollte er sich verdrücken, aber dann war *er* da, packte ihn am Arm, hielt ihn fest und riss ihm die billigen, verschmierten Aktien aus der Hand.
»Was ist das?«
Das war mein Stichwort. Ich schlug die Augen auf und kam schwerfällig auf die Füße. Ich taumelte auf ihn zu, achtete darauf, undeutlich zu sprechen, und vibrierte innerlich vor Erregung über diese neue Rolle.
»Will der mich etwa berauben?«
Der Zahnarzt schritt ein, obwohl er für mich offensichtlich kaum mehr Sympathie hatte als für den Taschendieb. Seine Frau wandte den Kopf ab, während er ihren Arm so fest gepackt hielt wie einen störrischen Backenzahn.
»Das wollte er in der Tat!« Der Zahnarzt konnte sich nicht mehr beherrschen. »Dieser Gentleman hat es verhindert!«
»Julius!«

Die Gattin versuchte, ihn wegzuzerren, ihr Gesicht war gerötet, und sie schwitzte in der brennenden Nachmittagssonne, aber der gute Julius rührte sich nicht vom Fleck.

»Ich versuche nur, dafür zu sorgen, dass hier der Gerechtigkeit Genüge getan wird …«

Ich gab vor, die grünen Papierscheine anzustieren, die immer noch in seiner Hand lagen.

»Meine Aktien! Hat er … hat er sie gestohlen?«

»Nein, und das verdanken Sie diesem Gentleman!«

Mein Blick glitt wieder zu Kid, der voller Mitleid auf mich hinabsah – den besoffenen Zwerg. *Wie dieser Blick mir verhasst war, selbst jetzt, wo er nur gespielt war …*

»Julius …«

»*Sie* haben meine Aktien gerettet?« Ich rülpste, der Glaubwürdigkeit halber. »Also, dann bin ich Ihnen eine Belohnung schuldig!«

Ich fischte die zerknitterten Scheine aus meinen Taschen, so langsam und methodisch, wie er es mir gezeigt hatte. Der Zahnarzt runzelte die Stirn, die Gattin sah wieder weg. Kid hob abwehrend eine Hand.

»Das ist doch nicht nötig.«

Aber ich ließ mich nicht umstimmen.

»Nein, nein! Sie haben es verdient. Diese Papiere sind ein Vermögen wert!«

Ich förderte meine ganze Barschaft ans Licht und gab sie ihm, etwas über zwanzig Dollar, kleine Scheine und Silber, alles, was ich in meinem Palast hatte zusammenkratzen können. Er reichte mir die Aktien, und ich stopfte sie hastig zurück in meine Brusttasche, genau, wie er es gesagt hatte. Dann tippte ich beschwipst an meinen Hut und torkelte zum nächsten Saloon an der Ecke, während Kid den Zahnarzt am Ellbogen den Weg entlangführte. Ich bestellte mir einen Whiskey, immer noch wie berauscht von unserem diebischen Plan, und setzte mich auf genau den Platz im hinteren Teil des Saloons, den er mir angewiesen hatte. Ich saß da und wartete auf den nächsten Akt – und wartete und wartete, nippte meinen Whiskey, dann noch einen. Bis ich es nach zwei Stunden schließlich nicht länger aushalten konnte. Ich rannte zum *Tin Elephant,* erklomm auf meinen Stummelbeinen schnaufend und keuchend die vielen Stufen und rannte an den Huren vorbei zum Arsch des Elefanten.

Ich stürmte in das kleine Zimmer mit den gekrümmten Wänden – soweit ich überhaupt irgendwo hineinstürmen kann – und war unendlich erleichtert, sie dort zu finden, nicht im Gefängnis oder Schlimmeres. Ich konnte mich nicht beherrschen, musste mit meiner Frage herausplatzen, obwohl ich das breite Grinsen sah, das das Gesicht des Schwachkopfs von Ohr zu Ohr zierte, und das kleinere, subtilere Lächeln, das sich langsam auf *seinem* Gesicht ausbreitete. Ich kannte die Antwort, ehe ich sie hörte, aber ich musste natürlich trotzdem fragen.

»Sagt es mir! Sagt es mir! Hat es geklappt? Was ist mit dem Gimpel?«

»Tja, das warst du, Junge«, sagte er. »*Du* warst der Gimpel.«

35

Kid Twist

Monk hatte ihm alles beigebracht, unterwies ihn mit dem tiefen Ernst eines Vaters, der seinen Sohn den Talmud lehrt. Monk brachte ihm bei, wie man eine Pharopartie kontrolliert, und unterwies ihn in allen Glücksspielbetrügereien und in der geheimnisvollen Kunst, jemanden bewusstlos zu machen, indem man Zigarrenasche in sein Bier fallen lässt.

Er brachte ihm all die Trickbetrügereien bei, die neuen ebenso wie die alten und diejenigen, die so alt waren, dass man sie schon wieder wie neue anwenden konnte. Er hatte den Verdacht, dass Monk manche davon aus dem Stegreif erfand, so als erzähle er einen guten Witz oder eine Geschichte: »Ein Mann kommt mit einem Hund in eine Bar …«

Er saß am späten Nachmittag still und unauffällig im hinteren Teil der kühlen, dämmrigen Bar, mit einem Bier und einer Zigarette, und betrachtete das Bild draußen auf dem Gehweg – bis er den Mann mit dem Hund hereinkommen sah.

»He, Mac, pass mal auf meinen Köter auf, ja?«, sagte der Mann zum Barkeeper, setzte den Hund auf einem Hocker ab und legte dem Barkeeper einen blanken Silberdollar hin.

»Ich muss mich um ein wichtiges Geschäft kümmern. Pass gut auf ihn auf, dann ist später noch mehr für dich drin.«

»Klar«, knurrte der Barmann und warf dem Hund einen missmutigen Blick zu. Der Mann verließ die Bar, und Kid war an der Reihe.

Er leerte sein Glas, zog ein letztes Mal an seiner Zigarette und zwang sich, langsame Bewegungen zu machen, ganz langsam, so wie Monk es ihm eingeschärft hatte, und ganz lässig, wenn auch ein klein wenig unsicher auf den Beinen, die Bar zu durchqueren.

Er trat wankend an die Bar, stieß gegen einen der Hocker und warf ihn fast um, womit er die Aufmerksamkeit des Barkeepers erregte. Und dann entdeckte er den Hund.

Nichts zu Dramatisches, nur nichts zu Auffälliges. *Du spielst vor einem Ein-Mann-Publikum, Kid, nicht vor einem vollen Haus.* Er stutzte einen Moment, das war alles, und ging weiter. Kurz bevor er die Tür erreichte, hielt Kid an, sah zurück – und sein Blick fiel auf den Hund. Er setzte sich wieder in Bewegung, ging diesmal rückwärts. Stieß gekonnt mit einem viel kleineren Mann zusammen und starrte den Hund unverwandt an.

Und dann kommst du zurück.

»'tschuldigung, aber ist das, ähm, Ihr Hund?«

»Nein«, sagte der Barkeeper und wienerte emsig einen Bierkrug. Argwöhnisch, aber seine Neugier war schon geweckt.

Der Mann hatte am anderen Ende des Lokals gesessen, er konnte ihre Unterhaltung unmöglich gehört haben.

»Nein? Hm. Tja, Sie wissen vermutlich, dass das ein Rhodesian Ridgeback ist, oder?«

»Ehrlich?« Der Barmann sah ungläubig auf den Hund hinab – ein kleiner, magerer, schwarzweißer Mischling, den sie auf der Müllhalde am East River aufgelesen hatten und den Monk mit seiner unnachahmlichen Methode gerade so lange dressiert hatte, bis er still auf einem Barhocker sitzen blieb.

»Ganz bestimmt. Ein echter, reinrassiger Rhodesian Ridgeback, oder ich müsste mich sehr irren. In Afrika richten sie sie zur Löwenjagd ab. Das ist ein wirklich erstklassiger Jagdhund, Freund … sieht man doch schon daran, wie er dasitzt, oder?«

Der Barkeeper legte sein Geschirrtuch beiseite und sah wieder auf den Hund hinab, Skepsis glitzerte in seinen Augen.

Jetzt war der Moment, das Geld aus der Tasche zu ziehen.

Kid lehnte sich über die Bar und flüsterte beinah: »Sagen Sie mal, sind Sie sicher, dass das nicht Ihr Hund ist?«
Er förderte eine fette Rolle Geldscheine ans Licht, größtenteils Einer, aber obenauf lagen ein paar Zwanziger, zusammengehalten mit einer protzigen, rubinengespickten Klammer. Der Barkeeper fuhr sich unbehaglich über Hals und Nacken.
»Ich hab doch gesagt …«
»Aber wenn es Ihr Hund wäre, was würden Sie für ihn haben wollen? Zweihundert? Fünfhundert?«
»Ich sagte doch, der Hund gehört mir nicht«, entgegnete der Barkeeper nachdrücklich. Er widerstand der Versuchung, dachte an den wilden Schlägertypen, der ihm den Köter anvertraut hatte, an den Stiernacken, die Blumenkohlohren und die hässliche Boxernase, die nichts als Ärger verhießen.
Kid blieb hartnäckig. »Aber *wenn*. Nur mal angenommen, es wäre Ihr Hund. Wie viel? Tausend? Fünfzehnhundert?«
»Hören Sie, Mister.« Die Stimme war jetzt stählern vor Bedauern. »Es ist nicht mein Hund.«
»Na schön. Belassen wir's dabei. Vorerst.«
Langsam, ganz langsam ließ er die Geldrolle zurück in die Tasche gleiten. Die Augen des Barkeepers folgten ihr abwärts, glitten über Kids todschicken Anzug, die Diamantnadel in seiner Krawatte, Diamantknöpfe an Kragen und Manschetten.
»Das sagen Sie jetzt, Mister. Aber wissen Sie, wem gehört der Hund, wenn der Besitzer nicht wiederkommt? Verstehen Sie, was ich meine? Wem gehört er dann, he? Erstklassiger Rhodesian Ridgeback.«
Er schlenderte wieder zur Tür, setzte mit größter Sorgfalt seinen Hut auf und sah noch ein letztes Mal zum Barkeeper zurück.
»Vielleicht komme ich wieder. Denken Sie drüber nach, und in zwei Stunden komme ich vielleicht noch mal vorbei, okay? Dann reden wir noch mal drüber, wem der Hund gehört.«
Dann war er draußen und eilte um die nächste Ecke, eine Gasse entlang und durch den Kellereingang in eine andere Bar. Er

beeilte sich, um dem Barkeeper keine Gelegenheit zu geben, seine Meinung zu ändern, jedenfalls nicht jetzt gleich.
Kid glitt auf seinen Platz an dem nackten kleinen Tisch, wo Monk schon mit einem Bier auf ihn wartete.
»Also?«
»Er geifert«, versicherte er, und Monk nickte zufrieden und trank gemächlich an seinem Bier.
Es war ein ungeschriebenes Gesetz, immer so lange zu warten, wie es dauerte, ein langsames Bier zu trinken, vielleicht auch zwei, und sie redeten und vertrödelten die Zeit, während die Gier langsam wuchs und aufblühte. Sie warteten, bis es Zeit für Monk wurde, zurückzugehen und lauthals zu verkünden, sein Geschäft sei geplatzt und er habe all sein Geld verloren. Der Barkeeper, kaum in der Lage, sein zufriedenes, gieriges Grinsen zu unterdrücken, nahm ihn beiseite und fragte unschuldig, ob er ihm vielleicht helfen könne, indem er ihm den Hund für ein paar Dollar abkaufte. Diesen absolut gewöhnlichen Hund, den der Barkeeper aber inzwischen für einen reinrassigen Rhodesian Ridgeback hielt, der ihm Tausende Dollar einbringen würde. Sobald Kid zurückkam.
Natürlich durfte man nie zu lange warten.
»Hab ich dir erzählt, was passiert ist, als ich mal zu lang gewartet habe?«, fragte Monk.
»Nein.«
»Ich hab zu lange gewartet und hatte mir den falschen Hund ausgesucht. Er war ein bisschen erkältet, als ich ihn aufgelesen habe, aber ich dachte, ich hätte ihn wieder aufgepäppelt. Aber dann hat sich rausgestellt, dass er Lungenentzündung hatte. Der Köter ist tot umgefallen. Einfach von seinem Barhocker gekippt, während ich weg war.«
»Und was hast du gemacht?«
»Was glaubst du wohl? Ich bin zurückgekommen und hab angefangen zu jammern, wie immer. ›Oh, ich hab meinen letzten Dollar verloren, man hat mir meine ganzen Ersparnisse abgeschwindelt, ich besitze nichts mehr auf dieser Welt!‹ Nur war

leider kein Hund mehr da, den ich verhökern konnte. Ich jammere also und jammere und sehe mich nach dem Hund um, der nicht mehr da ist. Und der Barkeeper macht auch keine Anstalten, den Hund zu kaufen, wie er eigentlich sollte. Irgendwann ging mir die Puste aus, und ich hab mich gefragt, was zur Hölle schief gelaufen ist. Und alles, was der Barkeeper gesagt hat, war: ›Ich hab noch 'ne schlechte Nachricht für dich, Kumpel. Dein Hund ist tot.‹«

Kid lotste den Touristen von der Straße weg in eine Gasse hinter einem Theater an der 14. Straße und zog die Wundermaschine aus ihrer Hülle.

»Geben Sie mir einen Geldschein …«

»O nein, Freundchen.« Das gerötete Farmergesicht grinste einfältig. »Den Trick kenne ich. Nehmen Sie Ihr eigenes Geld, wenn es so gut funktioniert.«

Du weißt gar nichts.

»Einverstanden.«

Er zog einen Zehner aus der Tasche und führte ihn sorgsam in die obere Öffnung der Wundermaschine – die auf silbrigen Hochglanz poliert war und eine verdächtige Ähnlichkeit mit einem Fleischwolf hatte, wenn man sie allzu genau betrachtete. Er drehte an der Kurbel – und zwei glatte, makellose Zehner glitten langsam aus dem unteren Schlitz. Noch ehe der zweite ganz heraus war, griff der Tourist nach seiner Brieftasche …

Er fing den Matrosen ab, der aus der Bar an der Water Street kam, und schenkte ihm sofort reinen Wein ein: »Hör zu, ich sehe, du bist ziemlich weit rumgekommen, ich mach dir nichts vor. Das hier ist alles Falschgeld.«

Er hielt ihm den schweren Geldsack vor die Nase, öffnete ihn weit genug, dass er hineinschauen und all die Scheine sehen konnte: Zehner und Zwanziger, so gut, dass man sie für, na ja, *echt* halten konnte.

»Keine üble Arbeit, he? Die Sache ist nur, die Cops sind hinter

mir her, und wenn sie mich noch einmal schnappen, dann heißt es für mich lebenslänglich Sing-Sing. Was gibst du mir für den ganzen Sack?«
Schnell wie der Blitz verschwand er um die nächste Ecke, stopfte sich im Laufen das Geld des Matrosen in die Westentasche, ehe der feststellen konnte, dass sich unter der oberen Schicht aus Geldscheinen nichts als Sägemehl und Zeitungsfetzen befanden …

Das war natürlich alles nur Zeitvertreib, ihre kleinen Spielchen, mit denen sie sich amüsierten. Ihr Alltag bestand darin, Straßenhändlern Schutzgeld abzupressen, Pferde zu vergiften, Pharospiele zu manipulieren und Kisten voller Wahlzettel in den East River zu kippen. All das und manchmal Schlimmeres.
»Vergiss nicht, Junge«, hatte Monk immer zu ihm gesagt, »was du auch tust, achte drauf, dass du's im Dunkeln tust. Alle möglichen Sachen passieren in der Dunkelheit – und niemand weiß je, wer es war.«

Er saß im Keller der Pharospelunke auf der Rivington Street und wartete auf den Bottler. Ausnahmsweise waren mal keine der üblichen Gimpel und Schwachköpfe anwesend – nur Gyp the Blood, Spanish Louie und der Grabber saßen mit ihm an dem filzbespannten Tisch, auf den eher lieblos ein paar Spielkarten gemalt waren.
Der Bottler kam vorsichtig die Treppe herunter, die Melone tief ins Gesicht gezogen, so dass er wie eine Schildkröte im Panzer aussah. Seine Jungs folgten dicht hinter ihm. Kid stand auf, um ihn zu begrüßen.
»Also schön, lasst uns sehen, ob wir das nicht aus der Welt schaffen können …«
Und in dem Moment ging das Licht aus. Dann flammten mehrere helle Blitze auf, die Pistolenschüsse hallten unglaublich laut durch den kleinen, niedrigen Raum, und dann stürzten sie alle die Treppe hinauf ins Freie. So kam es, dass die Cops, als sie

schließlich eintrafen und das Licht wieder einschalteten, einzig den Bottler vorfanden, der mit einer Kugel im Herz auf einem gemalten Ass lag. Und wer hätte sagen können, wer es gewesen war?

Sie überließen dem Grabber den Anteil des Bottlers, um sicherzustellen, dass er besänftigt war, und Kid schickte einen riesigen Kranz zur Beerdigung und trug zwei Wochen lang beim Pharo eine schwarze Armbinde. Alle fanden, das war eine anständige, respektvolle Geste.

Doch der Bottler war ein Five Pointer, also musste irgendwer die Zeche zahlen. Eine Woche später fanden sie Denny Holt mausetot drüben auf der Avenue A, und daraufhin schwor Matty Holt Rache, und schon war ein Krieg entfesselt.

Kid stand unter der Hochbahn, den Arm an den Pylon gepresst und lang ausgestreckt zielte er blind in die Richtung, wo die Five Pointers standen. Er drückte ab, spürte den Rückstoß der Pistole und lachte laut auf. Was für ein Spaß, mitten auf der Straße eine Waffe abzufeuern!

Überall um ihn herum pfiffen die Kugeln, als stünden sie an einer Schießbude. Sie prallten von den stählernen Pfeilern und den Zügen oben auf den Gleisen ab und zertrümmerten Fensterscheiben. Unbescholtene Bürger, die von der Arbeit nach Hause kamen, schrien angstvoll und purzelten die Treppen der Hochbahn herab, krochen in Deckung, und die Gangster ballerten ununterbrochen weiter.

Ein Einsatzkommando der Polizei kam die Allen Street herabmarschiert. Sie schwangen die Schlagstöcke, doch ein Kugelhagel von beiden Seiten schlug sie augenblicklich in die Flucht. Sie machten kehrt und rannten und verloren ihre hohen Hüte. Die Schießerei währte bis zum späten Abend. Die Gangs genossen es, die ganze Straße zu kontrollieren, die Jungs von den Hudson Dusters und den Gophers und neutrale Freischaffende, die spaßeshalber mitmischten. Endlich war die dunkle Straße in dichten Qualm gehüllt, die Luft erfüllt vom Pulvergestank. Kugeln

pfiffen ihm um die Ohren, holten die Vögel von den Telefondrähten, prallten scheppernd von Feuerleitern, Mülleimern und Straßenbahnwagen ab. Alle Anwohner hatten sich in ihren Häusern verkrochen. Niemand konnte schlafen oder sich unter den Betten hervorwagen, bis schließlich weit nach Mitternacht eine wesentlich größere Polizeimannschaft von der Rivington Station anrückte und ihrerseits zu schießen begann.
Die Gangster schlichen davon, lautlos wie Rauch, zurück in ihre vertrauten Gassen und Hinterhöfe. Ein paar blieben zurück, lagen zusammengerollt wie alte Hunde auf der Straße, bis die Straßenkehrer sie am nächsten Morgen fortschafften.

Das Problem war, dass diese Geschichte zu viel Staub aufgewirbelt hatte, um sie mit ein paar Verhaftungen und ein paar Dollar an die Polizeireporter aus der Welt zu schaffen. Die Hearst-Zeitungen hatten sich darauf gestürzt, und zu viele Bürger waren empört. Big Tim und Mr. Murphy in höchst eigener Person sahen sich genötigt, ein Treffen im *Palm* zu arrangieren, zu dem Monk und Paul Kelly, der elegante kleine Italiener, der die Five Pointers anführte, vorgeladen wurden. Man kam überein, dass Monk und Kelly ihre Differenzen mit einem Boxkampf aus der Welt schaffen sollten, auf neutralem Boden in der Bronx.
»Und das wird ein fairer Kampf, strikt nach Regeln«, sagte Big Tim warnend.
»Oh, da machen Sie sich mal keine Sorgen. Ich hab zu meiner Zeit ziemlich viel geboxt«, versicherte Monk.
»Und ich auch«, warf Kelly ein. »Sie wissen ja, dass ich sogar mal Benny Leonard geschlagen habe …«
»Das ist eine gottverdammte Lüge; Benny ist ein Jude, und das heißt, ein Itaker wie du hätte keinen einzigen Zahn mehr im Maul, wenn du wirklich gegen ihn gekämpft hättest, nicht nur davon geträumt …«
»Schluss jetzt!«, befahl Big Tim. »Denkt ihr, ich wüsste nicht, dass ihr beide boxen könnt? Warum, glaubt ihr wohl, habe ich mich dazu entschlossen. Der Kampf wird übrigens unentschie-

den ausgehen. Ihr zwei seid Experten, ich erwarte, dass es glaubwürdig aussieht.«
»Was zur Hölle …«
»Ich werde nicht gegen diesen Gauner …«
»*Es reicht*!« Big Tim schlug mit der flachen Hand auf den Tisch, um für Ruhe zu sorgen. »Ich will, dass ihr zwei Dickschädel euch vertragt. Schlagt euch meinetwegen die Schädel ein, aber danach ist die Sache aus der Welt, ist das klar? Ich brauche euch beide für die Wahl. Wenn einer den Kampf gewinnt, wird der Krieg weitergehen, und wenn das passiert, dann werdet ihr beide mich kennen lernen.«

Die Wagenscheune in der Bronx roch nach Stroh, altem Leder, Motoröl und Pferdepisse. Applaudierende, jubelnde Gangster saßen mit ihren Huren dicht gedrängt auf den hastig zusammengezimmerten Tribünen. Big Tim selbst saß ganz vorn mit zwei Reihen Cops – nur um ganz sicher zu gehen, dass auch alles so ablief wie besprochen.
Es wurde ein Kampf, von dem noch Jahre später an der ganzen East Side gesprochen wurde. Die beiden Gangster prügelten sich kreuz und quer durch den Ring wie zwei Bantamhähne: Kelly war ein wenig kleiner, dunkler und der etwas elegantere Boxer. Doch was Monk an Finesse fehlte, machte er durch Kampfgeist wett und griff an wie ein wild gewordener Stier. Beiden platzte die Lippe auf, sie schlugen einander Zähne aus, und ihre Augen schwollen zu kleinen, schwärzlichen Schlitzen zu. Als sie sich schließlich über drei Stunden lang geschlagen hatten und alle Anwesenden mit der schieren Großartigkeit ihres Kampfes überzeugt hatten, brachen sie beide in exakt demselben Augenblick zusammen und blieben auf der blutbespritzten Leinwand liegen, wobei sie immer noch mit schwachen Bewegungen versuchten, dem andern eins zwischen die Rippen zu verpassen.
Ihre Männer brüllten und weinten in aller Offenheit ob dieser großartigen Leistung, hoben sie hoch und trugen sie hinaus zu

den wundervoll geschmückten Kutschen. Sie spannten die Pferde aus und zogen ihre Helden selbst zurück nach Downtown Manhattan, den ganzen Weg nach Hause zu ihren jeweiligen Hurenhäusern.
Zwei Wochen später, ehe ihre Wunden noch ganz verheilt waren, gab Big Tim einen großen Ball für sie alle im *Haymarket,* im Niemandsland des Tenderloin. Monk und Kelly trafen sich in der Mitte der alten Halle und reichten sich die Hand, vor den Augen ihrer ergebenen Anhänger, und danach saßen sie in ihren Logen wie zwei Paschas, umgeben von ihren Mädchen und ihren Adjutanten, und nahmen mit königlicher Würde die große Parade der Eastmans und der Five Pointers ab.
Aber es konnte nicht von Dauer sein. Das war es nie gewesen, und es bestand kein Grund, warum es dieses Mal anders sein sollte. Nicht lange, und Mitglieder der beiden Banden knüppelten einander wieder in finsteren Gassen nieder, schlitzten sich in den Hinterhöfen der Water Street die Bäuche auf und ballerten auf belebten Straßen mit ihren Pistolen herum.
»Wir werden sie vom Angesicht der Erde tilgen«, prahlte Monk. »Kein Ire oder Itaker wird je wieder die Lower East Side kontrollieren.« Aber inzwischen waren die Wahlen vorüber, und die Leute hatten die Nase voll von den Gangs. Die Politiker hielten nicht länger ihre schützenden Hände über sie, und den Cops war jeder Anlass recht, sie einzukassieren.

Sie schnappten Monk eines Nachts am Times Square, als er versuchte, einem betrunkenen jungen Gentleman die kalbsledernen Handschuhe abzugaunern. Er hatte ihn die Seventh Avenue entlangtorkeln sehen, ein Taschendieb schlich ihm schon nach, und die Handschuhe waren wirklich allerfeinste Ware, weich und gelb wie Butter. Aber der Schwergewichtler, den er für einen Taschendieb gehalten hatte, war in Wirklichkeit ein Pinkerton-Detektiv, den der alte Herr des jungen Heißsporns engagiert hatte, um auf ihn aufzupassen. Und dieser Detektiv war mit einer Trillerpfeife und einer riesigen Sattelpistole ausgerüstet. Es war genau der Fehler, auf den sie gewartet hatten, und im Handumdrehen fand Monk sich im Tombs-Gefängnis wieder, sein Kautionsgesuch wurde zurückgewiesen, und plötzlich waren ihm alle Türen verschlossen. Kid war mit Gyp zur 14. Straße gegangen, um bei den Tammany-Hall-Bossen ein gutes Wort für ihn einzulegen, aber nicht einmal Big Tim wollte dieses Mal davon hören.

»Wer wird für Sie die Stimmzettel in den East River kippen, wenn Sie das nächste Mal Hilfe gegen Mr. Hearst brauchen?«, hatte Gyp ihn drohend gefragt.

»Jeder«, antwortete Sullivan, offenbar unbeeindruckt von Gyps Unverschämtheit. Es klang beinah, als betrübe ihn die ganze Angelegenheit. »Das ist es eben. Dafür kann ich jeden kriegen, der einen Gefallen von mir will oder meine Protektion braucht. Ich kann Dutzende Leute für diese Jobs kriegen, die nicht gleich ganz Jewtown in Dodge City verwandeln. Da liegt der Haken.«

»Wieso glauben Sie, wir würden das mitmachen?«, hatte Kid herausfordernd gefragt.

»Ach, Jungs. Meine *treuen* Jungs. Glaubt ihr denn wirklich, jeder von uns kann einfach tun, was ihm gefällt? Ich muss mich vor Mr. Murphy verantworten, und er muss sich vor der Finanzwelt und dem Gouverneur und vor der Stimme des Volkes verantworten. Sogar Jesus Christus selbst sitzt nur zur Rechten des allmächtigen Vaters, und glaubt ja nicht, der Heilige Geist schielt nicht schon auf seinen Posten.«

Es wurde davon geredet, Monk zu befreien, ehe sie ihm den Prozess machen konnten – ein spektakulärer, dramatischer Ausbruch aus dem Tombs oder dem Gerichtssaal –, aber das war auch alles, es wurde nur geredet. Big Tim sorgte dafür, dass er zu gut bewacht war, als dass irgendwer in Versuchung geraten könnte, es wirklich zu riskieren. Und selbst wenn sie ihn rausgeholt hätten, sie hätten nicht gewusst, wohin mit ihm. Nachdem der große Boss ihm seine Protektion entzogen hatte, gab es in dieser Stadt keinen Platz mehr für Monk. Der Richter gab ihm zehn Jahre in Sing-Sing, und als die Nachricht sich verbreitete, zitierten die Zeitungen Paul Kellys Kommentar: Es sei eine große Schande, und er persönlich würde zehntausend Dollar geben, um Monk frei zu bekommen – aber irgendwie tauchte das Geld nie auf.

An dem Tag, als Monk weggebracht wurde, versammelten sich all die Eastmans, die loyal geblieben waren, an der Chambers-Street-Fähre, um ihn zu verabschieden. Die Cops zerrten ihn so eilig aus dem Wagen und auf das Boot nach Sing-Sing, dass niemand außer den Zeitungsfotografen mehr als nur einen flüchtigen Blick erhaschte. Aber sie blieben trotzdem, warteten, bis die Gefängnisfähre ihre traurige Fracht übernommen hatte und ablegte. Abends hatten sie in Monks Tanzlokal zahllose Male auf seine Gesundheit getrunken, und die Kellner dirigierten den Gangsterchor zu einer wehmütigen Darbietung von »The Boston Burglar« nach der anderen:

I was born and raised in Boston
A town you all know well
Brought up by honest parents
The truth to you I tell
Brought up by honest parents
And raised most tenderly
'Til I became a sporting blade
At the age of twenty-three …

Da blieb kein Auge im Saal trocken, und alles in allem war es ein wunderbarer Abend.

Nicht dass er Monk vergaß. Jede Woche – jedenfalls zu Anfang – nahm Kid die New Haven Line nach Ossining und brachte ihm Zigaretten oder eine neue Pfauentaube oder eine Kropftaube, die ihm vielleicht Freude machen würde. Es gab einen Schließer, den sie schmieren konnten und der ihn zu Monk in die Zelle ließ, und dann saßen sie auf der Pritsche und redeten über die Jungs, die alten Zeiten, seine Chancen auf Bewährung. Aber nach ein paar Minuten kam die Unterhaltung jedes Mal ins Stocken und versiegte dann ganz, so dass beide Männer dasaßen und stumm auf ihre Schuhe starrten.

»Es ist nicht so schlimm«, versicherte Monk mit seiner tiefen Reibeisenstimme, ergeben, genau wie damals, als Kid ihm zum ersten Mal begegnet war, als Monk angeschossen in der Gosse lag. »Ich hab meine Vögel, die durchs Fenster kommen, und unten in der Küche gibt's sogar ein, zwei Katzen. Ich hab schon Schlimmeres erlebt.«

Aber bei jedem Besuch fiel Kid auf, wie bucklig und bleich Monk in seiner formlosen, gestreiften Gefängnisuniform aussah, wie klein und feucht und lichtlos seine Zelle war. Es war deprimierend, und bald fuhr er nicht mehr ganz so regelmäßig hin, nur alle paar Wochen oder so, dann alle paar Monate, schließlich fand er fast nie mehr die Zeit dazu.

Seit der großen Schießerei und Monks Verhaftung war es vorbei mit den großen Gangs. Paul Kelly und die meisten Five Pointers blieben eine Weile in Deckung und wurden dann ehrlich oder wechselten in die Immobilienbranche. Kid und Gyp und die übrigen Eastmans teilten sich auf, und sofort kam es zu Rivalitätskämpfen. Das letzte Mal, dass er sie sah, hockten sie zusammengekauert unterhalb der Müllhalde am East River.

Über ihren Köpfen türmte sich der Abfall einer Großstadt, quoll über den Rand der hölzernen Plattform und in den Fluss bei Corlears' Hook. Sie hörten die Lumpen- und Knochensammler, die Kohlengrusgräber und Haarwieger und die Hundefänger, die methodisch das Ufer umpflügten und nach Schätzen abgrasten.

Sie hatten sich einen Stammplatz gesucht. Unter der Holzplattform zwischen den ungezählten Bierdosen, die stolz aufgestapelt lagen wie Schädel. Sieben oder acht Männer mit Jungengesichtern in Melonen und schwarzen Anzügen, die ihnen zu groß waren. Sie würfelten um die Ausbeute eines Einbruchs: ein paar billige Hemdblusen, eine Kette aus Bergkristall, Manschettenknöpfe. Alles Reichtümer, die irgendwer im Laufe seines Lebens angehäuft hatte und für die sie bei einem Hehler vielleicht zehn oder zwanzig Cent das Stück bekommen würden.

Kid stand auf, wandte sich ab und ging. Er bewegte sich langsam, passte genau auf, wohin er seinen Fuß setzte, um sich an den rostigen, rasiermesserscharfen Konservendeckeln nicht zu schneiden. Er stand einfach auf und ging, ohne jede klare Vorstellung, wohin er wollte oder was er tun sollte, aber er zögerte nicht. Sie waren so beschäftigt mit ihrem Spiel, dass sie es anfangs nicht bemerkten. Doch Gyp sah ihn natürlich – nichts entging ihm je –, und er stieß einen der Spieler an, dann noch einen, bis sie ihm alle nachsahen, während er sich behutsam einen Weg durch den Abfall suchte.

Kid sah zurück, als er gut zwanzig, dreißig Meter entfernt war, und sah sie alle. Zwischen den Balken der niedrigen Holzkonstruktion starrten sie zu ihm hinaus, ihre Gesichter scheu und argwöhnisch wie die von Kaninchen. Dann wandte sich einer nach dem anderen wieder dem Würfelspiel und dem bisschen Plunder zu, um das sie spielten, und sie tranken aus ihren Bierdosen, die bald zu dem Meer aus Blech gehören würden, das sie umgab.

36

Kid Twist

Spanish Louie hatte das Warten satt, merkte Kid. Den ganzen Tag lief er rastlos umher und jammerte, beschäftigte sich stundenlang damit, seinen Sombrero und sein reich betresstes Flamencokostüm abzubürsten, und regte sich wie eine nörgelnde Hausfrau über die weißen Salzringe auf, die sich darauf gebildet hatten.

»Lass mich zurückgehen, Kid. Ich kann die Sache regeln, ich weiß, dass ich's kann. Lass mich zurückgehen, Kid«, bettelte er immer wieder, und Kid hätte ihn vielleicht gelassen, nur konnte er sich einfach nicht vorstellen, dass es irgendeine Möglichkeit geben sollte, diese Sache zu regeln.

»Ah ja. Du meinst also, du kannst irgendwas anstellen, so dass Gyp the Blood einfach vergisst, dass ihm einer mit einer Kohlenschaufel eins übergebraten hat?«

»Du wirst schon sehen. Wir können mit Big Tim darüber reden. Er ist der große *Macher*. Er wird das schon in Ordnung bringen.«

»Und was ist mit dem Grabber? Schuldest du ihm nicht immer noch Geld von diesem Schwindel?«

Der Gedanke an den Grabber entmutigte sogar Spanish Louie für den Moment – das kecke Idiotengrinsen verschwand von seinem Gesicht wie der salzige Sprühregen, der an ihrem Fenster hinablief. Aber nur für den Moment.

»Komm schon, ich muss einfach zurück, Kid«, bettelte er weiter. »Es gibt ein paar Geschäfte, die auf mich warten.«

»Ja. Ich weiß, was auf dich wartet. Eine Kugel und ein kaltes Grab, das ist alles, was dich erwartet.«
»Jetzt sei doch nicht so. Keine Sorge, Kid – nichts, was man tut, kann je so schlimm sein, dass man es nicht wieder gerade biegen könnte.«
»Genau da irrst du dich, Louie. In dem Punkt machst du dir was vor. *Nichts,* was man je tut, kann wieder gerade gebogen werden. Nicht wirklich.«
Also warteten sie weiter. Und sie fuhren zum Mond und in die Hölle hinab, in den Himmel hinauf oder aufs Matterhorn, gingen aufs Steeplechase und die Ziz-Achterbahn. Aber früher oder später würde Spanish Louie verschwinden, das wusste er. Sobald er sich genug Mut zugesprochen hatte.
Kid redete sich ein, dass es auch nicht gefährlicher für ihn wurde, wenn er ihn gehen ließ. Es war sowieso nur eine Frage der Zeit, bis einer von ihnen Louie hier entdeckte, wenn er in seiner Mexikanermontur ein Bad in der Menge nahm oder zum *Tin Elephant* ging, um sich eine Hure zu suchen. Der Zwerg hatte vollkommen Recht: Es würde ihm nichts anderes übrig bleiben, als Louie ziehen zu lassen und das Beste zu hoffen.
»Du bist schlau genug, mich nicht zu verpfeifen, hab ich Recht, Louie?« Das wenigstens fragte er ihn, als er ihn auf dem Bahnsteig verabschiedete.
»Klar doch, Kid.«
»Ich meine das ernst.« Er packte Spanish Louie so hart bei den Armen, dass die Tauben aufgeschreckt aus dem Dachstuhl des Bahnhofshäuschens davonflatterten. Kid sah Louie eindringlich in die Augen und versuchte, ihm wenigstens dies begreiflich zu machen. Und seine Gründe waren ganz und gar uneigennützig.
»Du weißt, dass Gyp sagen wird, ihr wärt quitt, aber er wird es nicht ehrlich meinen. Es heißt nur, dass er mich kriegt und dich auch. Und er wird dich kaltmachen, Louie, er wird dich so selbstverständlich kaltmachen, wie ein Cop einen Fünfer von der Straße aufliest. Das ist dir doch klar, oder?«

»Klar, Kid, das weiß ich doch«, versicherte Spanish Louie so aufrichtig, wie er konnte.
»Du verstehst, wovon ich rede, Louie?«, wiederholte er und hielt ihn immer noch an den Armen fest. Louie wiederholte seinerseits pflichtschuldig: »Sicher Kid. Ich verstehe, was du meinst, und ich seh' das genauso.« Aber Kid wusste, egal was Louie jetzt sagte, in Wahrheit verstand er gar nichts.
Nur ein Schlimasl glaubt an Masl …
Er setzte ihn in den Zug Richtung Stadt und schärfte ihm ein, in spätestens drei Tagen zurückzukommen, ganz gleich, was passierte. Doch er war nicht sonderlich überrascht, als er nach drei Tagen nichts von Louie sah oder hörte, auch nicht nach drei Wochen, und drei Wochen später immer noch nicht.
Eine Zeit lang verkroch Kid sich in seinem Zimmer, eine Pistole neben sich auf dem Bett, eine auf der Kommode, und wartete auf sie. Auch wenn er wusste, dass selbst diese Schutzmaßnahmen nicht reichen würden, dass es keinen Ort in Dreamland, auf Coney Island und in ganz New York gab, wo er sich lange verstecken konnte, wenn Gyp the Blood hinter ihm her war.
Er wusste, er sollte gehen, aber er ging nicht. Es war nicht das schäbige kleine Zimmer, das ihn hielt. Auch nicht die Achterbahnen oder die Lichter, nicht einmal das Meer, das jede Nacht unter seinem Fenster rauschte. Es war nichts von alledem, auch nicht die Möglichkeiten, die sich hier eröffneten, sondern nur die Aussicht, sie wieder zu sehen.
Was für eine verfluchte Geschichte, murmelte er morgens vor sich hin, während er sein Kleingeld und sein Taschentuch einsteckte, sein Kaugummi, seine Schlüssel, die Pistolen und das Messer und die Würfel. Eine verfluchte Geschichte, wirklich. Aber es ließ sich nicht leugnen: Es war das Mädchen.
Er lächelte vor sich hin, eine Spur verlegen, wenn er nur an sie dachte. Er war den ganzen weiten Weg aus dem kleinen ruthenischen Dorf hierher gekommen, hatte all die vielen Dinge getan, ohne je geschnappt zu werden, alle Fallen umgangen – nur um hier zu enden, hier am Ufer des Meeres. Es war endlich passiert,

er hatte sich an etwas gebunden, doch er fühlte sich seltsam frei und leicht, trotz der gewaltigen Schwierigkeiten, in denen er jetzt steckte.

Erst Gyp mit der Schaufel zu schlagen und jetzt das. Jetzt das Mädchen. Er hatte nach unten geschaut und sie da am Strand gesehen, und nun war er gefangen.

Und danach hörte er einfach auf, sich darüber Sorgen zu machen, dass Spanish Louie nicht zurückgekommen war oder ihn verpfeifen könnte. Er sorgte sich auch nicht mehr, dass einer der Jungs ihn zufällig entdecken könnte, sondern spazierte wieder in seinem besten, cremefarbenen Anzug durch die sonntägliche Menge. Was auch immer kommen mochte, er war bereit. So bereit, wie er nur sein konnte.

Draußen in der Brandung hüpften und sprangen und jauchzten die Schwimmer in den Wellen. Sie klammerten sich an die Haltetaue, lagen dicht zusammengedrängt an den kleinen Strandabschnitten, die mit Stacheldraht bis ins Wasser abgeteilt waren. Das fröhliche Lärmen der Menge vermischte sich mit dem Brausen der Wellen und dem fernen Geschrei von den Achterbahnen. Männer stellten sich zu menschlichen Pyramiden auf und reckten die Brust vor. Frauen ließen die Röcke ihrer Badekleider fliegen und lächelten keck in die Kamera.

Er sah lange auf den Strand hinaus – dann setzte er sich hin, zog Schuhe und Socken aus und krempelte die Hosenbeine auf, eilig wie ein Junge. Schließlich lief er barfuß durch den warmen Sand, spürte ihn zwischen den Zehen, trug die Schuhe in einer Hand und hielt wie üblich Ausschau nach was immer sich ihm bieten mochte.

37

Gyp the Blood

Er hatte wieder denselben Traum.
Er kam aus dem Dschungel, und der dunkle, enge Raum drohte ihn zu ersticken. Zehn oder zwölf Männer lagen um ihn herum zusammengerollt, die Köpfe auf den Knien, wie Katzen. Die Luft war schwer vom Geruch nach nasser Wolle und Schweiß und parfümiertem Rauch.
Li Juen – Quelle der Schönheit …
Es war immer derselbe Traum. Er befand sich in einem Dschungel, die Blätter grün und satt und üppig, ein schwerer Fäulnisgeruch lag in der feuchten Luft. In der Ferne erhoben sich die Türme einer fremden Stadt, aber überall um ihn herum sah er Tiere durchs Dickicht schleichen: Leopardengesichter, Affen, die grauen Flanken eines Elefanten. Von irgendwoher erklang Musik, und er hörte Wasser plätschern und suchte nach irgendetwas.
Er fürchtete sich nicht vor den Tieren – aber unter allem lag ein schreckliches Gefühl des Entsetzens, irgendwo ganz tief verborgen lauerte eine tödliche Bedrohung. Er wandte sich um, erwartete, ein Augenpaar zu sehen, das ihn anstarrte – Affenaugen oder Menschenaugen, kalt und bestialisch –, aber alles, was er sehen konnte, waren noch mehr Köpfe, kreisende, flüchtige Formen und Gesichter, die sich langsam zwischen das dichte Laub zurückzogen …

Er setzte sich hustend auf und griff automatisch nach seinen Pistolen – die eine in der Weste, die andere unter der harten kleinen Bank, die seinen Kopf stützte. *Beide noch da.* Als Nächstes tastete er nach seiner Brieftasche. Alles in Ordnung, und er atmete tief durch, sog die schwere, rauchgeschwängerte Luft ein und überlegte, ob er noch einmal rauchen sollte.

Er nahm seine Pfeife zur Hand und kratzte mit dem winzigen, langstieligen Löffel die kleinen *daus* – die Pfeifenköpfchen – aus, die auf einem filigranen Bambusgestell neben ihm standen.

Drei daus *– über welchen Zeitraum? War es noch Nacht? Immer noch dieselbe?*

Alles, woran er sich entsann, war, dass er an einem regnerischen, drückend heißen Nachmittag in den dunklen Kellerraum hinabgestiegen war, und mit jedem Schritt nahm seine Erwartung zu. Er war durch die Tür ohne Aufschrift eingetreten und hatte Mock Duck, der wie ein steinernes Standbild seiner Ahnen dasaß, einen erhobenen Finger gezeigt.

Ein *dau*, hatte er fest entschlossen gesagt …

Wann war das gewesen?

Es war nicht nur das Opium. Er liebte das ganze Ritual, das mit diesem Laster einherging, es war so viel erlesener und reiner als alles, was es in der Welt oben gab. Die *daus* aus Porzellan standen auf ihren Bambusgestellen, als warteten sie darauf, gefüllt und auf eine Pfeife geschraubt zu werden. Der Schwamm, mit dem die Pfeife gereinigt wurde, und die dünne Nadel, mit der man sie füllte. Die winzige Schere, mit der der Lampendocht beschnitten wurde, dessen gelbe, flackernde Flamme das einzige Licht in der tiefen, schweren Dunkelheit spendete.

Erst dann tat das Opium seine Wirkung: selige, schwebende Transzendenz. So rein, so makellos – so viel besser als alles, was verschärftes Bier oder guter Whiskey herbeiführen konnten. Die üppigen, dunklen Träume …

Li Juen – Quelle der Schönheit. Fuk Juen – Quelle des Glücks.

Er hätte nichts dagegen gehabt, sich noch ein *dau* zu gönnen, aber es war nicht genug von der schwarzen, öligen Masse übrig.

Und nahe der Tür hatten sich ein paar Gestalten zusammengetan, ein Geiger, ein Sänger und einer, der auf dem verstimmten Klavier herumhämmerte. Sie gaben eine der alten *Hop-House*-Balladen zum Besten, in der Hoffnung, dass jemand ihnen ein *dau* ausgab.

Did you ever hear about Willie the Weeper
Willie the Weeper, yes, the chimney sweeper
Had a dope habit and he had it bad
Listen and I'll tell about the dream he had …

Gyp griff nach seinem Hut und Mantel. Die Musiker gingen ihm zu sehr auf die Nerven, er konnte nicht länger bleiben. An jedem anderen Ort hätte er ihnen einfach nachdrücklich geraten, den Radau einzustellen, aber in Chinatown hielt er sich lieber zurück.

They went to a land called Kankatee
Bought a million cans of hop and had a jubilee
Visited the neighbors for miles around
Presented the king with a bottle of Crown

He went to Monte Carlo where he played roulette
Won every penny and he never lost a bet
Played every night till the bank went broke
Laid himself down and took another smoke

Und so ging es weiter und immer weiter, wie alle Opiumlieder. Endloser gereimter Unsinn, den die Schwachköpfe nur sangen, um sich einzureden, dass sie noch am Leben waren. Gyp hatte diesbezüglich keine Zweifel.
Er winkte Sam Kee, Mock Ducks Mann, der sofort herbeieilte und auf seinem Weg vorsichtig über die Opiumträumer auf ihren Bambusmatratzen hinwegstieg. Sein enges, gelbes Seidengewand raschelte leise in der Dunkelheit.

Der Chinese brachte ihm ein heißes Handtuch, und Lazar schnipste ihm eine Münze zu und fuhr sich mit dem Tuch übers Gesicht, während Sam Kee mit flinken Bewegungen die Gegenstände auf dem Tablett richtete – all die filigranen Instrumente in ihrer heiligen, ewigen Ordnung aufstellte.
Er sah auf das kleine Gestell mit den *daus* hinab und schaute dann schweigend zu Gyp auf.
»Keine Sorge«, brummte Gyp. »Ich komme schon irgendwann wieder.«
Der Chinese schlurfte folgsam mit seinem Tablett davon. Gyp stand auf und starrte in den kleinen Spiegel an der Wand, begutachtete den ausgefransten, schmuddeligen Verband um seinen Kopf. Wenigstens waren die Kopfschmerzen für eine Weile verschwunden, obwohl er das einsetzende Pochen schon wieder spüren konnte, während er die Wunde befühlte.
Er rückte seine Fliege zurecht und strich den leuchtend gelben Anzug glatt, so gut er konnte. Selbst im schwachen Licht erkannte er den passenden Gelbton um seine Augen, die zwei Tage alten Bartstoppeln. So konnte es einfach nicht weitergehen, dachte er – aber andererseits, warum eigentlich nicht?
Er folgte Sam Kee und ging Richtung Tür, hinter der die diskrete schmale Treppe zur Mott Street hinaufführte.
Mock Duck saß an der Tür wie ein Buddha, eine ausdruckslose Statue im Seidengewand eines Mandarin. Eine eng anliegende Kappe krönte sein breites, plattes Gesicht, und ein Kettenhemd schützte seinen fassrunden Bauch. Das Kettenhemd gehörte zu seiner Rolle – er förderte die Gerüchte, die besagten, er sei verrückt. Als Oberhaupt der Hip Sings war dieser Ruf von Vorteil in den undurchschaubaren Bandenkriegen von Chinatown. Wenn die Kämpfe besonders hitzig wurden, war er dafür bekannt, dass er mit einer Pistole in jeder Hand auf die Straße hinausging und einfach drauflosfeuerte, während er sich mit geschlossenen Augen langsam um die eigene Achse drehte.
In letzter Zeit war Mock Duck allerdings weit weniger leutselig geworden. Früher hatte es hier ein kleines Mädchen gegeben,

wusste Gyp, das zu Mock Ducks Füßen in dem stickigen, verräucherten Kellerraum schlief und ihm Tee und Mandelkekse brachte, aber die Wohlfahrtsleute vom Jugendschutz hatten ihn gezwungen, sie herzugeben. Wäre es nur ein chinesisches Heidenkind gewesen, hätte es bestimmt niemanden gekümmert, aber einer der Opiumraucher, der offenbar ein soziales Gewissen besaß, hatte festgestellt, dass es ein weißes Mädchen war. Aus San Francisco, hieß es, wo ihre Mutter sie in einem Bordell untergebracht hatte. Mock Duck hatte sie aufgepäppelt und sie verhätschelt, hatte ihr chinesische Seidenkleider angezogen und bunte Bänder ins Haar geflochten – bis die Jugendschutzleute von der Sache Wind bekamen und sie in ein Waisenhaus verfrachteten, wo sie in einem wollenen Nachthemd schlafen musste, jeden Abend auf dem Holzfußboden knien und beten und jeden Morgen in eisigem Wasser baden musste.
Na ja, jeder hatte seine Sorgen und Nöte, das war es ja, warum man in eine Opiumhöhle ging. Mock Duck saß schweigend an der Tür und starrte blicklos ins Leere; offenbar nahm er die schwachsinnige Kapelle und ihr Getöse überhaupt nicht wahr.

But in the morning where am I at?
I thought that I was in my sweet baby's flat
But in the morning I'm right in the line
Mister Hop Sing Toy you're no friend of mine.

Das war der Unterschied zwischen ihm und Willie the Weeper und all diesen anderen Jammergestalten, wusste Gyp: Er erwartete nie, an der Seite seiner Süßen zu sich zu kommen. Er war zufrieden, wenn er seine Pistolen und sein Geld finden und hinaus in die Hitze wanken konnte.

Das trübe, braungelbe Licht oben auf der Straße war nahezu unerträglich. Es war wieder ein brüllend heißer Abend, die Luft eine dicke Mauer aus Hitze, die er mit jedem Schritt durchbrechen musste.

Er machte sich Richtung Canal Street auf den Weg, wo auf dem Gehweg Fische verkauft wurden, die noch in ihren Fässern herumzappelten, und lebende Krabben und frische Hühnchen und eingelegtes Gemüse. Die Chinesen in ihren blauen Hemden beäugten ihn wachsam, ehe sie in ihre Kellerlöcher hinabglitten wie ein Hase in seinen Bau.

Sie waren ein mysteriöses Volk, dachte er wieder einmal. Darum kam er immer noch nach Chinatown, obwohl es inzwischen auch im Tenderloin und an der Bowery Opiumläden gab. Er zog die Anonymität vor, das Gefühl, in eine völlig fremde Welt einzutauchen, das ihn auf der Mott Street regelmäßig überkam – der plötzliche Blick in ein Zimmer, wo Männer saßen und mit Stäbchen aßen, die lächelnden, goldenen Götzen in ihren goldenen und scharlachroten Tempeln ...

An der Grand Street hielt Gyp an und kaufte für einen Penny ein Stück unbehandeltes Zuckerrohr von einem chinesischen Jungen, fuhr dann versonnen mit der Zunge über die raue, bittere Stange. Die Kopfwunde hatte wieder angefangen zu schmerzen, und langsam kam auch sein Zorn zurück.

Ziellos machte er sich Richtung Osten auf den Weg. Schon jetzt hatte der Verband ihn bei den Huren und in den Saloons zum Gespött gemacht.

Irgendwie musste er sie finden; diese Sache musste umgehend geregelt werden, bevor er sich um das Ansinnen seines Vaters kümmern, sogar bevor er diese Kleinigkeit erledigen konnte, die Big Tim ihm aufgetragen hatte ...

An der Ecke zur Mulberry Street blieb er wie angenagelt stehen. Da war er. Genau vor ihm schlenderte er durch die Menge. Erst wollte er seinen Augen gar nicht trauen, es schien unglaublich, dass er nicht einmal so viel Verstand haben sollte, um in Deckung zu bleiben, wenigstens noch ein paar Wochen.

Aber er war es, in voller Lebensgröße: Der Backenbart war verschwunden und das lächerliche Mexikanerkostüm ebenso, aber es konnte keinen Zweifel geben. Spanish Louie flanierte so unbekümmert die Grand Street entlang, als mache er einen Sonntagsspaziergang.

Gyp konnte sein Glück kaum fassen, nahm die Verfolgung der großen Gestalt mit den leicht gebeugten Schultern auf und kam ihr allmählich näher. Er zwang sich, langsam zu gehen, warf verstohlene Blicke nach vorn und zurück über die Massen, für den Fall, dass es eine Falle war. Aber er glaubte nicht, dass Spanish Louie so glaubwürdig Arglosigkeit vortäuschen könnte. Wahrscheinlich war er nur einfach vollkommen dämlich, wie üblich.

Gyp schloss immer weiter auf, drängte sich unauffällig durch die Fußgänger und ließ sich vorwärtstreiben, bis er genau hinter ihm war.

Nur die Ruhe, nur die Ruhe …

Er sah die Straße entlang auf der Suche nach einem Gässchen oder einem Kellerabgang. Und er schärfte sich ein, dass er Louie nicht kaltmachen durfte – jedenfalls noch nicht und vor allem nicht hier. Nicht ehe er aus ihm herausgeholt hatte, wo Kid und dieser verfluchte Zwerg waren …

Ein Stückchen weiter entdeckte er eine schmale Lücke zwischen den Mauern zweier Mietshäuser, ein kleines Versteck, das die Itaker »Bandits' Roost« nannten. Es könnte Ärger geben, wenn ein paar von ihnen zu Hause wären, aber Gyp war bereit, dieses Risiko einzugehen. Er konnte kaum hoffen, dass eine solche Gelegenheit ihm noch mal in den Schoß fiel.

»Da bist du also, mein Junge!«

Er spürte einen hölzernen Stock wie einen Messerstich unter dem Schulterblatt und fuhr wütend herum.

»Big Tim hätte gern ein paar Worte mit dir gewechselt, Kleiner.«

Es war Buckley, der kleine, vierschrötige Cop. Gyp konnte kaum an sich halten vor Zorn über die Störung so kurz vor dem Ziel.

»Nicht jetzt, *Plojdersak*!«, zischte er. »Verschwinde, ich hab was zu erledigen.«

»Oh, das ist wahr, das hast du wirklich, mein Junge.« Buckley grinste breit, eine Hand schon am Gürtel.

Gyp stieß ihn weg und wandte sich ab, um die Verfolgung von Spanish Louie wieder aufzunehmen. Zu spät sah er aus dem Augenwinkel, wie der Schlagstock sich hob, spürte ihn krachend auf seinem Schädel landen, ehe er ausweichen konnte. Seine Knie knickten ein, und während er auf den Gehweg stürzte, sah er Louie davonspazieren, außer Reichweite – ohne auch nur zu ahnen, was nur einen halben Block hinter ihm geschah.

Das Letzte, was Gyp sah, ehe er bewusstlos wurde, war Buckley, der turmhoch über ihm stand und zufrieden auf ihn hinablächelte.

»Hochmut kommt vor dem Fall«, sagte er und verpasste ihm einen mörderischen Tritt in die Seite.

7. Buch

Da tönte über die Berge das Horn Siegfrieds,
und ich wusste, dass wir ihn umbringen müssten.
Wir waren mit Gewehren bewaffnet und lauerten ihm
an einem schmalen Felspfad auf.

– Carl G. Jung –

38

Die großen Seelenklempner aus Wien

Freud war morgens nach Uptown Manhattan aufgebrochen, um seinen alten Studienfreund Siggy Lustgarten aufzusuchen, doch der Mann hatte die Stadt verlassen, um in die Sommerfrische zu fahren. Also beschloss Freud, seine Schwester und ihre Familie zu besuchen, eine Pflichtübung, die er lieber hinter sich bringen wollte. Aber die Wegbeschreibung war ungenau, und er hatte größte Mühe, die Adresse zu finden.

Hier in Uptown Manhattan war es besser. Je weiter er ging, umso breiter schienen die Straßen, umso reiner die Luft. Die Mietshäuser waren riesenhafte, elegante Bauwerke aus Granit, Ziegeln und Marmor, ganz anders als das finstere, braune Mauerwerk, aus dem unten in Downtown selbst die besseren Wohnhäuser gebaut waren. Gewaltige Kathedralen mit hohen Türmen ragten zwischen den Häusern auf, mindestens so groß wie die in Europa.

Amerika, der Stützpfeiler des Glaubens.

Es hätte nicht viel gefehlt, und er wäre selbst gezwungen gewesen, seine Familie hierher zu bringen. Er fragte sich, wie anders ihr Leben verlaufen wäre, wenn es so gekommen wäre.

Nun, es wäre vermutlich nicht so schrecklich gewesen. Hier und da hätte man auf ein paar Bequemlichkeiten verzichten müssen, aber man wäre sicher zurechtgekommen. Man kam immer irgendwie zurecht …

Es war gleich nach seiner Hochzeit gewesen, im selben Jahr, als er zum letzten Mal zur Reserve einrücken musste, oben in Olmütz. Dort hatte sich ein Vorfall ereignet, der ihn ernsthaft zweifeln ließ, ob es wirklich möglich war, als jüdischer Arzt in Wien ein vernünftiges Auskommen zu finden, vor allem als ein Arzt mit seinen Ideen …

»Reservisten! Wenn wir scharfe Munition verwendet hätten, wären Sie jetzt alle tot!«

Als er die Stimme hörte, erstarrte er in seiner zusammengekauerten Haltung im Schützengraben. Der beleibte, reich betresste General kam hinter ihm näher geritten, gerade als der Offizier Freud seine Liste mit den grauenvollen Verwundungen reichte. Er war ein Riese von Mann, ebenfalls in einer dieser atemberaubenden, rot-gelben Uniformen, und mit offensichtlichem Vergnügen stauchte er die kleinlaute Truppe zusammen. Ein gewisser General E.M., Oberkommandierender der Artillerie im Generalstab – einer aus der kriegstreiberischen, antisemitischen Clique am kaiserlichen Hof.

Freud kannte ihn. Er hatte ihn auf den ersten Blick erkannt. Er war dicker als damals, seine gewaltige Wampe wölbte sich über den Sattelknauf, aber die Stimme und die prahlerische Selbstherrlichkeit waren immer noch dieselben …

Er war dem General sechs Jahre zuvor begegnet, als er zum ersten Mal einberufen worden war und Dienst in einem Militärhospital in Wien tat. Freud war ein junger Kadett, stand gerade am Anfang seines Medizinstudiums, und die endlosen Manöver langweilten ihn. Er konnte nichts als Verachtung dafür aufbringen. An seinem Geburtstag hatte er sich davongemacht, wie er es so häufig tat, um in einem Café in der Ringstraße die Zeitung zu lesen und in aller Stille einen kleinen Braunen auf sein eigenes Wohl zu trinken.

Während er fort war, war der General ins Hospital gekommen – ein dünnerer Mann damals, schlank wie ein Schilfrohr, mit einem gefürchteten Wolfsgrinsen. Und er hatte damals schon genauso befehlsgewohnt gebrüllt wie heute, verlangte nach einem Mittel gegen den Tripper, den er sich in einem der Offiziersbordelle geholt hatte, und zwar ein bisschen plötzlich, er werde zu dringenden Beratungen bei Hofe erwartet. Freuds Abwesenheit war aufgefallen – unerlaubtes Entfernen während der Dienstzeit –, und als er abends zurückkam, hatte der General persönlich ihn verhaftet und ihn zu einer Woche Arrest verdonnert. Durchs Fenster hatte er ihm seine großen Zähne in einem irren Grinsen gezeigt und zufrieden bemerkt: »Das soll Sie lehren, nicht wieder fortzulaufen, mein guter Judendoktor!«

In seinem ganzen Leben war er nicht so gedemütigt worden. Eine Woche lang lag er Tag und Nacht auf seiner Pritsche, ertrug den Spott der anderen jungen Reservisten und hatte das Gefühl, kurz vor einem Nervenzusammenbruch zu stehen. Es war, als schlittere er auf einen Abgrund zu, sein ganzer Werdegang, seine Karriere drohten zu scheitern. In seiner Verzweiflung kehrte die Erinnerung an den Tag zurück, als er mit sieben oder acht Jahren auf den Teppich im Schlafzimmer seiner Eltern uriniert hatte. Und an die Beschimpfungen seines Vaters:

Aus diesem Jungen wird nie etwas werden!

Und nun war sein General wieder da – zurückgekehrt wie ein böser Traum, aufgeblähter denn je. Freud versuchte, ihn nicht anzusehen, hielt den Blick starr auf die Liste der grauenvollen Verwundungen gerichtet, und der große Mann schien ihn nicht zu bemerken. Nach ein paar weiteren Tiraden trat er sein duldsames Pferd in die Seiten, und es trug ihn zum nächsten Truppenabschnitt, wo er ebenso scharfe Verweise erteilte.

Doch abends war der General wieder aufgetaucht. Er saß im einzigen anständigen Café von Olmütz, beherrschte einen Tisch lärmender, ordengeschmückter Generäle in Sittichuniformen. Die Kellner standen diensteifrig um sie herum, lasen ihnen jeden Wunsch von den Augen ab, während Freud und die anderen jungen Reserveoffiziere nicht die geringste Chance hatten, etwas zu trinken zu bestellen.

Während er sie beobachtete, wurde Freud immer wütender. Er wollte nichts tun, was die Aufmerksamkeit des Generals auf ihn lenken könnte, aber es war so demütigend, so ungerecht! Und schließlich packte er einen Kellner bei den Schürzenbändern, der mit einem neuen Tablett voller Cognacgläser für die Generäle vorbeihastete.

»Jetzt kommen Sie hierher! Wer weiß? Vielleicht werde ich eines Tages auch General!«

Die anderen Offiziere an seinem Tisch brachen in Gelächter aus, und der Kellner machte tatsächlich Anstalten, sie endlich zu bedienen. Freud lehnte sich mit einem zufriedenen Grinsen zurück, genoss die Anerkennung, die seine Kühnheit ihm eingebracht hatte – bis ihm plötzlich aufging, dass seine Kameraden nicht mehr lachten, sondern verlegen auf ihre Hände und Biergläser blickten.

»*Sie*? *General*?«

Der riesenhafte, fette General stand blöde lächelnd hinter ihm, in der einen Hand eine Zigarre, einen Cognacschwenker in der anderen. Er hatte seinen Waffenrock und den obersten Knopf seiner Hose geöffnet, damit sein gewaltiger Bauch ein bisschen atmen konnte. Ein Hosenträger war über die Schulter gerutscht, und Freud kam in den Sinn, dass er aussah wie ein wütender Vater, der im Begriff ist, den Gürtel abzunehmen, um seinem Sohn eine Tracht Prügel zu verabreichen.

»Ein Mann, der seinen Posten verlässt, kann niemals General werden«, sagte er, während Freud auf die Füße kam, so hastig, dass er um ein Haar seinen Stuhl umgestoßen hätte. In seinem Rücken lachten jetzt die Kanarienvogelgeneräle. Freud stand dumpf in strammer Haltung da und wartete auf was immer noch kommen würde.

Als er noch ein Junge war, erinnerte er sich, hatte sein Vater ihm einmal erzählt, wie ein nichtjüdischer Herr ihn auf der Straße angefeindet hatte, seinen neuen Hut in die Gosse warf und ihm befahl, ihm Platz zu machen.

»Was hast du getan?«, hatte Freud ihn gefragt.
»Nun, ich habe meinen Hut aufgehoben«, hatte er geantwortet, und Sigmund war ganz elend geworden vor Scham über die Feigheit seines Vaters.

Doch alles, was er jetzt tun konnte, war strammstehen und erdulden, was immer der General sich einfallen ließ. Zu seiner unendlichen Erleichterung beschränkte er sich jedoch auf sein hässliches, zahnreiches Grinsen und wandte sich ab, wobei er eine knappe, verächtliche Handbewegung machte.
»Ein Deserteur kann niemals General werden«, wiederholte er – und fügte dann über die Schulter hinzu: »Außerdem sind Sie Jude!«
Die Generäle an ihrem Tisch lachten grölend, ebenso wie die Kellner und die Zivilisten an den anderen Tischen, und selbst die anderen jungen Offiziere grinsten verstohlen hinter vorgehaltener Hand. Und alles, was Freud tun konnte, war, sich steif zu verbeugen, ein paar Münzen für sein Bier auf den Tisch zu legen und das Lokal zu verlassen.
Für den Rest des Manövers gab er sich die größte Mühe, dem General aus dem Wege zu gehen, aber ein böser Zufall führte sie im Hallenbad des Regiments nochmals zusammen. Es war ein kühler Nachmittag, und der General war der einzige andere Schwimmer. Er watete wie ein Nilpferd ins Wasser, und die kleinen Wellen, die von seinem riesenhaften, behaarten weißen Bauch ausgingen, breiteten sich über das ganze Becken aus.
Freud war im Begriff, wieder zu gehen, als er feststellte, dass sie allein waren, doch stattdessen zwang er sich zu bleiben.
Was hast du getan?
Nun, ich habe meinen Hut aufgehoben ...
Der General wirkte weniger einschüchternd, beinah lächerlich in seinen Badehosen, und Freud war verwundert, dass er keine Epauletten darauf genäht hatte oder irgendetwas anderes trug, mit dem er der Welt zu jeder Zeit verriet, dass er ein General war. Bei dem Gedanken hätte er beinah laut gelacht.

In dem Moment hatte der General ihn entdeckt, und das breite, hässliche Grinsen malte sich langsam auf seinem Gesicht ab.
»Ach, Sie sind es, mein jüdischer Freund.«
Freud sagte nichts, zog Hemd und Holzsandalen aus und hängte sein Handtuch sorgsam über eine Stuhllehne. Dann trat er an den Beckenrand und sah aufs Wasser hinab. Es war getrübt vom Dampf, der aus der angrenzenden Sauna drang.
»Was für ein athletischer Körper!«, rief der General herüber, und das Grinsen wurde breiter. »Wie wär's, wenn Sie die Hose einmal kurz herunterlassen, so dass ich einen Blick riskieren kann, he?«
Freud stand wie erstarrt.
»Kommen Sie schon. Nur ganz kurz. Ich wollte immer schon mal wissen, wie ein beschnittener Judenschwanz aussieht. Wie wär's?«
Freud sah ihn an. Der General paddelte mit seinen fetten Händen und Beinen im Wasser herum wie ein Walross.
»Also? Nur ein kurzer Blick. Oder vielleicht stelle ich Sie wieder unter Arrest. Wie würde Ihnen das gefallen, hm? Dann könnte ich kommen und ihn mir ansehen, wann immer ich will.«
Immer noch hatte Freud sich beherrscht, sagte nichts, ließ nicht zu, dass sein Gesicht den leisesten Ausdruck zeigte. Stattdessen straffte er die Schultern und machte einen flachen, perfekten Kopfsprung ins Wasser, und das fette Lachen des Generals gellte in seinen Ohren, während er langsam und mit eiserner Disziplin seine Bahnen schwamm.
Er würde die zivilisierten Annehmlichkeiten seiner Heimatstadt nicht aufgeben und stattdessen irgendwo in die amerikanische Wildnis ziehen. Er würde sich in Wien niederlassen und für seine neue Wissenschaft, seine Sache, kämpfen, sich mit Fleiß und Beharrlichkeit eine Praxis aufbauen und Respekt für seine Theorien gewinnen.

Nicht als Flüchtling war er an der Küste der Neuen Welt gelandet, sondern als Eroberer, als Held, und die größten Köpfe der Wissenschaft würden ihn preisen und ehren.
Es würde sein wie ein unfassbarer, omnipotenter Tagtraum.
Seit Monaten hatte er es sich immer wieder ausgemalt: Er betrat die Bühne von Clark, oben in Worcester, und das Auditorium applaudierte begeistert, alle lehnten sich vor, um auch ja jedes Wort zu erlauschen.
Aber irgendwie war das Bild immer noch lückenhaft. Es blieb trüb wie das Wasser im Hallenbad – als läge unter der Oberfläche immer noch irgendetwas Unerforschtes.

Als er die Wohnung seiner Schwester in einem der neuen, gediegenen Häuser in Harlem endlich fand, war die Tür fest verschlossen. Auch sie seien in die Sommerfrische gefahren, teilte die Vermieterin ihm mit, Anna und seine beiden kleinen Nichten, Martha und Hella. Aber sie glaubte, Eli sei vielleicht noch in der Stadt, und sie werde ihm gern etwas ausrichten …
»Das ist nicht nötig, vielen Dank«, versicherte Freud. Die Vorstellung, einen Abend allein mit seinem Schwager zu verbringen, ohne Anna und die Kinder, die das Klima verbessern konnten, war zu grauenvoll, um auch nur darüber nachzudenken. »Ich werde sie besuchen, wenn ich auf der Rückreise wieder durch New York komme.«
Er tippte an seinen Hut und trat in die Spätsommersonne hinaus in der Absicht, zurück zum Hotel nach Downtown Manhattan zu gehen. Aber an der Amsterdam Avenue bog er falsch ab und verlief sich, fand sich in einem wunderschönen, weitläufigen Park wieder, der mit großer Finesse am Hang eines Hügels angelegt worden war.
Als er am anderen Ende wieder herauskam, stellte er fest, dass alle Menschen auf der Straße dunkelhäutig waren. Eine ganze Stadt schwarzer und brauner Menschen, größer als jede Stadt in Afrika, erkannte er – und doch nur ein Teil dieser gewaltigen Großstadt New York.

Am meisten verwunderte ihn, wie europäisch, wie *amerikanisch* sie wirkten: die gleiche Kleidung, die gleichen Imbissstände, die gleichen Geschäfte. Die gleichen Manieren oder gar bessere als die im weißen Downtown – Männer und Frauen verbeugten sich höflich und lüpften den Hut, wenn sie sich auf der Straße grüßten.

Wenn man ihre Haut bleichen und sie auf die Ringstraße stellen würde, wären sie von der Creme der Wiener Gesellschaft nicht zu unterscheiden. In Berlin würden sie waschechte kleine Deutsche abgeben ...

Bald musste er einsehen, dass er sich vollends verlaufen hatte. Die Straßen erstreckten sich endlos, und obwohl sie breit waren, gerade verliefen und nummeriert waren, wusste er nicht mehr, in welche Richtung er sich wenden musste. Es gab wenig Schatten entlang dieser neuen Blocks, das Gleißen der weißen Gehwege schmerzte in den Augen. Er war sehr erschöpft, und er brauchte eine Toilette und etwas zu trinken, doch hier gab es nichts, kein einziges öffentlich zugängliches Gebäude in diesem Teil der unüberschaubaren Stadt.

Er blieb stehen, um einen Moment auszuruhen, stützte sich schwer auf seinen Spazierstock und wischte sich mit dem Taschentuch den Schweiß von der Stirn. Schwarze Gesichter schwammen vorbei, starrten mit dem gleichen, einstudierten Desinteresse durch ihn hindurch wie der jüdische Mann mit dem schweren Bündel auf dem Kopf, den er vom Auto aus gesehen hatte. Der perfekte, undurchdringliche Blick, weder unfreundlich noch einladend.

Er genauso, dieser Jude. Wenn man ihm die richtigen Sachen anzöge, ein paar höfliche Floskeln beibrächte, könnte er sich unter die Wiener Maskilim *mischen, ohne aufzufallen.*

Plötzlich kam ihm eine peinliche Erinnerung in den Sinn, an die nationalistischen deutschen Studentenverbindungen, denen er sich zu Anfang des Studiums kurzzeitig angeschlossen hatte. All das Marschieren und die Parolen, und jeder trug eine Kornblume oder eine weiße Nelke im Knopfloch. Abendliche Besäufnisse im Biergarten, langatmige, schwärmerische Vorträge über den wahren deutschen Geist, die deutsche Seele. Goethe, Schiller, Beethoven, hatte ihr Blut nicht geradezu geschäumt vor Genialität! Welch ein Unsinn, welch vollkommener, infantiler Humbug! Alles nur, damit wir uns selbst für Genies halten konnten. Und heute drehte sich die ganze Welt um solcherlei Blödsinn ...

Er fühlte sich schwach und elend. Wenn er doch nur ein schnelles Transportmittel zurück zum Hotel finden könnte – aber hier gab es keine Droschken, auch keine der in Downtown allgegenwärtigen Hansoms und Mietautomobile. Der einzige Zug, den er sah, war eine dämonische Hochbahn in der Ferne, die in schwarze Rauchwolken gehüllt mit halsbrecherischer Geschwindigkeit und unter schrillem Pfeifen in eine gefährlich enge Kurve raste.

Die Hände auf dem Knauf seines Stocks zitterten ein wenig. Das hier war lächerlich, dachte er, er irrte umher wie Peary und Cook im ewigen Eis der Arktis. Aber er war sicher, wenn er nicht bald den Weg zum Hotel fand, würde er sich in die Hosen machen und hier mitten auf dem Gehweg in Ohnmacht fallen. Oder Schlimmeres ...

»Kann ich Ihnen behilflich sein?«

Ein älterer Herr blickte auf ihn hinab. Er trug einen Priesterkragen und einen gepflegten, schwarzen, maßgeschneiderten Anzug und strahlte eine stille, unerschütterliche Würde aus. Unter seiner Melone schaute eine gewaltige Mähne weißer Haare hervor, und er hatte eine sehr feine Haut, die beinah rötlich auf seinen schmalen Wangenknochen schimmerte.

»Kann ich Ihnen behilflich sein?«, wiederholte er, verbeugte sich höflich, tippte an seine Melone und stellte sich als Dr. Betancourt vor. Seine Augen blickten ernst und besorgt. Als Freud endlich aufging, was der Mann sagte, krallte er die Hand um seinen Arm.

»Ja. Ja, bitte. Ich versuche, zu meinem Hotel zurückzukommen …«
»Ich kann Ihnen helfen, überallhin zu kommen«, antwortete der Mann in perfektem Deutsch mit einem schwachen Berliner Einschlag. »Mietdroschken kommen leider nicht in diesen Teil der Stadt. Darf ich Sie erst einmal zu mir nach Hause bitten, bis Sie sich ein wenig erholt haben?«
»Das wäre sehr freundlich«, stammelte Freud und ließ sich von dem älteren Mann so selbstverständlich am Arm den Gehweg entlangführen, als sei er sein greiser Vater.

Der Geistliche half ihm die Stufen zum Eingang eines weiteren riesigen, neuen Mietshauses hinauf. Es war weiß wie ein Sarkophag und erstreckte sich über den ganzen Block. Doch das Arbeitszimmer in seiner Wohnung war kühl und dunkel, erholsam wie ein Schlummer nach der Hitze und dem gleißenden Licht auf der Straße. Die Vorhänge waren geschlossen und ließen nur einen schmalen Streifen Licht ein. Es war ein unordentlicher Raum, der verriet, dass hier viel gearbeitet wurde; überall stapelten sich Bücher und Papiere. Eine Couch, zwei Ledersessel und ein Schreibtisch mit Stuhl bildeten das Mobiliar.
Freud saß in einem der Ledersessel und trank ein Glas kalter Limonade. Ein gut aussehender Junge hatte es ihm gebracht, der gleich darauf wieder verschwand und einen der anderen Räume entlang des langen, dunklen Korridors betrat. Wie alles andere in Amerika war auch diese Wohnung riesig und mysteriös.
»Der Sohn meiner Schwester«, erklärte Dr. Betancourt. »Wir leben hier momentan alle zusammengepfercht, aber er ist ein guter Junge, sehr respektvoll. Ich habe ihn geschickt, einen Wagen für Sie zu mieten.«
Freud sah sich angesichts dieser neuen Erkenntnisse nochmals im Zimmer um. Und jetzt entdeckte er ein Tablett mit einem Gedeck in einer Ecke und eingerolltes Bettzeug, das hinter der Couch versteckt lag. Offenbar war dies nicht nur der Raum, wo dieser Mann arbeitete, sondern wo er ebenso aß und schlief.

»Gehören Sie zu einer der schönen, neuen Kirchen, an denen ich vorbeigekommen bin?«, erkundigte Freud sich höflich.
»Ach, nein«, antwortete der Geistliche und sah zu Boden, wobei ein schwaches Lächeln über sein Gesicht flackerte. »Derzeit treffen wir uns in einem Ladenlokal – doch wir hoffen, dass wir eines Tages das Geld für eine eigene Kirche haben werden.«
»Oh, verstehe.«
Freud wandte verlegen den Blick ab – und bemerkte ein kleines Bücherregal, wo er zu seiner Überraschung seine eigenen Publikationen in deutscher Sprache stehen sah, Teil einer kleinen, aber exzellenten Sammlung soziologischer, philosophischer und naturwissenschaftlicher Werke.
»Sie haben meine Bücher …«, entfuhr es ihm, und sofort schämte er sich seines Mangels an Bescheidenheit.
»O ja, ich habe all Ihre Werke gelesen. Es ist eine große Ehre für mich, Sie persönlich kennen zu lernen, Dr. *Freund*.« Der Pastor lachte in sich hinein, und Freud lächelte traurig.
»Erlauben Sie mir zu sagen, ich finde Ihre Werke brillant, wirklich brillant – wenn auch ein wenig einseitig«, sagte der Mann, jetzt wieder ernst.
»Ach wirklich? In welcher Hinsicht fanden Sie sie einseitig?«, fragte Freud und seufzte leise. »War es die Sexualität?«
»Nein, nein, das war nachvollziehbar.« Wieder huschte ein undurchdringliches Lächeln über das Gesicht des Geistlichen. »Nein, das war richtig. Ich finde nur, sie schenken den Einflüssen außerhalb der Familie nicht genügend Beachtung.«
»Zum Beispiel?«, fragte Freud, unfähig, einen kämpferischen Unterton aus seiner Stimme herauszuhalten.
Dr. Betancourt fuhr mit seinem Drehstuhl zur Wand herum, wo ein kleiner Rasierspiegel hing. Agil sprang er auf die Füße, nahm ihn von seinem Haken und brachte ihn Freud.
»Waren Sie je in einem Spiegelkabinett, Doktor?«
»Ich glaube nicht, nein …«
»Oh, das sollten Sie gelegentlich einmal nachholen. Dort gibt es alle nur erdenklichen Arten von Spiegeln. Manche machen einen

ganz groß, andere winzig, manche dick und wieder andere spindeldürr. Alle möglichen verschiedenen Reflexionen begegnen einem dort. Und so sehen wir uns, Doktor. Durch all diese Spiegel.«

Freud blickte in den Rasierspiegel hinab, den der Pastor ihm hinhielt, blickte in das Gesicht eines gestrengen, aber gütigen Großvaters – ein gepflegter weißer Bart, ordentlich gekämmte Haare, tiefe, symmetrische Furchen verliefen über die Wangen und unter den Augen.

Wie alt ich werde. Wie alt …

»Aber das impliziert Kultur, nicht wahr?«, wandte Freud ein. »Eine *nationale* Psychologie, nach der Deutsche als Deutsche analysiert werden müssen, Amerikaner als Amerikaner – was immer das sein mag …«

Dr. Betancourt schüttelte den Kopf.

»Nein, nein. Ich meine alle nur erdenklichen Spiegel. Es gibt einen Spiegel, in den ein Mann schaut, wenn er sich als Liebhaber sehen will, einen anderen, wenn er sich als Ehemann sehen will, als Vater oder als großen Mann. Und es gibt einen Spiegel, in den ein Mann schaut, wenn er sich als Weißen sehen will.«

»Aber das würde bedeuten, dass die Entfremdung bereits in uns angelegt ist«, sagte Freud langsam. Betancourt lächelte wieder.

»Wie könnte sie es nicht sein?«, fragte er leise. »Sehen Sie sich um. Schauen Sie sich an, was wir erschaffen haben. Wie könnten wir nicht entfremdet sein in dieser modernen Welt? Wie könnten wir es *nicht* sein?«

»Also gut. Angenommen, Sie hätten Recht. Wie steht es dann damit, dem Patienten – dem Menschen – das *wahre* Bild seiner selbst zu zeigen? Die objektive Realität?«

»Ist es das, was Sie tun, Doktor? Wirklich? Beschreiben Sie eine quantifizierbare, wissenschaftliche Realität? Oder erzählen Sie vielleicht einfach nur Geschichten?«

»Geschichten?«

»Oh, gute Geschichten, plausible Geschichten, Geschichten, die einen Sinn ergeben«, räumte Dr. Betancourt mit einem Lachen ein, lehnte sich vor und tätschelte Freud das Knie, um ihm zu zeigen, dass er ihn nicht beleidigen wollte. »Geschichten, die die Menschen zu der Überzeugung bringen, dass ihre Welt einen Sinn ergibt. Aber eben nicht mehr und nicht weniger als Geschichten.«

»Vielleicht. Jetzt noch«, antwortete Freud. Er musste sich wie immer dazu zwingen, eine andere Definition von Wahrheit zumindest zu erwägen. »Wir wissen noch nicht genug. Aber irgendwann einmal, ganz gewiss. Es gibt keinen Grund, warum wir nicht irgendwann in der Lage sein sollten, alle Phänomene von Verstand, Seele und Bewusstsein, bis hin zur Neurose und Paranoia, in wissenschaftlichen, biologischen Kategorien zu erfassen.«

»Sind Sie sicher? Welcher Spiegel reflektiert die Wirklichkeit, Doktor? Wie wollen Sie ihn finden? Sie haben einiges von unserer Stadt gesehen – was ist das wahre Amerika? Was bin ich? Ein schwarzer Diener Gottes? Eine Art neuer Neger? Ein *Nigger*?«

Das Lächeln war immer noch da, hart wie Granit auf dem Gesicht des Geistlichen.

»Ja, sicher, ich verstehe, was Sie meinen«, sagte Freud hastig. »Aber wenn das stimmt, wie können wir dann an der Realität festhalten? Was soll verhindern, dass der Mensch mit Haut und Haar irgendeinem idiotischen Mystizismus anheim fällt?«

Dr. Betancourt legte den Spiegel beiseite und streckte die Hände aus, als komme er zu einer besonders guten Pointe.

»Darum ist die göttliche Liebe die einzige Antwort, Doktor. Ewige, unbegründete Liebe.«

»Glauben Sie wirklich, der Mensch ist eine göttliche Kreatur?«, fragte Freud, so höflich er konnte.

»Nein. Ich glaube – genau wie Sie, Doktor –, dass er ein Tier ist. Wäre er göttlich, würde die Vernunft ausreichen. Weil er aber in seinem Herzen ein Tier ist, wird Vernunft niemals genug sein.«

»Das ist ein sehr fatalistischer Glaube.«

Betancourt warf ihm einen eigentümlichen Blick zu.

»Das ist die wahre Prüfung des Menschen, wie Sie doch sicher wissen. Die Welt ohne Illusionen zu betrachten und trotzdem mit Ehre und Anstand zu leben.«

Der hübsche, stille Junge kam zurück, als der Wagen unten vorgefahren war. Der Pastor schüttelte Freud die Hand und brachte ihn zur Tür. Er weigerte sich strikt, etwas von dem hässlichen grün-schwarzen Geld anzunehmen, das Freud ihm aufzudrängen versuchte.

»O nein«, protestierte er und wies mit einer Hand zurück auf den kleinen, abgedunkelten Raum. »Unser Gespräch war Lohn genug. Wie ich Sie beneide, in einer Stadt wie Wien zu leben, wo man den ganzen Tag lang über solche Dinge spricht!«

»Nun ja ...« Freud dachte an die arroganten Offiziere in ihren Operettenuniformen, die fetten Bürgersleute, die wüsten Studenten mit ihren Gesängen und Abzeichen.

»Ich wünschte, ich könnte es einmal sehen!«

Und nach ein paar weiteren überschwänglichen Abschiedsworten fuhr der junge Neffe des Pastors ihn zurück nach Downtown Manhattan. Langsam aber sicher wurden die Straßen schmaler, die scheußlichen Türme und Wolkenkratzer zu beiden Seiten immer höher, als fließe ganz Amerika hier zu einem einzigen, riesigen Menschenstrom zusammen.

Wie viele Spiegel gab es an einem Ort wie diesem?

Freud schüttelte den Kopf. Den Mut, mit der Wahrheit zu leben – ja, er war sicher, das konnte er. Aber ohne irgendeine Wahrheit zu leben, sich nur auf menschliche oder gar göttliche Liebe zu verlassen? Nein, das war zu viel verlangt. Er schüttelte den Kopf und beobachtete den schwarzen Jungen, der die Kutsche souverän durch das irrsinnige Gewühl auf den Straßen lenkte. Es gab nichts als die Wahrheit, entschied er, und er würde ihr treu bleiben, selbst wenn er das gelobte Land nie erreichen sollte.

39

Auf dem Boardwalk

Ihr Gondoliere fuhr sie mit finsterer Miene durch das Gewirr der Kanäle rund um den Dogenpalast. Auf den Balkonen der Gipspalazzi saßen Streichquartette und spielten die neuesten Broadway-Schlager.

Esther saß am Heck, eine Ausgabe des *Forward* und seinen Strohhut auf dem Schoß, während er lang ausgestreckt im Bug lag und ihre freie Hand betrachtete, die sie ins dunkle, grünliche Wasser getaucht hatte.

»Wofür liest du das Zeug?«, neckte er sie.

»Um informiert zu bleiben«, sagte sie und erwiderte sein Lächeln.

»Ach. Wozu soll das gut sein?«

»Es ist wichtig, Bescheid zu wissen, wenn man die Dinge verändern will.«

»Die Dinge verändern sich die ganze Zeit.« Er zuckte die Schultern. »Was spielt das schon für eine Rolle?«

Ihre Gondel hielt an einem kleinen Restaurant gleich unterhalb eines romantischen Sperrholzpalastes und dem nicht minder romantischen venezianischen Nachthimmel: endlose Bahnen dunkelblauer Gaze nur ein paar Meter über ihren Köpfen, erhellt von einer kugelförmigen elektrischen Lampe. Sie kletterte vorsichtig aus der Gondel auf die Piazza, während der Gondoliere desinteressiert dabeistand und eine Zigarette rauchte. Sie bekamen einen Tisch, aßen Spaghetti und Tiramisu, während einer der allgegenwärtigen Geiger von Tisch zu Tisch ging und für ein paar Münzen die Lieblingslieder der Gäste spielte.

»Du weißt, du kannst mir vertrauen«, sagte sie unvermittelt, und sah ihn über den Tisch hinweg mit ihren großen, braunen Augen sehr ernst an.

»Was?«, fragte er erschrocken, versuchte, so unschuldig wie möglich zu klingen.

»Ich meine nur, du kannst mir vertrauen. Ich weiß, dass du nicht zufällig hier bist.«

»Was? Woher willst du das wissen? Warum ...«

»Hör schon auf«, unterbrach sie ungeduldig. »Ich sehe, wie du hier die Zeit totschlägst. Und dieses Hotel, wo du wohnst. So viel kann selbst ich mir zusammenreimen.«

Er wollte wieder protestieren, aber sie hob die Hand.

»Manchmal denke ich, du bist nur mein *Dibbuk*, den ich erdacht habe und immer herbeirufen kann, wenn ich will.« Sie lächelte. »Es ist schon gut, ich muss nicht wissen, worum es geht. Ich wollte nur sagen, dass du mir vertrauen kannst.«

»Ähm ... na ja, es ist nicht ...«, stammelte er.

»Ich glaube, dass du dich hier vor irgendwas versteckst.«

»Halt dich lieber da raus«, sagte er. »Das ist nichts für dich, mein Täubchen. Ich hab dir gesagt, ich bin ein Schurke.«

»Aber was ist es?«

Sie streckte die Hand über den Tisch aus, aber er wandte den Blick ab.

»Einfach Scherereien. Nur eine Sache, die im Dunkeln passiert ist«, murmelte er.

Niemand sieht je, was im Dunkeln passiert.

»Du kannst mir vertrauen, ganz gleich, was es ist.«

Er sah sie an. Sie war so ernst, ihre großen Augen schimmerten feucht von der Heftigkeit ihrer Gefühle, und er dachte, vermutlich könne er es ihr erzählen. Wahrscheinlich würde sie ihn sogar dafür bewundern.

Also, warum schämte er sich?

Er schämte sich gar nicht wirklich. Es war eher so, dass er es im-

mer noch nicht ganz richtig begriff. Und er wollte nicht, dass sie ihn für eine Sache bewunderte, die er selbst immer noch nicht verstanden hatte.
Niemand sieht je, was im Dunkeln passiert.

40

Big Tim

»Wohin jetzt, Big Tim?«, fragte Photo Dave.
»Oh, zum Gefängnis, Dave. Auf jeden Fall zum Gefängnis.«
»Was wird mit Seiner Durchfälligkeit?«
Es stand ein weiteres Treffen mit dem Bürgermeister auf der Tagesordnung. Wie so oft.
»Erst zum Gefängnis, würde ich sagen. Sagt nicht unser Herr Jesus Christus, man solle keine arme Seele in Gefangenschaft schmachten lassen?«
Sie fuhren die Hester Street entlang, vorbei am Chaser Mark, dann weiter zur Broom Street, wo das neue Polizeihauptquartier wie ein Schlachtschiff über der Straße aufragte.
Fünf Stockwerke aus massivem Granit, mit Marmorverzierungen und jeder Menge griechischer Schnörkel. Die erhabenen klassischen Züge, seine schiere Masse sollten ein für alle Mal die Autorität des Gesetzes manifestieren – leuchtend weiß und rein. Drinnen war alles sehr modern und professionell. Es gab eine Sporthalle, ein gerichtsmedizinisches Labor, eine Verbrecherkartei und sogar einen Warteraum für Chauffeure.
Es war nur ein weiteres Beispiel für die Selbsttäuschung der Reformer: Wenn man nur etwas baute, das groß und neu genug war, konnte man die Menschen dazu bewegen, sich dieser Größe anzupassen. An dem Tag, als sie aus dem alten Hauptquartier an der Mulberry Street hierher umgezogen waren, hatte Sullivan Dutzende von Polizisten in ihren langen, altmodischen Mänteln

auf der Straße gesehen, die Arme voll mit ihrem alten Plunder: Spucknäpfe, gerahmte Fotos der alten Jungs. Die grüne Regimentsflagge mit der goldenen Harfe des Fighting 69th. Eingestaubte, rote Bücher, in denen die Festnahmen bis zurück zu den Tagen von Boss Tweed verzeichnet waren. Bald sah es aus wie jedes andere Polizeirevier in der Stadt, so vertraut und gemütlich wie Paddys Pub.

»Kann man euch helfen, Leute?«, fragte einer der fröhlichen Cops hinter dem Schalter und kam herübergeschlendert. Er verströmte diese beinah unbezähmbare Leutseligkeit von Männern, die den ganzen Tag mit anderen Männern zusammenarbeiteten, die taten, was ihnen beliebte.
Aber selbst er steckte ein bisschen zurück, als er sah, wen er vor sich hatte.
»Mr. Sullivan!«, rief er aus, so respektvoll, dass Big Tim beinah damit rechnete, er werde salutieren.
»Oh, ich weiß, warum Sie hier sind, Sir. Er ist unten. Buckley hat ihn gestern Abend hergebracht. Unerlaubter Schusswaffenbesitz. Eine große Sattelpistole war's …«
»Na bitte, das ging doch schnell«, sagte Big Tim zu Photo Dave, ehe er sich wieder an den Sergeant wandte.
»In Ordnung, Sergeant. Dann spielen Sie Vergil für unseren Dante, und geleiten Sie uns hinab.«

Der Zellentrakt im Untergeschoss stank nach Urin, Erbrochenem und ungewaschenen Leibern, und auf der Mitte der Stufen konnte man schon eine ausgetretene Spur erkennen, wo die Schließer ihre Gefangenen entlangführten. Die unvermeidliche irische Legende besagte, dass es hier unten spukte, aber Big Tim hatte Zweifel. Der Zellentrakt war in geradezu deprimierender Weise nüchtern, wie in jeder Polizeistation auf der ganzen Welt: Schemenhafte, verzweifelte Gesichter starrten sie durch die Gitterstäbe hindurch an. Big Tim versuchte, ihre Blicke nicht zu erwidern, weil er fürchtete, ein bekanntes Gesicht zu sehen oder einfach jemanden, der sein Mitgefühl weckte. Heute hatte er einfach keine Zeit …

Vor Teddy und der Reform hatte es weniger Zellen gegeben. Stattdessen hatte jedes Polizeirevier sein eigenes Obdachlosenasyl im Keller: eine Reihe harter, weiß getünchter Pritschen. Wäscheleinen über einem Kanonenofen. Und das unvermeidliche Schild an der Wand:

KEIN FLUCHEN ODER LAUTES REDEN
NACH NEUN UHR

In den kältesten Winternächten verbrachten vielleicht zweihundert oder gar vierhundert Menschen die Nacht auf dem Revier, ganze Familien saßen zusammengekauert um die Öfen.

Freilich, die Öfen qualmten fürchterlich, und die Laken und Decken hatten eine unappetitlich gelbe Farbe, und alle waren bis zum nächsten Morgen eingesperrt – aber es war trotzdem besser als das Tombs oder ein Lüftungsschacht. Dann hatten die Reformer beschlossen, dass man ein Verbrechen begehen musste, ehe man aufs Revier gebracht werden konnte. Wieder eine ihrer Willkürentscheidungen, die die Armen von den Kriminellen unterschied. Jetzt waren die warmen Zellen voller Betrunkener, während die Familien draußen auf der Straße froren.

Sie kamen zur letzten und größten Zelle, tief im Schatten am Ende des Gangs.

»Hier ist er. Nummer 99. Das Beste, was wir zu bieten haben, genau wie Sie wollten.«

Der Sergeant zögerte, ehe er die Tür aufsperrte, und ein Blick genügte Big Tim, um zu verstehen, warum. Der Gefangene saß kerzengerade auf seiner schmalen Pritsche und starrte ihnen unverwandt entgegen. Ein kompakter junger Mann, gekleidet wie ein Dandy, aber gefährlich und wütend wie ein gefangener Panther.

»Und jetzt hüte ja deine Zunge!«, drohte der Sergeant und warf sich in die Brust, aber er wirkte nicht besonders überzeugend.

Der junge Mann in der Zelle sagte nichts, sah nur stur geradeaus, so als schätze er die Entfernung zu seiner Schlagader ab.
Big Tim räusperte sich entschlossen, um den Bann zu brechen, und steckte dem Sergeant ein Trinkgeld zu, als sei er ein Kellner.
»In Ordnung, Liam. Lassen Sie uns allein, wir haben etwas zu besprechen.«
»Sicher, Sir«, sagte der Cop und wandte sich ab, um die Zellentür aufzuschließen, allerdings nicht, ohne vorher seinen Schlagstock zu ziehen, bemerkte Big Tim. Man konnte es dem Cop nicht verübeln, es war unschwer zu erkennen, dass der Gefangene jeden Einzelnen von ihnen am liebsten umgebracht hätte. Er selbst spürte ein leises Aufflackern von Furcht – aber er straffte die Schultern und betrat die Zelle wie ein Löwenbändiger und ließ Photo Dave draußen, um dafür zu sorgen, dass sie ungestört waren.
»Sieh an, sieh an. Lazar Abramowitz«, sagte er und brachte den jungen Gangster sofort auf die Palme.
»Mein Name ist Gyp«, fauchte er, wütend, aber ebenso überrascht.
Big Tim hatte noch keinen Gangster getroffen, sei er Jude, Ire oder Italiener, der unter seinem wirklichen Namen bekannt sein wollte. Sie mochten ihre phantasievollen, gefährlich klingenden Pseudonyme – aber vor allem wollten sie nicht, dass ihre Mütter je erfuhren, was sie trieben.
»Was immer du sagst, Gyp. Jedenfalls ist unerlaubter Schusswaffenbesitz ein sehr ernstes Vergehen.«
Er setzte sich auf die Pritsche, so nah wie möglich neben Gyp. Und er stellte verblüfft fest, dass Gyp am ganzen Leib zitterte, als könne er seinen Zorn über diese Ungerechtigkeit kaum beherrschen.
»Das ist ein Witz, das wissen Sie ganz genau!«, brach es aus ihm heraus. »Ich erledige meine Jobs mit einem Knüppel oder einem Stück Blei in meinem Taschentuch. Wenn ich einen Schießprügel brauche, hat eine meiner Huren ihn in der Tasche. Das wissen Sie so gut wie ich!«

»Ja, ja. Nun, ich kann kaum erwarten zu hören, wie du das den Geschworenen erklärst. Es ist eine wirklich gute Verteidigung.«

Gyp schwieg trotzig, und im trüben Licht der Zelle erkannte Big Tim getrocknetes Blut in seinen dichten Haaren und einen provisorischen Verband.

»Du meine Güte, hat Buckley das getan?«, fragte er mit gespielter Betroffenheit. »Bei Gott, er wird ein Enthusiast, sobald er einen Schlagstock in der Hand hält. Vielleicht solltest du ...«

»Dieser lächerliche Wicht? Er hat mich kaum angetippt. Das war ein anderer Schweinehund, mit einer Schaufel«, schnaubte Gyp. »Aber ich werde mich schon um ihn kümmern ...«

»Schluss jetzt«, schnauzte Big Tim und packte Gyp plötzlich bei seinem roten Seidenschal, während er den anderen Unterarm auf die Kopfwunde presste, gerade hart genug, dass der Gangster unwillkürlich zusammenzuckte. Gyps Augen funkelten vor Zorn, aber Sullivan glaubte, gerade noch genug Vernunft, genug Einsicht zu erkennen, um ihn zurückzuhalten.

»Ich habe dich gebeten, eine bestimmte Sache zu erledigen, und es eilt.«

»Ich weiß«, zischte Gyp. »Ich werde es tun. Sobald ich ...«

»Dazu bleibt keine Zeit! Tu was du willst mit Kid Twist oder deinen anderen Ganovenfreunden, aber erst, wenn du fertig bist. Ich will nichts mehr davon hören, was du mit deinen Lenox-Avenue-Jungs im *Grand Duke's* getrieben hast oder ob dir einer im Rattenkeller das Hirn zu Brei geschlagen hat, Herrgott noch mal! Du wirst tun, was ich dir sage, und zwar jetzt gleich, oder ich sorge dafür, dass sie dich auf unabsehbare Zeit nach Sing-Sing schicken.«

Er schleuderte Gyp mit Macht gegen die Zellenwand, stieß ihn absichtlich mit dem Kopf dagegen und sprang auf. Außer sich vor Zorn begann Gyp, sich aufzurichten, und für einen Sekundenbruchteil glaubte Big Tim, er habe sich in dem Mann geirrt und er werde ihm tatsächlich an die Kehle gehen. Erst im allerletzten Moment gelang es ihm, sich zu beherrschen. Er blieb auf

seiner Pritsche sitzen und starrte Sullivan mit diesen kalten, rastlosen Pantheraugen an.
»Gut«, gratulierte Big Tim. »Wenigstens hast du noch ein bisschen Verstand übrig.«
Gyp nickte, sein Gesicht war jetzt eine unbewegte Maske.
»Na schön. Steh schon auf. Wir können nicht zulassen, dass ein unbescholtener Mann wie du eine vom Steuerzahler finanzierte Gefängniszelle besetzt. Das würde den Reformern überhaupt nicht gefallen.«

Sie erledigten den Papierkram oben im Revier, und Big Tim gab dem Sergeant ein paar Scheine. Bußgeld, Kaution oder Schmiergeld, er machte sich nicht einmal die Mühe zu fragen. Das war auch nur eine der scheinheiligen Unterscheidungen, die den Kern der Sache vertuschte: Man bezahlte Geld, um aus dem Gefängnis zu kommen.
Als sie das Hauptquartier verließen, machte Gyp sich ohne ein weiteres Wort davon und war innerhalb von Sekunden mit der Menge auf dem Gehweg verschmolzen.
»Was denn, kein Dankeschön?«, rief Big Tim ihm spöttisch nach. Er bekam keine Antwort, aber er war sicher, dass er gehört worden war. Doch ob Gyp ihm auch gehorchen würde, war wieder eine andere Frage.
»Vergiss nicht, was ich gesagt habe!«
»Also ehrlich, was für eine halbe Portion«, bemerkte Photo Dave und sah Gyp kopfschüttelnd nach. »Kein John Morrisey oder Bill the Butcher, was?«
»Nein.«
»Aber sie sind alle klein heutzutage. Lauter Hänflinge. Ich weiß noch, früher waren sie alle an die eins achtzig groß und gebaut wie Straßenbahnen. Gangster sind auch nicht mehr das, was sie mal waren.«
»Stimmt.«
Sie gingen die Eingangsstufen des Polizeihauptquartiers hinab, und Photo Dave Altman schwelgte in Erinnerungen an die gro-

ßen Raufbolde und Messerstecher seiner Jugendzeit. Aber er hatte schon Recht: Heute waren sie alle relativ kleine, flinke Männer, die geschickt mit einer Klinge oder einer Pistole umzugehen verstanden. Auf den ersten Blick wirkten sie völlig harmlos, waren aber finsterer und tödlicher denn je.
Die Jungs der Gang, zu der Tim selbst einmal gehört hatte, waren im Vergleich dazu nur Kinder gewesen. Googy Corcoran, Baboon Connolly und Red Rocks Farrell und all die anderen Whyos. Sie hatten sogar eine offizielle Preisliste drucken lassen:

ZUSAMMENSCHLAGEN – ZWEI DOLLAR,
OHR ABSCHNEIDEN – FÜNFZEHN DOLLAR,
DER GROSSE JOB – HUNDERT DOLLAR UND MEHR.

Kindisch und idiotisch, das waren sie, und er konnte von Glück sagen, dass er genug Verstand besessen hatte, in die Politik zu gehen, ehe er selbst in Sing-Sing endete oder in einem Kühlfach in der städtischen Leichenhalle.
Er war letztlich von einem wohlmeinenden Distriktleiter gerettet worden, einem Mann, der nicht viel anders war als er selbst heute. Tammany konnte auf die Gangs nicht verzichten – sie manipulierten die Wahlergebnisse und holten das Geld aus den Geschäftsleuten und übernahmen gewisse unappetitliche Aufgaben wie diese hier. Aber man musste sie unter Kontrolle halten, sonst nützten sie gar nichts. Man durfte nicht zulassen, dass der Schwanz mit dem Hund wedelte, und das war der Grund, warum er das Schusswaffengesetz durchgesetzt hatte. Er hatte große, bewegende Reden dafür gehalten, drüben in Albany, sorgte dafür, dass die Gesetzesvorlage seinen Namen trug: Das Sullivan-Gesetz besagte, dass jeder Bürger sich strafbar machte, der eine verdeckte Waffe trug.
Die Reformer waren außer sich gewesen. Sie kamen einfach nicht dahinter, was er beabsichtigte, dabei war es eigentlich ganz leicht zu erkennen, wenn man Augen im Kopf hatte. Durch dieses Gesetz konnte ein Cop jedem eine Waffe unterschieben, der

zur Räson gebracht werden musste. Die Gangster versuchten, ihre Taschen zuzunähen, und ließen ihre Frauen die Waffen tragen, aber wie üblich entging ihnen mal wieder, wie der Hase wirklich lief: Mit diesem Gesetz in der Hinterhand konnten die Cops sie erst mal niederknüppeln und ihnen die Waffen später in aller Seelenruhe auf dem Revier unterjubeln.

So liefen die Dinge nämlich. So mussten sie laufen, denn die Organisation musste die Kontrolle behalten. Und das war auch der Grund, warum der schöne Charlie Becker und Beansy würden weichen müssen.

Trotzdem konnte Big Tim ein Schaudern nicht unterdrücken, als er daran dachte, welch eine rastlose Bestie er gerade auf Herman losgelassen hatte. Er sah sein breites, fleischiges, gut aussehendes Gesicht vor sich, die Lippen rot und voll wie die eines Schauspielers, die kleinen schwarzen Augen immer feucht vom Überschwang seiner Gefühle. Und sein gespaltenes Kinn bebte zweifellos ein wenig, während er dem Bezirksstaatsanwalt seine Geschichte diktierte.

Es ist ein reiner Freundschaftsdienst.

41

Sadie Mendelssohn

Ihre Mutter sagte immer, es sei ihr vorherbestimmt gewesen, eine Hure zu werden, diese Frau von der anderen Seite des Hofs habe sie verführt, und ganz gleich, was Sadie auch sagte, sie ließ sich von dieser Überzeugung nicht abbringen.

Das Problem war, dass die Frau sich weigerte, die Vorhänge zu schließen. Sie bediente ihre Freier dort auf ihrem schmalen, weißen Bett, ein Stockwerk tiefer, aber genau gegenüber ihrem Schlafzimmerfenster. Sadie und ihre Schwestern konnten alles sehen, selbst durch das dreckverschmierte Glas.

Die endlose, schleichende Prozession von Männern, die Köpfe gesenkt, und sie behielten die Hüte auf. Manche berührten sie schüchtern, anderen fielen mit ungeschickter Hast auf sie und drückten sie aufs Bett nieder. Schnell oder langsam, dürr oder dick; so unterschiedlich wie jede einzelne Schneeflocke – nur ihre Dinger waren alle gleich.

Sadie und ihre Schwestern fanden die Frau wunderschön mit ihren langen, schwarzen Haaren und ihrer hellen Haut – so hell, dass die blauen Venen überall durchschimmerten. Alles an ihr wirkte zart und fein.

Sie beobachteten sie morgens, während sie schlief. Meistens hatte sie die Decke abgestrampelt, lag flach auf dem Rücken, splitternackt, und schlief wie tot, die Arme über dem Kopf ausgestreckt. Die Brüste, die sich langsam hoben und senkten. Das kleine schwarze Vlies unten zwischen ihren Schenkeln, die

leicht gepolsterten Hüften, die die Männer so zu mögen schienen.
Ihre Mutter hatte ihnen verboten, sie zu beobachten. Sie war immer sehr vorsichtig, allein mit drei Töchtern, sogar zu ängstlich, einen Untermieter zu nehmen. Aber wenn sie von der Arbeit in der Regenschirmfabrik heimkam, wo sie die spinnenartigen Metallrahmen in die straffen Stoffbezüge zwängte, fand sie alle drei am Schlafzimmerfenster, von wo aus sie fasziniert hinüberstarrten.
Sie konnte nichts tun, um sie daran zu hindern. Sie bestrafte sie, tauschte das Schlafzimmer mit ihnen, obwohl ihres viel zu klein war für drei heranwachsende Mädchen – und trotzdem, sobald sie das Haus verließ, schlichen sie hinüber, um durchs Fenster die Hure von gegenüber zu beobachten.
Schließlich suchte ihre Mutter die Frau selber auf. Von ihrem üblichen Platz am Fenster aus sahen sie sie – ihre kleine Mama –, wie sie erbost auf die schöne, dunkelhaarige Dame einredete. Sie flehte sie an, fortzuziehen, sie drohte, sie der Polizei zu melden. Sie bot gar an, selber Vorhänge zu nähen. Aber es nützte alles nichts.
»Wer sind Sie, dass Sie sich in meine Angelegenheiten einmischen?«, entgegnete die Frau. »Es ist mein Heim, ich kann hier tun, was mir gefällt.«
»Aber meine Töchter. Meine Töchter müssen all das mit ansehen!«
»Und? Wer sind Ihre Töchter, dass sie wie Rockefellers leben sollten? Besser, sie sehen, wie das Leben wirklich ist!«
»Aber warum so früh? Es ist nicht anständig ...«
»Sie sollen ruhig sehen, wie ich leben muss!«, hatte die Frau erwidert, wütend und trotzig. »Es soll ruhig jeder sehen, wie ich in dieser Welt mein Brot verdienen muss! Lieber das, als die Wahrheit hinter Vorhängen verstecken!«
Die Frau blieb uneinsichtig, und die Polizei war an der Sache nicht interessiert. Sie versuchte, sich beim Stadtrat ihres Bezirks zu beschweren, der einen seiner Mitarbeiter schickte, um der Sa-

che nachzugehen – aber es dauerte nicht lange, bis der Sekretär des Stadtrats, jung und schüchtern wie ein *Jeschiwe-Bocher*, mit dem Hut in der Hand in ihrem Zimmer stand. Und bald rammelte und zuckte auch er auf dem schmalen weißen Bett herum, ohne auch nur vorher die Hosen auszuziehen. Er war einer von den Schnellen …

Sie beobachteten sie auch weiterhin, wann immer sie konnten. Es war nicht einmal ihr Beruf, der sie so sehr faszinierte, sondern dieser Einblick ins Erwachsenenleben.

Sie studierten aufmerksam jeden noch so kleinen Hinweis, sahen zu, wie sie sich anzog, ihre Strümpfe und Strumpfbänder hochzog, ihre seltsame, seidene Unterwäsche überstreifte. Sie beobachteten, wie sie sich morgens die Haare bürstete, an einem Sonntagnachmittag ein Stück Huhn aß, allein an ihrem kleinen Tisch. Und manchmal weckte sie spät nachts ein Geräusch – kämpfende Katzen oder ein Mülleimer, der polternd auf die Straße gestellt wurde – und wenn sie dann aus dem Fenster schauten, sahen sie sie vielleicht gerade heimkommen, betrunken durch ihre Wohnung torkeln und die Kleider abstreifen.

Wenn sie darüber nachdachte, Jahre später, kam Sadie immer zu dem Schluss, dass die Frau ihre Vorhänge vermutlich deswegen offen gelassen hatte, damit *irgendwer* sie dort sah und wusste, dass sie noch lebte.

Und doch – eines Morgens, nachdem Mama zur Arbeit gegangen war, stürzten sie ans Fenster und sahen sie schlafend auf dem Fußboden liegen. Anfangs dachten sie, das sei auch eins dieser merkwürdigen Vorrechte der Erwachsenen, doch dann ging ihnen auf, dass ihre Haut noch bläulicher und durchsichtiger schien als gewöhnlich. Auch schien sie tiefer zu schlafen, als sie es je gesehen hatten, und in einer noch seltsameren Haltung – ihr Rücken gewölbt, der Hals verdreht, wieder vollkommen nackt, aber ihre Zehen waren eingerollt, auch ihre Finger waren nach innen gebogen, als wolle sie sich festkrallen.

So schlief sie den ganzen Tag hindurch und den nächsten. Aber sie sagten nichts, sie wollten nicht, dass Mama merkte, dass sie wieder spioniert hatten. Ihr Körper schien unversehrt, aber sie lag immer noch so da, die Hände ins Leere gekrallt. Wenig später sahen sie den Vermieter in ihre Wohnung treten, in Begleitung des jungen Stadtratssekretärs, der ihn geholt hatte. Und sie beobachteten, wie beide Männer nach ihren Taschentüchern griffen und sie vors Gesicht drückten, und der Vermieter hastete hinaus, während der *Jeschiwe-Bocher* reglos dastand, Hut in der einen, Taschentuch in der anderen Hand. Bis schließlich eine geraume Zeit später die Leute vom Leichenschauhaus kamen. Sie hievten den kalten, blauen Leichnam auf eine Trage und warfen eine Pferdedecke über ihre Blöße, ehe sie sie auf die Straße hinunterbrachten.

Ihre Mama sagte immer, diese Frau habe sie verführt, aber Sadie wusste allerhand über das Leben, selbst damals schon. Sie hatte nie den geringsten Wunsch verspürt, wie diese Frau zu sein – nicht einmal früh morgens, wenn sie todmüde und mit schmerzenden Knochen aufstehen musste, nachdem sie und ihre Schwestern in der Kartonfabrik zu arbeiten begonnen hatten, und sie sie immer beneidet hatten, weil sie ausschlafen konnte. Doch Sadie hatte nie eine Hure werden wollen.

Es war später geschehen, als sie anfing, die Wäsche auf dem Dach aufzuhängen. Sie war gern auf dem Dach, dort war es luftig und kühler, und man traf immer irgendwelche Leute. Mütter und Töchter, die ihre Wäsche aufhängten, nackte kleine Kinder, die kichernd umherrannten, Mietkassierer und die Krankenschwestern von der Gesundheitsfürsorge, beide gingen sie mit ihren kleinen schwarzen Aktentaschen im ganzen Block von Haus zu Haus, ohne je einen Fuß auf die Straße setzen zu müssen.

Die jungen Männer saßen auch gern da oben auf dem Dach. Sie tranken Bier, warfen die Dosen in den Hof hinunter und ließen ihre Tauben, die sie in engen Verschlägen hinter dem Wassertank hielten, um die Wette fliegen.

Sie liebte es, die Vögel zu beobachten – die wundervollen Jakobinertauben und die Pfauentauben, die aufgeplusterten, einherstolzierenden Kropftauben und Tümmler, die alle die faszinierendsten Kapriolen in der Luft vollführten. Bald ging sie jeden Abend hinauf, um sie zwischen den Häuserblocks hinabtauchen und einhersegeln zu sehen, zu beobachten, wie sie sich in immer enger werdenden Kreisen hinabschraubten. Und jedes Mal kehrten sie auf das geteerte Dach und in ihre engen Taubenschläge hinter dem Wassertank auf dem hölzernen Gerüst zurück.

Die Jungen erlaubten ihr, bei ihnen zu sitzen und die Vögel zu beobachten, so lange sie nur wollte. Einer, den sie Crazy Butch nannten, war besonders nett zu ihr. Er war ihr Anführer und, befand Sadie, der hübscheste von ihnen – groß und breitschultrig, mit einem feschen Schnurrbart, einer kleinen Narbe auf der linken Wange und einer Melone, die in einem verwegenen Winkel auf seinem Kopf saß. Er hatte immer ein Lächeln für sie und ließ sie seine Tauben halten, selbst die allerschönsten Pfauentauben, und sie streichelte ihnen behutsam die Köpfe.

Sie machte sich trotzdem nichts vor. Sie wusste, er war älter als sie und außerdem ein *Schtarke* irgendeiner Straßengang und obendrein vermutlich ein Dieb. Aber manchmal, wenn sie nachts in dem Zimmer lag, das sie mit ihren Schwestern teilte, konnte Sadie nicht anders als sich auszumalen, wie es wäre, wenn er sie einmal ins Theater oder in eine der Tanzschulen an der Norfolk Street ausführen würde.

Seit sie ein kleines Mädchen war, hatte sie immer gern vor dem Eingang der Tanzschule gestanden. An den Abenden, wenn es einen Tanzwettbewerb gab, standen alle Mädchen aus dem Viertel vor der Tür, nur um die Tänzer hineingehen zu sehen: die Frauen in ihren wunderschönen Kleidern, die Männer in ihren besten Cuts, und ihre Füße schienen kaum den Boden zu berühren. Sie schwebten an ihnen vorbei in den Tanzsaal.

Drinnen sah die Welt ganz anders aus, aber es war nicht weniger spaßig. Sobald Sadie alt genug war, um Geld zu verdienen, lief sie immer hinüber, sobald Mama für ein paar Minuten das Haus verließ, nahm sich nicht einmal Zeit, die Schürze abzubinden. Es war so unglaublich aufregend. Der ganze Raum schien zu vibrieren, die tanzenden Paare schwitzten und glitten Wange an Wange übers Parkett. Ein cholerischer Tanzlehrer mit einer wilden Mähne stand in der Mitte und versuchte, sie im Takt zu halten, indem er mit seinem Stock auf den Boden klopfte. Und alle ignorierten ihn, flirteten, saßen an der Bar, tranken Selleriesoda und beäugten einander verstohlen …

Sadie stand mit all den anderen Aschenputteln an der Tür, strich ihren Rock glatt und warf einen prüfenden Blick auf ihre Schürze – und hielt verstohlen nach einem Partner Ausschau, der sie hineinführen und sie auf der Tanzfläche umherwirbeln würde, anmutig und schwerelos wie die Tauben im Flug.

An einem Sommerabend kam sie aufs Dach hinauf und fand es völlig verlassen. Normalerweise war es um diese Tageszeit von Frauen bevölkert, die ihre Wäsche abnahmen, aber am Nachmittag hatte es geregnet, und keine hatte Wäsche nach draußen gehängt. Es war riskant, allein auf dem Dach zu sein, das wusste sie. Aber nachdem der heftige Schauer nachgelassen hatte, war der Abend so schön, dass sie nicht widerstehen konnte. Und außerdem entdeckte sie die jungen Männer. Sie nahmen die Wachstuchplane ab, die sie zum Schutz vor dem Regen über die Taubenschläge gebreitet hatten, und vergewisserten sich, dass keiner ihrer anfälligen Vögel sich verkühlt hatte.

»He – komm rüber!«

Sie trat leise hinter den Wassertank, wollte die feierliche Inspektion der Vögel nicht stören. In ihren billigen, grellen Anzügen und ihren übergroßen Melonen sahen sie wie kleine Jungen aus, die die Sachen ihrer Väter anprobierten, dachte sie. So ernst und besorgt um ihre Tauben.

»Komm her!« Crazy Butch hatte sie als Erster entdeckt und grinste so ansteckend wie eh und je. Und sie war zu ihnen getreten, scheu, aber doch geschmeichelt, dass sie sich freuten, sie zu sehen. Der Regen hatte jetzt ganz aufgehört, Sonnenschein glitzerte in den schwarzen Pfützen auf der rauen Dachpappe. Es war einer dieser seltenen Momente der Kühle nach einem Sommerregen, ehe die breiige Hitze wieder aufstieg, so dass es zum Abend hin heißer wurde als zuvor.

»Komm her!«, wiederholte er, streckte ihr einen Vogel entgegen, und sie nahm ihn und hielt ihn in beiden Händen. Es war eine seiner besten Pfauentauben, erkannte sie, die breiten, blauen und weißen Schwanzfedern sträubten sich zwischen ihren Fingern.

Sie hielt sie fest, spürte dieses kleine Leben, Herz und Kehle pochten in ihren Händen, und sie sah zu den Dachjungen auf. Sie standen alle grinsend im Kreis um sie herum, und sie lächelte schüchtern zurück und überlegte, ob sie den Vogel vielleicht falsch hielt oder was so Besonderes an diesem Vogel war, das ihr entging.

»Komm her«, sagte Crazy Butch wieder, legte die Hand ganz leicht auf ihre Schulter und küsste sie auf den Mund.

Sie begriff es nicht sofort. Ihre Lippen waren nachgiebig, entspannt, lächelten immer noch dümmlich über die Taube in ihren Händen.

»Was ist los, war das nicht gut genug für dich?«, fragte er und küsste sie noch mal, vor all den anderen, mitten auf den Mund, dann glitten seine Lippen über ihre Wange, ihren Hals, während seine Hände roh und forschend über ihre Brüste fuhren, ihre Seiten und Hüften.

Wie betäubt trat sie einen Schritt zurück, die Taube nach wie vor in den Händen. Einer der anderen Jungen stieß sie wieder nach vorn, und Crazy Butch küsste sie wieder, und dieses Mal rissen seine Zähne ihre Lippe ein. Dann trat einer der anderen jungen Männer zu ihr und küsste sie, dann noch einer.

Die Taube stieß einen rauen Schrei aus – ganz anders als das sanfte Gurren, das sie sonst von sich gaben –, und ihr wurde dumpf bewusst, dass sie sie viel zu fest hielt.

»Lass den Vogel los«, sagte Crazy Butch und grinste sie immer noch so ansteckend an.
»Was?«, fragte sie.
»*Lass den Vogel los*«, wiederholte er, und es klang ungeduldig.
»Was?«
Sie hatte das Gefühl, sie verstand überhaupt nichts mehr. Sie küssten sie immer noch, ihre Freunde vom Dach, stellten sich vor sie, befummelten sie, fuhren mit ihren Zungen über ihr Gesicht und grapschten nach ihren Brüsten.
»Was? Was?«
Das Grinsen immer noch im Gesicht, schüttelte Crazy Butch den Kopf, drängte die anderen beiseite und trat vor sie. Er hob den Arm, und sie dachte, *Er schlägt mich nicht, es ist absolut ausgeschlossen, dass er mich schlägt*. Und dann tat er es doch, schlug ihr hart mit dem Handrücken ins Gesicht.
Sie fiel hintenüber, ihre Hände öffneten sich endlich und ließen die Taube los. Sie flog mit einem Schrei davon, breitete die üppigen, blauweißen Schwanzfedern aus wie eine Schleppe. Crazy Butch reichte ihr eine Hand, um ihr aufzuhelfen, das Grinsen unverändert im Gesicht. Als sie einfach reglos liegen blieb, packte er ihren Arm, zerrte sie hoch und wieder hinter den Wassertank, quetschte ihren Kopf unter seinem Arm ein, so dass sie kaum atmen konnte.
»Komm schon, komm schon. So ist es gut. Jetzt sei ein gutes Mädchen, kleine *Kale*. Sei ein gutes Mädchen …«
Seine Kumpel standen jetzt ein wenig zurück, grinsten sie aber nach wie vor gierig an. Und in diesem Augenblick ging Sadie auf, dass er nicht einmal ihren richtigen Namen kannte.
»Wir werden's dir jetzt besorgen, und du lässt uns, sonst bist du tot«, versprach Crazy Butch und fing an, an ihrem Kleid und Unterrock zu zerren.
Da begann sie zu schreien. Sie fasste keinen klaren Entschluss, anfangs war ihr nicht einmal bewusst, dass sie schrie. Zuerst, als sie sie geküsst hatten, war ihre Kehle zu trocken gewesen, als dass sie auch nur einen Laut hätte von sich geben können, aber

jetzt schrie sie und trat und schlug um sich. Sie versuchten, ihr den Mund zuzuhalten, aber sie biss sie, biss in ihre Finger, so dass sie Blut schmeckte. Und sie schrie und kreischte so laut sie konnte, schrie nach ihrer Mama, ihren Schwestern oder sonst irgendwem, der sie retten könnte.

Doch es hatte geregnet, und niemand war auf dem Dach. Sie selbst hatte auch oft Schreie gehört, wenn sie unten in der Wohnung war, aber man war nie sicher, woher sie kamen, oder ob es nicht nur spielende Kinder waren. So war das eben in der Großstadt. Bestenfalls hatte sie einen Blick aus dem Fenster geworfen, aber da sah man nur einen Winkel vom Hinterhof und die Fenster von gegenüber …

Irgendetwas wurde ihr in den Mund gestopft, etwas Öliges, Widerliches, so dass ihre Kehle sich schloss. Sie wurde hinter den verwitterten, bauchigen Wassertank geschleift, wo sie ihr die Fetzen ihres Kleides und die Unterwäsche vom Leib rissen, die billigen Strümpfe, die Mama ihr wider besseres Wissen auf dem Chaser Mark gekauft hatte, herunterzerrten, und dann vergewaltigten sie sie dort auf dem Dach unter dem Taubenschlag. Zwei hielten ihre Arme fest, zwei ihre Knöchel, und die anderen rissen Witze und rauchten und tranken Bier. Crazy Butch war der Erste, dann kam einer nach dem anderen, bis zwischen ihren Schenkeln nur noch eine dumpfe Masse aus Schmerz war.

Es nahm und nahm kein Ende, über den Rand des Dachs schien ihr die untergehende, dottergelbe Sonne in die Augen. Die Tauben gurrten gleich über ihrem Kopf – anfangs scharrten und flatterten sie noch umher, doch als die Sonne unterging, wurden sie ruhig. Die grinsenden Jungengesichter mit dem Pfirsichflaum und Daddys Melone tauchten vor ihrem Blickfeld auf und ab, sägten sie langsam mitten durch. Hinter ihnen sah sie den Wassertank aufragen und versuchte, sich darauf zu konzentrieren. Sie versuchte, mit der Kraft ihres Willens das altersschwache Holzgestell einbrechen zu lassen, so dass das Wasser das Dach überfluten und alles hinwegspülen würde – sie selbst, die Jungen, die in sie hineinstießen, und die gleichgültigen

Tauben. Alle und alles sollte es vom Dach spülen. Aber das tat es nicht.

Sie ließen erst von ihr ab, als die Sonne untergegangen war und sie wussten, dass bald andere Leute aufs Dach hinaufkommen würden, um zu rauchen und zu reden und die heißfeuchte Nacht hier draußen zu verbringen. Unten im Haus hörte sie schon all die Laute, die das Ende des Abendessens verkündeten: Teller wurden abgekratzt und gespült, Stühle von Tischen zurückgeschoben, Pfeifen angezündet, und sie dachte, dass jetzt bald alles vorbei sei.

Stattdessen stellten sie sie auf die Füße, warfen ihr die Wachstuchplane vom Taubenschlag über den Kopf und zerrten sie wankend und taumelnd die Treppe hinab. Durch finstere, unterirdische Gänge brachten sie sie zu einem fensterlosen Kellerraum, stießen sie hinein und sperrten die Tür ab. Auf dem schmalen Feldbett, das sie dort fand, wurde sie bewusstlos.

Sie erwachte in der Dunkelheit, Stunden oder Tage später, sie wusste es nicht. Ihre Kehle brannte, war vollkommen ausgetrocknet, ihre Schenkel mit ihrem getrockneten Blut verkrustet. Sie dachte an ihre Mutter und Schwestern irgendwo da oben und fragte sich, ob sie überleben würde. Sie musste einen Weg finden zu leben, beschloss sie, nicht wie die Frau auf der anderen Seite des Hofs …

Sie zermürbten sie systematisch. Sie ketteten sie an das Feldbett, ließen ihr nichts außer einer einzelnen Decke und einem alten Nachttopf, kamen und vergewaltigten sie wieder und wieder, wochenlang. Sie brachten ihre Freunde mit, flößten ihr billigen Whiskey ein und zwangen sie zu immer widerlicheren Dingen. Sie gaben ihr nur dann und wann ein bisschen altes Brot und Hering zu essen, bis sie sich schwindelig und fiebrig fühlte, zu schwach, um irgendetwas anderes zu tun, als auf dem Bett zu liegen.

Als sie sie schließlich freiließen, war es zu spät. Sie suchte nach Mama und ihren Schwestern, aber sie waren fortgezogen, und

niemand wusste, wohin. Es dauerte Monate, ehe sie sie fand, und als sie sie fand, war es endgültig zu spät, sie war eine Hure geworden, genau wie sie es gewollt hatten.
Sie verkauften sie von einem Zuhälter zum anderen, und sie arbeitete sich von der Mott Street über die 14. Straße vor bis ins Theaterviertel. Eine Zeit lang war sie in einem Haus im Tenderloin, wo reiche Männer heimlich mit jungen Mädchen fotografiert und anschließend erpresst wurden – zu dem Zweck trug sie Rüschenkleider und Haarschleifen und zwängte ihre fraulichen Brüste in ein enges Korsett. Als sie dafür zu alt wurde, wechselte sie in ein anderes Bordell, eins mit einer Madame, wo sie wenigstens etwas von ihrem Geld behalten durfte. Dort gab es hübsche Teppiche und ein richtiges Klavier im Salon, und manchmal saß sie spät nachmittags zusammen mit den anderen Huren um das Klavier herum, ehe der Abendbetrieb losging, und sie sangen ihre rührseligen, alten Lieblingslieder:

There is rest for the weary,
There is rest for you
On the other side of Jordan,
In the sweet fields of Eden,
Where the Tree of Life is blooming,
There is rest for you …

Dann eines Nachts, als Hochbetrieb herrschte, all die anderen Mädchen Kundschaft hatten und der Klavierspieler eine Pause machte, hatte sie ihr Zimmer verlassen, um sich zwischen zwei Freiern einen Schluck Wasser zu holen. Auf Zehenspitzen war sie nach unten geschlichen und sah die Freier dort sitzen, die seelenruhig rauchten und die Füße schwingen ließen. Sie saßen im Salon wie Männer beim Frisör, die darauf warten, an die Reihe zu kommen.
In dieser Nacht hatte sie das Bordell verlassen. Sie brach den kleinen Blechsafe auf, den die Madame hatte, und machte sich davon, felsenfest entschlossen, ihre Mutter und Schwestern zu

finden, und dieses Mal hatte sie Erfolg. Dieses Mal suchte sie, bis ihr Geld fast ganz aufgezehrt war, doch sie weigerte sich, zurück auf die Straße zu gehen, auch nicht für eine Nacht. Und schließlich fand sie ihre Mutter und eine der Schwestern oben in der Bronx, auf der Jerome Avenue, unweit des Grand Concourse. Als ihre Mutter ihr die Tür öffnete und sie anstarrte, als sei sie von den Toten zurückgekehrt, konnte sie nicht anders, als in Tränen auszubrechen.

Da hatte sie herausgefunden, dass Mama glaubte, die Hure von gegenüber habe sie verführt. Mama hatte von ihr gehört, hatte sogar monatelang gewusst, wo sie war, und jetzt wollte sie sie nicht wieder aufnehmen.

»Deine Schwester Deborah ist auch weg!«, eröffnete sie ihr voller Zorn – Sadies andere Schwester, Rebecca, stand still und bleich hinter ihr in der Diele – eine Fremde.

»Alles wegen dir und wegen dieser *Nafke* von gegenüber!«

»Ich will euch nur helfen. Ich hab das hier …« Sadie streckte ihr die wenigen Scheine und Münzen entgegen, die noch übrig waren, aber ihre Mutter schlug ihre Hand weg.

»Pah! Meinst du, du kannst einfach niesen und damit die Vergangenheit wegblasen? Es ist zu spät. Zu spät! Gott helfe dir. Mögen dein Name und dein Andenken für immer aus der Welt getilgt sein!«

Natürlich konnte sie nicht in das gute Bordell zurückgehen, und so endete sie wieder bei einem Zuhälter, der ihr alles Geld abnahm, das sie noch besaß. Nicht lange, und sie war so tief gesunken, dass sie unter der Hochbahn an der Allen Street oder der Bowery stand, mit all den anderen Bordsteinschwalben zusammen hinter den Pylonen hervorspähte. Bis sie eines Nachts auf der Suche nach Kundschaft, durchgefroren und hungrig und halb tot vor Angst, der nächste Freier werde ihr ihr ganzes Geld abnehmen, die Hand nach diesem Fremden ausgestreckt hatte, der ihr Lazar wurde: *Geben Sie mir einen Penny, Mister?*

Und er hatte sie übernommen. Er hatte ihr neue Sachen gekauft, ihr die erste anständige Mahlzeit seit einer Woche gegeben. Eine Zeit lang hatte sie wieder ordentlich verdient, oben im Tenderloin und in den protzigen neuen Hotels am Times Square. Sie war noch jung, die Männer mochten ihre Figur, und sie hatte gelernt, wie man sie zum Lachen brachte.

Sadie war einfach nur dankbar, dass sie wieder genug zu essen hatte, einen warmen Platz zum Schlafen und vernünftige Kleidung. Er ließ sie seine Gangsterfreunde unterhalten oder die kleinen Politiker, an denen er ein Interesse hatte, oder hieß sie andere Kleinigkeiten für ihn erledigen, und er war zufrieden, solange sie tat, was er sagte.

Lange Zeit glaubte sie, dass er sie vielleicht auch gern hatte. Liebe, sagte sie sich, war etwas für Eiskremsodaträume, aber er musste sie doch wenigstens ein bisschen gern haben. Warum sonst sollte er ihr all die feinen Kleider kaufen und das gute Essen? Warum sonst befahl er ihr, Bänder in die Haare zu flechten und auf ihre Erscheinung zu achten? Er hatte andere Mädchen, andere Geschäfte, er *musste* sie mögen. Sie gestattete sich gar zu glauben, dass vielleicht er der Grund für alles war, was sie erlitten hatte – die Vergewaltigung auf dem Dach, die Zurückweisung ihrer Mutter, selbst die tote Frau in dem Zimmer auf der anderen Seite des Hinterhofs.

Langsam, ganz langsam hatte sie sich diesen Gedanken aus dem Kopf geschlagen. Es war das Schwierigste, wozu sie sich je durchgerungen hatte, schwieriger gar, als in dem unaussprechlichen Kellerloch den Willen zum Weiterleben zu finden. Er liebte sie nicht. Sie erkannte es an Hunderten, an Tausenden von Kleinigkeiten über die Jahre: ein abfälliger Blick, ein Wort, sein Unwillen, sie zu berühren, sein Ausdruck im Spiegel oder einer Fensterscheibe, wenn er glaubte, sie schaue nicht hin.

Und trotzdem fand sie immer Entschuldigungen für ihn, schob es auf ihr angegrautes Haar, ihre eigenen Fehler. Nach wie vor ging sie für ihn auf die Straße und tat alles, was er von ihr verlangte, denn sie fürchtete sich vor ihm, und sie fürchtete sich davor, was ohne ihn aus ihr werden würde.

Aber er liebte sie nicht. Das war eine unabänderliche Tatsache. Und als sie das erkannte, ließ sie sich eine Zeit lang gehen. Alles war ihr gleich, sie dachte, es sei ebenso gut, an der Syphilis zu sterben oder von einem Raubmörder unter der Hochbahn der Bowery abgestochen zu werden, als dieses Leben zu leben.
Und dann hatte sie da auf der Hester Street gestanden und den Straßenhändler abgelenkt, während er das Pferd vergiftete. Sie stand da, sah das wundervolle Tier sterbend auf der Straße liegen, und sie kam zu derselben Erkenntnis wie damals in dem schauerlichen Kellerloch: Sie wollte leben.
Danach fing sie an nachzudenken und Geld beiseite zu legen. Aber sie wusste immer noch nicht so recht, wie sie ihn verlassen sollte. Es musste ein klarer Schnitt sein, und sie musste es so einfädeln, dass er sie niemals finden konnte.
Ein paar Wochen nach der Sache mit dem Pferd war er wieder zur Hochbahn gekommen und hatte eine neue Aufgabe für sie. Als sie ihm das wenige Geld gab, das sie an diesem Tag gemacht hatte, schüttelte er nur den Kopf. Sie betrog ihn inzwischen nach Strich und Faden, aber er schöpfte nicht einmal Verdacht, so unattraktiv fand er sie.
»Ich möchte, dass du jemanden für mich beschattest«, eröffnete er ihr.
»Beschatten? Ich weiß nicht, ob ich das so gut kann.«
»Hier taugst du jedenfalls nichts mehr, also sieh zu, dass du es gut kannst«, sagte er, und seine Augen waren kalt und voller Verachtung. »Ansonsten bist du wertlos für mich.«
Er wollte, dass sie seine Schwester Esse beschattete. Er brachte sie zu dem Mietshaus an der Orchard Street, um sie ihr zu zeigen, damit sie wusste, wie sie aussah. Obwohl sie sich schon begegnet waren. Lazar hatte sie einmal mitgenommen, um sie seiner Schwester vorzustellen – einer seiner Streiche. Später hatte Esse *sie* aufgesucht, an ihrem Platz unter der Hochbahn, und versucht, sie zu überreden, mit zum Wohlfahrtshaus zu kommen und sich Arbeit in einer Fabrik zu suchen.
Jeden anderen hätte sie ausgelacht. Das einzig schlimmere

Schicksal, das Sadie sich vorstellen konnte, als schreiend vor Schmerzen in einem Puff an der Water Street zu krepieren, war, in die Kartonfabrik zurückzukehren, wo sie als Mädchen gearbeitet hatte – vierzehn Stunden am Tag Pappkartons falten. Doch die Anteilnahme seiner Schwester rührte sie. Sie war nicht wie diese Reformfrauen oder die frommen Missionarinnen, die immer so taten, als müssten sie eine Quote an geretteten Seelen erfüllen und böten ihr etwas, das sie eigentlich gar nicht verdient hatte. Esse empfand nicht nur Scham und Schuldgefühle wegen ihres Bruders, sie schien ehrlich besorgt um Sadie.

»Aber ist dir denn nicht klar, welches Risiko du hier eingehst? Das kann doch kein Leben für dich sein«, hatte sie sich schließlich ereifert, und Sadie formulierte ihre Absage behutsam.

»Und was hast du mir stattdessen zu bieten? Einen langsamen Tod, Tag für Tag? Auf diese Weise hier habe ich wenigstens ein bisschen Spaß.«

Esse schien am Boden zerstört.

»Ich weiß, ich weiß. Aber es scheint mir nicht richtig.«

»Mach dir keine Sorgen um mich …«

Für einen Augenblick träumte sie davon, sie wären wirklich Schwägerinnen und wohnten Tür an Tür. Sie malte sich aus, wie sie sich nachmittags gegenseitig zum Tee besuchten. An Feiertagen große Familienfeste ausrichteten, mit all ihren Kindern am Tisch … und vielleicht auch ihre eigenen Schwestern und ihre Mutter …

Das kann niemals sein, schärfte sie sich ein, während sie Esse im Schatten unter der Hochbahn verschwinden sah. *Ein solches Leben werde ich niemals haben*.

Und jetzt wollte er, dass sie Esse nachspionierte. Das war eine ganz neue Entwicklung, eine, die ihr einiges Potenzial zu haben schien, wenn sie ihre Trümpfe richtig ausspielte. Sie hatte noch keine Ahnung, wie sie es anstellen sollte, aber es war offenbar eine Sache, an der ihm viel lag, und wenn es so war, dann wollte sie es so gut machen, wie sie konnte, und dann würde sie ja sehen, wie es ihm gefiel.

42

Sadie Mendelssohn

Am folgenden Sonntag stand Sadie draußen vor der Tür und wartete, als Esse aus dem Haus in der Orchard Street kam, die Stufen hinablief, vorbei an dem deutschen Saloon und der Ziege mit den goldenen Hörnern. Esse war ihr selbst nicht unähnlich – lange braune Haare, große dunkle Augen und volle Lippen. Ein bisschen dünner als Sadie von der ewigen Schinderei – aber auch das änderte sich, dachte sie traurig, sie wurde mit jedem Jahr dünner, das sie unter der Hochbahn verbrachte.
Sadie folgte ihr in eine Straßenbahn zur Grand Central Station, stieg dann in dem neuen, blendend weißen Bahnhof mit ihr um in einen Zug der *New York & Sea Beach Line,* der sie durch das weite Flachland von Brooklyn bis nach Coney Island hinausbrachte, und Sadie folgte ihr aus dem Bahnhof und auf die Surf Avenue.

Das Sonnenlicht traf sie wie ein plötzlicher Schlag. Instinktiv wandte Sadie das Gesicht der Sonne zu, schloss die Augen und streckte die Hände aus wie ein Bittsteller. Um unauffällig zu sein, trug sie ein altes, formloses schwarzes Kleid, aber es war vollkommen unpassend für den Strand. Doch das war gleich, sie spürte, wie diese reine, trockene Hitze sie durchdrang, fühlte sie bis in die Knochen.
Es war Jahre her, seit sie auf Coney Island gewesen war, zuletzt in dem Sommer, als sie versucht hatte, in den Hotels am

Brighton Beach und im Steeplechase zu arbeiten. Doch jetzt erinnerte es sie an ihre Kindheit. Ihre Mutter war manchmal sonntags mit ihnen an den Strand gefahren, und Sadie war immer im Wasser geblieben, so lange sie konnte, bis sie vor Kälte zitterte, und Mama rief sie zu sich und gab ihr eins von den Hühnchensandwiches, die sie mitgebracht hatte. Sie rubbelte sie mit einer alten Decke ab und legte sie in den warmen Sand, und die Sonne durchdrang ihr Badekleid, ihre Wäsche, ihre Haut, bis sie so warm und trocken war wie nie zuvor in ihrem Leben.

Sie sah Esse immer noch ein gutes Stück vor sich. Eilig, mit entschlossenen Schritten, ging sie zu einer der Attraktionen oder einem Treffpunkt. Geblendet von der Sonne, folgte Sadie ihr, so gut sie konnte, durch das Haupttor von Dreamland, vorbei an einem riesengroßen, nackten Engel mit prachtvollen Brüsten, die jedes beliebige Mädchen zur begehrtesten Hure der ganzen Bowery gemacht hätten.

Was Esse, abgesehen von den Achterbahnen und anderen Attraktionen, hierher führte, konnte Sadie nur raten. Lazar hatte ihr lediglich befohlen, seiner Schwester zu folgen und festzustellen, ob sie sich mit irgendjemandem traf, mit irgendwem sprach. Und jetzt sah sie sie zu ihrer Überraschung zu einem Mann treten – einem Mann, den sie kannte, in einem feschen Gangsteranzug und Melone. Er nahm liebevoll ihren Arm und begrüßte sie mit einem Kuss auf die Wange, so vornehm, wie ein Gentleman seine Frau begrüßen mochte.

Sadie fühlte einen heftigen Stich der Eifersucht, aber sie folgte ihnen weiter den Boardwalk entlang. Es war nicht schwierig. Sie schlenderten gemächlich über die Holzbohlen, sahen aufs Meer hinaus, eng aneinander geschmiegt, ohne die Welt rundherum wahrzunehmen. Dann betraten sie zu ihrer weiteren Verwunderung ein heruntergekommenes Hurenhotel, das wie ein riesiger Elefant aussah.

Sadie stand draußen, betrachtete das Hotel ein paar Minuten und sah hinter einem der Fenster ein gelbes Licht aufflackern. Dann machte sie kehrt. Sie hatte alles herausgefunden, was sie wissen musste.

Sie traf sich also mit einem Mann. Seine Schwester traf sich mit einem Mann. Das würde Gyp sicher brennend interessieren – vor allem, wenn man bedachte, wer dieser Mann war.

Sie ging entlang der Surf Avenue zurück und überlegte, was sich daraus machen ließe. Sie kaufte sich ein Eis, eine blaurote Wolke Zuckerwatte, dann ein Bier. Sie mietete sich gar ein Badekleid, einen hübschen kleinen Matrosenanzug, an einem der Badepavillons am Strand, lief mit nackten Füßen durch den Sand, ließ sich von der Sonne bescheinen und steckte die Zehen ins Wasser.

Sie hat sich mit einem Mann getroffen …

Vom Strand ging Sadie zurück Richtung Vergnügungsparks, sah sich die Elefanten und den einarmigen Löwenbändiger in Bostock's Circus und eine witzige kleine Vorführung an, die nur von Zwergen und Liliputanern bestritten wurde. Einer der Zwerge streckte ihr eine Drahtblume entgegen, und als sie sie nahm, schnitt sie sich in den Finger. Aber er war sehr nett zu ihr und tupfte die Wunde mit seinem Taschentuch ab. Er war ein missgestalteter kleiner Mann mit einem großen Kopf und winzigen Arm- und Beinstummeln, die ihr einen Schauer über den Rücken jagten.

Er warf ihr einen bedeutungsvollen Blick zu, während er ihr sein Taschentuch reichte, aber sie war zu abgelenkt, um sich zu fragen, was er wollte. Sie nahm die Blume und spazierte weiter über den Boardwalk, blieb beim *Tin Elephant* stehen, unter dem kleinen, gelb erleuchteten Fenster. Das Licht brannte immer noch, und sie wartete geduldig, sah die Huren mit ihren Freiern ein und aus gehen. Sie warfen ihr neugierige, feindselige Blicke zu, fürchteten neue Konkurrenz. Denn genau das war sie, eine Hure …

Sie hat sich mit einem Mann getroffen …

Gyp würde es sich etwas kosten lassen, davon zu erfahren, das wusste sie. Vielleicht genug, um sich von ihm zu befreien, sich selbstständig zu machen. Und hatte die Hure von gegenüber nicht genau das zu Mama gesagt? Dass eine Hure ein Recht hatte, ihre Interessen zu schützen, denn niemand sonst tat es für sie. Aber andererseits war es riskant. Lazar würde jeden hassen, der ihm die Nachricht brachte, das wusste sie. Und wie es auch ausging, sie würde nach wie vor tun müssen, was er wollte, würde von seiner Gnade abhängig sein. Und sie hatte seine Schwester gern, selbst wenn diese das Glück hatte, verliebt zu sein.
Sie stand lange Zeit da und dachte nach. Irgendwann nach Einbruch der Dunkelheit kam Esse wieder heraus, und Sadie folgte ihr langsam zurück zum Boardwalk, zurück zum Bahnhof und in die Stadt, wo Gyp ihren Bericht erwartete. Aber wie der aussehen würde, wusste sie noch nicht.

43

Trick der Zwerg

Mir war es gleich, als der große, falsche Mexikaner verschwand. Ich wusste, es steigerte die Wahrscheinlichkeit, dass *er* uns finden würde, aber das kümmerte mich nicht. Ich war einfach nur froh, dass ich den anderen für mich allein hatte.

Er hätte auch verschwinden sollen, nachdem Louie gegangen war. Er hätte das erste Schiff ums Horn besteigen sollen, einen Zug nach Kalifornien, ein Dampfboot zu den Inseln – ganz gleich, so lange es nur weit genug weg war von diesem Monster.

Das sagte ich ihm auch – aber ich wusste, er würde nicht gehen. Nur ein Geächteter bringt es nie fertig, von zu Hause fortzugehen. Er blieb und wartete auf – was?

Und als dann Wochen vergingen, ohne dass Spanish Louie oder irgendwelche von Gyps Jungs auftauchten, fingen wir beide an zu glauben, dass es gut gehen könnte. Vielleicht war Louie ja klüger, als wir angenommen hatten, und hatte sich selber Richtung Westküste aufgemacht, ohne uns etwas davon zu sagen. Vielleicht wollte er nur, dass wir *glaubten*, er kehre in seine alten Jagdgründe zurück, damit Gyp the Blood ihn schnappen und seine Eier in einen Schraubstock klemmen konnte.

Mir war das egal. Ich war glücklich, ihn da zu haben. Er erzählte mir Geschichten und zeigte mir neue kleine Gaunertricks aus der großen Welt. Es war fast, als hätte ich einen Freund – oder einen zweiten Vater. Ich tat so, als könne es immer so weitergehen, ließ mich von dem Zusammenspiel von Sonne, Sand und

Salzwasser in Sicherheit wiegen. Und irgendwie vermittelte er mir ein Gefühl, das mein Vater mir nie gegeben hatte, nämlich dass er das Schlimmste verhindern konnte.

Warum hätte ich anders denken sollen als alle anderen? Alles in Dreamland war so vergänglich wie der Sand, auf dem es erbaut war, aber niemand wollte das glauben: meine armen Untertanen nicht, die ihre Gärten anlegten und ihre Familien planten, felsenfest überzeugt, dass sie bis ans Ende ihrer Tage in Liliputa leben würden. Auch Manny Brinckerhoff nicht, der von winzigen, perfekten Städten träumte, die die Archäologen der Zukunft verblüffen sollten. Und ganz sicher nicht meine wunderbare, verrückte Carlotta, die glaubte, sie könne für immer schön und verrückt bleiben und dabei ihre Unschuld bewahren.

Und auch nicht die Horden, die für eine Stunde oder eine Woche nach Coney kamen, wie in Trance vorwärts taumelten und all die Wunder anstarrten. Und sie zweifelten keine Sekunde daran, dass die Dinge immer besser, immer unglaublicher würden. Dass zu ihrer Unterhaltung Wunder am Fließband produziert wurden, immer, immer weiter, bis die alte rhetorische Frage zum Fluch würde: *Nehmen die Wunder nie ein Ende? Nehmen die Wunder nie ein Ende?*

Unseres war das leichtgläubigste aller Zeitalter, denn alles wurde wahr. Wie konnte man nicht an alles, aber auch alles glauben, wenn man diese zischende, glitzernde Phantasmagorie erlebte, die Dreamland und Luna Park und Steeplechase darstellten, all die elektrischen Wunder, die exotischen Wilden, die todesverachtenden Fahrgeschäfte und die winzigen Babys, die in Brutkästen um ihr Leben rangen?

Es gab natürlich noch etwas anderes, das ihn in Dreamland hielt. Das gab es immer. Er hatte sie am Strand kennen gelernt, eine Näherin aus einer der Textilfabriken. Und sie war auch reizend, intelligent, blasse, semitische Züge, spitzes Kinn, spitze Nase, volle Lippen. Aber nichts Besonderes eigentlich. Er kam manchmal zu Besuch mit ihr – und dann hockte sie nervös auf

einem winzigen Louis-XV.-Sessel und bemühte sich, meine Carlotta nicht anzustarren, wenn diese ihre Verrücktheiten abspulte.
Ich musste lächeln, wenn ich sah, wie verliebt er in sie war, obwohl sie so durchschnittlich war. Doch bald ertappte ich mich dabei, dass ich sie beide um ihre Durchschnittlichkeit, ihre Normalität beneidete. Sie war nichts Besonderes, sagte ich mir immerzu. Sympathisch auf eine zurückhaltende Art, beinah würdevoll. Ein schüchternes kleines Mädchen aus einer Kleiderfabrik, dessen Hand man halten konnte, das man lieben, von dem man träumen konnte. So gewöhnlich, so sentimental, wie aus einer Kurzgeschichte von O. Henry.
Aber wie unerreichbar das für mich war. Der alte Traum erwachte wieder: Es konnte doch nicht so ganz und gar unmöglich sein, dass ich auch so jemanden fand, oder? Hübsche junge Mädchen heirateten alte, fette Schwachköpfe, Rohlinge, Säufer und Schurken. Ich wusste das, ich sah sie schließlich jeden Tag auf der Tribüne im großen Zelt. Warum nicht einen Zwerg? Warum nicht *mich*? All die unstillbaren, unvernünftigen Sehnsüchte, die ich unter feinen Teppichen und edlem Madeira begraben hatte, kamen mit Macht zurück. Sollte ich denn niemals so etwas haben? Es musste doch *irgendeine* geben, abgesehen von einer halb irren Schaubudenkönigin – eine, die real war.

Ich sah sie am Ende des großen Aufmarschs. Ich hatte gerade meine Runde beendet, mit der ich die Parade durch das große Zelt führte, ehe wir unser widerwärtiges kleines Lied anstimmten, und da war sie. Sie saß in der ersten Reihe der Galerie, trug scharlachrote Schleifen in ihren gewellten braunen Haaren und einen sittsamen kleinen Matrosenanzug, jungfräulich weiß und blau abgesetzt, geradezu lächerlich mädchenhaft eigentlich, aber er ließ sie nur noch reizender und verwundbarer erscheinen.
Die Männer konnten weder die Augen von ihr abwenden noch die Finger von ihr lassen. Ich beobachtete, wie sie ihr ins Ohr flüsterten, die buschigen Backenbärte berührten ihre Wange,

Hände glitten ihre Arme hinab, über die Schenkel, versuchten, ihre Knie zu öffnen. Sie versuchten ihr Glück, wie sie es immer taten, versuchten, sie zum Lachen zu bringen: Sie wollten sehen, wie weit sie gehen konnten.

Sie ließ sie gewähren. Sie machte kein Theater und schob die zudringlichen Hände eher abwesend weg. Ihre riesigen braunen Augen starrten verloren ins Leere, den Blick vage auf die gegenüberliegende Zeltwand gerichtet.

Irgendetwas zwang mich, sie zu beeindrucken, ihr etwas vorzuspielen, ihr klarzumachen, dass ich – ja, *ich* – sie verstand. Dass unter all diesen grapschenden Männern mit ihren lüsternen Blicken, die sich auf sie stürzten wie ein Fliegenschwarm auf eine weggeworfene Eistüte auf dem Boardwalk, dass *ich* verstand, was sie durchmachte. Ist es nicht immer so mit Männern, auch mit normalen Männern, großen Männern, gebildeten und weltgewandten Männern? Denken sie nicht alle, dass sie und sie allein wissen, was eine Frau will?

Es ist unglaublich, wie alles andere verblasst, wenn wir uns verlieben. Wie Schönheit, gesellschaftliche Stellung, Gehabe und Einkommen allesamt abgeschält werden wie die Häute einer Zwiebel, und wir sehen, ja, wir *sehen*, wie wundervoll die Frauen sind – und wie sehr sie uns brauchen. Einfach so stellen wir diese erstaunliche Vermutung an – und vermuten dann obendrein, dass sie es spüren, durch irgendeine glückliche Fügung, seltener als zwei Blitzeinschläge in denselben Baum, spüren, dass wir sie erkannt haben. Und dass sie unsere Liebe deswegen erwidern.

All das war mir klar – auch, wie unwahrscheinlich es war –, aber das änderte nichts. Als das Lied anfing, schob ich mich durch mein Volk ganz nach vorn, breitete die Arme aus und sang so laut ich konnte. Bereit, alles zu tun, damit sie mich zur Kenntnis nahm – in ihrem wunderbaren Matrosenanzug, die Augen ins Nichts gerichtet.

Ein richtiges Mädchen, genau wie seins.

Als der Bariton sich am Ende des Lieds zu seinem Solo hinkniete, sprang ich vor. Ich war schneller als er und legte eine Hand fest auf seinen Mund, überraschte ihn so vollkommen, dass er immer noch sang, als ich die Hand gleich darauf plötzlich wegzog, sie dann wieder auf seine Lippen legte, wieder wegzog – und sein Gesang geriet zu einem indianischen Kriegsgeheul. Und es war witzig, es war unglaublich witzig. Der Bariton riss entsetzt die Augen auf und schleuderte mir mörderische Blicke zu. Und ich rollte mit den Augen, grinste breit und flehte zum Himmel – präsentierte mich der ganzen Welt als lächerlicher Zwerg, wie die kleine, widerliche Kreatur, die mit einem elektrischen Viehtreiberstock auf die Frauen losging, wenn sie vom Steeplechase kamen.

Sie wurde tatsächlich auf mich aufmerksam. Es war ungeheuer witzig, die ganze Tribüne bog sich vor Lachen, und die Männer vergaßen diese wunderbaren Knie für den Augenblick, hielten sich die Seiten und grölten. Und das Beste war: Sie sah mich. Ihr ganzes Gesicht hellte sich auf, als sie lachte, doch ihre Augen blieben traurig, wie bei einem kleinen Mädchen, das lacht, nachdem es gerade noch geweint hat. Und von all den missgestalteten kleinen Leuten vor sich sah sie ausgerechnet mich an.

Die Kapelle kam zum Ende, das Publikum strömte zum Ausgang. Ich folgte ihr mit den Augen. Als sie die Treppe an der Tribüne herabkam – die fetten Lüstlinge immer noch bemüht, sie zu berühren, einmal kurz zu fühlen – nahm ich eine bemalte Drahtblume von einem Clownshut und rannte hinüber, um sie ihr zu geben.

Sie blieb stehen und sah darauf hinab – wirklich verblüfft –, und als sie die Drahtrose bei den Blütenblättern nahm, schnitt sie sich in den Finger. Zerknirscht zog ich ein Taschentuch hervor, ein endlos langes Clownstaschentuch, und tupfte das Blut damit von ihrem Finger. Zuerst schien sie erschrocken, als fürchte sie, es sei einer der grausamen Coney-Island-Scherze, aber dann ließ sie mich ihre Wunde abtupfen und lächelte, während ich mein Witztaschentuch wortlos wieder einsteckte.

»Danke«, sagte sie, als habe ihr in ihrem ganzen Leben noch nie jemand eine solche Freundlichkeit erwiesen. »Danke«, wiederholte sie, und ich war ihr rettungslos verfallen, stand da mitten in unserer Manege und sah ihr nach, wie sie mit dem restlichen Publikum zum Ausgang ging und abwesend an ihrem blutenden Finger saugte.

Ich war verliebt. Plötzlich fürchtete ich, meine Gefühle seien für alle Welt in lächerlichster Weise offensichtlich, und ich sah mich wütend um, aber niemand schien etwas bemerkt zu haben. All meine Mitbürger waren mit ihren üblichen Kapriolen zum Vorstellungsende beschäftigt, rannten wie verrückt durch die Manege, liefen auf den Händen oder droschen wütend aufeinander ein.

Carlotta, meine Königin, hielt ihre Ansprache und winkte ihnen zum Abschied mit ihrem Taschentuch zu. Sie schien so königlich und erhaben wie immer. Ich betrachtete sie und dachte, wie strahlend schön sie doch war und dass ich mit absoluter Sicherheit nicht mehr in sie verliebt war. Ich hatte eine normale Frau gefunden.

44

Herman

Beansy Rosenthal watschelte zu seinem Tisch im *Metropole Café* hinüber, sein gut aussehendes, fleischiges Gesicht schwabbelte in freudiger Erregung.

»Heute ist die Nacht!«, verkündete er den Männern, die um seinen Tisch herumsaßen.

Es war schon nach drei Uhr morgens, aber es war noch immer heiß und feucht wie mitten am Tage im *Metropole*; die riesigen Ventilatoren an der Decke taten nicht viel mehr, als die heiße Luft vor sich her zu schieben. Die Kerzenflammen flackerten rhythmisch, und die Vorhänge an den offenen Fenstern bauschten sich im selben Takt.

»Was ist denn heute Nacht?«

Zögernd rückten sie in der Ecknische zusammen, Dan the Dude, Boob Walker und Denny Slyfox, und machten Platz für Beansys ausladendes Hinterteil.

»Heute ist die Nacht, wo ich kriege, was mir zusteht!«

Ohne die Blicke zu bemerken, die sie tauschten, zog Herman einen Fächer aus der Tasche und begann sich Luft zuzuwedeln. Der grüne, ausgefranste Pappfächer, der vor seinem triumphierenden, selbstzufriedenen Gesicht hin und her tanzte, trug eine Reklameaufschrift für *Hendersons wasserfeste Zelluloidkragen, -manschetten und -hemdbrüste – Preiswert, Haltbar, Unentbehrlich*. Die anderen Spieler sahen auf ihre Gläser hinab, und ihre Gesichter waren unmöglich zu deuten.

»Wirklich, Herman?«, fragte Dan the Dude schließlich. »Und was soll das sein?«
Die Musik brach ab, und gewohnheitsgemäß verstummten sie augenblicklich. Das ungarische Orchester hatte heute Nacht frei, und ein Klavierspieler war eingesprungen, der eine Ragtime-Nummer nach der anderen abspulte. *The Bunny Hug* war kaum zu Ende, als er wieder in die Tasten drosch und zu *The Oceana Roll* anhob. Das Café war fast leer, und es war viel zu heiß zum Tanzen, aber eine Schauspielerin, die ganz vorne saß, stand auf und sang den albernen Varietétext mit einer tiefen, eigentümlich melancholischen Stimme.

Billy McCoy was a musical boy
On the cruiser Alabama
He was there on that pi-an-a
Like a fish down in the sea
When he rattled some harmony
Every night out on the ocean
He would get that raggy notion
Start that syncopated motion
Lovingly …

»Was genau bekommst du denn?«, fragte Dan the Dude noch einmal.
»Fünfzehntausend Dollar!«, eröffnete Beansy ihnen strahlend. »Und nicht ein Penny weniger.«
»Sie zahlen dir fünfzehn Riesen? Dafür, dass du dem Staatsanwalt die Ohren voll gejammert hast?«, erkundigte sich Denny Slyfox ungläubig.
»Klar! Was sagt ihr jetzt zu meiner Verhandlungstaktik? Sie geben mir fünfzehntausend, was sie mir schließlich auch schulden dafür, dass sie mir den Laden dichtgemacht haben, und ich verschwinde für ein Weilchen. Nur ein Weilchen, bis Gras drüber gewachsen ist.«
»Ah ja? Du hast der Titelseite der *World* erzählt, dass du einen

Police Lieutenant geschmiert hast. Wie soll da Gras drüberwachsen?«
»Weiß ich doch nicht.« Herman hob gleichmütig die Schultern. »Ich verdrück' mich, nehme eine Zeit lang die Gimpel in Atlanta aus, komme wieder und sage, ich erinnere mich nicht mehr so richtig. Macht euch keine Sorgen! Es ist alles geregelt.«
»Ah ja.«

Just see the smoke so black
Sneak from the old smokestack
It's floating right to heaven and it won't come back
Now here and there you'll see a stool and chair
A slipping 'round the cabin shouting »I don't care!«
And then the hammock starts a swinging
And the bell begins a ringing
While he's sitting at the pi-an-a
There in the Alabama
Playing the Oceana Roll

Die Schauspielerin sang immer noch. Alle am Tisch waren schweigsam und machten sich so ihre Gedanken über Hermans großes Glück.
»Jetzt kommt schon! Ich hab alles im Griff! Trinken wir noch einen …« Er packte einen vorbeieilenden Kellner mit einer seiner dicken, fleischigen Hände am Ellbogen. »Also, was wollt ihr? Für mich nur ein Horse's Neck – ich muss einen klaren Kopf behalten, um mein Geld zu zählen!«
Der Kellner entschwand mit ihren Bestellungen, und Herman hatte sich gerade wieder dem Tisch zugewandt, als Arnold Rothstein plötzlich wie aus dem Boden gewachsen hinter ihm stand – adrett und grau wie immer. Er legte Herman die Hand auf die Schulter und sprach leise in sein Ohr.
»Könntest du für eine Minute mitkommen, Herman? Ich habe hier draußen jemanden, der dich sprechen möchte …«
Die anderen Männer am Tisch wandten den Blick ab oder unter-

hielten sich laut, vermieden geflissentlich, ihn zu hören. Herman Rosenthals Gesicht zerfloss in einem glückseligen Lächeln.

»Da seht ihr's, Jungs! Was hab ich euch gesagt?«

Niemand antwortete, und Rothstein verschwand so schnell und unauffällig, wie er gekommen war. Sobald er weg war, lehnte Denny sich vor und sah Herman ernst an. »Du willst doch nicht wirklich da rausgehen?«, zischte er.

»Sicher! Warum denn nicht?«

»Herman, Herman. Wenn sie irgendwas für dich haben, soll ihr Laufbursche es hierher bringen.«

»Ach, hör mal, es besteht kein Grund zur Sorge. Ich hab's aus sicherer Quelle …«

Der Kellner kehrte mit ihrer Bestellung zurück, und Herman nahm einen tiefen Zug von seinem Horse's Neck – Ginger Ale mit einem Stück Zitronenschale. Dann wollte er sich erheben, aber Denny packte ihn am Arm.

»Jesus, Beansy, ich sage dir, verlass diesen Raum nicht. Wenn sie was von dir wollen, sollen sie reinkommen …«

Sailors take care!
Oh, you sailors beware!
For Bill will play on 'til you drop!

Die Schauspielerin beendete das Lied, und der Klavierspieler legte eine Pause ein. In der plötzlichen Stille hörten sie ein Automobil, das draußen auf der 43. Straße im Leerlauf ratterte. Lächelnd nahm Herman Dennys Hand von seinem Jackettärmel und stand auf.

»Seid unbesorgt. Und lasst den Kellner nicht mein Glas mitnehmen. Ich bin in fünf Minuten mit fünfzehntausend Dollar in der Tasche wieder da, und dann muss ich was trinken.«

Die großen Deckenventilatoren schoben wieder einen Schwall Luft Richtung Vorhang, der sich durchs offene Fenster bauschte, und einen Augenblick konnten sie den Wagen da draußen sehen – schwarz und riesig, die Scheinwerfer ausgeschaltet und mit laufendem Motor, drei oder vier gesichtslose Köpfe auf der

Rückbank. Dann flatterte der Vorhang zurück, und das Bild war verschwunden.
Beansy Rosenthal war längst aufgestanden und hatte die Tür des Cafés erreicht. Lächelnd fächelte er sich mit seinem Hendersons-Reklamefächer Kühlung zu. An der Rezeption blieb er kurz stehen, steckte sich ein Pfefferminz in den Mund und überprüfte den Sitz seiner Krawatte in der polierten Messingtheke. Dann ging er durch die Drehtür, deren Flügel wegen der Hitze eingeklappt waren, und trat auf die Westliche 43. Straße hinaus.

Zwei Männer warteten am Wagen, und als Herman ins Freie trat, spürte er einen dritten hinter sich, der aus dem Schatten eines Lieferanteneingangs getreten war. Er runzelte die Stirn und hatte zum ersten Mal den Verdacht, dass er möglicherweise einen Fehler begangen hatte. Er erkannte die Männer vor sich, und er legte keinen großen Wert darauf, sich umzuwenden und den dritten anzusehen. Keiner von ihnen war Big Tim Sullivan, das wusste er.
»Hallo, Herman«, sagte Gyp the Blood grinsend, die Hände in den Taschen.
Beansy sah zum Wagen hinüber. Er fächelte sich immer noch Luft zu. Erleichtert stellte er fest, dass noch ein weiterer Mann auf dem Rücksitz saß.
»He, Dry Dollar«, rief er gedämpft durch die heiße, stille Nacht. »He, Big Tim! Hast du mein Geld?«
Der Mann auf der Rückbank lehnte sich leicht vor, so dass der Schein einer Straßenlaterne auf seinen Kopf fiel: Es war Arnold Rothstein. Sein Gesicht war ruhig, beinah ausdruckslos, und seine Anwesenheit verblüffte Herman so sehr, dass er die Pistolen gar nicht sah, die plötzlich aus Gyps und Whitey Lewis' Taschen zum Vorschein gekommen waren, das Klicken nicht hörte, mit dem Dago Frank hinter ihm den Hahn spannte.
»Ach, Beansy.« Rothstein schüttelte den Kopf, Sekunden bevor die Schüsse die schwülheiße Nacht zerrissen. »Ach, Beansy. Du hattest nie mehr Verstand, als Gott einer Ente mitgibt.«

45

Big Tim

Der alljährliche Sommerausflug der *Timothy D. Sullivan Association* fand am letzten Sonntag im August statt, einem herrlichen Spätsommertag. Der Morgen war angenehm warm und wolkenlos – noch war von der mörderischen Hitze, die den Nachmittag zerdrücken würde wie eine verblühte Nelke, nichts zu spüren.

Pünktlich verließ die große Parade Tammany Hall, angeführt von drei Blaskapellen und zwei Boxchampions und sämtlichen Bezirksleitern und Distriktleitern und Ratsmitgliedern und Kongressabgeordneten und Parlamentsabgeordneten der Stadt. Big Tim und Mr. Murphy marschierten vorneweg wie Erzbischöfe bei einer Osterprozession, ausstaffiert mit Schärpen und langen Jacketts und Zylindern, ungeachtet der steigenden Temperaturen. Und sie marschierten so erhaben und feierlich, dass all die versammelten Nationen der Welt, die darauf warteten, das Ausflugsboot zu besteigen, gar nicht anders konnten, als in spontanen Jubel auszubrechen, selbst die, die noch kein Wort Englisch sprachen und überhaupt nicht wussten, wohin sie fuhren und warum.

Schon vor Tagesanbruch hatten sie begonnen, sich unten am South Street Pier zu versammeln: Mütter in ihren bestickten Kopftüchern, Väter mit langen Bärten, die Kinder noch in ihren harten, klobigen Holzschuhen. Die allein stehenden jungen Männer, die die Hände in den Hosentaschen vergruben und sich scheu umsahen, oder die in Gruppen, laut und übermütig und bedrohlich, die schon eine Flasche kreisen ließen. Und die Mädchen aus den Fabriken in ihren besten neuen Hüten, ein verwegenes Lächeln auf den Lippen.

Es war eine unüberschaubare Menge, doch die Wise Ones hatten tadellose Organisationsarbeit geleistet, und alles lief ab wie ein Uhrwerk. Nicht einer, sondern zwei leuchtend weiße, neue Schaufelraddampfer warteten am Kai, die *Annie LaForge* und die *Flo Murphy*, und als die Tore sich öffneten, gingen alle in ordentlichen Zweierreihen an Bord, so als bestiegen sie die Arche Noah.

Die Juden mit ihren Schläfenlocken und Gebetsriemen und breiten Hüten. Böhmen in hoch geknöpften Hemden, die ihren unvermeidlichen Tabakgeruch verströmten. Italiener mit bunten Tüchern, Mandolinen in den Händen oder Drehorgeln und kleine Flöten. Iren, die sich in ihre Sonntagsanzüge gezwängt hatten, eine Hand voll finster dreinblickender Ukrainer, die letzten Deutschen aus Kleindeutschland, syrische Händler aus der Battery, die ihren Lebensunterhalt damit verdienten, Juden und Moslems kleine Schachteln mit Dreck als Erde aus Jerusalem zu verkaufen – und hier und da sah man gar am Rande der Menge ein schwarzes Gesicht.

Auf dem Boot gab es alles nur Erdenkliche, um sich die Fahrzeit zum College Point hinauf zu vertreiben: Eis und Süßigkeiten und Akkordeonspieler und Jongleure für die Frauen und Kinder auf dem Aussichtsdeck. Und für die Männer gab es unter Deck kostenlose Zigarren und eine offene Bar, Pharo und Roulette, wo das Haus innerhalb einer Stunde mehr als das Doppelte dessen zurückgewann, was Big Tim für die Feierlichkeiten ausgelegt hatte. Und alle amüsierten sich so königlich beim Essen und Trinken und Verlieren, dass sie schließlich die alten Clubhauslieder anstimmten:

Hiawatha was an Indian, so was Navajo.
Paleface organ grinders killed them many moons ago.
But there is a band of Indians that will never die.
When they're at the Indian club, this is their battle cry:
Tammany, Tammany, Big chief sits in his tepee,
Cheering braves to victory, Tammany, Tammany,
Swamp 'em, Swamp 'em, get the wampum, Tammany …

Die Passagiere beider Dampfer sangen einander zu, feuerten sich gegenseitig zu immer neuen Nonsensversen an, zahnlose alte Männer aus Russland brummten zusammen mit irischen Gangstern und jungen Fabrikarbeiterinnen.

Chris Colombo sailed from Spain across the deep blue sea,
Brought along the Dago vote to beat out Tammany.
Tammany found Colombo's crew were living on a boat.
Big Chief said: »They're floaters«,
And he would not let them vote,
Then to the tribe he wrote:
Tammany, Tammany, get those Dagoes jobs at once,
They can vote in twelve more months.
Tammany, Tammany,
Make the floaters Tammany voters, Tammany.

Es war ein großartiger Tag, und keiner konnte sich erinnern, dass je so viele Menschen dabei gewesen waren, doch Big Tim war auf der ganzen Fahrt zum College Point eigentümlich nervös und deprimiert. Er saß bei einem Glas Limonade mit Mr. Murphy und ein paar der Jungs aus Albany in einer der Privatkabinen und ließ sich von ihrem Gerede ein bisschen aufheitern. Der würdevolle, deutschstämmige Bob, Al mit seinem ansteckenden Grinsen und seinem riesigen Zinken und einem Bauch, so kugelrund, als habe er eine Kanonenkugel verschluckt. Und der clevere kleine Jimmy, immer wie aus dem Ei gepellt, der seine Tin-Pan-Alley-Lieder vor sich hin summte, wobei er den

Kopf vor und zurück wiegte wie ein dressierter Papagei. Und sie alle versuchten, es sich nicht anmerken zu lassen, dass sie sich genauso auf das Picknick im Grünen freuten wie all die schlichten Leute an Deck.

Wie wenig sie von uns verlangen …

Rastlos erhob er sich, ging auf und ab und sah aus den Bullaugen. Eine entsetzliche Vorahnung hatte von ihm Besitz ergriffen, als wisse er, dass irgendetwas Schreckliches passieren würde. Er konnte nicht einmal hinsehen, als sie die Hell-Gate-Untiefen erreichten, wo die größte Gefahr darin bestand, dass alle gleichzeitig an die Reling stürzten, um die Stelle zu sehen, wo die *General Scolum* Feuer gefangen hatte und so viele Deutsche ums Leben gekommen waren.

Als sie dann am College Point festmachten, kam es Big Tim vor, als sei eine dunkle Wolke vorübergezogen, und er rückte seinen Anzug und die Schärpe zurecht und ging mit Mr. Murphy und den anderen an Deck, um die Menge zu begrüßen. Beide Schiffe hatten die amerikanische Flagge gehisst, und alle an Bord erhoben sich wie ein Mann, legten die Hand aufs Herz und sangen *The Star-Spangled Banner* mit ebensolcher Inbrunst wie zuvor die alten Tammany-Lieder.

Endlos lange Holztische erwarteten sie, die bis nach Flushing Bay hinüberreichten und sich unter ihrer enormen Last aus Hühnchen und gebratenen Muscheln, Töpfen mit dicker Muschelsuppe und zahllosen Bierkrügen bogen. Später würden aus den Kühlräumen der Schiffe Berge von Eiskrem herübergebracht werden, große Kannen mit Eistee, Eiskaffee und Eissplittertorten, die funkelnd in der Nachmittagssonne zerschmolzen. Sie würden Wettschwimmen veranstalten, Wettläufe und Weitspringen, und sie würden Baseball auf der grünen Wiese spielen. Einen Kletterwettbewerb an einer eingefetteten Stange würde es geben, Boxen, Ringkämpfe und Glücksspiel, vor allem Glücksspiel, um den treuen Mitgliedern ihre letzten Dollars aus der Tasche zu ziehen …

Cousin Florry und Flat Nose Dinny stolzierten mit finsteren Mienen einher und brüllten Befehle wie auf dem Kasernenhof, während Mr. Murphy sich zwischen den anderen Distriktleitern versteckt hielt, so schweigsam wie die hölzernen Indianerstatuen vor dem Portal von Tammany Hall. Big Tim mischte sich unters Volk, schüttelte Hände, machte Versprechungen und sprach mit den Reportern, die mitgekommen waren, um sich die kostenlose Mahlzeit nicht entgehen zu lassen.

»Big Tim, mir ist aufgefallen, dass Mr. Murphy nicht mitgesungen hat, als *The Star-Spangled Banner* gespielt wurde«, bemerkte einer vom *Herald*. »Warum wohl?«

»Das kann ich wirklich nicht sagen, Jungs. Vielleicht wollte er sich einfach nicht festlegen.«

Er ging weiter, während die Zeitungsleute in seinem Rücken in Gelächter ausbrachen, schüttelte noch mehr Hände und trank eine zweite Limonade gegen die Hitze.

»Big Tim, bitte, ich hätte eine *richtige* Frage ...«, begann der ernste junge Mann vom *Tribune*.

»Und ist sie auch für eine *richtige* Zeitung?«

Noch mehr Gelächter.

»Was können Sie uns über den Mord an Herman Rosenthal sagen?«

Die anderen Reporter verstummten, so peinlich berührt, als hätte jemand in der Kirche gefurzt. Big Tim blieb stehen, doch sein Gesicht verriet nichts als angemessene Betroffenheit.

»Der arme Herman war ein guter Freund von mir – wie Sie wohl aus der Aussage ersehen können, die er vor dem Staatsanwalt gemacht hat. Vielleicht war er zu gut für diese Welt.«

»Ist etwas Wahres an dem Gerücht, dass es ein politisches Motiv gab?«

Big Tim starrte den Mann an, als traue er seinen Ohren nicht.

»Kennen Sie irgendeine Sache auf der Welt, die nichts mit Politik zu tun hat, Frank? Aber wenn Sie sich umsehen, Gentlemen, werden Sie feststellen, dass wir Wähler *schaffen*, nicht aus dem Weg räumen.«

»Gibt es irgendeinen Zusammenhang mit den Korruptionsgerüchten bezüglich der Polizeisondereinheit?«, präzisierte der Mann vom *Journal* die Frage. Big Tim setzte sich wieder in Bewegung.

»Wollen Sie andeuten, dass es Korruption auf höchster politischer Ebene in der City Hall gibt? Bei Gott, ich hatte selbst meine Meinungsverschiedenheiten mit Little Little Napoleon, aber das sind sehr schwere Anschuldigungen, die Sie da erheben.«

In seinem Rücken raschelten plötzlich Notizbücher.

»Wollen Sie sagen, der Bürgermeister hat etwas damit zu tun?«

»Großer Gott, Mann, natürlich nicht! Wie käme ich dazu, so etwas zu behaupten? Ich weise lediglich auf die fortdauernden Wunder der Reform hin. Ich meine, jetzt haben wir einen Reform-Bürgermeister, einen Reform-Staatsanwalt und einen Reform-Police-Commissioner. Und diverse andere Reform-Bengel, die an ihren Rockzipfeln hängen – und wozu führt das? Ein Zeuge der Staatsanwaltschaft – ein mutiger, aufrechter junger Mann – wird auf der 43. Straße einfach erschossen. Das gibt einem zu denken, oder?«

»Also geben Sie ihnen die Schuld?«

»Schuldzuweisungen sind nicht meine Sache. Vielleicht hat es keine Absprachen gegeben, vielleicht haben keine größeren Summen den Besitzer gewechselt. Vielleicht war es nichts weiter als schlichte Stümperei auf der ganzen Linie – aber ist das nicht ein Grund mehr, warum wir einen guten, fähigen Mann wie Richter Billy Gaynor brauchen, um uns eine wirkliche Reform zu geben?«

Der Mann von der *Times* lachte.

»Sind Sie jetzt unter die Reformer gegangen, Big Tim?«

Sullivan blieb wieder stehen und sah zu den amerikanischen Flaggen hinüber, die schlaff über den Schornsteinen der *Flo Murphy* und der *Annie LaForge* hingen.

»Ich bin ein Diener des Volkes, Jungs. An dem Tag, da die Leute

wirklich eine Reform wollen, werden sie sie von mir kriegen. Und jetzt – wie wär's mit einem Schluck? Schließlich ist das hier eine Vergnügungsfahrt.«
Die Reporter marschierten zielstrebig Richtung Freibier.

In der drückenden Schwüle des späten Nachmittags bestieg er das Podium, das die Wise Ones mit ihrer üblichen Effizienz zusammengezimmert hatten. Die rohen Holzbretter waren mit rot-weiß-blauen Schärpen und Flaggen bedeckt, so dass sie wie der ehrwürdige Thron der Demokratie aussahen. Hinter ihm saßen auf Klappstühlen die Jungs, Bob und Jimmy und Al und auch Mr. Murphy, der an einem Strohhalm saugte wie ein Farmer.
Sie alle hatten ihre langen Jacketts ausgezogen, in Hemdsärmeln und Hosenträgern an den Baseballspielen teilgenommen, gegessen, sogar ein paar Glas Bier getrunken, es war dermaßen heiß. Jetzt waren sie jedoch wieder die reinsten Musterbeispiele an Korrektheit und hatten für die Ansprachen die Ärmel heruntergekrempelt, Jacketts und Hüte wieder angezogen. Unter den Krempen der Zylinder sahen die geröteten, verbrannten Gesichter erwartungsvoll zu ihm auf, Schweiß rann in Strömen über ihre Wangen – eine Reihe blasser, ernsthafter Männer, die für ein paar Stunden hinausgezerrt worden waren, um in der Sonne zu braten.
»Sullivan! Sullivan! Ein hochanständiger Irishman!«
Die Gesichter in der Menge vor ihm waren fröhlicher, betrunkener und braun gebrannt. Es war der perfekte Augenblick.
Der Höhepunkt des Tages war vorüber, die Menschen waren müde, angeheitert und satt, aber noch nicht zu müde, um sich seine Rede anzuhören. Big Tim wandte sich um und schüttelte dem milde lächelnden Mr. Murphy und den anderen die Hände. Er holte alles aus diesem Augenblick heraus, ließ den Jubel langsam anschwellen.
Als er bereit war, wandte er sich zu den Leuten um.
Die Worte schwirrten ihm wieder im Kopf herum, und er dach-

te, jetzt habe er den richtigen Anfang für seine alljährliche Picknickrede gefunden: *Hier in Amerika, dem Land, dem einzigen Land, das sich wahrhaftig Land des Volkes nennen darf …*

Und so weiter. Aber was bedeutete das? Natürlich war es das Land des Volkes, der Menschen, so gewöhnlich und niedergetrampelt und klaglos wie die Erde unter seinen Füßen.

Land des Volkes …

Er dachte an all die Dinge, die er ihnen sagen könnte. Alles, worüber er jetzt seit Monaten nachgedacht hatte. Über den armen Herman und Mrs. Perkins und sogar seine Nell, die vor all den Jahren lachend auf dem Deck eines Ausflugsdampfers gestanden hatte. Über die Nomaden der Straße, die Mädchen in den Fabriken, die stolzen, grimmigen Männer, die in einem dunklen Winkel seiner Bar warteten, um ihn um einen Gefallen zu bitten.

Für einen Augenblick war die Versuchung groß, ihnen all das zu sagen – aber sie würden nicht zuhören, denn sie wussten es ja längst. Dicht gedrängt stand es da unten, das Volk; satt, ausnahmsweise einmal zufrieden, und sie dachten vermutlich an nichts Ernsteres als die Dampferfahrt nach Hause. Die betrunkenen Männer würden im Kasino unter Deck lauthals singen, die Babys auf dem Schoß ihrer Mütter schlafen, und die grünen Lichter des Piers würden ihnen entgegenfunkeln wie Glühwürmchen.

Und nachdem sie am South Street Pier festgemacht hätten, würde eine Prozession heimwärts ziehen, eine Fackelparade, die sich langsam durch die Straßen der Lower East Side wand, die Bowery hinauf zum Chatham Square, wo es ein Feuerwerk und ein letztes gegröltes Lied gab, ehe sie alle heim in ihre winzigen, stickigen Wohnungen und in ihre Betten gingen, die schlafenden Babys, die betrunkenen Männer, die duldsamen Frauen und Mütter. Und morgen früh würden sie mit der Sonne wieder aufstehen, um zur Arbeit zu gehen. Was musste er ihnen denn noch sagen?

Dass er an genau diesem Heimatpier letzte Woche noch ein

Meer aufgestapelter Kindersärge von der Charity Commission gesehen hatte? Sie starben scharenweise im Sommer, an Masern und Diphtherie, Keuchhusten und Schwindsucht. Sie starben an der Cholera, an Kinderlähmung oder Scharlach – oder weil sie von der Straßenbahn überrollt wurden oder aus dem Fenster fielen oder weil sie einfach verhungerten. Am schlimmsten waren die Treibgutkinder. Sobald es warm wurde, kamen sie den East River hinaufgetrieben, aufgebläht und entstellt, um dann wochen- oder monatelang im Leichenschauhaus zu liegen, ohne dass sie je irgendwer vermisste …

Viele Eltern konnten die Beerdigung einfach nicht bezahlen – obwohl Bestattungsunternehmer und Schwindler von Tür zu Tür zogen und Sterbeversicherungen für siebzehn Cent verkauften. Also brachten sie die kleinen Leichen zum Pier, wo sie ohne Verzögerung, ohne jede Zeremonie aufgeladen und dann zur Lehmgrube auf Hart's Island geschafft wurden, gar nicht weit von der Stelle, wo sie sich heute vergnügten. All die kleinen Särge wurden einfach von den Hafenarbeitern am Pier aufgestapelt, bestückt mit ihrer mageren Fracht.

Oh, aber das wussten sie doch alles. Hatte er sie nicht oft genug dort am Kai stehen und heulen und jammern sehen, wenn die Särge verladen wurden? Sie wussten es, aber er durfte es ihnen nicht sagen.

Also ist Demokratie eine Lüge. Eine tröstliche, unverzichtbare Lüge auf Gegenseitigkeit, wie die Heilige Dreifaltigkeit oder der Katechismus oder das ewige Leben, aber eben nicht mehr und nicht weniger als eine Lüge.

Es war seine Pflicht, seinen Teil dieser Lüge aufrechtzuerhalten, sie so real und lebendig zu machen, dass der herrliche, wogende, betrunkene Mob da unten sie wahr werden ließ, weiterhin darauf baute wie auf die Beichte oder die heilige Kommunion.

Er richtete sich auf und lächelte strahlend zu ihnen hinab. Sein Volk. Sie jubelten ihm zu, und er schob seine Notizen auf der

Balustrade zurecht, obwohl er sie nicht brauchte. Die Worte wirbelten immer noch in seinem Kopf herum.

Land des Volkes …

»Leute«, fing er an. »Ich bin Demokrat. Ich war mein ganzes Leben lang Demokrat …«

Und der Jubel erscholl wie Donner über die Flushing Bay.

8. Buch

Das uralte Dunkel wird vom größeren Licht
und vom minderen Licht nicht dauerhaft durchbrochen,
und der Epilog wird in eiskalter Nacht gesprochen.

– Charles Reznikoff –

46

Auf dem Boardwalk

Sie saßen Hand in Hand und sahen die Katastrophen vergangener Jahre und Jahrhunderte an sich vorüberziehen. Der Wind heulte, Wellen schäumten auf – und die Stadt Galveston fiel vor ihren Augen in sich zusammen. Der Vesuv spie Flammen und tödliche Asche, die Männer und Frauen von Pompeji rannten kopflos umher in ihren Sandalen und Togen.
Aus Stoff und Sperrholz, Trockeneis und Magnesium waren all diese Desaster gemacht, maßstabgerecht auf ein Achtel verkleinert und in die Gipsvillen und künstlichen Seen an der Surf Avenue gezwängt.
DER ZUSCHAUERRAUM VERFÜGT ÜBER 11 AUSGÄNGE UND KANN INNERHALB 2 MINUTEN GERÄUMT WERDEN!, sagten die Schilder, aber Esther war klar, dass auch die Schilder nur Teil der Attraktion waren. Es war ein Nervenkitzel aus zweiter Hand, verbunden mit dem Gefühl, dass sie ausnahmsweise einmal – nach all den täglichen Katastrophen wie Mieterhöhungen und Entlassungen, Krankheit und Sorgen – über den Ereignissen schwebten. Sie war sicher, Gott selbst müsse sich ganz ähnlich gefühlt haben.

Die Modellsegelboote glitten, halb von Wolken verhüllt, über einen Bergsee weit oberhalb der rauen Bergwerkshügel und der Miniatureisenbahnen und -häuser von Johnstown, Pennsylvania. Der Damm brach – und reißende Ströme des schwarzen

Wassers ergossen sich über die Stadt, entwurzelten verblüffend echt wirkende Bäume, rissen Schienen aus der Trasse und schleuderten ganze Lokomotiven durch die Luft.
»Ich weiß nicht, was ich täte«, flüsterte sie Kid zu, der ebenso fasziniert neben ihr im Dunkeln saß. »Ich weiß nicht, ob ich den Mut hätte.«
»Was kann man schon tun, mein Vögelchen?« Er zuckte lächelnd die Schultern. »Man stirbt oder man stirbt nicht. So einfach ist das.«
»Du … du kämst schon zurecht!«, sagte sie ihm mit leuchtenden Augen. »Du würdest immer wissen, was zu tun ist.«
»Keine Ahnung«, sagte er und rutschte verlegen auf seinem Sitz hin und her. Sie interpretierte sein Unbehagen als Bescheidenheit und lehnte den Kopf an seine Schulter. Aber er dachte wieder an den Rattenkeller.
Er hatte einfach die Schaufel genommen, hatte nicht einmal nachgedacht, hatte einfach die Schaufel genommen, plötzlich lag sie in seinen Händen, und er ließ sie auf Gyp the Bloods wohlgeformten Kopf niedersausen. War das klug? War das mutig?

Nach der Pause segelten die großen Flotten der Welt in den Hafen von New York ein. Fahnen flatterten, Hymnen erschollen, und dann nahmen sie die Stadt unter Beschuss. Die Wall Street wurde in Schutt und Asche gelegt, das Woolworth Building stürzte ein. Die Freiheitsstatue, das Rathaus, all die neuen Wolkenkratzer und die stillen Straßen und Kirchtürme von Brooklyn und sogar Coney selbst – eine makellose Miniatur der drei großen Parks – alles wurde in diesem schrecklichen Miniaturbombardement dem Erdboden gleichgemacht.
Das Publikum applaudierte begeistert – hier und da stand gar ein Grüppchen auf und sang die Nationalhymne mit, während jede Flotte vorbeizog – die Japaner und Russen, Spanier und Italiener, die Franzosen, die Deutschen und die Briten. Sie brüllten vor Begeisterung, während die Modellkriegsschiffe und Zerstörer die Stadt in ein Trümmerfeld verwandelten.

Dann kam das große Finale: Die Kapelle spielte *The Star-Spangled Banner*, und die amerikanische Flotte, die bisher offenbar irgendwo flussaufwärts am Hudson herumgetrödelt hatte, fuhr unter Volldampf in den Hafen ein und stellte sich zur Schlacht. Die Zuschauer erhoben sich wie ein Mann, brüllten und jubelten. Sie sangen die Nationalhymne mit, sangen irgendetwas, ganz gleich was, in einem Dutzend verschiedener Sprachen, während die amerikanischen Kriegsschiffe die Angreifer stellten und die vereinten Flotten der ganzen Welt versenkten: die Japaner, die Russen, die Franzosen und Italiener und ja, sogar die Deutschen und die Briten, bis der letzte Union Jack kläglich in den Wellen versank.
Die amerikanische Flotte drehte eine Ehrenrunde durch den Hafen, und das Publikum stand und jubelte so ekstatisch, dass die Tribüne unter ihren Füßen wackelte und schwankte.

»Hast du je drüber nachgedacht, wie der Krieg wohl ist?«, fragte Esther.
»Natürlich«, gab er zurück. »Was glaubst du wohl, warum ich Litauen verlassen habe? Vierzehn Jahre in der Armee des Zaren, mein Täubchen, du kannst wetten, dass ich darüber nachgedacht habe!«
Aber das war nicht der Grund, das wusste er. Es war ein größeres Verlangen gewesen – sich von allem und jedem zu trennen, was er gekannt hatte. *Weg* zu sein.
Also, was sollte es ihn kümmern, wenn Gyp dem Zwerg das Kreuz brach – oder auch einem Jungen, wie er zuerst gedacht hatte? Er hatte Schlimmeres gesehen. Was kümmerte es ihn? Und jetzt hatte er sich in diese Lage gebracht, saß wieder irgendwo fest, saß ausgerechnet auf Coney Island fest …

Die Shows waren immerhin ein guter Zeitvertreib für den Nachmittag, und anschließend hatte er nichts dagegen, sich ein bisschen von ihr anhimmeln zu lassen. Es schadete ja nichts, wenn sie glaubte, er habe immer einen kühlen Kopf und komme mit allem zurecht. Er kaufte ihr eine Eiswaffel, einen gewaltigen Berg Erdbeereis mit einer Kirsche obendrauf, und sie schleckte genüsslich. Seite an Seite schlenderten sie den Hauptweg des Luna Park entlang.

Er blickte in den klaren blauen Himmel hinauf – und sah den Schweinskopf. Er hing über ihm, entlang der Mauer thronte eine ganze Reihe grinsender, glotzender Gipsköpfe, jeder doppelt so groß wie ein Mensch. Ein Wolfskopf, ein Clown, ein Schwein. Riesig und rosa und haarig – der gleiche Kopf wie der, den er weggestoßen hatte, als er vor all den Jahren in seiner ersten Nacht in Amerika durch den Müll und Dreck des Hafens geschwommen war, nur größer, grotesker denn je.

47

Auf dem Boardwalk

Als er sie am folgenden Sonntag am vereinbarten Treffpunkt vor Camps Eissalon sah, kam Kid zum ersten Mal der Gedanke, dass er sie vielleicht liebte.
Sie waren unter Camps viel versprechendem Schild verabredet:

SPEKTAKULÄR WIE DAS 21. JAHRHUNDERT!
ESSEN SIE ES – TRINKEN SIE ES – LACHEN SIE!

Eine Horde verrückter Pantomimen, wie sie überall im Park umherstreiften, hatte ihr dort aufgelauert: ein riesiger Polizist mit schwarzem Gesicht, ebenso breit wie lang; eine drei Meter große irische Frau, die in Wahrheit aus zwei Liliputanern bestand. Ein Völkergemisch aus einem Iren mit einem zerbeulten Zylinder und einer Harfe, einem Italiener mit einer spitzen Kappe, einem Hebräer mit zwei gelockten Haarwülsten, die ihm auf beiden Seiten vom Kopf abstanden …
Sie umzingelten sie, lachten und johlten Unverständliches. Er konnte sehen, dass sie eingeschüchtert war, an der Art, wie sie ihre Tasche umklammert hielt und einen kleinen Schritt vor der Horde von Spaßmachern zurückwich. Aber alles in allem bot sie ihnen tapfer die Stirn, sah stur geradeaus, ihr Gesicht leicht gerötet, während die komischen Figuren um sie herumtanzten. Sie stand da wie jedes andere der hunderttausend Mädchen auf Coney Island in ihrem einzigen guten weißen Sommerkleid, den

formlosen, blumengeschmückten Hut auf dem Kopf. Und doch war sie einmalig. Sie hielt eisern die Stellung, und seine Brust zog sich eigentümlich zusammen, als er sie da so stehen sah.

Esther sah ihn auf sich zukommen und dachte wieder, wie wunderbar er war. Hart und immer auf der Hut und angetan mit seinem grellen Sommeranzug, sah er aus wie jeder andere Gauner, bis sich bei ihrem Anblick ein Lächeln in seine Mundwinkel stahl. Sie war erleichtert, weil er sie vor den verrückten Pantomimen rettete, aber auch, weil sie ihn endlich wiederhatte nach dieser langen Arbeitswoche.

Sie machte sich nichts vor. Sie konnte sich schon vorstellen, was er war. Ein Dieb war er, ganz sicher. Vielleicht ein Schläger, vielleicht ein Mörder – vielleicht sogar ein Zuhälter. Ihr war klar, dass sie gewisse Risiken einging, dass er es vielleicht nur auf ihr bisschen Geld oder auf Sex abgesehen hatte. Sie wusste, sie ging sogar das Risiko ein, als Hure zu enden – und auch wenn sie sich überhaupt nicht vorstellen konnte, wie das je passieren sollte, wusste sie doch, dass genau in diesem Moment Hunderte, Tausende von Frauen in Bordellen oder Hotelzimmern lagen, die einmal das Gleiche gedacht hatten, Frauen, die einfach aus Liebe ein Risiko eingegangen waren.

Sie wusste, sie war gut beraten, nichts von ihm zu erwarten – nichts, was über diesen Tag, diesen Spaziergang mit ihrem dämonischen Liebsten auf dem Boardwalk hinausreichte. Aber das war genug. Selbst die katastrophalsten möglichen Folgen ihrer Liaison betrachtete sie völlig gelassen.

Was immer auch kommen mochte, es konnte warten. Und dann kam er den Boardwalk entlang auf sie zu, und all die tanzenden, verrückten Pantomimen glitten davon.

»Und, mein Täubchen? Was möchtest du heute anfangen?«

»Ich weiß nicht.« Sie überlegte einen Moment, lachte vor sich hin, einfach nur glücklich, wieder bei ihm zu sein. »Was hältst du davon, wenn ich dir heute das Schwimmen beibringe?«

»Was? Na ja, meinetwegen«, brummte er. Er war nicht gerade erpicht darauf, ins Wasser zu gehen, aber eine Idee spukte ihm durch den Kopf.
Unten am Strand mietete er eine kleine Holzhütte, gab dem Besitzer des abgeteilten Strandabschnittes zu verstehen, sie seien Mann und Frau. Der Mann grinste – ihm war es völlig gleich, ob sie verheiratet waren oder König Salomon und die Königin von Saba. Er gab ihm den Schlüssel und das schwarze Badekostüm, das Kid ebenfalls gemietet hatte.
»Hier geht's lang …«
Er führte sie zu der winzigen, hölzernen Umkleide, die auf kurzen Holzpfählen am Strand stand. Durch die Ritzen zwischen den Brettern und ein winziges Loch im Dach fiel nur wenig Licht. Er setzte sich auf die Bank, während sie ihr Meerjungfrauenkostüm aus der Tasche zog. Dann stand sie unsicher vor ihm.
»Tu es«, flüsterte er flehentlich. »Tu es, *bitte*. Für mich.«
»Es wäre zu laut hier drin …«
»Ich will dich nur ansehen. Nur ansehen.«
Sie lächelte. Oberhalb des Mundes lag ihr Gesicht im Schatten. Langsam und unbefangen begann sie, ihre Sachen auszuziehen, Stück für Stück, faltete alles sorgsam zusammen und ließ ihm Zeit, sie zu betrachten. Bis sie schließlich nackt vor ihm stand, ohne Verlegenheit, so wie sie war – glatt und ein wenig verblüht und schwielig. Er stand auf, kniete sich vor sie, legte die Arme um ihre Schenkel und strich mit der Wange über die warme, weiche Haut ihres Bauches.

Zusammen gingen sie zum Wasser hinunter. Kid kam sich mehr als nur ein bisschen idiotisch vor in den langen, engen Hosen, die ihm bis über die Knie reichten. Aber er stürzte sich in die Fluten, ruderte und planschte umher, während die Kinder seine Bemühungen lachend verfolgten. Sie konnte ihm nicht einmal beibringen, sich treiben zu lassen, er ging immer gleich unter.

»Finde dich damit ab, *Herzelle meine* – Juden können nicht schwimmen«, erklärte er, aber sie lachte ihn nur aus.
»Greenie! *Oks*! Dann lass sehen, ob du dich wenigstens traust hinauszuwaten.«
Sie gesellten sich zu den übrigen Badenden entlang der Halteleine. Kid ging hinter ihr und klammerte sich fest, kämpfte sich Stück für Stück in die Brandung hinaus.
Das Meer war unruhig heute, die Wellen schwollen plötzlich vor ihnen an und klatschten den Badenden vor Brust und Kopf. Sie schirmte ihn weitgehend ab und versuchte, ihn zu bewegen, sich mit den Wellen treiben zu lassen. Aber selbst dabei stellte er sich ungeschickt an, bekam immer wieder Wasser in Mund und Nase. Das Meer war voll alter Verpackungen und Flaschen und allem möglichen anderen Abfall, aber doch unendlich viel sauberer als das Wasser im Hafenbecken, in das er eingetaucht war.
Sie wandte sich lachend zu ihm um, und er musste auch lachen. Er stellte sich wieder auf die Füße und sah zum Horizont, über die Brandung hinweg, vorbei an den Ausflugsbooten, den Bojen und den Schwimmerinseln. Er konnte das offene Meer sehen und dahinter – nichts. Dort lag der ganze Weg zurück dahin, woher er gekommen war.

48

Esther

Eines Morgens brach in der Triangle-Fabrik der Streik aus, und das ausgerechnet wegen Wenke, dem *Schadchen*. Die Gewerkschaftsführer hatten weitere Versammlungen abgehalten. Sie hatten noch mehr Geld gesammelt und noch mehr Pläne geschmiedet, hatten sich bis tief in die Nacht im *Talkers' Café* unter dem dräuenden Turm des *Forward*-Gebäudes die Köpfe heiß geredet.

Doch der Moment, da sie wirklich eine Chance hatten, etwas gegen die Fabrikbesitzer auszurichten, drohte zu verstreichen – und sie redeten immer noch und warteten ab.

Dann hatte Wenke wieder sein armseliges Häuflein in die Fabrik gebracht. Er war wie immer mit Bernstein im Büro verschwunden, um über den Lohn zu feilschen, und sie konnten die wütende Auseinandersetzung der beiden Männer selbst durch die geschlossene Tür hören. Doch als Wenke dieses Mal zum Vorschein kam, war er nicht in der üblichen ergebenen Resignation versunken, sondern brüllte immer noch trotzig.

»Ich habe genug von dieser Sklaverei!«, schrie er. »Das wollen Sie von mir verlangen? Meinen Sie, ich wäre kein menschliches Wesen?«

»Sie kennen mein Angebot. Wenn es Ihnen nicht gefällt, ist das Ihr Problem«, entgegnete Bernstein so kühl wie immer.

»Niemals! Niemals! Mir ist gleich, ob Sie mit einem Fuß im Himmel und mit einem auf der Erde stehen, aber das mache ich

nicht mit! Dafür werde ich meine Mädchen nicht arbeiten lassen, und mir ist gleich, wenn ich verhungern muss!«
»Schön! Dann gehen Sie doch, worauf warten Sie?«, brüllte Bernstein zurück. »Aber die Mädchen bleiben hier!«
»Meine Mädchen?«, stammelte Wenke. »*Meine* Mädchen? Aber ich habe sie eingestellt, sie arbeiten für mich …«
»Die Mädchen bleiben hier. Gehen Sie rauf in die zehnte Etage, wenn Sie nicht bleiben wollen, und rechnen Sie ab.«
»Pah! Das werde ich auch, warten Sie's nur ab!«, versetzte Wenke und wandte sich zum Aufzug. Aber Kristol und Podhoretz durchquerten die Halle schon und grinsten boshaft, und Wenke kamen Bedenken.
»Augenblick mal … kommen die etwa mit?«
»Na und? Sie wollten gehen, also los!«
Bernstein entließ ihn mit einem ungeduldigen Wink. Wenke wich zu der Ecke zurück, wo seine Mädchen wie üblich zusammengedrängt saßen, aber die beiden Aufseher folgten ihm und grinsten nach wie vor.
»Moment, wartet! Ich will nicht mit ihnen gehen!«, schrie Wenke und wandte sich flehentlich an die Arbeiterinnen. »Versteht ihr denn nicht? Sie werden mich verprügeln, sobald sie mich im Aufzug haben!«
»Verschwinden Sie!«, brüllte Bernstein aus voller Kehle, und Kristol und Podhoretz packten den *Schadchen* bei seinen langen, streichholzdünnen Armen und zerrten ihn auf die Aufzugtür zu, die ihnen entgegengähnte.
»Sie werden mich zusammenschlagen!«, schrie Wenke in panischer Angst, während sie ihn quer durch die Fabrikhalle schleiften wie einen Sack mit Stoffresten. Seine Jarmulke fiel ihm vom Kopf, die langen, gewachsten Haarsträhnen fegten den Boden.
»Leute, *bitte*! Wollt ihr einfach an euren Maschinen sitzen bleiben und mit ansehen, wie ein Arbeiter misshandelt wird?«
Die beiden Vorarbeiter schleuderten ihn in den Aufzug und

schlossen die Türen. Esther hörte Wenke immer noch rufen und schreien, während die Kabine abwärts glitt, und sie hörte auch die dumpfen, grauenvollen Laute von Faustschlägen.

»Also schön, alles zurück an die Arbeit«, befahl Mr. Bernstein, jetzt wieder der unerschütterliche Kapitän seines Schiffes.

Doch es war zu spät. Überall standen die Frauen von ihren Plätzen auf – in der Halle wurde es plötzlich still, während eine nach der anderen ihre Singer abstellte und losschraubte, die Maschine in beide Arme nahm und in ihrem unverkennbaren Hüpfschritt die Reihe der Bänke entlang zur Treppe ging. Esther hörte sich selbst mit den anderen rufen: »Auf! Auf! Alles raus!«

Es gab weder flammende Reden noch Aufrufe zur Geschlossenheit. Nichts weiter als diese schlichte Losung, die in einem Dutzend verschiedener Sprachen die Reihen entlang weitergegeben wurde: »Auf! Auf! Gehen wir!«

»Setzt euch wieder hin, Mädchen!«, befahl Bernstein. »Wer nicht in einer Minute wieder bei der Arbeit ist, bekommt fünf Dollar abgezogen!«

Doch diese Drohung war übertrieben, sie unterstrich nur den Ernst der Lage. Der sonst so kluge Bernstein hatte den Bogen überspannt, und jetzt wagte keine zurückzubleiben. Sie gingen einfach weiter, drängten sich an ihm vorbei, als er versuchte, den Zugang zur Treppe zu versperren – vorbei an den Finstermännern Kristol und Podhoretz, die wieder nach oben gekommen waren und mit einem zufriedenen Grinsen vor der Aufzugtür standen, noch ahnungslos, was sich hier abspielte.

»Auf! Auf! Alle raus!«

Esther bebte vor Erregung, ihre Hände gehorchten ihr kaum, als sie Hut und Mantel anzog und die Schrauben ihrer eigenen Maschine löste. So eine harmlose kleine Geste, fast als wäre Feierabend und sie ginge heim, aber wie gefährlich, wie verwegen es schien! Nachher war sie nicht einmal mehr sicher, warum sie es getan hatte. Keine von ihnen wusste es so recht. Wenke war ja eigentlich gar kein Arbeiter, er war ein Boss und noch dazu ein Ausbeuter, der seine Mädchen in die Fabriken brachte, um die

Löhne der anderen Arbeiterinnen zu drücken, um sie klein zu halten.
Was immer der Grund sein mochte, sie gingen weiter. Hinauf in die zehnte Etage und runter in die achte, verbreiteten die Nachricht bei den Büglern an ihren dampfspeienden Eisensärgen, bei den Zuschneidern an ihren Arbeitstischen, bei den Schneidern, den kleinen Lehrmädchen, den jungen Burschen, die die Fußböden kehrten. Und sie alle, selbst Wenkes armseliges Grüppchen ungelernter Näherinnen, kamen mit ihnen hinaus. Niemand wollte zurückbleiben. Sie stiegen die Treppen hinunter und zwängten sich in die Aufzüge, bis die ganze Fabrik wie leer gefegt war. Dann standen sie unten am Washington Place, beschatteten die Augen gegen die ungewohnte Mittagssonne und fragten sich, was sie jetzt tun sollten.

Der Streik breitete sich aus wie ein Flächenbrand. Ehe die Woche zu Ende ging, wurden alle großen Betriebe bestreikt und auch die kleinen Nähereien: Schwartz und Agronick und Marquis und Haskin und Berlant. Clara, die derzeit drüben bei Leiserson arbeitete, bekam sofort Wind von der Sache und führte noch am selben Nachmittag Protestmärsche durchs Village und die Lower East Side zu all den Nähereien, die noch nicht bestreikt wurden, und sie schlugen mit Besenstielen auf die Lüftungsgitter im Gehweg und schrien zu den Fenstern hinauf: »Raus! Raus! Kommt alle raus! Der Streik ist da!«
Auf dem Weg zum Gewerkschaftshaus am nächsten Morgen sah Esther die *fabrente Mejdlech*, die feurigen Mädchen an jeder Straßenecke. Sie sprachen Jiddisch oder ihr steifes Abendkurs-Italienisch oder Portugiesisch, doch ihre Botschaft vermittelten sie vor allem mit ihren Händen, ihren Gesichtern, dem bewegten Beben in ihrer Stimme.
Kleine Trauben von Frauen hatten sich vor ihnen versammelt, manche noch Kinder von vierzehn oder fünfzehn Jahren, und erörterten aufgeregt die Neuigkeiten. Die Zeitungen nannten es schon »Den Aufstand der Zwanzigtausend« – dann war von

dreißigtausend, dann vierzig die Rede, und es gingen Gerüchte, dass auch die Frauen unten in Philadelphia und oben in Rochester streikten, selbst an so weit entfernten Orten wie Chicago.

Jeden Abend fanden sich mehr Frauen in den Gewerkschaftsbüros ein und machten sich dort im gelben Schimmer der nackten Glühbirnen zu schaffen. Das Streikkomitee hielt eine Marathonsitzung nach der anderen ab. Clara und Leonora O'Reilly beharrten kompromisslos auf ihrem Standpunkt und hielten Reden, Mrs. Perkins und Miss Dreier hörten schweigend zu, die kleine Rose Schneiderman versuchte zu vermitteln. Claras Freundin Pauline Newman starrte eulengleich durch ihre dicken Brillengläser und organisierte alles.

Die große Frage war, ob sie die Männer, die die Textilgewerkschaft führten, dazu bewegen konnten, einen Generalstreik auszurufen. Das Streikkomitee der Frauen wollte erreichen, dass die großen Fabriken die Gewerkschaft anerkannten, doch die Männer waren nicht gewillt, einen Kampf bis aufs Messer zu riskieren. Sie zogen es vor, sich wieder mit einer kleinen Lohnerhöhung abspeisen zu lassen, damit sie sich in Ruhe wieder dem Organisieren, Planen und endlosen Gerede widmen konnten.

»Man muss die revolutionäre Stimmung nutzen, wenn sie da ist, *Bobele*«, beharrte Clara. »Sie kommt nicht nach Fahrplan wie die Straßenbahn. *Jetzt* haben wir alle mobilisiert, und wir müssen unsere Chance nutzen.«

»Wir werden alle Hilfe brauchen, die wir bekommen können, wenn wir weitermachen«, sagte Leonora O'Reilly warnend und sah zu Mrs. Perkins hinüber, die wie immer vollkommen ruhig am Tisch saß, ihren schwarzen Dreieckshut auf dem Kopf. »Jetzt ist der Moment gekommen, da unsere Freunde zu uns stehen müssen!« Die feinen Damen *waren* auf der Straße. Sie richteten Kaffeestände für die Streikposten ein. Tagelang hielten die streikenden Frauen sich von ihnen fern, verlegen, zu ängstlich, auch nur eine Tasse Kaffee oder ein Doughnut anzunehmen, weil sie sie für Almosen hielten. Erst später, als das Wetter umschlug und sie vom endlosen Regen nass bis auf die Haut waren, gaben sie nach und holten sich verschämt einen Kaffee und Gebäck bei den Damen der Gesellschaft.

»Sie können sich auf unsere Unterstützung verlassen«, versicherte Mrs. Perkins ihnen mit dieser festen, ruhigen Stimme, die keinen Widerspruch duldete. »Wir werden alles tun, was wir können.«

Doch sie alle wussten, dass das nichts an dem ändern würde, was ihnen bevorstand.

»Bald werden sie mit den Festnahmen anfangen. Sie werden uns abführen wie Straßenflittchen.«

»Damit werden wir schon fertig«, erklärte Clara zuversichtlich. »Die Frauen sind bereit, jedes Opfer für die Gewerkschaft zu bringen!«

Esther saß schweigend neben ihr und fragte sich, ob Clara wirklich wusste, wovon sie redete.

Und was heißt das eigentlich, jedes Opfer?, fragte sie sich. Was wäre sie selbst bereit zu opfern?

Esther war genauso emsig gewesen wie die anderen, hatte Essen und Kohlen für die Familien der Streikenden gesammelt und den *New York Call*, die einzige englischsprachige Zeitung, die den Streik unterstützte, an den Straßenecken verkauft. Sie hatte an den Kaffeeständen geholfen – die reichen Damen in ihren feinen Mänteln waren so gütig und mütterlich zu ihnen, aber gleichzeitig herablassend wie Lehrerinnen. Als die Tage und Wochen vergingen, wandte Esther immer mehr Zeit für die Gewerkschaftsarbeit auf, bis sie im Wohlfahrtshaus wohnte und gar nicht mehr nach Hause ging, sondern dann und wann eine Stunde auf einem der Sofas im Gewerkschaftsbüro schlief.

Aber sie wusste, all das war gar nichts. Die wahre Arbeit, die eigentliche Prüfung stand ihr noch bevor. Draußen bei den Streikposten.

»Das ist die Gelegenheit, um zu sehen, was für ein Angsthase du bist«, hatte Clara nur lachend erwidert, als Esse ihr ihre Be-

fürchtungen anvertraut hatte. »Hier kannst du feststellen, aus welchem Holz du wirklich gemacht bist!«
Und genau davor hatte Esther Angst.

Sie grübelte darüber nach, als sie abends vom Versammlungshaus zurückkam. Der Sommer neigte sich jetzt schnell dem Ende zu. Die Straßengangs zündeten auf leeren Grundstücken große Feuer an, forderten ihre Feinde heraus, sich zu zeigen und zum Kampf zu stellen. Die Zwangsräumungen hatten schon begonnen. Ganze Familien standen bettelnd inmitten ihrer Habseligkeiten auf der Straße, eine brennende *Schabbes*-Kerze auf der Kommode, daneben eine Untertasse mit ein paar erbettelten Münzen.
Sie konnte jetzt nirgendwo mehr hin, hatte keine Möglichkeit mehr, sich zu drücken. Die Jahre der Ungewissheit waren vorbei, und das wusste sie. Die ungezählten Tage, die sie über die Maschine gebeugt verbracht hatte, aus dem Fenster in den Hinterhof mit seinem grausigen Grabsteinpflaster gestarrt hatte – so oder so, all die Ungewissheit, die Selbstzweifel würden nun bald vorüber sein.

Die Frauen in der Versammlungshalle wiegten sich vor und zurück, vage Schatten in der Dunkelheit des Tagesanbruchs. Sie hatten ihre guten Mäntel und die besten, breitkrempigen Hüte angezogen, mit Netzüberzug und großen Schleifen. Sie trugen sie nicht gern, fürchteten, dass sie beim Postenstehen oder im Gefängnis ruiniert werden könnten, aber schon jetzt stellte die Presse sie immer als Prostituierte, als den letzten Dreck von der Straße dar, und sie waren felsenfest entschlossen zu zeigen, wie respektabel sie in Wirklichkeit waren.
Als sie sich versammelten, wurden alle möglichen Spekulationen angestellt, was passieren könnte:
»Glaubt ihr, sie werden uns schlagen?«
»Ich habe gehört, alle kommen ins Gefängnis. Das ist jetzt die neue Masche …«

»Wie ist es da drin? Wie ist es wohl? Weißt du's?«
Sie sangen die *Internationale* und die *Marseillaise*, um sich Mut zu machen. Doch als es Zeit wurde zu gehen, sprachen sie immer weniger, jede Frau, jedes Mädchen stählte sich schweigend für das, was ihr bevorstand. Die Reihen wiegten sich sachte vor und zurück, unbewusst, wie alte Männer über dem Talmud.

Der Morgen draußen war deprimierend. Seit Tagen hatte es geregnet, und auch jetzt hörten sie es kalt und unbarmherzig prasseln, während sie warteten.
Wie schön es wäre, jetzt an meiner Maschine zu sitzen, dachte Esther. Sie verabscheute sich sogleich für diesen Gedanken, aber er stellte sich ungebeten ein.
Wie schön es wäre, jetzt in der warmen Fabrik zu sitzen und die Pedale zu treten …
Clara kam die Reihe entlang – jetzt keine der *fabrenten Mejdlech* mehr, sondern nur ihre sanfte Anführerin, küsste eine Frau auf die Wange, legte einer anderen die Hand auf den Arm und sprach ein paar Worte. Esther war sofort verlegen, als könne Clara irgendwie ihre Gedanken erraten. Sie blieb vor ihr stehen, nahm Esthers Hände in ihre, und ihr breites, temperamentvolles Gesicht war jetzt gütig und heiter.
»Keine Angst, mein Vögelchen, hab keine Angst. Wir werden alle da draußen sein. Wir helfen uns gegenseitig, tapfer zu sein.«
Sie küsste sie auf die Wange und ging ans Ende der Reihe, wo sie auf einen Stuhl stieg, um eine letzte Ansprache zu halten, ehe sie losmarschierten.
»Denkt dran: Ihr müsst in gerader Linie gehen und auf dem Gehweg bleiben. Bleibt in Bewegung. Wenn ihr stehen bleibt, verhaften sie euch als Stadtstreicher. Wenn ihr redet, verhaften sie euch als Bettler. Natürlich …« Ein Funke des alten Schalks kehrte in ihre Augen zurück. »Natürlich können sie euch so oder so verhaften. Sie halten sich nicht einmal mehr an ihre eigenen Regeln, die kleinen *Jentzer*. Tut einfach, was ihr könnt, und

macht euch keine Sorgen, die Gewerkschaft zahlt eure Kaution.«

Esther nickte und lächelte wie die anderen, obwohl sie wusste, dass der Kautionsfonds der Gewerkschaft beinah aufgezehrt war, dass die Richter eine Kaution verweigern und sie einfach ins Tombs-Zuchthaus schicken konnten, so lange sie wollten. Sie versuchte, nicht an das Gefängnis mit seinen düsteren grauen Mauern zu denken. Als sie ein Kind gewesen war, wurden noch zahlende Zuschauer hineingelassen, wenn jemand öffentlich gehängt wurde. Es schien völlig unmöglich, sie war doch ihr ganzes Leben lang ein gutes Mädchen gewesen. Was hatte sie denn getan, wem hätte sie je geschadet, dass sie riskierte, an so einem Ort eingesperrt zu werden?

»Also schön, seid ihr bereit? Vergesst nicht, ihr seid Menschen und habt das Recht, eure Interessen zu vertreten. Wenn wir zusammenhalten – und wir werden zusammenhalten –, dann gewinnen wir.«

Die Türen öffneten sich, und die Streikenden traten in einer langen Reihe auf den grauen, schiefergepflasterten Gehweg hinaus. Ihre Pappschilder stießen an die belaubten Äste der Bäume, die schwer vom Regen tief herabhingen. Sie trugen weiße Schärpen mit den Namen ihres örtlichen Gewerkschaftsverbands und mutigen, trotzigen Slogans: »Wir sind keine Sklaven!« oder »Nieder mit den reichen Schurken!«, mit der gleichen Sorgfalt genäht und bestickt, mit der sie früher Hemdblusen oder feine Damencapes hergestellt hatten.

Eilig und mit gesenkten Köpfen marschierten sie durch die Straßen des Village, die sich schon mit gleichgültigen Kutschern, Händlern und Hilfsarbeitern füllten, auf dem Weg zu ihrer eigenen Arbeit, in ihre eigene Stadt. Der Regen ließ ein wenig nach, der Himmel wurde etwas heller, als sie um die Ecke zum Washington Place und zur Triangle-Fabrik einbogen, und Clara marschierte unerschrocken vorneweg.

Oben in der Triangle-Fabrik hüpften und drehten sich die jungen Mädchen ungeschickt im Takt zur Musik eines kratzigen Phonographen, der in der Ecke stand. Die Musik erfüllte die achte Etage, wurde von den nackten Wänden und Bodendielen zurückgeworfen.

Sie tanzten nicht viel besser als sie nähten, denn sie waren noch furchtbar jung, und Mr. Bernstein hatte seine liebe Mühe, immer die Fassung zu wahren. Aber er wusste, dass er Zugeständnisse machen musste, und zwang sich, geduldig zu bleiben, und er hatte Kristol und Podhoretz angewiesen, die Finger von den jungen Dingern zu lassen.

Die Streikbrecherinnen hatten eine Stunde Mittagspause und Teepausen. Und jeden Morgen schoben sie die langen, schweren Bänke zurück und stellten den Phonographen auf, verteilten gar kleine Medaillen an die besten Tänzerinnen. Bernstein war zu dem Schluss gekommen, dass Zeit keine große Rolle spielte – sie arbeiteten ohnehin so furchtbar langsam und schlecht. Aber er war sicher, er hatte schon Hühner gesehen, die besser Walzer tanzten.

Der Phonograph fing an zu eiern, die Melodie wurde plötzlich undeutlich, und die Nadel kratzte über die Metallplatte. Podhoretz trat gegen den Tisch, um sie wieder in Schwung zu bringen, aber die Nadel schlitterte nur ganz nach innen, und die Musik verstummte. Stattdessen hörten sie das Getöse draußen in der Straßenschlucht. Die Streikbrecherinnen verließen eine nach der anderen die Tanzfläche und traten an die Fenster.

»Mädchen! Mädchen! Schluss jetzt, zurück an die Arbeit! Wollt ihr nicht wissen, wer die Medaille bekommt?«, rief Bernstein und klatschte in die Hände.

Sie ignorierten ihn. Alle Mädchen und auch Podhoretz und Kristol und die anderen Aufseher öffneten die Fenster und sahen neugierig hinunter.

Die Menge erwartete sie schon. Esther sah auf den ersten Blick, dass es nicht einfach nur Schaulustige waren, so wie die Müßiggänger, die sich anfangs die Streikposten angesehen und ihnen oft Mut zugesprochen hatten, ehe die Sache ein alter Hut wurde. Dies hier waren hauptsächlich Cops, die in ihren langen Mänteln heftig schwitzten, und Pinkerton-Detektive, die Hände in den Taschen vergraben, die Hüte tief ins Gesicht gezogen, so dass die Krempe ihre Augen verdeckte. Und an einer Seite stand eine Gruppe, die sie ebenfalls sofort erkannten: ein Haufen Gangster mit ihren Huren, die die Frauen hämisch angrinsten, während sie vor dem Triangle-Gebäude in Stellung gingen.

Als die Streikenden in Sicht kamen, erhob sich ein wildes Gebrüll, und man rief ihnen alle möglichen Beleidigungen zu. Die Cops machten einen Kreis mit Daumen und Zeigefinger und stocherten obszön mit ihren Schlagstöcken hinein.

Die Frauen bildeten eine lange Reihe, immer zwei nebeneinander, und zogen langsam um das Gebäude herum. Clara schritt entschlossen neben ihnen auf und ab und ermahnte sie.

»Bleibt in Bewegung, bleibt in Bewegung – sie können euch nichts tun, solange ihr weitergeht«, versicherte sie ihnen und schleuderte den Cops wütende Blicke zu, als wollte sie sie warnen, nur ja nicht gegen die Regeln zu verstoßen.

»Singt! Singt!«

Sie hoben zu einer feierlichen Darbietung von *My Country 'tis for Thee* an, aber die Polizisten und Gangster johlten nur umso lauter.

»Warum geht ihr nicht nach Hause und macht den Abwasch?«, rief eine Männerstimme über das Getöse hinweg.

»Ich habe den Abwasch gemacht, bevor ich heute früh aus dem Haus gegangen bin. Zufrieden?«, rief Clara zurück.

»Oh, was für Schönheiten! Ihr wollt mehr? Ich kann euch mehr geben, kein Problem!«

»Wir sind eure Schwestern und Frauen und Mütter! Habt gefälligst ein bisschen Respekt!« Aber das löste nur eine neue Welle von Beleidigungen und Schmährufen aus.

»Wenn du meine Frau wärst, könntest du eine Woche lang nicht mehr sitzen!«

Sie wollte so mutig und verwegen sein wie Clara, aber das war sie nicht. Sie wollte beten oder mitsingen, aber ihr Mund war zu trocken, die Worte kamen einfach nicht heraus. Die Gesichter der Cops und der Gangster zeigten nicht einen Funken Menschlichkeit; sie erinnerten sie an die grotesken, glotzenden Wolfs- und Clowns- und Schweinsköpfe, die im Luna Park entlang der Mauer hingen. Aber die grimmigen Gesichter der Streikenden und Clara mit ihren trotzigen Parolen schienen auch nicht realer.

Während sie mit den anderen dort marschierte, erkannte Esther, dass sie in Wahrheit an nichts mehr wirklich glaubte – weder an die Gerechtigkeit ihrer Sache noch an die Religion ihres Vater oder irgendetwas anderes.

Als sie morgens heimgekommen war, nachdem sie die Nacht in Coney Island verbracht hatte, hatte er auf sie gewartet. Normalerweise war er um diese Zeit schon in der Lodz-Synagoge und debattierte mit den wenigen Gelehrten, die noch mit ihm sprachen, die großen Fragen des Talmuds. Doch an diesem Morgen hatte er auf sie gewartet, saß auf einem Stuhl in der Küche, ihre Mutter neben ihm, die Hände nervös in ein Geschirrtuch gekrampft.

»Gibt es keinen Abgrund, in den du nicht sinken willst? Wie tief willst du dich noch erniedrigen?«

Aber sie sah, dass kein neuer Einschnitt an seinem Jackettaufschlag war. Kein Zeichen der Trauer – denn sie war immer noch ihre Dienerin, und sie wusste, sie konnte nichts, absolut nichts tun, was ihn genug kümmern würde, um daran etwas zu ändern.

»Deinen Sohn hast du wegen eines Eintopfs für tot erklärt. Aber von mir kannst du immer noch Geld annehmen.«

Sie glaubte an nichts, an gar nichts, höchstens noch daran, so viel Spaß wie möglich in Coney Island zu haben. Er hatte Recht – ihre Seele war verdorrt, so öd wie dieser kalte, nasse Tag, und hätte sie jetzt in diesem Augenblick zu ihrem *Dibbuk* in das lächerliche Hurenhotel gehen können, dann hätte sie es getan, da war sie sicher.

Die Cops pfiffen durch die Zähne und riefen ihnen zu: »Komm her, Süße. Komm her, Schätzchen, komm zu Daddy!«

»Von mir kriegst du eine Lohnerhöhung, wenn du ein bisschen nett zu mir bist …«

»Ignoriert sie! Geht weiter. Singt!«, rief Clara ihnen zu.

Mein Gott, dachte Esther, als sie in die eifrigen Gesichter der Polizisten sah und beobachtete, wie sie mit den Stöcken in ihre Handflächen schlugen.

Mein Gott, sie wollen es wirklich tun. Sie wollen uns wirklich schlagen.

Einer der Gangster winkte auffordernd, und die Huren in ihren grellen Kleidern drängten sich in die Reihe, eine jede gesellte sich zu einer Streikenden. Anfangs sahen sie aus wie balzende Vogelpaare – die Streikposten in ihren respektablen grauen und schwarzen Mänteln, die Huren mit ihrer dicken Schminke, ihren roten, gelben und himmelblauen Kleidern, so bunt, als seien sie in einem Tanzlokal. Sie lächelten breit und nahmen die Marschierenden beim Arm. Dieser Überfall brachte sie aus dem Takt. Die Streikenden waren argwöhnisch, aber auch verwirrt von dieser unerwarteten Freundlichkeit …

Esther sah, wie eine Prostituierte sich bei der Frau vor ihr einhängte, ihre Hand mit ihren beiden umschloss, als sei sie eine alte Freundin. Plötzlich zuckte die Arbeiterin zurück, schrie vor Schmerz laut auf und ließ ihr Schild fallen. Dann umklammerte sie ihre blutende Hand. Die Hure lachte und reckte den Arm hoch, in der Hand eine gezackte, blutbeschmierte Glasscherbe.

Auf der ganzen Linie gingen die Huren mit versteckten Haarnadeln, kleinen Messern oder Scherben auf die Streikenden los, mit all den Tricks ihres Gewerbes. Die Marschierenden gerieten ins Wanken. Noch mehr Schilder fielen zu Boden, die Reihe löste sich auf, als immer mehr Frauen vor ihren Peinigerinnen zurückwichen. Sie waren kräftiger als die Huren, es war nicht schwierig, sich aus ihren Klammergriffen zu befreien, aber jetzt, da sie angehalten hatten, brach das Chaos aus.

»Geht weiter! Geht weiter! Zurück in die Reihe!«, flehte Clara. Sie zerrte eine Hure zurück und schleuderte sie auf die Straße, versuchte, den Marsch wieder in Gang zu bringen. Andere Streikende waren zum Gegenangriff übergegangen, manche traten gar mit erhobenen Fäusten auf die Huren zu. Aber das war genau das, worauf die Polizisten gewartet hatten.

»Nun seht euch die Huren an, streiten um ihre Häuserecke!«

Esther war bislang verschont geblieben. Sie war weitermarschiert, machte höflich einen Bogen um die kämpfenden Frauen, und die ganze Situation kam ihr auf unbestimmte Weise absurd vor. Aber jetzt sah sie eine von ihnen auf sich zukommen, ihr Mund formte dieselben Worte wie all die anderen, und sie trug pflichtschuldig zu der Inszenierung bei, die sie alle zu Huren machte. Rote Bänder schmückten ihre angegrauten braunen Haare, und eine verschlissene Husarenjacke lag um ihre Schultern.

»He, Mädel, das ist meine Ecke«, sagte sie ohne jegliche Überzeugung. Die Stimme kam Esther bekannt vor. Sie wappnete sich für den Angriff, sah genauer hin und erkannte die Frau, die ihr Bruder einmal mitgebracht hatte.

»Ich kenne dich«, sagte sie, und zu ihrer Überraschung blieb die Frau wie angewurzelt stehen.

»Ich kenne dich. Dein Name ist Sadie. Sadie, stimmt's?«

Das konnte nur bedeuten, dass ihr Bruder hier war, irgendwo in dem Rudel grinsender, johlender Männer, die ihnen die widerwärtigsten Beleidigungen entgegenschleuderten, die sie je gehört hatte.

»Hör mal …« Die Frau rang offenbar darum, etwas zu sagen, hielt eine Hand hoch, als wollte sie selbst einen Schlag abwehren.

Also das ist aus ihr geworden – sie sah so erschöpft aus, so ausgezehrt und verlottert. Dass ihr Bruder so etwas tun konnte!

Aber wo war er? Wo war er? Sie stellte sich auf die Zehenspitzen und sah sich suchend um.
»Also schön, jetzt reicht's!«, rief ein großer Sergeant mit einem gewaltigen Schnurrbart an der Spitze der Polizisten frohlockend. »Lasst uns all diese Huren von der Straße schaffen, Jungs!«
Die Polizisten preschten vor, johlten schadenfroh und wedelten mit ihren Schlagstöcken, droschen auf alles ein, was sich bewegte, knüppelten Huren ebenso nieder wie Streikende, bis einige der Zuhälter sich genötigt sahen, dazwischenzugehen und ihre Ware zu retten.
»Komm zu Papa!«
»Holt sie, holt sie! Holt sie euch! Dreckige Huren!«
Genau vor sich sah Esther den großen Sergeant ein junges Mädchen packen. Er legte den Arm um ihre Hüften und hob sie hoch, presste sie an sich und rieb sie an sich auf und ab, als sei sie ein Handtuch. Sadie saß jetzt zwischen der Polizei und den Streikenden in der Falle, versuchte immer noch, irgendetwas zu sagen, aber die Cops stießen sie beiseite, als sie angriffen, und sie verlor das Gleichgewicht.
»Kommt schon, ihr Schlampen, wir geben euch Arbeit!«
»Das ist nicht euer Job! Das ist nicht euer Job!«, schrie Clara die Cops an. Einer hielt genau auf sie zu und ließ den Knüppel auf ihren Kopf niedersausen. Sie hatte nur ihre Arme und den hohen, weiten Hut, um den Schlag abzufangen.
»*Du* willst uns sagen, was unser Job ist, du dreckige Hure?«
»Das Gesetz! Das Gesetz! Ihr sollt das Gesetz aufrechterhalten!« Clara wich einen Schritt zurück, ging wie ein Boxer in Angriffsstellung und wies in alle Richtungen auf die Abzeichen. »Ich sehe euch! Nummer 457! Pendegast! Ich sehe dich! 306! Nash!«
Ein weiterer Cop hielt auf sie zu und schlug sie so hart in die linke Seite, dass sie zu Boden stürzte. Aber sie rollte sich sofort auf den Bauch, sprang wieder auf die Füße und wich seinen Tritten aus.

Ein blauer Mantel mit blanken Messingknöpfen füllte plötzlich Esthers Blickfeld aus.

Sie haben sich richtig fein gemacht hierfür, fuhr es ihr durch den Kopf, als sie den Messingglanz bemerkte. Auf einer kleinen Silberplakette stand sein Name: KAEHNY.

Er packte sie bei beiden Armen und küsste sie auf den Mund, sein Atem heiß und ranzig vom Kautabak. Er grinste sie an und zog sie näher, bog ihren Oberkörper zurück, als er sie wieder zu küssen versuchte. Sie biss ihn auf die Lippe und konnte ihn abschütteln. Er trat einen Schritt zurück, schwang seinen Knüppel und schlug ihr mit ungehemmter Kraft auf den Kopf. Erst im letzten Moment konnte sie den Arm hochreißen und den Schlag teilweise abwehren.

»Du meinst, du kannst mir die Lippe blutig beißen, du gottverdammte Hure!«

Sie wich wankend zurück, mit dröhnendem Kopf und pochendem Schmerz im linken Oberarm. Aus dem Augenwinkel sah sie, dass er ihr mit erhobenem Schlagstock folgte, und sie versuchte, sich zu ducken, ihren Kopf wieder mit den Armen zu schützen, doch sie konnte sie kaum heben.

»Versuch's mal mit mir, du *Oks*!«

Kaehny der Cop jaulte auf vor Schmerz, griff tastend nach hinten und tänzelte auf den Zehenspitzen. Clara hatte sich unbemerkt angeschlichen und eine lange Hutnadel durch den dicken Uniformmantel in seinen Hintern gebohrt. Sie ließ sie dort und lachte ihn aus, während er in komischer Verzweiflung mit seinem Schlagstock hinter sich herumfuchtelte.

»Und? Wer ist hier jetzt der große Stecher, *Chochem*?«

»Du Teufel! Na warte nur ...«

Kaehny schlug aus der Hüfte nach Clara, aber sie sprang einfach aus der Linie. Durch seinen mächtigen Schwung verlor der Cop seinen Hut, und Esther dachte, wie viel jünger und wie viel weniger finster er plötzlich wirkte, jetzt da sein längliches, sommersprossiges Gesicht und seine roten, strähnigen Haare nicht mehr bedeckt waren. Aber ihre einzige Sorge galt Clara, und sie trat den Cop ungehemmt in die Kniekehle, so dass seine Beine wegknickten und er in der Gosse landete.

»Recht so! Kämpft! Kämpft, jetzt kommt es nicht mehr drauf an!«, rief Clara lauthals, fast übermütig und zog Esther mit sich zum Gebäude. »Sie werden uns so oder so fertig machen, also könnt ihr ebenso gut versuchen, auch auszuteilen!«

Es herrschte ein wildes Durcheinander, Schlagstöcke, Ellbogen und Fäuste flogen. Der Gehweg war mit platt getretenen Hüten übersät, die wie große, tote Motten auf dem Pflaster lagen. Die streikenden Frauen wurden eine nach der anderen niedergeknüppelt und zu dem Transportfahrzeug hinübergeschafft, das die Cops mitgebracht hatten. Die wenigen Frauen, die noch standen, traten und schlugen ebenso wild um sich wie die Huren, die Cops und die Gangster.

»Kommt her, ihr gottverfluchten Schlampen!«

Der große Sergeant hielt auf sie zu. Auch er hatte seinen Hut verloren, der Schweiß hatte ihm die dunklen Haare in der Stirn verklebt. Er schien den Spaß an der Sache verloren zu haben, keuchte und schnaufte angestrengt, und in seinen Augen stand nichts als ein grimmiger, kalter Zorn.

»Ihr habt kein Recht, uns festzunehmen! Ihr habt überhaupt kein Recht, auch nur *eine* von uns festzunehmen!«, schrie Clara ihn an – für welches neue, unsichtbare Publikum, konnte Esther nur raten. Sie legte die Hand auf Claras Unterarm, stützte sich einen Augenblick darauf, wartete.

Der Sergeant kam auf sie zu, die Hand so fest um seinen Knüppel geklammert, dass die Knöchel weiß hervortraten. Er hob ihn über den Kopf – da war plötzlich Sadie, die Frau ihres Bruders, neben ihm und rammte ihm ihren angespitzten Kamm in den Hals. Er keuchte vor Schmerz, fuhr herum und jagte ihr nach.

Doch inzwischen standen zu wenige Streikende gegen zu viele Cops. Drei schnitten Sadie den Weg ab, knüppelten sie nieder und zerrten sie fort. Esther spürte wieder einen dröhnenden Schlag auf dem Hinterkopf. Sie waren jetzt überall um sie herum, und im nächsten Moment kippte sie vornüber und schlug

aufs Pflaster. Zwei Cops packten ihre Arme, ehe sie aufstehen konnte, und schleiften sie ein Stück über den Boden. Dann hoben sie sie hoch und warfen sie in den Polizeiwagen.
»Alles in Ordnung?«
Ein paar der jüngeren Mädchen im Wagen, die meisten Italienerinnen, versuchten ihr zu helfen, aber sie konnte sehen, dass sie selber alle verletzt waren, sie bluteten aus Mund und Nase, manche hatten abgesplitterte Zähne, der Arm eines Mädchens hing schlaff herab.
»Es geht schon. Ist nicht so schlimm ...«
Sie blieb liegen, wo man sie hingeworfen hatte, und starrte durch die offene Hecktür zu Clara hinüber, die jetzt ganz allein mit dem Rücken zum Gebäude stand.
»Es ist nicht fair! Es ist nicht fair!«, schrie sie, beinah triumphierend, als habe sie endlich den Beweis für die Richtigkeit ihres Standpunkts erbracht.
Einer der größten Cops, der Clara mindestens um Haupteslänge überragte, preschte vor und verpasste ihr einen blitzschnellen Schlag unter den Arm. Sie krümmte sich zusammen, richtete sich aber sogleich wieder auf. Sie bekam nicht mehr genug Luft, um ihn zu verfluchen, aber ihre Augen leuchteten immer noch verächtlich. Ein zweiter Cop rannte von der anderen Seite auf sie zu und versetzte ihr einen Schlag in die Rippen, und dann stürzten sie sich alle auf sie, schlugen sie mit ihren Knüppeln in die Seite, mit den Fäusten ins Gesicht, bis sie in sich zusammensackte; und Esther hörte sich Claras Namen schreien, wieder und wieder, und sie versuchte, aus dem Wagen zu klettern, weil sie vollkommen sicher war, dass sie sie umbrachten.
Aber das taten sie nicht. Zwei Cops hoben sie auf wie einen Kohlensack, brachten sie zu dem Transporter hinüber und warfen sie hinein. Clara hatte die Augen geschlossen, ihr Gesicht war schon angeschwollen und voller Blut, aber sie wimmerte leise, als sie sie auf den Wagen warfen, und als Esther zu ihr herüberkroch, konnte sie sehen, dass sie atmete. Sie warfen auch Sadie neben ihr in den Wagen – nicht ganz so übel zugerichtet,

und sie war bei Bewusstsein, aber ihr Blick flackerte verwirrt, die roten Haarschleifen waren zerrissen und blutverklebt.

Einer der Cops trat an den Wagen und stieß sie alle roh von der Tür zurück, achtlos, als seien sie ein Haufen alter Lumpen. Dann schloss er die Türen, verriegelte sie und legte eine Kette davor. Sie blieben in der unerträglich überfüllten Finsternis zurück, und der Wagen ruckelte übers Kopfsteinpflaster auf der kurzen Fahrt zum Tombs-Gefängnis. Die einzigen Laute, die man hören konnte, waren schweres Atmen und Stöhnen und hier und da leises Weinen.

Ehe sie abfuhren, ehe die Türen Esther fast vor der Nase zugeschlagen wurden, sah sie noch einmal zu der Gruppe grölender Gangster hinüber – die meisten von ihnen wirkten inzwischen ein bisschen gelangweilt und leicht verstimmt über das Jammern und Heulen ihrer zusammengeschlagenen Huren. Sie ließ den Blick weiter schweifen, bis sie entdeckte, wonach sie gesucht hatte: ein schlanker Mann in einem makellosen, rostbraunen dreiteiligen Anzug. Mit den Händen in den Hosentaschen betrachtete er die Szene so teilnahmslos, als käme er gerade zufällig vorbei.

Da wusste sie, dass er dabei gewesen war. Sie wusste mit absoluter Sicherheit, dass ihr Bruder alles mit angesehen hatte.

49

Esther

Im Tombs wurden sie aus den Transportern geladen – wiederum wie Feuerholzbündel – und in eine Zelle gebracht. Dort wurden sie mit Handschellen aneinander und an die Zellengitter gekettet, und so ließ man sie stundenlang warten, ohne ihnen etwas zu essen oder zu trinken zu geben. Die meisten der Frauen mussten sich an die Gitterstäbe lehnen oder hockten sich in der überfüllten Zelle auf den Boden, lehnten aneinander und versuchten, die Handschellen nicht zu verdrehen, die sie aneinander fesselten. Keine sprach viel, alle schonten ihre Kräfte.

Hier, irgendwo tief in den Eingeweiden des Gefängnisses, konnten sie nicht einmal Kirchenglocken hören, mit deren Hilfe Esther früher in der Näherei das Verrinnen der Zeit gemessen hatte. Sie nahmen nur ferne, hallende Schritte wahr, Türenschlagen und Schlüsselrasseln – und manchmal ein unheimliches Echo, das klang wie ein Stöhnen oder ein Schrei, in Wahrheit aber nur das Quietschen einer Tür war. Lediglich die zunehmende Dunkelheit gab ihnen Aufschluss darüber, wie viel Zeit verging. Das Licht vor den unsichtbaren Fenstern schwand, und dann hüllte die Nacht sie ein wie ein dichter Nebel.

Esther stand still in der rastlosen, leise jammernden Frauenschar. Sie versuchte, Sadie zu helfen, die immer noch benommen war, hielt ihre Handschellen hoch, damit sie ihr nicht zu sehr in die Handgelenke schnitten. Und sie versuchte Clara zu helfen, die schlimmer verletzt war als alle anderen, versuchte tapfer und mutig zu sein, den anderen eine Stütze. Bis sie überzeugt war, dass man sie ganz und gar verlassen hatte, und sich der Verzweiflung ergab.

»Wo sind wir?«, rief sie ängstlich; sie konnte sich nicht beherrschen. »Wie lange können sie uns hier lassen? Was werden sie mit uns tun?«

»Ganz ruhig, mein Täubchen, ganz ruhig«, murmelte Clara beschwichtigend. Sie hockte am Boden und wiegte sich leicht vor und zurück, ihr Atem drang zischend durch die Zähne, die sie gegen den Schmerz zusammengebissen hatte. »Keine Angst, sie vergessen uns ganz bestimmt nicht.«

Aber Esther hatte Mühe, nicht wieder aufzuschreien, als die Dunkelheit zunahm. Nicht zu heulen oder die Handschellen am Gitter klirren zu lassen, bis *irgendwer* ihr Aufmerksamkeit schenkte.

Ihr Vater kam ihr in den Sinn. *Er hat Recht*, dachte sie und biss die klappernden Zähne zusammen, versuchte alles, um Ruhe zu bewahren.

Er hat Recht, ich kann das hier nicht aushalten. Allein bin ich gar nichts ...

»Ganz ruhig, ganz ruhig, all das hier wird vorbeigehen.« Clara sprach immer noch beruhigend auf sie ein, mit einer Stimme, die vor Schmerz und Erschöpfung träumerisch und undeutlich klang, aber Esther konnte die Verzweiflung nicht abschütteln.

Er hat Recht, er hat Recht, der unsinnige Gedanke hallte in ihrem Kopf, bis sie selbst in einen unruhigen Halbschlaf fiel, gegen das Zellengitter gelehnt.

Allein bin ich nichts ...

Mitten in der Nacht wurden sie losgekettet und abgeführt, auf dass die Gerechtigkeit ihren Lauf nehmen konnte.

Das Nachtgericht wurde in einem niedrigen, muffigen, holzgetäfelten Saal abgehalten. Ein Kanonenofen verbreitete unerträgliche Hitze, zwei matte Glühbirnen hinter der Richterbank spendeten schwaches Licht. Gerichtswachmänner saßen schlafend in den Ecken wie fette alte Kröten, die Gerichtsreporter hatten die Stühle nach hinten an die Wand gekippt und die Füße auf die Bank vor ihnen gestützt. Ihr Zynismus war unerschütterlich, und sie spien braune Ströme von Tabaksaft in die Spucknäpfe.

Der Richter war ein typisches Tammany-Schmuckstück, ein beeindruckender alter Yankee mit einem weißen Bart und durchdringend blauen Augen. Das große Siegel der City of New York mit der Windmühle, den Tulpen und Bibern schimmerte schwach an der Wand hinter ihm.

Die Streikenden saßen auf der Hurenbank und mussten warten, während der Richter all die Übeltäter der Nacht aburteilte: die Betrunkenen und die Raufbolde, die Frauenschläger und Taschendiebe und Zuhälter. Wenigstens saßen sie endlich, und viele der Frauen, vor allem die jungen Mädchen, schliefen ein, obwohl ihre Finger von den engen Handschellen ganz blau wurden.

Die Cops, die Reporter, sogar die anderen Angeklagten verdrehten sich die Hälse, um einen Blick auf sie zu erhaschen. Neben Esther saß eine echte Prostituierte, die verprügelt und verhaftet worden war, weil sie dem Cop in ihrer Straße kein Schutzgeld mehr zahlen wollte. Nach ihr kam ein junges Mädchen, das von seinem Arbeitgeber verführt und dann verlassen worden war, die Nächste, kaum älter, wurde beschuldigt, einen Mann in ihr Zimmer gelockt zu haben in der Absicht, ihn dort auszurauben. Sie saßen kerzengerade aufgerichtet und mit trotziger Miene und genossen die Aufmerksamkeit, erwiderten die Blicke des Richters und der Zuschauer so stolz wie Gräfinnen.

Um vier Uhr morgens schließlich wurden sie in einer langen Reihe vor die Bank des Richters geführt, der mit tiefer, voll tönender Stimme sprach, damit die Presse ihn auch ja hörte. Er verkündete, dass die Angeklagten sich gegen Gott und die Natur im Streik befänden, und verurteilte sie alle zu fünfzehn Tagen Arbeitshaus:

»Wenn ihr Frauen unbedingt arbeiten gehen wollt, dann müsst ihr lernen, den Wohltätern, die euch Arbeit geben, den angemessenen Respekt zu erweisen. Loyalität gegenüber eurem Arbeitgeber ist die erste Lektion, wenn ihr lernen wollt, eure Arbeit zu lieben.«

Nach der Urteilsverkündung wurden sie zusammen mit den Huren durch eine andere Tür aus dem Gerichtssaal geführt, über einen Schwindel erregenden, eisernen Gittersteg, der die Seufzerbrücke genannt wurde. Unter ihnen gähnte ein Abgrund, hier und da von anderen Gitterstegen und Brücken gekreuzt, an denen sich Zellentüren entlangzogen, die wie Ofenklappen aussahen.

Sie waren im Gefängnis.

Zuerst mussten sie sich ausziehen und wurden dann mit eiskaltem Wasser aus dicken Schläuchen abgespritzt und entlaust, dann säbelte man ihnen achtlos die Haare ab, bis sie blind und nackt und gedemütigt am Boden lagen und im weißen Nebel des Entlausungspulvers husteten und würgten.

»Aber wohin wird es gebracht? Was machen sie damit?«, fragte Esther, als sie den Berg all der schönen braunen und schwarzen Locken sah, der in einer Ecke des Raums aufgehäuft wurde. Eine Wärterin kam vorbei und schlug ihr so hart auf die Wade, dass sie auf die Knie fiel.

»Es wird nicht geredet!«

Man gab ihnen schwere Holzschuhe und gestreifte, zeltartige Kleider, die sie mit Sicherheitsnadeln feststecken mussten, damit sie ihnen nicht vom Leib fielen. Ihre Zellen waren nicht viel größer als zwei mal ein Meter, zwischen ihren eisernen Pritschen und der Wand war kaum genug Platz zum Stehen. Es gab kein fließendes Wasser, nur einen Blecheimer zum Trinken, einen zweiten für ihre Notdurft. Sie hatten kein Fenster, Luft kam nur durch ein Lüftungsrohr in der Decke, das wie ein Rauchabzug aussah. Wenn es regnete, tropfte Wasser von der Decke, und

auch sonst waren die Zellenwände immer feucht, so als bluteten die Steine der Gefängnismauern.
Ihre Arbeit bestand darin, die steinernen Böden zu schrubben, wieder und wieder, auf Händen und Knien, nur mit einer Handbürste und ein paar alten Lumpen.
»Das hier ist ein Arbeitshaus, also werdet ihr arbeiten!«, verkündete die Oberaufseherin verächtlich, eine sehnige, grauhaarige Frau mit einem harten Gesicht, als hätten sie keine Ahnung, was harte Arbeit ist.
Tatsächlich war das Schrubben eine nicht einmal unangenehme Abwechslung. Esther stellte fest, dass es völlig andere Muskeln beanspruchte als das Nähen.
»Der Allmächtige hat uns eine unendliche Zahl von Knochen, Muskeln und Sehnen gegeben, die man quälen kann!«
Aber sie sorgte sich um ihre Freundinnen. Sadie war diese Art Arbeit nicht gewöhnt, und ständig tropfte das Blut ihrer blasenbedeckten Hände in das graue, dreckige Putzwasser. Clara hatte immer noch Schmerzen von ihren gebrochenen Rippen und hustete Blut. Esther versuchte ihnen zu helfen, aber es war verboten, zu reden oder sie zu stützen. Wenn sie es versuchte, kamen die Wärterinnen, beugten sich über sie und schlugen sie mit ihren Gummiknüppeln. Manchmal auch ohne jeden Anlass.
Wenigstens waren sie alle drei zusammen in einer Zelle. Abends klappten sie ihre Pritschen herunter, redeten im Flüsterton oder sangen sogar ein bisschen vor dem Einschlafen und hielten sich bei den Händen. Riesige graue Ratten raschelten in der Dunkelheit, und wahre Prachtexemplare von Kakerlaken krabbelten ihnen über die Beine, aber weil sie zusammen waren, war es nicht so schlimm. Nachdem Esther einmal ihre Scham darüber verwunden hatte, dass sie in der großen Zelle vor ihrer Verhandlung die Nerven verloren hatte, kam sie zu dem Schluss, dass sie mit Sadie reden musste.
»Es war sehr mutig, was du getan hast«, sagte sie scheu, ein bisschen neidisch.
»Ach, ich habe nur getan, was jeder gemacht hätte.« Sadie zuck-

te die Schultern und wandte den Kopf ab, noch verlegener als Esther.

Sadies Traumbild erstand plötzlich mit solch überwältigender Klarheit vor ihrem inneren Auge, dass sie kaum sprechen konnte: *Sie beide wohnten Tür an Tür und besuchten sich nachmittags. Und an Feiertagen saßen sie alle zusammen um den Tisch …*

»Ich schäme mich so für das, was er getan hat«, murmelte Esther, nicht einmal sicher, wie sie die Frau ansprechen sollte. Was genau war sie? Die Freundin ihres Bruders, fast ihre Schwägerin, beinah ihre Schwester?

»Er weiß nicht mehr, wie ein anständiger Mensch sich verhält«, sagte sie, als wollte sie es erklären.

»Ich weiß, ich weiß.« Sadie seufzte. »Ich liebe ihn mehr als Samt und Seide, aber mein Gott, was für ein Bastard!«

Zweimal am Tag wurden sie in ihren schweren Holzschuhen und form- und geschlechtslosen Kleidern in einen Raum geführt, groß wie eine Fabrikhalle. Und genau wie in der Textilfabrik standen auch hier lange Bänke und Tische von Wand zu Wand. Aber hier aßen sie, statt zu nähen. Die Wärterinnen befahlen ihnen zu beten, dann setzte man ihnen morgens einen klumpigen Haferbrei vor, zum Abendessen gab es altes Brot aus Kleie und Maismehl, halb verdorbene Kartoffeln und eine eklige gelbliche Suppe, in der es von Maden nur so wimmelte. Clara ließ sich das nur so lange gefallen, bis sie sich weit genug erholt hatte, um wieder deutlich und mit Nachdruck sprechen zu können.

»Nein, wir werden kein Tischgebet sprechen«, verkündete sie eines Abends, entschlossen wie eh und je, und klopfte mit dem Löffel gegen ihre Schale, um die Aufmerksamkeit auf sich zu lenken.

»Wer seid ihr, dass ihr uns eure Religion aufzwingen wollt? Das hier ist nicht das zaristische Russland. Und wir werden diesen Abfall nicht mehr essen! Wir sind keine Schweine, falls ihr es nicht wisst. Ihr müsst uns richtiges Essen geben, das richtige Menschen zu sich nehmen können!«

Die anderen, längerfristigen Häftlinge ergriffen die Gelegenheit beim Schopfe, kippten ihre Schalen aus und schlugen emsig mit den Löffeln darauf, bis die Wärterinnen ausschwärmten und mit ihren Schlagstöcken auf sie eindroschen. Mit einem Mal drohte eine Revolte auszubrechen, und Esther duckte sich unter dem Tisch. Sie hatte genug von all dem, sie wollte nicht schon wieder geschlagen werden. Aber ihr blieb keine Wahl. Sie packten Clara unter den Achseln und wollten sie hochzerren, aber sie schrie so laut, dass Sadie instinktiv ihren rechten Arm packte, und was hätte Esther da anderes tun können, als ihren anderen Arm zu ergreifen und zu versuchen, Clara irgendwie zurück auf die Bank zu ziehen, weg von den brutalen Wärterinnen.

Eine Glocke begann irgendwo zu schrillen, und weitere Wärter stürmten herein, Männer und Frauen. Sie lösten Finger um Finger ihren Klammergriff von Claras Arm und schlugen auf sie ein, bis Esther ganz benommen war und eine beinah übermächtige Übelkeit spürte. Inzwischen war ein beachtlicher Tumult entstanden, die Frauen warfen ihre Schalen nach den Wärterinnen, stießen die Tische um, und immer noch kamen zusätzliche Wärter herein und drängten sie zur Wand zurück.

Halb schleifte, halb führte man sie durch die steinernen Korridore und über die Seufzerbrücke in das Büro des Direktors – eine auffallend geschmackvoll eingerichtete Zimmerflucht inmitten dieses ehernen, grauen Gefängnisses. Lange Vorhänge, Bücherregale, ein dicker Perserteppich und ein riesiger Globus – ein feineres Zimmer, als sie es je gesehen hatten.

Der Direktor lehnte an seinem Schreibtisch, die zugeknöpfte braune Weste spannte sich über seinem leicht gewölbten Bauch, und er sah ihnen unbewegt, aber nicht unfreundlich entgegen, als man sie hereinzerrte und auf drei harte Stühle vor ihm niederdrückte, ihnen Handschellen anlegte und ihre Füße an die Stuhlbeine fesselte.

»Ich höre, ihr wollt nicht essen«, bemerkte er und klopfte mit dem Pfeifenkopf in seine Handfläche. »Und nicht beten.«
»Wir könnten höchstens darum beten, dass wir genießbares Essen bekommen!«, gab Clara schneidend zurück.
Der Direktor brachte einen gepolsterten Stuhl für sich selbst herüber, setzte sich und lehnte sich vertraulich vor: »Warum wollt ihr kein Tischgebet sprechen?«
»Wir haben nicht den gleichen Glauben wie Sie.«
»Ist es das? Oder liegt es vielleicht daran, dass ihr in Wirklichkeit Atheisten seid und überhaupt keinen Glauben habt?«
Clara lachte ihn aus.
»Sicher, ich verkünde es der ganzen Welt: Ich bin Atheistin. Aber manche der Frauen sind noch gläubige Jüdinnen. Von Katholiken und Protestanten ganz zu schweigen, Gott helfe ihnen.«
»Schluss mit diesen Unverschämtheiten! Komm schon, sag mir ehrlich: Wer hat euch hierzu angestiftet?«
»Wozu?«
»Waren es die Anarchisten? Irgendein Gangster? Wer hat euch Mädchen zu diesem Aufstand verleitet?«
Clara schnaubte verächtlich. »Glauben Sie, die Köpfe auf unseren Schultern sind aus Stroh? Diese Frauen können ihre Entscheidungen selbst treffen. Sie hüpfen nicht wie Marionetten, nur weil irgendein Boss es sagt!«
»Na schön, dann habt ihr euch das hier nur selbst zuzuschreiben!«
Plötzlich brüllte der Direktor sie an, sprang auf und rief die Wärterinnen wieder herein.
»Ihr wollt nicht essen? Gut! Dann werdet ihr zwangsernährt!«
»Nein! Wir sind nicht im Hungerstreik, wir verlangen nur anständiges Essen …«, begann Clara, aber schon wurde sie gepackt und über die Rückenlehne des Stuhls gebeugt, auf dem sie gerade noch gesessen hatte. Als Nächstes packten die Wärterinnen Esther und Sadie, lösten die Handschellen, rissen sie aber nach vorn, hielten ihre Arme gepackt und stopften ihnen einen

Gummiknebel in den Mund, ehe sie auch nur protestieren konnten.
Esther fand sich mit der Wange auf den Schreibtisch gepresst wieder, die zerfledderte grüne Schreibunterlage stank nach Tinte, eine Reihe kleiner Glücksesel der Demokraten stand genau vor ihr. Eine der Wärterinnen hielt ihren Nacken gepackt und drückte ihren Kopf auf den Tisch, eine zweite legte einen Gummiriemen um ihre Ellbogen und zerrte sie schmerzhaft nach hinten.
»Durchsucht sie! Durchsucht sie erst einmal gründlich!«, rief der kleine dicke Direktor erregt.
Sie spürte, wie das weite, formlose Gefängniskleid auseinander geschoben wurde, und die Finger der Wärterin drangen roh, grausam in sie ein.
»… zeigt ihnen, was mit ihresgleichen passiert! Die Huren, die Huren! Diese unverschämten Huren!«
Ein Metallrohr oder Schlauch wurde noch brutaler in sie hineingestoßen – dann strömte ein Wasserstrahl in ihren Darm, so dass sie ihn nicht länger kontrollieren konnte. Sie konnte einfach nicht glauben, dass ihr etwas Derartiges passierte. Es war, als habe sie überhaupt keine Kontrolle mehr über ihren Körper; die Wärterinnen stießen in sie hinein und taten einfach, was sie wollten. Sie warfen sie hintenüber auf den Schreibtisch, so dass sie zum Deckenventilator und den langen Fliegenfängern hinaufstarrte, und dann begannen sie, einen langen, dicken Schlauch ihre Kehle hinabzuführen …
Sie war sicher, sie würde an diesem seltsamen Ding ersticken. Der kleine Metallstutzen an seinem Ende schabte furchtbar über ihren Gaumen, aber sie schoben immer weiter. Sie fing an zu würgen, weil ihre Zunge roh nach hinten gedrückt wurde. Es kam ihr vor, als müsse ihr Kopf explodieren, und sie wollte schreien: *Hört auf, hört auf, ihr bringt mich um!*, aber wegen des grauenvollen Schlauchs konnte sie keinen Ton herausbringen.
Sie schoben ihn immer weiter, zu hart und schnell, als dass sie irgendetwas anderes hätte tun können, als zu versuchen, ihn

hinunterzuschlucken. Dann schütteten sie den dicken Haferschleim hinein, und es war ein furchtbares Gefühl, als er klatschend in ihrem Magen auftraf. Immer mehr zwangen sie hinab, bis sie glaubte, sie werde platzen.

O Gott, dachte sie, *wie können sie so etwas mit einem menschlichen Wesen tun? Wie können sie …*

Die Wärterinnen zogen den Schlauch so abrupt wieder hinauf, dass es sich anfühlte, als rissen sie ihre Kehle gleich mit heraus. Sie ließen sie los, und sie taumelte vom Schreibtisch weg und umklammerte ihren brennenden Hals, unfähig, auch nur einen Laut von sich zu geben. An der gegenüberliegenden Wand lag Sadie zitternd an ihren Stuhl gelehnt, Clara beugte sich über sie und würgte trocken.

Es herrschte ein unerträglicher Gestank, der, so erkannte Esther, zumindest teilweise von ihr selbst ausging. Und es war umso demütigender, dass der schmierige kleine Direktor die ganze Zeit im Zimmer gewesen war. Sein Gesicht war gerötet, er wirkte aufgeregt, trommelte mit einer Hand auf eine Stuhllehne.

»Bringt sie hinunter in die Dunkelzellen«, befahl er zackig, aber er vermied es, ihnen in die Augen zu sehen, als sie vor ihm auf die Füße gezerrt wurden.

»Zeigt ihnen, was ihre Agitation ihnen hier einbringt!«

Wieder wurden sie durch endlose abschüssige, labyrinthartige Flure geführt und in drei Einzelzellen gesperrt, noch kleiner als die, die sie geteilt hatten, und ohne Fenster oder irgendeine Lichtquelle. Die Wärterinnen stießen Esther durch die erste Tür und fesselten sie an einen Pfosten in der Ecke. Esther hörte, dass Clara und Sadie weiter den Flur entlanggeführt wurden.

Sie können mich nicht einfach so hier allein lassen. Sie können mich nicht einfach so hier lassen und weggehen …

Es war der finsterste Ort, an dem sie je gewesen war, nicht einmal eine Andeutung von Licht drang unter der Tür hindurch. Es gab nichts als das leise Rascheln des Ungeziefers und ihren eigenen unentrinnbaren Gestank, um sie daran zu erinnern, dass es auch noch etwas anderes auf der Welt gab als Dunkelheit. Sie

versuchte, jeden noch so leisen Schritt, jede Bewegung draußen zu hören, außerhalb dieses winzigen, schwarzen Kastens.
Einmal am Tag, so schien es, kamen sie, um ihr Essen zu bringen und den Eimer mit ihren Exkrementen zu leeren. Jedes Mal kam es ihr vor wie eine Offenbarung. Die schweren Schritte der Wachen machten vor der Tür Halt, die Riegel fuhren polternd zurück wie das Knallen von Gewehrschüssen, dann flog die Tür auf. Selbst das schwache, graue Licht, das vom Flur hereinfiel, tat ihr in den Augen weh. Die Wärterin kam herein, stellte mit einem hämischen kleinen Lächeln einen Teller neben sie und machte ohne ein Wort kehrt. Esther konnte kaum ertragen, dass sie ging.
»Tut das nicht, lasst mich nicht allein hier«, bettelte sie im letzten Moment, obwohl sie sich geschworen hatte, sich zu beherrschen. »Ihr braucht das nicht zu tun. Wisst ihr denn nicht, dass ich eure Schwester bin, dass unser Kampf derselbe ist …«
Doch die Wärterin warf ihr nur eine Kusshand zu, das hämische Grinsen immer noch im Gesicht, und ließ sie in der Dunkelheit allein.

Ihr Verstand entglitt ihr fortwährend, wie ein Stück schlechter Stoff, der sich unter der Maschine verhakt und zusammenbauscht, und sie versuchte, sich auf Dinge in der Welt draußen zu konzentrieren, die Sonne, die Luft und Bäume. Sie versuchte, an den Sommer zu denken, als sie Ferien in den Palisades gemacht hatte, mit Clara und Gina und all den anderen, all ihre Freundinnen entlang der Klippe wie eine Schar Bergziegen. Aber jetzt war niemand hier, um ihr zu helfen, weder Clara noch Mama, um sie zu trösten oder ihr Hoffnung zu machen. Es gab nur Schwärze.
Anfangs wünschte sie sich, *er* wäre hier, ihr *Dibbuk*.
Er hatte Recht, er hatte Recht, dachte sie, und sie wünschte sich, dass er herkommen und sie retten würde – sie zurück zum Strand von Coney Island brächte. *Er* wüsste, was zu tun war, er mit all seinen schlauen Tricks und Kniffen. *Er* wüsste bestimmt

immer einen Ausweg. Alles, was sie wollte, war, in seinen Armen zu sein, geborgen in ihrem kleinen Zimmerchen im *Tin Elephant*, und den Wellen lauschen.

Aber mit der Zeit schien Coney Island immer weiter weg, weiter als das andere Ende der Welt, und ihr *Dibbuk*, ihr Freund, nur einer ihrer Träume. Umso realer war die Stimme ihres Vaters. Denn ihr Vater leistete ihr die ganze Zeit Gesellschaft.

Das Schlimmste, was uns je geschehen ist, war, das Gelobte Land zu erreichen.

Was hast du erwartet?

Er rutschte unbehaglich in seinem großen, durchgesessenen Ledersessel hin und her und wich ihrem Blick aus.

Ich weiß nicht. Wie Polen. Nur mit mehr Kühen.

Und in deiner Enttäuschung machst du für alle ein Jammertal daraus.

Und er zuckte die Schultern, sie sah es genau vor sich – angriffslustig und zugleich fatalistisch.

Wenn es dir nicht passt, warum gehst du nicht?

Und was würdet ihr ohne mich tun? Du und Mama, was würdet ihr tun?

Und sie sah das sarkastische Lächeln, das sich inmitten des schmutzigen weißen Barts abzeichnete.

Du hast Angst. Das ist es doch. Sei wenigstens ehrlich zu dir selbst, wenn schon nicht ehrlich zu mir oder ehrlich vor dem Gesetz. Du hast Angst wegzugehen.

Ihr erster Impuls war wie immer, ihn anzuschreien. Sich selber zu versichern: *Das ist nicht wahr!*, bis sie nichts anderes mehr hörte. Aber das brauchte sie nun nicht mehr, denn sie wusste jetzt, dass es nicht stimmte. Sie hatte keine Angst mehr davor, ihre Eltern zu verlassen. Sie hatte vor überhaupt nichts mehr Angst, jetzt, da sie an dem schrecklichsten Ort war, den sie sich vorstellen konnte. Sie lehnte sich an ihren Pfosten in der tintenschwarzen Zelle, und er verblasste.

Als sie sie aus der Einzelhaft entließen, konnte Esther kaum sehen. Alles erschien eigentümlich dünn und länglich und von einem seltsamen, brennenden Licht umgeben, selbst in den dämmrigen Korridoren. Sie sperrten sie wieder mit Clara und Sadie in ihre Zelle, und keine von ihnen sagte ein Wort. Sie saßen einfach nur auf dem Fußboden in ihren verdreckten, lächerlichen Kleidern und warteten darauf, dass die Welt aufhörte, sich um sie zu drehen.

»Samstag! Samstagsbad!«

Die Wärterinnen hasteten die Flure entlang und schlugen mit ihren Gummiknüppeln an die Zellengitter.

»Raus ins Bad!«

Irgendwer riss ihre Tür auf, und die drei halfen sich gegenseitig auf die Füße und taumelten blind gegeneinander. Man brachte sie auf den Gang hinaus in die lange Schlange ihrer Mitstreiterinnen, die sich alle beinah zum Verwechseln ähnelten in ihren weiten Uniformkleidern und mit den geschorenen Haaren, die gerade wieder zu wachsen begannen.

Im Gänsemarsch ging es zurück über die Seufzerbrücke. Esther nahm an, man brachte sie in den Raum zurück, wo sie abgespritzt und entlaust worden waren, doch stattdessen kamen sie in einen ganz anderen Flügel des Gefängnisses. Wieder mussten sie sich ausziehen und durften kein Wort reden, als sie ihre Kleider ordentlich auf Haken hängten.

Durch einen niedrigen Bogen gelangten sie in einen dämmrigen, modrigen Raum mit mehreren großen Wasserbecken, die Wände waren wundervoll gekachelt und zeigten springende Delphine und Wassernymphen. Es roch nach ungewaschenen Körpern und Schweiß, und leises Stöhnen, Ächzen und Rufen hallte durch den Raum. Selbst in ihrer blinzelnden, verwirrten Halbblindheit glaubte Esther zu erkennen, dass die sonst so finsteren Wärterinnen jetzt ungewöhnlich angeregt schienen und es eilig hatten, sie in den Badesaal zu führen.

Als sie den feuchten, hallenden Raum betraten, verstand sie, warum. Ein Bild wildester Ausschweifung bot sich ihnen. Die langen Badetröge waren voller Frauen, die einander umarmten. Lüsterne Frauen, die es in aller Lässigkeit und Offenheit beim

Baden miteinander trieben. Sie küssten sich mitten auf den Mund, die Brüste, das Geschlecht. Lagen einander in den Armen, ließen das Wasser über den Wannenrand schwappen wie fremdartige Wasserwesen, wie die Nymphen an den Wänden, rollten lustvoll im Wasser herum.

Die meisten der Liebenden gehörten zu den längerfristigen Insassen des Arbeitshauses. Die Streikenden blieben ängstlich am Eingang stehen – obwohl Esther feststellte, dass die Wärterinnen vollkommen hingerissen waren von dem Schauspiel; sie standen am Rand der Becken und schauten zu. Ein paar machten sogar mit, zogen ihre weiten Anstaltsuniformen aus und wurden eins mit den Frauen, die sich im Bad vergnügten.

Clara, Esther und Sadie standen wie angewurzelt mit den anderen Streikenden zusammen, die Arme vor der Brust gekreuzt, und starrten hilflos auf dieses unglaubliche Bild – bis sie schließlich anfingen zu lachen. Clara war die Erste, ein abgehacktes, halb unterdrücktes Kichern, um ihre gebrochenen Rippen nicht zu belasten, und dann ließen die anderen sich anstecken. Sie begannen unkontrollierbar zu lachen, hielten sich die Hände vor den Mund, denn sie wollten die anderen Frauen nicht beleidigen, die aber ohnehin viel zu beschäftigt waren, um es zu bemerken.

Sie gönnten sich ein langes befreiendes Gelächter, stiegen dann in das einigermaßen schmutzige, einigermaßen warme Wasser und ließen es ihre geschundenen Körper umspülen. Sie lehnten sich an den Beckenrand, die Arme um die Schultern der anderen und lachten immer noch ein bisschen – über das, was sie gesehen hatten, über den Anblick der sich entblätternden Wärterinnen. Und über sich selbst, weil sie so schockiert gewesen waren angesichts von etwas, das nach all den Grausamkeiten, die sie ertragen hatten, doch nur ein bittersüßes Erlebnis war: Frauen im Gefängnis, die einander liebten am Samstagabend.

50

Big Tim

Big Tim Sullivan hastete den Broadway entlang zum Washington Place. Seit Tagen hörte er das Gerücht, die Frauen würden zur City Hall marschieren, und seine Jungs sagten gern, Big Tim habe das Ohr so nah am Boden, dass er jeden Zug schon auf zwanzig Meilen Entfernung kommen hörte. Das Problem war nur, dass er einfach nicht wusste, was er unternehmen sollte.
Noch einen Block vom Washington Place und der Triangle-Fabrik entfernt, konnte er die Menge schon sehen, hörte das Singen und die Reden. Die Straße war mit Bündeln platt gedrückter Hüte und anderer Kleidungsstücke übersät, zerbrochenen Schlagstöcken und Streikschildern und sogar ein paar beunruhigenden roten Blutspuren. Ein Polizeipferd lag in der Gosse, wo es auf der regennassen Straße ausgerutscht war und sich das Bein gebrochen hatte. Der Cop stand mit Tränen in den Augen über ihm, wandte den Kopf ab und richtete seine Pistole auf den Kopf des Tieres.
Big Tim eilte weiter, drängte sich durch die Menge. Genau vor ihm marschierten auf beiden Seiten der Straße zwei spärliche Reihen von Frauen. Schon ein bisschen mitgenommen, umklammerten sie grimmig die Streikschilder, die ihnen geblieben waren. Ein paar der berüchtigtsten Schläger der Stadt und ihre Huren rannten ihre Reihen auf und ab, griffen sie an oder packten sie. Die Cops sahen zu, zeigten mit den Fingern und grinsten, schlugen sich mit ihren Stöcken in die behandschuhte

Handfläche und schritten nur ein, wenn die Fabrikarbeiterinnen zurückschlugen.
Noch während er zusah, packten zwei vierschrötige Polizisten in ihren langen Mänteln ein hübsches, zerbrechlich wirkendes Mädchen bei den Armen und zwangen sie, ihr Schild fallen zu lassen. Sie konnte nicht älter als siebzehn sein, aber sie hielten sie, während ein dritter Cop hinzutrat, leicht das Gesicht verzog und ihr zweimal mit der Faust auf den Mund schlug, erst mit der Linken, dann mit der Rechten, bis ihr das Blut aus den Mundwinkeln rann und sie zusammenbrach.
»Halt! Das ist genug!«, rief Sullivan, aber niemand hörte ihn über das Getöse der Menge hinweg. Bald war ein Tumult ausgebrochen, Fäuste und Schlagstöcke flogen.

Big Tim machte stolpernd kehrt und taumelte den Weg zurück, den er gekommen war. Schließlich sank er auf eine kleine Parkbank gleich bei dem Pferd, das der weinende Cop erschossen hatte. Das Pferd lag noch da, die Beine steif von sich gestreckt. Ein Rudel Straßenkinder tanzte schon um den Kadaver und zupfte Haare aus seinem Schwanz, um sie als Ringe zu tragen.
Er selbst hatte immer gern mit Pferden gearbeitet. Das war sein erster Job gewesen, nachdem er die Gang verlassen hatte. Er hatte an der Grand Central Station die Gespanne ausgetauscht, die damals noch die Straßenbahnen zogen.

Er stand immer schon wartend mit dem frischen Gespann bereit, hielt ihre Halfter in einer Hand, spürte die Kraft der sechs schwerfälligen Zugpferde in seinem rechten Arm. Die Pferde standen geduldig still, während sie ein- und ausgespannt wurden, Dampf stieg von ihrem schweiß- und schlammverklebten Fell in die eisige Winterluft auf …

Wieder erhob sich ein Gebrüll in der Menge am Ende der Straße, dann der Klang von Trommeln und Hörnern. Big Tim regte sich und sah zum Washington Place hinüber.

Eine beachtliche Schar Frauen kam jetzt die Straße entlangmarschiert. Sie hatten sich bei ihren Nachbarinnen eingehakt und sangen. Die Gangster und Huren wichen zurück, wurden von den Cops abgedrängt. Es juckte sie, auf die Frauen loszugehen, sah Big Tim, sie hielten ihre Schlagstöcke immer noch einsatzbereit. Aber an der Spitze des Zuges und entlang der Flanken marschierte eine Phalanx von Damen der Gesellschaft, unverkennbar in ihren teuren Kleidern und ausgefallenen Hüten. Als die Cops sich diesem Hindernis gegenüber sahen, gerieten sie ins Wanken und wichen zurück, unsicher, was sie tun sollten. Und weiter marschierten sie, immer acht Frauen nebeneinander, ihr Singen wurde lauter mit jedem Schritt, den sie näher kamen. Niemand stellte sich ihnen in den Weg, die wankelmütige Menge jubelte ihnen jetzt zu, schloss sich ihnen gar an.

Mrs. Perkins war am Tag zuvor zu ihm gekommen, und sie hatte wieder diesen dreieckigen Hut getragen, mit dem sie so sehr seiner Mutter glich. Doch sie war sehr geschäftsmäßig, ernst und zutiefst besorgt gewesen. Sie hatte eine der Damen der Gesellschaft mitgebracht, Miss Dreier, eine wahre Göttin mit ihrem feinen Seidenkleid und den funkelnden blauen Augen.

»Sie müssen den Streik unterstützen«, hatte Mrs. Perkins erklärt, so unverblümt wie immer. »Das ist das Einzige, was Ihnen übrig bleibt. Es ist zu weit gegangen, Sie müssen etwas unternehmen.«

»Nun, Sie wissen doch, dass die Organisation bemüht ist, in Tarifauseinandersetzungen neutral zu bleiben«, hatte er schwächlich eingewandt. »Schließlich gibt es viele wichtige Interessen in dieser Stadt, die wir …«

»Tim Sullivan, das ist die dickste Lüge, die Sie in Ihrem ganzen Leben von sich gegeben haben, und das wissen Sie«, fiel sie ihm ins Wort. »Sie haben die Polizei losgeschickt, die diese Frauen an jeder Ecke niederknüppelt. Und die Zuhälter mit ihren Huren ebenfalls.«

Big Tim zog erschrocken die Luft ein, aber sie fuhr fort und erklärte ihm, warum Tammany den Streik ganz objektiv und offen unterstützen sollte.

»Ich weiß, Sie bekommen Geld von den Fabrikbesitzern. Aber wem sollen sie es sonst bezahlen, solange Sie alle Wählerstimmen kontrollieren? Doch wenn Sie die Streikenden jetzt im Stich lassen, können Sie auch gleich fünfzigtausend Wahlzettel zu Gunsten der Sozialisten ausfüllen.«

»Ich weiß nicht, Ma'am ...«

»Und noch etwas«, sagte sie und fegte seinen Einwand beiseite. Sie stand auf, und Miss Dreier erhob sich ebenfalls. »Eins sollten Sie noch wissen. Wenn *Sie* die Polizei nicht zurückhalten und dafür sorgen, dass eine Einigung erzielt wird, dann werden die Damen der Gesellschaft auf die Straße gehen. Sie werden da draußen bei den Streikposten stehen. Warten Sie's nur ab.«

Und hier waren sie, marschierten den Broadway hinab, in voller Lebensgröße. Big Tim eilte zur City Hall, wo Mr. Murphy schon im Büro des Bürgermeisters wartete. Little Little Napoleon war ebenfalls dort, saß an seinem riesigen Schreibtisch und versuchte, sich bei Mr. Murphy wieder beliebt zu machen – Sullivan wusste allerdings, dass es dafür viel zu spät war. Für den Augenblick ließen sie sich die Anwesenheit des Bürgermeisters noch gefallen – es war ja immerhin sein Büro.

»Herrgott, Charlie, haben Sie das da draußen gesehen?«, sagte er und ließ sich auf das Sofa fallen, kaum dass er den Raum betreten hatte. »Sie knüppeln Frauen und Mädchen nieder als wären es Verbrecher.«

»Ja, es ist Besorgnis erregend«, sagte Mr. Murphy ruhig und wiegte sich auf einem von McClellans makellosen Windsor-Stühlen vor und zurück. Er erweckte allerdings nicht den Eindruck, als sei er wirklich besorgt, und er erschien Big Tim wie ein Ingenieur, der eine hoch sensible Maschine überwachte und ständig ihre Ventile und Antriebswellen kontrollierte.

»Sie marschieren, wissen Sie. Sie sind unterwegs.«

»Ja.«

»Marschieren?!«, bellte Little Little Napoleon. »Wozu? Und wohin?«
»Hierher. Um Ihnen eine Petition zu überreichen, glaube ich.«
»Was? Das ist eine Unverschämtheit! Bin ich irgendein gewöhnlicher Krimineller, der ihrer Vorladung folgen muss?« McClellan kochte vor Wut. »Das werde ich nicht zulassen! Warum hat die Polizei sie noch nicht auseinander getrieben?«
»Oh, nur weil ein paar Dutzend Frauen der oberen Zehntausend an der Spitze des Zuges marschieren«, klärte Sullivan ihn auf. »Oder möchten Sie vielleicht, dass Ihre neue, progressive Polizei die Frauen und Töchter der reichsten Männer New Yorks niederknüppelt?«
Little Little Napoleon schien so vom Donner gerührt wie sein Vater weiland vor Antietam.
»Ich … ich muss irgendetwas tun. Ich rufe die Miliz!«
»Sie werden genau das tun, was wir Ihnen sagen«, unterbrach ihn Big Tim drohend und fixierte den Bürgermeister mit einem finsteren Blick. »Wenn Sie auch nur je wieder einen Stadtratssitz in dieser Stadt wollen.«
»Warum lassen wir sie nicht ihre Petition überreichen?« Mr. Murphy zuckte die Schultern. »Auf die Art und Weise werden Sie vor der Presse nur umso klüger erscheinen.«
»Aber Herrgott noch mal, wir müssen irgendetwas in dieser Sache unternehmen«, beharrte Big Tim und schüttelte den Kopf.
»Warum?«, fragte Mr. Murphy. »Warum lassen wir den Streik nicht einfach seinen Lauf nehmen und sehen, wohin er führt?«
»Weil es dafür jetzt zu weit gegangen ist«, entgegnete Big Tim, und er musste wieder an den Cop denken, der dem jungen Mädchen mit verzerrtem Gesicht die Faust ins Gesicht schlug. »Weil sie es uns dieses Mal nicht verzeihen werden, wenn wir es so weiterlaufen lassen.«
»Glauben Sie das wirklich?«, fragte Mr. Murphy interessiert – ein Mann der Wissenschaft, der perfekte Politingenieur. »Was werden die Fabrikanten sagen, wenn wir die Gewerkschaft unterstützen?«

»Warum fragen Sie nicht die Frauen der Fabrikanten? Sie sind gleich da draußen …«

Unterhalb der eleganten georgianischen Fenster der City Hall hatte sich ein ohrenbetäubendes Getöse erhoben. Eine riesige Menschenmenge schob sich den Broadway entlang, fegte die letzten, verunsicherten Polizisten aus dem Weg, zwang sie zurück in eine dünne, blaue Linie gleich unter dem Büro des Bürgermeisters.

»Wir kommen immer an Geld«, sagte Big Tim und wiederholte Mrs. Perkins Argumente. »Zu wem sollten die Fabrikanten es sonst tragen? Wir müssen an die Organisation denken.«

Mr. Murphy erhob sich und trat ohne Eile ans Fenster, blickte durch die Vorhänge auf die Streikenden und die feinen Damen hinab, die vor dem Bürgermeisterbüro standen und wie mit einer einzigen, gewaltigen Stimme sangen und riefen. Er betrachtete sie ein Weilchen, ohne dass seine kalten Ingenieursaugen auch nur einmal blinzelten.

»Nun, eine Kurskorrektur scheint tatsächlich angezeigt«, stimmte er zu.

51

Esther

Eine Menschenmenge erwartete sie am Tor, als sie aus dem Tombs entlassen wurden, feine Damen drückten ihnen Rosengirlanden in die Hände und hängten ihnen kleine Medaillen um. Die Sisters of the Eagle, eine der Logen der reichen Frauen, sangen die *Marseillaise* für sie, und eine lange Reihe Studentinnen vom Barnard College – in strengen weißen Hemdblusen und ohne Kopfbedeckung – ließen sie feierlich dreimal hochleben.

Sie blieben stehen und lauschten höflich den Ansprachen und Ehrungen, hielten ihre Blumen umklammert und waren immer noch verwirrt, wieder in ihren richtigen Kleidern im Sonnenschein zu stehen. Anschließend marschierten sie nach Uptown zu einem Empfang im Colony Club und einem großen Ball im Hippodrome, der riesigen umbauten Rennbahn, die Brinckerhoff und Bet-a-Million Gates hier auf der Kreuzung zwischen 43. Straße und 6. Avenue errichtet hatten, mit einer Promenade, so breit wie ein ganzer Block, und elektrisch beleuchteten, goldenen und silbernen Elefantenköpfen.

Als sie eintraten, erhob sich donnernder Applaus. Die Zuschneider und anderen männlichen Arbeiter verneigten sich tief vor ihnen. Jede von ihnen bekam nach dem Zufallsprinzip einen Tanzpartner zugeteilt – und dann drehten sie sich langsam unter der großen, gewölbten Decke. Immer noch wie benommen nach dem Gefängnis bewegten sich die Frauen, aber auch die Zuschneider tanzten mit Bedacht, folgten gewissenhaft den

Schritten, die sie in den Tanzschulen auf der Norfolk Street gelernt hatten.

Im *Colony Club* saßen sie steif um kleine runde Tische auf goldumrandeten Stühlen, die Streikenden gleich neben Miss Morgan und Mrs. Harriman und Mrs. Belmont – die Arbeiterinnen mit ihren kleinen Medaillen an rot-weiß-blauen Bändern.

Kellner brachten Platten mit Hühnchen und Roastbeef, Terrinen mit Hummersuppe und Gläser mit süßen, dickflüssigen Säften. Anfangs aßen sie zögernd, befürchteten immer noch, es handele sich um Almosen. Scheu und verstohlen sahen sie zu den reichen Frauen hinüber, mit denen sie am Tisch saßen, und wagten nicht, den Kampf mit dem Blattsalat aufzunehmen. Dann brachten die Kellner Kuchen – riesige, wundervolle Schokoladentorten, noch warm und saftig und mit Eissplittern übersät – und sie verloren alle Hemmungen, stürzten sich darauf, sobald ein Stück auf ihren Tellern landete.

Es war alles nur ein Traum, dachte Esther und beobachtete sie. Die Maden im Brot, der widerliche Haferschleim, die Dunkelhaft – alles, was sie im Gefängnis erlebt hatte, war schon unendlich weit weg. Sie befingerte die Medaille, die zwischen ihren Brüsten hing: ein Lorbeerzweig auf einer blanken Kupfermünze.

Vergisst man so?, fragte sie sich, denn sie war sicher, dass sie nichts in ihrem Leben je vergessen hatte, keines ihrer Kümmernisse.

Mrs. Perkins, der bekanntlich nie etwas entging, hatte auch ihre Begeisterung für den Schokoladenkuchen bemerkt und wies das Personal an, immer neue Torten zu bringen, während die Rednerinnen ans Podium traten. Miss Dreier und Leonora O'Reilly, die aufs Stichwort zu weinen anfing, und Mother Jones, die ihnen zurief: »Dies ist kein Spiel, dies ist der Kampf!«, mit leuchtenden Augen, die Arme ausgestreckt wie eine Märtyrerin. Und Clara, die wie üblich kein Blatt vor den Mund nahm: »Auch wenn Sie es vielleicht nicht hören wollen: Tausende von

Mädchen sind da draußen, und sie wissen nicht mehr weiter. Sie sind vollkommen am Ende, und sie haben kein Feuer im Ofen und keinen Krümel Brot im Schrank, während sie draußen auf der Straße ums nackte Überleben kämpfen.«
Überall im Saal hörte man Schniefen, Taschentücher flatterten wie aufgescheuchte Tauben, und Mrs. Perkins trat noch einmal ans Podium und erbat ihre Aufmerksamkeit.
»Jetzt würde ich das Wort gerne einer der streikenden Frauen erteilen«, sagte sie. »Eine ganz normale, junge Frau, eine, die bislang nie die Anführerrolle übernommen hat, aber angesichts all der Schrecken des Arbeitshauses unerschütterlichen Mut bewiesen hat. Ich möchte sie herzlich bitten, hier heraufzukommen und uns ihre Erfahrungen zu schildern.«
Zu ihrem Entsetzen stellte Esther fest, dass sie genau in ihre Richtung sah und ihr die Hand entgegenstreckte. Sie dachte, es müsse ein Irrtum sein, der entdeckt würde, sobald sie aufstehen und vortreten wollte, und dann würde sie gedemütigt vor der ganzen Versammlung stehen.
Aber nein – sie war wirklich gemeint. Mrs. Perkins streckte ihr weiterhin die Hand entgegen, ein kleines, mitfühlendes Lächeln auf ihrem kantigen Yankee-Gesicht, und Esther erhob sich langsam, zögerlich und trat ans Podium. Sie ergriff die Hand – überraschend rau und kräftiger, als sie gedacht hätte – und ließ sich von Mrs. Perkins die Stufe zum Rednerpult hinaufhelfen. Sie sah auf den Saal voll streikender Arbeiterinnen aus den Fabriken und kleinen Betrieben hinab, auf die Damen der Gesellschaft – und sie alle brachen in Applaus aus.
»Ich hätte nie gedacht, dass mir all diese Dinge passieren würden«, begann sie, und schon versagte ihre Stimme. Die reichen, elegant gekleideten Frauen sahen mit großen, feuchten Augen zu ihr hinauf. Auch die Streikenden sahen zu ihr hinüber, aber sie interessierten sich mehr für die gewaltigen Stücke Schokoladentorte auf ihren Tellern. Viele waren nicht älter als vierzehn oder fünfzehn, Kinder, die sich mit Hingabe ihrer Torte und ihrem Glas Milch widmeten. Sie sah sie an und dachte an alles, was

sie im Gefängnis erlitten hatten, die Schläge, die Dunkelhaft, die grausame Tortur im Büro des Gefängnisdirektors, und sie konnte nicht fortfahren – die Tränen strömten über ihr Gesicht.
»Es ist nur so …«, begann sie von neuem, aber die Worte kamen einfach nicht. Sie wollte ihnen alles sagen, was sie wusste. Sie wollte ihnen erzählen, wie es war, mitten in der Nacht zur Arbeit in einer kleinen Näherei auf der Division Street zu gehen oder während der Hochsaison vierzig Überstunden pro Woche in der Triangle-Farbik zu machen. Sie wollte ihnen beschreiben, wie entsetzlich die affenartigen, grinsenden Fratzen der Cops gewesen waren, wie Furcht erregend es da draußen als Streikposten gewesen war. Sie wollte ihnen sagen, dass all diese jungen Mädchen, die jetzt mit solcher Hingabe Schokoladentorte in sich hineinstopften, Herz und Verstand besaßen, dass sie nicht mit ihren Maschinen verheiratet waren, sondern dass sie auch von besseren, wertvolleren Dingen träumten. Wie sehr diese Mädchen – wie sehr sie selbst – sich nicht nur nach Essen, einem Dach über dem Kopf und besseren Löhnen sehnten, sondern auch nach Wissen, nach Büchern und Musik und Blumen und Zeit, um einfach zu tun, was ihnen gefiel.
All das wollte sie ihnen erzählen, aber sie fand die Worte nicht. Sie sah zu Mrs. Perkins hinüber, deren sonst so hartes Gesicht Verständnis zeigte, blickte dann wieder zu den reichen, heulenden Frauen und den Mädchen, die sich an ihren geschmückten Tischen an Torte und Milch gütlich taten, und sie hatte keine Worte, es gab keine Worte, um zu beschreiben, wie sehr sie sie liebte oder was sie ertragen hatten. Es gab keine Worte für ihr Leben.

52

Auf dem Boardwalk

Sie bewegten sich zusammen, in einem langsamen, wellengleichen Fluss. Esther konnte kaum glauben, dass sie hier waren, dass sie dies taten, nach all dem Sehnen und Hoffen. Sie fühlte ihn hinter sich, fühlte seine Hände, die spielerisch über ihre Brüste strichen, ihre Hüften, ihren Hals, die geöffneten Lippen. Fühlte ihn bei sich …

Sie streckte sich und bebte vor Wonne, ein bisschen furchtsam, mehr als ein bisschen stolz, dass sie so etwas tun konnte. Stolz, dass sie ihrem Vater trotzen konnte, den Cops trotzen konnte, die sie eine Hure genannt hatten, ihnen allen trotzen konnte. Beschimpft und besudelt, es kümmerte sie nicht mehr. Sie war nur froh, wieder hier draußen zu sein, in diesem seltsamen kleinen Elefantenhotel. Später war immer noch Zeit, Rechnungen zu begleichen.

Er fuhr mit den Händen über ihren geraden, weichen Rücken, die Grübchen an den Schultern und hielt sie fest. Strich behutsam über die Blutergüsse auf ihren Schenkeln, ihre unwiderstehlichen, ungleichmäßigen Hüften, ihre Rippen – die feuerroten Male überall da, wo man sie geschlagen hatte. Sie bewegten sich zusammen, auf und ab, sachte wie die Dünung an einem windstillen Tag. Er war einfach nur froh, dass er sie wieder fühlen konnte, dass er sie wiederhatte. Und er war jetzt sicher, dass er sie liebte.

53

Big Tim

Die Frau überraschte ihn eines Nachmittags in Albany, als er aus dem riesigen, romanischen Bau kam, dem Capitol. Er dachte über Mrs. Perkins' Arbeitszeitgesetz nach, und er bemerkte die Frau nicht, bis sie direkt neben ihm stand und die behandschuhte Rechte zögerlich auf seinen Arm legte. Sie wirkte kleiner als auf den Zeitungsfotos, und sie trug einen Schleier, aber er erkannte sie trotzdem auf Anhieb. Es war die Frau von Charlie Becker, der derzeit vor Gericht um sein Leben kämpfte, weil er des Mordes an Beansy Rosenthal beschuldigt wurde. Eine zierliche, beherrschte Frau, schlicht gekleidet, mit einem warmen, sympathischen Gesicht, am Beginn der mittleren Jahre.

»Bitte entschuldigen Sie.« Sie hatte gewartet, bis er allein war, ehe sie zu ihm trat.

»Entschuldigen Sie, Senator Sullivan, kann ich Sie einen Augenblick sprechen?«, bat sie leise, und wie hätte er sie abweisen sollen? Eine so hübsche, so unglückliche Frau, der die Erschöpfung deutlich ins Gesicht geschrieben stand. Sie war Lehrerin, und sie übernahm zusätzlich den Unterricht der zurückgebliebenen Kinder an den öffentlichen Schulen.

»Die Sonderschüler haben es mir immer besonders angetan«, sagte sie und lächelte scheu hinter ihrem Schleier. »Wissen Sie, Charlie mochte sie auch. Er hat immer so ein großes Interesse an meiner Lehrtätigkeit gehabt. Wenn seine Zeit es erlaubte, kam er sogar manchmal zur Schule und half mir, Arbeiten einzusammeln und Zeugnisse zu schreiben.«

»Ach wirklich, Ma'am«, murmelte Big Tim wie ein waschechter Vollidiot, während Helen Becker fortfuhr und mit leiser, fast atemloser Stimme ihre Bitte vorbrachte.

»Wissen Sie, ich mache immer noch alle Hausarbeit selbst. Kochen, putzen – das klingt nicht gerade nach Leuten, die reich sind, oder, Mr. Sullivan? Ganz sicher nicht nach jemandem, der ein Vermögen an Schmiergeldern kassiert hat, wie die Zeitungen schreiben.«

»Nein, Ma'am.«

»Ich weiß, dass Charlie unschuldig ist. Ich war den ganzen Tag mit ihm zusammen, als der Mord verübt wurde. Wir sind nach Coney Island rausgefahren und haben ein Picknick gemacht, und er hat den Namen Rosenthal nicht ein einziges Mal erwähnt. Das hört sich nicht an, als hätte er etwas damit zu tun gehabt, oder?«

»Nein, das kann man wirklich nicht sagen …«

Sie schob den Schleier beiseite, sah ihm in die Augen und versuchte zu lächeln, doch ihr Kummer wurde nur noch deutlicher sichtbar.

»Wir wären Ihnen für jede Hilfe zutiefst dankbar. Ich bin eins von zehn Kindern, Charlie ebenso, aber wir haben niemanden auf der Welt als nur einander. Bis jetzt.«

Sie schlug die Augen nieder, und als Big Tim an ihr hinabsah, entdeckte er die Rundung des ansonsten so schmalen Körpers vorn unter ihrem schwarzen Kleid. Die Schwangerschaft war offensichtlich schon ein paar Monate fortgeschritten.

»Aber ich habe es nie bereut«, stammelte sie, ihre Oberlippe bebte. »Trotz allem, was passiert ist, habe ich nie bereut, dass wir uns begegnet sind und geheiratet haben. Ich frage mich nur manchmal, warum so etwas nicht zwei Menschen passieren konnte, die sich nicht so sehr lieben. Ich hatte nie eine Freundin, um mich auszusprechen – mein einziger Freund war mein Mann.«

Big Tim hatte irgendetwas Vages vor sich hin gemurmelt, er wolle tun, was er könne, und dann sah er zu, dass er weiterkam. Charlie Becker war also ein Mustergatte, der seine Frau liebte und gern die Hausaufgaben in Sonderschulklassen einsammelte. Und was genau sollte er jetzt bitte mit dieser Information anfangen?

54

Esther

Draußen auf der Straße war die Stimmung umgeschlagen. Jeden Tag kamen mehr Bosse demütig zum Gewerkschaftshaus gekrochen, um ihre Kapitulation zu unterzeichnen und zuzustimmen, die Gewerkschaft künftig anzuerkennen.

Jeden Tag waren die feinen Damen jetzt mit den streikenden Frauen und Mädchen dort draußen, und ihre Gegenwart brachte die Cops beinah um den Verstand. Sie versuchten, sie von den Streikenden zu unterscheiden, aber das war nicht so einfach. Die reichen Frauen hatten einen Heidenspaß daran, sich genau wie die Arbeiterinnen zu kleiden, als wäre die ganze Sache eine Art Kostümfest. Miss Dreier selbst wurde festgenommen, wurde roh bei den Haaren gepackt und von der Straße geschleift. Der Police Sergeant, der sie verhaftet hatte, entdeckte seinen Irrtum erst auf dem Revier und rief verzweifelt: »Warum haben Sie mir nicht gesagt, dass Sie 'ne feine Lady sind, bevor ich Sie festgenommen habe?«

Sie boykottierten die Geschäfte, die Streikbrecherware verkauften, saßen mit ihren Männern und Chauffeuren und Privatsekretären bis weit nach Mitternacht im dämmrigen, stickigen Gerichtssaal, um die Gewerkschaftsfrauen auf Kaution aus dem Gefängnis zu holen.

Die Streikenden erwiderten jetzt die Beschimpfungen der Cops und der Gangster, und sie jagten die Streikbrecherinnen und Huren fort, die versuchten, die Streikpostenkette zu durchbrechen. Esther selbst kehrte zu den Streikposten zurück, und eines Abends beobachtete sie von ihrem Platz bei Leiserson, wie eine der Frauen eine besonders gemeine Vorarbeiterin bis in die Eingangshalle des Gebäudes jagte, sie niederschlug, Tritte und Faustschläge und Flüche auf sie niederprasseln ließ, bis sie zusammengekrümmt am Boden lag und schützend die Arme um den Kopf legte – und da wusste Esther, dass das Blatt sich zu ihren Gunsten gewendet hatte.

Die große Aufgabe, die jetzt blieb, war, die offiziellen Gewerkschaftsführer, die Männer, die die Textilgewerkschaft leiteten, zu überzeugen, dass sie durchhalten mussten, bis die Gewerkschaft und ihre Rechte allgemein anerkannt wurden, statt sich wieder mit einer mageren Lohnerhöhung abspeisen zu lassen. Esther arbeitete jetzt die meiste Zeit im Gewerkschaftsbüro im Wohlfahrtshaus, und sie wusste, dass diese Aufgabe nicht leicht sein würde. Die Männer waren verständnisvoll wie immer, waren prinzipiell auf ihrer Seite, aber sie waren mehrheitlich vorsichtig und argwöhnisch und kurzsichtig wie Maulwürfe, und sie zögerten, den Streik bis zum Ende auszufechten.

Der Versammlungssaal der Cooper Union war erfüllt von Husten und Schniefen und Schnäuzen. Die Frauen standen in den Gängen und Fensternischen, noch nass und durchfroren nach dem Tag auf der Straße. Hunger und Lungenentzündungen hatten sie geschwächt, sie klammerten sich an Stuhllehnen und Geländer, um sich aufrecht zu halten, und lehnten sich begierig vor, um zu hören, was die Gewerkschaftsbosse zu sagen hatten.

Esther saß mit zwanzig weiteren Frauen oben auf der Bühne. Jede trug eine Schärpe mit Aufschriften wie »Arbeitshaus« oder »Verhaftet« oder »Dunkelhaft«, und über ihren Köpfen hing ein breites Banner: »Das Arbeitshaus ist keine Antwort auf die Forderung nach Gerechtigkeit.« Sie trugen ihre besten Hüte und Mäntel, die den Straßenkampf überlebt hatten, eine gelbe Seidenblume, ein Haarnetz …

Erst sprach Feigenbaum, der Leiter der Versammlung, dann

Miss Dreier und Morris Hillquit, der sozialistische Politiker, und ein drahtiger kleiner Anwalt, dem sie ohrenbetäubenden Jubel spendeten, als er ihnen riet, weiter zu streiken.

»So ist's recht! Sie haben Recht!«

»Warum sollten wir jetzt aufgeben? Wir haben nichts zu verlieren und vielleicht etwas zu gewinnen!«

»Wir hungern, auch wenn wir arbeiten, also können wir ebenso gut streiken und hungern ...«

Samuel Gompers höchstpersönlich sprach als Nächster, ein kleiner, schmalbrüstiger Zigarrendreher mit einer Jarmulke auf dem Kopf. Ein bisschen aufgeplustert betrat er die Bühne, und die Frauen erhoben sich, um ihn zu sehen.

»Ein Mann wäre kein Mensch, wenn er von eurem Empfang nicht beeindruckt wäre«, erklärte er. »Aber ich möchte nicht, dass ihr all eure Begeisterung einem Mann widmet, ganz gleich, wer er ist. Ich würde es vorziehen, wenn ihr euren Enthusiasmus in eure Gewerkschaft und euren Kampf einbringt.«

Jubel stieg in dem niedrigen, von Gaslicht schwach erhellten Raum auf und übertönte seine nächsten Worte.

»... kommt eine Zeit, da nicht zu streiken nur bedeuten kann, die Ketten der Sklaverei, die uns die Hände binden, noch fester zu schmieden ...«

Der Jubel wurde so frenetisch, dass der überfüllte Kellerraum zu erzittern schien.

»Ja, Mr. Hemdblusenfabrikant, es mag unbequem für Sie sein, wenn Ihre Arbeiter und Arbeiterinnen hinausziehen und streiken, aber es gibt wichtigere Dinge als Ihre Bequemlichkeit und Ihren Profit ...«

Der Saal war in Aufruhr, Feigenbaum schlug mit seinem Hämmerchen auf den Tisch, um für Ruhe zu sorgen.

»Bitte, bitte! Wir müssen diese Sache mit klarem Kopf diskutieren!«

Aber am hinteren Ende des Raums war schon wieder ein Tumult ausgebrochen. Eine kleine Frau wurde im wahrsten Sinne des Wortes nach vorn getragen, über die Köpfe und Schultern der Männer und Frauen im Publikum nach vorne gereicht. Esther sah sofort, dass es Clara war, deren Gesicht immer noch geschwollen und verfärbt war von den Faustschlägen, und bei der leichtesten Berührung in der Rippengegend fuhr sie immer noch zusammen.

»Wer ist das?«, fragte Feigenbaum, aber die Frauen übertönten ihn:

»Lasst sie sprechen! Lasst sie sprechen!«

Sie stellten sie aufs Podium, und so zerschunden sie auch war, sah Esther doch, dass es nach wie vor Clara war, die feurigste der *fabrenten Mejdlech.* Ihre Augen leuchteten, ihre Hände umklammerten das Rednerpult, während Jubel und Applaus ihr entgegenbrandeten.

»Ich habe alle Reden gehört«, begann sie, als endlich Ruhe eingekehrt war. In ihrem Eifer sprach sie in Jiddisch, und die Übersetzungen wanderten blitzschnell durch den Saal, Italienisch, Portugiesisch, Böhmisch und Englisch ...

»Ich habe alle Reden gehört, und ich gehöre zu denen, die all die Dinge denken und fühlen, die sie schildern. Genau wie ihr habe ich gearbeitet und gelitten, und ich habe keine Geduld mehr für weitere Reden. Darum stimme ich dafür, dass wir den Streik bis zum Ende ausfechten!«

Wieder brach ein gewaltiges Getöse aus, und Feigenbaum versuchte mit resignierter Miene, die Ordnung wiederherzustellen, doch es brauchte zehn Minuten, ehe Ruhe einkehrte.

»Ihr wollt also für die volle Anerkennung der Gewerkschaft und aller anderen Forderungen weiterkämpfen? Ihr seid euch bewusst, was das bedeutet?«

»Ja! Ja!«, riefen tausende Stimmen.

»Ihr gebt mir euer Wort? Wollt ihr den alten jüdischen Eid mit mir schwören?«

Alle im Publikum, die noch nicht aufgesprungen waren, standen jetzt auf, hoben die rechte Hand, und sie lächelten mit tränenfeuchten Augen, während er ihnen den jüdischen Eid vorsprach, dem Anlass entsprechend abgewandelt. Und sie alle, die Italienerinnen und Portugiesinnen, selbst die Yankees, sprachen ihm Wort für Wort nach: »Wenn ich die Sache je verrate, der ich mich hier verpflichte, wenn ich dich je vergesse, dann soll meine rechte Hand absterben …«

55

Sadie Mendelssohn

Sadie ließ sich in der Traube von Arbeiterinnen vor dem Tombs zurückfallen. Sie sah, dass Esther sich suchend nach ihr umschaute, ihr die Hand entgegenstreckte, aber sie blieb zurück, ließ sich seitwärts treiben und wandte sich dann ab Richtung Pearl Street. Die anderen Huren, die genau wie sie mit den Streikenden verhaftet worden waren, hasteten mit ihr in die gleiche Richtung, die Köpfe gesenkt, die Arme vor ihren grellen, zerfetzten Kleidern verschränkt.

Sie schlenderte an der Canal Street vorbei bis zur Bowery, weil ihr einfach kein anderer Ort einfiel, wohin sie hätte gehen können. Gerade hatte sie unter der Hochbahn Halt gemacht, um sich eine Zigarette anzuzünden, als sie eine Hand auf der Schulter spürte. Sie fuhr so heftig zusammen, dass ihr die Zigarette beinah hingefallen wäre.

»Was ist passiert?«

Die ausdruckslose, ruhige Stimme schien nur Auskunft zu suchen und war doch gleichzeitig eine Drohung, falls er nicht erfuhr, was er wissen wollte.

Sie sammelte sich, ehe sie antwortete, rang das Schuld- und Schamgefühl nieder, das er immer automatisch in ihr hervorrief, selbst wenn sie gar nichts getan hatte.

»Was ist da draußen passiert?«, wiederholte Gyp schon ungeduldiger. »Du solltest dafür sorgen, dass die Streikenden verhaftet werden, nicht du. Was zur Hölle hast du angestellt?«

Sie wandte sich langsam um und tat ihr Bestes, entrüstet zu erscheinen. »Was soll das heißen? Der fette Cop hat mich verprügelt!«

Die Hand glitt von ihrer Schulter und schlug sie ins Gesicht, ehe sie sie auch nur kommen sah. Sie taumelte rückwärts, fing sich aber sofort wieder und wich nicht weiter zurück. Sie wusste, sie durfte sich nicht mehr einschüchtern lassen, wenn sie überleben wollte.

»Du weißt noch nicht, was Prügel sind.«

»Sieh her, *sieh* doch, was sie mit mir gemacht haben!«

Sie hielt ihm ihr Gesicht hin, zeigte ihm die dunkelroten Blutergüsse, die die Wärterinnen ihr beigebracht hatten, und die wirren, kurzen Haarzotteln. Sie baute darauf, dass er sich so vor ihr ekeln würde, dass er ihr glaubte.

Mein ungepflegtes Äußeres und meine Hässlichkeit sind meine Trümpfe.

Es funktionierte. Zu ihrer bitteren Zufriedenheit wandte er das Gesicht ab, zu angewidert, um sie auch nur anzusehen.

»Was soll's«, sagte er. »Ich habe sowieso etwas anderes für dich zu tun.«

»Was?«, verlangte sie zu wissen, und dann unterwürfiger, als er argwöhnisch aufsah: »Was sonst kann ich tun?«

»Du wirst ihr wieder folgen. Bist du sicher, dass du beim letzten Mal nichts gesehen hast?«

»Nein, nein. Sie ist nur in dieses *farschtunkene* kleine Café gegangen«, versicherte sie, beinah ein wenig zu hastig.

»Wirklich?«

Seine Hand grub sich wieder in ihre Schulter, betastete ihr Schlüsselbein, als überlege er, wie viel Kraft er wohl brauchen würde, um es mittendurch zu brechen.

»Bist du *ganz* sicher?«

»Ja. Ja.« Sie keuchte vor Schmerz, seine eine Hand fügte ihr mehr Schmerz zu als alles, was die Wärterinnen mit ihr getan hatten. »Ich hab's dir doch gesagt. Sie hat nur mit den *Fonfern* dort geredet.«

»Na schön.« Für dieses Mal ließ er sie vom Haken. »Na schön. Folge ihr noch mal. Und dieses Mal sagst du mir alles.«
»Das hab ich doch!«, protestierte sie und spürte, wie ein Schauer der Angst sie durchrieselte, aber er hatte sich schon abgewandt und verschmolz mit den Schatten der Hochbahn.

Draußen in Coney Island schlenderte Sadie durch das große, leuchtergekrönte Tor des Luna Parks mit dem großen roten Herzen über dem Bogen, das von zwei geneigten Kreuzen durchstoßen war wie irgendein bizarres katholisches Symbol und zu Unrecht als DAS HERZ VON CONEY ISLAND beschildert war.
Drinnen leuchtete selbst im Tageslicht alles orangefarben, weiß und golden. Ein Wald aus Türmen und Minaretten und weiten Bögen. Und überall um sie herum hingen an den Mauern die grotesken, glotzenden Köpfe: Wölfe und Clowns, Affen und Schweine und Hyänen grinsten gehässig auf die vorbeiflanierenden Besucher hinab.

Sie ließ sich weitertreiben, schlenderte durch den verheißungsvollen Torbogen von Dreamland und hinüber zu dem Zirkuszelt, wo sie diese witzige Vorstellung mit all den Zwergen und Liliputanern gesehen hatte. Sie ging wieder hinein, versuchte irgendwie Zeit zu gewinnen und setzte sich auf die Tribüne. Sie erinnerte sich daran, wie all die Männer sie belästigt hatten an dem Tag. Sie hatte diesen gemieteten Matrosenanzug getragen, und sie hatten einfach nicht die Finger von ihr lassen können, hatten ihre Knie begrapscht, ihren Hintern, ihre Brüste …
Sie hatte gut ausgesehen an dem Tag, dachte sie, schätzte sich selbst mit professionellem Kennerblick ein. So gut, wie sie noch aussehen konnte. Heute würden sie sie wohl nicht mehr so anziehend finden, abgemagert und zerschunden vom Gefängnis, selbst wenn sie ein Haarnetz und einen weiten Hut trug, um ihre verstümmelten Haare zu verbergen.
Und wie sie erwartet hatte, ließen die Männer sie in Frieden.

Zweifellos hielten sie sie nur für ein weiteres Stück Dreck, das beim *Tin Elephant* unten am Strand angespült worden war. Sie war froh, erleichtert, dass man sie endlich einmal in Ruhe ließ, dass sie einfach nur dasitzen und die verrückten Kapriolen der Zwerge unten in der Manege anschauen konnte, während sie überlegte, was sie tun sollte.
Es war die gleiche Show, exakt die gleiche Vorstellung. Zweifellos wurde sie Tag für Tag wiederholt: Der Miniatur-Feuerwehrwagen, die berittenen Polizisten, die puppenhafte Zwergenkönigin, die hereingeführt wurde, um wieder genau die gleiche Ansprache zu halten – alle unternahmen wieder die gleichen, emsigen Anstrengungen, wie normale, richtige Menschen zu wirken.
Es ist lächerlich, entschied sie. Nicht lustig, nicht witzig, sondern einfach nur lächerlich. Sie hatte einen Entschluss gefasst.

Die Vorstellung endete wie zuvor: All die traurigen, entstellten kleinen Leute sangen aus voller Kehle mit ihren schrillen Fistelstimmen. Bis einer von ihnen vortrat und auf ein Knie niedersank und mit tiefer, rauer Stimme sang. Ein anderer Zwerg, der ganz besonders hässliche, der ihr die Blume gegeben hatte, rannte wieder zu ihm hin und legte die Hand wieder auf seinen Mund, so dass die tiefe Stimme des Sängers auch diesmal vibrierte wie eine Trompete.
Alle lachten, und sie stand auf, um vor dem großen Ansturm zum Ausgang zu kommen. Aus dem Augenwinkel sah sie immer noch den Zwerg mit seinem dicken Kugelkopf und seinen Stummelarmen und -beinen. Er kam auf sie zu gerannt und streckte ihr eine Blume entgegen – genau wie beim letzten Mal, genau wie die, an der sie sich in den Finger geschnitten hatte.
Sie hatte ihre Lektion gelernt. Mit einem kleinen Lächeln in seine Richtung wandte sie sich zum Ausgang.
»Nein! Warte, du verstehst nicht!«, rief er atemlos, rannte immer noch neben ihr her am Rand der Manege entlang auf seinen winzigen Beinen.

»Doch, ich verstehe«, murmelte sie. »Ende der Vorstellung.«
»Warte!«
Der Zwerg rannte immer noch, quäkte weiter mit seiner hohen, komischen Stimme.
»Ich liebe ...«, begann er und brach ab. Er starrte sie an. Die Rose war dieses Mal echt, bemerkte sie.
»Was?« Sie sah zu ihm hinab und fragte sich, warum er nicht beendet hatte, was er hatte sagen wollen. Die Leute glotzten, und sie fuhr sich verlegen mit der Hand über den Kopf und strich die Haare zurück. Sie spürte die abgesäbelten Strähnen unter den Fingern und ließ die Hand sinken. Auf einmal war vollkommen klar, was passiert war.
»Oh, verstehe.« Sadie lächelte traurig. Ihr war wieder eingefallen, wie abscheulich sie aussah mit ihrem verschwollenen Gesicht, den geschorenen Haaren und ihrer zerlumpten Garderobe. Der Zwerg starrte sie immer noch unverwandt an, mit offenem Mund, den großen Kopf in den Nacken gelegt.
Das ist also aus mir geworden. So grotesk, dass selbst ein Zirkuszwerg mich abstoßend findet.
In diesem Moment erkannte sie, dass sie am Ende war. Jetzt blieben ihr höchstens noch die Bars in der Water Street.
Und dann fasste sie einen Entschluss. Beim letzten Mal hatte sie ihm nichts gesagt, aber jetzt hatte sie sich endgültig entschieden.
»Folge ihr«, hatte Gyp gesagt, und das hatte sie auch gehorsam getan. Sie wusste, wo Esther war: im *Tin Elephant*, bei ihm.
Sadie ging über den Boardwalk dorthin, nachdem sie das Zwergenzelt verlassen hatte. Es war schon fast dunkel, die ersten Herbstboten machten sich bemerkbar, breiteten sich wie Schatten über den Strand. Die Holzbohlen erstreckten sich, so weit das Auge reichte, über die verlassene, sandige Ebene, hielten genau auf den apokalyptischen Sonnenuntergang zu, und ein paar dunkle, ein wenig unheimliche Gestalten ragten vor dem schnurgeraden Horizont auf. Die meisten Ausflügler waren heimgefahren und hatten den Boardwalk den Huren und ihren Freiern überlassen.

Sie eilte weiter zu dem heruntergekommenen Blechhotel und wartete unter dem erhellten Fenster, an das sie sich noch vom letzten Mal erinnerte. Sie wartete sehr lange, so kam es ihr vor, bis es vollkommen finster war und selbst die gleißend weißen Kegel der Leuchtscheinwerfer des Parks sehr weit weg schienen. Sadie wartete so lange, dass sie schließlich zweifelte, ob sie wirklich hier waren. Aber sie war sicher, dass sie das richtige Fenster beobachtete. Und schließlich sah sie Esther aus der Lobby kommen und sich verstohlen umschauen. Sadie trat zu ihr, erleichtert, sie wieder zu sehen. Esther erwiderte ihren Blick, ernst und fragend. Dann veränderte sich ihr Ausdruck, Erkennen dämmerte, und Sadie fand einen gewissen Trost in dem, was sie sah.

»Tja, Herzchen«, sagte sie. »Sieht so aus, als würde es Zeit für meine Bekehrung …«

56

Auf dem Boardwalk

Esther saß auf der verschlissenen Tagesdecke auf dem Bett im *Tin Elephant,* wohin sie zurückgekehrt war, nachdem Sadie ihr die Lage erklärt hatte. Kid neben ihr starrte trübsinnig auf den Fußboden.

»Du hättest es mir sagen können, weißt du.«

»Ach!« Er winkte ab. Es ist mein *Tsores.* Warum solltest du dich darum sorgen?«

»Du hättest es mir sagen sollen.«

»Ich wusste doch nicht, dass er dein Bruder ist. Ich schwöre beim Allerhöchsten …«

»Ich weiß, ich weiß.«

Sie saß auf der Bettkante, ließ die Füße baumeln und überlegte, was nun zu tun sei.

»Das wird er niemals verzeihen.«

»Nein, ich weiß.«

»Und er wird nie aufgeben. Du musst von hier verschwinden.«

Er sah sie nur an.

»Du solltest längst weg sein. Und du bist geblieben …«

»Ich bin wegen dir geblieben«, sagte er eifrig. »Nur deswegen.«

»Schluss jetzt! Das ist dummes Gerede. Du musst gehen, und zwar bald.«

»Was ist mit ihr? Wird sie reden?«

»Nein«, sagte Esther nachdenklich. »Nein, Sadie wird nichts sagen.«
»Es sei denn, er holt es aus ihr heraus ...«
Sie schwiegen wieder, versuchten, die lärmenden Huren draußen auf dem Gang zu überhören.
»Er ist ein solcher Bastard«, sagte sie seufzend.

57

Trick der Zwerg

Ich sah sie. Ich sah sie wieder bei der Vorstellung, nachdem ich Tage und Wochen nach ihr Ausschau gehalten hatte, und nun war ich sicher, es müsse Schicksal sein. Sie war zurückgekommen, und dieses Mal würde ich sie nicht wieder gehen lassen.
Ich benutzte den gleichen Trick wie beim letzten Mal, sprang vor und hielt dem Bariton den Mund zu. Es sollte ein Signal für sie sein, aber sie lachte nicht so wie beim letzten Mal.
Sie verließ ihren Platz, schon bevor das große Finale vorbei war. Das kümmerte mich nicht; ich rannte ihr nach und pflückte wieder eine Rose – eine echte rote Rose dieses Mal, die ich extra bereitgestellt hatte, für den Fall, dass sie je wiederkommen sollte. Ich wiederholte mich, das war mir klar, aber alles war mir recht, um ihre Aufmerksamkeit zu erregen. Ich hoffte, sie würde begreifen, dass es eine Liebesgabe war.
Und dann sah ich sie. Ich sah sie aus der Nähe, nicht auf die Entfernung über die Manege hinweg, und ehe ich diese unendlich abgedroschenen Worte – *Ich liebe dich* – herausgebracht hatte, brach ich ab.
Sie war verändert. Irgendwer hatte sie durch die Mangel gedreht, irgendein Ungeheuer von einem Zuhälter oder Freund oder Ehemann. Ihr Gesicht war geschwollen und verfärbt, ihre Haare abgeschnitten, und sie sah aus, als sei sie um zehn Jahre gealtert, seit ich sie zuletzt gesehen hatte. Sie sah wie, na ja, wie eine gewöhnliche Straßenhure aus.

Sie merkte, wie ich sie anglotzte. Bemerkte die Enttäuschung in meinem Gesicht, das weiß ich – ich war ja nicht einmal fähig, meine wenig originelle Liebeserklärung zu beenden, die Rose immer noch in meiner Hand. Sie sah mich an, und ihre Lippen verzogen sich nach oben, als wüsste sie haargenau, was ich dachte.

»Oh, verstehe«, war alles, was sie sagte, aber ich konnte sehen, wie verletzt sie war, konnte die stolze, bittere Resignation von ihrem Gesicht ablesen, ehe sie sich abwandte.

Was hatte ich getan? Ich hatte doch in ihre Seele geschaut. Die Blutergüsse und die Haare waren nur oberflächliche Spuren. Was hatte ich getan? Im entscheidenden Moment meines Lebens hatte ich gezögert, und jetzt hatte ich sie verloren.

Sie hatte das große Zelt schon verlassen, aber ich konnte sie nicht einfach so aufgeben. Ich musste ihr folgen und mein Verhalten erklären.

Ich sah zu meinen Untertanen zurück, die ihre Vorführung jetzt beendet hatten. Sie sprangen auf und ab, ließen sich auf den Hintern fallen und schlugen Purzelbäume, um die Massen auf dem Weg zum Ausgang zu unterhalten. Niemand beachtete mich mit meiner Rose am anderen Ende der Manege. Carlotta, meine Königin, blickte huldvoll lächelnd auf die leeren Ränge, offenbar zufrieden mit ihrer Rede.

Ich kletterte über die hölzerne Bande, schlich hinter dem zahlenden Publikum her zum Ausgang und wischte mir mit dem Ärmel die Schminke vom Gesicht. Ich folgte ihnen – folgte *ihr* – aus Liliputa, so wie ich wirklich war, ließ all die Missgeburten zurück. Auf dem Boardwalk fand ich keine Spur von ihr, aber ich konnte nicht so einfach aufgeben. Ich würde sie finden, und wenn ich die ganze Stadt nach ihr absuchen müsste.

58

Die großen Seelenklempner aus Wien

Sie standen vor den bedrohlichen Fossilien, starrten zu all diesen erschreckenden Zähnen und Klauen, Stacheln und Hörnern auf.
»Nun sehen Sie sich diese alten Ungeheuer an«, murmelte Jung. »Gottes Angsttraum von der Schöpfung.«
Freud warf ihm einen Blick zu – aber Jung schien wirklich von den Museumsexponaten zu sprechen. Sie waren auf beeindruckende, beinah sensationelle Weise arrangiert: Kopf an Kopf, aufgerichtet auf die Hinterbeine – als seien ihre Skelette eigenständige Kreaturen, die sich immer noch gegenseitig im Todeskampf umklammert hielten.
Sie füllten einen Saal nach dem anderen: Brontosaurier und Flugsaurier, langhaarige Mammuts und ein Tyrannosaurus Rex, alle wild durcheinander gewürfelt. Ein besonders lebendig wirkendes Fossil zeigte ein großes Faultier, das in einer Teergrube stecken geblieben war. Ein Säbelzahntiger war ihm nachgeschlichen, aber auch er saß jetzt fest und sah fauchend über die Schulter zurück auf zwei Wölfe. Auch die Wölfe waren blind in ihrer Blutgier und tappten ahnungslos in die Teerfalle – todgeweiht …
Das Ganze war eine Art eiszeitliches Moralitätenspiel. Und natürlich war es eine Fälschung. All die echten Skelette – Faultier, Tiger und Wölfe – wären vom Gewicht der Zeitalter hoffnungslos durcheinander gebracht und zerdrückt worden. Aber wie anschaulich!

»Wie stümperhaft unsere eigenen Reproduktionen im Vergleich hierzu scheinen. Wie erbärmlich es ist, die großen Kunstwerke der psychischen Natur zu sezieren«, murmelte er vor sich hin. *Trotzdem, es muss einen Weg geben ...*
Er sah zu Jung hinüber, der vollkommen in der Betrachtung einer Darstellung des Steinzeitmenschen versunken war. Wenn er es nicht selbst tun konnte, dann musste er es weitergeben, auf dass seine Protegés es perfektionierten. Sein Lebenswerk musste weitergeführt werden.

Von außen betrachtet, war das Museum nur eine weitere gigantische neue amerikanische Kreation, bekränzt mit Märchenschlosstürmen aus zartrosa Granit. Die Frontseite war zum Central Park hin gelegen, und dort, auf den Eingangsstufen des Museums, war ein großes Reiterstandbild von Roosevelt, dem letzten Präsidenten, errichtet worden. Er war wie ein Cowboy gekleidet, ein Indianerhäuptling und ein afrikanischer Träger standen zu beiden Seiten des Pferdes – ein Held wie aus einer Abenteuergeschichte.
Im Park fühlte Freud sich wohler. Er schlug vor, sie alle sollten einen Spaziergang machen, aber Ferenczi trödelte zusammen mit Brill vor dem Museum herum, um sein neues Spielzeug, eine amerikanische Kamera, auszuprobieren. So hatte er Jung ganz für sich allein. Sie schlenderten über gewundene Pfade, die zu gefälligen, künstlichen Seen und Wiesen führten, mit Pfefferkuchenbrückchen und Springbrunnen. Die Gehölze waren voller Vögel und mutiger grauer Eichhörnchen, die fast zahm wirkten und herbeihüpften und um Leckerbissen bettelten.
»Immer noch kein Stachelschwein«, witzelte er, und Jung lächelte höflich.
Er war in den letzten Tagen wieder sehr aufgeschlossen gewesen, hing förmlich an seinen Lippen, sobald er etwas sagte, und Freud dachte, wie gut es doch sei, wieder mit ihm zusammen zu sein, wie sehr er einem brillanten, hingebungsvollen Sohn gleichen konnte. Warum er Jung gegenüber solchen Argwohn

genährt hatte, konnte er sich jetzt überhaupt nicht mehr erklären. Zweifellos eine unwillkommene homosexuelle Anwandlung, die er ausmerzen musste, ehe sie ihre Beziehung zerstörte …

Plötzlich zog Jung ihn auf einen schmaleren Pfad, sein Gesicht mit einem Mal so bekümmert, dass Freud sich besorgt zu ihm hinüberlehnte.

»Was … was ist denn?«

»Mir hat geträumt«, sagte Jung beklommen. »Dürfte ich Sie wohl bitten …?«

»Aber sicher, sicher!«, drängte Freud, überrascht und beglückt von dieser neuen Wendung.

»Es ist nichts Großartiges, eigentlich, aber der Traum war sehr intensiv. Er begann in einem Haus – meinem Haus. Ich war im Obergeschoss, in einem Salon voll feiner, alter Rokokomöbel, alte Meister an den Wänden …«

»*Ihr* Haus?«

»Ja, ja. Ich habe mich selbst gewundert, dass ich ein so vornehmes Haus besaß«, gestand Jung offen. »Und ich sagte mir: ›Nicht übel.‹«

»Wirklich ganz und gar nicht übel, Doktor«, bemerkte Freud trocken.

»Aber dann ging mir auf, dass ich überhaupt nicht wusste, wie das Erdgeschoss aussah, obwohl es doch mein Haus war. Ich ging hinunter und stellte fest, dass dort alles noch viel älter war.«

»Älter?«

»Die Möbel, die Gemälde, sie stammten wenigstens aus dem fünfzehnten oder sechzehnten Jahrhundert, vielleicht sogar aus dem Mittelalter! Schlichte, rote Backsteinböden, alles war dunkel und dämmrig.«

Er schwieg einen Moment, das ebenmäßige Gesicht ihm zugewandt, und die Augen sahen ihn durch den Kneifer eindringlich an, als versuche er, Freuds Reaktion abzulesen.

»Bitte fahren Sie fort, Doktor. Es sei denn, das war alles …«

»Nein, nein, es geht noch weiter. Ich dachte, ›Jetzt muss ich das Haus doch ganz erkunden!‹, und schon kam ich an eine schwere Tür …«

»Die Sie öffneten …«

»Die ich öffnete, und dahinter lag eine steinerne Treppe, die in den Keller hinabführte. Natürlich ging ich hinunter und fand mich in einem wunderschönen Gewölbe. Ich konnte sehen, dass es wirklich alt sein musste. Zwischen den gewöhnlichen Mauersteinen befanden sich Lagen von Backsteinen, der Mörtel enthielt Backsteinsplitter – typische Schichten, wie Archäologen sie freilegen. Ich wusste, die Mauern waren zumindest römisch, wenn nicht noch älter!«

Sie waren stehen geblieben. Jung wirkte jetzt sehr erregt, bemerkte Freud. Er gestikulierte, während er seine Geschichte erzählte, kleine Speichelflöckchen flogen von seinen Lippen. Freud fühlte sich irgendwie schwindlig, beinah, als wäre er einer Ohnmacht nahe.

»War das alles?«

»Nein! Es kommt noch mehr. Mein Interesse an diesem Haus hatte nur noch zugenommen. Ich suchte den Boden ab und fand einen Ring, der aus einer der Steinplatten ragte. Ich zog daran, und ein Ausschnitt des Bodens ließ sich anheben. Darunter lag noch eine Treppe.«

»Noch eine!«

»Diese war schmaler und ungleichmäßiger gemeißelt. Ich ging hinab und kam in eine niedrige Felsenhöhle.«

»Und dann?«

»Der Boden der Höhle war mit Staub und zerbrochenen Gefäßen bedeckt. Knochen lagen dort verstreut, von Menschen und Tieren, glaube ich. Und dann plötzlich – als hätte meine ganze Suche nur dazu gedient, sie zu finden, lagen dort zwei menschliche Schädel. Offenbar sehr alt und halb verfallen.«

»Und dann?«

»Dann bin ich aufgewacht.«

»Alte Schädel?« Freud dachte mit verengten Augen nach. »Das

klingt, als wären Sie wieder bei Ihren Moorleichen gelandet, Doktor. Oder bei dem Mann im Blei.«

»Nein, nein, das war es nicht! Glauben Sie mir, es hatte nichts mit Ihrem Tod zu tun ...«, sagte er hastig, aber Freud unterbrach ihn.

»Ich bin sicher, Sie haben eine Theorie, was sie bedeuten könnten. Also?«

»Oh, sie ist noch sehr vage«, stammelte Jung, er errötete gar ein wenig. Er unterbrach sich, die flinken kleinen Augen hinter dem Kneifer studierten Freuds Gesicht.

»Es war nur, na ja, ich dachte, die Schädel seien möglicherweise meine Frau ... und meine Schwägerin«, stieß er hervor.

»Wirklich?«

Jung nickte heftig, wandte sich ab, und Freud verspürte enorme Erleichterung.

Natürlich ist es das, versicherte Freud sich und erinnerte sich an diese unselige Geschichte mit Jung und einer seiner Patientinnen. Sie lag etwa zwei Jahre zurück. Die Frau hatte gedroht, sowohl Jungs Ehe als auch seine Karriere zu ruinieren, ehe er Freud angefleht hatte, zu intervenieren. *Und dies hier ist nichts anderes, eine neuerliche Ehekrise. Er hat sich in seine Schwägerin verliebt, das ist alles. Wie wunderbar, dass er sich ausgerechnet mir anvertraut!*

Sie gingen schweigend weiter, Freud nahm tröstend den Arm seines einstigen Schülers und wurde mit einem jungenhaften Lächeln belohnt. Aber er kam nicht umhin, darüber nachzudenken, wie sehr Jungs Situation seiner eigenen, intellektuellen Liebe zu Minna, seiner Schwägerin, ähnelte.

Ist es möglich, dass er versucht, mir zu schmeicheln? Oder vom wahren Kern der Sache ablenkt?

Ihr Pfad endete, und sie blieben wieder stehen.

Sie standen am Fuß eines schroffen Felsens, an einem geschickt angelegten Teich, der noch nicht ganz fertig gestellt war. Oben auf der Klippe befand sich ein dekorativer Ausguck, ein hübscher Burgturm wie aus dem Rheintal oder den steilen

Felsen oberhalb der Donau, wo sie sich durch Österreich schlängelte …

Kinder kamen den Pfad entlang auf kurzen, rundlichen Beinchen auf sie zu gerannt. Freud betrachtete sie lächelnd. Eine ganze Schar gut gekleideter Kinder der oberen Mittelschicht, Jungen und Mädchen, nicht älter als vier oder fünf Jahre. Sie verließen den Schotterweg, rannten auf den Rasen und quiekten vergnügt. Ihre Gouvernante hatte Mühe, mit ihnen Schritt zu halten.

»Sind sie nicht herrlich«, sagte Freud lachend. »Wissen Sie, für einen Moment habe ich gar geglaubt, meine beiden Nichten seien darunter. Aber natürlich waren sie in diesem Alter, als ich sie zuletzt gesehen habe, sie sind heute viel größer …«

»Ja, hier sind alle Arten versammelt.« Jung nickte lächelnd zu den Kindern hinüber.

In diesem Augenblick erschien einer der Parkwächter, erkennbar an seiner Armbinde, dem braunen Hemd und der schwarzen Krawatte.

»Kinder!«, donnerte er. »Wer passt hier auf euch auf? Runter vom Rasen! Selbst ihr solltet so viel schon wissen. Habt ihr das Schild nicht gesehen?« Mit einer knappen, gebieterischen Geste jagte er sie von der Grünfläche und wies dramatisch auf eins der kleinen Schilder nahe am Boden: BETRETEN VERBOTEN!, stand dort nicht nur in Englisch, sondern auch auf Deutsch, Italienisch und Jiddisch.

»Was für ein Holzkopf«, sagte Freud verächtlich.

Die Kinder quiekten nur noch vergnügter und rannten davon, ihre pausbackigen Gesichter strahlten. Der Parkwärter wiederholte seinen knappen, ungeduldigen Wink. Freud wollte ihnen nachgehen, um sie einfach noch ein wenig zu beobachten, aber in diesem Moment fiel sein Blick wieder zu dem Türmchen auf der Klippe. Der Teich darunter war noch nicht gefüllt, stellte er fest, aber eine seichte Pfütze schwarzen, brackigen Regenwassers stand darin, auf der ein paar tote Tauben trieben. Er starrte einen Moment auf dieses Bild, die Burg vom Rhein, die toten

Vögel, der schwarze Modder im Teichbecken – und spürte, wie sein Magen schlingerte. Das nahm er zum Vorwand, auf Umkehr zu drängen.

»Das ist das Furchtbarste an diesem Land, wenn man nach einer Toilette fragt, wird man durch endlos lange steinerne Flure bis in den Keller hinabgeführt«, plauderte er drauflos, um von seiner Unruhe abzulenken. »Und wenn man schließlich ankommt, findet man einen waschechten Marmorpalast vor! Im allerletzten Moment. Das ist der Beweis, dass diese Gesellschaft noch in der analen Phase steckt, diese alberne Genierlichkeit, wenn es um Toiletten geht!«

Aber in Wahrheit machte ihm etwas ganz anderes zu schaffen. Etwas, das knapp unter der Oberfläche seiner bewussten Erinnerung lauerte, aber er konnte es einfach nicht ans Licht bringen …

59

Big Tim

Am Abend vor der Wahl herrschte in der ganzen East Side eine Stimmung wie an Heiligabend. Kinder banden Besen an das Geländer vor dem Hauseingang in der Hoffnung, dass sie alle Stimmen für Tammany zusammenfegen würden, und Florrie und Christie schickten die Jungs zum Chatham Square, um eine Tribüne zusammenzuzimmern und alles, was sich langsamer bewegte als ein Brauereifuhrwerk, mit rot-weiß-blauem Krepppapier zu behängen.

Abends versammelten sich die Wise Ones in Big Tims Saloon gegenüber dem Tombs-Gefängnis. Später, wenn die ersten Hochrechnungen hereinkamen, würde es hier nur so wimmeln von Anhängern, aber vorläufig waren die Türen abgesperrt und die Vorhänge geschlossen. Nur der engste Kreis war versammelt: nur er selbst und die Familie.

»Ist alles getan worden, was möglich war?«, fragte er ernst – es war ein Ritual.

»Yes Sir, Dry Dollar!«

»Alles, Tim.«

Einer nach dem anderen meldete Vollzug, mit militärischer Präzision, die Augen leuchteten vor Stolz, und sie waren erpicht auf seine Anerkennung. Sie sahen aus, als hätten sie sich für den Anlass besonders herausgeputzt, aber er wusste, dass sie in Wirklichkeit schon seit dem Morgengrauen unterwegs waren, Handzettel verteilten, die Wahllokale patrouillierten und die Stim-

men von Stadtstreichern, von den Witwen der Feuerwehrmänner und gar von ausländischen Matrosen einsammelten.
Ganz gleich, wie oft er es schon erlebt hatte, am Wahltag schien das Blut immer schneller als gewöhnlich durch seine Adern zu fließen. Alles reduzierte sich auf das simple Streben zu siegen, das so alt war wie die Menschheit selbst. Zu siegen, die Mehrheit zu bekommen, im Amt zu bleiben, denn sonst war es sinnlos, weiterhin über Recht und Unrecht, über Pro und Kontra zu reden.
Der ganze erbärmliche Haufen von Distriktleitern und Polizei und Gangstern, den sie »die Organisation« nannten, war darangesetzt worden, dieses Ziel zu erreichen, und die Organisation funktionierte mit wunderbarer Effizienz und absolut zweckorientiert. Sie war zur Maschine geworden.

Draußen auf den Straßen waren seine Anhänger zusammengeströmt, sie brüllten und schwangen ihre Besen, marschierten wie Verrückte den Broadway auf und ab. Den ganzen Tag – und am Abend zuvor und am Abend davor ebenfalls – waren die Gangs draußen gewesen und hatten die sozialistischen Redner oder den gelegentlichen Parteilosen mit Zwischenrufen und Eiern bombardiert. Sobald sie vertrieben waren, nahmen Sullivans Redner ihre Plätze ein und versuchten, mit nichts als ihrer Wortgewalt die letzten Stimmen zu fangen.
Natürlich konnten die Redner zu diesem Zeitpunkt keinen großen Einfluss mehr ausüben, so feurig und eloquent sie auch sein mochten. Im Grunde taten sie das nie. Nur ein Schwachkopf gab seine Stimme einem Politiker wegen irgendwelcher Sachfragen oder weil er mit Geld um sich warf. Stimmen fing man durch ein Leben im Dienst der Allgemeinheit. Und wenn das nicht genug Stimmen brachte, gab es andere Methoden.

»Also schön«, sagte Big Tim und erhob sich. Die Männer am Tisch standen mit ihm auf: alle in dunklen, perfekt sitzenden langen Mänteln, würdevoll wie Bestattungsunternehmer. Melonen und Handschuhe, blütenweiße Kragen, und jeder trug eine leuchtend rote Nelke im Knopfloch. Big Tim sah sie der Reihe nach ernst an, gab vor, sie zu inspizieren, doch in Wirklichkeit wollte er sich nur noch einen Moment länger gönnen, sie alle zu betrachten, zufrieden und stolz wie ein Vater.

»Also dann, Jungs.«

Er wandte sich zu Mr. Feeley hinter der Bar um, und Photo Dave und Sasparilla Reilly eilten hinzu, um ihres Amtes zu walten. Doch heute war das Ritual ausnahmsweise ein anderes. Feeley hielt ihm den Spiegel hin so wie immer, doch statt seine Taschen mit Münzen und Geldscheinen zu füllen, bürsteten sie sorgsam seinen Hut und Mantel ab. Sullivan blickte in den Spiegel und sah das immer gleiche harte Gesicht, ausdruckslos, die Augen ein klein wenig getrübt.

»So sollte es gehen«, sagte er mehr zu sich selbst als zu seinen Adjutanten, doch sie traten sofort zurück. Die Wise Ones standen an der Tür Spalier, Hüte in Händen, und warteten auf ihn. Er legte den Silberdollar für Mr. Feeley auf die Bar.

»Dann lasst uns gehen, Jungs ...«

Und sie stürzten sich in das ausgelassene Straßenfest des Wahlabends.

»Sullivan! Sullivan! Ein hochanständiger Irishman!«

Draußen wogte die Menge und schob sich durch die Straßen. Blaskapellen, Fahnen und Konfetti, riesige Plakate mit Namen und Slogans waren an jede Hauswand gepflastert, und oben auf dem Reiterstandbild der Revolution schwang jemand eine alte Regimentsfahne der Fighting 69th von dem großen Gemetzel bei Fredericksburg: eine goldene Harfe auf grünem Hintergrund, und die Enden waren zerfranst, weil sie ein halbes Jahrhundert zuvor von den Kugeln der Konföderierten zerlöchert worden waren.

Wir vergessen nichts.

»Big Tim!«

Die Kinder wurden zurückgedrängt, Massen von Männern und

Frauen füllten die Straßen, sie lachten und riefen, triumphierend und heiser. Dieses eine Mal erbaten sie nichts von ihm. Sie wollten ihn nur berühren, in seiner Nähe sein, sich an den Wise Ones vorbeidrängen, um seine Hand zu schütteln und ihm auf den Rücken zu klopfen – sie wollten Tuchfühlung mit einem Sieger.
Als wäre ich ihr Held, der für sie in die Schlacht zieht.
Er ließ sich die Bowery entlangdrängen, dann die Allen und Canal Street in einer schier endlosen Fackelprozession, die sich durch ganz Lower Manhattan zog, bis sie endlich zum Chatham Square kamen, wo die Wahlergebnisse als Laterna-magica-Bilder auf den weißen Turm des *Jewish Daily Forward*-Gebäudes projiziert wurden, mitten im Herzen des sozialistischen Territoriums. Kleine Gruppen ernster Männer mit Bärten und schäbigen Anzügen standen abseits im Schatten und starrten niedergeschlagen auf ihre Schuhspitzen, während ein Tammany-Sieg nach dem anderen verkündet wurde.
Doch selbst ein paar Sozialisten schienen zu feiern, als habe der übermütige Siegestaumel sie einfach angesteckt. Jedes Mal wenn ein neuer Tammany-Triumph auf der Hauswand erschien, schwenkten die Massen ihre Fackeln und stießen ein wildes Gejohle aus. Ihre Gesichter wirkten scharf und gierig, während sie im flackernden orangefarbenen Licht ihre Gesänge anstimmten:

»Blau, weiß, rot! Die Reform ist tot!«

Später versammelte sich die ganze Organisation am Union Square, und es wurden Reden gehalten. Mr. Murphy kam aufs Podium und schüttelte Sullivans Hand, zur Abwechslung sah er einmal wirklich zufrieden aus, und Big Tim hielt seine übliche Ansprache, dass er Demokrat sei, immer schon Demokrat gewesen sei und auch für alle Zukunft Demokrat sein werde.
Es wurde ein gutes Ergebnis für die Demokraten. Nicht so gut wie damals, vor vielen Jahren, als sie Grover Cleveland zum zweiten Mal zum Präsidenten wählten, aber eben doch ein gutes

Ergebnis. Big Tim hatte seinen Sitz im Staatssenat mühelos wieder gewonnen, was aber ohnehin außer Zweifel gestanden hatte. Little Little Napoleon war am Ende, und seine Leute hatten sowohl bei den Stadtratswahlen als auch bei den Abstimmungen für die Assembly und den Kongress Prügel bezogen. Das Gleiche galt für die Republikaner.
Mr. Murphy hatte seinen Kandidaten für das Bürgermeisteramt durchgedrückt: wieder ein Reformer, ein merkwürdiger kleiner Richter namens Gaynor, der gern Friedrich den Großen zitierte oder Cato oder Epiktet, und der so ungehobelt und sarkastisch war, dass man meinen konnte, es sei ihm völlig gleich, wer ihn unterstützte.
Big Tim hatte den Verdacht, dass es sich früher oder später rächen würde, wenn sie versuchten, die Reform nachzuäffen, dass Gaynor sich letztlich als ein ebensolcher Klotz am Bein erweisen würde wie McClellan. Aber das spielte ja keine Rolle. Sie konnten ihn später immer noch abservieren, wenn es sein musste – genau wie Little Little Napoleon. Die Reformer kamen und gingen, nur die Organisation war ewig.

Unter ihm im Union-Square-Park war die Masse immer noch im ekstatischen Siegestaumel und stimmte einen endlosen Tammany-Gesang nach dem anderen an:

Fifteen thousand Irishmen from Erin came across.
Tammany put these Irish indians on the po-lice force.
I asked one cop if he wanted three platoons or four,
He said: »Keep your old plattons, I've got a cuspidor,
What would I want with more?«
Tammany, Tammany, your policemen can't be beat,
They can sleep on any street.
Tammany, Tammany, dusk is creeping, they're all sleeping,
Tammany …

Jede Strophe war noch unsinniger als die letzte, und die Menge brüllte sie getreulich aus voller Kehle. Der Jubel nahm einfach kein Ende, und die Männer warfen ihre Hüte in die Luft, und Big Tim schlich sich mit Sasparilla und Photo Dave davon. Er legte Wert darauf, sich in jedem seiner Saloons sehen zu lassen, dann musste er zu Mr. Murphy, mit ihm ein Glas Selterswasser auf ihren Sieg trinken und die nächste Kampagne planen – es gab *immer* eine nächste Kampagne. Und dann ab ins Bett, ehe der Jubel sich noch ganz gelegt hatte und die Menschen heimgingen, denn er würde der Tatsache ins Auge sehen müssen, dass der Wahltag vorüber war.

9. Buch

Nach vollendeter Deutungsarbeit lässt sich der Traum
als eine Wunscherfüllung erkennen.

– Sigmund Freud –

60

Trick der Zwerg

Die aufregendste Achterbahnfahrt aller Zeiten fand an einem milden Sonntagnachmittag auf Coney Island statt, am 6. September 1901 um genau sechzehn Uhr sieben.

Es war eine neue Achterbahn, die sie den Rough Rider nannten, und jeder Zug wurde von einem eigenen Fahrer gelenkt, ausstaffiert in der vollen San-Juan-Hill-Montur. Bringt sie zum Schreien, hatte man sie angewiesen, je lauter, desto besser – das lockt die zahlende Kundschaft an. Bis zu dem Nachmittag, als einer der Möchtegern-Roosevelts seinen Zug mit voller Kraft in eine Kurve lenkte, wo die letzten beiden Wagen ausbrachen und zwanzig Meter hoch durch die Luft über der Surf Avenue flogen.

Nach dem Unfall schlossen sie den Rough Rider nicht, sie bauten ihn nicht einmal um. Der Andrang war größer denn je – Thanatos und Eros, Todessehnsucht und Lustprinzip im Paket. Man konnte sie da in einer langen Schlange stehen sehen, und sie starrten begierig zu den gewundenen Schienensträngen auf, zur Lücke in der Leitplanke, wo die Wagen ausgebrochen waren. Und sie fragten sich, wie es wohl wäre …

Die Wagen rattern langsam die unglaublich steile Steigung hinauf, zerren ächzend an ihren Ketten. Das mulmige Gefühl im Bauch steigert sich kontinuierlich bis zu dem letzten, schrecklichen Moment, wenn man einen Augenblick auf dem Gipfel verharrt, auf den unfassbar engen, kurvenreichen Schienenstrang hinabblickt und plötzlich erkennt, was man sich angetan hat. Aber doch überzeugt, dass man im letzten Moment vom Rand des Abgrunds zurückgezerrt wird …

Hatten sie es verstanden? Das war alles, was die Gaffer, die sich in der Schlange die Hälse verrenkten, wirklich wissen wollten. Nachdem das Unmögliche passiert war, die Kette gerissen war und sie durch die letzte Absperrung brachen – verstanden sie da, dass diese letzten Momente des freien Falls über der Surf Avenue, ehe sie aufschlugen, dass dies der ultimative Nervenkitzel war?

61

Die großen Seelenklempner aus Wien

An ihrem vorletzten Tag in New York brachte Dr. Brill sie endlich zu seiner Klinik an der Columbia University. Es war ein kleines, rotes Backsteingebäude, das auf dem weiten, pompösen Campus durch seine Schlichtheit auffiel. Wie alles in New York befand sich auch die Universität noch im Bau, doch sie hatte bereits eine beeindruckende, säulenumkränzte Bibliothek mit einer weiten Kuppel, weiß wie gebleichte Knochen.
Die winzige Klinik war von innen jedoch nicht beeindruckender als von außen. Die stationären Patienten waren zum größten Teil Neurosefälle von geringem Interesse, auch wenn Freud dies dem guten alten Brill nicht sagte. Der Doktor hing an seinen Lippen. Am Abend zuvor waren sie bei ihm zum Essen gewesen und hatten Mrs. Brill kennen gelernt, eine große, schlanke Frau, charmant und unkompliziert. Sie hatte ihnen das bei weitem beste Essen vorgesetzt, das er bekommen hatte, seit es ihn in diese dyspeptische Stadt verschlagen hatte. Zum ersten Mal seit seiner Ankunft in Amerika fühlte Freud etwas Ähnliches wie Frieden.

Brill wurde kurz hinausgerufen, und Freud schlenderte in den kleinen Garten der Klinik hinaus und wickelte eine Zigarre aus. Ferenczi hatte sich mit seinem Reiseführer in irgendeinen Winkel verzogen, und Jung saß unter einer Nachbildung von Rodins *Denker* und studierte eine seiner schwärzlichen amerikanischen Zeitungen.

»Und, Doktor? Irgendetwas Neues von Ihrem Wettrennen?«, rief er ihm zu. »Wer hat den Nordpol denn nun als Erster erreicht?«
Jung sah auf, lächelte und blinzelte im diesigen Sonnenlicht, sah ihn mit verengten Augen durch seinen Kneifer an.
»Nein, nein, noch nichts. Es ist eine tückische Region.«
»Gewiss«, antwortete Freud.
Er sah den Hügel hinab, auf dem die Universität angelegt war, über einen neuerlichen prachtvollen englischen Park bis zu einem breiten, träge fließenden Fluss.
»Ich entsinne mich, gelesen zu haben, dass die Schiffe früher manchmal im Eis dort oben gefangen wurden«, bemerkte er beiläufig.
»Tatsächlich?«
Am anderen Flussufer erhob sich eine schroffe Hügelkette, die in dramatischen Steilhängen zum Ufer hin abfiel, bewachsen mit Farn und Bäumen, wirklich sehr pittoresk. Freud starrte zu den Klippen hinüber, während er abwesend über das arktische Ödland sprach:
»Der Wechsel der Jahreszeiten kann dort wohl ganz plötzlich eintreten, und wenn die Seeleute sich verschätzten, wurden sie vom Eis überrascht. Dann saß das Schiff den ganzen Winter über fest, und manchmal geschah es, dass die Eisschollen den Rumpf eindrückten, und die Besatzung musste sich auf den Weg über das Eis zurück in die Zivilisation machen.«
Freud brach ab, verloren in seiner eigenen Schilderung – langsam zerdrückten die Eismassen die dicken Schiffsbalken. Er lauschte ihrem Knarren und Splittern in der endlosen arktischen Nacht. Wie eine Szene aus den unbarmherzigen frühen Tagen der Menschheit: ein Aufbruch im Zwielicht, zu Fuß oder mit dem Schlitten – so unendlich weit entfernt von den schönen, friedvollen Steilhängen auf der anderen Seite des Flusses. Wie die Felsformationen an der Wachau, der Donau oder am Rhein. Oder das kleine Aussichtsplateau im Park gestern, über dem schwarzen Wasser mit seinen toten Tauben …

Es war die Geste. Der Mann im Park, der die Hand hob, um die Kinder zu verscheuchen …

In seinem Traum stand er wieder in der Aula, der großen Versammlungshalle der Universität. Umgeben von all den großen Geistern der Wissenschaft, vor denen er oben in Clark sprechen sollte.

Auf dem Tisch vor ihm hockte vornübergebeugt die Patientin, die ihm die Orchideen in seine Kabine geschickt hatte – jünger und anziehender denn je. Er sah zu Jung hinüber, der jetzt der General aus der Zeit seiner Militärmanöver war. Er trug ein Cape und den unvermeidlichen Kneifer. Der General machte eine kleine, schroffe Geste mit der Hand – und die Frau wand sich verführerisch unter ihrem leuchtend roten Morgenmantel, hob ihn hoch und enthüllte ihr Hinterteil, so rot wie der Morgenrock selbst …

Er merkte, dass er erregt war, hielt seinen Penis in der Hand und bewegte sich auf sie zu. Sie schaute ihn über die Schulter an – und er sah, dass sie eine Maske trug. Ihr Gesicht war jetzt das des gegerbten Mannes, der Mumie im Bleikeller, die lautlos über die Jahrhunderte hinweg schrie …

Sein Penis lag schlaff in seiner Hand, und der General sah ihn durch seinen Kneifer eindringlich an, vollführte wieder diese kleine, schroffe Geste, um ihn aufzufordern, den Akt zu vollziehen, aber Freud konnte nicht. Er verspürte einen heftigen Drang zu urinieren, und er stürzte von der Bühne, zurück durch all die wunderschönen Räume – bis er wieder draußen auf dem Bahnsteig stand. Er stand gleich neben dem alten kranken Mann, der auf einem Auge blind war und ihm das Uringlas entgegenstreckte, während der Schaffner den Bahnsteig entlangkam, und sie hatten keine Fahrscheine.

Er hielt seinem Vater die Maske vors Gesicht – die Maske der Bleikellermumie. Eine zweite Maske hielt er vor sein eigenes Gesicht. Er dachte, das werde den Schaffner täuschen, dachte, jetzt müsse er sie einfach einsteigen lassen.

Doch als er den Blick senkte, sah er, dass sein Vater seinen Penis herausgeholt hatte – er hatte ihn herausgeholt und benutzte das Uringlas.

Freud wankte und sah sich um. Er verspürte selbst ein dringendes Bedürfnis zu urinieren – und als er an sich hinabsah, stellte er beschämt und entsetzt fest, dass er es bereits getan hatte, es genauer gesagt immer noch tat: Der feine, braune Stoff seiner Hose verfärbte sich dunkel, noch während er zusah. Jung starrte ihn erschrocken an, mit offenem Mund, der Kneifer war ihm von der Nase gefallen.

»Lassen Sie mich Ihnen helfen«, sagte er, aber Freud schüttelte den Kopf und wich hinter den *Denker* zurück.

»Lassen Sie mich Ihnen helfen«, wiederholte Jung, berührte ihn am Ellbogen, und Freud ließ sich aus der prallen Sonne zu einer überschatteten Bank an der roten Ziegelwand der Klinik führen, hielt die Zeitung mit den Schlagzeilen über Peary und Cook genierlich vor das Malheur.

»*Sisser Gottenju*, wie demütigend«, murmelte Freud und lehnte den Kopf zurück an die Wand, während Jung ihm mit der Hand Kühlung zufächelte. »Was soll ich nur tun, was soll ich nur tun?«, flüsterte er, hilflos wie eine Operndiva, die im Begriff ist, in Ohnmacht zu sinken. »Was, wenn mir das in Clark passiert? Was sollen sie von mir denken? Oh, ich könnte sterben …«

»Lassen Sie mich Ihnen helfen«, wiederholte Jung, sein Kneifer wieder an Ort und Stelle, und die Augen hinter den Gläsern sahen Freud unverwandt an.

»Können Sie das? Können Sie mir helfen?«

»Ja. Wenn Sie es zulassen.«

Freud sah einen Moment zu ihm auf und nickte dann kurz.

»Einverstanden. Ich bin zu allem bereit. Wenn es denn sein muss.«

Er lag auf einer Couch in der kleinen Klinik und trug ein Paar alte Hosen, die Brill ihm geliehen hatte. Jung saß in einem Sessel irgendwo hinter seinem Kopf.

»Das Urinieren zu erklären ist einfach«, preschte Freud ein wenig verzweifelt vor. »Das ist Ambition – die gottgleiche Fähigkeit, ein Feuer zu löschen, indem man darauf *pischt.*«

»Die Vorlesungen, der Ehrendoktor – sie erfüllen Ihre ehrgeizigsten Wünsche«, stimmte Jung zu. »Aber indem Sie versuchen, sich zu blamieren, versuchen Sie, alles, was Sie erreicht haben, zu unterminieren. Hier liegt eindeutig ein Konflikt.«

»Aber warum? Natürlich habe ich einige Bedenken, ob ich die Erwartungen meiner Zuhörer erfüllen kann«, sagte Freud nachdenklich. »Aber letzten Endes sind sie ja unserer Gnade ausgeliefert. Sie müssen applaudieren, ganz gleich was wir ihnen zumuten.«

»Fällt Ihnen nicht auf, dass Sie mit Ihrem Vater die Rollen getauscht haben?«, fragte Jung. »Ihr Vater ertappt Sie im Alter von sieben oder acht Jahren dabei, dass Sie sich nass machen, und prophezeit: ›Aus diesem Jungen wird *nie* etwas werden!‹«

»Ja, ja, Spuren meiner alten Neurose«, warf Freud ungeduldig ein. »Und dann habe ich geträumt, mein Vater sei inkontinent geworden, und ich war sein Pfleger und habe sein Uringlas getragen. Also sagen Sie jetzt, ich habe die Stelle meines Vaters eingenommen.« Er drehte sich halb auf der Couch um und verrenkte sich beinah den Hals, um Jung ansehen zu können. »Und dann nehmen *Sie meine* Stelle ein und kümmern sich um *mich.*«

»Ist es das, was Sie glauben?«, fragte Jung.

»Ich weiß es nicht.« Freud zögerte, wirklich unsicher. »Da war noch etwas anderes«, fuhr er langsam fort. »Träume.«

»Erzählen Sie mir davon«, befahl Jung.

Das Aussichtsplateau im Central Park, die toten Vögel, die auf dem schwarzen Wasser trieben. Und noch etwas anderes – die Geste, mit der der Mann die Kinder vertrieben hatte …

In dem Traum machte der General eine schroffe, abwinkende Handbewegung, ganz ähnlich wie die Geste vor all den Jahren in dem Café in Olmütz, mit der er Freud abgetan hatte. Aber woran erinnerte ihn das?

»Erzählen Sie mir Ihren Traum.«

»Zuerst noch etwas anderes. Sie haben etwas gesagt. In dem Park.«

»Was habe ich gesagt?«

Freud stellte die Füße wieder auf den Boden und wandte sich ihm zu.

»Nachdem wir aus dem Museum mit all den Knochen und den Neandertalern gekommen waren.«

»Ja. Sie sprechen von *meinem* Traum?«, fragte Jung argwöhnisch. »Die beiden alten Totenschädel in der Höhle?«

»Da war noch etwas anderes. Etwas mit den Kindern, die wir gesehen haben.«

Der Mann hatte diese Geste gemacht, um die Kinder zu verscheuchen – und Jung hatte etwas gesagt. Etwas über diese Kinder …

»Die Kinder? Ich kann mich nicht entsinnen. Reden wir lieber über Ihre Träume.«

»Sie sagten, es seien ›alle Arten‹ versammelt.« Freud sprach jetzt schnell, während die Erinnerung zurückgeflutet kam. »Wissen Sie noch? Die Kinder spielten auf dem Rasen, und ich sagte, zwei erinnerten mich an meine Nichten. Und Sie sagten, ›Ja, hier sind alle Arten versammelt.‹ Was haben Sie damit gemeint?«

»Ich weiß es nicht.« Jung deutete ein Schulterzucken an.

»Sie meinten Juden, nicht wahr? Sie meinten, einige der Kinder seien jüdisch.«

»Möglich.« Jung hob wieder die Schultern und wandte den Blick ab. »Das und alle möglichen anderen Nationalitäten.«

Plötzlich ergab alles einen Zusammenhang, wie immer, wenn er endlich das Schloss zu einem schwierigen Fall geknackt hatte …

»Die Schädel – sie repräsentieren zwei verschiedene *Arten* von Menschen.«

»Nun, das halte ich für denkbar …«

»Vielleicht Juden und Nichtjuden?«, drängte Freud.

»Sie reißen die Analyse an sich«, sagte Jung vorwurfsvoll, »statt mir Ihren Traum zu schildern.«
»Nein, ich denke nicht.«
Jetzt ergab alles einen Sinn. Der Kneifer, den der grausame Hauptmann getragen hatte. Sein eigener Peiniger in der Militärzeit, der antisemitische General. Dieselbe Geste, die der General und Jung gemacht hatten. Dann war da diese kleine deutsche Burg im Park – und darunter das dunkle Wasser, die schwarze Schlammflut des Okkultismus.
Es lief alles auf Jung hinaus, der identisch war mit dem grausamen Hauptmann und dem General. Er wollte Freud stürzen, gewiss, das war völlig normal, aber es gab noch etwas, was darüber hinausging. Jung wusste, dass Freud sich auf ihn verließ, darauf, dass er all die überholten Auffassungen von Rasse und Kultur widerlegen würde, um zu verhindern, dass die Psychologie als die »jüdische Wissenschaft« abgestempelt wurde.
Doch Jung hatte angedeutet, dass Rassenunterschiede bestanden, und zwar prädominant – dass er und Freud irgendwie von verschiedener Art waren.
»Beantworten Sie mir zuvor noch eine Frage. Dieses Haus. Es war *Ihr* Haus?«
»Ja.«
»Bedeutet das, Ihr persönliches? Oder das Ihrer Rasse?«
»Nun, beides, denke ich.« Jung blinzelte.
»Ah ja. Das Haus ›Europas‹, mit seinen römischen Mauern und mittelalterlichen Möbeln. Das Haus ›Deutschlands‹ vielleicht? Oder vielleicht das ›arische‹ Haus?«
»Und wenn es so wäre?«, entgegnete Jung ungehalten, plötzlich trotzig wie ein Schuljunge, der bei einer Lüge ertappt worden ist. »Warum nicht? Warum soll man nicht akzeptieren, dass unterschiedliche Völker unterschiedliche Psychologien haben?«
»Nein.«
»Sehen Sie denn nicht den Unterschied«, fragte Jung beinah flehentlich. »Die Juden, oder sagen wir, die Chinesen mit ihren ur-

alten Kulturen, ihren alten Büchern ... Sie müssen zwangsläufig eine andere Psychologie haben als neuere, jüngere Rassen wie beispielsweise wir, die wir von deutschem Blut sind. Das können Sie doch sicher nicht leugnen, wenn Sie überhaupt an den Begriff Kultur glauben.«

»Das ist wieder dieser mystische Nonsens«, erwiderte Freud kategorisch. »Wir sind Wissenschaftler. Wir befassen uns mit dem, was wir prüfen, wahrnehmen und messen können.«

»Aber sicher kann man Kultur doch wahrnehmen!«

»Wirklich? Wo liegt also der Unterschied? Erklären Sie es mir. Lassen wir die Chinesen für den Moment einmal beiseite. Erklären Sie mir, worin unterscheiden sich Juden von Nichtjuden? Sind es nur die alten Bücher?«

»Nein«, antwortete Jung langsam. »Es ist auch, nun ja, es zeigt sich gerade in Ihrer Argumentation, in Ihrer Weigerung, das Mystische anzuerkennen.«

»Und das heißt?«

»Es gibt einen gewissen, sagen wir, *Materialismus* in der jüdischen Kultur. Im Gegensatz zu dem höheren, spirituellen Glauben in der nichtjüdischen, der deutschen Kultur.«

Freud spürte, wie der Zorn sich einem Schleier gleich über seinen Verstand legte, aber er zwang sich, rational und logisch zu denken. Er lehnte sich leicht vor, seine kalten, klaren Augen unverwandt auf Jung gerichtet.

»Das heißt also, Sie und ich, die wir nur wenige Jahre und ein paar hundert Kilometer entfernt voneinander geboren sind, die gleiche Kleidung tragen, dieselbe Sprache sprechen – beide in der gleichen bürgerlichen Kultur aufgewachsen sind – wir sind grundsätzlich verschiedene Wesen? Gehören zu verschiedenen Spezies? Ich bin Materialist – und Sie nicht?«

Jung sah ihn an, seine Augen weit geöffnet und zornig, aber er sagte nichts. Sein Schweigen verriet Freud alles, was er wissen musste.

So sah es also aus: Jung würde der Analytiker der Nichtjuden sein. Freud würde zu guter Letzt doch in die Ecke der »jüdischen« Wissenschaft abgedrängt werden. Wie ein alter Großvater, der auf den Dachboden verbannt wird – wie ein halb blinder, inkontinenter alter Mann, der seine Urinflasche mit sich herumträgt.

In Jungs Traum – wenn es denn wirklich ein Traum war, keine Erfindung, um ihn zu täuschen – hatte Jung Freuds eigene Symbole, seinen eigenen Traum gegen ihn verwendet. Natürlich hatte er in der *Traumdeutung* über Freuds Traum von der Aula gelesen, die Flucht durch all die reich möblierten Zimmer. Jetzt beanspruchte Jung sie für sich selbst – vor allem mit der kostbaren Rokokoausstattung im Obergeschoss des »arischen« Hauses.

Die Aula voller Wissenschaftler war die bevorstehende Vorlesung in Clark. Jung – als der General, als der grausame Hauptmann – forderte ihn mit der Geste auf, die angeblichen Unterschiede zwischen den Kindern, zwischen Juden und Nichtjuden anzuerkennen. Die Frau auf dem Tisch in der obskuren Maske repräsentierte den ganzen *Dreck* von Okkultismus und Rassenlehre – *Nirdvandva* und *Numinosum* – und das höhere, spirituelle Genie der deutschen Rasse. All diesen unwissenschaftlichen, kindischen Mystizismus, den zu teilen er Freud drängen wollte. Ganz zu schweigen von den reichen Patientinnen, die er von Anfang an in Amerika hatte auflesen wollen …

»Die Träume. Ihre Träume«, drängte Jung. »Sie wollen Sie mir nicht schildern?«

»Ich darf meine Autorität nicht aufs Spiel setzen«, erwiderte Freud, stand auf und zog sein Jackett so fest um sich, wie die weiten, geborgten Hosen es zuließen.

»Ach ja? Vielleicht haben Sie sie gerade verloren«, sagte Jung verdrossen. »Sie stellen diese Autorität über die Wahrheit!«

»Das werden wir ja sehen, Herr Doktor.«

Er fühlte sich zutiefst deprimiert, doch gleichzeitig erleichtert, wieder Herr seiner selbst – so wie er sich immer gefühlt hatte, wenn ein Problem gelöst war. Sie hörten Stimmen auf dem Flur – Ferenczi war mit einer von Freuds eigenen Hosen vom Hotel zurückgekehrt –, und Freud trat zur Tür und öffnete sie.

»Die Sitzung ist beendet«, erklärte er seinem ehemaligen Protegé mit einem schwachen Lächeln. »Ich muss mich umziehen.«

62

Big Tim

Big Tim Sullivan stand am Ufer des Hudson und wartete auf das Schiff, das ihn heimbringen sollte. Von der Anlegestelle konnte er die Lichter des Capitols sehen, ein wuchtiges Bauwerk oben am Ende der State Street. Bald würden sie verlöschen, eins nach dem anderen. Es war der letzte Abend der Sitzungsperiode, und er würde die Lichter nicht wieder sehen, bis es Herbst wurde und er mit dem Zug nach Albany zurückkehrte.

Es war eine gute Sitzung gewesen, alles lief ab wie am Schnürchen. Bob und Al hatten alles unter Kontrolle, so dass er beschlossen hatte, früher aufzubrechen und nicht auf das letzte Schiff zu warten, das gegen Mitternacht fuhr. Auf dem letzten Schiff war immer die Hölle los, jeder Staatssenator, jeder Assembly-Abgeordnete von Kinderhook bis Coney Island war an Bord. Kapellen lärmten, der Alkohol floss in Strömen, und die letzten hohen Einsätze der Sitzungsperiode wurden verspielt. Und die würdigen Parlamentarier grölten *Goodnight Ladies*, während einer nach dem anderen an irgendeinem halb verrotteten, verlassenen Pier entlang des Flusses ausstieg, und sie steckten ihm zum Abschied ein brennendes Streichholz zwischen Schuh und Absatz oder dachten sich sonst irgendwelche kindischen Streiche aus. Bis endlich nur noch die New Yorker Delegierten übrig blieben, die betrunken auf die trostlosen grauen Piers der West Side stierten, wo das Schiff zwischen gewaltigen Ozeanriesen und verlotterten Flussfähren festmachte.

Heute Abend wollte er das frühere Schiff nehmen. Er hatte nur Little Tim und Cousin Florrie, seine Parlamentsadjutanten, bei sich. Sie standen zusammen am Pier und rauchten Zigarren. Selbst Photo Dave und Sasparilla hatte Big Tim vorausgeschickt. Heute Abend wollte er nur die Gesellschaft seiner beiden ewig grüblerischen Verwandten, um höchstens ein Glas mit ihnen zu trinken und ins dunkle Wasser hinabzustarren, und dann wollte er versuchen, ein wenig zu schlafen, ehe er in den rastlosen Strudel von Manhattan zurückkehrte.
Das Schiff hatte Verspätung. Sullivan sah zurück, den Hügel hinauf, obwohl er das Gefühl hatte, er sollte das besser nicht tun. Die Lichter im Capitol brannten immer noch, und das wunderte ihn ein wenig. Die Sitzung sollte längst geschlossen sein, so dass den Abgeordneten genug Zeit für die letzten Arrangements blieb, sich zu verabschieden und ihrer Lieblingsbar oder ihrem bevorzugten Bordell einen letzten Besuch abzustatten oder die letzten belastenden Schriftstücke und Quittungen zu verbrennen …
Aber die Lichter erloschen immer noch nicht – und wie in einem bösen Traum sah er jetzt zwei Männer hügelabwärts auf ihn zu hasten. Halb gingen, halb rannten sie, so schnell wie sie laufen konnten, ohne den Abhang hinunterzupurzeln. Big Tim spürte ein warnendes Ziehen im Unterleib.
»Das bedeutet Ärger«, brummte Cousin Florrie, als er die Gestalten näher kommen sah.
Die beiden Männer entdeckten die wartende Gruppe am Ende des Landungsstegs und wedelten mit den Armen, so dass sie wie Windmühlenflügel aussahen. Und im selben Moment kam der große Dampfer *Annie Moore* in Sicht, zog gemächlich mit der Strömung den Hudson hinab.
»Es gibt ein Problem mit dem Arbeitszeitgesetz!«, rief einer der beiden. »Sie brauchen Sie oben! Mrs. Perkins hat gesagt …«
»Nicht diese alte Krähe schon wieder«, jammerte Florrie.
Big Tim warf einen Blick auf das elegante weiße Schiff, das sich endlich dem Pier näherte. Drinnen warteten Licht und Wärme

und Ruhe, wusste er. Ein gepolsterter Sessel, ein Bett, wenn er es wollte, ein Glas Bier, in Frieden getrunken, und ein gutes Buch. Er sah wieder den Hügel hinauf zum Capitol.
»Sie müssen mitkommen«, rief der Bote, er rannte immer noch. »Sie wollen jetzt gleich abstimmen, und uns fehlen mindestens drei Stimmen! Sie werden gebraucht!«
Die Einigung im Streik der Textilindustrie war positiv verlaufen, und Mr. Murphy hatte Big Tim grünes Licht für das Arbeitszeitgesetz gegeben. Es war nicht viel, nur eine Beschränkung, wie viele Stunden pro Woche die Arbeitgeber wehrlose Frauen und Kinder schuften lassen durften. Aber es war wenigstens etwas, und zwar etwas, was die Menschen, die in seinem Distrikt lebten und arbeiteten, vielleicht Tag für Tag spüren würden. Big Tim hatte sich wirklich gut gefühlt, als er unmittelbar vor seinem Aufbruch die Weichen für die Durchsetzung des Gesetzentwurfs gestellt hatte.
Das hatte er jedenfalls geglaubt. Aber irgendetwas war offensichtlich schief gegangen. So etwas kam vor, ganz gleich, wie sorgfältig man alles vorbereitet hatte. Es gab immer Missgunst, und es gab ehrenwerte Senatoren und Assembly-Abgeordnete, die sich für den Preis eines Biers oder einer Hure zurückkaufen ließen. Es spielte keine große Rolle, sie konnten es immer noch im Herbst durchdrücken oder nächstes Jahr. So liefen solche Geschichten eben, und er wollte sein Schiff nicht verpassen.
Und doch ... Sullivan sah die knochige, hoch aufgerichtete Yankee-Lady vor sich, mit ihrem Dreieckshut, der genauso aussah wie der seiner Mutter, wie sie stoisch, mit ausdrucksloser Miene den Untergang ihres geliebten Arbeitszeitgesetzes erlebte. Und er dachte an seine Schwester in der Wohnung auf der Clinton Street, wie sie über den Tisch gebeugt dasaß, zu müde, um das Abendessen zu machen.
»Nun, Jungs, es sieht so aus, als sollten wir doch mit dem Höllenschiff fahren«, eröffnete er seinen Vettern.

Big Tim betrat schnaufend die Assembly, sein Atem kam in kurzen, rauen Stößen. Little Tim und Cousin Florrie hielten ihn stützend bei den Armen, auch sie keuchten wie ausgepumpt. Mrs. Perkins kam von der gegenüberliegenden Seite des Sitzungssaales auf sie zu, und ihr strenges Yankee-Gesicht verriet ihre Erleichterung.
»Ich wusste, Sie würden kommen«, raunte sie, beinah liebevoll und mütterlich. »Ich wusste, Sie würden uns nicht im Stich lassen.«
»Nun machen Sie sich mal keine Sorgen, Mrs. Perkins«, schnaufte er, wider Willen geschmeichelt. »Es ist alles geregelt. Sie können auf mich zählen.«
Al und Bob traten hinzu, ihre Mienen zeigten Besorgnis und Verlegenheit angesichts dieses unprofessionellen Lapsus. Im Saal hinter ihnen herrschte Chaos, die Vertreter des Volkes brüllten und gestikulierten und sprangen von ihren Sitzen auf, während Als Leute versuchten, die Entscheidung hinauszuzögern, und eine namentliche Abstimmung verlangten.
»Ich weiß nicht, was schief gegangen ist, Tim«, sagte Al kläglich. »Wir hatten ein Polster von zwei Stimmen, alles geritzt, aber dann lief die Sache aus dem Ruder.«
»Im Senat sind es die Abgeordneten aus den ländlichen Bezirken«, berichtete Bob. »Die aus der Stadt stehen zu ihrem Wort, aber sie haben sich an die verdammten Farmer rangemacht!«
»Ach, das tun sie doch immer«, meinte Big Tim und rieb sich die Hände bei dem Gedanken, dass er im Begriff war zu tun, was er am besten konnte. Cousin Florrie und Little Tim nahmen ihm Hut, Mantel und Schal ab.
»Die wollen uns aufs Kreuz legen. Kaufen uns die Stimmen vor der Nase weg und warten dann bis zum letzten Moment, um ihr Blatt auszuspielen. Sehr schlau. Aber damit kommen sie nicht durch, seien Sie unbesorgt, Mrs. Perkins. Schließlich haben wir Wahrheit und Gerechtigkeit und christliche Moral auf unserer Seite«, sagte er und überlegte schon, wer ihm einen Gefallen

schuldete, wen er erpressen oder ganz schlicht einschüchtern konnte, damit sie taten, was recht war.

»Wir werden die vierundfünfzig Stunden für Sie und die armen Mädchen in den Fabriken durchsetzen!«

In Weste und Hemdsärmeln stürzte Big Tim sich eifrig in den Tumult im Sitzungssaal und ging auf Stimmenfang.

63

Esther

Sie traf Sadie beim Wohlfahrtshaus am Tag des Freudenfestes – *Simkhes Toyre* –, an dem die *gojischen* Politiker und sogar die Frauen in die Synagogen eingelassen wurden und in der ganzen East Side ausgelassene Festtagsstimmung herrschte. Sadie stand vor der Tür, rauchte schamlos eine Zigarette, eine Hand auf der Hüfte. Sie trug einen auffälligen, gewagten schwarz-weißen Hut, die rote Husarenjacke hatte sie über einen Arm gehängt, und zu ihren Füßen stand ein Rattankoffer.

Sie lächelte breit, als sie Esther entdeckte, und winkte. Ihre Finger ragten aus einem schwarzen Spitzenhalbhandschuh.

»Hier bin ich also, wie ein abgebrannter Greenie«, scherzte sie, aber Esther sah, wie nervös sie war.

»Hier bist du gut aufgehoben. Niemand würde wagen, dir hier etwas zu tun.«

»Ach, aber dass ich meine Umkehr noch erlebe! Meine Seele wird makellos und weiß. Ich hätte die Aufgabe doch den lutherischen Missionaren überlassen sollen, sie haben so großen Spaß daran.«

»Es wird schon werden. Du kannst etwas lernen …«

»Oh, sicher. Zum Beispiel?«

Sie warf die Zigarette zu Boden und trat sie unter dem Stiefelabsatz aus. Ein kleiner Rauchkringel stieg zwischen ihren vollen Lippen auf.

»Nun, kochen und nähen …«

»Das kann ich schon. Sogar Huren können solche Sachen.«

»Aber es gibt noch andere Kurse.«
»Und zwar?«
»Na ja …«
»Ja, ja, ich weiß«, sagte sie mit einem brüchigen kleinen Lächeln. »Ich kann etwas über die Verfassung lernen oder über richtige Zahnpflege oder wie man Tee serviert oder einen guten englischen Satz schreibt. Und all das, damit ich in einer Fabrik Hemden nähen kann.«
»Es ist gar nicht so schlimm. Nicht mehr.«
»Ach nein?« Sadie lachte, neckte sie immer noch, war aber gleichzeitig ernst, als sie fragte: »Wirklich nicht?«
Der Streik war so gut wie beigelegt. Die Triangle-Fabrik hatte noch nicht eingelenkt, aber Clara war sicher, dass auch ihre Besitzer bald würden nachgeben müssen. Bei allen anderen Arbeitgebern hatten sie volle Anerkennung der Gewerkschaft erreicht, mehr Lohn, kürzere Arbeitszeiten und eine faire Aufteilung der Arbeit während der Flaute. All das bedeutete immer noch, vierundfünfzig Stunden die Woche über eine Maschine gebeugt zu hocken, bis man glaubte, das Kreuz müsse durchbrechen, während die Nadel unermüdlich auf und ab fuhr.
Esther hatte gern im Gewerkschaftsbüro gearbeitet: Dinge organisieren, Veranstaltungen planen, Papiere abheften, Beschwerden zu Protokoll nehmen. Sie hatte es sogar genossen, vor den anderen Streikenden zu sprechen, irgendwann sogar in den Clubs der reichen Frauen, nachdem sie einmal ihre Stimme gefunden hatte. Das, fand sie, war ein richtiges Leben – Arbeit für ein menschliches Wesen, statt nur ein Teil einer Nähmaschine zu sein.
Und doch war es das, was sie sich für Sadie wünschte – wenn sie das Glück hatte und eine feste Arbeit als Näherin fand. Wie anders würde es doch sein als das Leben auf der Straße und in den Saloons, die Nächte unter der Hochbahn und fremde Männer mit Whiskeyfahnen. Was könnte *sie* bewegen, fragte sich Esther, sich von fremden Männern anfassen zu lassen, mit ihnen ins Bett zu gehen? Selbst mit all dem – der Syphilis, den Zuhäl-

tern, der ständigen Angst, dass einem nachts in einem einsamen Zimmer die Kehle durchgeschnitten wird – selbst mit all dem, wie viel schlimmer wäre es wirklich, eine echte Hure zu sein?

»Es ist schon gut. Denkst du, ich hätte noch nie darüber nachgedacht? Das tun alle Huren. Sie fragen sich, was mal aus ihnen wird«, sagte Sadie und legte Esther die behandschuhte Rechte auf die Wange. »Wenigstens wird dieses Leben mir gehören, es ist meine Entscheidung. Wenigstens komme ich so weg von ihm, und das ist doch etwas wert.«

»Ja, natürlich ist es das.«

Esther wollte ihr zum Abschied ein paar tröstliche Worte sagen, irgendetwas Aufrüttelndes wie bei den Versammlungen oder den Teegesellschaften. Sie wollte ihr sagen, dass es ja nicht ewig so bleiben müsse. Dass die Zeiten sich änderten, dass sie bald vielleicht in der Lage sein würde, eine richtige Ausbildung zu machen oder eine Familie zu gründen oder wenigstens eine vernünftige Arbeit zu finden, wo sie respektiert wurde und anständigen Lohn bekam. Manchmal, wenn sie diese Dinge auf den Gewerkschaftsversammlungen sagte, kam ihre alte Vision von der Orchard Street ungebeten zurückgewirbelt: die breite neue Straße, die sauberen, geräumigen Wohnungen und die glücklichen Menschen, die morgens zur Arbeit gingen – und diese Hoffnung, dieser Traum spiegelte sich wider in ihrem Gesicht und ihren Worten. Das war dann gut und schön für die reichen Damen und die Mädchen aus den Fabriken. Aber Sadie, das wusste sie, würde es durchschauen.

»Wiedersehen, Liebes. Mach dich nicht allzu rar.«

Sadie küsste sie impulsiv auf beide Wangen, und Esther lächelte und küsste sie ebenfalls.

»Nein, bestimmt nicht!«

Sie ließ sie mit ihrem Koffer am Wohlfahrtshaus zurück, ging rückwärts und winkte, bis sie schon fast einen Block entfernt war. Sadie winkte zurück, witzelte immer noch, ihre grauen Augen leuchteten, und sie reckte den Arm über den Kopf.

»Wiedersehen! Wiedersehen! Vergiss mich nicht! Wenn du

mich das nächste Mal siehst, werde ich so rein sein wie frisch gefallener Schnee!«

Die Augen ihrer Mutter, die immer so furchtsam gewesen waren und keinem Blick standhalten konnten, starrten jetzt leer zur fleckigen, grauen Decke über dem Küchentisch, auf dem sie lag. Eine Fliege krabbelte ungehindert über ihre Stirn. Esses Vater saß neben dem Tisch auf einem Stuhl, wiegte sich sachte vor und zurück und sprach einen *Kadesch*, das Totengebet, aber nichts konnte sie aus ihrer schrecklichen Starre reißen.

Schon vom Gehweg aus hatte Esther den schwarzen Fleck gesehen, der wie ein gigantischer Daumenabdruck auf der Fassade prangte. Die verbretterten Fenster und die glitzernden Glasscherben auf der Straße, die unter den Füßen der eiligen, gleichgültigen Passanten knirschten – all die typischen Anzeichen einer kleinen, unbeachteten Katastrophe in der Großstadt. Esther spuckte durch die Finger und wandte den Blick ab, wenn sie in anderen Straßen an einem solchen Haus vorbeikam – aber jetzt konnte sie das nicht.

»Sie haben gesagt, es hat in den Wänden angefangen«, erklärte ihr Vater. »In den Elektrokabeln, aber ich weiß, es waren die irischen Kühe von gegenüber. Warum sie es nicht geschafft haben, uns alle zu töten, weiß ich nicht. Überall war Qualm, und ich wollte nach oben – hinauf aufs Dach, der schnellste Weg.«

»Das war schlau«, sagte Esther und dachte, dass der Überlebensinstinkt, den man den *Luftmenschen* nachsagte, ihn wieder einmal nicht im Stich gelassen hatte. Er würde immer den schnellsten Weg aus jeder Falle finden.

»Sie wusste nicht, ob die Feuertreppen so weit reichen. Sie sagte, wir müssten hier bleiben und es bekämpfen. Für unsere Sachen kämpfen.«

Der alte Rabbi schnaubte.

»Kämpfen wofür? Eine Schale, einen Topf? Eine Nähmaschine? Ich bin hinaufgegangen aufs Dach. Als es vorbei war und ich zurückkam, lag sie da. Sie sagen, ihr Herz hat versagt.«

Über der Rückenlehne eines Küchenstuhls sah Esther ein kleines, angesengtes Handtuch hängen, bestickt mit einem der fröhlichen, spießigen Sprüche ihrer Mutter: *Lass die Sonne scheinen!* Sie wandte sich von ihrem Vater ab, wieder aufs neue entsetzt darüber, wie viel zynischer und gefühlloser er in Wirklichkeit war als selbst der streitsüchtige alte Narr in ihrer Phantasie.

Sie sah auf das Gesicht ihrer Mutter hinab – so grau und hohlwangig, dass sie glaubte, selbst beim leichtesten Druck würde es unter ihrer Berührung zu Staub zerfallen.

Ein Leben für andere.

Sie richtete sich auf und sah ihren Vater an.

»Also? Was wirst du jetzt tun?«

»Was soll ich tun mit einem Sohn, der tot ist für mich, und einer Tochter, die ihre Pflicht nicht tut?«, sagte er mit der viel strapazierten Bitterkeit. »Was kann ich tun, wohin gehen, wenn sich alle gegen mich wenden?«

»Das liegt ganz bei dir«, antwortete Esther. Sie wandte sich an Kapsch, den Untermieter, der treu neben ihrem Vater *Schiwe* saß. Er hockte auf einem dreibeinigen Schemel – dem einzigen anderen Möbelstück in der verkohlten Wohnung, das die Feuersbrunst überdauert hatte.

»Die Wohnung gehört Ihnen, soweit es mich betrifft«, sagte sie ihm. »Er wird sie sich nicht leisten können, nicht mal einen Bruchteil davon.«

»Du bist eine Frau wider die Natur«, zischte der Rabbi. »Wohin willst du jetzt? Zurück zu deinem Zuhälter, wo immer er dich auch hält?«

Bei den Worten ging ihr ein Licht auf – nicht dass es noch eine große Rolle spielte.

»Hast du ihn dazu angestiftet? War es deine Idee, dass er mir nachspionieren sollte?«

Der alte Mann sagte nichts, schluckte seinen Ärger herunter und starrte zu Boden.

»Aber wie könnte er das, schließlich ist er ja tot für dich, oder?«, fragte sie. »Wie könnte ein toter Sohn so etwas tun?«

»Ich muss eine große Sünde auf mich geladen haben, dass der Allmächtige mich mit solchen Kindern schlägt«, versetzte er. »Das eine ein Ungeheuer, das andere mit einem Stück Kohle da, wo das Herz sein sollte!«

»Ja, es kommt alles von Gott, nicht wahr?«

Esther beugte sich vor, so dass er sie ansehen musste, nahm sein Kinn in ihre Hand und schaute ihm in die Augen.

»Weißt du, wenn Gott hier unten auf der Erde leben würde, würden die Menschen ihm alle Fensterscheiben einwerfen.«

»Nur Gotteslästerung von dir! An einem Tag wie diesem!«

Sie ignorierte ihn, beugte sich über ihre Mutter und berührte kurz die eingefallene Wange, ehe sie sich abwandte, um zu gehen.

»Und was ist mit mir? Was ist mit mir?«, verlangte er zu wissen; Tränen strömten über seine bärtigen Wangen. Er sah aus wie ein kleiner alter Mann, plötzlich überhaupt nicht mehr kämpferisch.

»Du? Du wirst die Bekanntschaft des Geldes machen müssen.«

Sie verließ die Wohnung und schloss leise die Tür hinter sich. Ihr Blick fiel auf die *Mesusa*, die sie immer so entschlossen ignoriert hatte. Genau wie die Tür war sie vom Feuer geschwärzt und hing lose am verkohlten Holz. Sie hob die Hand – ob sie sie berühren oder herunterreißen wollte, wusste sie nicht –, aber sie brachte es wieder nicht fertig, sie anzufassen.

Nein, dachte sie. *Sie soll bleiben. Ich werde keine Heuchlerin sein. Soll sie bleiben, auch wenn sie nicht mehr viel Segen bringen kann.*

Sie kam zurück auf die Straße. Es war der Beginn des *Purim*-Festes, und überall liefen Kinder mit langen, krummen Nasen herum, mit Prinzessinnenkrönchen, Dreieckshüten und Zauberermänteln mit Sternen und Monden, und sie machten sich einen Spaß daraus, die *gojischen* Kinder zu erschrecken.

Sie sah zurück auf das schmale Mietshaus und dachte kalt, dass ihr Traum vielleicht in Erfüllung gehen würde, wenn noch ein paar solcher Feuer ausbrächen – dass sie dann all die Ruinen einreißen und moderne, saubere Häuser errichten würden. Aber wenn das passierte, gäbe es dann noch einen Platz für die kostümierten, herumtollenden Kinder?, fragte sie sich. Gäbe es dann noch irgendeinen Platz für sie alle?

64

Gyp the Blood

Gyp wartete, bis sie aus dem Wohlfahrtshaus kam. Sie trug ihren schwarzen, dreieckigen Witwenhut, eine Hand um ihren Regenschirm geklammert. Eine hoch aufgerichtete Gestalt, die mit resoluten Schritten ahnungslos die dunklen, abfallübersäten Straßen entlangmarschierte. Er folgte ihr – hielt gerade genug Abstand und spürte, wie der heiße Zorn sich in ihm zusammenbraute.

Er wusste noch nicht, was er mit ihr tun würde. Erst gestern hatte er Sadies Spur bis zu diesem Wohlfahrtshaus verfolgt. Er hatte gewartet und gewartet, aber sie war nicht herausgekommen. Doch er hatte *sie* gesehen – diese Sozialarbeiterlady, die den Laden leitete und furchtlos in die Dunkelheit hinausging, selbst nach Mitternacht.

Sie wandte sich nach Westen, durchquerte die Bowery auf der Hester Street und ging dann Richtung Mulberry Bend. Sie machte an einem weiteren Wohlfahrtshaus Halt, dann an einem von Big Tims Saloons. Er blieb im Schatten, und die Straßen wurden immer stiller, der Chaser Mark hatte längst geschlossen. An der Mulberry Bend gab es keine Straßenlaternen und niemanden, um ihn aufzuhalten. All die zahllosen italienischen Geschäfte waren dunkel, denn es war schon spät. Niemand auf der Straße bis auf ein paar Mütter, die ihre plärrenden Babys wiegten. Er verringerte den Abstand, legte die Hand um das Messer in seiner Hosentasche, immer noch nicht sicher, was er tun wollte. Ihr Angst machen, damit sie Sadie herausgab? Ihr das Gesicht aufschlitzen? Sie hier an der Mulberry Bend auf offener Straße abstechen? Alles, was er wusste, war, dass es höchste Zeit war, etwas zu unternehmen. Es musste ein Ende haben, dass jeder sich in seine Angelegenheiten einmischte.

Er umklammerte das Messer, verringerte den Abstand mit schnellen, lauten Schritten, hoffte, dass sie ihn hörte und vor Schreck erstarrte.

Stattdessen wirbelte sie herum und hob ihm ihren Regenschirm entgegen wie ein Schwert. Er hielt gerade noch rechtzeitig an, ehe er sich den Dorn in den Magen rammte, die Hände zu Fäusten geballt.

»Ich kenne dich! Ich weiß, wer du bist!«, rief sie mit unglaublich volltönender Stimme, lauter als ein Fischweib. Schon kamen die Mütter mit ihren Babys näher, Männer traten aus den Schatten, die Hände in den Hosentaschen, die kalten Tonpfeifen zwischen den Lippen.

»Ich weiß, wer du bist: Lazar Abramowitz!«

Sie schrie seinen Namen heraus wie einen Fluch, wie ein Alarmsignal, und sie hielt ihn immer noch mit ihrem Regenschirm in Schach, folgte damit jeder seiner Bewegungen, als er versuchte, an ihr vorbeizukommen. Überall in den Häusern flammten die Lichter auf, erhellten Reihe um Reihe der windschiefen kleinen Fenster. Immer mehr Leute kamen heraus, traten auf ihn zu, melodische italienische Stimmen klangen gedämpft und schläfrig durch die Nacht.

»Lazar Abramowitz! Lazar Abramowitz!«

Wieder und wieder rief sie seinen Namen – seinen verdammten Namen.

»Ich weiß, wer du bist!«

Und er kam nicht um ihren Regenschirm herum, um sie zum Schweigen zu bringen, egal wie …

Nein, das ist nicht mein Name. Das bin ich nicht! Überhaupt nicht!

»Lazar Abramowitz! Wage es ja nicht, mir zu nahe zu kommen!

Oder zu versuchen, das arme Mädchen weiter zu zwingen, für dich auf die Straße zu gehen!«
Er trat den Rückzug in die Dunkelheit an – während sie weiterbrüllte, absurdes Zeug:
»Lazar Abramowitz bedroht mich auf offener Straße!«
Er wich noch ein paar Schritte zurück, wandte sich um und eilte davon, dann rannte er, raste die Straße entlang, und sein Name verfolgte ihn.

Er ging fast die ganze Nacht, ohne zu wissen, wohin, und überlegte, was als Nächstes zu tun sei. Zu guter Letzt fand er sich vor dem Wohlfahrtshaus mit seiner säuberlichen Ziegelfassade und den ordentlichen Blumenkästen wieder. Er starrte hinüber, dachte an Sadie und fragte sich, warum er sie eigentlich wiederhaben wollte.
Was er wirklich wollte, war ein *dau* drüben bei Mock Duck: davonsegeln in diese pralle, makellose Welt. Das war alles, was ihn wirklich interessierte, nicht irgendeine Hure aus der Bowery, nicht einmal mehr Rache für den Schlag auf den Kopf. Nur dieser Ort der Glückseligkeit in einem Kellerloch in China Town, wo es nach feuchter Wolle stank – wo *sie* vielleicht sein würde, rein und sanft und mädchenhaft und ihn so voller Güte ansah, als er die Hand auf ihre Hüfte legte …
Er machte kehrt, stolperte irgendeinem ungewissen Ziel entgegen, Mock Duck oder einem Tanzlokal im Tenderloin oder einer Partie Pharo. Zurück zu seinen Geschäften. Er war fertig mit ihr und mit diesem Schwachkopf Kid Twist.
Warum hat er das getan? Warum hat er mir so ein Ding verpasst? Was hat er sich nur gedacht?
Es wurde Zeit – jetzt, da ihn selbst eine Hure und eine Sozialarbeiterlady lächerlich machen konnten. Zeit, zu Mock Duck zurückzukehren und in einem *dau* voll ölig schwarzem Opium zu versinken und vielleicht niemals zurückzukommen. Es wurde Zeit. Und als er ein letztes Mal zum Wohlfahrtshaus und dem morgengrau gefleckten Himmel schaute, sah er den Zwerg.

Er war sicher, es war derselbe, der sich in dem Rattenkeller als Zeitungsjunge ausgegeben hatte. Und auch er lungerte vor dem Wohlfahrtshaus herum, gleich unter den Fenstern. Er sah nach oben, als suche er irgendetwas oder irgendwen, die einzelne Rose in seinen fetten, winzigen Händen wirkte lächerlich. Er legte sie zwischen die anderen Pflanzen in den Blumenkasten und hastete davon, seine kleinen Beinchen bewegten sich mit erstaunlicher Schnelligkeit.

Für einen Moment war Gyp zu verblüfft, um sich zu rühren, aber dann folgte er ihm. Mit seinen langen Schritten hatte er den Zwerg bald eingeholt, der ahnungslos zur U-Bahn-Station eilte. Er verbarg sich mühelos zwischen den Milchkarren und Fuhrwerken und den Handkarren der Straßenhändler, die ihre Waren für den Beginn des neuen, strahlenden Tages auslegten – bis er sah, wohin der kleine Mann unterwegs war.

65

Auf dem Boardwalk

Sie standen in der Hall of Life und blickten in den Brutkasten des kleinen Mädchens hinab. Sie hatte fast die normale Größe eines Neugeborenen erreicht, strampelte und kämpfte wie ein gesundes, gewöhnliches, blindes Kind. Esther ignorierte entschlossen das atemlose Rascheln der anderen Zuschauer in ihrem Rücken.

Die Brutkästen standen übereinander gestapelt, ein unglaublich winziges, rotes Baby in jedem. Rosa Windeln für Mädchen, blaue für Jungen. Ihre Augen waren nur schmale Schlitze, und sie reckten ihre Arme und Beine der einzelnen, schwachen Glühbirne in jedem der Glaskästen entgegen. Winzige Schläuche führten zu ihren Armen, Mündern und Nasen.

Der halbdunkle Saal beherbergte alle zu früh geborenen Babys von New York. All die Babys – anämisch, gelbsüchtig oder fiebrig von Pleuritis –, die die Krankenhäuser Brinckerhoff und seinem verrückten Doktor überlassen hatten, weil man dort von Brutkästen nichts hielt. All die Babys, die man gleich nach der Geburt aus den Betten von halb besinnungslosen Prostituierten, leblosen Einwandererfrauen oder unglücklichen Mittelklassemädchen in diskreten Pensionen genommen hatte. Vom ersten Moment ihres Lebens an süchtig nach Laudanum oder Alkohol oder Benzol, wurden sie mehr der Form halber ins Krankenhaus gebracht – und dann nach Dreamland. Und doch lebten sie, lebten irgendwie weiter in diesen warmen leuchtenden Glaskästen.

Draußen vor der Tür stand ein Anreißer und rief wieder und wieder:
»Kommen Sie, sehen Sie den Kampf ums Überleben! Kommen Sie, sehen Sie den ewigen Kampf des Menschen, nur fünf Cent!«
Er hätte seinen Atem sparen können. Schon verschmierten sie die Glaswände mit ihren Fingern, Wangen und Nasen, drängelten, um die Babys zu sehen, das krampfhafte Heben und Senken der kleinen Brustkörbe, die blinzelnden Äuglein, die zu der wärmenden Glühbirne aufstarrten, die gleißend wie die Sonne über ihnen hing.
Das Wunder des Lebens – doch nicht das war die Attraktion. Die Stadt war verseucht mit Leben, wimmelte nur so von Leben. Es kämpfte sich durch jeden Riss im Straßenpflaster, trieb sein Unwesen in jedem Keller, raschelte in jeder Hauswand. Es ging vielmehr darum, den dramatischen Höhepunkt des Kampfes zu erhaschen, und dazu lief die Menge kreuz und quer durch den Saal, Hosen und Röcke raschelten obszön, und sie eilten von Kasten zu Kasten.
»He, hier drüben ist einer!«, rief ein pickeliger Jüngling, und sie eilten alle hinüber, rangelten und machten lange Hälse, um das kleine rote Neugeborene zu sehen. Sein winziges Herz, deutlich erkennbar in seiner ausgemergelten Brust, zuckte noch einmal und war dann still.
»Es ist tot! Es ist tot!«
Ein paar Frauen kreischten oder gaben vor, in Ohnmacht zu fallen, aber immer mehr Menschen drängten heran und nahmen ihre Plätze ein. Das Baby hob seinen linken Arm – und das Herz setzte wieder ein, für einen Schlag, dann noch einen und noch einen. Es stand still – schlug wieder – hielt dann wieder inne; das linke Beinchen zuckte ein paarmal wie im Krampf, ehe es still lag.
»Hier drüben! Hier drüben!«
Der Arzt und die Schwestern, die am anderen Ende des Saals beschäftigt gewesen waren, eilten herbei. Sie zogen den Inkubator aus dem Schaufenster – aber man konnte den Doktor im Raum

dahinter immer noch sehen, wo er versuchte, das Herz mit einem Finger zu massieren. Die kleine Brust war kaum doppelt so breit, wie der Finger lang war. Er arbeitete behutsam, bis die Haut des kleinen Jungen schließlich so blau war wie seine Windel. Leblos lag er auf dem Operationstisch.
Der winzige Leichnam wurde mit einem taschentuchgroßen Laken bedeckt, der Brutkasten fortgetragen, um inspiziert und sterilisiert zu werden – und ein neuer mitsamt Baby wurde in die Lücke im Schaufenster gestellt.

»Sie kann bestimmt bald nach Hause. Sie ist fast fertig.«
Esther war auf der anderen Seite des Saales geblieben und hatte das Spektakel entschlossen ignoriert, dessen Ausgang am leisen Jammern der Menge unschwer zu erraten war – als seien sie selbst überrascht, dass der Tod des kleinen Jungen sie so enttäuschte.
»Oh, sieh sie dir nur an!«
Sie beugte sich vor und lächelte auf das große, gesunde Mädchen hinab, das nur mit einer Nummer über seinem Brutkasten gekennzeichnet war. Kid lehnte sich vor und beobachtete sie, betrachtete ihre schmalen, gebeugten Schultern, deren Grübchen nur er kannte, und er wusste, er liebte sie.
All seine Erfahrungen, selbst die Dinge, die er so genossen hatte in der Stadt – seine nächtlichen Streifzüge durch die Bowery, die Theatergalerien, die billigen Spelunken mit dem Sägemehl am Boden, die Tätowierstudios und die Rattenkämpfe, all die Gaunereien, die Hurenbälle und die Nächte mit den scheuen Fabrikmädchen, die er in den Cafés aufgelesen hatte – all diese *würzigen* Momente in seinem bisherigen Leben schienen ihm jetzt nichts als eine fremde und bedeutungslose Existenz. Sein ganzes Leben, auch die Jahre, die er unter all den Leichnamen in Alt-Zagare verbracht hatte, schienen jetzt verschwommen, verzerrt und unwirklich verglichen mit den Stunden, die er mit ihr verbrachte.
Das war der Grund, warum er die Schaufel in die Hand genom-

men hatte an dem Abend im Rattenkeller. Und hierher hatte es geführt. Ganz gleich, dass er es getan hatte, ohne darüber nachzudenken, oder dass er einem verrückten Zirkuszwerg das Leben gerettet hatte statt einem Zeitungsjungen – all das hatte hierher geführt. Und er wollte nicht zurück und auch nicht weiterziehen. Er würde bleiben.

Verstohlen nahm er im Halbdunkel ihre Hand und wisperte ihr ins Ohr: »Ich liebe dich.«

»Was?«

»Ich liebe dich«, beharrte er, so nachdrücklich wie er nur konnte, und sie lachte und umklammerte seine Hand, während sie dort standen und die roten Babys um ihr Leben ringen sahen.

»Was ist los? Mein *Dibbuk* wird sentimental?«

»Ich liebe dich und will nur dich, alles andere ist mir gleich.«

»Ja«, murmelte sie und neckte ihn: »Natürlich, mein Rockefeller-Prinz. Du willst mich nur, weil du hier draußen festsitzt und ich das einzige Mädchen bin, das du im Moment kriegen kannst.«

»Nein, nein … Das ist es nicht. Ich liebe dich …«

»Oh, sicher. Wenn mein Bruder dich oder uns beide nicht umbringt.«

»Esse, du verstehst nicht.« Er drehte sie zu sich um und sah sie unverwandt an, versuchte sie zu zwingen, ihn ernst zu nehmen. »Ich liebe dich. Bleib bei mir – heirate mich. Und du sollst mir kostbarer sein als mein Augapfel.«

»Das sagst du nur, weil du die Kinder gesehen hast.« Sie lächelte. »Auf was für Ideen du kommst. Und außerdem will ich ja vielleicht lieber ganz allein leben. Vielleicht nur für mich leben. Was sagst du dazu?«

»Was immer du willst«, gelobte er feierlich. »Es ist mein Ernst. Lebe genau so, wie du willst, so lange du bei mir lebst.«

»Ah ja? Wir werden zusammen leben, wie noch nie jemand zuvor gelebt hat?«

»Warum nicht? Tun das nicht alle? Tut das nicht jeder, den wir kennen? Nichts ist mehr so, wie es war!«

»Ach, mein süßer Bengel.« Sie seufzte, aber sie lächelte immer noch. »Was für ein Träumer du bist.«

Sie dachte an all die lächelnden Gesichter in den Vermisstenanzeigen, an all diese übermütigen, zuversichtlichen Männer, und sie fragte sich, was sie ihren Frauen und Liebsten wohl erzählt hatten. Und zweifellos hatten sie jedes Wort selbst geglaubt, als sie es sagten.

»Mein *Dibbuk* – mein Traumteufel.« Sie berührte sein Gesicht. »Red nur weiter, vielleicht verführst du mich ja doch noch. Das soll schon vorgekommen sein.«

Sie schlenderten hinaus, die schrägen Strahlen der Nachmittagssonne schienen ihnen direkt in die Augen, so dass sie blinzelnd aus der dämmrigen Welt der Neugeborenen ins Freie traten.

66

Big Tim

Er hörte die Neuigkeiten über Charlie Becker in seinem Saloon. Mr. Murphy schickte Little Jimmy mit einer Nachricht – Little Jimmy, der so prächtig aussah wie ein Kardinal und so sorglos wie ein Frühlingstag.

»Die Geschworenen haben ihn schuldig gesprochen«, verkündete er mit sanfter Stimme, einen Hauch amüsiert, so als lese er die Verse zu einem der Lieder vor, die er schrieb.

»Verstehe. Verstehe. Nun, das kommt nicht überraschend«, dachte Big Tim laut, und das sah ihm überhaupt nicht ähnlich. »Schließlich hat Whitman alle anderen im Tombs einsperren lassen und gedroht, den Stuhl für sie vorzuwärmen, wenn sie nicht mit dem Finger auf Becker zeigen. Sag mir, hat er es noch auf jemand anderen abgesehen?«

Jimmy zuckte die Achseln, wobei sich die Schultern seines makellosen Nadelstreifenanzugs kaum bewegten.

»Das wissen Sie besser als ich, Chief. Es heißt, es sei Becker und nur Becker, der über die Klinge springen soll.«

Mr. Murphy hatte den Lieutenant der Sondereinheit also wie angekündigt fallen lassen. Whitman, dieser Idiot von einem Reform-Staatsanwalt, war schon emsig dabei, die Geschichte für seinen Gouverneurswahlkampf in der Presse auszuschlachten: »Wir werden beweisen, dass der wahre Mörder, der verabscheuungswürdigste Verbrecher von allen, der eiskalte, berechnende und korrupte Police Officer war!«

Natürlich hatten die Heiligen der Reform sofort Blut geleckt. Sie rieben sich geradezu die Hände bei der Vorstellung von Sonderuntersuchungen und schweren Anschuldigungen in öffentlichen Anhörungen. Und sie würden es auswalzen, bis selbst die skandalhungrige Öffentlichkeit es nicht mehr hören konnte.

»Seidenhüte und Seidensocken und nichts dazwischen«, murmelte Tim.

Das Einzige, was sie eventuell erreichen konnten, war, den schönen Charlie Becker auf den Stuhl zu bringen. Einen mittelmäßig korrupten, mittelmäßig blöden Police Lieutenant. Das schien ein ziemlich bescheidener Fang für all den Schall und Wahn, und soweit es Mr. Murphy betraf, war ihnen dieser Fang von Herzen gegönnt. Die Reformer wären erst einmal wieder zufrieden, und jeder konnte sich wieder in Ruhe seinen Geschäften widmen.

Es war sehr höflich von Mr. Murphy, überlegte Sullivan, ihm eine Nachricht zu schicken, ehe er es vom Zeitungsjungen mit den nachmittäglichen Extraausgaben hörte. Diese Art von Höflichkeiten hatte er vom alten Croker nie gekannt. Murphy war ein gewandter Mann, er tat immer genau das Richtige. Bestimmt würde er Tammany zu neuer Größe führen – wozu das allerdings dienen sollte, wusste Big Tim nicht genau.

Wie dem auch sei, Sullivan wusste, er sollte zu Mr. Murphy gehen und die Sache mit ihm besprechen. Er stand auf und ging hinaus auf die Straße, so tief in Gedanken versunken, dass er das übliche Ritual vergass und weder einen Blick in den Spiegel warf noch Feeleys Silberdollar auf die Theke legte.

Big Tim ging langsam die Centre Street entlang, dann die Lafayette. Selbst wenn er gewollt hätte, er konnte nicht schneller laufen: In seinem Unterleib war jetzt ein ständiges Brennen. Nichts half. Er hatte die Quecksilberkur versucht, die Feuerkur und die Arsenkur, aber die Schmerzen waren schlimmer denn je, und die Behandlungen machten ihn nur immer zerstreuter.

Auf der Canal Street war eine Kolonne italienischer Straßenarbeiter am Werk. Sie rissen die Pflastersteine auf der Straßenmitte auf. Ausgemergelte Männer mit nackten, von der Sonne beinah schwarz verbrannten Oberkörpern, die ihre Spitzhacken in langsamen, weiten Bögen schwangen. Sie arbeiteten unter der Aufsicht eines *Padrone* mit einer dicken Wampe und einem Gewehr unter einem Arm, der grüßend an seine Mütze tippte, als er Big Tim vorbeikommen sah.

»Wie in der alten Heimat«, überlegte Sullivan laut.

Er kannte die Italiener nicht besonders gut, er wusste nur, dass sie sechzehn Stunden am Tag arbeiteten, wenn sie so viel Arbeit kriegen konnten, dass sie in Hinterhöfen oder Lagerräumen schliefen und die Hälfte ihres Lohns nach Hause schickten. Abgesehen von den Schwarzen, machten sie die schlimmsten Jobs in der Stadt, arbeiteten in Straßenbaukolonnen und durchwühlten die Müllkähne nach allem, einfach allem, was sich vielleicht noch auf dem Lumpensammlermarkt an der Bottle Alley verhökern ließ.

Land des Volkes …

Die Straßenkinder heiterten ihn ein bisschen auf, wie immer. Sobald sie ihn entdeckt hatten, umringten sie ihn, rannten auf die Straße, ohne den schnell fließenden Verkehr zu beachten.

Wir müssen ein Gesetz erlassen, das den Straßenverkehr regelt, dachte er matt. Andere Städte hatten solche Verordnungen schließlich auch, ordentliche, moderne Städte wie Cleveland oder Portland, Oregon. Irgendetwas, das die Geschwindigkeit der Fuhrwerke und Automobile beschränkte und die ewigen Verstopfungen an jeder Straßenkreuzung verhinderte.

»Big Tim! Big Tim!«, schrien die Kinder freudestrahlend. Er hatte vergessen aufzuladen, aber es war noch genügend Kleingeld und ein paar alte Bonbons in seinen Taschen, um sie zufrieden zu stellen. Er lächelte gütig auf sie hinab, die barfüßigen Jungen und Mädchen mit ihren Zahnlücken und verfilzten Haaren, die um ihn herumtanzten. Sie umringten ihn, bis er schließlich keinen Schritt mehr weiterkam und mitten auf der Straße stehen bleiben musste. Er stand mit ausgestreckten Armen wie

eine nutzlose Vogelscheuche, während all die kleinen Vögelchen seine Taschen plünderten.
Als sie hatten, was sie wollten, huschten sie davon. An der Ecke Broome und Centre Street sah er sie eine Traube bilden, im Schatten des großen weißen Polizeihauptquartiers. Eins der Kinder hatte einen rostigen alten Ring von einem Straßenbahnrad gefunden, den sie über das Granitpflaster auf dem Gehweg rollten. Ein Polizist, der vor dem Haupteingang Wache stand, sah ihnen missbilligend zu, aber er wagte nicht, sie zu verjagen, so lange Big Tim in der Nähe war.
»Ich werde den gleichen Weg zurückkommen«, rief er dem Cop zu. »Und ich möchte nicht, dass sie verscheucht werden.«
Der Mann nickte so feierlich, dass es einem Salut gleichkam, und Big Tim ließ die Kinder bei ihrem Spiel im Schatten des massigen weißen Kriegsschiffs zurück.

»Was schulden Sie diesem Mann?«, fragte Mr. Murphy sanft und nippte an seinem Tee. »Er hat schließlich von Anfang an darauf gedrängt.«
»Das ist wahr«, stimmte Big Tim zu. »Gott und die Menschen hassen es, wenn ein Mann zu selbstbewusst wird.«
»Er war derjenige, der darauf bestanden hat, seinen Presseagenten zu retten. Und er war derjenige, der alles andere ins Rollen gebracht hat.«
»Aber was soll ihn hindern zu reden?«
»Und wenn schon. Welche Namen könnte er nennen?«
Mr. Murphys Logik war wie immer unanfechtbar. Schließlich war Becker ja zu *ihm* gekommen – nicht umgekehrt. Und Sullivan hatte peinlich darauf geachtet, dass Becker mit keinem der tatsächlichen Mörder zu tun hatte. Und Beansys eigene Aussage, die der Bezirksstaatsanwalt so sorgsam hatte nach außen dringen lassen, belastete allein Becker.
Die Ahnung eines Lächelns umspielte Mr. Murphys Lippen. »Rosenthal hat Sie vor seinem Tod vollkommen reingewaschen. Sie waren schließlich sein bester Freund, wissen Sie noch?«

»Ich bin sicher, Whitman wünscht jetzt, er hätte diese Aussage geheim gehalten«, bemerkte Big Tim trocken.
»Oh, das glaube ich nicht«, entgegnete Mr. Murphy, und er hatte wie immer Recht. »Auf diese Art und Weise hat alles Hand und Fuß. Er kann den kleinen Police Lieutenant überführen, und das ist für seine Kandidatur ausgesprochen förderlich. Andernfalls müsste er sich ein neues Opfer suchen, und wer weiß, wohin das führen würde? Wenn er es mit der ganzen Organisation aufnähme und Steine umdrehen müsste, unter die er lieber gar nicht schauen möchte.«
Mr. Murphy schüttelte den Kopf.
»Diese Leute. Sie halten sich für das Heilmittel, aber in Wirklichkeit sind sie die Krankheit.«

Auf dem Rückweg ertappte er sich dabei, dass er an die arme Helen Becker dachte, die zu ihm gekommen war, um ihn anzuflehen, ihrem Mann zu helfen. Er hatte in der Zeitung gelesen, dass sie das Kind verloren hatte. Es war eine schwierige Geburt, und als die Ärzte vor die Entscheidung gestellt wurden, sie oder das Kind zu retten, war kein Ehemann da, den sie fragen konnten. Also hatten sie der Mutter selbst die Frage gestellt, und sie hatte sich entschieden weiterzuleben, Gott helfe ihr. Als das herauskam und in den Zeitungen stand, nahmen die Tiraden und Morddrohungen gegen sie kein Ende mehr. Sie hatte versucht zu erklären, dass Charlie in der Stunde seiner größten Not niemanden auf der Welt mehr hätte, wenn sie starb, aber das besänftigte natürlich niemanden.
Diese warmherzige Frau mit den traurigen Augen, die versucht hatte ihn anzulächeln. Sie hatte den Schleier beiseite geschoben, und er sah ihr Gesicht vor sich wie in einem Film; es verschmolz mit Herman Rosenthals.
Ich frage mich nur, warum so etwas nicht zwei Menschen passieren konnte, die sich nicht so sehr lieben.

Er ging zurück Richtung Centre Street und zum Polizeihauptquartier. Die Kinder waren immer noch da, stellte Sullivan fest, rollten nach wie vor ihren Eisenring umher und erfanden alle möglichen neuen Spiele damit, versunken in ihrer kindlichen Traumwelt voller Visionen und Nonsenslieder – bis es Zeit wurde, sich ein warmes Lüftungsgitter zum Schlafen zu suchen und ein Stück Brot aus dem Abfall als Abendessen.
Er fragte sich, ob *sie* solche Spiele hatten – in ihrem Kloster in New Jersey oder drüben im Westen. Zweifellos hatten sie bessere, mehr Spielzeug und richtige Gärten und Wiesen. Und immer genug zu essen und einen warmen Platz zum Schlafen, gute Kleidung. Er war ein treu sorgender, guter Vater.
Ein Automobil kam um die Ecke aus der Spring Street gebraust, ein großes gelbes Gefährt mit offenem Verdeck. Es beschleunigte, schwankte dann und schien genau auf das Knäuel spielender Kinder zuzufahren. Der Fahrer kämpfte, um alle vier Räder auf der Straße zu halten.
»Idiot!«, rief Big Tim warnend, und er fiel in einen ungleichmäßigen Schweinsgalopp und rannte auf die Kinder zu, aber er war immer noch einen Block von ihnen entfernt, zu weit weg, um etwas ausrichten zu können. Die anderen Fußgänger, die den Gehweg verstopften, starrten ihn verwundert an.
»Idiot!«, brüllte er noch einmal in der Hoffnung, das werde den Cop, der vor der Tür Wache hielt, bewegen, irgendetwas zu tun, doch die Straßenkinder hatten die offene Limousine längst gesehen. Die meisten brachten sich mit ihren jungen, gut trainierten Reflexen mühelos in Sicherheit, aber eine kleine Gruppe blieb wie erstarrt auf der Straße stehen, unsicher, in welche Richtung sie rennen sollten. Ein kleines Mädchen in einem zerlumpten Kleid und zwei Jungen mit nackten Füßen und Latzhosen, einer trug eine viel zu große Kappe tief ins Gesicht gezogen. Der Wagen erreichte sie so schnell, dass der zweite Junge immer noch lächelte, blinzelnd von seinem Spiel aufsah und noch nicht begriffen hatte, was vorging.
»Spring beiseite!«, schrie Big Tim. Er torkelte jetzt die Straße

entlang, stieß mit anderen Menschen zusammen, aber er schaffte es nicht.

Die Hupe des Automobils heulte auf, doch es raste weiter, hielt genau auf die Kinder zu, als seien sie eine Schar Tauben auf der Straße. Vielleicht kämpfte der Fahrer mit seiner Gangschaltung oder versuchte, die Bremse zu finden – nicht viele konnten wirklich mit diesen mörderischen Höllenmaschinen umgehen, die sie fuhren –, aber er verlangsamte seine Fahrt nicht, nicht einmal, als er mitten durch die Kinder pflügte, hupend raste er weiter die Straße hinab, anonym hinter seiner dicken Schutzbrille. Die einzigen Erkennungsmerkmale waren ein gelber Hut und ein flatternder Schal, die exakt zur Farbe seines Wagens passsten.

»Gottverdammter Idiot!«

Sullivan schimpfte hinter ihm her und sah dann wieder zu den Kindern. Das kleine Mädchen und der Junge mit der großen Kappe waren wie durch ein Wunder unversehrt, mussten im letzten Augenblick beiseite gesprungen sein, geleitet von dem ausgeprägten Instinkt, der sie auch bisher auf der Straße hatte überleben lassen. Sie saßen in der Gosse und wirkten furchtbar verängstigt, und die übrigen Kinder kamen zögernd zurück und umringten sie mit ehrfürchtigem Staunen.

Das dritte Kind, der Junge, der gelächelt hatte, lag zermalmt und reglos auf dem Straßenpflaster. Eins seiner Beine war zerdrückt und blutete, ein dunkler Reifenabdruck zog sich oberhalb des Knies über die nackte Haut. Er lag auf dem Bauch, und als Big Tim ihn erreichte und auf den Rücken drehte, stellte er fest, dass er einen Abdruck des Kühlergrills wie ein Brandzeichen auf der Stirn trug. Die schmutzige Latzhose, die ihm nicht einmal bis zu den Knien reichte, war alles, was er trug. Seine Augen waren jetzt geschlossen, die Lippen jedoch leicht geöffnet, und er lächelte immer noch – wie die Straßenkinder auf den Fotos, die vorgaben zu schlafen.

»Holt seine Eltern!«, rief er den Kindern zu, die ängstlich und fassungslos um ihn herumstanden.

»Holt Hilfe!«
Er sah zu dem imposanten Polizeihauptquartier hinüber, aber dort war alles ruhig. Selbst der Cop vor der Tür stand nicht mehr auf seinem Posten. Niemand außer ihm selbst war da, um zu helfen, also schob er einen Arm unter den Nacken des Jungen, einen unter die Knie und hob ihn unter heftigen Schmerzen hoch.
»Wo sind seine Eltern?«, fragte er die Kinder streng. »Wo sind seine Eltern, ich muss ihn nach Hause bringen!«
Er bekam keine Antwort. Die Kinder wichen zurück und stahlen sich davon, zurück in ihre vertrauten Gassen und Keller, aber ein paar folgten Big Tim in sicherer Entfernung, als er mit dem toten Kind in den Armen die Lafayette Street entlangging und immer wieder die Frage stellte:
»Wo sind seine Eltern?«
Die Menschen auf der Straße warfen ihm schnelle, verstohlene Blicke zu und gingen weiter, ohne dass ihr Schritt aus dem Rhythmus geriet. Big Tim bog in die Broome Street und wankte ziellos Richtung East Side. Er wiederholte seine Frage nicht mehr, sondern murmelte und summte ein bisschen vor sich hin und trug den Jungen so auf seinen Armen, dass die Eltern, wenn er ihnen vielleicht begegnete, ihn sehen konnten.

67

Auf dem Boardwalk

Die Schiffe glitten durch den strahlenden Herbsthimmel: Zeppeline und Flugzeuge und spanische Galeonen und Schlachtschiffe und Raketen, die allesamt über den Köpfen der ahnungslosen Menge ihre Kreise zogen.

Esther saß mit Kid auf dem Vordersitz eines roten Flugzeugs mit dicken schwarzen Kreuzen auf den Tragflächen. Sie lehnte sich an ihn und umklammerte den Haltegriff vor sich. Es war das vorletzte Wochenende der Saison. Der lange Altweibersommer war schließlich zu Ende gegangen, die Luft jetzt kühl und frisch und sauber. Eine Woche würden die Attraktionen, Fahrgeschäfte und Tanzlokale noch geöffnet sein, dann kam das Oktoberfest am unerträglich traurigen, melancholischen Abschiedswochenende – der letzte Vorwand, um die Massen noch einmal nach Coney Island hinauszulocken.

Sie selbst würde dann wieder arbeiten. Die Geschäftsleitung der Triangle-Fabrik hatte immer noch nicht eingelenkt, hielt beinah als Einzige immer noch aus und führte den Betrieb mit Streikbrecherinnen weiter. Die Triangle-Näherinnen, die am Ausstand beteiligt gewesen waren, standen auf einer schwarzen Liste, aber sie hatte mit Clara verabredet, dass sie sich unter falschem Namen und mit einer anderen Frisur wieder einschleichen würde, um von vorn anzufangen, die Streikbrecherinnen und neuen Mädchen zu organisieren.

Sie war sicher, das würde sie schaffen. Mr. Bernstein sah sich die

Frauen nie genauer an, und die Vorarbeiter würden viel zu sehr damit beschäftigt sein, die neuen Mädchen zu begrapschen, und Esther kaum bemerken. Sie würde ganz allein sein, diesmal hatte sie niemanden im Rücken, nicht einmal Clara. Und wenn sie Erfolg hatte – wer weiß? Claras Freundin Pauline war noch nicht einmal zwanzig – gute sieben Jahre jünger als Esther –, aber sie reiste schon als Gewerkschaftsvertreterin durchs Land. Sie stellte sich vor, wie es wäre, ihre Nähmaschine hinter sich zu lassen, den Schienen von Stadt zu Stadt zu folgen und die Botschaft ins Land hinauszutragen.

Und was sollte aus ihm werden?

Wohin würde er gehen, wenn der Sommer vorüber war? Der *Tin Elephant* war schon fast vollständig entvölkert. Bald würde er für den Winter schließen, die Huren würden zu anderen Ferienorten weiterziehen, wo jetzt Saison war. Ihr Bruder war hartnäckig, das wusste sie. Es war nur eine Frage der Zeit, bis er Kid fand – selbst wenn sie ihn nie wieder sehen würde.

Als sie in der Nacht zuvor im Bett gelegen und den Wellen gelauscht hatten, hatte sie versucht, ihn zu überreden fortzugehen, einer der verschwundenen Männer zu werden.

»Sei unbesorgt, mein Stern, ich kann auf mich aufpassen«, hatte er lächelnd versichert. »Es besteht kein Grund wegzugehen.«

Sie hatten noch lange darüber gesprochen, was sie tun sollten. Bis ihre Worte schleppend wurden, sich dem Rhythmus der träge plätschernden Wellen anpassten, bis sie schließlich im jetzt gnädigerweise kühleren Arsch des Elefanten einschliefen. Er weckte sie mitten in der Nacht, als er ihr Nachthemd hochschob – ein schwaches, aber dringliches Zupfen –, und sie liebten sich im Halbschlaf, an der Schwelle zwischen Traum und Wirklichkeit, und der einzige Laut waren die Glocken der Bojen im Hafen.

Es war eine wirklich *farpotschkete* Situation. Jeder sprach davon, fortzugehen, und keiner tat es. Er hätte gehen sollen, und sie hätte ihn verlassen sollen. Die Eiskremsodaromanze war vorüber, trotz all seiner schönen Worte von Heirat. Bald würden die Vogelbauerhotels am Brighton Beach mit ihren Tanzpavillons und Champagnerbars schließen. Die kühle, gesunde Brise, die vom Meer herüberwehte, würde steifer und kälter werden, bis die Möwen und die Wasserläufer schließlich die einzigen Bewohner der Insel sein würden, sie und die Zwerge in Liliputa, die zitternd in der Dunkelheit durch ihre mittelalterlichen Straßen huschten.

Aber er brach immer noch nicht auf, und sie konnte ihn nicht verlassen. Stattdessen war sie wieder nach Coney Island gekommen, für ein letztes gemeinsames Wochenende. Sie drängte sich dichter an ihn und schob ihren Arm durch seinen, während ihr Flugzeug unter dem makellosen Herbsthimmel einherschwebte.

Er stieg aus dem Zug und wandte sein Gesicht instinktiv der Seeluft zu – ein schlanker, unauffälliger Mann in einem konservativen schwarzen Anzug und schwarzer Melone. Aus dem Augenwinkel sah er Whitey und Louie the Lump, die auf ihn warteten. Er bedeutete ihnen mit einem kleinen, ungeduldigen Wink, ihm zu folgen, und trat mit der Menge in den *Pavilion of Fun.*

Er stand da in der Mitte des Parks und nahm alles in Augenschein – die Buden, die Fahrgeschäfte, die endlosen, gewundenen Schienen des Steeplechase unter dem grinsenden Idiotengesicht: STEEPLECHASE – FUNNY PLACE – STEEPLECHASE – FUNNY PLACE. Seine Hand glitt in die Tasche, und er befühlte den gummiummantelten Griff der .32er Iver-Johnson, die er in den Tiefen seiner Innentasche versteckt trug. Er ließ den Blick über jedes Gesicht schweifen und vergewisserte sich, dass ihm nichts entging.

Sigmund Freud wurde rüde in der unüberschaubaren Masse von Ausflüglern herumgestoßen. Er fand sich von unbeschreiblich primitiven Kreaturen umgeben, die an der mechanischen Rennbahn ungeduldig darauf warteten, dass sie an die Reihe kamen. Matrosen mit ihren Flittchen, kleine Angestellte mit Frauen, die noch ihre Badekleider trugen. Und schon befummelten und begrapschten sie einander, unfähig sich zu beherrschen, bis sie endlich auf ihr Pferd steigen konnten.

Der Park war erstaunlich in seiner schieren, ungehemmten Vulgarität. Der allgegenwärtige, Ekel erregende Geruch nach Fritiertem, halb verfaulten Muscheln, Fleischspießen und Maiskolben. Und der unablässige Radau der Kapellen und schrillen Dampforgeln.

»Ein gigantischer Prater«, sagte er naserümpfend zu Ferenczi und Brill, aber die Vergnügungsmeile im großen Stadtpark von Wien war ein Gartenfest verglichen mit dem hier. Alles hier war lauter, größer, hysterischer – *amerikanischer*.

Wenigstens gab ihm das Gelegenheit nachzudenken, ohne dass Jung in der Nähe war, der gerade seine hundert Bahnen zwischen den Absperrseilen in der Brandung schwamm. Nach ihrer abgebrochenen Analyse in der Klinik der Universität hatten sie sich wieder versöhnt, zumindest an der Oberfläche. Jung hatte seinen Treueeid erneuert. Und er hatte sich wieder erboten, in Clark als Erster aufs Podium zu steigen, den Fall seiner Tochter zu schildern und so in das heikle Thema kindlicher Sexualität einzuführen.

Freud akzeptierte all das mit vorgetäuschter Gelassenheit. Hier war weder die Zeit noch der Ort, um einen offenen Konflikt auszutragen, nicht so kurz vor ihrem größten Triumph. Das war ihnen beiden klar. Aber wie tief konnte eine Versöhnung gehen? Wie lange würde sie andauern, wenn sie zurück in Europa waren, wo das Gefasel von nationaler Kultur einfach kein Ende nehmen wollte? Welche Loyalität konnte er von Jung erwarten, wenn der unter solchen Einflüssen stand?

Das schrille Gedudel der Orgelpfeifen schwoll wieder an und machte jeden weiteren zusammenhängenden Gedankengang unmöglich. Freud versuchte, Brill und Ferenczi etwas zu sagen, dann hielt er sich die Ohren zu.

»Ich muss wahnsinnig gewesen sein zu glauben, ich könnte mir an einem Ort wie diesem Gehör verschaffen …«

Big Tim Sullivan erreichte den Park bei Sonnenaufgang, stand mit herunterhängenden Armen am Tor und lachte. Er war die ganze Nacht gelaufen, nachdem sie ihm das tote Kind behutsam aus den Armen genommen hatten. Seine Schuhe und seine Kleidung waren mit dem Staub von Brooklyn bedeckt, aber das störte ihn nicht. Er wartete geduldig, dass der Park öffnete, stand direkt unter dem Engel der Schöpfung und bewunderte die riesigen, perfekten Brüste.

Ein Wachmann mit einem gewaltigen, schwengelartigen Schnurrbart kam heran, schloss mit feierlicher Wichtigtuermiene das Tor auf und blinzelte verblüfft, als er ihn im frühen Morgenlicht dastehen sah.

»Nun, mein Freund, du kannst es wohl nicht erwarten, auf die Achterbahn zu kommen, was?«

»Scheint ein wunderbarer Tag dafür zu werden.« Big Tim strahlte.

»Aber sicher!«, lachte der Wachmann, der ihn offenbar für einen Trottel hielt. »Das ist es sicher. Falls du das nötige Kleingeld dafür hast!«

Jenseits des Tors marschierte eine lange Reihe Kassiererinnen in ihren makellos weißen Roben vorbei. Ein hünenhafter, ernst wirkender Neger ging mit langen Schritten zum Kraftwerk hinüber. Er trug einen Zauberermantel und einen Hut mit Halbmonden und Sternen.

Es gab ja so viel zu sehen, aber im Augenblick wollte er nur zum Meer. Er ging durch den Park zum Strand und zog sich sorgsam die staubigen Schuhe und Seidensocken aus, ehe er den ersten Schritt auf den reinen Sand machte.

Ich entdeckte ihn drüben am Steeplechase. Es war schieres Glück, dass ich ihn überhaupt sah, denn ich war ja nur dort, um *sie* zu suchen. Und da stand er: Gyp the Blood in höchst eigener

Person, stand in der Mitte des Pavillons, drehte sich einmal langsam um die eigene Achse und sah sich genauestens um, mit der Selbstsicherheit eines Mannes, der mit dem Gewehr im Anschlag unsichtbar im Hinterhalt liegt. Nur ein paar Schritte hinter ihm waren seine Jungs, die es offenbar kaum erwarten konnten, dass endlich was passierte ...

Ein paar Sekunden noch, und er hätte mich gehabt. Sein Blick streifte schon über die Menschen zu meiner Linken, und diesem Blick entging einfach gar nichts, wie üblich. Langsam und unaufhaltsam wanderte er in meine Richtung.

Ich sprang hinter einen Würstchenstand und machte mich so winzig, wie ich konnte.

Ich dachte an nichts als nur daran, zu entkommen. Ich hätte versuchen können, ihn zu warnen, sie *beide* zu warnen. Aber alles, woran ich unter diesem unbarmherzigen Blick, der wie ein Suchscheinwerfer über die Menge glitt, denken konnte, war, nach Liliputa zurückzukommen. Die kleine Stadt würde mir nicht mehr Schutz bieten als eine Strohhütte, das war mir klar – aber wo sonst hätte ich mich verbergen können? Zumindest würde er Mühe haben, mich unter all den kleinen Leuten ausfindig zu machen. Und außerdem käme er niemals an Carlotta vorbei. Sie würde es einfach nicht zulassen – würde sich nicht einmal von ihm ihren Traum, ihr Königreich zerstören lassen.

Ich kroch davon – durch die Spundlöcher und unter den Buden entlang, die Kriechpfade, die nur wir kannten, zurück nach Liliputa, so schnell meine Stummelbeine mich trugen. Ich ging heim zu meiner Königin. Ich brauchte sie – brauchte ihren Schutz, ihren blinden, unerschütterlichen Wahnsinn, um mich zu retten.

Freud saß auf einem mechanischen Pferd, die Arme um den Pferdehals gelegt wie ein kleiner Junge, und ihm blieb kaum Zeit, sich richtig in den Sattel zu setzen. Schon machte es einen Satz und glitt mit enormer Geschwindigkeit dahin, so dass er seinen Hut und Spazierstock krampfhaft umklammerte. Sein

Magen schlingerte bei jeder Steigung. Auf und ab ging es über den kurvenreichen Parcours.
Der Park wirbelte unter ihm vorbei. Er wandte den Blick ab – und sah einen Matrosen in aller Offenheit die Frau vor sich im Sattel streicheln. Er knöpfte ihr Kleid auf und befingerte mit seinen großen Händen ihre weichen, nachgiebigen Brüste. Sie drängte sich näher an ihn und hob ihr Gesäß aus dem Sattel.
Überall um ihn herum auf den Pferden rieben und stießen sich die Reiterpaare aneinander, nicht weit davon entfernt, in aller Öffentlichkeit zu kopulieren. Sie hatten die Welt um sich herum vollkommen vergessen. Er konnte sehen, dass Ferenczi hinter ihm sie auch beobachtete; sein Mund stand weit offen. Sie ritten wir Satyrn auf den mechanischen Pferden – wild wie die Rosse in seinem Albtraumgemälde, mit gebleckten Zähnen und aufgeblähten Nüstern. Und überall um ihn herum das schlechteste, zügelloseste Benehmen, das er je erlebt hatte, schlimmer gar als in den Armeebordellen während seiner Reservistenzeit.
Im Ziel stieg er mit zitternden Knien aus dem Sattel, zog sein Jackett zurecht, klopfte den Schmutz dieser Erfahrung von sich ab. Dann eilte er hinaus, wartete nicht einmal auf Ferenczi und Brill – keine Sekunde länger als nötig wollte er an so einem Ort gesehen werden. Er zog sich den Strohhut tief ins Gesicht und hob den Blick gerade rechtzeitig, um den Zwerg im Harlekinkostüm zu sehen, der ihm den Weg versperrte, die Hände hinter dem Rücken versteckt.
»Verzeihung.«
Er tippte an seinen Hut und ging um den grinsenden Zwerg herum – und spürte einen lähmenden Schmerz an den Hinterbacken. Er wirbelte herum und sah den Zwerg auf sich zukommen, einen Viehtreiberstock in der Hand, den er wie verrückt über dem Kopf schwang.
Er machte einen verzweifelten Satz nach vorn – nichts wie weg von diesem verrückten kleinen Mann – und landete auf einem Gitter, aus dem ein plötzlicher Luftstrom aufstieg, der ihm den Hut vom Kopf fegte. Er setzte ihm nach, aber es war beinah, als

werde der Hut an einem Bindfaden gezogen, er flog hüpfend von einem Luftstoß zum nächsten. Freud verlor seinen Spazierstock, hob ihn auf, ließ ihn wieder fallen und streckte die Hand nach dem Hut aus, der jetzt auf den Holzbohlen gelandet war. Er krabbelte auf Händen und Knien, als er plötzlich ein vielstimmiges Gelächter hörte, hart und explosiv, und als er den Kopf hob, sah er eine ganze Tribüne voller Menschen, Reihe um Reihe, und sie zeigten mit dem Finger und lachten über ihn. Irgendwie war er ganz allein auf diese Bühne geraten, kroch auf allen vieren seinem Hut hinterher, und das Gelächter um ihn herum wurde lauter und lauter.

Er stand auf, beugte sich dann mit größtmöglicher Würde vor, um seinen Hut aufzuheben, sehr darauf bedacht, seinen *derrière* vom Publikum abzuwenden – und fühlte einen neuerlichen, furchtbaren Schmerz. Dieser wahnsinnige Zwerg hatte ihm den Stock dieses Mal zwischen die Beine gesteckt und an seine Genitalien gelegt – Freud machte einen wilden Satz nach vorn wie einer dieser Polizisten, die sie in der Filmvorführung im Dachgarten gesehen hatten, und er schlug vergebens nach dem kleinen Mann hinter ihm, während die Menge außer Rand und Band geriet.

Gyp blieb bei den Tierkäfigen in Dreamland stehen, um sich die Stirn zu wischen und sich zu orientieren. Wenigstens hielten Louie und Whitey sich zurück, wie befohlen. Sie waren so auffällig wie Kanarienvögel in ihren grellen roten und gelben Gangsteranzügen – aber er brauchte sie ohnehin nur als Versicherung. Alles Wichtige gedachte Gyp hier persönlich zu erledigen.

Er drehte sich eine Zigarette, steckte sie an und beobachtete die Tiere in ihren Käfigen. Die Menge drängte sich bis an die Gitterstäbe, spuckte auf die Tiere und traktierte sie mit Spazierstöcken und Regenschirmen, so dass sie zurückweichen mussten. Die Großkatzen, die Panther und Löwen und Tiger, trotteten rastlos an der hinteren Käfigwand auf und ab und knurrten drohend; im gittergestreiften Sonnenlicht konnte man die Bewegungen der gewaltigen Muskeln unter dem Fell erkennen. Und am Ende der Reihe stand ein unglaublich kleiner Käfig mit einem großen, grauen Elefanten. Das Tier hatte keinen Platz, um irgendetwas anderes zu tun, als wie besessen auf der Stelle zu treten – die riesigen, gelben Augen verrieten einen unermesslichen, rasenden Zorn.

Hier standen die Menschen besonders dicht gedrängt. Zwei Jungen amüsierten sich damit, alles mögliche Zeug in den Rüssel des Elefanten zu stecken – alte Zuckerwattestöckchen, Eistüten, alles, was sie so am Boden fanden –, um zu sehen, ob er es fraß. Ein Schild über dem Käfig warnte dramatisch: ZURÜCKBLEIBEN! LEBENSGEFAHR! – aber sie schienen keine Furcht zu haben. Sie warfen den Abfall in die Nasenlöcher an der Rüsselspitze und sprangen dann kichernd zurück.

Gyp dachte an seinen letzten Traum in Mock Ducks Keller zurück, wo es nach feuchter Wolle roch, nach Schweiß und parfümiertem Rauch. Wie viel lieber wäre er jetzt dort! Wie viel lieber würde er jetzt in dieser reinen, klaren Welt dahintreiben, als diese alte Rechnung hier zu begleichen, so groß die Genugtuung auch sein mochte.

Fuk Juen – Quelle des Glücks. Li Juen – Quelle der Schönheit.

»Wir haben sie gefunden«, sagte Whitey plötzlich hinter ihm. »Wir haben diese Zwergenstadt gefunden.«

Gyp schüttelte seine Tagträume ab, warf die halb gerauchte Zigarette auf den Boden und zertrat sie unter dem Absatz. Drüben am Elefantenkäfig trieben die Jungen immer noch ihr Spiel, und der Elefant trompetete wütend über irgendetwas, das sie ihm in den Rüssel geworfen hatten.

»Also schön. Kümmern wir uns um unseren kleinen Freund.«

Die Psychoanalytiker humpelten zum Badepavillon hinüber, wo Jung sie erwartete, der fit wie eine Robbe aussah in seinem glänzend schwarzen Badeanzug.

»Körperliche Ertüchtigung – das ist mit nichts zu vergleichen,

meine Herren«, verkündete er euphorisch und spannte die Oberarmmuskeln an. Er zeigte seine großen Grabsteinzähne, die Augen waren schmale Schlitze hinter dem Kneifer. »Sie ist so wichtig für die Seele wie alles andere. Kraft durch Gesundheit, wissen Sie.«
»Ja, wir sind selbst gerade ausgeritten«, bemerkte Freud trocken.
»Oh, Carl, du glaubst einfach nicht, was uns passiert ist!«, begann Ferenczi, aber Freud schlug hastig vor, essen zu gehen. Er konnte einfach nicht ertragen, dass Jung ihn in dieser erniedrigenden, infantilen Pose sehen sollte, und sei es auch nur vor seinem inneren Auge.
»Dort drüben sieht es nicht schlecht aus …«
Brill führte sie zu einem großen, eleganten Schild, das lediglich sagte: »Zu den Dachgärten«. Würdevolle Herren und Damen strömten zu einem Aufzug in einem gläsernen Pavillon. Die einfacheren Leute, vulgäre Gestalten wie die, die er auf seinem Ritt gesehen hatten, standen herum und glotzten, aber sie schlossen sich dem Strom nicht an – was Freud als gutes Zeichen wertete.
»Das muss ja wohl ein anständiges Lokal sein.«
Sie betraten den Glaslift, drängten sich mit Dutzenden anderer Menschen hinein, alle in höflichem Schweigen. Die Tür schloss automatisch, der Aufzug schwebte den halben Weg zum Dach empor – und fiel dann krachend zurück zur Erde, so dass Freuds Zähne klirrend aufeinander schlugen. Sie wurden alle umhergeschleudert, denn die Kabine hatte sich halb zur Seite geneigt. Die übrigen Passagiere fielen auf Freud, Jung, Ferenczi und Brill im hinteren Kabinenteil und erdrückten sie beinah.
Immerhin hatte die Seitenwand des Lifts sich geöffnet, so dass sie auf Händen und Knien hinauskrabbeln konnten. Freud staunte, dass sie nicht alle tot waren.
Sie ist also doch fehlbar, diese Rasse technischer Giganten! Für einen Augenblick verspürte er ein eigenartiges Triumphgefühl, während er seinen Körper aus der Kabine zwängte und endlich

über die Seitenwand ins Freie kletterte, bis er ins Schlittern geriet und auf dem Hintern landete.
Er wollte aufstehen, aber sofort rutschten seine Beine unkontrolliert in entgegengesetzter Richtung auseinander. Er stützte sich mit der Hand auf und spürte eine fettige Masse unter den Fingern. Der ganze Boden war eingefettet bis auf einen schmalen Pfad an der Vorderseite des Aufzugs.
Absicht!
Überall um ihn herum rutschten und schlitterten Jung, Ferenczi, Brill und die anderen Fahrgäste und wedelten mit den Armen; Dr. Brill entschuldigte sich wortreich, noch während er auf die Nase fiel. Draußen jenseits der Glaswände konnte er den Pöbel sehen. Sie lachten und zeigten mit den Fingern auf sie und warteten schon auf den nächsten Aufzug.

Ich wusste, dass etwas nicht stimmte, sobald ich zurückkam. Die Straßen waren leer gefegt, die ganze Stadt lag verlassen wie ein Friedhof da – aber das war nicht anders als erwartet. Schließlich war Samstagnachmittag, und alle waren im großen Zelt bei der Frühvorstellung.
Der Palast – mein Palast – stand jedoch weit offen, alle Fenster, Läden und Türen regten sich sacht in der Brise, als habe irgendjemand beschlossen, einmal gründlich zu lüften. Ich rannte nach oben und rief nach meiner Königin. Rief ihren Namen …
Ich konnte sie nicht finden. Keine Spur von ihr: Die Truhen voll eleganter Puppenkleider waren verschwunden. Die winzigen Haarbürsten, der kleine, zierliche Frisiertisch, sogar das königliche Bettzeug mit dem eingestickten Emblem CR.
Alles weg. Drüben im großen Zelt setzte die Musik ein, und mir kam der Gedanke, dass sie vielleicht dort war und sich auf ihren alltäglichen, niemals abgewandelten Auftritt vorbereitete. Ich stieß eins der kleinen Fenster im Obergeschoss auf und spähte zum Zelt jenseits des Marktplatzes hinüber.
Und da sah ich die Kutsche. Ein riesiges schwarzes Gefährt wie ein Totenwagen stand an der Hintertür, und zwei Kutscher lu-

den die exquisiten Puppenreisetruhen auf. Ich raste die Treppen hinunter, und ich wusste schon, was ich vorfinden würde. Ich kam gerade, als er sie unter seinem lächerlichen schwarzen Zauberercape hervorzog.

»Warte!«, quiekte ich, und sie drehte den Kopf gerade weit genug, dass ich ihr Gesicht sehen konnte: hart und gebieterisch wie das einer Königin, und sie starrte auf einen Punkt irgendwo hinter mir.

Sie wusste es.

»Warte!«, schrie ich, aber sie wandte sich ab und verschwand, erst unter dem Cape und dann in dem großen, schwarzen Gefährt.

»Zu spät!«

Der falsche Marconi grinste mich an. Sein Fuß schnellte plötzlich unter dem weiten Cape hervor und traf mich, und ich rollte zurück wie ein alter Fußball.

»Zu spät! Du hast sie verloren!«

Und dann waren sie fort, die Pferde zogen den schweren, schwarzen Wagen im Galopp aus der kleinen Stadt. Ich rannte ihm nach, auch wenn ich wusste, dass ich nicht die geringste Chance hatte, ihn einzuholen. Ich rannte ihm nach, hinaus aus dem Park, die Surf Avenue hinab, so weit meine kurzen Beine mich trugen, und schrie mit meiner lächerlichen dünnen Zwergenstimme: »Warte! Ich gebe dir alles, was du willst!« – bis er längst fort war, nur noch ein schwarzer Punkt, der langsam zwischen den neuen Baugrundstücken von Brooklyn verschwand.

Die Elefanten standen am oberen Ende der steilen Wasserrampe des *Shoot-the-Chutes* in ihren glasperlenbesetzten Decken und Geschirren, eine lange graue Prozession. Jeder brachte sich in Position, balancierte einen Augenblick schwankend am Ansatz der Schräge – und dann rutschten sie einer nach dem anderen in den großen See, der den Mittelpunkt von Dreamland bildete.

Sie saßen auf ihren ausladenden Hinterteilen und hielten die Vorderbeine hoch wie bettelnde Hunde. Dann trafen sie mit ei-

nem gewaltigen Platschen aufs Wasser, so dass die Menge quiekte und klatschte und sich duckte und doch von den Wellen durchnässt wurde.
Big Tim sah aufmerksam zu, strahlte und klatschte vor Freude, während ein Dickhäuter nach dem anderen herunterrutschte. Die Elefanten kamen trompetend aus dem Wasser, schüttelten sich und bespritzten die hingerissenen Zuschauer aufs neue mit Wasser.
Die Kinder am Seeufer staunten mit weit aufgerissenen Augen und kreischten vor Vergnügen, wenn sie nass wurden. Innerhalb kürzester Zeit hatte Big Tim seine Taschen für sie geleert, kaufte ihnen riesige Portionen Zuckerwatte, schachtelweise Karamelpopcorn und Hot Dogs. Bald hatte er keinen Penny mehr, nicht einmal mehr Geld für ein Taxi zurück in die Stadt, aber daran dachte er nicht. Vielmehr fühlte er sich jetzt frei herumzuwandern, die Hände in den Hosentaschen, und alles wohlwollend zu betrachten, all dies, seinen Besitz. Die Hauptstraße mit den Tätowierstudios, Schießbuden, Kamelreitern, Hochstaplern und Bauchtänzerinnen. Die gewaltigen Riesenräder, die rasenden Achterbahnen, die schwarzen, als Polizisten verkleideten Pantomimen und die Delikatessenstände, wo alles aus Süßwaren gemacht war.
Wie die Kinder, die er jeden Tag auf der Straße sah, das hier lieben würden. Wie sie all dies lieben würden …

Die Gangster nahmen die kleine Stadt im Sturm. Sie rissen das große Zelt ein, zerschlugen die Fensterscheiben der perfekten kleinen Häuser und die bunten Kirchenfenster, bis ein Glasteppich die Straße bedeckte, der unter jedem Schritt knirschte. Sie schlugen Türen ein und deckten die Dächer der kleinen Wohnhäuser ab. Die Zwerge schrien und kämpften und versuchten sie aufzuhalten. Eine Abteilung Zwergenpolizisten stellte sich tapfer in einer Reihe auf und griff sie an, die Schlagstöcke in Händen.
Die Gangster traten sie beiseite, packten sie im Nacken und

schleuderten sie weg, zertraten sie wie Ungeziefer. Sie suchten überall, durchkämmten auch das Rathaus und den wunderschönen Palast – aber er war nirgends zu finden. Whitey meinte, sie könnten die Information vielleicht aus den Zwergen herausholen, aber inzwischen hörte man in der Ferne echte Polizeitrillerpfeifen.

»Keine Bange, ich finde den kleinen Bastard schon«, versprach Gyp. »Sie sollen ruhig rennen, ich werde sie trotzdem finden. Ich werde all die kleinen Bastarde finden.«

Oben im sechsten Stock standen Mutter und Tochter und bettelten, man möge sie retten. Flammen schlugen aus dem Fenster hinter ihnen, schwarzer Rauch stieg in den strahlend blauen, gleichgültigen Himmel auf. Irgendwo in der Ferne gellte eine Feuerwehrglocke, aber es war klar, dass die Retter niemals rechtzeitig hier ankommen konnten. Mutter und Tochter streckten der hilflosen Menge unten flehentlich die Hände entgegen.

Esther und Kid sahen von der Straße aus zu und stritten über die Zukunft.

»Wie stellst du dir das vor? Wie können wir irgendwas tun, solange *er* hinter dir her ist?«

»Dann komm' ich eben mit dir«, sagte Kid. »Wir gehen zusammen weg.«

»Aber ich will nicht weggehen«, wandte sie ein. »Noch nicht.«

»Das willst du wohl.«

Vor ihnen stand die perfekte Nachbildung eines Großstadtmietshauses, exakt wie die, in denen die meisten der Zuschauer wohnten. Und hinter den Fenstern waren sie selbst: Männer und Frauen und Kinder, gekleidet wie ganz gewöhnliche Leute. Eine friedvolle Abendszene kurz vor dem Essen: Mutter deckte den Tisch, Vater las die Zeitung, die Kinder spielten leise. Die Menge seufzte angesichts dieser schlichten, heiteren Idylle – so viel friedlicher als im wahren Leben.

»Wir können nicht heiraten. Wie sollten wir uns das je leisten können?«

»Natürlich können wir das. Wir könnten wie normale Leute leben. Mit einer eigenen Wohnung, vielleicht Kindern.«
»Ich weiß nicht«, sagte sie langsam. »Ich muss zurück.«
»Warum? Was schuldest du ihnen denn noch? Ist das wirklich dein Leben?«
War es das? Muffige, trostlose Hotelzimmer, Nächte in verrauchten Zugabteilen. All die fernen Städte, die sie nie gesehen hatte. Mitten in der Nacht in einer neuen Stadt ankommen und mit den überheblichen Bossen und örtlichen Gewerkschaftspräsidenten verhandeln. Den Schlägern und den höhnenden Cops die Stirn bieten.
Sie wollte es mehr als alles, was sie sich je gewünscht hatte, mehr noch als die Liebe ihres Vaters.

Das Nachmittagsfeuer begann zögernd, kroch langsam die Wände hinauf, aber die Zuschauer unten konnten es mühelos sehen. Sie riefen Warnungen hinauf, aber die Leute in ihren Wohnungen fuhren einfach mit ihrem Alltag fort, ahnungslos. Doch sie – sie konnten die Flammen sehen, rochen das Benzin. Plötzlich war es überall, raste bis zum obersten Stockwerk hinauf. Echte Flammen und Qualm schossen explosionsartig aus den Fenstern, so dass die Menge unten zurückwich. Die Bewohner kletterten auf die Fensterbretter hinaus, wirkten wie versteinert vor Angst und klammerten sich Halt suchend aneinander.
»Wartet! Wartet auf die Feuerwehr! Nicht springen!«
»Wir werden euch retten, nicht springen!«
Die Zuschauer schrien vor Angst, hielten sich unwillkürlich aneinander fest. Eine schwarze Feuerleiter verlief mitten über die Fassade, aber kaum hatten die ersten Bewohner einen Fuß darauf gesetzt, brach die ganze Konstruktion mit einem schrecklichen reißenden Laut weg, so dass die Männer und Frauen in der Luft hingen, die Finger um die schmalen Sprossen gekrallt.
»Helft ihnen! Helft ihnen! Um Gottes willen, helft ihnen!«
Ein Feuerwehrwagen kam herangebraust und hielt vor dem Gebäude. Die Feuerwehrleute hasteten mit einem einzelnen run-

den Sprungtuch herbei, das viel zu dünn aussah, um irgendwen aufzufangen. Aber oben im sechsten Stock leckten die Flammen schon an den weiten, schwarzen Röcken der Frauen, den Westen und Hosen der Männer.

Es war bald klar, dass sie springen mussten. Die Feuerwehrleute fuhren eine Leiter aus, aber sie war viel zu kurz, reichte nur bis zum dritten Stock.

»Rettet sie!«

Sie sahen ein Paar im obersten Stockwerk mit einem kleinen Sohn. Sie hoben ihn hoch und warfen ihn dann kopfüber aus dem Fenster.

Die Zuschauer stöhnten und wankten, versuchten, ihn mit ihrer vereinten Willenskraft in das Sprungtuch zu lenken. Anfangs schien der Junge genau aufs Ziel zuzuhalten, aber bald war offensichtlich, dass er zu weit nach rechts fiel.

Die Menge schrie auf vor Entsetzen, fragte sich, ob dieses Akrobatenkunststück vielleicht schief gegangen war – während die Feuerwehrmänner verzweifelt versuchten, ihr Sprungtuch an der richtigen Stelle zu spannen.

»Ihr verfehlt ihn!«

Er schlug jetzt Purzelbäume in der Luft, einmal, zweimal dreimal – dann landete er mit den Füßen im Sprungtuch, machte einen letzten, perfekten Salto rückwärts und kam wiederum auf den Füßen zu stehen, breitete triumphierend die Arme aus.

Das Publikum brach in begeisterten Applaus aus. Die Mutter des Jungen sprang als Nächste, dann der Vater. Bald sprangen sie alle aus den Fenstern und von den Brüstungen, mit der perfekten Präzision eines Uhrwerks. Jeder Sprung war atemberaubender als der vorherige. Sie rissen sich die brennenden Kleider vom Leib und enthüllten die Trikots und durchtrainierten Akrobatenkörper darunter.

Weitere Feuerwehrwagen trafen ein. Die Männer wichen einander geschickt aus und gingen mit weiteren Sprungtüchern in Stellung. Die Akrobaten sprangen jetzt zu zweit, zu dritt, manchmal zu viert gleichzeitig aus den Fenstern, packten einander bei den Armen und bildeten menschliche Pyramiden. Die aus den unteren Stockwerken benutzten nicht einmal die Sprungtücher, sondern purzelten ohne Hilfe auf die Straße hinaus und in Sicherheit. Die Männer und Frauen, die die Feuertreppe überlebt hatten, ließen ihre Sprossen los und fielen in atemberaubenden, mühelosen Pirouetten. Manche schienen geradewegs durch die Straßendecke zu schlagen, nur um gleich wieder unbeschadet aus den geschickt verborgenen Falltüren aufzutauchen.

Die Menge klatschte und jubelte für jeden Einzelnen, und immer noch fielen die Akrobaten wie graziöse Vögel vom klaren blauen Himmel. Das waren keine einfachen Kunststücke ohne Risiko, sie sprangen ohne Sicherheitsnetz, und doch landeten alle sicher und ohne einen Kratzer und verneigten sich vor ihrem Publikum.

Esther und Kid torkelten mit weichen Knien davon, immer noch erschüttert von diesem Spektakel, und hielten sich aneinander fest.

»Was immer du willst, mein goldenes Herz, mein Engel … verstehst du das denn nicht?«, schmeichelte er leise. »Was immer wir uns erträumen, können wir erreichen. Alles! Nur … lass es uns zusammen tun.«

Sie lächelte schwach und legte die Hand auf seinen Arm, in Gedanken immer noch mit dem Feuer beschäftigt.

»Erzähl mir noch mal von den Kindern und von unserer Wohnung.«

»Du wirst es also tun?«

»Nein. Aber erzähl's mir noch mal, es klingt so wundervoll.«

Er lächelte sie an und begann zu sprechen – als er ein Stück voraus etwas sah. Was genau es war, wusste er nicht, aber er drehte sein Gesicht in den Wind.

Sie folgten ihnen am *Barrel of Fun* vorbei und am *Razzle Dazzle*. Weiter zu den venezianischen Gondeln, den *Golden Stairs* und dem *Chanticleer*, dem *Barrel of Love*, dem *Human*

Roulette und der *Cave of the Winds*, dem *Human Pool Table* und dem *Down and Out*. Sie folgten ihnen quer durch alle drei Parks, an den badenden Elefanten vorbei und dem Untergang Pompejis und der Halle des Lebens.

Dann roch Gyp den Rauch. Es war der gleiche Geruch, den er wahrgenommen hatte, als er zu *ihm* gegangen war, oben in der verkohlten, winzigen Wohnung – eine Ruine, leer und verlassen bis auf *ihn* und Kapsch, den Untermieter, der still und treu dasaß wie ein alter Freund der Familie.

»Mein reuiger Sohn kehrt heim«, hatte der alte Rabbi gesagt, frohlockend in seiner Bitterkeit wie immer.

Ihre Mutter lag auf dem Tisch und starrte zur Decke. Er wiegte sich langsam vor und zurück, der rituelle Trauereinschnitt in seinem Jackett war wieder geöffnet – als sei wieder einer seiner alten Widersacher von der Lodz-Synagoge abgetreten.

»Ich weiß, wer er ist. Und ich weiß, wo sie sind.«

»Zu spät!«, versetzte sein Vater. »Denkst du, das spielt jetzt noch eine Rolle? Denkst du, all das hier wäre passiert, wenn du getan hättest, worum ich dich gebeten habe?«

Er stand an der Tür und betrachtete den Alten abschätzend. Wenn er ihn jetzt tötete, müsste er Kapsch ebenfalls erledigen, überlegte er, und das könnte zu viel Lärm machen.

»Ich weiß es nicht.«

»Nein, nein, natürlich nicht!« Der alte Rabbi lachte bitter und fuhr sich dann mit der Hand über den Mund. »Es war nur ein Missgeschick. Du hast das nicht gewollt. So wie du das Geld für den *Tscholent* nicht verlieren wolltest. Es ist wie mit deinem ganzen wertlosen Zuhälterleben. Nur ein Missgeschick.«

Er winkte ihn näher, und Lazar kam zögernd in die Küche, bis er nur noch eine Armlänge von ihm entfernt stand.

»Komm her, komm her«, drängte er, winkte immer noch, bis Lazar sich vorbeugte und dem Mund seines Vater das Ohr zuwandte – sein Bart und seine Kleidung, selbst seine Haut roch immer noch nach Rauch.

»Komm her, ich will dir etwas sagen.«

Er wartete, horchte.
»Es ist alles deine Schuld«, flüsterte der Alte ihm ins Ohr, legte ihm die Arme um die Schultern und hielt ihn umklammert. »Alles ist deine Schuld, alles, was geschehen ist. Deine Schuld, dass ich nichts weiter bin als ein Häuflein Asche – aber ich vergebe dir! Komm zu mir.«
Lazar wich so hastig zurück, dass er beinah einen Stuhl umgestoßen hätte.
»Ich vergebe dir, mein Sohn!«
»Lass mich in Frieden. Lass mich in Frieden!«, rief er, und es war ein eigentümlicher Singsang, während er auf den Flur zurückrannte und aus dem Haus und vor seinem Vater floh, und vor dem Rauchgestank.
Jetzt roch er ihn wieder. Der gleiche Brandgeruch. So roch der Tod in den Mietskasernen. Er folgte dem Geruch, und Whitey und Louie gingen verwirrt hinter ihm. *Sie* würde dort sein, da war er sicher.

Freud lag ausgestreckt auf einer Bank am Boardwalk, das nasse Taschentuch klebte auf seiner Stirn wie ein Pflaster, und er wartete angstvoll auf den Moment, da er wieder aufgescheucht wurde. Er wusste nicht, wohin es Jung, Ferenczi und Brill verschlagen hatte, und es war ihm ehrlich gesagt auch gleichgültig. So lange sie ihn nur in Ruhe ließen.
Er war schon von zahllosen Bänken vertrieben worden, von einem Elektroschock, einer Marschkapelle, einer wilden Horde grotesker Pantomimen: ein Indianerhäuptling, eine drei Meter große Irin, ein riesiger, fetter Polizist mit einem schwarzen Gesicht. Sie führten sich auf wie Verrückte, es machte ihnen einen Heidenspaß, ihn aufzuscheuchen, und sie forderten ihn auf weiterzugehen, Spaß zu haben, Geld auszugeben – sich zu amüsieren!
Er tupfte sich die Stirn ab, fühlte nach seinem Puls und wunderte sich, dass er noch keinen Schlaganfall erlitten hatte. Sie waren in allen Parks gewesen, wurden von dieser Menschenflut mitge-

rissen wie Treibgut. Sie waren auf einer Treppe gewesen, die sich plötzlich in der Mitte teilte – eine Hälfte neigte sich nach unten, die andere aufwärts. Sie waren einen Gehweg entlanggekommen, der sie mitten in eine Horde kichernder Angestellter und Verkäuferinnen schleuderte, auf einer Achterbahn gefahren, wo sich ihm fast der Magen umdrehte, und auf einem Gerät mit sich drehenden Gondeln, wo sie mit den Köpfen zusammenstießen.

Er war geknufft und gestoßen und herumgezerrt worden, bis ihm jeder Knochen wehtat, und die ganze Zeit wurde man unablässig von dem Getöse der Kapellen und Dampforgeln belagert. Mit Bratfettgerüchen bombardiert. Und die riesigen, schieläugigen Köpfe der Wölfe und Clowns und Teufel entlang der Mauern stierten auf sie herab.

Ein sehr großer, gut gekleideter Mann mit einem geröteten Gesicht ließ sich auf der Bank neben ihm nieder. Er pfiff leise vor sich hin. Freud wappnete sich gegen irgendeinen neuerlichen Übergriff, doch der Mann schien harmlos – selbst ein Besucher oder Opfer.

»Wahnsinn«, murmelte Freud und sah sich verstohlen um. »Kompletter Wahnsinn.«

»Ja. Ja, das ist es«, stimmte der Mann lächelnd zu, als hätte er eine Bemerkung über das Wetter gemacht.

»Wie soll man dagegen ankommen?«, fragte Freud sich selbst ebenso wie seinen Nachbarn.

»Das kann man nicht«, klärte der Mann ihn auf. »Die Leute wollen, was sie wollen, und alles, was Sie tun können, ist, es ihnen zu geben.«

»Aber wie soll sich dann je etwas weiterentwickeln?«

»Tun wir nicht«, sagte der Mann verträumt wie ein Kind. Freud bemerkte, dass er trotz seines zweifellos teuren Anzugs die leeren Taschen nach außen gestülpt hatte wie zwei weiße Fahnen.

»Wir werden uns überhaupt nicht entwickeln. Nichts entwickelt sich«, fuhr er fort, um es zu erklären. »Sie können nur hoffen, den Menschen eine gute Geschichte über sich selbst zu verkaufen und sie dann dazu zu bewegen, danach zu leben.«

»Was ist mit der Wahrheit?«, wandte Freud hartnäckig ein, obwohl er langsam zu der Überzeugung kam, dass der Mann auf der Bank verrückt war. »Was ist mit Wissenschaft und Logik und dem Verständnis des menschlichen Bewusstseins?«

»Was soll damit sein?«

Ein junges Paar hastete an ihnen vorbei den Boardwalk entlang. Der junge Mann trug einen grellen Anzug, dessen Farbe an glasierten Blätterteig erinnerte. Er hielt ein hübsches Mädchen in einem unauffälligeren blauen Kleid bei der Hand. Halb rannten, halb gingen sie, drängten sich durch die Menge und sahen ständig über die Schulter zurück, als seien sie auf der Flucht vor unsichtbaren Dämonen, die in diesem Land der Eile jeden zu verfolgen schienen.

Freud lehnte sich vor, für einen Moment durch die Hast der jungen Leute von der hoffnungslosen Konversation abgelenkt. Er versuchte zu entdecken, wovor sie davonliefen. Das Gesicht des jungen Mannes, dachte er, unterschied sich kaum von dem des Juden mit dem enormen Kleiderbündel auf dem Kopf, den er in der Stadt gesehen hatte und der wiederum, erkannte er jetzt, große Ähnlichkeit mit dem Gesicht des Monolithen hatte, der Erscheinung, die er vor dem Café Landtmann in der Ringstraße gesehen hatte …

Also waren sie Juden, diese beiden jungen Leute, die dort entlanghasteten? Der Kleidung nach konnten sie alles Mögliche sein. Ein Gangster mit seinem Liebchen? Arbeiter in den bienenstockgleichen Fabriken, die überall in der Stadt aufragten und Rauch- und Dampfwolken in ihre Straßen stießen? Oder beides oder auch nichts davon oder einfach das, was sie sein wollten in diesem nagelneuen Zementmischer von einem Land?

Freud erhob sich, wie damals im Landtmann.

»Da! Sehen Sie?«

Er wies auf das fliehende Paar und wandte sich an den großen, leicht verrückten Mann auf der Bank neben sich – doch der

Mann war schon fort, spazierte die Promenade entlang und verschwand in der endlosen, wogenden Menge.
Und dort fand Freud hunderte, tausende Versionen dieses Gesichts aus der asiatischen Steppe. Tausende ehemalige Bauern – tausend Juden – hierher transplantiert aus ihren alten, verschlafenen Dörfern in Polen, in der Ukraine, Rumänien, Lettland und Litauen. Und sie hatten ihre Lumpen abgelegt, ihre Alte-Welt-Bärte und Locken und Perücken und sich mit Badekleidern und grellen Anzügen verkleidet. Und gleich neben ihnen zweifellos tausend weitere Bauern aus einer anderen barbarischen Vergangenheit, aus anderen, ebenso entlegenen Dörfern. Aus Irland und Sizilien, aus Afrika und China und all den Ländern jenseits menschlicher Erinnerung und Kenntnis.
Wovor flüchteten sie in solcher Hast? Vor der Vergangenheit? Vor dem, was sie waren?
Und doch ging alles weiter wie bisher. Derselbe Jahrmarkt des Aberglaubens. Amerika hätte allein aufgrund seiner Natur ein Neuanfang sein sollen, es hätte die alten Unterscheidungen der Nationalitäten Lügen strafen müssen, diesen alten Mythos vom Blut. Doch so war es nicht. Derselbe Unsinn manifestierte sich hier, wurde schon überall sichtbar. Sie ließen ihre neue Flagge von jedem Dach flattern, zeigten dieselben martialischen Allüren, spielten dieselben patriotischen Hymnen – marschierten mit ebenso stolzgeschwellter Brust einher wie jede alte Nation. Kein Zweifel, bald würden sie ihre eigene, neue »Kultur« haben. Die Idiotengottmaschine, die niemand kontrollierte.
Freud setzte sich wieder auf die Bank, mit kerzengeradem Rücken. Es hatte keinen Sinn, das wusste er jetzt. Seine Versöhnung mit Jung war bedeutungslos, er würde auf seinen erwählten Kronprinzen nicht zählen können. Die Zukunft lag hier, in diesem Park voll geistloser, sensationeller Unterhaltung. Jungs Klopfgeister im Bücherschrank, seine prähistorischen Schädel und seine neue Rasse passten genau ins Bild. Die Psychologie, *seine* Psychologie, würde ihr Schattendasein fortführen, unterstützt von ein paar engagierten Anhängern, wo immer sie zu fin-

den waren – wie alle Wissenschaften. Nicht mehr als ein brüchiger Deich gegen einen Ozean von Mystizismus und Ignoranz.
»Herr Doktor.«
Sie hatten ihn wieder gefunden. Jungs lächelndes Gesicht erschien plötzlich vor ihm, die Augen hinter dem Kneifer schmale Schlitze.
»Alles in Ordnung, Herr Doktor?«, fragte er besorgt.
»Amerika ist ein Fehler«, sagte Freud langsam und sah ihn eindringlich an. »Ein gigantischer Fehler, das schon, aber ein Fehler nichtsdestotrotz.«

Er entdeckte sie vor dem *Fighting Flames.* Sie ging eilig, entschlossen, mit konzentrierter Miene – genau wie sie es als kleines Mädchen getan hatte, als sei sie unterwegs, um irgendetwas Wichtiges zu erledigen.
Und dieses Mal war das tatsächlich der Fall, da war er sicher. Er folgte ihr dichtauf, unsichtbar in seinem seriösen schwarzen Anzug, und bedeutete seinen Schlägern mit einem Wink, sich zurückzuhalten. Sie führte ihn geradewegs zu Carroll Terrys Dance Hall auf der Surf Avenue.
Das ist also aus der großen Sozialistin geworden.
Als er sie zuletzt gesehen hatte, rangelte sie mit einer Hure auf der Straße, wurde abgeführt und in einen Polizeitransporter gepfercht. Jetzt trieb sie sich in billigen Tanzlokalen herum und wartete auf ihren Gangster. Er sagte sich, dass er ihr Gesicht ein letztes Mal sehen wollte, wenn die Tat vollbracht war – nur um sicherzugehen, dass sie wusste, ein für alle Mal wusste, dass sie genauso schlecht war wie er.
Sie betrat das Tanzlokal, und er wartete ein paar Minuten draußen, um sicherzugehen, dass sie nicht gleich wieder herauskam. Schließlich schlenderte er zurück zu Whitey und Louie the Lump und schickte sie auf die Rückseite, damit sie die Hintertür im Auge behielten.
»Wann sollen wir reinkommen?«, wollte Whitey wissen.
»Überhaupt nicht. Knallt den Hurensohn ab, wenn ihr ihn hin-

ten rauskommen seht. Aber das wird er nicht. Ich brauche nur eine Minute.«

Er betrat das Lokal. Das Erdgeschoss war dunkel und beinah völlig ausgestorben. Alle Tische und die Bühne waren leer. Nur an der Bar hockten zwei Betrunkene vor ihren Biergläsern. Er sah sich noch einmal um und erhaschte einen Blick auf ein Frauenkleid und Stiefel, die auf der Treppe zum Restaurant im Obergeschoss verschwanden.

Gyp folgte ihr langsam, ertastete seine Iver-Johnson und steckte sie in die Jacketttasche. Als er die Treppe erklommen hatte, sah er sich in dem Restaurant um, das beinah so leer und dunkel war wie die Bar unten. Er ließ sich Zeit, legte den Finger um den Abzug, während er den Blick weiter über den dämmrigen Saal schweifen ließ.

Da war sie: seine Schwester. Sie saß an einem Tisch für zwei in einer entlegenen Ecke des Raums, ganz allein. Er entspannte sich und lockerte den Griff um die Iver-Johnson. Sie wartete also noch auf ihn. Er fragte sich nur, was er als Nächstes tun sollte. Zu ihr gehen? Einfach nur, um das Vergnügen zu haben, ihr Gesicht zu sehen, sie vielleicht um *sein* Leben betteln zu hören? Oder sollte er lieber das Naheliegendste tun, wieder hinuntergehen, in der Bar warten und ihn umlegen, wenn er hereinkam? Es wäre nicht schwieriger, als eine der vorbeiziehenden Blechenten an einer Schießbude zu treffen.

Er sah zu Esse hinüber und wägte seine Möglichkeiten ab – und plötzlich schien es ihm, als sähe sie ihn direkt an und lächelte. Er runzelte die Stirn. Er musste sich irren, sicher spielten die Schatten in dem großen, leeren Saal ihm einen Streich, denn selbst wenn sie ihn sah, warum sollte sie lächeln? Er dachte noch über diese Frage nach, als er ein leises Klicken direkt hinter seinem rechten Ohr hörte, und er war wirklich überrascht – zum ersten Mal überrascht, seit die Schaufel auf seinen Kopf niedergesaust war.

»Hallo, Kid«, sagte er langsam, und seine Hand glitt in fieberhafter Eile in die Jackentasche. Aber Kid war schneller. Seine

Hand steckte schon in der rechten Tasche, wo Gyp immer seine Waffe trug, mit der anderen drückte er ihm die Pistolenmündung gegen den Kopf gleich hinter dem Ohr.
»Ist das alles? Ich hoffe, das ist die Einzige.«
Die Stimme hinter ihm bemühte sich, hart und gefährlich zu klingen, aber es wollte nicht ganz gelingen.
»Ich fürchte, ja«, gestand er – und das war die Wahrheit, aber Gyp ließ es so unglaubwürdig wie möglich klingen.
»Das hoffe ich für dich«, sagte Kid und versetzte ihm einen unsanften Stoß – offenbar wagte er nicht, ihn zu filzen.
Seine Schwester stand von ihrem Platz in der Ecke auf und kam zu ihnen, ein kleines, grimmiges Lächeln auf den Lippen. Hinter ihr sah Gyp die Kellner und Touristen zur Treppe stürzen oder unter die Tische flüchten. Kid stieß ihn weiter Richtung Fenster, hielt beide Waffen unverwandt auf ihn gerichtet, so dass Gyp im Augenblick keinerlei Handlungsspielraum sah.
»Hallo, Esse«, sagte er, als sie näher trat, dann vollführte er eine perfekte kleine Pirouette, so dass er Kid gegenüberstand, doch er wich weiter zurück, weg von der Waffe, ehe Kid feuern konnte.
Hätte er noch ein Schießeisen gehabt oder auch nur ein Messer, wäre er vielleicht auf ihn losgegangen oder hätte versucht, seine Schwester als Schild zu benutzen. So aber wich Gyp immer weiter zurück, erkannte, dass es keine weiteren Türen oder Treppen gab, bewegte sich auf die breite Fensterfront zu, die auf die Surf Avenue zeigte.
»Was ist los?«, fragte er Kid. »Nicht so einfach, jemanden kaltzumachen, wenn das Licht an ist?«
Kid folgte ihm, hielt beide Waffen auf ihn gerichtet, doch seine Miene war unsicher.
»Oder ist es wegen ihr? Wegen diesem Miststück? Dieser *Hure*?« Er spuckte das Wort aus. »Hat sie dich so weich in der Birne gemacht?«
»Tu es«, sagte Esse abrupt; ihre Stimme klang laut in dem stillen Saal.

»Was?«
»Mach schon, tu es. Gib ihm, was er will.«
»Gott, Esse.« Lazar lachte. Er stand jetzt mit dem Rücken am Fenster. »Was für eine große Sozialistin aus dir geworden ist.«
»Na los. Wenn du es nicht tun willst, dann mach ich es.« Sie riss Kid die Iver-Johnson aus der Linken und richtete sie auf ihren Bruder. Sie hielt sie mit beiden Händen, aber er sah keine Furcht in ihrem Gesicht, nur eine unverrückbare Entschlossenheit.
»Du bist kein bisschen besser als ich, weißt du das?«, sagte er. Er wollte sie provozieren, wollte sie dazu bewegen, es zu tun – irgendetwas zu tun, während der rote Zorn vor ihm aufschäumte.
»Du bist nicht den kleinsten Funken besser als ich!«, schrie er.
Das Fenster hinter ihm zerbarst in einem Schauer aus Glassplittern. Gyp sprang hinterher, rückwärts, und der Knall der Iver-Johnson dröhnte ihm in den Ohren. Er zuckte wie ein Fisch am Haken während seines freien Falls und schlug dann auf dem Boden auf. Er rappelte sich wieder auf, gerade rechtzeitig, um sie aus dem Haupteingang herauskommen und in der verdutzten Menge verschwinden zu sehen. Fluchend lief er auf die Rückseite des Tanzlokals. Whitey und Louie kamen ihm auf halbem Weg entgegen; sie hatten ihren Posten verlassen.
»Gebt mir ein Schießeisen!«, fuhr er sie an, in seinen Ohren immer noch ein schrilles Läuten.
Dann rannte er die Surf Avenue entlang in die Richtung, die Kid und Esse genommen hatten, die anderen gleich hinter ihm. Er hatte sich bei seinem Sturz das Bein verrenkt, aber er ignorierte es einfach, bewegte sich so schnell er konnte und suchte die Menge mit den Augen ab.
»Da sind sie!«
Louie zeigte hinüber zu den Tiergehegen, und Gyp erhaschte einen kurzen Blick auf sie, sah ein Bein von Kids albernem, grün kariertem Anzug, ehe sie im Spiegelkabinett verschwanden. Jetzt hatte er sie. Drinnen war es dunkel, wusste Gyp, aber er würde genug Licht zum Schießen haben, und anschließend konnte er problemlos hinausschlüpfen. Jetzt hatte er sie.

»Whitey, du gehst auf die andere Seite«, befahl er und wies auf das Spiegelkabinett. »Und diesmal *bleibst* du da.«
Whitey rannte davon, und Gyp wandte sich an Louie.
»Du kommst mit mir«, sagte er und zerrte ihn zum Elefantenkäfig zurück, so dass sie von dem riesigen, grauen Körper gedeckt wurden, aber er wandte den Blick keine Sekunde vom Eingang des Spiegelkabinetts.
»Willst du ihn da drin fertig machen?« Louie the Lump starrte ihn fassungslos an.
»Was denkst du denn?«
»Und sie auch?«
Er senkte den Blick, drehte sich eine Zigarette, während er darauf wartete, dass Whitey seinen Posten bezogen hatte. Noch ein paar Sekunden, dann würde er hineingehen. Er nahm einen tiefen, beruhigenden Zug und warf einen Blick durch die Gitterstäbe auf den verrückten Elefanten. Die großen, gelben Augen erwiderten den Blick wutentbrannt, und der massive Rüssel, dieses obszöne, grapschende Sinnesorgan, ertastete die Welt jenseits des Gitters.
Gyp überprüfte die Waffe, die Whitey ihm gegeben hatte, und vergewisserte sich, dass alles in Ordnung war. Das war die letzte Beleidigung, dachte er. Ihre Einmischung. Von jetzt an würde er keine Einmischungen mehr dulden.
Das Einzige, was er bedauerte, das Einzige, was er auch nur im Mindesten bedauerte, war, dass er ihr nicht ins Gesicht würde sehen können.
»Ich weiß nicht.« Louie the Lump schüttelte den Kopf. »Denkst du wirklich, du solltest sie einfach so hier draußen wegpusten? Du könntest fünfzehn Monate dafür kriegen, ohne weiteres.«
»Fünfzehn Monate«, schnaubte Gyp.
Jetzt, dachte er. *Jetzt war Whitey auf seinem Posten.*
Der lange, neugierige Rüssel schlängelte sich zwischen den Gitterstäben hindurch in die kühle Nachmittagsbrise. Gyp betrachtete ihn einen Moment abwesend – dann fühlte er sich angeekelt von diesem blinden, gierigen Schnüffeln und dem nas-

sen, gähnenden Maul, das er im Schatten des Käfigs erahnte. Er nahm noch einen tiefen Zug von seiner Zigarette und steckte sie mit spitzen Fingern in eins der großen Nasenlöcher, Mundstück voraus.

Mal sehen, wie ihm das schmeckt.

»Fünfzehn Monate ...« Gyp wandte sich wieder an Louie. Hinter ihm erscholl ein wütender Trompetenstoß, aber er machte sich nicht die Mühe, nochmals hinzuschauen. So sah er nicht, dass der Rüssel blitzschnell auf ihn zusauste, schneller als eine Schlange, schneller als er sich je hätte träumen lassen, schneller als Louie eine Warnung herausbrachte – aber doch nicht so schnell, als dass Gyp sich nicht noch hätte brüsten können: »Das mach ich mit links!«

68

Auf dem Boardwalk

So tötet man einen Elefanten.

Zuerst versuchten sie es mit Karotten. Eimerweise Karotten. Ein Büschel Karotten nach dem anderen, jedes mit genug Strychnin darin, um einen Menschen zu töten, aber es sollte nur dazu dienen, dass sie stillhielt.

Sie fraß sie. Dutzendweise schaufelte sie die Karotten in ihr spitzes Maul, und nach einer Stunde stand sie immer noch, sah so gefährlich und wütend aus wie eh und je, und die große Schar der Zuschauer wurde unruhig.

Als Nächstes schickten sie die Dompteure – den einarmigen Captain Jack und Herman Weedom und sogar Mademoiselle Aurora, damit sie ihr mit den Händen über die gewaltigen, rauen Schultern strichen und ihr in die riesigen Ohren flüsterten. Aber sie stampfte nur mit den Füßen und wedelte mit dem Rüssel um ihre Köpfe, bis sie kehrtmachten und in Deckung rannten. Danach versuchten sie es mit der Polizei. In ihren neuen blauen Röcken marschierten die Polizisten herein, schwangen ihre Schlagstöcke und schlangen die Ketten um die Elefantenbeine, als legten sie einem Taschendieb Handschellen an. Sie warf sie um wie Kegel, schleuderte sie durch die Arena wie Schaukämpfer im Vaudeville-Theater.

Schließlich kommandierten sie die Pygmäen hinein. Sie dachten sich, verdammt, selbst wenn sie nicht in derselben Gewichtsklasse waren, zumindest sollten sie sich auf dieses Spiel verstehen. Niemand wusste genau, ob sie je zuvor einen Elefanten zu sehen bekommen hatten, aber sie waren unerschrockene Krieger: Sie rannten um sie herum, brüllten und gestikulierten und schrien in ihrer seltsamen Heidensprache, bis sie so abgelenkt war, dass die Wärter sich anschleichen und eine Kette um eines der mächtigen Beine knoten konnten.

Sie riss die Kette durch wie einen Bindfaden, aber schon hatten sie eine zweite angelegt. Dann noch eine und noch eine, bis die dicken, schwarzen Eisenringe jedes ihrer Beine fesselten. Eine weitere Kette band den tödlichen Rüssel, sogar den Schwanz, bis sie so vollkommen unbeweglich war wie ihr blechernes Abbild, das Hotel unten am Strand. Sie durchnässten sie mit Feuerwehrschläuchen, dann wickelten sie die Kabel um ihren Leib – glatte, schwarze Gummileitungen, aus deren Enden glänzende Kupferdrähte ragten wie ein Sack voller Aale.

Dann traten sie zurück, um sich die Vorstellung anzusehen.

Der Wizard of Menlo Park, Edison höchstpersönlich, stand auf dem Podium oberhalb der ungeduldigen Menge und ertrug das Blitzlichtgewitter um ihn herum mit Gelassenheit.

»Hiermit werden wir wieder einmal beweisen, dass Westinghouses Wechselstrom zu gefährlich für den alltäglichen Hausgebrauch ist«, erklärte er den Damen und Herren der Presse mit der lauten, merkwürdigen Stimme, die so typisch für Taube ist. Seine schütteren weißen Haare flatterten in der frischen Herbstbrise.

Der alte Knabe kämpfte immer noch denselben Kampf, der doch in Wahrheit schon seit Jahren verloren war. Für die Kameras schüttelte er seinem ehemaligen Zauberlehrling die Hand: Dr. Poole, der seine schneeweißen Emaillemaschinen und goldenen Ölkännchen zu diesem feierlichen Anlass ausnahmsweise verlassen hatte. Er lächelte dümmlich unter seinem mond- und sternenbesetzten Magierhut, den Brinckerhoff ihm verordnet hatte, lächelte für seinen Meister, selbst wenn der Geruch von Kemmlers kochendem Fleisch ihm immer noch in der Nase hing, der Gestank der bratenden Hunde und Katzen auf den Versuchsblechen in West Orange, während die kleinen Jungen draußen vor den Fenstern auf und ab sprangen.

»Der heutige Tag wird beweisen, dass ich Recht hatte ...«

»Professor, können wir eins von Ihnen mit dem Elefanten kriegen?«

Sie muss gewusst haben, was kommen würde: Die Zuschauermassen wurden plötzlich still und reglos in gespannter Erwartung, die Arbeiter wichen zurück, schnell und geschmeidig wie Katzen. Auch wenn sie es später bestritten, behaupteten, sie sei schließlich nur ein dämliches Vieh gewesen und habe keine Ahnung gehabt, was mit ihr geschah – wir konnten es in ihrem Blick erkennen, in diesen großen Augen, die kein einziges Mal blinzelten, die gelb waren von Hass und Galle. Sie wusste es die ganze Zeit. Sie wusste es und starrte hasserfüllt zu mir herüber, während die Männer an den Filmkameras zu kurbeln begannen, und der Wizard hob die Hand, und ich tänzelte hinaus vor das Publikum.

Jemand entdeckte das zerlesene, eselsohrige Buch, das aus der Manteltasche des berühmten Mannes ragte: *Lumpen-Dick*.

»Wunderbares Buch für Jungen«, erklärte er den Reportern mit seiner unmelodischen, quäkenden Stimme. »Genau so ist es mir ergangen, wissen Sie ...«

... obwohl sie über jedes Detail seines Lebenslaufes natürlich im Bilde waren; jedes Schulkind in Amerika kannte die Geschichte des bettelarmen Jungen, der mit einem Bauchladen im Zug von Abteil zu Abteil gegangen war und den Fahrgästen Ideen und Süßigkeiten und Zeitungen verkauft hatte.

»Ich habe den Sohn des Bahnhofsvorstehers davor bewahrt, vom Expresszug überrollt zu werden. Der Bahnhofsvorsteher hat mir einen Job gegeben und mir gestattet, in einem Gepäckwaggon an meinen Experimenten zu arbeiten, und das war alles, was ich brauchte, um aufzusteigen.«

Die Kapelle setzte zur Ouvertüre von *Aida* an, der beliebtesten Oper im Ghetto – der Elefantenoper –, und die Menge wurde still. Der Wizard kontrollierte seine Schalter und betätigte die letzten Sicherungen. Jetzt musste nur noch jemand den riesigen, verzierten Knopf drücken, der eigens zur Unterhaltung der Massen rastloser Wochenendausflügler aufgestellt worden war.

»Ich kann das nicht mit ansehen. Wie kann man nur so etwas Entsetzliches tun!«
Am Rand der Menge schlenderte Esther Arm in Arm mit Kid, der jetzt einen respektablen dunklen Anzug trug. Sie legte eine Hand auf seine Schulter, und sie gingen davon, den Boardwalk entlang durch die klare Herbstluft – auch wenn er beinah umkam vor Neugier.

Die Karussells und Achterbahnen in den drei riesigen Parks waren nach wie vor in Betrieb, immer noch gut besucht, summten und rotierten und zischten immer noch wie gewaltige Maschinen. Nach wie vor wateten die Badenden in die Brandung hinaus, klammerten sich an die Halteseile und stürzten sich mutig in die inzwischen eisigen Fluten. Und stetig wuchs die Menge, all die Textilverkäufer und Zimmermädchen und Zigarrendreher und Fabrikarbeiterinnen und Tagelöhner und Straßenbahnschaffner strömten in Scharen aus den Zügen und Straßenbahnen und Ausflugsbooten in die Vergnügungsparks.
Es gab für jeden etwas in Coney Island.

Alles, was es brauchte, war ein Narr, ein Krüppel – ein Zwerg in einem Harlekinkostüm, um den Knopf zu drücken und den ersten Funken zu schlagen.
Ich tänzelte hinaus vor die riesige, gespannte Menge, mein Gesicht harlekinweiß geschminkt. Ich tanzte hinaus, grinste boshaft und sah die wütenden gelben Elefantenaugen, die mich beobachteten. Sie wusste, was kommen würde.
Natürlich wusste sie nicht alles. Sie wusste beispielsweise nicht,

dass es den Zuschauern anfangs so vorkam, als sei gar nichts passiert, nachdem der alberne Knopf gedrückt war, obgleich jetzt zehntausend Volt durch ihren Körper strömten. Oder dass sie schließlich anfing zu zucken, nur ganz schwach, so dass die Ketten um ihre Füße fast unhörbar klimperten. Oder dass der Rauch in kleinen Kringeln aus ihren Ohren, ihrem großen, feuchten Maul und den weiten Nasenlöchern an ihrem Rüssel stieg. Oder dass sie schließlich umfiel wie ein fachmännisch gefällter Baum, ganz plötzlich und leise – so leise, wie ein Elefant fallen kann – ihre säulenhaften Beine knickten weg, die verkrampften, zerreißenden Muskeln sprengten jede einzelne der dicken Ketten, so dass sie in ihrem Todeskampf endlich, endlich aller Fesseln ledig war. Wenn sie sich nur hätte erheben können …

Nein, sie wusste nicht alles. Schließlich war sie nur ein Elefant.
Aber sie wusste genug.

Triff mich heut' Nacht in Dreamland
Unter dem Silbermond …
Triff mich in Dreamland
Träum Träume in Dreamland
Denn Träume werden dort wahr.

69

Big Tim

Er hörte die Nachtigallen in den Birken: Sie sangen einander über den mondbeschienenen Garten hinweg zu. Es war die erste warme Frühlingsnacht und die schlaflose Stunde kurz vor Tagesanbruch. Er lag hellwach, unsicher, wo oder wer oder was er war.

Er war lange aufgeblieben und hatte mit seinen Wärtern Karten gespielt. Sullivan spielte nur um Streichhölzer – sie waren anständige Kerle, und er wollte ihnen nicht ihr Geld abknöpfen. Stattdessen hatte er eine große Pyramide der kleinen hölzernen Streichholzschachteln vor sich aufgetürmt.

»Herrgott, Tim, aber man hat uns gesagt, Sie wären nicht richtig im Kopf«, neckte Tommy Condon ihn und schüttelte in gespielter Verwunderung den Kopf.

»Wer so Poker spielen kann wie Sie, kann mindestens Bürgermeister werden«, schnaubte der andere Junge, dessen Name Jack McGrath war.

»Ah, ihr schmeichelt mir, Jungs«, entgegnete er. »Aber wer euch zwei beim Pokern nicht die Hosen ausziehen kann, der hat nicht nur seinen Verstand verloren, sondern der muss scheintot sein.«

Sie waren gute Jungs, er mochte sie beide. Es war den ganzen Winter über so gegangen. Sie wohnten zu dritt in dem abgeschiedenen kleinen Haus in Eastchester und vertrieben sich die Zeit damit, sich gegenseitig gutmütig auf den Arm zu nehmen. Bruder Paddy und die anderen hatten ausgezeichnet für ihn gesorgt, er hatte keinen Grund zu klagen. Es gab jede Menge Bücher, das Essen war gut, und diese beiden feinen Kerle waren immer zur Stelle, um jeden seiner Wünsche zu erfüllen oder ihn zu unterhalten, wenn ihm der Sinn nach Gesellschaft stand.

»Er erholt sich prima«, hatte er Tommy Condon heute Nachmittag zu Paddy sagen hören, als er ihn an der Tür verabschiedete. »Es würde mich nicht wundern, wenn er noch vor dem Sommer wieder ganz auf dem Posten wäre und seine Ämter wieder aufnimmt.«

»Nun, da bin ich nicht so sicher, aber jedenfalls ist es ein Trost nach Florrie und Little Tim«, hatte Paddy erwidert, und Big Tim hörte ihn unbehaglich von einem Fuß auf den anderen treten. »Das war weiß Gott tragisch genug, dass sie beide vollkommen wahnsinnig geworden sind. Aber ich weiß nicht, ob es ein wirksames Heilmittel gegen diesen Fluch gibt.«

Big Tim hatte in der kleinen Nische unter der Treppe gesessen und alles gehört, und er fand, das war eine objektive Einschätzung der Situation. Cousin Florrie und Little Tim waren also verrückt geworden. Blieb immer noch Paddy. Mit ein bisschen Erfahrung könnten er und Dinny und Larry Mulligan den Distrikt vermutlich leiten, jedenfalls solange er selbst weg war.

Er war schon eine ganze Weile weg. Erst in der Anstalt, dann in einem anderen stillen Haus auf dem Land, und dann hatte Paddy ihn zur Behandlung nach Europa gebracht.

Das war großartig. Er war nicht mehr dort gewesen, seit er vor beinah zwanzig Jahren mit Nell rübergefahren war, aber zu seiner Überraschung und großen Freude hatte er festgestellt, dass er in allen großen Hauptstädten der Alten Welt bekannt war. Wohin sie auch kamen, um all die großen Kathedralen und historischen Treppen zu bewundern, hatten seine Landsleute Big Tim Sullivan erkannt. Es war genau wie in der Bowery, sie kamen zu ihm, um ihm die Hand zu schütteln und ihm zu erzählen, wie oft sie für ihn gestimmt hatten, was für gute Demokraten sie waren.

Und was machte es schon, dass sie alle behaupteten, sie steckten gerade in einer Pechsträhne – wo er doch genau wusste, dass die meisten von ihnen heruntergekommene Trinker und Taugenichtse waren, deren ganzes Dasein eine einzige, fortwährende Pechsträhne war. Er hatte sie um sich versammelt und mitgenommen, von Kurort zu Kurort, von einer historischen Sehenswürdigkeit zur nächsten, und sie schließlich alle auf seine Kosten nach Hause gebracht.

Da hatten die Wise Ones es schließlich wirklich mit der Angst zu tun bekommen, als er anfing, mit Geld um sich zu werfen. Er hörte sie reden: Es sei eine Sache, die Räder zu schmieren, aber er verteile Geldscheine wie Visitenkarten.

Er wusste, es gefiel ihnen nicht, aber er konnte sich nicht mehr beherrschen, er *musste* es verschenken. Und nicht nur den alten Jungs von zu Hause, sondern auch jedem Bettler und Penner, allen Straßenmusikern und Blumenmädchen und den Kindern, wohin er auch kam.

Was machte es schon, dass sie nicht aus dem Old Fourth Ward stammten, nicht einmal Amerikaner waren. Sie brauchten es trotzdem, oder nicht? Und es war seine Pflicht, sich um sie zu kümmern, denn wenn er es nicht tat, wer dann?

Sie hatten ihn schleunigst mit dem nächsten Schiff nach Hause gebracht, und seither hatte Paddy ihn hier in dem kleinen Haus mit Tom und Jack untergebracht. Sie waren gute Jungs, es war eine gute Lösung, angenehm und friedvoll. Sie brachten ihm alle Zeitungen aus der Stadt und hielten ihn über die Ereignisse auf dem Laufenden.

»Haben Sie von der Tafel gelesen, die Mrs. Becker auf Charlies Grab hat anbringen lassen?«, fragte Tommy, und sein strahlendes Gesicht verriet, dass er einen Flush auf der Hand hatte.

»Ja.«

»*Hier ruht Charles Becker – ermordet von Gouverneur Whitman*. Ist das nicht ein starkes Stück?«

»Ja.« Big Tim lächelte huldvoll, verstieß gegen ein ungeschrie-

benes Pokergesetz und nahm eine Karte zu seinem Inside Straight.
»Sie sagen, der Gouverneur will sie zwingen, die Platte wieder abzunehmen«, wusste Jack zu berichten. »Das wäre Verleumdung, sagen sie, und der Staatsanwalt wird sie ins Tombs sperren, wenn sie sie nicht abnehmen lässt.«
»Verleumdung? Auf dem Sarg ihres Mannes?«, höhnte Tommy. »Sie wollen eine Witwe ins Gefängnis werfen, weil sie die Wahrheit sagt?«
Er hatte wirklich Recht. Sie alle hatten dem armen Charlie Becker wirklich übel genug mitgespielt. Whitman, der idiotische Bezirksstaatsanwalt, war tatsächlich zum Gouverneur gewählt worden. Das war der Lohn für seinen unnachgiebigen, unbestechlichen Eifer, mit dem er jeden Gangster der Stadt ins Tombs gesperrt hatte, bis einer nach dem anderen »gestand«, dass es Charlie Becker gewesen sei, der den armen Beansy kaltgemacht hatte. Es wurde gar gemunkelt, Whitman werde für die Präsidentschaftswahl nominiert, Gott helfe den Republikanern.
Mr. Murphy hatte unterdessen wie üblich im Hintergrund alle Fäden gezogen. Er hatte gerade genug Geld in Beckers Verteidigung gesteckt, dass Becker den Mund hielt, aber doch auch wieder nicht so viel, dass ein Freispruch zu befürchten war. Und als Roosevelt dann aus Europa zurückkam und die Reformkräfte sowohl in der Stadt als auch im ganzen Land spaltete, war der Triumph des großen Tammany-Häuptlings perfekt. Es herrschte allgemeine Verwirrung, und die Macht lag wieder einmal sicher in Tammanys Pranke – wenigstens für den Augenblick.

Sullivan hörte all die Geschichten mit Interesse, die Geschichten aus der Stadt, die jetzt so weit weg schien wie Wien oder Madrid oder eine der anderen Hauptstädte, die er in der Alten Welt besucht hatte. Er wollte sie nach weiteren Einzelheiten befragen, aber Tommy und Jack waren auf ihren Stühlen eingeschlafen, jeder noch mit seinem mittelmäßigen Blatt auf der Hand. Sie

hatten den ganzen Abend dem Whiskey zugesprochen, und jetzt schnarchten sie selig.
Big Tim schob leise seinen Stuhl vom Tisch zurück und ließ seinen Streichholzberg, wo er war. Er selbst hatte nur Tee getrunken. Er fühlte sich hellwach, ging aber trotzdem nach oben in sein Zimmerchen unter dem Dach. Er war sogar in einen leichten, angenehmen Schlummer gefallen – bis er die Nachtigallen im Garten singen hörte.

Er fand sich im strahlenden Mondlicht wieder, auf dem Weg zu dem kleinen Birkenhain. Er konnte sich nicht so recht entsinnen, wie er hierher gekommen war, aber in letzter Zeit verlor er öfter Minuten oder Stunden oder sogar ganze Tage. Sie sagten, das sei normal, das sei zu erwarten. Er war durch die Küchentür ins Freie getreten, fiel ihm jetzt ein. Tommy und Jack saßen immer noch schlafend am Tisch.
Wie Pilatus' Wächter vor dem Grab …
Er fragte sich, ob auch sie eine Auferstehung verschlafen würden, und trat in den Schatten der Bäume.

Ihm fiel auf, dass er aus irgendeinem Grund sein bestes Jackett und den Zylinder trug. Nun, warum auch nicht, überlegte er. Nur schade, dass er keine passende Schärpe hatte.
Überall rundum konnte er in den Bäumen jetzt die leisen, drängenden Rufe der kleinen Vögel hören, auch wenn er sie nicht sah. Sein Sehvermögen hatte nachgelassen – obwohl der Mond heute Nacht so hell leuchtete, dass er bei seinem Licht die Zeitung hätte lesen können, wenn er gewollt hätte, wenn er nicht schon genug Stunden seines Lebens damit vergeudet hätte, die eng bedruckten Spalten zu überfliegen, diese Ansammlung bedeutungsloser Wörter, wild verstreut wie Pferdedreck.
Es war eine so wunderbare Nacht; er beschloss, noch ein Stück weiter zu laufen. Ein Weg führte aus dem Garten und durch den Wald zu etwas Glitzerndem – ein Fluss, dachte er. Er folgte dem Pfad ohne Eile. Sein Unterleib schmerzte nicht mehr so sehr seit

der Operation, obwohl immer noch alles dick verbunden war und empfindlich reagierte, wenn man die Stelle berührte; sie sagten, es entwickle sich nicht befriedigend.

Eine wundervolle Nacht, eine unvergleichliche Nacht, der Mond schien alles auf seinem Weg zu erwärmen. So eine Nacht war es auch gewesen, als er zum ersten Mal eine Wahl gewonnen hatte. Keine Parlamentswahl oder Stadtratswahl, sondern etwas noch Bedeutenderes: eine Clubhausnominierung für den Staatssenat. Durch die Organisation.

Es war eine knappe Entscheidung gewesen, selbst mit Crokers Unterstützung. Es gab reichlich Konkurrenz um die heiß begehrte Nominierung, jeder hatte mit höchstem Einsatz gespielt, und bis zur letzten Minute war nicht klar, wer die Nase vorn hatte.

Am Abend zuvor hatte Sullivan einige Leute aufgesucht und ein paar Brocken ihrer Sprache gelernt. Die Wahl sollte in dem prunkvollen neuen Tammany-Haus – Wigwam genannt – auf der 14. Straße stattfinden, und die Wähler mussten auf dem Weg zu den Wahlkabinen an den Kandidaten vorbei. Der Fairness halber sollten die Kandidaten hinter der Absperrung warten und auf feurige Ansprachen in letzter Sekunde verzichten.

Und Big Tim hatte beobachtet und gewartet, und jedes Mal, wenn er einen der alten Knacker entdeckte, einen der alten Helden, brachte er die paar Brocken Gälisch an, die er sich angeeignet hatte.

»Denkt an den Jungen von zu Hause«, rief er ihnen zu. »*Nach cuimhin leat an buachill on bhaile*!«

Sie konnten ihn nicht hindern, weil sie ja nicht wussten, was er sagte. Und derweil begann es in den Augen der alten Wähler beim Klang dieser wenigen Worte vor Rührung zu schimmern, beim Klang der Sprache, die sie seit einer Generation nicht mehr gehört, die sie aus ihren Herzen verbannt hatten.

Es wurde ein leichter Sieg. Der Erste von vielen. Die Erste von so vielen herrlichen Nächten.

Er saß in seiner Loge im Hesper Club, umgeben von Richtern und Industriebossen. Die Wise Ones waren dort und Big Tom Foley und Charlie Solomon und Mr. Murphy. Und sie beobachteten den großen Einzug zum alljährlichen Ball der Timothy D. Sullivan Association unten im Saal. All die Gangster und Spieler, die Halsabschneider, Taschendiebe und Trickdiebe, all die Luden und Huren – alle seine Leute, die ihm ihren Gruß entboten und fröhlich mitten durchs Orchester marschierten, und das Konfetti und das frenetische Gejohle:

»Sullivan! Sullivan! Ein hochanständiger Irishman!«

Er kam zur Sohle der schmalen Rinne, zu der der Pfad führte, und stellte fest, dass es sich keineswegs um ein Flussbett, sondern um eine Bahnlinie handelte. Es war eine sehr schmale Schneise, eine alte Trasse der New Haven Line; die Bäume reichten so dicht heran, dass sie das dichte Unterholz kaum zu unterbrechen schien. Er wanderte die Bahnlinie entlang, als sei sie eine alte Freundin, erinnerte sich an andere wundervolle Nächte und glorreiche Siege.

Die Schlange draußen im Schnee erstreckte sich über zehn Blocks. Achttausend Paar Schuhe verschenkten sie zu Weihnachten kurz nach dem Börsenkrach, und achttausend Portionen Truthahn. Und anschließend, nachdem er der ganzen Zeremonie vorgesessen, huldvoll genickt und ihnen feierlich die Hände geschüttelt hatte wie ein päpstlicher Nuntius, war er um die Straßenecke gebogen und sah sie dort alle im Schnee hocken und ihre neuen Schuhe hin und her tauschen. Er hatte einfach nicht an unterschiedliche Größen gedacht – und sie hatten nicht gefragt. Sie hatten genommen, was ihnen gegeben wurde, um hinter der nächsten Ecke im Schnee herumzukriechen und zu probieren und zu tauschen. Seine Leute – Frauen, Kinder und alte Männer, Amerikaner allesamt – hockten im Schnee wie Leibeigene, die den mächtigen Gutsherrn nicht verärgern wollten.

All die Wahltage, die Fackelzüge, all die Besen an den Hauseingängen, die Tammany Glück bringen sollten. All die Rednerpodien mit den rot-blau-weißen Behängen, all die großen, leeren Reden und der frenetische Jubel.
Er erinnerte sich an die schlafenden Italiener im Jahr des großen Blizzards. Sie heuerten italienische Straßenbaukolonnen an, um die Bahnschienen freizuschaufeln, damit Lebensmittel und Kohle in die Stadt gebracht werden konnten. Irgendein Genie war auf die Idee gekommen, dass sie schneller arbeiten würden, wenn sie ihr gewohntes Essen bekamen. Schubkarrenweise hatte man also Lasagne und Spaghetti, italienisches Brot und Chianti zur Grand Central Station gebracht. Und nachdem sie diese Berge vertilgt hatten, waren die Arbeiter natürlich in einen tiefen Schlaf gefallen. Die Vertreter der Eisenbahngesellschaften rannten aufgelöst zwischen ihnen umher und versuchten sie zu wecken, aber die Männer schliefen wie tot.
Er entsann sich genau an diese Nacht, an das Echo seiner Schritte in der Bahnhofshalle. Die gelben Gaslichter verbreiteten ein schwaches, dämmriges Licht. In der Wartehalle war es still, nur das Schnarchen war zu hören und hier und da der leise Klang einer Mandoline.
Und als sie nach ein paar Stunden aufwachten, arbeiteten sie wie besessen, räumten die drei Meter hohen Schneeverwehungen in null Komma nichts von den Schienen. Wie wenig sie verlangten, und wie hart sie schufteten. Ein bisschen Essen, ein wenig Rast. Er hatte sich immer gefragt, warum man es nicht so einrichten konnte, dass sie wenigstens das bekamen, sie alle. Er war sicher, es gab einen Grund, nur konnte er sich im Moment nicht darauf besinnen.

Und dann die große Reise, nachdem sie ihn gefunden hatten, als er ziellos durch die East Side streifte, den toten Jungen in den Armen. Er hatte einfach nicht gewusst, wo er den Jungen hinlegen sollte, nachdem er ihn einmal aufgehoben hatte, bis man ihn ihm schließlich abnahm, und er war davongeschlendert, war die ganze Nacht gelaufen, durch ganz Brooklyn bis nach Coney Island, wo sie ihn schließlich am nächsten Tag eingefangen hatten. Nach der Anstalt und dem Krankenhaus waren sie durch ganz Europa gereist, und wohin sie auch kamen, in jeder der altehrwürdigen Hauptstädte, gab es jemanden, der Big Tim kannte. Er hatte sie alle mit nach Hause genommen, und als sie in den großen Hafen einliefen, standen die Jungs jubelnd an der Reling, der Grünen Lady den Rücken zugewandt, hielten sie begierig nach der Bowery Ausschau.

Auch Nell hatte er mit auf die große Reise genommen, Jahre zuvor, um zu sehen, ob sie nicht wieder zueinander finden konnten. Er sah sie noch genau vor sich: lächelnd stand sie an Deck und hielt mit einer Hand ihren großen Hut fest ... Nein, nein, erkannte er, das war kurz nach ihrer Hochzeit gewesen, als sie mit dem Ausflugsboot den Hudson hinauf zum Bear Mountain gefahren waren. Zu der Zeit, als er sie mit nach Europa genommen hatte, lächelte sie nicht mehr oft. Er hatte es wieder gutmachen wollen, aber sie hatte nicht viel Verständnis für die Bedürfnisse eines Mannes, hatte nicht viel Verständnis für seine Bedürfnisse, was also hätte er tun können? Er hatte seinen Samen ausgestreut, überall in diesem großen Land des Volkes würde er aufgehen und wachsen und sich vermehren ...
Irgendetwas raschelte im alten Laub und dem Dornengestrüpp zu seinen Füßen, und er beugte sich vor, um zu sehen, was es war: ein kleines Kaninchen vielleicht, das sich versteckte. Aber dafür war es ein zu leises Rascheln gewesen, dachte er, und als er sich auf den Boden hockte, erkannte er, dass es die Schiene war – die schmale Stahlschiene, hart wie ein Dolch, vibrierte schwach im Gestrüpp.
Er kniete sich hin und legte das Ohr darauf, so wie die Indianer in den Heftchenromanen es taten. Und tatsächlich hörte er etwas näher kommen. Blinzelnd sah er die Schienen entlang und entdeckte einen einzelnen, runden Scheinwerfer, der sich rasch durch den Wald bewegte – wenngleich der Mond so hell schien,

dass sein Licht allein für jeden erfahrenen Lokführer ausgereicht hätte.
Er legte sich quer über die Schienen, den Kopf auf die eine, die leicht angewinkelten Knie über der anderen. Wie leicht die Knie des mageren Jungen sich hatten bewegen lassen, selbst im Tod. Er hätte die ganze Nacht mit ihm weiterlaufen können. Er lehnte den Kopf zurück gegen die Schiene, nahm den Hut vom Kopf und hielt ihn vor seinen Unterleib.
Nun, ich wollte sowieso zu Bett gehen, also bette ich mich einfach hierher.
Er überlegte, ob es wohl eine Todsünde war, auch wenn er nicht im wörtlichen Sinne Hand an sich legte. Die Vibration unter seinem Kopf und den Knien hatte sich verstärkt. Hier draußen im Wald würde der Zugführer kaum die Sirene ertönen lassen, dazu bestand keine Notwendigkeit. Mit etwas Glück würde er ihn nicht einmal sehen, trotz des Mondlichts. Er hatte sich einfach schlafen gelegt, und der Zug war eben vorbeigekommen, und wer wollte etwas anderes behaupten?
Die Frage überließ man wohl am besten den Theologen. Er wusste nur, dass es mit ihm nicht so weit kommen würde wie mit Florrie und Little Tim, er würde nicht schreien und kreischen. Es war besser so, niemand würde es sehen, niemand wissen.
Das Beben der Schienen wurde ohrenbetäubend.
Denkt an den Jungen von zu Hause!

70

Trick der Zwerg

Sie schickten Charlie Becker noch im gleichen Herbst auf den Stuhl, und kurz darauf erwischte der Grabber schließlich auch Spanish Louie. Sie fanden ihn eines Morgens auf dem Gehweg an der 12. Straße, unweit der Avenue A. Äußerlich war keine Verletzung zu entdecken, aber niemand hatte den geringsten Zweifel, dass der Grabber dahinter steckte.

Keiner wusste, wer Louies Verwandte waren, und ein paar der Jungs meinten, man solle versuchen, sie mit Hilfe des mexikanischen Konsulats oder der Verwaltung des Arizona Territory ausfindig zu machen. Aber schließlich meldete sich zur allgemeinen Überraschung ein älterer jüdischer Hutmacher von der Flatbush Avenue. Er brachte seinen Sohn anständig unter die Erde, mit einem orthodoxen Trauergottesdienst in einer Synagoge, die sich in einem Ladenlokal an der Hester Street befand.

Die jungen Männer standen draußen auf den Eingangsstufen herum und rauchten, und ihre Väter saßen drinnen und befingerten die zeremoniellen Einschnitte an ihren Revers.

Der alte Rabbi stand draußen auf der Straße und beobachtete die Trauerfeier voller Verachtung.

Was für ein Sakrileg, diesen Mamser *so zu ehren! Aber was kann man schon erwarten? In Amerika ist alles möglich.*

Er betrat schlurfend die Synagoge, um sich die Reste vom Leichenschmaus zu sichern: Schüsseln mit Sauerrahm und Hüttenkäse, Pflaumenbranntwein, Hering und Schwarzbrot.

Jeden Tag machte er mit seiner Bettelschale die Tour durch die Synagogen, und er fand immer genug, um über die Runden zu kommen: einen Apfel, ein bisschen Stockfisch oder ein Stück altes Brot. Selbst seine alten Widersacher bei dem Streit um den Erhabenen Rabbi von Krakau gaben ihm etwas, wenn sie sahen, wie tief er gesunken war.

Als er jetzt ins feuchte Halbdunkel im Innern der Synagoge trat, vergaß er für einen Augenblick den Hüttenkäse und die dicken Scheiben Schwarzbrot, die im Hinterzimmer warteten. Stattdessen setzte er sich auf eine der vorderen Bänke, murmelte ein Gebet aus seiner Kindheit vor sich hin und wiegte sich sacht vor und zurück. Sein ganzes Leben hatte er in solch engen, abgedunkelten Räumen verbracht und versucht, das Wesen Gottes zu begreifen, und bald wusste er nicht mehr, wo er sich befand. Er wiegte sich immer noch wie im Gebet, doch er sang leise ein altes Lied aus Russland vor sich hin:

An dem kleinen Fluss
An der kleinen Brücke
Wuchs das grüne Gras …

Das Feuer brach in Hell Gate aus, während der Vorbereitungen für den Eröffnungstag der neuen Saison am Osterwochenende. Selbst dieser griesgrämige russische Schreiberling hätte sich kein besseres Ende ausdenken können: Zwei Arbeiter versuchten in den frühen Morgenstunden des Karsamstags, einen Kurzschluss in einer Elektroleitung zu reparieren. Ein paar Funken flogen, irgendein Idiot stieß einen Eimer Pech um, und damit war alles vorbei.

Keine halbe Stunde später war Brinckerhoffs Turm eine Feuersäule, die man bis zur Bronx sehen konnte, und der müde alte Satan wurde endlich ein Opfer seiner Flammen, fiel mit einem erleichterten Seufzer hintenüber in die Trümmer seines Reiches. Das Feuer breitete sich schnell aus, sprang über auf Venedig und

den Dogenpalast. Es raste zum Pike's Peak hinauf, erfasste die Oriental Scenic Railway, raste die Streben der Whirlwind-Achterbahn hinab und verschlang den Rough Rider in einer einzigen gewaltigen Feuerwalze.
Bald brannte ganz Dreamland. Der Leiter der Feuerwehr löste den einzigen Katastrophenalarm in der Geschichte Brooklyns aus, aber es war schon zu spät. Alle Feuerwehreinheiten im Umkreis von zehn Meilen rückten an, brausten über die Brooklyn Bridge, galoppierten die leeren Straßen von Long Island entlang – zu spät, zu spät.
Das Feuer erreichte Worlwood's Theatre, und die dressierten Hühner und Ameisenbären, die Affen und Lemuren und Schweine flohen, um irgendwo in Deckung zu gehen. Die Papageien und Paradiesvögel segelten kreischend durch die Nacht, mit brennenden Schwanzfedern zogen sie einen Lichtstreif durch die Dunkelheit, ehe auch sie verbrannten.

In Bostock's Circus schrien die Großkatzen und gingen in ihrer Panik mit den Krallen aufeinander los und versuchten, die Gitterstäbe zu durchbeißen. Captain Jack und seine Helfer konnten die meisten in ihre Transportkäfige schaffen, doch Black Prince – der wundervolle schwarze nubische Löwe, der ihn einen Arm gekostet hatte – jagte die Surf Avenue hinab und verschwand. Er rannte ihm nach, flehte ihn mit tränenerstickter Stimme an, zurückzukommen, doch der Löwe erklomm die Wälle von Dublin Castle, und dort stand er und brüllte in die Nacht hinaus, versengt und zu Tode verängstigt von den brennenden Splittern, die auf ihn hinabregneten, bis ein Cop aus Brooklyn ihn endlich mit seinem Revolver von den Qualen erlöste.

Das Feuer brandete gegen die Pfefferkuchenmauern von Liliputa. Die Alarmglocken schrillten, die Sirenen heulten los – genau wie jeden Nachmittag und jeden Abend zuvor, sechs Vorstellungen pro Tag –, und unsere Miniaturfeuerwehr, die besttrainierte der Welt, rückte aus.

Sie behielten einen kühlen Kopf und arbeiteten mit einer stillen Würde, das muss ich zugeben. Sie banden ihre Pferde an und brachten ihre Schläuche mit der gleichen Schnelligkeit in Position wie jede echte Feuerwehr vor Ort. Sie nahmen den Kampf gegen eine Wand aus Hitze und Flammen auf, richteten ihre Gartenschläuche in eine Feuersbrunst, die sie weit überragte. Und ihre Frauen und Kinder und all die anderen kleinen Bürger der kleinen Stadt arbeiteten hinter ihnen mit der gleichen, grimmigen Entschlossenheit, spritzten ihre Dächer nass, traten Funken aus und weigerten sich, ihre perfekte Miniaturstadt aufzugeben.

»Mein Gott, sieh sie dir an!«, sagte eine Stimme hinter mir. »Wie sie diesen Ort lieben!»

Ich wandte mich um und sah Brinckerhoff, der eine gerettete Flasche Gin am Hals gepackt hielt. Ich hatte mich gefragt, ob er mitsamt seinem Turm gestürzt war, aber hier stand er – sein zitronengelber Leinenanzug war an den Säumen ein bisschen angesengt, aber ansonsten wirkte er unbeschadet. Ich konnte ihm ansehen, dass er immer noch plante; die Rädchen in diesem unbezwingbaren Unternehmerhirn drehten sich unaufhaltsam weiter, während er die kleinen Feuerwehrleute beobachtete.

»Welch ein Mut! Welche Hartnäckigkeit! Wenn wir das doch übernehmen könnten – es ist besser als jede Show, die wir je erdacht haben! Wenn wir es doch nur irgendwie in Flaschen abfüllen könnten.«

»Was in Flaschen abfüllen?«, schrie ich zurück, und meine Worte wurden beinah übertönt vom Brüllen des Feuers, das sich umso höher über ihren Köpfen aufzutürmen schien, je mehr Wasser sie hineinleiteten. »Was in Flaschen füllen? Schiere Verzweiflung? Pure, blinde Dummheit?«

Der Seewind frischte auf und ließ die Funken schneller auf unsere kleine Traumstadt herabregnen, als sie sie austreten konnten. Das Feuer verschlang Liliputa vor meinen Augen – langsam zuerst, Stückchen für Stückchen, und dann in einem einzigen triumphalen Happen, wie einer der Gäste in Feltman's Restaurant, der einen Teller Muscheln vertilgt. Die Leute – mein Volk – wurden vor den Flammen her getrieben, stürzten so schnell davon, wie ihre kleinen Beine sie trugen. Und sie nahmen nichts mit, absolut nichts, nicht einmal die Koffer oder Reisetaschen, die sie früher besessen hatten, als sie von Stadt zu Stadt zogen, von Jahrmarkt zu Jahrmarkt. Sie hatten alles verloren, weil sie beschlossen hatten, zu bleiben und zu kämpfen.

Ich nicht.

Ich hatte nicht die Absicht, mich mit der Stadt des Feuers anzulegen. Ich wollte wenigstens ein paar Sachen retten, alles, was ich tragen und zu Geld machen konnte. Ich stopfte an Wertsachen in eine Gobelintasche, was ich im Palast finden konnte: Kerzenleuchter, Goldrandporzellan, eine Flasche des besten Madeira – und rannte. Wenigstens hatte ich ein wenig gerettet, und wenn es nicht genug war, um bis an mein Lebensende zu reichen, na wenn schon, wovon hat man je genug?

Kurz nach drei Uhr morgens fiel der große, adlergekrönte Turm von Dreamland, inzwischen nichts weiter als eine ausgebrannte Hülle, in sich zusammen. Das Feuer raste wie ein wahnsinniger Riese den Strand entlang, zertrampelte all die brüchigen Sperrholz- und Gipsgebilde entlang des Boardwalks – endlich waren die Flammen ihren festgelegten Bahnen entronnen, fielen kannibalisch über die *Fighting Flames* her und verschlangen schließlich unter gigantischem, orgiastischem Brüllen Dr. Pooles schneeweißes Kraftwerk mit seinen goldenen Ölkännchen und dem wundervollen Mosaiktisch.

Es sah aus, als wolle das Feuer alles auf der Insel verschlingen. Nicht nur Dreamland, sondern auch Luna Park und Steeplechase und Feltman's und Stauch's, den Tin Elephant, den Centennial Tower und all die Schießbuden, Bordelle und Absteigen, die Tätowierstudios und Spelunken und Austernbars, die sich Schutz suchend an die größeren Gebäude schmiegten wie Holzhütten an eine Burgmauer. Bis die ganze Insel so öd und leer wäre wie an dem Tag, als der erste holländische Seefahrer sie entdeckte: eine sumpfige Sandbank, auf der nur Mückenschwärme und scheue braune Kaninchen – Coneys genannt – existierten.

Bald erschienen Dampfer und Ausflugsboote in der Brandung, Yachten und Fischkutter und Müllkähne – eine zusammengewürfelte Flotte aus allem, was nur halbwegs schwimmen konnte, bereit, Coney Island zu evakuieren, wenn es zum Schlimmsten kommen sollte. Das wäre doch etwas gewesen – eine grandiose Götterdämmerung. Was für Filme man darüber hätte machen können! Was für ein wunderbares Postkartenmotiv, und wie herrlich man es auf Coney Island hätte nachstellen können, sobald alles wieder aufgebaut war: Die unterhaltungssüchtigen Massen, die Feuerwehrleute, die Dompteure, die Zwerge und Akrobaten – alle waten hinaus ins aufgewühlte, brodelnde Wasser, kämpfen sich durch Stacheldraht und Funkenregen im höllischen, unnatürlichen Licht ...

Doch die Realität schuf dieser Phantasie kein Vorbild. Stattdessen drehte der Wind, und den Flammen ging die Nahrung aus. Das Feuer erstarb genau vor den Toren der *Great Galveston Flood Exposition*, ließ die Farbe von ihren Mauern platzen und zerstörte somit das Bild von der großen Flutwelle – aber diese letzte kosmische Ironie war alles, was es noch zustande brachte. Es erlosch dort – überließ den Luna Park, Steeplechase und alle anderen Bauwerke entlang der Hauptstraße ihrem eigenen unausweichlichen Inferno zu irgendeinem späteren Zeitpunkt.

Als alles vorüber war – das Feuer ausgebrannt und Dreamland dem Erdboden gleich, endlich keine Konkurrenz mehr –, kamen der große Tilyou und Feltman und all die anderen Besitzer einer nach dem anderen herüber und schüttelten Brinckerhoff schweigend die Hand.

»Seid unbesorgt«, sagte er ihnen und den Reportern, den Politikern und Geldgebern mit dem üblichen, ginverstärkten Selbstbewusstsein. »Seid unbesorgt, Dreamland wird sich wieder aus der Asche erheben – leuchtender und wunderbarer als je zuvor.« Schon am nächsten Tag hatte er ein Kassenhäuschen aufgestellt – zehn Cent Eintritt, um die rauchenden Trümmer zu bestaunen –, und ich glaube, wenn er die Chance gehabt hätte, hätte er es wirklich wieder aufgebaut. Er hätte es wieder und wieder neu gebaut, hätte es etwa alle fünf Jahre abgefackelt und wieder aufgebaut – immer größer und prächtiger und voll gestopft mit immer fantastischeren Wundern.

Aber nachdem Big Tim verschwunden war, bekam er das Geld nicht zusammen, und dann kam der Krieg und schließlich die Kinos. Das alte Dreamland, das alte Coney schien weiter und weiter in die Vergangenheit zu entschwinden, wie ein Traum, den man erst letzte Nacht gehabt hat, an den man sich aber schon beim Frühstück nicht mehr richtig erinnern kann. Sie bauten nie wieder etwas Derartiges, sie bauten nichts weiter als eine große Schaubude, die sie Dreamland *nannten*, und füllten sie mit Missgeburten, Täuschungen und Vaudeville-Vorführungen.

Die schwimmenden Elefanten ersetzten sie durch Schweine, die Brutkastenbabys durch Kakerlakenrennen, und jedes Jahr schien alles ein bisschen müder und lahmer und glanzloser zu werden, während die Menschen sich neuen Wundern zuwandten und die Parks langsam unter der sanften, unablässigen Meeresbrise verblassten. Bis wir schließlich ganz und gar in dieser Welt lebten, wo alle Wunder, alle echten Attraktionen auf einen eindimensionalen Schirm gebannt sind, von wo aus sie uns keinen Schaden zufügen können.

Und was den Rest betrifft, wer weiß? Ihr wollt einen Epilog, aber wer kann schon sagen, wohin die Menschen gehen? Sie werden von der Menge verschluckt, und was bleibt, ist Spekulation.

Vielleicht hat Esther ihn ja wirklich geheiratet und sich trotz allem niedergelassen und ein Kind nach dem anderen bekommen.

Während er einen guten Job bei der Stadtverwaltung bekam oder ein Vermögen gemacht hat, indem er Selleriesoda in Flaschen abfüllte und verkaufte. Denn auch wenn es wie alte Socken schmeckte, war man in den koscheren Restaurants und den Teehäusern doch ganz verrückt nach dem Zeug. Bis sie satt und fett wurden und in die Wohnung ihrer Träume zogen, an einer der feinen, breiten neuen Straßen in Brooklyn oder am Grand Concourse drüben in der Bronx.

Oder vielleicht auch nicht. Vielleicht ging sie zurück in die Triangle-Fabrik, zusammen mit Sadie, und versuchte, die Streikbrecherinnen und Anfängerinnen zu organisieren und all die anderen *Oksn* und Schwachköpfe, die nicht wissen, wie man für seine Rechte eintritt. Und sie und Sadie arbeiteten Seite an Seite auf einer der langen Bänke in der Fabrikhalle, und sie brachte Sadie bei, wie sie den Stoff gleichmäßig unter die Nadel führen musste, und hin und wieder sahen sie auf und lächelten sich zu – ein bisschen müder, ein bisschen grauer jedes Jahr. Und in der Viertelstunde Mittagspause teilten sie eine Tasse Tee …

Wie in einem Film aus dem Nickelodeon am Union Square: die verklärte Biographie eines gewöhnlichen Lebens, in dem der Prinz, der große Umschwung oder die Stunde der Wahrheit sich nie so recht einstellen wollen.

Oder vielleicht wurde sie wirklich eine Gewerkschaftsdelegierte und reiste in den verrauchten Pullmanwagen von Stadt zu Stadt, ein kleines, freudiges Prickeln der Aufregung im Bauch, ganz gleich, wie oft sie es schon erlebt hatte. Und sie inspirierte die jungen Mädchen an den Maschinen, bot Schlägern und Ausbeutern gleichermaßen die Stirn und sprach vor den reichen, engagierten Frauen bei ihren Teenachmittagen und in ihren Literaturzirkeln – immer mit einem halb neidischen, halb nachsichtigen Blick auf ihre Limousinen, ihre Salons, die feinen Vasen, Bücher, Silbertässchen und ihren mühelosen Umgang mit einem Teller Salat –, bis schließlich selbst das aufgeregte Prickeln verschwunden war. Und am Abend saß sie auf einer abgewetzten

Bettdecke in einem trostlosen Zimmer des YWCA. Vielleicht nicht gerade der Ausgang, den sie sich vorgestellt hatte, aber ihr Glaube war unerschüttert, der Glaube, dass irgendwann der Tag kommen würde, wo sie auf den Eingangsstufen vor ihrem Haus in der Orchard Street sitzen und die bessere Welt sehen würde, nach der sie sich immer gesehnt hatte.

Oder vielleicht war es irgendwas dazwischen. Vielleicht ist sie geblieben. Vielleicht hat sie Kid geheiratet oder ist mit ihm zusammengezogen, und sie lebten, wie nie jemand zuvor gelebt hatte – eine Liebe, gegründet auf gegenseitigem Respekt, auf Verständnis und Freundschaft. Und vielleicht akzeptierte er, dass sie ein Recht hatte, so zu leben, wie sie es wollte, aber vielleicht wollte es einfach nicht klappen mit ihrer Berufung zur Gewerkschaftsvertreterin, und so musste sie in der Triangle-Fabrik bleiben, wo sie nach wie vor versuchte, die gute Sache voranzutreiben, Gehör bei den jungen Frauen zu finden, ihr Interesse zu wecken, sie zu bewegen, in die Gewerkschaft einzutreten – bis zu jenem Tag im Frühling, als am frühen Nachmittag ein wenig Zigarettenglut in einen der großen Abfallkörbe fiel, voller Stoffreste, die sich für keins der Schnittmuster mehr hatten verwenden lassen und darauf warteten, vom Filzhändler abgeholt zu werden.

Das feine, dünne Gewebe fing sofort Feuer. Die Flammen schlugen aus dem Abfallkorb und sprangen auf die Schnittmuster über. Schneller als ein Gedankenblitz rasten sie durch den Raum, von einem Muster zu den nächsten, die über den Zuschneidetischen hingen. Die Männer begannen zu spät, die Flammen auszuschlagen, und fegten brennende Stofffetzen von ihren Tischen, die wie Glühwürmchen durch die Halle schwebten – bis die Leine riss und ihre brennende Last in die Abfallkörbe ergoss.

Die Arbeiterinnen waren schon dabei, sich die Mäntel überzustreifen, der halbe Arbeitssamstag war fast zu Ende. Sie hatten es noch nicht bemerkt. Nur ein paar Minuten später, und sie alle wären draußen gewesen. Sie waren bereits auf dem Weg zur Treppe und sangen eins der beliebten neuen Lieder aus den Tanzlokalen:

Every little movement has a meaning all its own
Every thought and feeling by some posture can be shown …

Mr. Bernstein, immer noch ruhig und gelassen, bellte Befehle, um das Feuer unter Kontrolle zu bringen, und versuchte, alle zu den Türen zu dirigieren. Doch dann erreichten die Flammen das Fass mit Maschinenöl, das gleich neben der Tür zum Treppenhaus stand. Dann stellten die ersten Frauen fest, dass die Notausgänge versperrt waren, damit keine von ihnen mit einem stibitzten Stück Stoff für ein paar Pennys dort hinausschlüpfen konnte. Dann ergriff einer der Laufburschen einen Löschschlauch, der in seinen Händen zu Staub zerfiel wie in einem bösen Traum. Dann kam irgendein Dummkopf mit einem Eimer Wasser herauf und öffnete die Fahrstuhltür, so dass ein Luftschwall herausströmte und das Feuer in der offenen Fabrikhalle weiter anfachte.

Und danach war es nicht mehr aufzuhalten. Männer und Frauen trampelten einander nieder, um zur Treppe zu gelangen, schlugen gegen die Aufzugtüren, als sie sich schlossen. Eine Reihe Frauen trat ruhig und geordnet auf die Feuerleiter hinaus, die daraufhin mit einem schrecklichen reißenden Laut wegbrach, so dass sie auf die Straße hinabstürzten oder durch das Dach eines Glashauses, manche wurden auf den Pfählen schmiedeeiserner Zäune aufgespießt.

Sie hörten es im ganzen Village. Mrs. Perkins saß zum Tee mit ein paar Freundinnen zusammen und verharrte mit der Tasse in der Hand, als sie die Feuersirene und die rennenden Schritte auf der Straße hörte, und dann eilte sie zusammen mit allen anderen Leuten aus der Gegend zum Schauplatz der Katastrophe, alle aus Little Italy und der Lower East Side liefen hinüber, um zu sehen, was dort vorging. Feuerwehrwagen brausten heran, doch ihre Leitern reichten nur bis zum sechsten Stock hinauf, und ihre Sprungtücher waren zu schwach, um die herabstürzenden Leiber zu halten. Die Cops drängten die Menge zurück und sahen mit offenen Mündern zu, während die Mädchen, die sie nur wenige Monate zuvor zusammengeknüppelt hatten, aus den Fenstern sprangen und auf dem Boden aufschlugen.

Einhundertundsechsundvierzig Menschen innerhalb von fünfzehn Minuten zählten sie – das war alles, was sie tun konnten. Einhundertundsechsundvierzig Frauen und Mädchen und Männer in fünfzehn Minuten. Gepfählt auf stählernen Zaunpfosten oder klirrend durch das Glas des Gewächshauses gebrochen.

Sie sprangen aus den Fenstern. Zuerst dachten die Schaulustigen unten, es seien brennende Stoffballen, die aus den Fenstern geworfen wurden, aber sie sprangen aus den Fenstern, während die Flammen an ihren Beinen leckten, landeten mit einem dumpfen, grauenvollen Laut auf dem Gehweg, fielen durch die Sprungtücher auf das Straßenpflaster, durch die Oberlichter der Keller, fielen, aber standen nicht auf, fielen, aber überschlugen sich nicht, fielen nur und lagen dann still, bis auf eine Frau – eine Frau, schrieben alle Zeitungen, die durch das Sprungtuch fiel und sofort wieder aufsprang und ging, ging, als sei ihr gar nichts passiert, schwankte vielleicht ein wenig, als käme sie gerade aus einem Saloon, aber ging doch völlig normal fünf, zehn, fünfzehn Schritte, ehe sie umfiel, tot, einfach so.

Vielleicht gerieten sie in Panik und flohen mit den anderen. Vielleicht starben sie zusammengekauert unter einer Bank, einer Maschine, oder vielleicht brachten sie sich auf dem Dach in Sicherheit oder kamen mit einem der Fahrstühle hinunter, ehe die Fahrstühle ausfielen.

Oder vielleicht stand Esther auch an einer der Bänke, beruhigte die jüngeren Mädchen und brachte sie auf den Weg zur Tür.

Stillte ihr verängstigtes Schluchzen und schärfte ihnen ein zu atmen. Schlug mit den Händen die Funken auf ihren bauschigen Röcken aus. Führte sie zum Ausgang, bis niemand mehr da war als nur die ganz und gar Hysterischen, die hoffnungslosen Fälle, die leise weinend unter den Bänken hockten. Blieb auf ihrem Posten und führte sie alle zum Ausgang, bis es zu spät war und das Feuer sie abgeschnitten hatte und sie vor lauter Qualm die Treppe nicht mehr sehen konnte.

Es ging alles so schnell.

Sie hatte nicht die Absicht, eine Märtyrerin zu werden. Das war sie nicht, und das war auch nicht, was Clara von ihr erwartete. Sie war eine Persönlichkeit, und es gab Menschen, die sie liebte und zu denen sie zurückkehren wollte. Es ging alles so schnell – *Einhundertundsechsundvierzig innerhalb von fünfzehn Minuten* –, so dass sie sich schließlich umsah, um sich selbst in Sicherheit zu bringen, nachdem sie alle anderen hinausgebracht hatte, und feststellte, dass es zu spät war.

Und trat sie dann an die Fenster? Lächelte sie, empfand Bitterkeit ebenso wie Stolz und dachte: *Jetzt weiß ich es. Wenigstens weiß ich jetzt, dass ich es konnte …*

Trat sie zum Fenster in der Hoffnung, dass es doch noch einen Ausweg geben könnte? Sie war schließlich keine Märtyrerin. Und wer hätte gedacht, dass die Feuerwehr so idiotisch sein könnte, in einer Stadt der Wolkenkratzer nur sechs Stockwerke hohe Leitern zu haben? Wer hätte gedacht, dass die Stadtväter so sehr damit beschäftigt waren, sich die Taschen zu füllen, dass sie keine Zeit hatten, auch nur einen einzigen Gedanken an die öffentliche Sicherheit zu verschwenden?

Niemand gibt jemals ganz und gar auf. Trat sie vielleicht ans Fenster und dachte, es könne noch Hoffnung geben – und blickte dann hinab, sah die weinende, glotzende Menge, die zu kurzen Leitern, die viel zu weit unten sinnlos hin und her schwankten, und die Frauen, die durch die zerrissenen Sprungtücher fielen? Blickte sie hinab und erkannte dann, dass sie keine Chance mehr hatte?

Oder klammerte sie sich immer noch an ihre Hoffnung?
Die Zeitungen schrieben, dass wenigstens eine der jungen Frauen in einer letzten demokratischen, sozialistischen Ironie ihr Geld aus der Tasche zog und über den Schaulustigen hinabregnen ließ, ehe sie sprang, und so sicherging, dass nicht nur ein einzelner Dieb sich an ihrem Unglück bereicherte. Und die Zeitungen schrieben auch, dass ein Mann draußen auf dem Fensterbrett stand – offenbar ein wirklicher Mann – und den Mädchen half, in den Tod zu springen. Er hielt sie fest, damit sie nicht das Gleichgewicht verloren, hob sie dann hoch und ließ sie fallen. Und dass er die letzte Frau an sich drückte und sie küsste, ehe er sie fallen ließ, und dann hinterhersprang, so dass allgemein angenommen wurde, sie sei seine Verlobte gewesen.
Eine unglaubwürdige Geschichte, eine gar zu perfekte Geschichte, typisch für die Presse. Und hätte diese letzte Entscheidung nicht den Frauen selbst überlassen bleiben sollen – springen oder nicht springen –, wo sie doch in ihrem ganzen, jammervollen kurzen Leben nie die Wahl gehabt hatten?
Typisch Mann, eine Frau aus dem Fenster zu werfen und es als romantische Geste darzustellen!
Aber nehmen wir einfach an, er war da, als sie an diesem Vorfrühlingstag aus dem Fenster auf das Sims hinauskletterte. Sie trat hinaus aufs Sims an diesem wunderbaren frühen Frühlingsabend, die Bäume schlugen gerade aus, vertuschten mit ihren grünen und rosa Knospen die Hässlichkeit der Mietskasernen dort unten. Und sie blickte hinaus über die verwinkelten Straßen von Little Italy, den Rasen auf dem Washington Square und den hübschen florentinischen Turm auf der anderen Seite des Parks.
Sie sah Richtung Uptown und noch weiter bis hinauf zu den Palisades – und die Stadt erstreckte sich so weit, so gleichgültig unter ihr. Straße um Straße voller Menschen, die in aller Gelassenheit ihrer Wege gingen, ahnungslos, vollauf mit ihren Besorgungen beschäftigt, ihrem Leben, ihren Kümmernissen.
Und sie dachte vielleicht an Kid, stellte sich vor, dass er jetzt

auch da draußen irgendwo durch die Straßen schlenderte, jeden Moment genoss und die Stadt in sich aufsog, wie es seine Art war. Dachte sie an ihn dort draußen, stellte sich vor, wie er sich des Lebens freute, ohne auch nur zu ahnen, was vorging, obwohl er vielleicht nur ein paar Blocks entfernt irgendwo durchs Village streifte? Die Feuerwehrwagen hörte, sich von ihrem unablässigen Geheul ein wenig belästigt fühlte – nur eins der vielen kleinen Ärgernisse, die diese Stadt zu bieten hatte. Er hörte die Feuerwehr, während er über einen Markt schlenderte und sich hier und da hinabbeugte, um an den Äpfeln und Birnen zu schnuppern. Oder er kaufte einen Fisch, ein Stück Fleisch, einen Kohl für ihr Abendessen. Kaufte vielleicht eine Blume für sie – eine echte Blume – von einem kleinen Mädchen. Den Kopf voller Ideen, wie er sie reich machen, eine bessere Wohnung bekommen könnte …

Dachte sie an ihn da draußen und wünschte ihm Glück?

Und bemerkte sie den echten Mann dort auf dem Fenstersims – falls es ihn gab –, als sie hinaustrat um fünf Uhr nachmittags an einem wunderbaren Frühlingstag? Den Mann, der offensichtlich ein außergewöhnlicher Mann war, wie die Zeitungen sagten, mit einem außergewöhnlichen Gesicht, bleich und tränenbenetzt. Lächelte sie, als sie ihn sah, legte die Hände auf sein Gesicht und küsste ihn – nur ein zu Tode geängstigter Junge, nicht ihr *Dibbuk* aus Coney Island …

Oh, wie sie sich wünschte, er wäre dort, ihr Liebster, den sie sich im Traum erschaffen hatte!

Und küsste sie ihn als unzulänglichen Ersatz, küsste ihn einmal, während die Flammen um sie herum schon aus den Fenstern schlugen und nach den Falten ihres langen schwarzen Rocks griffen? Küsste sie ihn am späten Nachmittag dieses wunderbaren Frühlingstages und sprang dann vom Fenstersims der neunten Etage der *Triangle Shirtwaist Company?*

Und immer noch gab sie nicht vollständig auf, versuchte, so gut sie konnte auf das Sprungtuch zuzuhalten, auf die Feuerwehrleute, die dort unten hilflos hin und her hüpften wie Zirkusclowns. Immer noch gab sie nicht auf, selbst als sie auf das Sprungtuch auftraf und es zerriss. Und als sie aufs Pflaster schlug, sprang sie sofort wieder auf, genau wie die Akrobaten beim *Fighting Flames*, und dachte: *Ich hab's geschafft! Irgendwie hab ich's geschafft* ... und tatsächlich lief sie fünf, zehn, fünfzehn Schritte vor den staunenden Cops und Feuerwehrleuten, ein kleines Lächeln spielte um ihre Lippen, als sei sie nicht ganz nüchtern, aber sie lief. Bis sie schließlich zu Boden fiel.

Vielleicht. Vielleicht war es so. Und Sadie wurde vielleicht durch den Rauch und die allgemeine Verwirrung von ihr getrennt – vielleicht hämmerte Sadie gegen die Fahrstuhltüren, bis ihre Fäuste schmerzten. Die Treppe war schon blockiert, der Qualm hatte ihr den Weg abgeschnitten, und niemand kam zurück, um sie zu holen. Und sie schrie, schrie nach dem Aufzug, weigerte sich zu akzeptieren, dass er nicht zurückkam. Weigerte sich, in dieser Feuerfalle von einer Kleiderfabrik zu sterben: Die Vorstellung war so unbeschreiblich idiotisch. Es war ein zu schäbiger Witz, dass sie hier für irgendeinen Blutsauger von einem Boss krepieren sollte, nachdem sie all die Jahre als Straßenhure überlebt hatte.

Und als der Fahrstuhl nicht zurückkam, schrie sie da noch lauter, kratzte und zerrte sie an den Stahltüren und brachte die anderen schreienden Frauen, die dort mit ihr in der Falle saßen, dazu, ihr zu helfen? Und zwangen sie die Türen auseinander, nur um den leeren Schacht zu enthüllen, der sich scheinbar bodenlos nach unten erstreckte? Und während die anderen noch zögernd und schwankend am Rand des Abgrund standen, sprang sie da? Packte sie das Aufzugseil mit beiden Händen, um die sie zuvor Lage um Lage des kostbaren, fabrikeigenen Stoffes gewickelt hatte, um sich vor der Reibungshitze und dem Stromschlag zu schützen?

Sprang sie einfach hinein und ergriff auf diese Weise die einzige Chance, die ihr blieb? Und rutschte das dicke Kabel hinab, bis das Brennen sich durch die Stofffetzen gefressen hatte, verlor schließlich vor Schmerz das Bewusstsein und stürzte die letzten Meter auf das Blechdach der Aufzugkabine, die sich unter dem Aufprall sichtlich eindellte. Und Stunden später kam sie zu sich, halb ersäuft vom herabströmenden Löschwasser. Immer noch lag sie auf dem Dach des defekten Fahrstuhls, der im Keller angehalten hatte, und dort fand sie ein Feuerwehrmann mitten in der Nacht, durchnässt und durchfroren, tiefe rote Verbrennungen an beiden Handflächen, und sie wirkte heimtückisch und wütend wie eine nasse Katze, aber sie lebte, sie lebte noch …

Ob sie aber irgendetwas bewegten – all die Extrablätter mit den schockierenden Bildern der entstellten, toten Bündel von Frauen, die auf dem Gehweg verstreut lagen, und der fassungslosen Cops mit ihren offenen Mündern und der ausgebrannten Fabrikhallen – ob all das die guten Bürger der Stadt hinreichend erschütterte …

Ob sie irgendetwas bewegten, all die zornigen Reden und die Untersuchungen, all die nutzlosen Prozesse und Anhörungen, die Inspektionen und die umfassende neue Gesetzgebung, die Mrs. Perkins initiierte und die Big Tims Jungs, Bob und Al, im Staatsparlament durchdrückten …

Ob sich irgendetwas bewegte nach den Tagen der endlosen Trauerzüge durch die Lower East Side, wo die Leichenwagen einander an allen Straßenkreuzungen begegneten, an Avenue C und Avenue A und Broom und Hester und Delancey und Division, so viele, dass die Trauernden im allgemeinen Durcheinander oft dem falschen Wagen folgten …

Nach der letzten großen Begräbnisprozession, die sich an einem eiskalten, regnerischen Tag im April durch die Straßen der Stadt wälzte, wo der Brandgeruch immer noch in der Luft hing – an dem Tag, als die städtische Leichenhalle die letzten Toten herausgab, die letzten sieben Särge mit den Leichen der Frauen, die niemand hatte identifizieren können oder wollen, und eine achte, schaurige Kiste, die all die verkohlten Leichenteile enthielt, die man in den rauchenden Trümmern eingesammelt hatte …

Die riesigen, stillen, düsteren Menschenmassen verstopften zusammengekauert unter ihren Regenschirmen die Gehwege, die Arbeiterinnen gingen zitternd und barhäuptig hinter den Leichenwagen, während andere Arbeiterinnen von ihren Maschinen aufsahen und aus ihren eigenen Feuerfallen in den Obergeschossen auf die Straße hinabstarrten, während die Familien in ihren Heimarbeitsnähereien Taschentücher aus den Fenstern ihrer Wohnungen flattern ließen.
Und schließlich strömten sie vor der ausgebrannten Fabrik zusammen, die in Kürze unter derselben Geschäftsführung wieder eröffnet werden sollte. Sie strömten zusammen im Park am Washington Square, die Männer und Frauen und Mütter mit Babys auf den Armen, und sie trugen kleine weiße Abzeichen mit der Aufschrift WIR TRAUERN UM UNSERE TOTEN, und sie führten große Transparente mit sich, auf denen stand WIR FORDERN BRANDSCHUTZ – strömten zusammen auf der kleinen Grünfläche mit den vielen Monumenten großer Männer, und als die schwarzen Menschenströme dort schließlich miteinander verschmolzen, erhob sich ein langer, durchdringender Schrei der Trauer aus ungezählten Frauenkehlen, wie man ihn in der Stadt nie zuvor oder seither gehört hat, nicht einmal damals, als all die Deutschen ertranken.

Ob all das irgendetwas bewegte und zu Reformen führte und zu all dem Wohlstand und Überfluss der Gegenwart, die wir heute genießen, verglichen mit den Schrecknissen der finsteren Vergangenheit – ob es so kam –, das ist, wie man so schön sagt, eine andere Geschichte.

71

Trick der Zwerg

»Und das ist alles?«, fragte Yolanda, die Königin der Amazonen.
»Das ist alles.«
Sie nickte zufrieden und kaute auf dem Stück Betelnuss, das ihre Wange ausbeulte, und ihre Haut hatte die Farbe und Beschaffenheit eines viel benutzten Sattels.
»Zeit, dass wir uns auf den Weg machen.«
Es war jetzt vollkommen dunkel auf dem verfallenen Pier. Unten am Ufer war die Stadt des Feuers zu Leben erwacht, und sie konnten die unvermeidlichen Ströme von Abendbesuchern ausmachen, die sich aus U-Bahnen, Expresszügen und Straßenbahnen ergossen.
Sie kehrten zurück zu ihren Ständen und Schaubuden; Yolanda und Nanook der Eskimo, der in Wirklichkeit eine Frau war, und Ota Benga der Pygmäe, der keineswegs ein Pygmäe war, sondern ein arbeitsloser Klavierspieler aus Kansas City. Nicht dass das irgendetwas ausmachte in dieser Stadt, wo sich selbst die Namen der Missgeburten und der Gangster ständig wiederholten.
Trick der Zwerg folgte ihnen und beschleunigte seine Schritte, als die Musik und das Summen der Menge lauter wurden. Vielleicht waren es nicht ganz so viele Menschen wie in alten Zeiten. Sie hatten heute andere Vergnügungen, all die Kinos, all die neuen Automobile und ihre Ginflaschen.

Er hatte jetzt einen längeren Weg zur Arbeit, musste das ganze Stück bis zum Steeplechase laufen – und dann noch sein Kostüm anlegen und sich schminken: das irre Harlekinsgesicht, das hämisch grinste, während er die Gäste über die Lüftungsgitter jagte und mit seinem Viehtreiberstock nach all den langen Beinen schlug. Er scheuchte sie kreuz und quer über die Bühne und nahm ihnen alles an Würde, was er kriegen konnte – während die Zuschauer auf den Rängen sich vor Lachen bogen.

Ich weiß eine Geschichte.

72

Die großen Seelenklempner aus Wien

Am Abend nach ihrem Besuch auf Coney Island verließen sie die Stadt und nahmen das Schiff hinauf nach Fall River – der erste Abschnitt der langen Reise nach Worcester und zur Clark University. Langsam zogen sie den Hudson entlang, vorbei an den Palisades, die Freud so an die Donau erinnerten – und dann weiter stromabwärts zum Meer.

Nachdem sie angelegt hatten, galt es weitere ungezählte Stunden im Zug zu erdulden, während sie dieses schauderhaft endlose Land durchquerten. Vorbei an all den ordentlichen Städtchen und Farmen von Massachusetts, so dass sie schließlich vollkommen erschöpft in Worcester eintrafen.

Sie fassten neue Zuversicht, als sie Präsident Hall am Bahnhof kennen lernten, einen gestrengen, weißbärtigen Mann, der sie mit tiefster, offenkundiger Verehrung willkommen hieß. Er hatte ein ansprechendes Heim voller Bücher und Zigarren und eine fröhliche, rundliche, auffallend hässliche Frau, die sie »ihre Jungs« nannte und sich um ihr leibliches Wohl kümmerte. Sie verwöhnte sie mit gutem Wein und dem besten Abendessen, das sie in Amerika bekommen hatten und das von zwei ernsten schwarzen Dienern in Dinnerjacketts serviert wurde.

Am folgenden Tag begannen die Vorlesungen. Die Universität war neu, aber gut ausgestattet, die Einrichtungen schlicht, aber würdevoll, und Freud fand den Ort eine angemessene Plattform. Alles lief wie am Schnürchen. Die lokalen Zeitungen be-

richteten über die Vorträge, und der Bostoner *Evening Transcript* schickte gar einen Reporter, um Freud zu interviewen. Jung hielt Wort und führte das schockierende Thema der kindlichen Sexualität am Beispiel seiner Tochter Agathli ein.
Und als es Zeit für ihn wurde zu sprechen, als er ans Rednerpult trat, war es in der Tat, als werde ein unglaublicher, omnipotenter Wunschtraum wahr. All die drückenden Sorgen und die Zerrissenheit der vergangenen Wochen fielen von ihm ab. Nicht einmal die Anwesenheit dieses kleinen Ekels Stern konnte es verderben. Er ließ den Blick über den Saal schweifen und sah vor sich die größten Gelehrten aus allen Fachgebieten naturwissenschaftlicher Forschung und Lehre, aus der Geschichtswissenschaft und Anthropologie, Mathematik, Philosophie – und Psychologie. Sie alle waren angetan mit ihren feierlichen akademischen Roben und Doktorhüten und spendeten ihm donnernden Applaus – ihm und seiner Sache.
Und als ihm anschließend die Ehrendoktorwürde verliehen wurde, war der Applaus noch größer. Eine kleine, rundliche, üppige Frau blieb gar die ganze Woche. Sie saß in der ersten Reihe, lauschte begierig – sie trug ein weißes Kleid mit einer auffälligen Rose am Gürtel und eine randlose Brille, hinter der ein Paar unglaublich intelligenter Augen blitzte. Nach jeder Vorlesung sprang sie auf die Füße, applaudierte begeistert und überschüttete ihn mit Fragen. Auch die Fragen waren ziemlich intelligent, und Freud wäre neugierig gewesen, sie kennen zu lernen, doch seine amerikanischen Kollegen versicherten ihm, sie sei eine gefährliche Anarchistin, und nach jeder Vorlesung bildeten sie einen schirmenden Kordon um ihn – einen Schutzschild aus stattlichen, gelehrten Männern in akademischen Roben, die ihn von der wissensdurstigen kleinen Frau wegführten.

Am Ende der Woche war er wieder vollkommen ausgelaugt – so sehr er das anhaltende Hochgefühl während der Vorträge und die anschließenden langen Gespräche mit so vielen großen Männern der Wissenschaft auch genossen hatte. Nachdem seine Arbeit erledigt war, ließ er sich dankbar von Brill zu weiteren Sehenswürdigkeiten geleiten, erst zu den Niagara-Fällen und dann weiter nach Kanada hinein, von wo aus er eine Postkarte an seine Tochter Sophie sandte. Brill schrieb eine an seine Frau, die sie alle unterschrieben: BESTE GRUESSE VON ABE, FREUD, FERENCZI UND JUNG.

Dann reisten sie weiter zu einem kleinen Ferienhaus nahe dem Lake Placid, das einer seiner neuen amerikanischen Bewunderer ihm zur Verfügung gestellt hatte. Es war nicht viel mehr als ein unordentliches Sammelsurium umgebauter Farmgebäude auf einem kaum gerodeten Stückchen Land, aber Freud fand es idyllisch. Wanderwege führten durch den Wald, und rings herum ragten die majestätischen, bewaldeten Berge der Adirondacks auf, und er und Ferenczi amüsierten sich königlich über die Tatsache, dass das Haus, in dem die Psychoanalytiker wohnten *The Chatterbox* – Die Plaudertasche – hieß.

Jung fand das offenbar nicht komisch. Eine gewisse kühle Distanziertheit zeichnete ihr Verhältnis neuerdings aus. In Worcester hatte der Waffenstillstand gehalten – dank der Tatsache, dass Jung seine Tochter geopfert hatte –, aber selbst daraus war ein Bumerang geworden. Jung hatte angedeutet, dass er gegen seine eigenen Prinzipien verstoßen hatte, indem er Freud unterstützte – dass es gewisse nichtsexuelle, spirituelle Aspekte geben könnte, die die Entwicklung während der Kindheit bestimmten.

Freud hatte vorerst darauf verzichtet zu fragen, ob Jung nicht in Wirklichkeit kulturelle Aspekte meinte. Diesen Disput würden sie ein für alle Mal austragen müssen, so wie man einen Abszess aufschneiden musste, aber nicht, ehe sie wieder auf der anderen Seite des Ozeans waren. Er freute sich nicht gerade darauf, aber es musste sein. Es musste sein, sagte er sich resigniert. Ein anderer Nichtjude – ein wahrer Mann der Wissenschaft – würde sich ohne weiteres finden lassen, um die Sache weiterzuführen.

Vorerst versuchte er, all dies aus seinen Gedanken zu verdrängen und einfach nur auszuspannen, so wie er es nach längeren, intensiven Arbeitsperioden immer gern tat. Da es hier weit und breit kein zivilisiertes Café gab, frönte er seinem anderen großen Hobby: Er durchstreifte die Wälder auf der Suche nach ihm unbekannten einheimischen Pilzen. Die Luft war rein und belebend, und Freud versuchte, über nichts allzu viel nachzugrübeln – nicht über den bevorstehenden Konflikt, die lange Heimreise mit Jung oder seine Ängste in Bezug auf den Fall des Rattenmanns –, nichts als nur den wunderschönen Traum, der hinter ihm lag.

Das war ihm weitgehend gelungen, als er eines Tages auf dem Waldweg vor sich ein kleines Tier liegen sah. Er entdeckte kein Blut, keinen sichtbaren Hinweis auf die Todesursache. Es war, als habe dieses kleine Leben einfach plötzlich geendet, und Freud wusste sofort, um welche Kreatur es sich handeln musste. Er pfiff, um seine Freunde herbeizuholen, und tippte das Tier behutsam mit seinem Stock an, aber es war unverkennbar:

Ein Stachelschwein.

Glossar der jiddischen und hebräischen Begriffe

Apikojres	Agnostiker, Atheist od. Abtrünniger vom Glauben
Babnik	Weiberheld
Bar-Mizwa	wörtl.: »Sohn des Gebets«, Feier zur Religionsmündigkeit bei dreizehnjährigen Jungen
Ben Jochid	einziger Sohn
Bet Midrasch	»Haus des Studiums« an der Synagoge
Betler	Bettler, Landstreicher
Blinzes	eingerollter Pfannkuchen, gewöhnlich mit Käse gefüllt
Bobe	heilkundige Frau, »Dorfhexe«, auch Großmutter
Bobele	wörtlich »Kleine Großmutter«, ein Kosewort unter Familienmitgliedern oder engen Freundinnen
Bruderke	»Bruderherz«
Bubkes	Bohnen, aber auch »Nichts als heiße Luft«
Challa	Weißbrot für den Sabbat
Chaser Mark	Der »Schweinemarkt« auf der Hester Street. Vermutl. so genannt, weil es dort alles zu kaufen gab bis auf Schweine
Chochem	wörtlich ein kluger, weiser Mensch, oft ironisch verwendet

Dibbuk	Dämon oder ein von Dämonen Besessener
fabrente Mejdlech	Die »feurigen Mädchen«, die mit ihren aufrüttelnden Reden und beispielhaftem Mut den Aufstand der Zwanzigtausend anführten
farpotschket	verpfuscht, vermasselt, schlampig
farschtunken	stinkend
Fonfer	wörtl. »Jemand, der durch die Nase spricht«, ein Schwätzer oder Lügner
Ganew	Dieb
Gemara	2. Teil des Talmuds, die mündliche Überlieferung
Goj, pl. gojim	Nicht-Jude
gojisch	nicht-jüdisch, kann sowohl positiv als auch negativ besetzt sein, z.B. gojische kop (Dummkopf) oder gojische masel (Glück) im Gegensatz zu jiddische kop (Schlaukopf) oder jiddische masel (Pech)
Gold(e) meine	wörtl. »mein Gold«, Kosewort
goldene Medine	wörtl. »Das goldene Land«, oft auf Amerika bezogen
Gornischt mit Gornischt	wörtl. »gar nichts mit gar nichts«, wertlos
Gottenju!	»Lieber Gott!«
Gwald!	»Hilfe!« Ausruf der Verzweiflung
Herzelle meins (meine)	wörtl. »Mein Herz«, Kosewort
Jeschiwe-Bocher	Schüler einer religiösen Schule, auch schüchterner, unerfahrener junger Mann
Jarmulke	Kopfbedeckung frommer jüdischer Männer, Kappe
Jorzajt	Jahrgedenken eines Toten
Kadesch	Totengebet
Kale	Braut, junge Ehefrau, Schwiegertochter
Kaleke	behinderter Mensch, auch i.S. von unfähig

Kindl	Kind
Knejdl	wörtl. »Knödel« i.d.R. Kosewort für Kinder, manchmal aber auch abwertend
Knisch	Knödel, meist gefüllt mit Hafergrütze, Käse und/oder Kartoffeln
Lamdn	Gelehrter, manchmal ironisch
Latkes	Kartoffelpfannkuchen, wird vor allem zu Chanukka gegessen
Loaferim	Faulenzer, Habenichts (engl. loafer = Faulenzer)
Mama gab	Muttersprache
Mamenju	wörtl. »Mütterchen«, als Kosewort für Freundinnen und weibl. Familienmitglieder jeden Alters
Mamser	»Bastard« im wörtl. und übertragenen Sinne
Masel	Glück
Maskilim	wörtl. »Die Erleuchteten«, ursprünglich Anhänger der jüdischen Aufklärung des 18. Jh.s, der Haskala, oft sarkastisch benutzt
Mesusa	ein kleiner, länglicher Behälter an der rechten Seite der Tür zu Häusern oder Wohnungen; Zeichen eines religiösen Haushalts
Mezie	gutes Geschäft, ein glücklicher Fund, oft ironisch
Mikwe	rituelles Badehaus für Frauen
Minche	das tägliche Spätnachmittagsgebet
Mischna	wörtl. lehren oder lernen, 1. Teil des Talmuds, die schriftliche Überlieferung
Misrech	gerahmtes, religiöses Bild, das an die Wand einer Synagoge, Schule oder eines Heims gehängt wird, um die Richtung zu bestimmen, in der Jerusalem liegt

Mizwe	gute Tat, ein göttliches Gebot
Nafke	Prostituierte
Nebech	Floskel des Bedauerns
Ner Tamid	das Ewige Licht, in der Synagoge durch ein Licht vor dem Toraschrein symbolisiert
oi	Ausruf, oft erweitert zu:
oi Gwald!	etwa: Oh, mein Gott!
Oks	Ochse, auch übertr., oft: Neuling aus der Alten Welt
pischen	urinieren
Pischer	Bettnässer, auch ein »Niemand«, wertloser Mensch
Pizl	»Stückchen«, »Krümelchen«, oft für: kleines Kind
Plojdersak	Schwätzer, jemand, der zu allem seine Meinung sagen muss
Schabbes	Sabbat, jüdischer Fasten- und Gebetstag, der freitags bei Sonnenuntergang beginnt und samstags mit Sonnenuntergang endet
Schabbes goj	ein Nichtjude, der am Sabbat in Heim und Synagoge Arbeiten verrichtet, die Juden verboten sind, wie etwa Feuer anzünden, Kerzen löschen, Licht einschalten, eine Türglocke betätigen etc.
Schadchen	Kuppler, Heiratsvermittler, in der Textilindustrie auch ein Subunternehmer, der Leiharbeiterinnen vermittelt o.ä.
scheijne Jidn	wörtl. »schöne Juden«, bezeichnet pflichterfüllte, fromme Juden, aber auch die reichsten, eingebildetsten Nachbarn im Ghetto
Schekez	männlicher Nicht-Jude, meist abwertend
Schiwe	die traditionellen sieben Tage intensiver Trauer nach einer jüdischen Beerdigung.

	Freunde und Verwandte sitzen Schiwe im Haus des Verstorbenen, indem sie beten und trauern
Schlimasl	Unglücksrabe
Schmate	Lumpen, oft abfällig für älteres Kleidungsstück
Schofar	Widderhorn, das während der hohen Feiertage Rosch Ha-schana und Jom Kippur geblasen wird
Schprenkl	Sprenkel, etwas Unbedeutendes
Schtarke	starker Mann, auch Unterdrücker von Schwächeren, Schläger
Schtetl	die ärmlichen, abgelegenen Dörfer der osteuropäischen Juden
sisser Gottenju	Ausruf, wörtl. »Süßer Gott!«
Toches	Hinterteil, »Arsch«; Toches afn Tisch = »Heraus mit der Sprache«, »Zur Sache«
Trejfe	abgeleitet vom hebräischen »in Stücke gerissen«, bezeichnet Essen, das nicht koscher ist, fragwürdige Charaktere, Geschäfte etc.
Tscholent	Sabbat-Eintopf
Tsores	Problem, Unglück
Wizer	Spaßvogel, Clown, Witzfigur
Zazkes	aus buntem Draht geformte Blumen

Danksagungen und eine Anmerkung zu den Quellen

Ich habe festgestellt, dass man die Wirklichkeit grundsätzlich nicht übertreffen kann, man kann höchstens versuchen, sie neu zu arrangieren. Dies gilt für einen Schriftsteller nach meiner Erfahrung generell, in besonderem Maße aber für den, der über die amerikanische Vergangenheit schreibt, wo die Fakten oft so phantastisch klingen, dass ich Mühe hatte, die Wirklichkeit auch nur annähernd glaubwürdig erscheinen zu lassen.

Das oberste Gebot eines historischen Romans, wie auch jedes anderen Romans, sollte sein, eine gute Geschichte zu erzählen, eine echte Geschichte, die die Leser fesselt. Ihre Figuren sollten gehen und sprechen, gieren und sich sehnen, enttäuschen und verblüffen.

Doch das führt unweigerlich zu einer weiteren Frage: Welche Verpflichtung hat der Autor eines historischen Romans gegenüber der Wahrheit, also gegenüber den historisch belegten Fakten? Ich denke, diese Verpflichtung ist für jeden Schriftsteller die gleiche, unabhängig davon, ob er von der Vergangenheit oder der Gegenwart erzählt: Er ist dem verpflichtet, was ich den wesentlichen Kern der Wahrheit nennen möchte.

Ich habe mich weitgehend an die historischen Fakten gehalten, soweit sie bekannt sind. Ich habe versucht, möglichst originalgetreu darzustellen, wie ein Teil der Welt in Amerika etwa um 1910 aussah, roch und klang. Ich habe mich bemüht zu zeigen, so gut ich es eben selbst nachvollziehen konnte, wie die Menschen in dieser Welt lebten und starben, wovon sie träumten, was sie erstrebten, verabscheuten und fürchteten.

Was ich vor allem unverfälscht zeigen wollte, ist die menschliche Natur. Das heißt, ich wollte erzählen, wie die historischen Personen und fiktiven Figuren tatsächlich dachten und handelten, und nicht etwa, wie ich mir ihr Denken und Handeln vielleicht wünschte.

In einigen Fällen habe ich Namen und Orte verändert, mehrere historische Personen zu einer einzigen zusammengefasst und die Reihenfolge der Ereignisse abgewandelt. Der Besuch von Freud, Jung und Ferenczi in Amerika fand beispielsweise im Sommer 1909 statt, während sowohl die Brandkatastrophe in der Triangle-Fabrik als auch die in Dreamland im Frühling 1911 geschahen. Auch habe ich die Reihenfolge einiger Begebenheiten in Freuds Leben – etwa seine Ehrung im Prater oder seinen Auftritt beim Psychoanalytikerkongress – verändert.

George McClellan hatte sein Bürgermeisteramt bereits an William Gaynor verloren, als die Herman-Rosenthal-Affäre eskalierte, und die daraus resultierenden Prozesse zogen sich einige Jahre in die Länge, so dass zum Zeitpunkt der Hinrichtungen von Rosenthals Mördern – der wirklichen wie der angeblichen – Big Tim Sullivan bereits verstorben war. Auch habe ich mir ein paar kleine Freiheiten bezüglich einiger Ereignisse der amerikanischen Kulturgeschichte genommen, etwa was das Erscheinen von Chaplins Little Tramp oder Mack Sennetts Keystone Kops angeht oder im Hinblick auf den Bau des Municipal Building in New York.

Denjenigen meiner Leser, die diese Abweichungen bemerken, muss man zu ihren Kenntnissen der Geschichte Amerikas und New Yorks gratulieren, doch sie sollten wissen, dass die Verfälschungen historischer Fakten beabsichtigt waren. Ich hoffe, sie finden Spaß daran, auch die nicht identifizierten historischen Persönlichkeiten aufzuspüren, die ich in die Geschichte geschmuggelt habe.

Natürlich hat es viele der Figuren in *Dreamland* – große und kleine – wirklich gegeben: Freud und Jung, Kid Twist und Gyp the Blood. Andere sind reine Phantasieprodukte. Und dann ist da Matthew Brinckerhoff, eine Verschmelzung der großen Coney-Island-Magnaten George Tilyou, Fred Thompson, Elmer Dundy und Capt. Paul Boynton – zusammengefasst unter dem ehrenvollen Namen meines Schwagers.

Doch wie gesagt, ich habe mich bemüht, wesentliche, grundlegende Wahrheiten zu erforschen. Die Schilderungen des Rosenthal-Mordes und des beginnenden Konflikts zwischen Freud und Jung entsprechen, soweit ich sie nachvollziehen konnte, den Tatsachen, die nur wenig bekannt sind. Einige der Dialoge zwischen den Vätern der modernen Psychologie und die Begebenheiten während Freuds Amerikareise sind wörtlich aus ihren Schilderungen übernommen.

Und ich habe versucht, den Zeitgeist einzufangen. Daher habe ich hier und da eine Würdigung der einsetzenden Moderne im amerikanischen Leben und der Literatur einfließen lassen – an Whitman, Melville, Eliot, Fitzgerald, Kafka und andere. Außerdem habe ich mich bemüht, einige der bemerkenswerten bildlichen Darstellungen der Zeit in Worte zu fassen, um die Fotografien von Alfred Stieglitz, Edward Steichen und einigen anderen sowie die Gemälde von George Bellows, Edward Hopper und der *Ashcan School* mit einzubeziehen.

Bei diesem Projekt habe ich von so vielen historischen Werken profitiert, dass ich kaum weiß, wo ich beginnen soll. Zu den herausragendsten Arbeiten über Coney Island, die auch einen generellen Überblick über die Unterhaltungsbranche der Zeit geben, gehören Richard Snows herrliche handkolorierte Sammlung von Postkarten und Texten, *Coney Island Postcards,* und seine wundervolle Ballade »Funny Place«, Maxim Gorkis journalistischer Bericht über seinen Besuch auf Coney, John F. Kassons *Amusing the Million* und David Nasaws *Going Out*.

Für die Darstellung des Alltags an der Lower East Side und der Textilindustrie habe ich mich vor allem auf Annelise Orlecks

Common Sense and a Little Fire gestützt, Leon Steins *The Triangle Fire* und die von ihm herausgegebene Sammlung *Out of the Sweatshop*, Milton Hindus' Anthologie *The Old East Side* (vor allem den Teil, der mit Thomas Davidsons Beitrag beginnt), Hutchins Hapgoods Studie *The Spirit of the Ghetto*, Theresa Malkiels *The Diary of a Shirtwaist Striker: A Story of the Shirtwaist Makers' Strike in New York*, die Briefe und Schriften von Pauline Newman, Dorothy Days Schilderungen über den Gefängnisalltag, Ronald Sandors *The Downtown Jew*, Naomi Shepherds *A Price Below Rubies*, Steven Frasers *Labor Will Rule: Sidney Hillman and the Rise of American Labor*, Rose Cohens Memoiren *Out of the Shadows*, und Jacob Riis' Klassiker *How the Other Half Lives*.

Für das Gangstermilieu und das Leben in der Bowery waren meine wichtigsten Quellen Luc Santes *Low Life*, Herbert Asburys *Gangs of New York*, Robert Laceys *Little Man: Meyer Lansky and the Gangster Life* und Albert Frieds *The Rise and Fall of the Jewish Gangster in America.* Andy Logans akribische Nachforschungen in *Against the Evidence* schildern die, wie ich glaube, wahren Umstände der Ermordung Herman Rosenthals, auch wenn die Wahrheit bis auf den heutigen Tag nur wenigen bewusst ist.

Die Darstellung der irischen Politikerkreise gründet vornehmlich auf Jack Beattys hervorragender Biographie *The Rascal King*, Olive E. Allens *The Tiger: The Rise and Fall of Tammany Hall*, William V. Shannons *The American Irish* und William L. Riordons unvergesslichem *Plunkitt of Tammany Hall.*

Bezüglich Freud und Jung habe ich mich auf die vielen Werke und Biographien dieser beiden berühmten Psychoanalytiker gestützt, sowie auf Dr. Saul Rosenzweigs erhellendes Werk *Freud, Jung and Hall the King-Maker* und auf Frederic Mortons Beschreibung von Wien vor dem Ersten Weltkrieg, *Thunder at Twilight*.

Drei Nachschlagewerke waren von unschätzbarem Wert: Kenneth T. Jacksons *The Encyclopedia of New York City*, Eric

Hombergers *The Historical Atlas of New York City* und Leo Rostens *The Joys of Yiddish*.
So herausragend diese – und andere – Werke auch sind, war es doch eine Quelle aus einem völlig anderen Medium, die zu einer der wichtigsten Inspirationen dieses Romans wurde: Ric Burns außergewöhnlicher Dokumentarfilm *Coney Island* ist ein Meisterwerk – eine fesselnde Geschichte dieses Ortes und eine Fundgrube für die erstaunlichsten Bilder und Filme aus seiner allzu kurzen Blütezeit. Die Schilderungen so bizarrer authentischer Ereignisse wie der Hinrichtung eines Elefanten haben mich vom ersten Augenblick an fasziniert – und die Tatsache, dass Männer und Frauen, die in ständiger Angst vor Feuer in ihren Mietskasernen lebten, nach Coney Island hinausfuhren, um sich ausgerechnet ein solches Feuer als Unterhaltungsspektakel anzusehen. Burns' Bilder vereinen sich mit Richard Snows herausragendem Text zu einem lebendigen Porträt von Coney Island, den Menschen, die dorthin kamen, und den drei großen Vergnügungsparks, die sich an seinem Strand entlangzogen.

Abgesehen von all diesen wissenschaftlichen und dokumentarischen Werken bin ich den vielen hervorragenden Autoren zu Dank verpflichtet, die Romane und Kurzgeschichten über die Zeit und den Ort geschrieben haben, von denen auch ich hier erzählt habe. Sie haben mir einen unvergleichlichen Einblick in Denken und Fühlen, Sprache und Alltag der Lower East Side gewährt. Ihr großartiger Beitrag zur amerikanischen Literatur ist viel zu lange ignoriert worden, und ich habe versucht, ihnen in diesem Roman hier und da meine Hochachtung zu bezeugen.
Die Werke, an die ich hier denke, sind Abraham Cahans *The Rise of David Levinsky* und *Yekl*, die vielen Erzählungen von Anzia Yezierska, darunter *Hungry Hearts*, *Red Ribbon on a White Horse*, *Bread Givers* und *How I Found America*, Samuel Ornitz' *Allrightniks Row (Haunch, Paunch and Jowl)*, Charles

Reznikoffs *By the Waters of Manhattan*, Michael Golds *Jews Without Money* und Henry Roths *Call it Sleep* (deutsch: *Nenn es Schlaf*).

Ganz gleich, wie groß seine Bibliothek auch sein mag, jeder Schriftsteller findet seine Inspiration und Kraft vor allem bei den Menschen seiner Umgebung. Und weil dies so ist, möchte ich an erster Stelle meiner wundervollen Frau Ellen Abrams danken, für ihre großzügige Unterstützung und Ermutigung. Sie hat immer an mich geglaubt.

Henry Dunow von der *Henry Dunow Literary Agency* ist ein Fels in guten wie in schlechten Zeiten, und er ist mir sowohl als Agent wie auch als Freund sehr teuer. Seine Assistentin, Jennifer Carlson, war immer guter Laune und hilfsbereit, selbst angesichts der Berge, die es zu fotokopieren galt, panischer Anrufe und sonstiger Katastrophen.

Meinem Lektor, Daniel Conaway, verdanke ich zu weiten Teilen die endgültige Form von *Dreamland*. Sein Gespür und seine Ideen haben das Buch enorm bereichert, so wie seine Freundschaft eine persönliche Bereicherung für mich ist. Meine Verlegerin, Marjorie Braman, hat immer an *Dreamland* geglaubt, und ihr verdanke ich, dass es veröffentlicht wurde. Dans Assistentin, Constance Chang, war ebenfalls eine unschätzbare Hilfe mit ihren Kommentaren und der Koordination der Herstellung.

Sehr dankbar bin ich auch David Rakoff von *Harper Collins* für seine enthusiastische Unterstützung des Projekts und seine Korrektur meines Jiddisch, die mich vor ein paar peinlichen Fehlern bewahrt hat. Leo Sorel hatte die Geduld und Kraft, das heutige Coney Island zu besuchen und dort eine Reihe wunderbarer Fotos zu machen.

Melanie Thernstrom hat mir den enormen und für sie so typisch großzügigen Gefallen getan, mich mit Henry bekannt zu machen. Richard Zacks und Christa Santangelo haben mich mit hilfreichen Informationen über Coney Island und über C.G. Jung versorgt. Mary Deady vom irischen Konsulat in New

York half mir angesichts meiner Unkenntnis der gälischen Sprache aus der Klemme.
Und schließlich möchte ich meiner Familie danken und all denen, die mir über die Jahre ihre Liebe, Hilfe und Unterstützung geschenkt haben, darunter auch Sharon Abrams, Matthew Brinckerhoff, Ann LaForge, Chris Spelman, Jack Hitt, Joan Greco, Richard Feeley, Marcie Weisberg, Gail Buckland, Susan und Dennis Holt, Steve Hubbell, Steve Sherrill, Paul Tough, Julie Just, Nathan Ward, Katie Calhoun und Allen Barra.

Dov Kimchi

Das Haus Chefetz

Ein faszinierender Blick in eine ferne, versunkene Welt.

Jerusalem in den Jahren vor dem Ersten Weltkrieg: Die Familie Chefetz mit ihren Töchtern zählt zu den gesellschaftlichen Größen der Stadt, und ihr Hus wird zum Schauplatz von Irrungen und Wirrungen aller Art.

»Mit sicherem Gespür für psychologische Details und große historische Linien hat Kimchi es verstanden, im Haus *Chefetz* eine weltenumspannende Familie zu präsentieren, die, gerade eben zur höchsten Blüte entfaltet, andere mit ihrem Duft berauscht, während sie selbst an der eigenen Pracht schwer trägt.«
Frankfurter Allgemeine Zeitung

Knaur